suhrkamp taschenbuch 1002

Hermann Hesse, am 2. Juli 1877 in Calw/Württemberg als Sohn eines baltendeutschen Missionars und einer württembergischen Missionarstochter geboren, 1946 ausgezeichnet mit dem Nobelpreis für Literatur, starb am 9. August 1962 in Montagnola bei Lugano.
Seine Bücher, Romane, Erzählungen, Betrachtungen, Gedichte, politischen, literatur- und kulturkritischen Schriften sind mittlerweile in einer Auflage von mehr als 60 Millionen Exemplaren in aller Welt verbreitet und haben ihn zum meistgelesenen europäischen Autor des 20. Jahrhunderts in den USA und in Japan gemacht.
Im Nachlaß von Hermann Hesse fanden sich, in Bündel verschnürt, Korrespondenzen und Dokumente merkwürdigster Art: Jugendbriefe Hesses an seine Eltern, Großeltern, Schwestern und Freunde. Aber nicht nur die Briefe von Hesse, auch die an ihn fanden sich vor, und nicht allein diese Korrespondenz, sondern auch Berichte und Mitteilungen von Verwandten, Erziehern, Kostherren, Lehrern, Pfarrern und Ärzten, die ihn, seine Erziehung und Entwicklung betreffen.
Die Dokumente zeigen den Aufbruch, das Werden eines Dichters. Sie werfen ein neues Licht auf die ersten Jahre Hesses. Das »Ausbrechen aus der Gemeinschaft« ist ein zentrales Thema der Werke Hesses von *Unterm Rad* bis zum *Glasperlenspiel.* Die biographische Entsprechung bieten nun diese Briefe, welche die konkreten Fakten von Anpassung und Rebellion enthalten, Dokumente, die den schmerzhaften Weg der Individuation klarmachen, den Hesse als Mensch wie als Autor gehen mußte.
Die Briefe, die ein geistig gesunder Bursche von fünfzehn Jahren im Sommer 1892 aus einer Anstalt für Geisteskranke nach Hause geschrieben hat, zählen zum Ungeheuerlichsten, was die Geschichte der Erziehung in Deutschland zu bieten hat.
Hesses Briefe, klar und kalt, überlegen und scharfsinnig, nehmen Abschied von der Kindheit, kündigen das traditionelle Kindschaftsverhältnis im deutschen Elternhaus auf und sagen den Formen routinierter Frömmigkeit im christlichen Heim ade. Diese Briefe sind unvergleichliche Zeugnisse der deutschen Geistesgeschichte am Ausgang des bürgerlichen Jahrhunderts.
Die bisher unveröffentlichten Anklagen eines zornigen jungen Mannes von gestern, die in ihrem unbeirrbaren Wahrheitsdrang ein Schmuck unserer Schullesebücher wären, haben Folgen aber auch für unser Verständnis vom Leben und Werk des Dichters.

Rolf Michaelis, Frankfurter Allgemeine Zeitung

Kindheit und Jugend vor Neunzehnhundert

Hermann Hesse in
Briefen und Lebenszeugnissen
1877–1895

Suhrkamp

Ausgewählt und herausgegeben von Ninon Hesse
Umschlagbild: Haus Bischofstr. 4 in Calw, Sitz des Calwer Verlagsvereins, Großeltern- und Elternhaus Hermann Hesses. »Hier spielen *Kinderseele*, *Demian* etc. etc.« (Hermann Hesse)

suhrkamp taschenbuch 1002
Erste Auflage 1984

Druck: Ebner Ulm · Printed in Germany
Umschlag nach Entwürfen von
Willy Fleckhaus und Rolf Staudt

1 2 3 4 5 6 – 89 88 87 86 85 84

Hermann Hesse in Briefen und Lebenszeugnissen

1877–1889

1] *Aus dem Tagebuch von Marie Hesse*[1]

Donnerstag, 15. Februar 1877

Köstlich sprach Vaterle vom neuen Namen, den ER uns – jedem einzeln – geben wird, ein Meisterstück Gottes grammatikalisch und lexikalisch, ein Name, worin alles enthalten ist, was wir auf Erden waren, erlebten und durch Gottes Gnade geworden sind, ein Name, so alles-fassend, so erschütternd passend, daß beim bloßen Namenhören uns alles Vergangene und Vergessene, das ganze Rätsel unsres Lebens, all das uns Verborgne und Unverständliche unsres eigenen Wesens und Seins plötzlich – von Ewigkeitslicht beleuchtet – klar vor die Seele treten wird.

Als ich so Papa zuhörte, wurde mein Herz weit und selig, und Gottes Ratschluß kam mir so überwältigend und herrlich vor, daß ich meine Kindlein selig preisen mußte, weil auch sie schon von ihm erkannt und geliebt und zum wundervollen Erbteil berufen sind – ja schon im Mutterleibe. [...]

1 Marie *Hesse*, Mutter von Hermann Hesse. Geboren am 18. Oktober 1842 in Talatscheri (Indien). Gestorben in Calw, am 24. April 1902. Tochter von Missionar Dr. Hermann Gundert und seiner Frau Julie, geb. Dubois. Sie war in erster Ehe mit Missionar Charles Isenberg verheiratet, der 1870 starb, in zweiter Ehe (1874) mit Missionar Johannes Hesse, dem Vater von Hermann Hesse. (Siehe »Nachwort«)

Am Montag, 2. Juli 1877, nach schwerem Tag schenkt Gott in Seiner Gnade abends halb 7 Uhr das heißersehnte Kind, unsern Hermann, ein sehr großes, schweres, schönes Kind, das gleich Hunger hat, die hellen blauen Augen nach der Helle dreht und den Kopf selbständig dem Licht zu wendet, ein Prachtexemplar von einem gesunden, kräftigen Burschen. [...]
Am 3. August war Taufe unsres Hermann. Tags zuvor war Dr. Mögling[1] da und legte ihm segnend die Hand auf. Sein Großpapa taufte ihn, [...] Der Kleine schrie zuerst, aber beim Singen guckte er ganz hell herum und blieb dann still. [...]

1 Herrmann *Mögling*, geb. 29. Mai 1811, gest. 13. Mai 1881, Studienfreund von Dr. H. Gundert – »Herrmann Mögling«. Ein Missionsleben in der Mitte des Jahrhunderts, erzählt von Dr. H. Gundert. Calw und Stuttgart, Verlag der Vereinsbuchhandlung 1882.

Ende Dezember 1879

[...] Hermännle entwickelt sich sehr rasch, erkennt alle Bilder sofort, ob sie aus China, Afrika oder Indien, und ist sehr klug und unterhaltend, aber sein Eigensinn und Trotz ist oft geradezu großartig.

[Am 27. November 1880 wurde die Tochter Marulla geboren[1].]

1 Die Tochter Adele war am 15. August 1875 geboren.

[1881]

[Im Frühjahr 1881 wurde Johannes Hesse als Herausgeber des Missionsmagazins nach Basel berufen, die Familie zieht am 6. April dorthin.]

2] *H. H. an Hermann Gundert* [1]

Bleistiftnotiz von H. H.: Dies Briefchen habe ich im April 1881 in Basel meiner Mutter diktiert, an Vetter Hermann. Das Briefchen: handschriftlich von Marie Hesse. Oben Notiz von Marulla:

»Wohl 1881 (bei Pfisterers) vor dem Einzug in den Müllerweg. Mutter bei Pfleiderers.«

Lieber indischer Hermann,
hier sind arg viele Buben im Haus und spielen und gautschen im Hof. Es ist recht nett hier. Wir gehen aber heute in unser neues Haus und suchen wieder unsre alten Spielsachen.
Ich huste ganz erschrecklich, aber darf doch ausgehen. Der Doktor wollte meine Zunge sehen, aber ich hab sie ihm durchaus nicht gezeigt, und den bitteren Tee [*Notiz:* isländisch Moos] habe ich auch nicht getrunken.
Der Paule Pfleiderer drüben hat ein ganz neues Bett verbrannt, er gesteht aber nichts wenn man ihn fragt. Komm einmal zu mir! Deine Cigarren haben mir sehr viel Freude gemacht, besonders auf der Reise.

Agnes und Dich küßt
Dein Vetter Hermann

Adele grüßt Euch.

1 Hermann *Gundert*, Vetter von H. H., später auch sein Schwager. (Siehe »Anhang«)

3] *Aus dem Tagebuch von Marie Hesse*

[1881]

[...] Die Kinder freuen sich sehr der netten Wohnung [1], ländlichen Umgebung, des Gartens und Hofs, wo sie sich fleißig tummeln. Bei einem großen Baum am Missionshausgarten schreit Hermann: »Au, an dem bliebe der Absalom mit seinem Haar gewiß auch hängen!« [...] Wir teilen nun

Freude und Leid mit der Basler Mission und das macht uns reich und glücklich, man liebt mehr, man betet mehr, es ist ein wärmeres, bewegteres Leben als im engen Calw. Hermann geht in die Kinderschule; sein heftiges Temperament macht uns viel Not. [...]

1 Die Wohnung lag vor der Stadt, am jetzigen Spalenring, nicht weit von Gundeldingen.

4] *Johannes Hesse*[1] *an Hermann Gundert*[2]

Basel, 19. Oktober 1881

Lieber Papa,
hier ist endlich die Antwort auf mein Gesuch um Entlassung aus dem russischen Untertanenverband. [...] Da Du Dich freundlich erboten hast, meine Aufnahme ins württembergische Staatsbürgertum zu betreiben, so sende ich das Dokument Dir mit der Bitte, Du möchtest die weiteren Schritte tun, indem ich das wo, wie und wann ganz Dir überlasse. [...]

1 Johannes *Hesse*, Vater von Hermann Hesse. Sohn des Dr. Carl Hermann Hesse in Weißenstein (Estland) und seiner Frau Jenny, geb. Laß. Geboren am 14. Juni 1847 in Weißenstein. Gestorben am 8. März 1916 in Korntal bei Stuttgart. Missionar der Basler Mission, Gehilfe und später Nachfolger seines Schwiegervaters Dr. Hermann Gundert als Vorstand des Calwer Verlagsvereins. (Siehe »Nachwort«)

2 Hermann *Gundert*, Missionar, Sprachgelehrter, Dr. phil. Geboren 4. Februar 1814 in Stuttgart. Gestorben 25. April 1893 in Calw. Großvater von Hermann Hesse. (Siehe »Nachwort«)

5] *Marie Hesse an Adele Hesse*[1]
Sie berichtet von Hermanns Geburtstag:

Basel, 2. Juli 1882

Mein teures Adelchen,
[...] Arnold und dessen Schwestern spielten viel mit ihm [Hermann] am Tisch, zuletzt gab's Streit. Dann erklärte

Memmerle, es sei recht dumm, daß man so einem bösen Knaben, wie Arnold sei, einen so arg schönen Namen gegeben habe, dazu einen *biblischen.* Als Emma und ich sagten, in der Bibel sei nirgends ein Arnold, sagte er, das wisse er halt besser, wir hätten's wohl eben vergessen. Aber sein eigener Name sei nicht schön und nicht biblisch und wir hätten ihn »Seth« heißen sollen. Seth sei sehr schön, und Adam und Eva hätten ihr *braves* Büblein so geheißen, das ihnen Gott zum Trost geschenkt für den toten Abel und für den ganz bösen Kain. – [. . .]

1 Adele *Hesse,* Schwester von H. H. Geboren 15. August 1875 in Calw. Gestorben 24. September 1949 in Korntal. (Siehe »Anhang«)

6] *Hermann Gundert an seinen Sohn Hermann*[1]

Calw, 7. August 1882

[. . .] Und am 6. (Sonntag), nachdem Memmerle Hesse von Frau Huber-Burckhard vom Hauenstein herabgebracht war – (er sagte, »wegen der lumpigen Tauf wär ich nicht herabgekommen, aber ich muß ja jetzt wieder in d'Schul«) – taufte ich Nachmittag in Gegenwart des Praetorius Huber und Theodors den lieben Johannes[2] und wir saßen fröhlich zusammen [. . .]

1 Hermann *Gundert,* Pfarrer in Mount Clemens (Michigan). Ältester Sohn von Dr. Hermann Gundert. (Siehe »Anhang«)
2 Johannes *Hesse,* genannt Hans, jüngerer Bruder von H. H. Geboren 13. Juli 1882, gestorben 27. November 1935. (Siehe »Anhang«)

7] *Hermann Gundert an Johannes und Marie Hesse*

Calw, 25. Juni 1883

[. . .] Mit Hermann werdet ihr freilich viel Geduld haben müssen. Es kommt auch von Gott, daß einem die Kinder Rätsel aufgeben, vor denen man ratlos stille steht. [. . .]

8] *Hermann Gundert an seinen Sohn Hermann*

Calw, 9. Juli 1883

[...] Der Hansli ist ein fröhlicher Bursche, der Hermann ein verzwickter, leicht hochgesteigerter. [...] Sie gehn jetzt auf den Rechtenberg irgendwo im Jura, nehmen dazu alles Eßbare mit. [...]

9] *Aus dem Tagebuch von Marie Hesse*

[1883]

[...] Am 10. Juli im Omnibus mit Sack und Pack die ganze Familie auf den Rechtenberg (Ratsherr Sarasins Gut) gefahren und dort gelebt im Grünen bis zum 3. August.

Rechtenberg, 30. Juli 1883

[...] Abends waren wir noch etwas unten bei Wackernagels. *[Drei eigene und drei Stiefsöhne seien dagewesen.]* Man las Briefe von Stilling an jene Fluhbacher Wirtsfrau vor, die hier im Original sind. Eine wirklich nette, edle Familie ist diese Wackernagelsche, alles so reell und einfach. ... Hermann sieht so gesund und sonnverbrannt aus, die Luft und das freie Leben hier tun ihm offenbar gut. Doch fragt er schon besorgt, ob man gewiß an den Schulanfang denke und bei Zeit in Basel zurück sei? [...]

10] *Marie Hesse an Hermann und Julie Gundert*[1]

Basel, 5. November 1883

[...] Unser Hermann geht jetzt auf eigenen Wunsch zur Sonntagsschule (Frau Pfarrer Pfisterer) ins Knabenhaus. Im ganzen ist er gottlob recht ordentlich und viel lenksamer.

1 Julie *Gundert*, geb. Dubois, Großmutter Hermann Hesses. Geboren 1. Oktober 1809 in Corcelles (Neuchâtel). Gestorben 18. September 1885 in Calw. (Siehe »Nachwort«)

Aber am 14. November 1883 schreibt Johannes Hesse[1]*:*
Hermann, der im Knabenhaus fast für ein Tugendmuster gilt, ist zuweilen kaum zu haben. So demütigend es für uns wäre, ich besinne mich doch ernstlich, ob wir ihn nicht in eine Anstalt oder in ein fremdes Haus geben sollten. Wir sind zu nervös, zu schwach für ihn und das ganze Hauswesen nicht genug diszipliniert und regelmäßig. Gaben hat er scheint's zu allem: er beobachtet den Mond und die Wolken, phantasiert lang auf dem Harmonium, malt mit Bleistift und Feder ganz wunderbare Zeichnungen, singt wenn er will ganz ordentlich, und an Reimen fehlt es ihm nie.

1 Dieser Brief ist aus dem Buch »Marie Hesse« von Adele Gundert, S. 207 f.

11] *Hermann Gundert an Johannes und Marie Hesse*

Calw, 1. September 1884

[...] Euren Hermann bemitleide ich herzlich, aber ich gestehe, eine Freude wäre mir's nicht, wenn Ihr ihn weit abgäbet. Es ist schon falsch zu sagen, man könne ihn nicht beeinflussen. Gott, der ihn Euch gegeben hat, ließ Euch gewiß nicht und läßt Euch nicht ohne die Mittel, ihn zu beeinflussen. Soll denn die tägliche Fürbitte für ihn vornweg als kraftlos gedacht werden? Ich meine, Ihr solltet Euch rüsten, große Gnaden von Gott gerade in Betreff seiner zu erwarten und also auch herabzuziehen. Ihr könnt ihn doch niemand übergeben, dem mehr an dem Knaben läge als Euch. So ist mir's zu Mute und ich kann nicht anders schreiben als mirs ums Herz ist. [...]

12] *Aus dem Tagebuch von Marie Hesse*

[1884]

Mit Hermännle, dessen Erziehung uns so viel Not und Mühe machte, geht es nun entschieden besser. Vom 21.

Januar bis 5. Juni war er ganz im Knabenhaus und brachte bloß die Sonntage bei uns zu. Er hielt sich dort brav, aber bleich und mager und gedrückt kam er heim. Die Nachwirkung war entschieden eine gute und heilsame. Er ist jetzt viel leichter zu behandeln. [...]
Am 16. September kam die liebe Schwester Elisabeth[1] mit ihren Kindern. Aber dieser sonst so freudige Tag wurde für uns ein Tag des Schreckens und tiefer Sorge, da von Schopfheim abends ein Telegramm kam, Theodor[2] sei auf und davon! Umsonst erwartete ihn mein l[ieber] Mann hier am Bahnhof. Ach, das waren drei schwere Nächte, zwei dunkle Tage, da wir gar nicht wußten, wo unser Kind sei. Am 19. kam er plötzlich, mager, bleich, verstört daher und verlangte nur nach Schlaf. Er war nach München in einem Strich gefahren, hatte sich dort dem Musikdirektor gestellt, der ihn zur Kunst ermutigte und sein Talent anerkannte, und war dann sofort zurückgereist, hatte im Wartesaal des Bahnhofs bloß sich aufgehalten und war nun ausgehungert und todmüde vor Schlaflosigkeit. Er erklärte uns, er halte es nimmer aus, wir sollten ihm Erlaubnis geben die Musik ganz zu erwählen. Endlich versprach er, er wolle in seine Lehre zurück und sein Examen abmachen, mit der Bedingung, daß wir ihm dann erlauben, sich der Musik ganz zu widmen.

1 Elisabeth *Gundert*, geb. Isenberg, Witwe von Samuel Gundert, Marie Hesses älterem Bruder, der 1880 in Indien gestorben war. Die Kinder sind Hermann und Agnes Gundert.
2 Theodor *Isenberg*, älterer Stiefbruder von H. H. (Siehe »Anhang«)

13] *Hermann Gundert an Johannes und Marie Hesse*

Calw, 23. November 1884

[...] Über Hermanns gute Entschlüsse freue ich mich mehr als über seine Poesie. Letztere kommt mir fast unnatürlich vor für seine Jahre. Man sieht, er ist schon voll Stoff's, überallher aufgesogen. [...]

[1885]

[Am 18. September starb Marie Hesses Mutter Julie Gundert, geb. Dubois.]

14] *Aus dem Tagebuch von Marie Hesse*

[1886]

Im Februar kam an das Basler Komitee die Bitte von Papa, ihm Johannes als Gehilfen und Nachfolger abzugeben. Basel mit seinem lebendigen, anregendem Treiben, den köstlichen Kreis unserer Missionsfreunde, unser sonniges heimeliges Logis, unsere liebe Nachbarschaft zu verlassen, fällt mir wohl schwer. Auf der andern Seite zieht Papa. Am 10. März kam die Entscheidung des Komitees für Calw. [...]

[Im Juli 1886 übersiedelt die Familie Hesse nach Calw.]

In Calw: Ja es ist schön, bei Papa sein. Mir war in den ersten Monaten hier alles schön weil Papa da ist und er mir alles ersetzt. Doch kam im Winter ein Rückschlag, es gab Ärger und Erkältungen mit den schlechten Räumen, der Heizung, dem Lokus, der jeweiligen Bevormundung von Tantele[1], schwere Zeit mit Hermann, die monotone Einförmigkeit des Lebens hier drückte mich. Für mich ist die Zucht und strenge Sitte im Haus, das Sich schicken müssen auch gut und heilsam. Denke ich an Basler Wohnung, Freiheit und Umgang, an unser ungeniertes Familienleben zurück, so will michs hier beengen. Aber für das innere Wachstum ists besser so. Und dann, wie tief fühle ich jetzt erst, was ich an Johannes habe, was wir einander sind, wie wir einander verstehen, wie wir Eins sind.

1 Henriette *Ensslin*, Cousine und Gehilfin von Dr. Hermann Gundert, die ihm seit dem Tode seiner Frau auch den Haushalt führte.

15] *Aus dem Tagebuch von Marie Hesse*

[1888]

Im Geschäft ist mein lieber Mann unbefriedigt, ihm und mir fehlt überall die Freiheit. Um der Liebe willen sie dran geben, ist recht und schön ob aber Papa und uns damit wirklich gedient, irgendjemand genützt wird? Auf mir liegts wie ein Alp, ich hatte in diesem Jahr gegen Schwermut anzukämpfen wie noch nie. –
[...] Die großen politischen Ereignisse haben uns auch tief bewegt: 7. Februar Kehlkopfschnitt am Kronprinzen.
9. März Kaiser Wilhelm entschlafen.
15. Juni Kaiser Friedrich nach unsäglich schwerem Leiden gestorben und nun der junge, hoffnungsvolle Kaiser Wilhelm II. auf dem Thron. Adele und Hermann begrüßten ihn mit Begeisterung bei seinem Besuch in Stuttgart, September 88 und Cousine Johanna bekam eine Brosche für den überreichten Strauß. [...]

[Vom 6.–23. Juni Johannes in London bei der großen internationalen Missionskonferenz.]

[...] Unser Hermann freute sich sehr, in den Ferien mit seinem Freund Barth nach Schömberg zur Großmutter Dittus zu gehen; schon nach zehn Tagen aber trieb ihn plötzlich unwiderstehliches Heimweh nach Hause. Ganz zu Fuß, mit schwerem Reisesack kam er müde und kaput ganz unerwartet bei uns an[1]. [...]

1 *Aus einem Brief Hermann Hesses an Dr. Siegfried Seeger, Arzt in Bad Liebenzell bei Calw*

5. März 1954

Lieber Dr. Seeger,
[...] Ich bin in meiner Jugend nicht sehr oft nach Liebenzell gekommen. Aber einmal, ich war elf oder zwölf Jahre alt, war ich im Spätsommer in der Vakanz etwa 14 Tage Gast bei einem Klassenkameraden oben in Schömberg. Als es Zeit war, wieder heim zu reisen, schleppte ich mein Köfferchen von Schömberg nach Liebenzell hinunter, es war schwerer als mir lieb war, und ich war schon müde, als ich den Bahnhof erreichte. Da war aber mein Zug schon weg und erst nach mehreren Stunden sollte wieder einer gehen. Da biß ich die Zähne zusammen und machte mich per pedes auf den Weg, die Landstraße war unglaublich staubig und unglaublich lang und der Koffer wurde immer schwerer, ich trug ihn links und trug ihn rechts und ein Schmetterlingsnetz hatte ich auch noch mit. Irgendwie kam ich schließlich doch nach Calw und heim, aber dieser Weg ist mir fürs Leben in Erinnerung geblieben. [...]

16] *H. H. an Marie Hesse*

[Calw,] 11. Mai 1888

Liebs Mami,
danke vielmal für Deinen lieben Brief. Er hat mich recht gefreut. Morgen Nachmittag darf ich und Marulla mit Tante Elisabeth nach Thalmühle. Darauf freuen wir uns natürlich sehr. Hoffentlich ist dann die Nagold nicht groß. Wie geht es Dir und Adele. Ist es gut gegangen mit Adelens Zähnen? Wir sind alle munter außer Hansli, welcher sagt, alles habe keinen Wert und zuletzt herausfindet, daß er selbst auch keinen Wert habe.
Eben kam Dein Brief an. Wir schaffen viel im Garten. Ich gehe oft auf die Schmetterlingsjagd[1].
Grüße alle Verwandte und Bekannte und sei selbst gegrüßt und geküßt von Deinem

Hermann

1 *Zu »Schmetterlingsjagd« die folgende Erinnerung seines Vetters Wilhelm Gundert, brieflich mitgeteilt an Ninon Hesse am 7. August 1963:* »Lebhaft steht vor mir ein heißer Sommertag 1888 oder 89 (vielleicht auch 1890), wo wir im Gefolge meines Vaters David vom Neuffen herkommend den steilen Hang zum bergumkränzten Urach hinabstiegen. Es war ein Festtag für die Schmetterlinge: Schwalbenschwanz, Pfauenauge, Trauermantel und Admiral

schwärmten beglückend umher. Plötzlich drückte Hermann niederknieend den Strohhut auf den Boden mit dem feierlichen Ruf: ›Ein Apollo!‹ Was weiter geschah, weiß ich nicht mehr; aber in dem Rufe lag etwas, was mich ihn nie vergessen ließ und wieder hell klang als ich die Verse las: O daß es Farben gibt! Blau, Gelb, Weiß, Rot und Grün! Es war im Grunde doch kein Bruch in diesem Leben; es waren »Stufen« – des Leidens und doch der Gesundung. [...]«

17] *Aus Briefen von Hermann Gundert an seinen Sohn Hermann*

Calw, 10. Dezember 1888

[...] Mit Hermann treibt Johannes etwas Griechisch und Latein, da fällt ihm auf, wie ungeheuer leicht er kapiert. Nur verwendet er noch nicht viel Ernst aufs Behalten. [...]

18] Calw, 21. Januar 1889

Liebe Kinder,

[...] *[Er berichtet, daß Marie mit ihren Kindern Adele und Hermann in Stuttgart war]*, um beide dem orthopädischen Dr. Roth zu zeigen.

Hermann wurde mit zu schwachem Gliederwachstum behaftet gefunden, für ihn ist auch ein special treatment vorgeschrieben. Adieu Schlittschuhe, weg mit Turnen etc. Bloß ruhige, gleichmäßige Bewegung ohne exertion erlaubt. Marie ließ jenen Tag die Kinder in Stuttgart, die Tochter bei Herrn Nestle (Frau Marie Oehler geb.), den Hermann bei Adolf[1], von wo sie erst am Sonntag zurückkehrten.

Der Großvater schreibt noch von Adele, der das Streckbett bevorstehe, aber ihr wird aller Gehorsam leicht. Hermann dagegen war finster und gereizt, [...]

1 Adolf *Gundert*, 1836–1898, Stiefbruder von Dr. Hermann Gundert. (Siehe »Anhang«)

19] Calw, 4. Februar 1889

Liebe Kinder,

mit Mühe entziehe ich mich einer großen Versammlung die

unten Kaffee trinkt, um den wöchentlichen Brief noch zu schreiben. Am 30. erschoß sich der Kronprinz von Österreich. [...]
Am 2. kam David[1], der Frau und Knaben nach Hirsau beförderte und hier über Mittag blieb. Den Nachmittag brachten die lieben Hesses in Nagold zu, bei der Missionskonferenz, hörten dort, daß in Südmahratta aufrührerische Christen sich wirksam an die SPG (= Society for Propagation of the Gospel) wandten, von der sie auch Katechisten bekommen haben. [...]
Gerade als Hesses abends von Nagold zurückkehrten, ließ ihr Hermann die Lampe in Johannes' Studierzimmer fallen, worauf sich das Petrol entzündete. Man mußte sehr dankbar sein, daß alles gelöscht werden konnte. Aber so gibts immer was mit diesen hastigen Kindern. [...]

1 Jüngster Sohn von Dr. Hermann Gundert, Verlagsbuchhändler. (Siehe »Anhang«)

20] *Hermann Gundert an seine Schwester Emma Plebst*[1]

Calw, 25. Mai 1889

[Er berichtet, daß er am 19. in der Kirche über I. Thess. 2 gepredigt habe. Dazu eine handschriftliche Notiz des Sohnes: Papas letzte Predigt.]

[...] Wir haben gestern eine Bewahrung erlebt, die noch fortwirkt. Marie hatte dem Hermann erlaubt, die beiden großen Mädchen im Kahn spazieren zu führen. Adele trat so ungeschickt in diesen, daß er umschlug und alle drei im Wasser lagen; freilich ganz nahe am Ufer, doch wurden sie patschnaß, hatten nach Kleidern zu schicken und in einem fremden Haus allerlei Beistand anzunehmen. Die Agnes (Hunnius) scheint den Schrecken noch nicht recht überwunden zu haben; Marie desgleichen, je weniger sie sich äußert. Es muß ihr soweit tagen, daß sie ein anvertrautes zartes Kind nicht dem raschen Hermann übergeben durfte. [...]

1 Emma *Plebst,* geb. Gundert, Stiefschwester von Dr. Hermann Gundert. Sie war die Tochter von Ludwig Gundert aus seiner zweiten Ehe mit Emilie Mohl. Geboren 1841, gestorben 1904 in Stuttgart. Verheiratet seit 1863 mit Georg Plebst, der 1888 starb.

In den kleinen Taschen-Notizbüchern von Marie Hesse steht am 22. Februar 1889 die Eintragung: Hermanns erste Geigstunde.

21] *Marie Hesse an Johannes Hesse*

Calw, 19. Juli 1889

[...] Heute habe ich in Reutlingen angefragt ob ich mit Hermann die erste Augustwoche dort zubringen könnte. Hermann kriegt lange Ferien vom 1. August an. Dieser Plan ist, daß ich mit den Buben fortgehe, Adele zu Fräulein von Reutern, Marulla nach Möttlingen bis Carl[1] mit uns in die Vakanz heimkommt. [...] Hermann Latein Erster, im Griechischen Siebenter. Er ist ordentlich. [...]

1 Carl *Isenberg,* Stiefbruder von H. H. (Siehe »Anhang«)

22] *Aus den kleinen Taschen-Notizbüchern von Marie Hesse*

26. Juli 1889

Ich rede mit Papa und wir beschließen uns zu trennen. Was mich das gekostet ahnt niemand! Es hätte aber längst sein sollen für Johnnys Nerven.

23] *Marie Hesse an Johannes Hesse*

Calw, 30. Juli 1889

[...] Wir haben gestern eine Wohnung gemietet. Friedrich[1] hat alles mit angesehen, beraten, besprochen, und er kann uns nur gratulieren, daß wir so etwas Freundliches gleich bekommen haben. Natürlich dachte er, es könne unmöglich was sein, weils heißt: »in der Ledergasse«. Mir hatte dies Wort auch immer etwas Abschreckendes. Aber das Haus steht weit zurück, hat ein Gärtchen vorn und hinten ganz erquickende Aussicht ins Grüne. Mit geschlossenem Korridor, fünf Zimmern, Küche und Speiskämmerchen, alles alt und einfach, auch nicht mit Winkelmaß gemessen, wie die meisten Calwerhäuser! aber wirklich sehr behaglich und gemütlich.

Es ist dasselbe Haus, in dem wir vor 27 Jahren kurz wohnten, aber damals war eine Gerberei drin und ringsum lauter Lohgruben und Gestank. Die Wohnung gar nicht hergerichtet. Es gehört jetzt Verwaltungsaktuar Staudenmeyer, der unten drin wohnt, mit seinem jungen Fraule und zwei kleinen Buben. Er baut und repariert seit er das Haus gekauft und macht alles nett und wohnlich. Adele war mit mir dort zum Ausmessen [...]

1 Friedrich *Gundert*, Bruder von Marie Hesse. (Siehe »Anhang«)

24] *Hermann Gundert an seinen Sohn Hermann*

[Calw,] 29. Juli 1889

Johannes [Hesse] schrieb mir [am] 14. Juli – wie er Marie meldete nach langem Besinnen: »Es ist *sehr* demütigend für mich, dem, was nun einmal mein Beruf ist, so ungenügend nachkommen zu können. Dazu empfinde ich mit jedem Jahr mehr, daß ich nicht ›unter meinem Volke‹ wohne, sondern in einem fremden Lande, an das sich ›mein Geist nicht gewöhnt‹ trotz aller Übereinstimmung im Tiefsten. Bei einer flotten gesunden Tätigkeit würde ich das gar nicht merken. Aber so ist eine beständige Wechselwirkung da zwischen der physischen Schwäche und dem moralischen Druck und

darin liegt eine *Anfechtung*, eine Wurzel der Bitterkeit, die an und für sich krank macht und die zu bekämpfen jedenfalls ermüdet. Der Geist ist willig aber das Fleisch ist schwach. Mein Hauptgesuch dabei ist – Vergebung. Und darin liegt auch wohl das Hauptstück der Heilung. Im übrigen weiß ich, daß ich leide, was meine Sünden mir eingebrockt haben und daß dies Leiden selbst eine gnädige Zucht ist. Habe Dank für alle Deine Liebe und Geduld, für Deine Fürsorge und Fürbitte.«
Das war alles so erwogen, so ehrlich und doch so künstlich gestellt, daß ich nicht wagte, eine Antwort zu schreiben, in seiner jetzigen Nervenaufregung. Wir beten viel für ihn.
[...]

25] *Hermann Gundert an seine Schwester Emma Plebst*

Calw, 1. August 1889

[...] Marie ist heute früh nach Bern abgereist, dem einsamen, umgetriebenen Johannes zur Hilfe. Er liegt in Dändlikers Spital in Bern, hat öfters Nervenstürme und Weinkrämpfe. Gott wolle sich sein erbarmen und ihn der Familie sowie dem Werk erhalten!
[...] Also Marie will mit den Ihrigen ausziehen, hat schon ein Logis in dem einst von uns anno 1862 bezogenem Hause in der Lederstraße und an der Nagold. [...]

26] *Aus Briefen von Hermann Gundert an seinen Sohn Hermann*

Calw, 3. August 1889

[...] Also die Kinder um 7 Uhr 27 glücklich ab, Hermann sehr niedergeschlagen wegen seines Vaters Krankheit, was uns wohl tat. [...]

27] Calw, 5. August 1889

[...] Am 31. war Abschiedsfeier im Lyzeum, dort bekam Hermann Gundert als Primus ein Praemium, (brachte aber kein Compliment zustande), Hermann Hesse verschandelte solche Ehre. [...] Ein paar Stunden nach Maries Abgang nahm Adele den Hermann und Hans unter ihre Fittige und brachte sie nach Tübingen, sah dort den Einzug des Königs durchs Spalier der Studenten, worauf abends [unleserlich] besucht wurde. Dort ließ sie die Knaben am 2. August und fuhr nach Eßlingen [...]

28] Calw, 12. August 1889

[Über Johannes Hesse, der morgen oder übermorgen mit Marie zurückerwartet werde.]

[...] Diese Balten haben fast alle einen Zug von Schwermut an sich und meine leichte Art hat für sie etwas Verletzliches. Gott wolle drein sehen und ihm heraushelfen. In 2–3 Tagen werden sie da sein. [...]

29] Calw, 19. August 1889

[Am 13. Nachmittag sind Marie und Johannes heimgekehrt.]

Johannes war doch besser als wir fürchteten, nur muß er geschont werden und unser Essen war ihm bald zu laut, er ißt für sich im Nebenzimmer. Etwas zu arbeiten hat er aber gleich angefangen, natürlich im gemäßigten Tempo. [...] Johannes war in Calw zur Kirche gegangen, die ihm wohltat nach den Schweizerkirchen, die er sehr vernachlässigt gefunden hatte. Nach uns kehrte auch Hermann Hesse zurück, der heute nach Stuttgart fuhr und vielleicht den Schah noch zu sehen bekommt. [...]

30] *H. H. an Johannes und Marie Hesse*

Stuttgart, 22. August 1889

Liebe Eltern,

ich bin glücklich hier angekommen, traf aber den l. Onkel nicht zu Hause. Er war gerade nach Firnsal abgereist. Es ist da oben sehr nett. Auf dem Spielplatz haben wir ein Zelt errichtet. Ich habe jetzt ein Mundstück zu meiner Trompete, es kostete nur 70 Pf. Heute Nachmittag dürfen wir ins Naturalienkabinet, worauf wir uns sehr freuen. Ich war bei Tante Reiniger, welche mich alle grüßen läßt.

Wilhelm [1] und ich, wir machen täglich eine Schönschrift. Wir schreiben irgend einen Spruch; wenn dies fertig ist, dürfen wir spielen. Dann gehts meistens auf den Spielplatz hinab ins Zelt [2]. Dort bleiben wir oft den ganzen Vormittag, den wir als Araber oder Zigeuner etc zubringen. Oft schaukeln und kegeln wir auch, wobei Paul oft Veranlassung zum Lachen gibt. Gestern waren die Vettern Egi u. Wilhelm da. (Der Weinberg ist jetzt sehr groß). Es sind viele junge Küchlein da, welche gar possierliche Sprünge machen. Dem kleinen Mariele gehts gut. Sie ist immer sehr lebhaft. Wir haben im Sinn, Onkel Adolf am Sonntag zu besuchen. Es stürmt immer arg. Ich lese ein sehr interessantes Buch »die jungen Seefahrer«, welches mir sehr gefällt. – Wie geht es Euch, besonders d. lieben Papa? Uns allen geht es gut. –

Viele Grüße an alle Verwandten, besonders dem l. Onkel. Viele Grüße auch an Euch alle von der l. Tante u. den Vettern. Es grüßt u. küßt Euch Euer Sohn

Herrmann

(Bitte bald Antwort!)

1 Wilhelm *Gundert.* (Siehe »Anhang«)

2 H. H. verbrachte einen Teil seiner Sommerferien häufig bei Onkel David Gundert, dem jüngeren Bruder seiner Mutter, mit dessen ältestem Sohn Wilhelm er befreundet war. Das Haus, die »Davidsburg«, lag auf einem Rebberg und die Kinder hatten am untersten Ende des Gartens einen schönen Spielplatz.

»Wahrscheinlich schon in den ersten Tagen verfiel Hermann auf den Gedanken, hier ein Zelt zu bauen und bald hatten wir es zusammengeflickt: Zwei Paar oben gekreuzte Tragstangen und über sie gelegt eine ziemlich lange Firststange, über die dachartig ein großes Bodentuch gehängt wurde. Ich, der drei Jahre Jüngere, war natürlich mit Begeisterung dabei, und befolgte jede Weisung, die mir der Vetter gab. Als das Gehäuse fertig war, und ich dachte: Jetzt setzen wir uns zusammen hinein und rauchen die Friedenspfeife, da suchte Hermann noch nach einem kleineren Tuch, das er in der Mitte des Zeltes quer bis auf den Boden herunter hängte und bedeutete mich, in den vorderen Teil könnte ich seinetwegen hereinkommen, der hintere Teil gehöre ihm allein. Es gab also in dem Zelt ein Heiliges, das ich zur Not betreten durfte, und ein Allerheiligstes, nur für ihn betretbar. Er hatte ein paar Bücher von Calw mitgebracht, die verwahrte er im Allerheiligsten. Und dann legte er sich jeden Tag stundenlang bäuchlings im Zelt auf den Boden, den Oberkörper hinter dem Tuch, die Beine vor dem Tuch bis an den Eingang. Da lag er und las und las, und es war klar, daß er von nichts und niemand hier gestört sein wollte.« *(Brief von Professor Wilhelm Gundert an Ninon Hesse, Februar 1966)*

31] *Hermann Gundert an seinen Sohn Hermann*

Calw, 2. September 1889

[...] Heute ist David da [...] den Hermann Hesse brachte er mit, der am 27., als ich in Stuttgart war, sagte, er wünschte die Vakanz dauerte bis anno 96, es sei ihm noch nicht langweilig. So blieb er vierzehn Tage in Stuttgart bei David, hält sich gut [...].
Die zwei Hermelink waren von Eßlingen herübergelaufen zum Missionsfest und wurden gut bewirtet. Alle Schulspäße wurden mit Wilhelm und Hermann Hesse losgelassen, z.B. no bis per pontem, schwimme zweimal unter der Brücke durch; Vespa-si-anum pungit clamat, wenn eine Wespe ein altes Weib sticht, schreit sie, etc. Sie waren sehr heiter zusammen. [...] Heute ist also Sedansfest, worauf Hermann Hesse zumeist spekulierte als er heimkehrte. [...]

32] *Aus dem Tagebuch von Marie Hesse*

[...] Am 16. September 1889 zogen wir in die neue Wohnung, die sonnig und behaglich ist. Gott sei Dank, nun haben wir wieder ein Heim. [...]

33] *Hermann Gundert an seinen Sohn Hermann*

Calw, 30. September 1889

[...] Gestern nun kam *Johannes Claassen*[1] *von Münster, der Theosoph,* der über Böhme, Baader, Hamann etc geschrieben hat und gern *bei uns mitarbeiten möchte*[2], wenn er es als den Willen Gottes erkennt. Wir hatten längere Verhandlung. Ich fürchte, der Mann ist zu hoch für uns, d. h. er ist willig zu dienen und hält auch gemeine Arbeit für annehmbar, aber er ist 54 Jahre alt und war mit seinem größeren Vermögen (das er anfangs dieses Jahres verlor) so gestellt, daß er immer nur auf die innere Stimme zu hören brauchte, um was zu arbeiten. Wie ihm nun unsere Fabrik zusagen würde? Es könnte ihm ja gut sein, aus der immensen Innerlichkeit herausgerüttelt zu werden, aber ob er sich wohl fühlen würde in diesem Getrieb der Räder, ist mir doch zweifelhaft. Er hat gerade etwas Englisches geholt, um sich daran zu versuchen. Ich glaube aber, das Ende wird sein, daß wir ihm einen bestimmten Auftrag geben, den er irgendwo wird ausführen können. [...]

1 Im Jahr 1936 schrieb Hermann Hesse seine Erinnerung an Johannes Claassen auf. (G. S. IV [Gedenkblätter]. »Herr Claassen« S. 665–689.)

2 *»bei uns mitarbeiten«:* das geschah, Herr Claassen hat die *Calwer Bibelkonkordanz.* Vollständiges biblisches Wortregister, herausgegeben vom Calwer Verlagsverein 1893, in der Hauptsache fertiggestellt. Andre seiner Schriften nennt H. H. in dem Gedenkblatt.

34] *Johannes Hesse an Adele Hesse in Tübingen*

[Calw, 10. Oktober 1889]

[...] Hermann läßt Dich grüßen und Dir gute Besserung wünschen. Er bemalt die Wand neben seinem Bett, formt Götzen aus Lehm, liest viel, treibt auch Unsinn mit Hans, erzählt zuweilen den Kleinen von Eulenspiegel und den Schildbürgern, wirft auch gelegentlich die Petroleumlampe um. [...]

35] *Hermann Gundert an seinen Sohn Hermann*

Calw, 21. Oktober 1889

[...] Am 17. verließ uns Claassen, nach Münster heimkehrend in der Absicht, bis Ostern etwa dort zu bleiben und dann nach Calw zu ziehen, wo er sich schon nach Wohnung umgesehen hat. So leicht ist's nicht, eine passende zu finden. [...]

36] *Marie Hesse notierte*

13. Oktober 1889

Claassen manche Abende bei uns.

11. November 1889

Hermanns Feigendiebstahl[1] entdeckt!

1. Dezember 1889

H. im Bett mit Fußschmerz (elektrisiert).

1 Die Geschichte vom Feigendiebstahl schrieb H. H. 1918: »Kinderseele«. (G. S. III, 429 ff.)

37] *Marie Hesse an Johannes Hesse*

Calw, 3. Dezember 1889

[...] Bellons sagten, Rektor Bauer[1] rate selbst ab, wenn man Zöglinge schicken wolle, da er alt werde und letztes Mal von vierzehn Bewerbern bloß vier das Examen bestanden [...]

1 Otto *Bauer*, Rektor der Göppinger Lateinschule, geb. 1830 in Ludwigsburg, gest. 1899 in Göppingen.

38] *H. H. an Adele Hesse bei Frl. v. Reutern, Grabenstraße in Tübingen*

Calw, 4. Dezember 1889

Liebe Schwester,
ich hoffe, es geht Dir und Carl gut. Mir geht es gut, habe aber wenig Zeit zu allem. Ich muß gehörig schaffen, bis ich

alle auf den andern Tag fälligen Aufgaben fertig habe. Da ist alles durcheinander. Aufsätze, lateinisch, Geschichte, Geographie, Griechisch, Französisch, Arithmetik, Religion, Deklamation, etc. Du kannst Dir denken, was das für ein Geschäft ist. Dennoch hätte ich Dir gern einen ordentlichen Brief geschrieben, aber ich hatte nur 5 Pf., da reichte es nur zu einer Postkarte. Mit dem Geigen gehts gut. Den Kleinen macht besonders das Schlittenfahren Freude. Seit einiger Zeit stehe ich regelmäßig morgens 6 Uhr auf. In diesen Morgenstunden (täglich von 6–7) habe ich zwei Gedichte vollendet, »Der fremde Jäger« und »Der Schwanenritter«. Auch fahr ich manchmal Schlittschuh auf dem Schnee; dies ist jedoch eher ein Schlauch als ein Vergnügen. Auch zeichne ich manchmal, bringe aber selten etwas Brauchbares zu stande. Wirklich mache ich ein Bild des Parthenon. Im ganzen gehts in der Schule gut. Wenn Dich mein Lokus interessiert:
Lateinisch der dritte, Griechisch der dritte, Arithmetik 1, Französisch 2, Aufsatz 1., Geschichte und Geographie 4., Religion der 8., Deklamation 1–2.
Richte Karl meine Grüße aus.

Mit herzlichem Gruß und Kuß
Dein Bruder Hermann. VALE!

39] *Marie Hesse an Adele Hesse*

Calw, 17. Dezember 1889

Herzenskind!
Heute kam Dein Brief und Korb. Hermann dankte sehr für den Brief, der ihn recht freute. Er ist seit drei Tagen ganz lieb in seinem Bett und zärtlich froh, wenn man bei ihm sitzt, der Doktor elektrisierte ihn täglich und gab ihm Antipyrin, gestern besuchte ihn Herr Speidel, der Hansli sehr lobt. [...]

Von Göppingen wird die Pension Pfeifle empfohlen, wo der Elsässer, Dettinger und Mörike auch sind und Rektor Bauer wäre bereit, Hermann in die Schule zu nehmen. Allein jetzt ist er krank und es ist mir etwas bange, wenn er fort soll. Behüt Dich Gott, mein herzliebs Maus.

Mit Kuß Mama

40] *Aus dem Tagebuch von Marie Hesse*

[1889]

[. . .] Hermann hatte den halben Dezember Gliederschmerzen, mußte liegen, wurde elektrisiert. [. . .]

41] *Marie Hesse an Adele Hesse*

[Calw,] 20. Januar 1890

Liebe Adele,
heute kam Dein Brief [...] Kathrine Buhl[1] muß für Hermann Deckenziechen, Leintücher und Hemden machen, da er wohl in 14 Tagen nach Göppingen kommt. Wir haben zwar von der Pfeifferschen Pension noch keine Antwort. Ich war letzten Freitag in Kornthal, um jene Pension, die uns empfohlen war, anzusehen, aber Schule und Pensionen sind dort viel kostspieliger als in G. und es wehte mich eine solche Anstaltsluft an, daß ich keinen Mut hätte, H. hinzutun, obgleich ja viel Gutes und Rühmliches dort ist und Professor Warth sehr entgegenkommend war und mir einen durchaus guten Eindruck machte, so daß ich ihm persönlich H. gern übergeben hätte, aber bei 70–80 Buben kann ja ein Einzelner nicht genügend besorgt werden, wenigstens kein abnormer Bube wie unser Hermann. Herr Rektor hier hält auch Göppingen für ganz passend. Gott gebe, daß H. dort pariert und sich bessert in Fleiß und Sitten. Heinr. Hermelink sei dort brav geworden, doch ist er ja ganz anders als Hermann.
Jetzt geht bei den Kindern das Bohelen und Balatteln wieder an. Frau Marie Stälin ließ gestern Großpapa kom-

men, der noch zwei Jahre jünger ist als sie, sie auf den Tod vorzubereiten, doch lebt sie jetzt noch, [*Nachschrift:* Eben ist sie gestorben], ist aber sehr schwach. Schuhmacher Zahn erholt sich langsam trotz dem Schrecken, den er totkrank hatte, daß in seinem Schlafzimmer der Ofen einstürzte und die Flammen lichterloh herausschlugen. [...]

1 Die Hausschneiderin.

42] *Aus Briefen von Hermann Gundert an seinen Sohn Hermann*

Calw, 27. Januar 1890

Liebe Kinder,
heute ist Kaisers Geburtstag und auch Sitzung des Missionsvereins. [...] Der Hermann Hesse soll jetzt nach Göppingen kommen zum Rektor Bauer, der einst den Carl fürs Landexamen dressierte. Dem Bürschlein ists lieb, daß er fortkommt, und ich denke, die Lernluft, in die er versetzt wird, dürfte ihm gut tun. Marie wird in etwa acht Tagen ihn dort einliefern. [...]

43] Calw, 3. Februar 1890

[...] Am 1. Februar brach Marie mit ihrem Hermann auf, ihn in die Göppinger Lateinschule einzuliefern. Es ging alles gut, der originelle Rektor, die Witwe Kostgeberin, der Oberhelfer Hermann gefielen ihr völlig und der Knabe schien auch zufrieden mit dem Wechsel. Daß er mit Harmonika, Geige und Trompete einzog, belustigte namentlich seine Mitkostjugend. Ein Dettinger von Hohenstaufen gehört auch dazu, war aber über den Sonntag zu Hause beim kranken Vater [...]

44] *H. H. an Johannes und Marie Hesse*

Göppingen, 5. Februar 1890

Liebe Eltern,

vielen Dank für Eure Sendung, die Bücher kann ich gerade brauchen. Bitte schickt mir noch »Ploetz Teil I Elementargrammatik«. Im Französischen bin ich noch sehr zurück, muß deshalb wohl Privatstunden nehmen. Im andern komme ich mit. Es geht mir gut zu Haus und in der Schule. Hans soll nur einstweilen in Calw fleißig lernen, so wird er wohl auch mal nach Göppingen kommen. Daß es Großpapa an seinem Geburtstag[1] gut geht, freut mich sehr. Näheres will ich am Sonntag schreiben, weil[s] jetzt pressiert; ich muß um 2 Uhr in die Schule. Auch im Konfirmandenunterricht gehts gut. Herr Oberhelfer ist sehr freundlich, es gehen aber wenige Lateiner zu ihm in den Unterricht. Heinrich Hermelink[2] ist wieder gesund seit Montag. Wir haben hier keinen locus nach dem man sitzt, auch machen wir keine Proloco. Viele Grüße an alle Verwandten.

Es grüßt Euch Euer dankbarer Sohn

Herrman

Rektor Bauer an Johannes Hesse

[Göppingen,] 6. Februar 1890

Verehrter Herr Hesse!

Im Französischen kann Ihr Sohn vielleicht nicht mitmachen und es könnte daher notwendig werden, daß er etwas Privatstunden nimmt. Bitte mir jetzt mitzuteilen, ob Sie damit einverstanden sind.

Mit freundl. Grüßen

Ihr erg. Rektor Bauer

1 4. Februar 1814.

2 (Siehe »Anhang«)

45] *Marie Hesse an Adele [oder Marulla] Hesse*

Calw, 6. Februar 1890

Mein liebes Kind!

Schönen Dank für Deinen Brief. Es war ganz nett an Großvaters Geburtstag, Tante Emilie und Onkel David mit 3 Kindern kamen. [...] Samstag 1. Februar reiste ich morgens mit Hermann nach Göppingen. Bei Frau Oberlehrer Schaible, Geißlingerstraße 3 ist Hermann ganz gut versorgt, glaube ich. Sie lebt ganz für die Buben und mit ihnen. Werktags sind sie von 8–12, dann von 2–4, dann von 5–7 in der Schule, dazwischen essen sie wacker und kriegen gut zu mampfen. Freie Nachmittage gibt es dort nie, doch sehen die Jungens vergnügt aus und können ihren originellen Rektor nie genug rühmen und erzählen endlose heitre Stückchen von ihm. Uns empfing Herr Rektor Bauer mit der langen Pfeife, war aber recht freundlich, empfahl Hermann, seinem Bruder Karl nachzuahmen, der habe »fein gezogen« und werde »etwas Rechtes« werden. Mir trug er für Carl [1] einen schönen Gruß auf, [...]

Hermann wurde sofort examiniert und blieb jenen Samstag noch bis abends 7 Uhr in der Schule. Bei Oberhelfer Hermann sagte ich ihn zum Konfirmations-Unterricht an und dort lud man uns auf Sonntag zum Mittagessen ein. [...]

Hermann war also mit mir dort zum Essen und spielte bis 2 mit den kleinen Buben, dann hörte ich Oberhelfers Predigt von 2–3, vesperte bei Frau Schaible und wurde von ihr und den Buben an den Bahnhof gebracht. Vor 4 Uhr fuhr ich ab und kam 5 1/2 nach Stuttgart. Hermann zeigte keinen Abschiedsschmerz, die Kameraden waren ihm sehr wichtig. Die hatten an Brille und Zwicker und allen musikalischen Instrumenten Hermanns solche Freude und soviel Interesse gezeigt, daß Frau Schaible fast Angst kriegte, es könnten diese vortrefflichen Schüler von ihrem gewohnten Fleiß abgezogen werden durch den Einzug von Hermann und dessen Unterhaltungen. Ich hoffe, sie haben dagegen unsern Jungen in ihr Reich des Fleißes und der begeisterten Strebsamkeit hineingezogen. Herr Rektor hatte ja gesagt: »ein Fauler hälts bei uns gar nicht aus, bloß Fleißige bleiben in meiner Schule«. [...]

1 Marie Hesse schreibt Karl immer abwechselnd mit K oder mit C.

46] *H. H. an Johannes und Marie Hesse* [1]

[Göppingen, 9. Februar 1890]

Liebe Eltern!

Heute morgen bekam ich einen Brief von Adele. In der Schule gehts immer lustig her. Ich bekam schon Hosenfitzer; natürlich aber nur im Spaß. Wenn Herr Rektor gut aufgelegt ist, kann er eine Regel hersagen. Sodann muß die ganze Klasse herauskommen und darf mit Hosenfitzern wieder hineinwalzen, damit sie stets diese Regel behalten soll. Oft bedaure ich, daß Ihr nicht einen solchen Schultag mit ansehen könnt. Dann sieht Herr Rektor irgend etwas auf der Straße, z. B. wie gestern eine kolossale Sau. Dann darf die ganze Schule auf die Straße, um es zu sehen. Um 10 Uhr hat man Interstitz. Wenn man da sitzen bleibend etwas schafft, muß man vor dem Haus herummarschieren mit einer roten Fahne, worauf in riesigen Buchstaben zu lesen ist »Stubenhocker«. Daß es einem da gefällt, könnt Ihr schon glauben. Herr Steidel reiste gestern ab. Seinen Nachfolger hab ich noch nicht gesehen. Zu schanzen habe ich allerdings gehörig. Aber das tut nichts. Ich bekomme zwar hie u. da ein wenig Kopfweh, aber was tut das? Aber Appetit habe ich!!! Du solltest sehen, wie da die Bröder verschwinden. Über wie manche Suppe, vor der mir zuhaus grauste, falle ich heißgierig her u. bitte sogar manchmal um einen zweiten Teller. Das solltet Ihr sehen!!! Aber wenn uns einmal ein bischen Zeit übrig bleibt, dann geht's lustig her. Da wird Geige, Harmonika (Hand- und Mundharmonika) Trompete hervorgeholt, dazu unsre vier Stimmen. Das gibt ein nobles Konzert. Aber wir müssen immer zuerst sehen ob keine Hühner da sind, denn diese würden alle draufgehen. Übrigens bemerke ich, daß meine Stimme von Tag zu Tag tiefer wird. Schreibt mir bitte im nächsten Brief, ob ich einige von Herrn Rektors Späßen aufschreiben soll, um sie in der Vakanz vorzulesen. Ich fürchte nur, Ihr würdet Euch zu Tod lachen. Gebt bitte Frau Reichert meine Briefe zu lesen. Ich glaube, es freut sie.

Euer Sohn: Herrmann!

Bitte grüßt von mir herzlich:
1.) *Alle* Verwandten (nota bene alle) in Calw u. Hirsau.
2.) Frau Reichert.
3.) Herr Aktuars mit ihren Kleinen.
4.) Lina (beide).
5.) Katharina Holzapfel
Bitte schickt mir auch:

I. Ploetz, Gramm., beide Teile	Das sind einstweilen die
II. Polack, Geschichte.	notwendigsten Bücher.
III. Ruge, Geographie	Bitte schickt sie mög-
IV. Putzger, Geschichtsatlas (neu)	lichst bald.

Bitte nehmt mir diese Forderung nicht übel. Ich kann ja nichts dafür. Es sind nur die notwendigsten.

Lieber Hans! Lerne nur recht fleißig, daß Du auch nach Göppingen darfst. Gewiß wird es Dir da auch gefallen. Einstweilen spiele mit den Balatten u. sei recht brav gegen Marulla.

Dein Bruder: Hermann

1 Oben links Tintenfleck, oben rechts mit Bleistift von anderer Hand: ecce sus.

47] *Hermann Gundert an seinen Sohn Hermann*

Calw, 10. Februar 1890

[...] Hermann Hesse sandte eine Karte mit dem neuesten Witz seines Rektors Bauer: Quem puerorum Germanorum non iuvet vesci globulis (Knöpfle). Das ist der, welcher in den Arbeitsstunden zu einem seiner Schüler sagen kann: Du stopf mir meine Pfeife! Und zum andern: Bring du mir meinen Kaffee aber nimm dich in acht, daß du mir unterwegs nicht mehr wegtrinkst als zwei Schlücke. [...]

48] *Johannes und Marie Hesse an H. H.*

Calw, 11. Februar 1890

Lieber Hermann,
wir haben uns recht gaudiert an Deinem Brief. Ich antworte per Karte weils pressiert der Schulbücher wegen. Kannst Du diese nicht antiquarisch kriegen? Das wäre das beste, im andern Fall kaufe sie eben in Göppingen, wir haben sie nicht hier und Onkel David müßte die Titel ganz genau wissen, wenn er sie kaufen sollte. Sieh Du selber einmal in Göppingen nach, antiquarisch wär am besten. Frau Schaible ist so gut und zahlt. Grüße sie schön und danke für ihren Brief. Ich schreibe Dir bald mehr. Mit herzlichem Kuß Deine

Mama

Gruß auch von mir. Gott segne Dich und Deine Studia!

Papa

49] *H. H. an Johannes und Marie Hesse*

[Göppingen, 16. Februar 1890]

Liebe Mutter!
Von den Büchern konnte ich leider nur eins brauchen. Ich werde nächster Tage alle unnöthigen Bücher schicken. Die

neuen kosten 9 M. 30 Pf. Auch habe ich keine Briefmarken mehr. Gestern schrieb ich Adele, von der ich letzten Sonntag einen Brief erhielt. Frau Schaibles Bruder im Apostel geht es leider heute wieder recht schlecht. Heute nacht kam die ältere Tochter von Frau Schaible, Frl. Emmy, heim. Zu schaffen habe ich auf morgen nicht sehr viel. Da kann ich ein wenig lesen. Es ist herrlich, denk nur, Frau Schaibles Bücher stehen uns fast alle zur Verfügung. Da ist der ganze Goethe und viele schöne Bücher. Aber ich habe natürlich nicht oft Zeit zum lesen. Die französischen Privatstunden haben jetzt angefangen. Der an Stelle von Herr Steidel eingetretene Lehrer, bei dem ich sie habe, ist sehr gut, gerade auch für französisch. Bei ihm hoffe ich in etwa 12–15 Privatstunden es im Französischen mit jedem Fünftkläßler aufnehmen zu können. Ich bin kolossal froh darüber, daß ich zu den »Besseren« aufgenommen bin; da machen wir täglich ein schönes Stück im Cicero »De natura deorum« u. »über das Gewissen«, der aber ziemlich schwer ist. Besonders leide ich Mangel an Stahlfedern. Ich brauche wegen des vielen Schreibens sehr viele. Auch Hefte brauchen wir kolossal. Es sind so viele Fächer u. für jedes braucht man wenigstens 3 Hefte auf einmal. Da hier aber die Hefte sehr, sehr teuer sind, in Calw aber ziemlich billig, werdet Ihr wohl zugeben, daß ich mir in der Vakanz in Calw eine Anzahl Hefte kaufe u. sie mitnehme. Erstens wird dabei ziemlich gespart, dann sind aber auch die Calwer Hefte viel besser als die hiesigen. In der Schule gehts mir gut, ebenso auch zuhaus.

1. Lustig ist's halt und schön
In Goppingias Hallen
Wo des Stadtbaches Wut
Schäumend am Ufer sich bricht.

2. Lustig ist's auch und nett
in des Schulhauses Räumen
wo des Tatzenstocks Kraft
Klatschend am Knaben sich zeigt.
3. Durch der Lehrer Gebell
Durch des Stockes Geprügel
Muß der Knabe hindurch
Bis er erreichet das Ziel,
4. das er einst selbst sich gesteckt.
Träumend von Glück nur u. Ehre
Während er selbst noch als Kind
Spielend nichts Ernstes gedacht.

H. Hesse

Vielleicht ist Hans oder Marulla so gut, den beigelegten Brief Martin Roos zu bringen.

Dein dankbarer Sohn: H. Hesse

50] *H. H. an Adele Hesse*

Göppingen, [nach 16. Februar 1890]

Liebe Schwester!
Verzeih, daß ich Dir jetzt erst schreibe. Letzten Sonntag hatte ich durchaus keine Zeit. Ich mußte noch arbeiten und wir haben auch Sonntags 2 Stunden Schule, so daß der halbe Tag schon ausgefüllt ist. Mir geht's ganz gut; auch in der Schule. Ich bin in ein Kollegium der »Besseren« aufgenommen. Da haben wir täglich 1 Stunde länger Schule, wobei wir viel lernen. Das ist ›nobel‹. Da übersetzen wir Cicero. Doch will ich Dich mit solchen Schulsachen nicht belästigen, die Dich doch nicht interessieren können. Ich erzähle Dir lieber einiges von Herrn Rektor.
Am 3. Schultag hier fragte Herr Rektor auf einmal nach einem guten Messer. Augenblicklich blitzten etwa 30 offene

Messer in der Luft, worunter auch mein Froschgiegser. Da sagte Herr Rektor ganz heimlich etwas zu meinem Nebensitzer (H. Eisele); dann nahm er eins der Messer und schnitzte ein wenig an seinem Stecken. Dann kommt er zu mir und klopft mir auf die Schulter. Dann gibt er dem Eigentümer sein Messer wieder zurück. Plötzlich ruft Eisele, ihm fehle sein Messer. Herr Rektor sagte, ich sei so ein Tausendsasa, ich hätte es sicher gestohlen. Man sieht nach und richtig habe ich das Messer in der Tasche. Nun werde ich als Dieb angeklagt und, obschon ich meine Unschuld beteuerte, an den Pfahl verurteilt. Da muß man an den Marterpfahl stehen und ein Register seiner Schandtaten vorlesen. Also schon stehe ich am Pfahl, da sagt Herr Rektor, ich solle es ihm nicht übelnehmen, er habe es in meine Tasche befördert. Er sagte, solche Späße kommen öfter vor, was sich auch bestätigte. Am andern Tag sagte Herr Rektor, ich solle geschwind etwas holen. Als ich wieder kam, war alles mein Sach verschwunden. Meine Bücher etc. Lange mußte ich suchen, bis ich's auf der Holzbeuge fand. Ein andermal hing mein Taschentuch plötzlich an der Decke oben.

In der Schule sind Knaben aus aller Herren Länder, Protestanten, Katholiken und Juden. Deutsche, Franzosen, Schweizer, 2 aus Jerusalem, und alle vereint derselbe Zweck.

Lustig ist es und nett
In Göppingias Hallen
wo des Stadtbaches Wut
Schäumend am Ufer sich bricht.

Da kommt man in einen rechten Eifer. Da schafft man recht gern. Besonders in der Religion ist Herr Rektor sehr nett. Über ein einziges Wort kann er stundenlang sprechen. Da lernt man viel.

Was ich, seit ich hier bin, neu'rs gelernt habe, geht ins

Unendliche. Herr Rektor bringt es einem spielend bei. Ich hoffe, es geht Dir so gut wie mir. Tausend Grüße an den l. Karl.

Dein Bruder Herrman

51] *Marie Hesse an Adele Hesse*

Calw, 20. Februar 1890

Liebes Adelchen,

es freut uns sehr, daß du immer so fröhlich schreibst, du hast's doch arg gut in Tübingen und soviel liebe Leute erfreuen Dich. Auch Hermann schreibt glücklich und heiter. Friedrich von Hohenstaufen finde ich nirgends und Hermann habe ichs nicht eingepackt. Vielleicht ist es ausgeliehen. [...]

52] *H. H. an Johannes und Marie Hesse*

[Göppingen, 23. Februar 1890]

Liebe Eltern!

Tausend Dank für das Paket. Es kommt mir sehr zu statten, vor allem das Schnitzbrot, für welches ich den lieben Verwandten in Hirsau tausendmal danke. Auch die Stahlfedern sind mir sehr nützlich. Daß Ihr mir 6 Hefte schicktet, freut mich sehr; wir brauchen nämlich sehr viele in der Schule. Im Französischen mache ich ziemliche Fortschritte. Was Frau Schaible über freie Tage sagte, ist ganz wahr. Ihr müßt ja nicht glauben, wir hätten morgen, am Feiertag, ganz frei. Wir haben ein paar Stunden Griechisch. Das ist mir auch viel lieber als ganz frei. Da kann ich wieder viel lernen. Mir geht's ganz gut. Ich hoffe, Euch auch. Heute war ich *zwei*mal in der Kirche, Mittags war G. Zingneln und ich fast ganz allein auf der Empore. Letzten Dienstag war Fastnacht, da bekamen wir Fastnachtsküchle. Das war ein Fest!!!!!! Dann waren diese Woche die Reichtagswahlen,

woran wir Lateiner eifrig teilnehmen. Einige Demokraten der Klasse wurden durchgeprügelt. Sonst waren alle »Konservative« oder »Deutschreichsparteiler«. Gestern ließ ich mir das Haar stutzen.
Wie mich der Schnitzlaib freut, ist unbeschreiblich. Wie geht es auch der guten, lieben Frau Reichert u. Frau Oberförster? Bitte richtet auch einen Gruß aus an Herrn Speidel u. Herrn Pr. Schmidt. Mit diesem Brief schicke ich auch die unnötigen, überflüssigen Bücher. –
Heute morgen hatten wir in der Schule Religion über Simson. Es ist rührend, wie der gute Herr Rektor stundenlang über die Religion mit uns spricht. Am meisten macht er einen darauf aufmerksam, daß alles im Alten Testament auf Christum hinweist. Wie z. B. die Juden ihren eigenen Helfer, den Simson, den Philistern ausliefern. Oder wie Simson, ohne Furcht vor den Feinden, unter die Philister tritt, sogar sein Weib aus ihnen nimmt. Wie ihm dann gerade die ihm Zunächststehenden zum Verderben gereichen. Das alles erklärt Herr Rektor so schön, u. weist aber immer besonders darauf hin, daß alles nur ein Vorbild des höchsten Erlösers ist. Das ist sehr schön. Herrn Wurm, Tante Luisens Bräutigam, sah ich noch nicht. Ist der liebe Theodor gekommen? Viele Grüße an *alle* Verwandten, Frau Reichert, Frau Oberförster, Herr Speidel, Herr Pr. Schmidt, auch Martin Roos!

Es grüßt und küßt Euch Euer dankbarer Sohn:
Hermann

53] *Marie Hesse an Adele Hesse*

Calw, 26. Februar 1890

Liebs Adelchen,
herzlichen Dank für Deinen letzten Brief, die lustigen Berichte aus Tübingen und Göppingen heitern mich allemal

recht auf und ich kann Gott von Herzen danken, daß Ihr Beide so nette, passende Plätzchen bekommen habt. Da wir Hermann mit nötigen Heften und dergl. einen Hirsauer Schnitzlaib geschickt hatten, strömt er diesmal über von Dank und Freude. Sie hatten auch Fastnachtsküchlein gehabt, die Wahlen lebhaft mitgemacht und die paar Demokraten unter den Lateinern wacker durchgeprügelt (!) Aus freien Stücken ging Hermann letzten Sonntag zweimal zur Kirche und rühmt die Religionsstunden seines Rektors, der ihnen den Simson so schön erklärt. [...]
Am Freitag ist Großpapa[1] in Rußland 88 Jahre alt, er schreibt noch sehr lebhafte originelle Briefe. Aber die Bedrückung des Deutschtums und Verfolgung der evangelischen Kirche und Schule geht dem alten Mann schrecklich zu Herzen. [...]

1 Staatsrat Dr. Karl Hermann *Hesse*, geb. in Dorpat, 16. Februar 1802, nach russischem Kalender. Gestorben 8. November 1896 in Weißenstein. Großvater von Hermann Hesse, Kreisarzt in Weißenstein (Estland). (Siehe »Nachwort«)

54] *H. H. an Johannes und Marie Hesse*

[Göppingen,] 3. März 1890

Liebe Eltern!
Erst heute komm ich zum Schreiben. Gestern vormittag hatte ich keine Zeit u. mittags konnten wir nicht zuhause bleiben, weil mehrere Verwandte von Frau Schaible da waren, auch ein 3½ jähriges Söhnchen von Frau Schaibles Bruder im Irrenhaus. Da waren wir am Sauerbrunnen, wo wir tapfer tranken.
Heute herrscht schneidende Kälte, Stein und Bein ist zusammengefroren u. man kann wirklich immer Schlittschuh fahren, deshalb wäre es mir sehr lieb, wenn Ihr mir meine Schlittschuhe schicken würdet. Jetzt bin ich schon einen gan-

zen Monat hier. Noch mal einer, u. ich kann heim in die Vakanz. Diese Woche schrieb ich an Fritz Barth nach Wildbad. In der Schule gehts mir ganz gut. Ich nehme jede Woche zwei französische Privatstunden. Heute verzehrte ich die letzten Überreste meines Schnitzbrotes mit Wehmut. Es schmeckte famos und kommt mir hier sehr zu statten. Es ist heute der Geburtstag des Gotthilf Ehninger. Der kleine Hans wird das nächste mal einen Brief erhalten, heute reicht die Zeit nicht. Aus dem Geigen wird jedenfalls nichts. Karl Schaible u. ich wir dokterten an meiner kaputen Harmonika herum u. brachten sie wieder anständig instand. Viele Grüße an alle Verwandten u. Bekannten, es grüßt u. küßt Euch

Euer dankbarer Sohn Hermann

[Nachschrift] Recht Freundl. Grüße mit dem Bemerken, daß H. fleißig ist, sein Betragen u. Fortschritte ist jetzt lobenswert.

Rektor Bauer

55] *Marie Hesse an Adele Hesse*

Calw, 4. März 1890

Mein Herzadelchen,
leider muß ich eilen, da heute Carls Geld fort muß und Missions Verein ist und nachher Geburtstagskaffee bei Tante Jettle drüben. [...]
Wir hatten rechten kalten Winter in diesen Tagen. Hermann schreibt auch um seine Schlittschuhe; es geht ihm gut, und Herr Rektor schrieb uns dazu, Fleiß, Betragen und Fortschritte bei Hermann seien bis jetzt lobenswert. Gottlob! – Theo sang recht schön am Sonntag, ich lege Programm bei. Seine Stimme ist sehr geschult, stark und angenehm. [...]

56] *H. H. an Johannes und Marie Hesse*

[Göppingen,] 9. März 1890

Liebe Eltern!

Herzlichen Dank für das Paket, das Ihr mir geschickt habt. Es geht mir im ganzen gut. In der Schule geht's auch ordentlich. In griechischer u. lateinischer Exposition darf ich mit der 6. Klasse mitmachen. Dies freut mich sehr. Es ist mir sehr leid, daß das Geigen ganz aus ist. Heute morgen erklärte uns Herr Rektor das Wort »Wunder« sehr schön. Wir haben Sonntags um 8 1/2 Uhr Schule. Heute hatten wir von 1–2 Uhr bei Herrn Oberhelfer Hermann Kinderlehre. Gestern wurde meine Brille kaput. Ich muß sie deshalb wieder machen lassen. Meine Handharmonika machten wir ein paar mal auseinander. Besonders versuchte Karl seine ganze Kunst daran. Die Schlittschuhe konnte ich nimmer brauchen, denn es ist vollständiges Tauwetter eingetreten. Letzten Donnerstag hatte ich ganz frei. Grüße von Frau Schaible. Dies ist der letzte Briefbogen, den ich noch habe.

Es grüßt Euch Euer dankbarer Sohn

Hermann

57] *H. H. an Johannes und Marie Hesse*

[Göppingen,] 19. März 1890

Liebste Eltern!

Wie freue ich mich, bis ich Euch wieder fröhlich u. gesund sehen darf. Mutters Traum ging gottlob nicht in Erfüllung. Indes hatte sie nicht so ganz unrecht, denn letzten Donnerstag lag ich im Bett, da es mir schändlich schlecht war. Übrigens dürft Ihr, liebe Eltern, ohne Sorgen sein. Es war nur der eine Tag, dann war's ganz vorbei. Es geht mir überhaupt sehr gut, besonders in der Schule, wo ich auch in ein paar weiteren Lektionen mit der 6. Klasse machen darf. Ich gebe mir die größte Mühe u. Herr Rektor glaubt, daß ich das Landexamen bestehen werde. Auch ich mache mir einige Hoffnung. Noch nicht lange, rief mich Herr Rektor in sein Studierzimmer u. gab mir feierlich die Erlaubnis, in mehreren Lektionen mit der 6. Klasse, mit denen, die schon im Sommer das Landexamen machen, mitzumachen. Dann hielt er mir eine Lobrede, daß ich ganz beschämt dastand, Dann sagte er mir, ich werde voraussichtlich das Landexamen bestehen u. er wolle aus mir einen tüchtigen Mann machen. Hocherfreut ging ich von dannen, mit dem festen Vorsatz, das meinige dazu zu tun u. es Herrn Rektor möglichst leicht zu machen. Ich bin von Herrn Rektor zu einem der 3 Windbeutel ernannt worden, deren Geschäft es ist, Herrn Rektor allerlei kleine Dienste zu erweisen.

Heinr. Hermelink ist bei Herr Rektor nicht gut daran. Er kann nicht viel u. ist ziemlich faul. Der löbliche Entschluß Theodors freut mich sehr. Er war ja immer so gut u. ich freue mich so sehr, daß ich ihn bald wieder sehen soll. Hoffentlich seid Ihr alle so gesund, wie ich. Ich werde Samstag über 8 Tage, 29. M., hier abreisen u. zwar um 12 Uhr. Ich werde etwa um 4 Uhr in Calw sein. Genau weiß ich die Zeit nicht, da kein Fahrplan im Hause ist. Ich freue mich sehr, sehr, wieder nach Hause zu dürfen. Ich weiß jetzt, was es heißt, fern ohne die Eltern u. alle seine Lieben zu sein, die einem teuer u. wert sind. Aber ich weiß auch, wozu ich mich von Euch getrennt habe u. habe alles Heimweh überwunden, um desto eifriger mich dem Studium zu widmen, an dem ich täglich mehr Freude finde. Dennoch würde es mir niemand übel nehmen, wenn ich mich so sehr freue, die Heimat u. alle Lieben wieder begrüßen zu dürfen.

Erst einmal sah ich Herrn Ass. Wurm auf der Straße, kannte ihn aber nicht gleich. Wie geht es allen lieben Verwandten u. Bekannten, die ich herzlich grüße. Die gute Frau

Schaible will dafür sorgen, daß das Gepäck sicher fortkommt. Sie läßt Euch auch grüßen.

Mit tausend Grüßen Euer dankbarer Sohn
Hermann

58] *Marie Hesse an Adele Hesse*

Calw, 22. März 1890

[...] Hermanns reizenden Brief lege ich Dir bei, bringe ihn ganz unfehlbar wieder. Du wirst auch noch melden, mit welchem Zuge Ihr kommt. [...] Am Palmsonntag will Großpapa bei uns zu Mittag essen, er war seit dem Pfarrkranz nicht mehr im Hause. Er arbeitet immer furchtbar fleißig, aber seine Füße werden sichtbar schwächer, er wird sehr müde vom Gehen und Stehen. [...]

59] *Hermann Gundert an seinen Sohn Hermann*

Calw, 24. März 1890

Liebe Kinder,

Euer lieber Brief hat mich wieder in Eure Mitte versetzt. Hoffentlich kommt die Ausspannung am Palmsonntag dem lieben Schulmeister noch rechtzeitig. Wir sind alle unter dem tiefen Eindruck, den Bismarcks Rücktritt hervorgebracht hat. Ob der gute Kaiser sich nicht doch verrechnet in dem was er zu gewinnen glaubte? Wer kanns sagen? Ich hätte für recht gehalten, daß er sein Möglichstes täte den großen Mann, der als Ratgeber manchmal beengend sein mag, beizubehalten bis Gott selbst einen Wechsel anordnete. Irgendwie meine ich das »Niemals« des Großvaters hätte für ihn eine stärkere Macht sein sollen. Immerhin ist man froh daran, daß der liebe Herr im Himmel nicht auch geschwind abdankt sondern fortfährt zu herrschen mitten

unter seinen Feinden. Er wird uns nichts Arges geschehen lassen. – [...]
Friedrich bereitet auf Karfreitag eine Passionsmusik vor, da soll Theodor die Tenorpartien (also Bachs Rezitative) übernehmen und Carl Isenberg wahrscheinlich den Baß. Der übt sich drin in Tübingen, das er erst am Samstag mit Adele verlassen wird. Auch Hermann kommt dann aus Göppingen, hochbegeistert für seinen Rektor, der ihn gelobt und ihm versprochen hat, wenn er so fortfahre einen tüchtigen Mann aus ihm zu machen. Hermann sei auch zu einem von Rektors drei »Windbeuteln« ernannt worden, die für der Männer Privatbedürfnisse zu sorgen haben. Es ist wirklich nett, wie sich Hermann für diesen Rektor Strölin[1] erwärmt. [...]

1 Irrtümlich für Bauer.

60] *Marie Hesse an Adele Hesse*

Calw, 28. März 1890

Herzenskind!
Vielen Dank für Deinen Brief, ich kam nicht vorher ans Schreiben. [...] Wir sind noch ganz ungewiß ob Carl oder Ilg den Baß in der Passion singt, C. hat nie geantwortet. Wenn Du Karl siehst, laß ihn Hermanns Brief auch gewiß lesen. [...]
[Die Mutter berichtet dann ausführlich von Theo, der sich entschlossen habe »mit seiner Hände Arbeit sein Brot zu verdienen« d. h. als Apothekergehilfe noch drei Jahre zu arbeiten und dann nochmals eineinhalb Jahre zu studieren und sein Staatsexamen zu machen. Er sei auch durch ein Offert als Opernsänger nach Freiburg zu gehn, mit 300 Mark monatlich, nicht verlockt worden. Gestern nun habe

er eine Stelle als Gehilfe erhalten, könne an seinen freien Nachmittagen noch Gesangstunden geben, zum Mittagessen immer heimkommen. Es sei den Eltern nun eine große Sorge genommen.]
Der liebe Gott hat uns in diesem kurzen Vierteljahr schon so viel erleben lassen und uns so viel Sorge abgenommen mit Theo und mit Hermann. Wir wollen Ihm danken. [...]

61] *Aus dem Tagebuch von Marie Hesse*

[1890]

[...] Am Karfreitag, in der Matthaeuspassions Musik sang Theodor als Evangelist und Karl als Christus [1]. [...]

1 In »Notizblätter um Ostern«, 1954 (G. S. VII, 897 ff.) berichtet H. H., er habe »am Radio auch dies Jahr wieder die Matthäus-Passion« gehört. Bis in seine Knabenjahre zurück habe »dies Erlebnis so viele Vorgänger, daß die Erinnerungen in ganzen Schwärmen kommen und einander überschneiden. Doch sind die frühen unter ihnen stets die stärksten: jene technisch unvollkommenen, von Ausführenden und Hörern aber tief erlebten Passionen in der Calwer Kirche unter der Leitung meines Onkels Friedrich, der die schönen dunkeln Augen meiner Mutter hatte und in dessen Kirchenchor meine Schwestern und Basen mitsangen. Am genauesten hat mein Musikgedächtnis eine Aufführung bewahrt, bei der meine beiden älteren Stiefbrüder die Rollen des Evangelisten und des Christus sangen und bei der ich schon die Beklommenheit und Kinderungeduld jener frühesten Aufführung überwunden hatte. Es mochte bei den ungezählten späteren Passionen, die ich hörte, den Christus und den Evangelisten wer immer singen, gewisse Stellen hörte ich doch jedesmal mit den Stimmen und dem Ausdruck meiner Brüder wieder. [...]«

62] *Hermann Gundert an seinen Sohn Hermann*

Calw, 7. April 1890

Liebe Kinder,
schon Ostern hinter uns und dreißig Jahre in Calw gelebt!
[...]
Wir hatten am Karfreitag Abend einen Auszug aus Bachs Matthaeus Passion, den der liebe Friedrich mit großem

Glück zum Besten gab. Theodor und Carl sangen gut, hatten jeder eine ziemliche Partie. [. . .]
In Hirsau steht die Hochzeit der jüngsten [Luise] Feldweg[1] mit dem Forstassistent Wurm bevor; da diese in Göppingen zu wohnen haben, freut sich Hermann Hesse darauf, dort ein befreundetes Haus zu erhalten. [. . .]

1 Luise *Feldweg*, jüngere Schwester von Johanna Beate Feldweg, die mit David Gundert verheiratet war. H. H. war oft bei ihr und ihrem Mann, Theodor Wurm, in Göppingen eingeladen.

63] *H. H. an Johannes und Marie Hesse*

20. April 1890

Liebste Eltern!
Mittwoch kam ich hier an, wo ich alles wohl traf. Am Donnerstag fing die Schule wieder an. Gleich am ersten Nachmittag machten wir einen Schulspaziergang. Dann lernten wir von Herrn Rektor auf den Schulbänken den Zapfenstreich trommeln, wobei ich zum Kapellmeister ernannt. Da muß ich als taktieren, während die andern trommeln. Heute morgen hörte ich eine sehr schöne Predigt von Herrn Stadtpfarrer. Auch heute nachmittag war ich in der Kirche, wo Herr Oberhelfer predigte. In's Schaffen bin ich jetzt wieder hineingekommen. Noch 1/2 Peitschenstecken[1] existiert. Das übrige schmeckte mir herrlich. Ich danke der guten Frau Reichert noch dafür.
Gotthilf Ehninger u. Karl Schaible danken für die erhaltenen Büchlein. Frau Schaible dankt für das Geld u. läßt Euch grüßen.

Mit innigem Gruß u. Kuß: Euer dankbarer
Sohn Hermann

Viele Grüße an alle Verwandten u. Bekannten.

1 Eine dürre, geräucherte Wurst.

64] *Marie Hesse an Adele Hesse*

Calw, 24. April 1890

Herzliebs Töchterlein!

Fröhliche Nachrichten von allen drei abgezogenen Kindern, Gottlob. Hermann scheint sich gleich wieder eingelebt zu haben, ist Kapellmeister geworden beim Trommeln des Zapfenstreichs auf den Schulbänken, den sie Herr Rektor gelehrt hat! [...] Großvater sieht müde aus und ist schrecklich still; Tantele voll Missionsplanen. [...] Nun segne Dich Gott, mein Kind! Bete auch für Deinen lieben Papa, daß der liebe Gott ihn stärke, heile, erfrische.

Innig küßt Dich und Karlmann

Deine Mama

65] *Marie Hesse an Adele Hesse*

Calw, 28. April 1890

[...] Eben war Frau Reicherts Magd da mit einem Brief von Hermann direkt an Frau Reichert – schrecklich brav! Ich hoffe, es ist alles wahr u. ohne Absicht geschrieben. Es schmeckt ein wenig nach dem: »Danke für alles Genossene u. was Du mir noch mehr Guts tun wirst«. Jedenfalls wird er seine Wirkung nicht ganz verfehlen, da Frau R. seine Adr. erfragen ließ. Papa ist Frau Direktor dankbar, wenn sie ihn aufnimmt, [...] sage Du es ihr u. schreibe wieder, obs wirklich ausgemacht ist. [...]

Großvater war im Steinhaus [1] gestern u. sieht heute munter drein. Oft sieht er so arg müde aus u. ist ganz ganz still. Er freut sich sehr auf Julchen [2], die ja nächste Woche heimkommen soll. [...]

1 Im »Steinhaus im Bischof«, erbaut 1698 von Johann Schill in italienischem Geschmack – der damalige Bauherr hatte Maurer aus Bozen nach Calw mitgebracht – mit gewölbten Zimmern im Untergeschoß und Hauptwohnstock, lebte Friedrich Gundert mit seiner Familie. Das Haus hatte den Eltern seiner Frau, Emma Heermann, gehört, die es ihm in die Ehe brachte.

2 Julie *Gundert*, älteste Tochter von Friedrich Gundert, geb. 1874, verheiratet mit Missionar Georg Schürle, 18. 4. 1899. Cousine von H. H. Gest. 8. 8. 1966.

66] *H. H. an Johannes und Marie Hesse*

29. April 1890

Liebe Eltern!
Sehr bedaure ich, daß ich am Missionsfest nicht da bin, Ihr aber werdet froh sein, einen Plaggeist weniger dabei zu haben. Ihr habt ja an diesem Tag sonst so viel zu thun. Tausendmal danke ich für erhaltenes Paket, besonders die Würste machen mich glückselig. Auch der guten Frau Postsekretär danke ich herzlich für die herrlichen Briefbögchen. Gestern schrieb ich an Frau Reichert.
Im Schaffen habe ich eine ziemlich geschickte Methode angefangen. Jeden Tag gebe ich mir ein Zeugnis, je nachdem ob ich viel oder wenig geschafft habe. So werde ich immer zum Fleiß ermuntert. Ich glaube, daß es für Theodor Supper entschieden das Beste wäre, hieher zu kommen. Das ist halt ganz was anderes als in Calw. Es ist nur schade, daß er das Griechische aufgesteckt hat. Für den wäre Herr Rektor gerade der rechte Mann.
Mit vielen Grüßen an *alle* Verwandte u. Bekannte. Es grüßt und küßt Euch Euer Sohn!

Hermann

Bitte schickt mir auch 2 Hefte à 20 Pf. unliniert. Bitte schreibt mir auch Adeles Adresse.

67] *H. H. an Johannes und Marie Hesse*

Göppingen, 5. Mai 1890

Liebe Eltern!
Ich bin froh, wieder Nachricht von Euch zu erhalten. Eben bekam ich Euern lieben Brief. Was hat denn Marulla für Einfälle, für nichts und wieder nichts so krank zu werden? Ich hoffe, sie ist wieder gesund, bis Ihr diesen Brief erhaltet. Am Missionsfest werdet Ihr froh gewesen sein, einen Schlingel weniger zu haben. Jedoch war's auch hier am

Donnerstag sehr nett. Es war Jahrmarkt u. ich kaufte mir vormittags für 20 Pf., die ich von Frau Schaible bekam, einige Kleinigkeiten. Nachmittags war ich spazieren u. sah abends ein Kasperlestheater. Also an Freude fehlte mir's auch gar nicht. Die beiden Kleinen bekommen jetzt Ferien, nun, ich wünsche ihnen viel Glück u. Freude. Dem lieben Hansle wünsche ich recht gutes Wetter, aber wenn's auch ein wenig stürmt, so soll er doch der guten Mama nicht so viel Mühe u. Not machen. An Pfingsten weiß ich nicht recht, was anfangen. Am gernsten ginge ich nach Stuttgart zu Onkel David. Gerhard Ziegele u. Gotthilf Ehninger gehen auch fort. Grüße an alle Verwandten u. Bekannten. Es grüßt Euch Euer Sohn!

Hermann!

[Nachschrift von Frau Schaible] Meine l. Frau Hesse! Da ich das letzte Mal als Hermann schrieb nicht ganz wohl war, bedanke ich mich heute für übersandtes Geld. Hermann ist wieder ganz munter hier. Indem ich Sie sowie Ihren werten Herrn Gemahl herzlich grüße, verbleibe ich Ihre ergebene Marie Schaible mit Karl.

68] *Hermann Gundert an seinen Sohn Hermann*

Calw, 5. Mai 1890

[...] Der Hermann Hesse hat jemand geschrieben, in Göppingen habe er das Beten gelernt und das nütze. Möge er daran weiter machen! – [...]

69] *H. H. an Johannes und Marie Hesse*

Göppingen, 13. Mai 1890

Liebe Eltern!
Euer Brief hat mich recht gefreut, nur daß es dem lieben

Großpapa so schlecht geht, betrübt mich sehr. Hoffentlich wird er bald wieder gesund sein. Besonders freute mich die Einladung zu Onkel David, da ich an Pfingsten ohne Schule nicht extra gern hier wäre. Am Samstag erhielt ich einen Brief von Frau Reichert. Es freut mich sehr, daß es ihr wieder ordentlich geht. Am Sonntag war ich mit Karl Schaible bei Onkel Theodor Wurm, der sehr freundlich u. lustig war. Er zieht ja mit Tante Louise in ein Logis, das gerade uns gegenüber liegt u. wohin ich nur einige Schritte habe. Ich freue mich sehr, bis Tante Luise hieher kommt. Heute abend 5 Uhr war fast die ganze 5. Klasse in einem Harfenkonzert von dem Portugiesen Sjöden, das aber nichts kostete. Es war prächtig. Am besten gefiel mir ein Abendgebet und ein Elfenchor. In der Schule geht's gut. Ich bin immer munter u. gesund. Dem Vetter Hermann wünsche ich viel Fleiß u. Ausdauer zur Arbeit. Was ist eigentlich mit Theodor Supper? Kommt er nicht hierher?
Viele Grüße an alle Lieben.
Es grüßt u. küßt Euch Euer dankbarer Sohn:

Hermann.

70] *H. H. an Johannes und Marie Hesse*

Göppingen, 18. Mai 1890

Liebe Eltern!
Wie froh bin ich, von Großpapa so ordentliche Nachricht zu erhalten! Es geht mir auch ganz gut. Heut morgen um 6 Uhr machten wir einen sehr netten Morgenspaziergang. Dennoch waren wir nicht sehr befriedigt, denn gestern abend sagte Frau Schaible, wir dürfen um 4 Uhr aufstehen u. eine Mondtour machen. Als wir aber heut um 4 Uhr aufstehen wollten, hieß es, was uns denn einfalle, wir dürfen nicht fort u. nicht einmal aufstehen. Nach dem Spaziergang gingen wir in die Frühkirche um 3/48 Uhr, wo Herr Stadt-

pfarrer predigte. Gestern Nachmittag hatten wir frei; da Herr Rektor verreisen mußte. Mit Freuden hörte ich, daß Herr Helfer einen Sohn habe. Ich gratuliere ihm herzlich. Möge er nur stets recht fromm u. fleißig sein, so wird's recht werden. Bitte schreibt mir auch, am wievielten Juni Papas Geburtstag ist, trotz allem Besinnen fällt mir's nimmer ein.

Am Donnerstag hatten wir ganz frei. Da waren wir fast den ganzen Tag spazieren. Im Französischen komm ich jetzt mit.

Es grüßt u. küßt Euch
Euer dankbarer Sohn: Hermann

71] *Hermann Gundert an seine Schwiegertochter Johanna, Davids zweite Frau*

Calw, 27. Mai. 1890

[...] Was Du von Hermann Hesse schreibst, hat mich gefreut, aber auch ein wenig beunruhigt. Ist ja schön, daß er einen Anlauf zum Beten etc genommen hat, nur fürchte ich bei seiner aufgeregten Art, er übertreibe es für sein Alter. Der guten Frau Oberförster mit geistlichem Rat beizustehen ist er doch noch zu jung. Gott mache ihn nüchtern und besonnen. Dennoch danke ich Gott für die neue Anregung [...] Es ist etwas wertvolles für die Kleinen wenn sie an einem Bruder zutrauensvoll hinauf schauen können. [...]

72] *H. H. an Johannes und Marie Hesse*

Göppingen, 4. Juni 1890

Liebe Eltern!

Endlich schreibe ich Euch wieder. Über Pfingsten war ich also bei Onkel David, bei dem es sehr nett war. Der liebe Onkel schenkte mir »Handbuch der Bibelerklärung«, neues

Testament[1], was mich sehr freute. Dienstag Abend kam ich wieder hier an.
Die liebe Mama mit Theodor war also bei der Hochzeit in Stuttgart. U. am 22. d. M. ist schon wieder eine Hochzeit, die von Onkel Theodor, wo Ihr wohl auch dabei sein werdet. – Den ganzen Montag u. gestern Nachmittag war das Maifest. Da versammelten wir uns morgens in der Schule, zogen um 9 1/2 Uhr zur Kirche, wo Herr Oberhelfer Hermann eine Ansprache an die Kinder hielt. Dann kamen wir wieder in die Schule. Wir wurden zu Herrn Rektor hinaufgerufen, der an einem kranken Fuß zu Bette lag. Auf einem Tische lagen allerlei nette Geschenke mit angebrachten Nummern. Dann trat jeder einzeln zu Herrn Rektor ans Bett, zog aus dessen Schlafmütze ein Los u. bekam dann das Geschenk, das mit seiner Nummer bezeichnet war. Ich bekam ein Taschenmesser. Mittags zogen wir im Zug auf den Maienwasen, wo gespielt wurde. Da waren Karoussels, Schießbuden etc etc.
Am Dienstag Nachmittag war wieder das Gleiche. Herr Rector war krank bis heute, kommt aber morgen in die Schule. Grüßet alle Verwandten u. Bekannten.

Lebet wohl.
Mit innigem Kuß Euer Sohn! Hermann!

1 Handbuch der Bibelerklärung für Schule und Haus. Die wichtigsten Abschnitte der Heiligen Schrift in geschichtlichem Zusammenhang ausgelegt, mit übersichtlichen Angaben der nicht erklärten Stellen. Herausgegeben vom Calwer Verlagsverein. Band I: Das Alte Testament enthaltend (1849), Band II: Das Neue Testament enthaltend (1850).

73] *H. H. an Johannes und Marie Hesse*

Göppingen, 9. Juni 1890

Liebste Eltern!
Euern l. Brief erhielt ich gestern u. will ihn nun gleich beantworten. Die interessante Neujahrskarte hat mich sehr

gefreut. Es würde mich sehr freuen, wenn ich noch eine bekommen könnte. Es würde vielleicht Herrn Rektor freuen, wenn ich ihm die gäbe. Er ist seit gestern wieder auf. Es sind heuer zehn Landexamenskandidaten, darunter auch ein Sohn von Frau Dekan Kalchreuter. Jedoch herrscht fast unter allen Landexaminanten große Mutlosigkeit, da 120 Leute im ganzen das Landexamen machen. Herzlich gratuliere ich dem l. Papa zum Geburtstag. Ich lege ein kleines Gedicht bei. Bitte öffnet und leset es nicht vor Papas Geburtstag u. sagt ihm nichts davon.

Mit innigem Gruß u. Kuß
Euer dankbarer Sohn: Hermann

Die liebe Mama kennt wohl eine Frau Riderer in Roßwälden; die hat mich eingeladen, mit ihrem Sohn, der in meiner Klasse ist, über einen Sonntag zu ihr zu kommen. Sie ist verwandt mit Herrn Pfarrer Schaufler.
Bitte entschuldigt das schlechte Gedichtlein. Ich konnte eben nur 1/2 Stunde dazu herausschlagen. Da mußte ich's in dieser kurzen Zeit auf Koncept machen u. einschreiben. Adieu.
Frau Schaible läßt Papa gratulieren, ihr Geburtstag ist am Sonntag.

Dem l. Papa zum Geburtstag

Festlich wird der Tag begangen,
An dem zum erstenmal Du diese Welt erblickt.
Um festlich Dir zu Ehren heut zu prangen,
Hat sich aufs schönste die Natur geschmückt.

Laßt uns bunte Kränze winden
Aus allem, was die schöne Flora beut,
Sie Dir ums vielgeliebte Haupt zu binden.
Um Dich zu schmücken, zum Geburtstag heut.

Die rote Nelke laßt uns suchen
Vom frischen Bache grüne Farren auch,
Um Dich zu schmücken haben wir von altersgrauen Buchen
Die Zweige, wie es freier Deutscher Brauch.

Wenn dann im trauten Heime klingen frohe Lieder,
Wenn Du erstaunt der holden Liebe Gaben siehst,
Dann denke auch an einen Deiner frommen Brüder,
Der Dich von ganzem Herzen grüßt.

O freuet Euch der Heimat mit den grünen Feldern
    Ihr Lieben, lebet wohl.
Wie gerne kehrte ich zurück zu Euern Tannenwäldern
    Lebt wohl, lebt wohl.

In treuer Liebe: Hermann

Meinem lieben Papa!
Zum Geburtstag kann ich Dir leider nichts schenken, als was ich selbst verfertigen kann. So nimm dies Liedlein an. Mögest Du gesund u. ohne Sorgen noch lange leben zur Freude Deiner Mitmenschen.

74] *H. H. an Johannes und Marie Hesse*

Freitag, 20. Juni 1890

Liebe Eltern!
Mit großer Spannung öffnete ich am Montag das Paket u. sah mit großer Freude den Inhalt. Die Würste leben zwar nicht mehr, doch habe ich noch die Hälfte vom Kuchen u. eine Orange. Tausendmal danke ich auch dafür.
Ich fiel gestern vor 8 Tagen vom Reck herunter aufs Handgelenk. Der Doktor wußte nicht gleich, was los sei. Ich mußte die Hand bis heute verbunden tragen u. konnte nicht

schreiben. Das Erste, was ich wieder schreibe, ist dieser Brief. Ihr werdet also entschuldigen, daß ich so lang nicht schrieb u. daß dieser Brief so schlecht geschrieben ist. Hannele[1] gratuliere ich nachträglich herzlich zum Geburtstag. Mamas Gedicht zur Hochzeit ist sehr nett. Da sind eben meine erbärmlichen Verslein noch lange nichts dagegen. –
Zum Geburtstag mir so viel wie sonst zu wünschen, habe ich verlernt. Ich muß lächeln, wenn ich an die reichen Wünsche u. Geschenke denke, die ich sonst beim Geburtstag hatte u. damit meinen jetzigen Hauptwunsch vergleiche – 1 Pärlein Peitschenstecken. Welcher Unterschied! Ich will Euch also nicht mit meinen Wünschen belästigen, liebe Eltern. Es wäre mir zwar sehr lieb, wenn zu Haus vielleicht ein Büchlein mit Gedichten wäre, die ich noch nicht gelesen habe u. wenn Ihr mir dies bis zur Vakanz leihen könntet.

In treuer Liebe:
Euer: Hermann

Herzliche Grüße an alle Verwandte u. Bekannte.

1 Dr. Barths alte Magd, die seit seinem Tod zwei kleine Zimmer im Haus des Verlagsvereins bewohnte.

75] *H. H. an Marie Hesse*

27. Juni 1890

Liebste Mutter!
Soeben bekam ich Deine Karte. Gestern kamen einige Zeilen von Papa mit chinesischen Karten. Diese freuten mich sehr, da ich nun Herrn Rektor eine schenken kann. Am Mittwoch kam Tante Emma, um einzuräumen. Ich traf sie auf dem Bahnhofe: half dann beim Auspacken etc. Gestern Nacht kam Onkel Theodor[1] mit Frau. Ich besuchte ihn heute mittag, dann badete ich in der Fils. Heute vormittag war mündliches Klassenexamen, deshalb bekommen wir heute Nachmittag frei. Im Examen hatten wir Griechisch, Latei-

nisch, Französisch, Geschichte, Geographie. Das wichtigste kommt erst nächste Woche, das schriftliche Examen. Ich bin über den Sonntag zu Frau Riderer (geb. Schauffler), eine Jugendfreundin von Dir, eingeladen. Ihr Sohn Samuel ist hier in meiner Klasse. – Wenn es Dir nicht ungeschickt ist, so wäre mir's wohl viel lieber, wenn Du Sonntag über 8 Tage kämest. Am Mittwoch habe ich den ganzen Tag Schule. Wie freut es mich, daß ich Dich bald sehen soll. Herrn Rektor, Frau Schaible etc gehts gut. Hermann Gundert wünsche ich herzlich Glück zum Landexamen. Es ist mir eigentümlich zumut, wenn ich denke, daß über's Jahr die Reihe an mich kommt. Nach der langen Sommervakanz kommt ein neuer Kostgänger zu uns, Otto Wunsch, auch von Laichingen, wie G. Ziegele. Er war bis jetzt bei Herrn Präz. Pflüger in der Kost, der morgen nach Ulm kommt.
Tausend Grüße an alle Verwandten, an Hannele, Frau Reichert, an die Hirsauer etc. Auch viele Grüße an Frau Oberf. Hepp u. an ihren Sohn Theodor.

Mit innigem Gruß u. Kuß
Dein Sohn: Hermann

1 Theodor Wurm.

76] *H. H. an Dr. Hermann Gundert*

[Göppingen, July 1890]

Lieber Großpapa!
Vielen Dank für Dein Geburtstagsgeschenk. Es freute mich sehr. Ich wurde überhaupt sehr reichlich beschenkt. Denk nur, die gute »Dadi«[1] aus Eßlingen schickte mir einen Brief mit 30 Pf. um mir Kirschen zu kaufen. Das ist doch sehr lieb.
Mir gehts ziemlich gut. Auch Heinr Hermelink befindet sich wohl. Tante Johanna schickte mir aus Stuttgart 21

Hühnereier. Diese stiftete ich zu einem allgemeinen Nachtessen. Da war große Freude. Letzten Sonntag war ich bei Frau P[f]arrer Riderer in Roßwälden eingeladen. Da war es sehr nett. Ich komme auch manchmal zu Onkel Th. Wurm. Er wohnt ganz in meiner Nähe.
Doch nun leb wohl.

Dein Enkel Hermann

Viele Grüße von Heinr Hermelinck.

1 Dadi war Magd bei Hesses gewesen.

77] *H. H. an Johannes und Marie Hesse*

[Juli 1890]

Liebe Eltern!
Verzeiht, daß ich so lange nicht schrieb, ich hatte eben keine Zeit, muß sehr viel schaffen. Das Landexamen ist also vorbei, G. Ehninger hat bestanden als 19ter, Th. Kalchreuter (Sohn der Fr. Dekan Kalchreuter) ist durchgefallen. Die Göppinger hatten heuer ziemlich Glück. Von 10 haben 6 bestanden. Wir lieferten den 2ten, 3ten, 4ten, 10ten, 19ten im Landexamen.
Heute gehen vollends alle Landexaminanten fort. Rührend war der Abschied von Hr. Rektor. Beschirme der treue Gott sie alle! Wie ging's mit Hermann? Er schrieb mir eine Karte, er glaube, er sei durchgeschlagen, doch sei es ihm eins. Dem kleinen lieben Hans schicke ich Gruß und Kuß, nachträglich herzliche Gratulation u. zum Geb[urtstag] das Pistölchen nebst Knallblättle. Ich freue mich schrecklich auf die Vakanz. Ich weiß noch nicht, wann ich komme. Lebet wohl!

In treuer Liebe
Euer Sohn Hermann

Alle Verwandte u. Bekannte seien herzlich gegrüßt.

78] *Aus Briefen von Hermann Gundert an seinen Sohn Hermann*

Calw, 4. August 1890

[...] Am 31. kam dann Hermann Hesse von Göppingen in die Vakanz. Er bringt sehr gute Zeugnisse und sieht einem so frei ins Auge, daß man eine rechte Freude an ihm hat. Er ging auch mit Marie und Adele in ein Konzert, das sein Bruder Theodor gab in Verbindung mit zwei Fräulein Brackenhammer, mit denen er zusammen in Stuttgart Musik studiert hatte. [...]

79] Calw, 11. August 1890

[...] Hermann Hesse scheint auch in der Vakanz die Studien fortzutreiben und macht immer eine oder die andre Aufgabe. [...]

80] Calw, 15. September 1890

[...] Am 12. 9. gab es einen ordentlichen Skandal. Hermann Hesse macht einen Spaziergang mit George Sturrock [1]. Auf dem Rückweg zünden sie im Wald einen Büschel dürren Grases an, der hell aufleuchtet. Der Forstwächter eilt herbei, packt sie und führt beide am Kragen nach Hirsau. Weil Hermann sich immer wieder bäumt, wird der Gesetzesmann heftig und die Dorfjugend stellt sich ein. Feldweg's, auch Johannes, sind in der Veranda und sprechen gerade von dem netten, kindlichen George. Da werden sie daher gebracht. Doch Clara Feldweg [2] geht mit zum Schultheiß, sitzt zwei Stunden bei ihnen auf dem Rathaus und läßt sie aus dem dort liegenden Stark-Buch [3] die Andacht auf 12. September lesen. Dann nimmt der Schultheiß endlich ein Protokoll auf und entläßt sie, nachdem der herbeigeholte Vater Johannes sich für Alles verantwortlich erklärt

hat. So kommen sie heim, G. sehr zerknirscht, Hermann noch patzig, bis er einsam im Bett liegt und dann sehr heult, das sah seine Schwester Adele, die am 13. mit ihm Stuttgart besuchen sollte und jetzt allein gehen mußte. [...]
Beim Amt war noch keine Klage wegen des Brandes eingetroffen, so bewirkte Johannes, daß sein Hermann noch heute Nachmittag nach Göppingen abfahren durfte, wo morgen früh die Schule wieder beginnt. [...]

1 Pensionär bei Hesses.
2 Clara *Feldweg*, Schwester von Johanna Beate Feldweg und Luise Feldweg: früher bei der Heilsarmee gewesen.
3 Joh. Friedrich Stark's Morgen- und Abendandachten frommer Christen für alle Tage im Jahr. Verlag der Vereinsbuchhandlung in Calw u. Stuttgart.

81] *Aus Briefen von Marie Hesse an Adele Hesse*

Calw, 16. September 1890

Herzenskind,
Dein fröhlicher Brief freut uns. Wir haben indessen immerfort gewartet, was aus dem Feuerlein werden sollte, sind auch bei Pontius und Pilatus ehrlich herumgesprungen. Der Oberamtmann erlaubte Hermann zu reisen, da er noch nichts von Hirsau vernommen, so fuhr er gestern 2 Uhr 15 von hier ab, nachdem man vorher schon nach Göppingen geschrieben, er könne nicht abreisen, und dann wieder das Gegenteil telegraphiert, damit er um neun doch noch ins Haus kommen könne! Dann waren George und ich in Hirsau beim Schultheiß, der behauptete, die Sache komme nicht vor den Ober-Amtmann, sondern vors Oberamtsgericht. Neue Aufregung und zweimaliges Rennen zum Oberförster, den man nie antraf. Nun sind George und ich bestellt auf 11 Uhr beim Oberförster in Hirsau und werden da hören, ob George am Donnerstag Morgen abreisen kann oder nicht. Der hat jetzt auf lange hinaus genug vom Feuerlemachen!

[...] [Am Samstag Nachmittag] führte mich George auf die Brandstätte in der Höhe über Hirsau, möglichst öffentlich und frei, kein Wunder, daß mans entdeckte! [...]
[Gestern] um zwei Uhr waren wir mit Hermann wieder am Bahnhof; ich hoffe, er hält sich brav. Vielleicht hast du ihn am Bahnhof begrüßt, er hatte zwei Stunden Aufenthalt in Stuttgart, war aber weg-unkundig und zweifelhaft. [...]

82] Calw, 20. September 1890

[...] Gestern um 11 Uhr reiste Sturrock ab, nachdem noch vorher in schönster Uniform und mit Flinte der Forstwächter da gewesen, mit Strafpapieren, für die George 10 Mark und Hermann 3 zahlten. So ist die leidige Geschichte abgemacht, aber der Engländer muß mir erst noch das Geld von daheim schicken, seins reichte ihm knapp zur Heimreise [...]
Mittwoch waren wir in Liebenzell, Papa, George, Hans und ich, zu Fuß hin und her. Unterwegs trugen Papa und George vom Klein Wildbad bis oberem Bad einem alten, umsinkenden Weib ihren schweren Korb Kartoffeln, und als wir uns zum Heimweg angeschickt hatten, trafen wir gerade vor Liebenzell auf zwei Büblein, die einen entsetzlich schweren Korb Birnen nach Hirsau schleifen sollten und alle drei Schritt seufzend stillstanden. Der gute George half ihnen tragen bis ans Ziel. Er ist ein herzensguter Kindskopf. [...]

83] *Hermann Gundert an seinen Sohn Hermann*

Calw, 22. September 1890

[...]
[George Sturrock habe sich von ihm verabschiedet, um Tags darauf nach England zu reisen.] Ehe er noch abfuhr am 19.

kam der Forstwächter und brachte den Strafzettel für den »sträflichen Leichtsinn«, im Walde begangen. Marie mußte für George 10 Mark zahlen, für Hermann, der schon in Göppingen war, 3 Mark. [...]

84] *H. H. an Johannes und Marie Hesse*

28. September 1890

Liebe Eltern!

Vor allem herzlichen Dank für das Paket, das ich heute morgen erhielt. Ich bin sehr froh, neue Schuhe zu haben, ich brauche sie nötig. Verzeih, daß ich nur die Karte schrieb, aber während der Woche hab ich enorm viel zu schaffen u. bin Sonntags oft ganz kaput. Morgens geht's 8–12 Uhr, mittags 1/2 2 bis 4 Uhr, dann geht's zum »Vesper« heim, kommt 5 Uhr wieder zur Schule, hat Landexamensstunde bis 7 Uhr; jetzt wann die Aufgaben machen? Um 9 Uhr muß man ins Bett u. darf morgens nicht früh aufstehen. Was hilft's, daß ich im Bett bis 11, 1/2 12 Uhr wache u. über mein Latein u. Griechisch nachdenke, damit ist's nicht getan. Oft kommt's vor, daß man kaum 2/3 der Aufgaben hat. Vorgestern war ein Stück aus Livius so schwer, daß es nur ein einziger übersetzen konnte. Doch Herr Rektor bleibt sich immer gleich, freundlich und voll Humor. Er hilft und tröstet, so viel er kann. Wäre nur Frau Schaible ebenso! Aber wenn man voll Mut u. Hoffnung von Herrn Rektor kommt u. wird dann, sowie man zum Essen kommt, angedonnert wegen den geringsten Dingen oder, was noch öfters der Fall ist, wegen nichts, so ist man nur von dem Wunsch erfüllt, möglichst bald aus der Bude fortzukommen. Ein kleiner Trost ist, daß es bei Frau Pfeiffle nicht viel besser ist. Dort ist ein wohlbegabter Knabe, der unser bester u. fleißigster Schüler ist, auf drei Tage durchgebrannt. Mich wunderte es nicht im geringsten!!!

Doch nun will ich Eure Fragen beantworten! Auf der Reise fuhr ich mutterseelenallein, Onkel Adolf traf ich nicht, Hunnins fand ich nicht. Ich brachte 1 volle St. im Wartsaal zu. – E. Ehninger ist Bruder des Gotthilf (Aalen). G. Ziegele kennt Ihr ja (Laichingen). Paul Lang ist Pfarrerssohn (Haubersbronn). O. Wunsch ist Sohn des Schultheißen zu Laichingen.

Der liebe Hans soll nur trotz der Tatzen fleißig lernen, so kann er auch mal zu Hr. Rektor kommen. Meine Gesundheit ist anständig (heimlich viel Kopfweh).

Mit tausend Grüßen an alle Lieben.
Es küßt Euch Euer Sohn: Hermann

85] *H. H. an Johannes und Marie Hesse*

6. Oktober 1890

Liebe Eltern!

Wie freute mich der l. Brief, den ich vorgestern erhielt. Ich hoffe, es geht der lieben Mama besser u. sie kann wieder auf sein. Auch Papa gehts hoffentlich wieder gut. Seinen Rat habe ich treulich befolgt u. es hat schon ein wenig geholfen. Ich schlafe schon fast 1/2 Stunde bälder ein. Das ist mir sehr lieb. Was ist's denn jetzt mit Theodor? – Es geht mir im ganzen ziemlich gut, auch bei Herrn Rektor, den ich immer mehr schätzen lerne u. täglich in mein Gebet einschließe. Mit dem Schaffen gehts sehr streng, in diesen Tagen besonders mit Arithmetik. Ich habe Gottlob immer guten Mut u. lasse mich von allzu großen Aufgaben nicht niederdrücken. Es ist mein Grundsatz, zu arbeiten, so lang ich's kann, nicht zu wenig, aber auch nichts Unnötiges, sondern immer ganz gleichmäßig. Wie ich auf morgen z. B. fertig werden soll, verstehe ich nicht, aber mit Gottes Hilfe wird's gut weiter gehen bis ans Ende. – – Oft denke ich an Euch, liebe Eltern, u. wenn mich je einmal das Heimweh ankommt, so fasse ich stets den Vorsatz, Euch möglichst viel Freude zu machen. Daß ich dies am besten durch Fleiß u. Arbeit thun kann, weiß ich genau. Drum mit Gottes Beistand mutig weiter! Geht's, so ist's recht, langt's nicht, so will ich in dem Gedanken, daß es so besser ist, mit Freuden einen anderen Beruf ergreifen.

Doch jetzt Adie, liebste Eltern, ich muß an's Geschäft.

Mit 1 000 Grüßen und Küssen

Euer dankbarer Sohn: Hermann.

Postscriptum. Gestern war ich beim Nachtessen bei Onkel Th. Wurm sehr vergnügt. Nach dem Nachtessen ein wenig Feuerwerk.

Hermann

86] *H. H. an Johannes und Marie Hesse*

15. Oktober 1890

Liebe Eltern!

Ihr werdet wohl am Montag einen Brief erwartet haben. Aber Frau Schaible sagte, ich solle warten, bis man die Wäsche schicke. Hier will ich auch bemerken, daß es mir gänzlich an Handtüchern fehlt.

Es geht mir im ganzen ordentlich. Ich habe kolossal viel zu schaffen. Es ist eine unerhörte Seltenheit, wenn ich einmal mit den Aufgaben fertig werde. Doch ist dabei das Gute, daß ich es gern tue. Das Allerliebste sind mir Religionsaufsätze. In der letzten Zeit beschäftigte ich mich hauptsächlich mit den beiden: »Kein Prophet ist angenehm in seinem Vaterlande« und: »Selig sind, die da geistlich arm sind, denn das Himmelreich ist ihrer.«

Jetzt will ich an einen neuen gehen: »Tut Buße, denn das Himmelreich ist nahe herbeigekommen.«

In treuer Liebe Euer dankbarer Sohn: Hermann

87] *H. H. an Johannes und Marie Hesse*

[Göppingen, nach 18. Oktober 1890]

Liebe Eltern!

Wie erschrak ich als ich Mamas Brief las und hörte, daß ich ihren Geburtstag ganz vergessen hatte. Aber kaum wußte ich, daß wir überhaupt im Oktober sind. Ein Datum weiß ich nie und ein Kalender steht mir nicht zur Verfügung. Nun meine nachträgliche herzliche Gratulation zum Geburtstag und die besten Wünsche fürs neue Lebensjahr. Möge Gott Dich noch lange erhalten.

Das Geschäft nimmt immer zu. Statt 8 Uhr geht's jetzt morgens um 7 1/2 Uhr zur Schule, statt 2 Uhr nachmittags um 1 1/2 Uhr. Noch mache ich an dem Religionsaufsatz »Tut Buße, denn das Himmelreich ist nahe herbeigekommen«. Gestern habe ich einen mächtig langen Aufsatz beendigt: »Mensch und Tier«. Im Lateinischen macht mir Livius viel zu schaffen (Lb 25, Kap. 2 etc). – Heute habe ich von 11 bis 12 Uhr Kinderlehre (3. Gebot) bei Herrn Oberhelfer Hermann, dem es auch gut geht. – Schon weht der Herbstwind die letzten Blätter von den Bäumen, immer näher kommt der November, immer näher kommt die Zeit, wo ich Euch wiedersehen darf. Inzwischen will ich freudig schaffen ohne Unterlaß. Mit herzlichen Grüßen und Küssen

Euer Sohn: Hermann.

PS. Hans soll nur bei seinem Kollaborator recht fleißig sein. Ich grüße ihn herzlich und wünsche ihm Gottes Segen zu seiner Arbeit. [...]

88] *Aus Briefen von Hermann Gundert an seinen Sohn Hermann*

Calw, 20. Oktober 1890

[...] Du hast ganz recht, die Jungen nahmen den Stark nicht sehr zu Herzen, wenigstens Hermann nicht, der mir kaum was vom Gehörten sagen konnte. Nett war's darum doch von Clara, sich um die Verhafteten zu bemühen. In Hermann geht etwas vor, er muß wöchentlich einen Aufsatz liefern, und da freut es ihn, wenn derselbe die Erklärung eines Bibelspruches enthalten soll. Er hält immer noch so viel von seinem Rektor und sucht ihm Freude zu machen. Etwas geniert ihn seine Kostfrau, eine Frau Schullehrer Schaible, die es für Unsinn erklärt, wöchentlich einen Brief nach Hause zu schreiben. [...]

89] Calw, 27. Oktober 1890

[...] Hermann in Göppingen ist fleißig und entschlossen, mir scheint er von Gottes Geist besucht und geleitet, er soll jetzt Württemberger (Möttlinger?) Bürger werden, um das Landexamen mitmachen zu können. Die Eltern behalten vorderhand ihr Basler Bürgerrecht. [...]

90] *H. H. an Johannes und Marie Hesse*

Göppingen, 4. November 1890

Liebe Eltern!

Samstag erhielt ich Euren Brief. Ich danke vielmal für alles, hauptsächlich für Marullas Brief. Er hat mich sehr gefreut. Wie gerne würde ich ihn sogleich beantworten, aber diesmal habe ich keine Zeit. Doch gebe ich das feste Versprechen, an Marullas Geburtstag, der ja bald da ist, einen ordentlichen Brief zu schreiben. Hans soll sich nur bei seinem Kollaborator recht anstrengen, es scheint, er hat den gleichen Zug wie ich, nämlich die Vorliebe für's Lateinische u. wenig Neigung zum Rechnen.

Will eigentlich Hans auch einmal das Landexamen machen? Mir rückt es jetzt immer näher. Täglich ermahnt uns der liebe Herr Rektor, zu bedenken, wie bald der Juli u. mit ihm das Examen dasein werde. Eine kleine Moltkefeier hatten wir auch. Sie dauerte 20 Minuten. U. a. deklamierte Hermelink »Französischer Tod« u. ich das Gegenstück: »Deutscher Tod«. Herr Rektor sagte einige Worte, dann begann die Schule wie sonst. Auch am Feiertag hatten wir Schule. Herr Rektor ist immer voll Humor. Stets erschallt von Zeit zu Zeit munteres Lachen in der Schule. Herr Rektors Witz ist unerschöpflich. Neulich brachte er als feinen Hexameter: »Trauet dem Mörike nicht, denn er luigt, denn er luigt, daß es krachet«! So geht's an einem fort. Doch auch mit dem Schaffen geht's immer ernster. Ich sammele fleißig alte Federn für die Mission. Mit der nächsten Wäsche werde ich sie schicken. Schmerzlich vermisse ich mein Pelzkäppchen. Sonntag den 26. Okt war ich nachmittags bei Herrn Oberhelfer Herrmann in einer Knabenvisite. Da war es sehr nett u. gemütlich. Doch nun lebet wohl. Mit herzlichem Kuß Euer Sohn:

Hermann.

P. S. Zu Onkel Theodors komme ich selten, hie u. da Sonntag abends. Doch geht es ihnen gut. H.

91] *H. H. an Johannes und Marie Hesse*

9. November 1890

Liebe Eltern!

Euer Brief hat mich sehr gefreut. Ich denke auch schon hie u. da ans Christfest. Ich glaube, ich kann erst um 6 1/2 Uhr am heiligen Abend kommen. Ich erwarte sehnlichst mein Pelzkäppchen, ich komme sonst kaum aus. Mein rotes Käppchen ist ziemlich zerrissen, u. das muß ich Sonn- u. Werktags tragen. Ich war heute von 2–4 Uhr bei Onkel Theodor, dem es gut geht. Er u. Tante Louise lassen Euch grüßen, ebenso Fr. Schaible. Bis jetzt habe ich keine besondere Wünsche, doch, da ich solche schreiben soll: 1) Als Hauptbedürfnis: Stahlfedern (g). 2) Schreibhefte (womöglich 15 linig oder unliniert). 3) Ja, jetzt weiß ich wirklich nichts mehr, ich bin zufrieden mit lateinischem u. griechischem Futter. Ich komme mir fast so glücklich vor, wie Diogenes in seinem Faß! Jetzt hab' ich fast keine Wünsche, während ich sonst ganze Listen davon hätte füllen können. –

Leider ist Herr Rektor seit Mittwoch krank. Ich bin sehr besorgt um ihn. Frau Rektor sagte, er sei stark krank. Dennoch arbeite ich gleichmäßig fort. Ich habe schon wieder 2 Religionsaufsätze vollendet. »Ihr seid das Licht der Welt« u. »Trachtet am ersten nach dem Reich Gottes u. seiner Gerechtigkeit, so wird euch das Übrige alles zufallen.« Auch einen weltlichen habe ich gemacht: »Beschreibung eines Novembertages«. Es geht mir im ganzen gut. Es ist allerdings ein wenig unbehaglich u. traurig in der Schule ohne unsern lieben Herrn Rektor. Es ist so tot ohne die munteren Scherze. Wir haben Unterricht von Herrn Kandidat Müller, einem früheren Schüler Herrn Rektors. – Hans soll sich nicht allzusehr deprimieren lassen u. tapfer drauf los schaffen die Sorgen helfen nichts, lieber fröhlich sein mit dem Bewußtsein, seine Pflicht getan zu haben. Ich werde auch oft nicht fertig mit den Aufgaben. –

Ich hoffe, es geht allen Verwandten so gut wie mir. Mit heißem Kuß Euer Sohn:

Hermann.

Grüße an alle Lieben, besonders an Großpapa.

92] *Hermann Gundert an seinen Sohn Hermann*

Calw, 10. November 1890

[...] Vom Schöntaler Hermann lege ich was bei. Er ist gewiß am rechten Ort. Ebenso Hermann in Göppingen, wo der Rektor in sein Schulamt immer neue Geisteskräfte bringt. [...]

93] *H. H. an Johannes und Marie Hesse*

17. November 1890

Liebe Eltern!

Mit großer Freude erhielt ich mein Pelzkäppchen u. den lieben Brief u. die Stahlfedern. Ich sage Euch herzlichen Dank dafür. Ich war Sonntag 1–4 1/2 Uhr bei Onkel Theodor, wo ich Tante u. Onkel aus Stuttgart sah. Wir aßen 2 Hasen zum Mittagessen, die Onkel Theodor letzte Woche schoß. Der Nachmittag war sehr nett.

Herr Rektor liegt mit Brust- u. Magenkatarrh noch immer im Bett. Heute ist er wieder sehr müde.

Freitag u. Samstag lag ich mit schwachem Rippenrheumatismus im Bett. Doch seid nur ganz unbesorgt, es ist ganz vorbei!

In der Schule geht's gut, habe ziemlich wenig zu tun Ich denke sogar hin u. wieder an Weihnachten. Auf Mittwoch haben wir den weltlichen Aufsatz: »Freuden des Winters.«

In der Aufsatzstunde wünsche ich oft, Ihr möchtet da sein. Da wird »edler poetischer Grust« geliefert. Im letzten Aufsatz: »Beschreibung eines Novembertags« kamen himmlische Stellen. Th. Hofmann lieferte u. a. »Ein *goldener Seufzerwind* strich durch die Haide, wo eine Schafherde den *kahlen Boden abnagte«*. Ein anderer brachte: Mehrere Krammetsvögel *durchwanderten* den *nebelschwangeren* Abendhimmel. – Es wird nämlich eine hochfeine Ausdrucksweise u. möglichst viele stylistische Wendungen u. Feinheiten verlangt. Daß da mancher »Käse« geliefert wird, ist Naturnotwendigkeit. Eben in diesem Novemberaufsatz brachte ich »Ein geputztes Fräulein u. ein armselig gekleideter Hausierer arbeiten sich durch den tiefen Schmutz«. Ist das nicht köstlich?

Ich ließ Euch hier einen Blick in die heitere Seite des Studienlebens thun. Nun sollt Ihr auch das Gegenstück sehen. Es ist etwa eine Periodenstunde. Ernst, mit umwölkten Blicken sitzen Lehrer u. Schüler da, jeder mit etwa 3 Lexiken bewaffnet, worin man emsig blättert. Dann, wenn einem ein glücklicher Gedanke kommt, wird er augenblicklich aufnotiert. Dann zieht man Caesar, Nepos, Cicero, Livius zu Hilfe. Schweißtriefend hat man bereits alle durchgesucht. Wieder schreibt man einige Worte. So geht's dann fort. Während den Stunden hört man nicht ein Wort, ernsten Blickes sitzen alle da.

Jetzt habe ich Euch das Schulleben in 2 Beispielen gezeigt. Ich that es, weil ich dachte, es freut Euch zu sehen, was ich so tu u. treibe.

Lebet wohl, ihr Lieben mein,
Lebet wohl, gedenket mein
Lebet froh u. ohne Weh,
bis ich bald Euch wiederseh'.

Es grüßt u. küßt Euch Euer Sohn: Hermann

94] *H. H. an Johannes und Marie Hesse*

25. November 1890

Liebe Eltern!

Herzlichen Dank für den Brief u. die schönen Bilder. Das Dokument hat sich sogleich allein ins Reine gebracht. Im

Interstiz um 10 Uhr ging ich aufs Rathaus. Nach einigem Suchen fand ich den Behälter des Stadtschultheißen. Ich gab meinen Zettel ab. Er las ihn kaum durch. Er fragte mich, ob ich der Hermann Hesse sei. Ich bejahte. Dann müßte ich unterschreiben. Herr Stadtschultheiß Allinger [Oellinger?] führte mich an einen mächtig hohen Pult, an dem ich mit Staunen hinaufsah. Mit rostiger Feder schrieb ich schnell meinen Namen. Er schrieb einiges darunter, dann konnt' ich wieder abziehen. Gleich nach 1 Stunde warf ich den Brief ein.

Es geht mir im ganzen gut, auch in der Schule.

Herr Rektor ist wieder soweit hergestellt, daß er im Bette einige Stunden geben kann. Gottlob!

In einigen freien Stunden machte ich ein kleines Drama! *Ein Weihnachtsabend.* Trauerspiel in 1 Aufzug. Ich hoffe, liebe Eltern, darauf, daß wir's in der Weihnachtsvakanz spielen dürfen.

Mit vielen Grüßen u. Küssen
Hermann!

P. S. Ich habe keine Winterhandschuhe.

95] *H. H. an Johannes und Marie Hesse*

30. November 1890

Liebe Eltern!

Ihr werdet wohl das letzte Mal einen Brief vermißt haben. Ich alter, vergeßlicher Kerl schloß nur den Brief an die l. Marulla ein u. ließ den Brief an Euch liegen. Ich habe Euch darin ja auch von meinem Drama geschrieben, ich will es auch nun ein wenig ausführen, damit Ihr sehet, daß es ganz unschuldig ist.

Thema: *Ein Weihnachtsabend*
Trauerspiel in 1 Aufzug

Personen: Vater
Hans
Anna — *Kinder*
Bettelkind

Es wird ein Weihnachtsabend geschildert in einer Familie, wo die Mutter gestorben. Alles geht, wie bei einem sonstigen netten [?] Christabend. Da kommt ein Bettelkind. Es muß seine Lebensgeschichte erzählen. Sie erzählt von ihrer toten Mutter u. diese wolle sie nun suchen, sie suche den Weg zum Paradies. Sie fiebert stark, sieht im Traum ihre Mutter u. stirbt zuletzt. Das ist der gedrängte Inhalt.

Adieu: Hermann!

96] *H. H. an Johannes und Marie Hesse*

[vermutlich zwischen
30. November und 15. Dezember 1890]

Liebe Eltern!

Euer Brief freute mich sehr! Ich möchte bescheiden anfragen, ob folgende Personen an dem Weihnachtsstückchen theilnehmen könnten.

I) Als ältere Tochter etwa Agnes Gundert.
II) Als Vater (Förster) etwa H. Gundert.
III) Als Sohn ich.
IV) Als fremdes Kind Marulla.

Allerdings hätte Marulla keine so leichte Rolle, sie müßte sich ja am Ende tot stellen; doch hat sie nicht sehr viel zu lernen. Hans kann leider keine Rolle übernehmen, doch hat auch er etwas tüchtig einzulernen, nämlich auf der Violine die erste Stimme des . . . mädchenliedes aus Oberon. –

Ich hoffe, liebe Eltern, es geht Euch allen gut, besonders wünsche ich es dem lieben Großpapa.

Mir geht es im ganzen gut, zu Haus u. in der Schule, Herr Rektor ist jetzt erst wieder recht gesund.

Heute Morgen weckte uns Frau Schaible mit der erschrekkenden Nachricht, kaum 3 Minuten vom Haus sei im Mühlbach ein Mann ertrunken. Es war Wahrheit. Der Arme, Unglückliche war gestern Nacht am Mühlbach gegangen u. hineingefallen. Wunderbarerweise ertrank er ohne jeden Laut. Heute Morgen hing er, ein schrecklich grausiger Anblick, am Rahen der Spittelmühle. Später kam an unserem Haus vorbei ein trauriger Zug. Auf einer Tragbahre trug man den Unglücklichen mit einem Tuch bedeckt nach Hause. Welche Trauer für seine Familie ... Ich komme fast jeden Sonntag hinüber zu Onkel Theodor, wo's immer sehr nett ist.

Mit herzlichem Gruß u. Kuß
Euer Sohn Hermann

P. S. Ich schicke hier zugleich F. Bühres [?] Brief.

97] *H. H. an Johannes und Marie Hesse*

Montag, 15. Dezember 1890

Liebe Eltern!

Heute morgen erhielt ich Euren Brief, der eine sonderbare Reise gemacht hat. Ihr habt ihn scheints im Versehen nach Stuttgart adressiert. Ich will Euch die Adresse auf dem Couvert abzeichnen. *[Folgt die Adresse.]*

Frau Schaible sagte mir, Frl. Emma habe aus Stuttgart geschrieben, Ihr seiet dort in Ran .... gers Laden gewesen.

– – –

Ich bin sehr im Unklaren, wann ich von hier abreisen darf. Herrn Rektor geht's soweit ordentlich, er ist aber leider ziemlich schwach u. kann ohne Stock kaum gehen.

Ich habe ziemlich zu arbeiten, versäume deshalb die Nebenfächer kolossal, besonders das Französische. Bedenkt, ich bin in diesem Fach so tief gesunken, daß ich – – – in einem Klassenthema 14 Fehler machte. Doch das geniert mich

wenig, denn in den Hauptfächern geht's mir ziemlich gut. Trotz aller Arbeit habe ich doch mehr Mußestunden, als sonst. Ich vertreibe mir diese, indem ich hie u. da etwa eine Geschichte schreibe. Eben beschäftige ich mich mit einer: »Aus deutscher Vorzeit«.
Ich hoffe, es geht Euch allen gut, besonders auch dem lieben Großpapa. Ich denke hie u. da auch an Weihnachten mit Freude, die leider dadurch getrübt wird, daß ich Euch, liebe Eltern, nichts bescheren kann wie sonst.
Ich habe Euch geschrieben, daß ich mir zu Weihnachten Federn u. Hefte wünsche. Im Fall Ihr diesen meinen Wunsch gewähren wolltet, möchte ich bemerken, daß Brandauer G. mir die Liebsten sind. An Heften brauche ich 25 linige in allen Farben.

Mit herzlichem Gruß u. Kuß
Euer Sohn: Hermann!

1891

98] *Hermann Gundert an seinen Sohn Hermann*

Calw, 5. Januar 1891

[...] Am 7. sollen auch die beiden Hermänner an ihren Platz zurück. Der Göppinger sucht mit Gebet seine jeweilige Heftigkeit zu zähmen. Beide sind ehrliche Kerle, der eine freilich sehr stumm, während der andre den Lehrer und alle, von denen er erzählt, sprechend nachahmt. *Er hat Adele ein Büchlein seiner Dichtungen geschenkt.* Da fängt's bald an.

99] *H. H. an Johannes und Marie Hesse*

[erhalten 14. Januar 1891 aus Göppingen]

Liebe Eltern!

Ich kam Mittwoch 4 Uhr glücklich hier an. Bis Stuttgart fuhr ich mit Onkel David, Onkel David wollte mich auf die Villa hinausschleifen, wozu ich jedoch bei der Kälte gar keine Lust hatte. Ich ging zu Tante Emma Plebst u. bettelte um Essen. Ich bekam noch kalte Wurst, Salat u. Wein, nachher Gudle. Von Stuttgart bis Göpp. reiste ich mit einigen Kameraden. Es gefällt mir [bei] Herrn Rector wieder sehr gut. Heute morgen hatten wir von 1/2 9 Uhr bis 9 1/2 Uhr Religion, von 1/2 10 bis 10 1/2 Uhr war Kirche, dann bis

11 1/2 Uhr Religion (Matth. 6, 39–43). Mir u. meinen Kameraden geht's gut, allerdings gibt's ziemlich zu arbeiten. Herr Rektor ist noch ziemlich schwach, jedoch stets heiter.
Ans Landexamen denk ich mit banger Sorge, wir sind doch durch Herr Rektors Krankheit sehr zurückgekommen. Ich hoffe, es geht Euch allen gut. Heinrich Hermelink gehts gut, er ist ganz vergnügt. Vorgestern ging ich einen Augenblick zu Onkel Theodor herüber, dessen Zahnweh ziemlich geheilt ist.

Mit herzlichen Grüßen: Hermann

100] *Aus Briefen von Marie Hesse an Adele Hesse*

Calw, 15. Januar 1891

[...] Von Hermann kam ein Briefchen, er habe sehr zu schaffen und es gehe ihm gut. Von Theo kam gestern auch ein Brief. Er hat ein eiskaltes Zimmer ohne Ofen und sehnt sich nach dem Frühling, wo es dann sehr schön sein soll in den Prachts Rosengärten des kränklichen, nervösen Herrn Enderlein, einem Junggesellen. [...]

101] Calw, 21. Januar 1891, abends

[...] Von Hermann kamen heute Nachrichten, es sei eben immer sehr lustig in der Schule und es gehe ihm gut, nur werde ihm ungemütlich beim Gedanken ans Landexamen. [...]

102] *H. H. an Johannes und Marie Hesse*

Sonntag, 25. Januar 1891

Liebe Eltern!
Heute morgen erhielt ich Euern Brief. Er traf mich noch im Bett – es war 7 Uhr. Ich las ihn gleich noch im Bett. Es geht

mir zwar nicht mehr so gut; seit 3 Tagen schmerzen mich meine Füße sehr, auch die Brust schmerzt mich oft beim Atmen. Doch sage ich niemand etwas davon; bitte lasset Frau Schaible nichts davon hören. –
Was die Konfirmation betrifft, so könnt Ihr ja Herrn Helfer fragen, wann die Konfirmation stattfindet. Meine Vakanz dauert vom 21. März bis 8. April. Aber auch wenn die Konfirmation nicht in die Vakanz fällt, darf ich dazu kommen, werde also jedenfalls in Calw konfirmiert.
Wir haben sehr viel zu arbeiten, jedoch ist kaum die Hälfte Hausaufgabe. Ich glaube schwerlich, daß ich soviel Aufgaben habe, wie Hans. Ziemlich viel machen mir geometrische Rechnungen zu schaffen, u. mein Heft ist voll mißratener Prismen u. Kubus, Kegeln u. Pyramiden. Die Trapezoiden sind überwunden. (Ich gehe nachher zu Onkel Theodor).
Ein bedeutender Schlauch ist es auch, Schillers Wallenstein ins Lateinische zu übersetzen, was wirklich unsre Klasse stark in Anspruch nimmt. Die Exposition ist im Lateinischen leicht (Livius), im Griechischen schwer (Arrian). Doch schadet's ja nie etwas, wenn man nicht fertig wird.
Neulich war Herr Rektor famos aufgelegt. Da machte er abends den Vorschlag, uns die Aufgaben teilweise zu erlassen u. uns zu helfen im Schaffen. Da gab's einen mächtigen Sturm. Herr Rektor weiß wohl, daß wir da einen ziemlichen Stolz haben u. uns ungern helfen lassen.

Euer Sohn: Hermann

103] *Hermann Gundert an seinen Sohn Hermann*

Calw, 26. Januar 1891

[Er berichtet, Hermann Gundert und die Hälfte der Promotion in Schöntal sei an Grippe erkrankt.]

[...] Auch der Göppinger fühlt sich zu Zeiten unwohl,

kommt aber mit festem Entschluß darüber weg. Es ist rührend, wie innig er an seinem Rektor Bauer hängt, der auf alle Bedürfnisse seiner Schar sorgfältig Acht gibt. Zu Zeiten ist's den Jungen etwas bang aufs Landexamen, aber ihr Rektor tröstet sie, er weiß sie darauf vorzubereiten. [...]

104] *H. H. an Johannes und Marie Hesse*

1. Februar 1891

Liebe Eltern!
Eben heute ist es 1 Jahr, seit ich hier bin! Ich dachte daran u. auch daß ich jetzt nur noch ein 1/2 Jahr hier in Göppingen sein werde. Am 15. Juli ist das Landexamen. Jedoch wenn's nicht gelingt, dann weiß ich ja gar nicht, was ich werden soll. Es ist ein wichtiges Jahr, in dem ich lebe, in kurzem die Konfirmation u. dann die große Entscheidung im Landexamen.
Es geht mir immer gleich. Herr Rektor ist immer heiter. Neulich erzählte er mit Hochgenuß folgende Anekdote: Ein Graf bestellte einen Maler, um an einer Wand den Zug des Volkes Israeliten durchs rote Meer zu malen. Dieser brauchte eine Menge rote Farbe u. mächtig viel Geld. Eines Tages nun, als der schlaue Maler wußte, daß der Graf Geschäfte habe, ging er zu ihm, das Bild sei fertig, er solle kommen u. sehen. Natürlich kann dieser nicht augenblicklich u. als er in kurzem kommt, sieht er nichts als eine über u. über rote Wand. Verwundert fragt er nun, wo denn die Israeliten seien. »Wären der Herr Graf bälder gekommen«, versetzte höflich der Künstler, »soeben ist der letzte hinüber«. Natürlich erregte dies in hohem Grad unsere Lachlust. Wir haben in unsrer Schule einen wahren Künstler. Der schnitzte *aus Schnee* (gefrorenem) einen prächtigen Kopf, der allgemein bewundert wurde.
Denket nur, neulich brachten wir 10, sage 10 Geigen in die

Schule u. spielten Herrn Rektor vor. Auch auf dem Posthorn verkünstelten wir uns (Mein Freund Borst und ich).

Mit herzlichen Grüßen: Hermann!

105] *H. H. an Dr. Hermann Gundert*

1. Februar 1891

Lieber Großpapa!

Vor allem nimm meine herzliche Gratulation zum 77. Geburtstag entgegen. Ich beneide ein wenig die Enkel, die Dir mündlich am Freudenfeste ihre Glückwünsche darbringen können. Ich hoffe, daß es Dir gut geht. Mir gehts in der Schule ganz gut. Herr Rektor ist aber immer schwach. Neulich wollte er an etwas hämmern, da rief ich: Herr Rektor, Sie dürfen nicht hämmern! U. Herr Rektor legte den Hammer weg u. sagte langsam: »Ja, ja, Hesse, du hast recht, es geht zu Ende.« Er kann oft kaum gehen, doch, unglaublich, macht er stets Witze. Rührend ist's, wenn der alte ehrwürdige Herr mit einer Schachtel in der Schule herumgeht u. jeden »Um Brosamen für die hungernden Vögel anbettelt.« Im Französischen allerdings bin ich schwer gesunken. Ich glaube, die gute Tante Jettle würde sich entsetzen, wenn sie mein Französisch hören würde. Grüße und küsse sie in meinem Namen.

Mit vielen Grüßen und Küssen
Dein Enkel Hermann!

106] *H. H. an Johannes und Marie Hesse*

8. Februar 1891

Liebe Eltern!

Am Freitag bekam ich das Paket vom Großpapa, wofür ich sehr danke. Es freut mich sehr, daß Ihr an einem solchen Familientag, bei der allgemeinen Freude, auch an den in

der Ferne schwitzenden gedacht habt. Besonders die herrliche Wurst freute mich sehr. Ich teile jedesmal mit Karl Schaible, meinem Genossen. Ohne diesen könnte ich fast nicht mehr auskommen. Er ist in allem mein treuer Genosse, im Arbeiten, in Freud u. Leid, auch im Schlafen. Abends tauschen wir immer unsre Erlebnisse aus, auch, wenn einer glaubt, eine am Tage vorkommende Frage glücklich gelöst zu haben. In der Schule geht mir's gut. Herr Rektor ist eben immer schwach, doch stets gut aufgelegt. Wir kommen oft mit Violinen in die Schule u. spielen, besonders Choräle. Herrn Rektors Lieblingschoral ist No 23: »Der du das Los –« den spielen wir ihm oft u. ganz verklärt sitzt er dann auf dem Katheder.
Er hat gegenwärtig für Abteilung 2 einen Stock, solang als er selbst, also über 1 1/2 m, mit dem reicht er weit vom Katheder aus. Wie geht es der Tante Jettle? Nach Französisch sehne ich mich nicht, es geht mir schlecht in diesem Fach. Ich muß eben alles drauf anlegen, in's Seminar zu kommen; da brauche ich fast kein Französisch. Jetzt sind's nur noch 7 Wochen bis zur Konfirmation; dann seh' ich Euch vor dem Landexamen nicht mehr. Mit herzlichen Grüßen, besonders an den lieben Großpapa

Euer Sohn: Hermann!

107] *H. H. an Johannes und Marie Hesse*

[Göppingen, nach 9., vor 17. Februar 1891]

Liebe Eltern!
Vorgestern erhielt ich die Wäsche mit Brief, was mich sehr freute. Es geht mir gut; Herr Rektor ist immer noch schwach, doch immer lustig. Ich gehe in den Konfirmanden-Unterricht zu Herrn Oberhelfer Helfer. Zu arbeiten gibt es eben immer viel, doch geht mir's ja gut dabei. Ich denke sehr oft ans Landexamen, doch wird mir's dabei immer unge-

mütlich. – Gestern war ich bei Onkel Theodor, wo es immer sehr nett ist. Es herrscht strenge Kälte u. gibt viel Schnee.
Es ist gegenwärtig oft kolossal lustig während der Lektionen, besonders wenn sprachliche Streitfragen vorkommen. Dann bilden sich für alle Möglichkeiten Parteien, wobei wenigstens 40 [?] Grammatiken, ältere u. neue, zu Rate gezogen werden, da wird von der einen Partei dieser oder jener Grammatiker ausgelacht, während ihm die andere beistimmt. Also in der Schule ist's stets nett u. so wird einem die Arbeit sehr erleichtert.
Wie geht's dem lieben Großpapa u. allen Verwandten, Hannele, Maria u. Frau Reichert. Ist Herr Dekan wieder gesund? Dem l. kleinen Hans wünsche ich viel Glück zu seinem Lernen. Hoffentlich weiß er jetzt schnell auswendig, was lateinisch 99 heißt; in der Vakanz wußte er's nie. Er soll nur recht fleißig sein, doch wünsche ich ihm auch manche freie Erholungsstunde, daß es ihm auch noch außer dem Bett wohl sein kann. (Aller Anfang ist eben schwer, aber nicht weniger wichtig).

Mit vielen Grüßen an alle Lieben
Euer Sohn: Hermann!

108] *H. H. an Johannes und Marie Hesse*

17. Februar 1891

Liebe Eltern!
Schon am Sonntag wollte ich schreiben, doch da lag ich mit Übelsein im Bett. Ich habe überhaupt viel Kopfweh, das von den Augen ausgeht. Heute nun half mir ein Kamerad mit seiner Taschenapotheke aus. Er gab mir 15 Hofmannstropfen u. schon nach einer Viertelstunde war das Kopfweh fort. Sonst geht mir's ganz gut. Natürlich gibt es immer viel zu schaffen. Wie geht es denn dem lieben Hans mit dem Latein?

Neulich ertränkte sich hier ein Mädchen von etwa 20 Jahren.
Gestern (Montag) vormittag um 8 1/2 Uhr entstand nahe bei unsrer Schule ein Brand bei einem Tuchmacher. Es gab große Aufregung bei uns. Einen großen Haufen Maisstroh, den wir eben hinter das Haus getragen hatten, mußten wir schleunigst forträumen. Dann kam in vollem Lauf an der Schule vorbei die Feuerwehr. Es war mir ganz unheimlich. In der ganzen Stadt herrschte große Aufregung. Alles eilte auf den Brandplatz. 9 Tauben verbrannten im geschlossenen Taubenschlag. Herr Rektor war furchtbar aufgeregt; er ist überhaupt sehr ängstlich. Doch geht es ihm wirklich verhältnismäßig gut. Gern möchte ich mehr schreiben, aber es ist schon 8 1/2 Uhr u. ich muß auf morgen noch ziemlich viel schaffen . . Gut' Nacht!

Mit herzlichen Grüßen
Euer Sohn Hermann

109] *H. H. an Johannes und Marie Hesse*

24. Februar 1891

Liebe Eltern!
Euern letzten Brief erhielt ich, als ich eben den meinen abgeschickt hatte. Die Konfirmation ist hier auch am 12. April; ich kann wohl in Calw confirmiert werden. Auch wäre es mir sehr lieb u. recht, wenn das hl. Abendmahl am Konfirmationsabend wäre. Solange darf ich wohl zuhaus bleiben. Von den Landexamenskandidaten wird keiner in Göppingen konfirmiert. –
Ich habe Euch ja über den hiesigen Brand geschrieben; die Folgen sind nicht bedeutend, eigentlich schadeten die Wassermassen beim Spritzen mehr, als das Feuer.
Neulich gab Herr Dekan Schnaidt ein Konzert, er selbst war Direktor. Doch hat er sich ziemlich blamiert.

Herrn Oberhelfer, auch Herrn Rektor geht's gut. Heute ist ja Feiertag. Heute vormittag von 8–11 Uhr war Examen (?!) Es war kein Klassen- oder Zeugnis-Examen, sondern nur für die Landexaminanden als Vorbereitung, damit wir's gewöhnt werden. Wir bekommen da die gleichen Lexika, gleich viel Zeit, überhaupt gleiche Privilegien wie im Landexamen. Wir machten heute ein Argument, das anno 1878 im Landexamen vorkam. Anfangs hatte ich Angst, aber gleich nach 1 Stunde wurde ich ganz getrost u. um 10 Uhr aß ich mit großer Seelenruhe mein Vesperbrod (im Examen, es gab kein Interstiz).
Heute Nachmittag gingen wir spazieren, wir gingen hinaus ins Oberholz u. lagen lange in schönem Sonnenschein u. repetierten allerlei.
Etwa seit 12 Tagen bin ich krank (Hals u. Kopf). Ich habe aber dagegen ein famoses Mittel selbst erfunden, nämlich ich setzte mir fest in den Kopf: »Du bist nicht krank!« In schlaflosen Nächten allerdings wurde es mir schwer, aber bis jetzt hat's geholfen. Auch habe ich Hofmannstropfen (für 20 Pf.) gekauft, die mir bei Kopfwehanfällen fast regelmäßig recht gut helfen. Doch habe ich immer guten Mut. Nur vorwärts mit Gott, der's schon recht machen wird! Hoffentlich geht es jetzt Hans besser. Er soll nur Mut fassen! Grüße von Frau Schaible.

Mit herzl. Grüßen
Hermann!

110] *H. H. an Johannes Hesse*

28. Februar 1891

Heute morgen bekam ich Euren l. Brief u. antworte nun gleich. Um 12 Uhr trug ich Papas Brief zu Hr. Oberhelfer, der mich auf einen der 2 nächsten Sonntage einlud. Ich will jetzt Mamas Fragen beantworten: 1) Ich fand (allerdings nachträglich) jene Briefe u. werde am Montag oder Dienstag mit der Wäsche an Großpapa u. an Euch Briefe schicken. 2) Wie es mit Konfirm. u. hl. Abendmahl steht, hab' ich ja schon geschrieben. Mit Bedauern hörte ich von der Krankheit des l. Paul Remppis. Er soll das Examen nur stecken lassen, Gesundheit ist wohl eben so viel wert. Mir gehts eben stets gleich, ganz leidlich. Ich bin eben ein wenig schwach, kann aber gottlob immer weiter schaffen. In erwähntem Examen von Dienstag ging mir's gut. Ich komme oft zu Onkel Theodor hinüber, wo es immer sehr nett ist. Hoffentlich kann Theodor doch zur Konfirmation kommen, ich würde ihn sehr vermissen.

Mit Gruß u. Kuß an Alle:
Hermann!

111] *H. H. an Johannes und Marie Hesse*

1. März 1891

Liebe Eltern!
Meine Karte werdet Ihr erhalten haben. Ich will Euch nun ein wenig ausführlicher schreiben. Mit der Gesundheit geht es leidlich, immer gleich. In der Schule gehts gut; Herr Rektor ist ganz gesund, soweit man es eben erwarten kann. Heute vormittag erklärte er den seltsamen Spruch: »Laß die Toten ihre Toten begraben« etc, über den wir einen Aufsatz gemacht hatten. Heute predigte Herr Oberhelfer Hermann sehr schön. Heut nachmittag habe ich im Sinn, zu Onkel Theodor zu gehen. Herr Rektor brachte letzte Woche bei uns etwas Neues auf, den »Bärentanz«. Da stampfen wir im Takt: 1 – 2 – 1 – 2 – 1 – 2 – u. s. f. auf dem Hofpflaster. Neulich erlaubte uns Herr Rektor, statt einer Schulstunde spazieren zu gehen. Überhaupt tut Herr Rektor viel für uns zur Erholung; er ist eben sehr gut, aber auch sehr ängstlich.

Herrn Oberhelfer geht's gut, ich bin sehr gern bei ihm im Konfirmandenunterricht. Als ich neulich (Samstag) das Brieflein von Papa hinbrachte, war Frau Oberhelfer überaus freundlich u. gab mir sogar ein warmes Stück Gugelhopfen, das ich natürlich nicht verschmähte.
Das Wetter ist gegenwärtig meist schön, aber der Boden arg naß. Ich spüre gut, wie wohl mir die Sonne tut, womöglich jeden Nachmittag lasse ich mich im Freien etwa eine halbe Stunde recht von der Sonne bescheinen. Ich glaube, daß auch Euch, wenn Ihr unwohl seid, dies helfen wird. Wie geht es dem lieben Papa u. dem kleinen Hans? Einen Brief für Großpapa u. Tante Jettle lege ich bei. [. . .]

Mit Gruß u. Kuß!

Hermann!

112] *H. H. an Dr. Hermann Gundert*

[Göppingen, März 1891]

Lieber Großpapa!
Vielen Dank für jenes Paket und Deinen lieben Brief. Wie geht es Dir denn? Denke nur, schon in drei Wochen kann ich wieder heim zur Vakanz und zur Konfirmation. Es geht mir im ganzen sozusagen gut, ich kann wenigstens immer arbeiten. Auch Herrn Rektor geht es ganz ordentlich, er ist immer sehr lustig, macht den ganzen Tag Witze. Gar oft erschallt ein frohes Gelächter im Schulzimmer. So wird jedem die viele Arbeit leichter. Neulich durften wir Landexamens-Kandidaten statt einer Schulstunde spazieren gehen. Da waren wir sehr heiter.

Mit vielen Grüßen, auch an die liebe Tante Jettle

Dein Enkel: Hermann!

113] *H. H. an Johannes und Marie Hesse*

8. März 1891

Liebe Eltern!

Mit Schrecken hörte ich von dem riesigen Brand. Das muß ja eine kolossale Aufregung gewesen sein, besonders auch für die liebe Frau Reichert. Hoffentlich hast Du, liebe Mama, Dich vom Schrecken erholt. – Vorgestern, an Königs Geburtstag, war vormittags wieder Examen. Da machten wir die Periode vom letzten Landexamen. Ich weiß noch nicht, wie es ausgefallen ist. Gestern abend war von 5–7 Uhr bei Herrn Oberhelfer Visite, wo es sehr gemütlich war. Anfangs las Herr Oberhelfer etwas Schönes vor, dann spielten wir mit Soldaten. Er waren nämlich außer mir noch etwa 8 andere, ebenfalls Schüler von Herrn Rektor; auch Heinrich Hermelink war da.

Letzten Montag im Konfirmandenunterricht konnte ich plötzlich nicht mehr atmen. Als ich aufstand, ward es besser. Dies wiederholte sich bis jetzt 3mal, jedesmal dauerte es – mit kurzen Unterbrechungen – eine halbe Stunde. Sonst geht mir's ordentlich, auch Herr Rektor ist immer heiter. Er hat Freude an der Calwer Bibelerklärung [1], von der ich das Neue Testament besitze. Mich freut es, daß ich ihm damit aushelfen kann. Bei Onkel Theodor geht es recht gut, heute nachmittag gehe ich zu ihnen hinüber.

Jetzt kommt ja bald die Vakanz, am Samstag (den 21. März), spätestens Sonntag, kann ich voraussichtlich kommen. Mit vielen Grüßen, besonders an den lieben Großpapa:

Hermann!

1 Siehe Brief vom 4. Juni 1890.

114] *Hermann Gundert an seinen Sohn Hermann*

Calw, 9. März 1891

[...] Hermann Hesse schreibt gerade, daß er je und je Anwandlungen von Atemnot habe. Hoffentlich nichts tiefer liegendes. Er freut sich auf die Konfirmation. [...]

115] *H. H. an Johannes und Marie Hesse*

[Göppingen,] 15. März 1891

Liebe Eltern!

Dank für Euren Brief. Was die Vakanz betrifft, so kann ich gar nichts Bestimmtes sagen. Wahrscheinlich komme ich erst am Gründonnerstag. Am Montag nach der Konfirmation könnte ich schon in Calw bleiben (zum Ausflug), aber da müßte ich ja einen ganzen Tag verlieren, so reise ich lieber gleich am Montag wieder ab. Euer Ausflug wird ja wohl ohne mich ebenso schön werden, als wenn ich dawäre. Der Fall, daß ich plötzlich nicht mehr atmen konnte, trat in letzter Woche fast täglich ein. Heute fühle ich mich schrecklich elend. Das Atmen schmerzt mich so. Es ist kein Stich oder Brennen, sondern es ist als würde mir die Kehle zugeschnürt u. innen in der Brust ist es ein krampfhaftes Zusammenziehen. In der Vakanz, der letzten vor dem Examen, gilt es recht zu schaffen. Hoffentlich sind noch nicht viele Confirmationsgeschenke da. Wieviele habe ich denn schon? Von Onkel David wünsche ich mir (wenn möglich) das Alte Testament der Bibelerklärung, das neue besitze ich schon seit 1 Jahr.

Am Mittwoch passierte mir beim Fensterschließen das Unglück, daß ich eine Scheibe zertrümmerte. Sie kostete 60 Pf. Ich tat es nicht aus Mutwillen, es ist mir selbst ein Rätsel, wie es eigentlich zuging. –

Zu Schaffen gibt es immer sehr viel, am liebsten ist mir immer Aufsatz u. Lateinisch.

Bitte, tut den beigelegten Brief an Herrn Bäuchle in ein Couvert u. schickt ihn durch Hans zu ihm.

Mit Gruß u. Kuß!
Hermann

[Links oben steht:] bitte zurück! u. Hermann nicht merken lassen davon, daß sein Brief Ihnen mitgeteilt worden. J. H.

116] *Aus Briefen von Hermann Gundert an seinen Sohn Hermann*

Calw, 16. März 1891

[...] Etwas erschreckt hat uns ein Brief H. H.'s von Göppingen, daß ihm schon einige Male der Atem plötzlich stille gestanden sei. Indessen halte ich es nur für nervös, was bei einem solchen Ebenbild seines Vaters nicht verwundern kann, denn was spielen da die Nerven für eine Rolle. Dieser Hermann kann sich die Fingernägel nicht selbst schneiden und wer sie ihm schneidet muß erfahren, wie weh er dem Patienten in den Fingerspitzen tut. Ich hoffe, in der Vakanz erstarkt er wieder, nachdem er sich ein halbes Jahr tüchtig angestrengt hat. [...]

117] Calw, 23. März 1891

[...] Am 20. vor 12 standen beide Hermänner da, von Zuffenhausen her gefahren, doch so, daß sie erst auf dem hiesigen Bahnhof sich trafen. Der Schönthaler ist wieder etwas gewachsen und gediehen, der Göppinger aber in den Nerven angegriffen, so daß ihm fast täglich einmal der Atem stockt, ohne organische Ursache, soweit die Ärzte sehen. Hier soll er sich nun erholen, zugleich den Konfirmationsunterricht vollenden und nach der Konfirmation hoffentlich gestärkt sich Göppingen zuwenden. In einem gefällt er mir besser als sein Vetter, er gibt, ja schüttet zuweilen alles heraus [...]

118] Calw, 6. April 1891

[...] Erst in acht Tagen ist die Konfirmation von Lisele[1] und Hermann Hesse, wozu auch Theodor und Carl erscheinen wollen. [...]
[Der Großvater berichtet von einem Brand, erzählt, bei Claassen sei manches verbrannt, woran er sehr hing, z. B. die einzige Photographie seiner Mutter.] Aber auch sonst hängt er [Claassen] stark an Bildern, sammelt alles mögliche von kirchlichen Architekturen und Abdrücken künstlerischer Urbilder, was er dann gern unserer Jettle oder den Knaben wie H. H. und Wilhelm zeigt. [...]

1 Elise *Gundert,* Tochter von Friedrich Gundert und seiner Frau Emma, geb. Heermann. Geb. 1877, gest. 1922. Cousine von H. H. Verheiratet mit Missionar Immanuel Pfleiderer am 7. November 1901.

119] Calw, 13. April 1891

[...] Hier in Calw waren gestern 59 Buben und 39 Mädchen bei der Konfirmation, darunter unser Memmer [Hermann Hesse] und Lise Gundert, beides hoffnungsvolle Seelen. Schon am 7. kam Frau Staatsrat Hesse, früher in Stuttgart, jetzt in Görlitz und Dorpat zu Besuch bei ihrem Vetter Johannes. [...]
Die Konfirmanden machten ihre Sache gut und weil Memmer nach Göppingen zurück soll, morgen, gab ich am Sonntag Abend ihm, seinen Eltern, Adele, der Frau Neue und unserer Emma Plebst, die am Samstag angefahren kam, das heilige Abendmahl. Ja, auch David und seine Johanna, von Marie extra eingeladen, nahmen daran Teil. Ich machte es

sehr formlos ab, nach alter indischer Sitte. Theodor und Carl Isenberg waren auch am Samstag Abend gekommen, beteiligten sich aber als dezidierte Nichtchristen nicht an der Feier. [...]

120] *H. H. an Johannes und Marie Hesse*

19. April 1891

Liebe Eltern!
Dienstag kam ich glücklich an u. bin schon wieder recht in der Arbeit. Frau Schaible geht es gut. Ich sah am Dienstag Nachmittag Herrn Rektor wieder. Er ist zwar nimmer so lustig, aber doch freundlich gegen uns. Im ganzen ist er gesund, würde aber ohne die Aushilfe von Herrn phil. Müller schwerlich mit aller Arbeit fertig. Es giebt immer viel zu thun. Gestern kamen wir erst abends um 3/4 7 Uhr an die Arbeit. Hoffentlich bleibe ich bis zum Landexamen gesund.
Es wäre mir sehr lieb, wenn ich über die Examenstage in der Hohenstraße[1] logieren könnte. Vielleicht schreibt Ihr einmal gelegentlich deswegen nach Stuttgart. Bitte, schicket mir Kappe etc möglichst bald, es pressiert, da ich immer den Confirmationshut aufsetzen muß. Tante Luise traf ich, als sie eben im Gärtchen arbeitete, Onkel Theodor war nicht zuhause, da er sehr viel im Walde mit den Kulturpflanzungen zu thun hat. Beiden geht es gut. Tante läßt Euch alle grüßen, ebenso Frau Schaible.

Herzlich grüßend: Hermann!

Vergesset nicht, Geld etc für Fr. Schaible zu schicken.
Danke für den Sack, er kam an, als ich den Brief abschicken wollte.

1 Bei David Gundert.

121] *Hermann Gundert an seinen Sohn Hermann*

Calw, 20. April 1891

[...] der Göppinger schreibt gefühlvoll von seinem Rektor, der seine Frau so tief vermisse, aber gleich freundlich mit seinen Schülern verkehre. [...]

122] *H. H. an Johannes und Marie Hesse*

29. April 1891

Liebe Eltern!

Am Samstag erhielt ich Mamas Brief, danke! Ich war bei Herrn Oberhelfer u. gab das Brieflein ab. Bei Herrn Rektor hält eine Schwägerin u. seine 19jährige Tochter Haus. Es ist mir sehr recht, wenn wir über's Landexamen bei Tante Plebst sein könnten. Es freut mich, daß es Onkel Adolf besser geht. Am Sonntag Nachmittag war ich bei Onkel Theodor u. Tante Luise. Zuerst gingen wir spazieren in den Eichert [?], wo wir schöne Schlüsselblumen u. weiße Anemonen im Walde fanden. Zu Hause spielten wir nach dem Kaffeetrinken Tivoli u. waren recht heiter.

Heute Abend brachte der kleine Ziegele einen Thermometer in folgender Form:

Sparsam	Bescheiden
Sittsam	Höflich
Faul	–

Da mußte selbstverständlich die ganze Pension sich messen u. was war das Resultat?, alle bekamen: Sittsam u. Höflich (!!).

Es grüßt u. küßt Euch:
Hermann!

123] *H. H. an Johannes und Marie Hesse*

4. Mai 1891

Liebe Eltern!

Mutters Brief erhielt ich heute Nachmittag. Ich hörte, daß das Missionsfest glücklich vorüber ist. Kaum hatte ich von dem Sturmläuten im Briefe gelesen, so kam die Zeitung mit der Meldung, daß bei Teinach 80 Morgen Wald in Brand stehen. Bitte, schreibet mir womöglich Näheres darüber.

Mir u. meinen Kameraden, auch dem lieben Herrn Rektor geht's gut. Es gibt immer sehr viel zu tun, Lateinisch, Griechisch, Arithmetik, Religion, Aufsatz, Französisch, Geographie, Geschichte u. Privatstudien, da bleibt wenig Zeit frei. Wir machen gegenwärtig viele Aufsätze aus der Chrie, Sprüchwörter u. Sentenzen berühmter Philosophen etc. –

Es ist jetzt bald neun Uhr u. ich muß schleunig an die Arbeit. Mit vielen Grüßen, besonders an Großpapa:

Euer Sohn: Hermann.

In der Zeitung ist auf 14. Juli das Landexamen ausgeschrieben!

124] *H. H. an Johannes und Marie Hesse*

10. Mai 1891

Liebe Eltern!

Gestern kam Mutters Brief an. So ist also der Drahtkoloß schon draufgegangen: Sic transit gloria mundi! Ich weiß, daß Tante Luise in Hirsau ist. Onkel Theo hat mich auf heute Nachmittag zu sich eingeladen. Ich habe im Sinn, mich für Pfingsten bei Onkel David einzuladen, wenn's bei ihm Platz hat.

Letzten Sonntag war Visite bei Hermann Kieser, der vielleicht im Examen den Primus liefert. Da war auch ich sammt allen cand. Ld. eingeladen. Es war ein recht fröh-

licher Nachmittag. Ich habe sehr viel zu tun, da ich auf's Examen alle griechischen und lateinischen Grammatiken, die ich auftreiben kann, durchstudiere. Auch Arithmetik u. Religion macht viel zu schaffen. Heute morgen war von 1/2 8 Uhr bis 9 Uhr Schule (Religion). Am Himmelfahrtsfest predigte Herr Oberhelfer Herrmann in der Oberhofenkirche sehr schön. Die Kirche war voller als je. Alle Treppen, Gänge, Fensterbretter, die Orgel, ja, jeder Winkel war besetzt. Ich selber stand in einem Winkel hinter der Orgel u. hörte die wirklich schöne Predigt an.
Es gibt wirklich ziemlich viel Aufregung, da die Arbeiterbewegung (Sozialismus, Streik) auch hier auftritt.
Lisel soll bei Großpapa nur kein Blaustrumpf werden, allzuviel Weisheit schadet. Auch Hans soll ja nicht zu viel schanzen, ich kann davon jetzt aus Erfahrung reden.
In den letzten Tagen machte ich mich an einen Katholiken in unserer Schule heran, und studierte in seinen Beweisen, Religionsbüchern, und Katechismus. Der gute Kerl suchte mich auf alle Weise zu überzeugen, aber kopfschüttelnd gab ich das Geschäft auf.
Grüße von Frau Schaible u. Herrn Rektor, der fürs Beileid dankt.

Grüßend:
Euer Sohn: Hermann.

125] *H. H. an Johannes und Marie Hesse*

[Göppingen, Mai 1891]

Liebe Eltern!
Heute erst komme ich dazu, Euch zu schreiben. Denkt nur, ich war Pfingst-Sonntag u. -Montag in Stuttgart bei Tante Johanna auf der Davidsburg, wo ich Mariele u. Ruth gesund u. lieb antraf. Tante reiste Montag Mittag ab u. ich war Montags bis zum Abend, wo ich abreiste, bei Onkel

Adolph. Mit ihm u. Anna u. Emma ging ich nach Degerloch spazieren, wo ich im Wirtshaus zu meiner großen Freude Herrn Professor Schmid[1] aus Stuttgart antraf. Er ist sich total gleich geblieben, fragte freundlich nach meinem Befinden etc. Abends kam ich 8 1/2 Uhr hier an. Es geht mir ziemlich gut. (Viele Grüße von Onkel Adolph!) Herr Rektor hat viel zu tun, ist ziemlich schwach. Er sagte, wir sollen unsern Eltern brieflich seinen Dank für Beileidsbezeugungen mitteilen, selber zu antworten sei ihm rein unmöglich. Am Dienstag machten wir ein lateinisches Examen (Argument u. Periode). Morgen kommt schwere Periode aus Sallust. Ziemlich viel giebts immer zu schaffen. Hauptfächer, Klassisch (Deutsch, Lateinisch u. Griechisch), Religion u. Arithmetik. Heute Abend jagte uns Herr Rektor aus der Schule, da ein schweres Wetter nahte. Neulich schlug es während unseres Mittagessens ganz nahe in einem Baum [ein]. Es war alles vorher ganz still, nur der Regen rauschte in Strömen nieder. Plötzlich ein greller Schlag, kaum eine Sekunde drauf ein erschütternder erdbebenähnlicher Schlag.

Eben höre ich, bei Euch habe es schon wieder gebrannt, in der Badgasse, bitte schreibt mir auch näheres darüber.

Die l. Mama kann ihre Reise zum Examen nicht mit einer solchen zum Packen nach Göppingen verbinden, denn jedenfalls ist nach dem Examen noch einige Zeit (wenigstens 8 Tage) Schule.

Mit Gruß u. Kuß
Hermann!

1 Professor *Schmid*. In »Gedenkblätter«, (»Aus meiner Schülerzeit«; G. S. IV, 596 f.) schreibt H. H.: »Zweimal während meiner Schülerjahre habe ich einen Lehrer gehabt, den ich verehren und lieben konnte, dem ich ohne Sträuben die höchste Autorität zugestand und der mich mit einem Augenzwinkern lenken konnte. Der erste hieß Schmid und war Lehrer an der Calwer Lateinschule, [...]«
Von dem gleichen Lehrer berichtet H. H. in »Späte Prosa« (»Unterbrochene Schulstunde«; G. S. IV, S. 870 f.)

126] *H. H. an Johannes und Marie Hesse*

[Göppingen, 4. Juni 1891]

Liebe Eltern!

Danke für erhaltene Wäsche! Herzlich bedaure ich den raschen Tod der lieben, guten Frau Pfarrer Pfisterer[1]. In Basel war sie mir immer eine zweite Mutter.

Mir geht's gut, auch Onkel u. Tante Wurm. Ihr junges Rehlein ist allerliebst. Herrn Rektor geht's ziemlich ordentlich, wenn man ihn fragen würde, so würde er jedenfalls sagen: »Es geht mir passabelmiserabel«. Doch ist er ziemlich heiter. Hat eben viel zu arbeiten. Auch wir Kandidaten müssen schwitzen u. schaffen, vor allem Latein u. Chrie-Aufsätze. Da haben wir einen neuen Hilfslehrer »Scherr«, der unsre Aufsätze korrigiert. Der macht köstliche Bemerkungen mit majestätischer Schrift (rote Tinte) über alle Arbeiten. Unser letzter Aufsatz war: Böse Gesellschaften verderben gute Sitten. Da stand unter meiner Arbeit: Der Anfang dürfte wohl besser etwas mehr an das Thema angeschlossen sein, nicht so allgemein-giltiges, sonst gut. Unter Otto Mörikes Arbeit stand: Die ganze Arbeit trägt den Stempel u. Charakter des Schlappigen.

C. Schaible u. J. Völter durften sich der Bemerkung freuen: Mehr Klarheit u. Durchsichtigkeit wäre zu wünschen. Weder Breitheit noch allzu große Kürze zieren einen Aufsatz. Ein andrer Ausspruch war: Höchst ungewählte Ausdrücke! Schlechte Explikation! etc etc.

Am Montag (1. Juni) war Maifest, das in Göppingen ganz splendid gefeiert wird. Natürlich war der Tag frei! Morgens etwa um 8 1/2 Uhr war Gabenverlosung in den Schulen. Ich bekam nur ein einklingiges Taschenmesser, 4 Röbler [Stöbler?]federn u. 1 Federhalter. Dann war Kirche, wo Herr Stadtpfarrer Binder eine prächtige Predigt hielt. Morgens war ich Fahnenjunker, wurde jedoch nachmittags fahnenflüchtig, indem ich meine schlauchvolle Stelle einem andern abtrat. Den Nachmittag verbrachte man auf Maienwasen, wo ein Zelt u. Bretterstadt errichtet war. Musik, Karussel etc verschönerten (?) das Fest. Auf mich machte die Geschichte wenig Eindruck, das Beste war Kostverbesserung bei Vesper etc.

Mit Gruß u. Kuß: Hermann!

1 Marie *Pfisterer*, geb. Tappolet, Gattin des Pfarrers Jakob Pfisterer in Basel, war am 26. Mai 1891 gestorben.

127] *H. H. an Johannes Hesse*

[13. Juni 1891]

Lieber Papa!

Dank für Deinen Brief. Ich werde das Zettelchen (Gebet) später zurückschicken. Wenn Du es brauchst, kann ichs auch abschreiben. Denn ich möchte es gern noch länger behalten.

Ich wunderte mich, daß Du nichts vom hiesigen Missionsfest wußtest; ich meinte, ich hätte längst davon geschrieben. Wie schade, daß Du nicht dawarst. Um 2 Uhr nachmittags begann das Fest in der Kirche (bei großem Regen, der die Veranlassung dazu war, daß ungewöhnlich viele Leute die Kirche besuchten). Zuerst hielt Herr Dekan Schmidt eine längere Ansprache, dann betrat Herr Missionär Däuble die Kanzel u. erzählte mit schönen einfachen Worten von seinem schönen Beruf, den Freuden u. Leiden desselben, dann näheres aus Afrika von den armen Schwarzen. Dabei fiel mir ein Bibelspruch ein, über den ich heute 1 Aufsatz machte: Matth. 9. Schluß: Die Ernte ist groß, aber der Arbeiter sind wenige etc. – Dann kam der liebe alte Herr Diez u. erzählte sehr ansprechend, wenngleich mit heiserer Stimme, von seiner langen Tätigkeit in Indien. Um 4 3/4 Uhr war es aus u. den Sonntag Abend verbrachten wir zu Hause in allerlei Gesprächen über Mission.

Herrn Rektor gehts ziemlich gut; er hat gegenwärtig

kolossal viel zu arbeiten. Sein Humor tritt nur hie u. da zu Tage, er (Herr Rktr.) ist größtenteils schweigsam. Besonders wird sein Humor geweckt durch unsre gegenwärtige griechische Lektüre (Lukian. Dialog: Charon u. Hermes, sehr humoristisch) doch es ist beinahe 1/2 10 Uhr, gute Nacht. Gebe Dir Gott gute Zeit.

Mit Gruß u. Kuß: Hermann

Grüße an die Lieben zuhaus (auch an Hannele u. womöglich an Frau Reichert).

Leb wohl, lieber Vater!

128] *H. H. an Johannes und Marie Hesse*

[Göppingen, 28. Juni 1891]

Liebe Eltern!

So kam denn meine Gratulation zu Papas Geburtstag zu spät! Ich glaubte, er sei am 18. Dank für den Brief u. 40 Pf.

Wie schrecklich ist das Unglück in Basel[1]; ich sah eine Abbildung in 1 Blatt, das ist furchtbar.

Traurig ist immer das Wetter. Vor kurzer Zeit (noch im Juni!) mußten wir in der Klasse einheizen u. heute kann man kaum das Haus verlassen wegen furchtbarer Hitze. Kann man in Calw schon in der Nagold baden? Denkt nur, hier kann man noch nicht im Freien baden. Ich will deshalb heute Abend mit Karl Schaible in Roths Badanstalt gehen, um 1 Wannenbad zu nehmen. Mir geht's ordentlich, viel zu tun. Nun ist bald diese Schwierigkeit überstanden. Ich soll euch schreiben, was ich zum Geburtstag wünsche. Da bin ich wieder in dem Fall, in dem sich jedes Kind für solches Fest befindet. Seit Monaten wohl hege ich viele Wünsche u. jetzt – weiß ich keinen. Doch will ich suchen, meine Gedanken zu sammeln: Den in Aussicht gestellten Kirschenkuchen nehme ich mit Dank an. Es ist mir nicht geschickt, wenn ihr mir so kurz vor meiner Abreise noch allerlei schickt. Doch wünsche ich mir Folgendes, was ihr mir etwa in der Vakanz bescheren könnt:

1) Möglichst viel Krawatten zu Stehkrägen.
2) Womöglich, um die Augen zu schonen, ein einfaches Lorgnett No 9.
3) 1 Sordine auf meine Geige.
4) Kirschen.

Für Notizbüchlein, Schreibhefte (unlinierte etc bin ich nicht unempfänglich, ebensowenig für ein unterhaltendes Buch. Den Kuchen schickt mir bitte! Daß ich beim Examen in der H[ohe] Str[aße] logieren kann, ist mir des Weges halber sehr lieb und ich nehme es mit Dank an. Aber ich glaube, Onkel Adolph erwartet mich (wenigstens halb u. halb), man sollte doch absagen.

Es freut mich für Carl, daß er im Carcer arbeiten kann. Wie viel Stille beim Schaffen wert ist, weiß ich aus Erfahrung.

Daß Mama hieher kommt, ist ganz unnötig, da ich's nie vorher erfahren kann, wann ich abgehn darf. Auch Fr. Sch., welche Euch grüßen läßt, hälts für unnötig. Es ist ein Krampf in dieser letzten Zeit, ein ziemlich schwerer, u. besonders Nachts kommen oft trübe Stunden, ich freue mich auf die Ruhe in der Vakanz, da kann der gemarterte Kopf sich erholen.

In Liebe: Hermann!

1 Damals brach bei Münchenstein (ca. 4–5 km von Basel entfernt) die über die Birs setzende eiserne Brücke der Linie Basel–Delsberg unter einem von Basel kommenden Zug zusammen, wodurch 73 Personen getötet und 131 verletzt wurden. Der betreffende Zug war wegen eines in Münchenstein stattfindenden Gesangsfestes überlastet.

129] *Marie Hesse an Johannes Hesse*

Calw, 2. Juli 1891

[...] Heute ist Hermanns Geburtstag, ich schickte ihm gestern einen Kirschenkuchen dazu, hoffentlich überarbeitet er sich nicht bei dieser entsetzlichen Hitze. [...] Heute morgen als ich zu Papa kam, war gerade Andacht und er betete für Hermannle und für die Magd Christina, die auch Geburtstag hat. [...]

130] *Hermann Gundert an seinen Sohn Hermann*

Calw, 13. Juli 1891

[...] Marie fuhr heute nach Stuttgart, wohin ihr Hermann von Göppingen kommt, zum Landexamen, das morgen beginnen soll. Es seien 79 Bewerber. Der Rektor Bauer meint, Hermann werde jedenfalls aufgenommen, wenn er nicht zufällig einen Streich mache. Der werde ihm jedenfalls nicht arg verdacht werden. [...]

131] *Marie Hesse an Hermann Gundert und Johannes Hesse*

[Sie ist in Stuttgart, schreibt aber irrtümlich:]

Calw, 15. Juli 1891

Lieber Vater und lieber Johannes,

Hermann ist munter und guts Muts und schickt hier sein Latein von gestern. Heute kommt Griechisch und Religion am Vormittag und gleich nach 3 Uhr kommt's wahrscheinlich mit Hermann ans Mündliche. Gestern Nachmittag hatte er frei. Da es Dadis Geburtstag war, fuhren wir nach Tisch nach Eßlingen; allein das heutige Fest hatte schon eine großartige Vorfeier und alle Welt war in der Kirche.

[...]

Gestern Vormittag hatte ich Huzels, Nestles und Hunnius besucht, an letzterem Ort waren Hermann und ich gestern, nach Eßlingen, noch Abends zum Tee. [...] Auch heute Abend sind Hermann und ich zu Nestles eingeladen, wo auch ein Landexaminand logiert, ein Oehler aus Cannstatt. Frau Schaible kam mit ihrem Sohn. Beim Lateinischen gestern war Hermann der Zweite, der fertig wurde und bald nach elf Uhr heimwanderte und ins Volksbad. [...] Nachschrift am nächsten Tag: [...] Nach Hermanns mündlichem Examen sollen wir zu Nestles, mit den beiden Tanten, dann zum Nachtessen auf Davidsburg. [...]

132] *Aus Briefen von Hermann Gundert an seinen Sohn Hermann*

Calw, 20. Juli 1891

[...] Vor acht Tagen hatten wir ja die Sitzung des Verlagsvereins. Dann folgte das Landexamen, wo wir Gutes von Hermann Hesse hörten, sein lateinisches las ich mit Verwunderung. Es handelte von Moltkes Wahl einer Zigarre bei Königgrätz. Hermann hatte volumen fumificum daraus gemacht, alles aber geschickt gewendet, viel lateinischer als der Schönthaler. Ein Rechenexempel muß ihm nicht gelungen sein, dagegen hieß es, den Aufsatz habe er gleich auch in Verse verwandelt (ohne doch diese Version einzureichen). Das Ergebnis hörst Du wohl nächste Woche. [...]

133] Calw, 27. Juli 1891

[...] Hermann Hesse kam noch am 20. Juli spät hier an, sein Rektor hatte die Leutlein vor der Vakanz entlassen, da es doch nicht mehr viel mit dem Lernen sei. Mit Willy Hoch ging H. aufs Consistorium und fand da, daß er als 28. noch hineingeschlüpft sei, wofür er sehr dankbar war. Da er im lateinischen Componieren »gut« bekam, war der locus etwas auffallend; aber in einigem hatte er Pech. Sehr freute ihn, daß ein Göppinger Kieser Primus wurde, andre seiner Mitschüler kamen auch herein, andere fielen (zum Teil unerklärlich) durch. Jetzt verlustiert er sich in der Vakanz. [...]

134] *Pfarrer Pfisterer*[1] *an H. H.*

Basel, 7. August 1891

Lieber Hermann!

Für Deinen Brief, den Du mir nach dem Tod der lieben Mama Pfisterer geschrieben hast, danke ich Dir herzlich; es hat mir in der traurigen Zeit gar wohl getan, daß Du so an mich gedacht und unter den Arbeiten für das Landexamen Dir Zeit genommen hast zum Schreiben.

Es hat mich gar gefreut für Dich, Deine Eltern und Deinen Großvater, daß Du ins Seminar aufgenommen worden bist. Ich habe es, glaub ich, noch erfahren, so lange ich in der Vakanz war, gelesen hab ich es jedenfalls erst nachher. Nun, ich wünsche, daß Du ein rechter Schriftgelehrter werdest, zum Reich Gottes gelehrt und daß Du in den Versuchungen des Seminarlebens bewahrt werdest.

Du hast gemeint, Heinrich werde es wohl auch machen. Wenn ich ihn vor zwei Jahren nach Württ.[emberg] getan hätte, hätte es wohl gehen können. Allein ich wollte ihn lieber hier unter Augen haben; so blieb er da, und besucht seit April das Obergymnasium. Ich denke aber daran, ihn im Frühjahr 1894 wo möglich als Hospes nach Blaubeuren zu bringen, daß er dann mit Deiner Promotion den Concours machen kann. Nun, das liegt noch in weitem Feld. [...]

In treuer Liebe
Dein Pf. Pfisterer

1 Jakob *Pfisterer*, Pfarrer. Geboren 2. Februar 1863 in Schmiden b. Fellbach (Württbg.) Lehrer im Missionshaus Basel Mai 1864 – Oktober 1865. Hausvater des Missions-Knabenhauses in Basel von 9. Oktober 1865 bis zu seiner Pensionierung 1. Juli 1910. Dann übersiedelte er nach Cannstatt b. Stuttgart, wo er am 26. Januar 1915 starb. Seine erste Frau siehe Anm. zu Brief Nr. 126. In zweiter Ehe war er verheiratet seit 1892 mit Tabitha Gruner, die am 14. März 1923 starb.

135] *Marie Hesse an Adele Hesse*

Calw, 19. August 1891

Mein liebes Kind,

[...] Dienstag Morgen früh vor 6 Uhr stiefelten Carl und Hermann insgeheim fort nach Wildberg und kamen wieder zu Fuß heim bis gegen 1 Uhr zum Essen, als wir eben damit fertig waren. Hermann war dann so kaput und müde, daß Carl keine Lust mehr hat, größere Märsche mit diesem gern groß sprechenden und wenig leistenden Burschen zu machen. Wir waren inzwischen den ganzen Vormittag im Wald gewesen mit Vesper und deutscher Lektion, Frl. Rübsamen in unserer Hängematte abseits, die drei Kinder spielend und Haidenkränze flechtend, (Marulla mit Jack trug ihren auf Paulchens Grab). Jack oben in einer Buche sitzend, mir aus einem deutschen Kinderbüchlein vorlesend, ich strickend, wie ein »anständiger Christenmensch auf einem Bänklein sitzend!« [...]

136] *H. H. an Adele Hesse*

[Calw, 19. August 1891]

Teure Schwester!

Auch ich fühle mich bewogen, Dir zu schreiben, teils durch Mamas Beispiel, teils – durch Langeweile. Die schwarze Tinte hält Karl standhaft besetzt ... –

Ich beschäftige mich mit Bummeln und ähnlichem Stumpfsinn. Schon ging ich gestern zu Fuß nach Wildberg und zurück. Viel Zeit bringe ich in der Bibliothek zu. Besonders bei großer Hitze ist dies Behältnis zu empfehlen, da man gewöhnlich mutterseelenallein dort sein und vespern kann und das zuhause ist immer gut kühl. Ein Spaß ist es auch, Marullas unschuldiges Persönchen in Belagerungszustand zu versetzen, was dazu Anlaß gibt, daß sie täglich am Essen über uns zu klagen hat. Außer Jack erklärt sie die ganze männliche Bevölkerung des Hauses für unausstehlich. Natürlich, denn nur bei Jack kommt ihr Gouvernantentalent zur Geltung.

Leb wohl!
Hermann

137] *Marie Hesse an Adele Hesse*

Calw, 21. August 1891

Lieb Adelchen,
wer warnte vor Ermüdung u. dergleichen?
Nimm Dich in Acht!
Heute sollen wir mit Tante Jettchen [1] und Albertine [2] nach Zavelstein. Hansli ist noch immer in Möttlingen. Herr Ilg hat sich zum Gesangfest angemeldet und bleibt wohl etliche Tage hier bei Karl. Hermann plagt und ärgert Marulla allzuviel. Gestern hielt Missionsarzt Dr. Eckhardt hier im Georgeanum einen netten Vortrag, zu dem aber nicht halb soviel Leute – besonders nicht so massenhaft Herrn und Männer – kamen wie vorgestern zur Heilsarmee. Frau Inspektor mit ihren Fräulein ging zu beiden und ihr machte die Heilsarmee einen ganz ergreifenden Eindruck; es ist ihr so dringend *ernst* mit ihrem Verlangen, Seelen zu retten. Herr Railton sprach kein fließend Deutsch aber der Inhalt war sehr gut, war klar und ergreifend. Die Zutaten (Gesang und zwei Geigen, viel Wiederholen, etliche Pforzheimer Zeugen, die auftraten, ein Fräulein, das laut betete) waren

nicht nach gebildetem und deutschem Geschmack, aber der Kern und die Hauptsache bleiben deshalb doch: in unsrem gottvergessenen Jahrhundert, wo Tausende bloß dem Mammon und dem Vergnügen nachjagen und aber Tausende im Elend versinken, steht eine Armee von 64.000-Soldaten und beinahe 11.000-Offizieren da, die unter Verachtung (nicht bloß der Welt, sondern sogar der christlichen Kirche) unter Armut und Entsagung ihr Leben daran setzt, Verlorene zu retten.
[...]

1 Jettchen (zum Unterschied von Jettle) *Isenberg* ist die Schwester von Elisabeth Gundert (Witwe von Samuel Gundert), geborene Isenberg.
2 Albertine *Isenberg* ist die Tochter des Bruders von Elisabeth Gundert, geb. Isenberg.

138] *Aus Briefen von Hermann Gundert an seinen Sohn Hermann*

Calw, 31. August 1891

[...] Im September wird also D[eo] V[olente] Hermann Hesse in das Kloster eintreten. Ich wünschte, er wäre weniger nervös. Neulich begleitete er den Carl nach Weilderstadt und kam ganz schachmatt heim. Das ist doch unnatürlich für einen 14jährigen, während der 11jährige Wilhelm seine 10 Stunden marschiert und noch ganz frisch auftritt. Auch in geistigen Dingen entwickelt er sich nicht stetig, sondern by fits and starts. Möge er einen guten Freund finden, der ihn im Gleichgewicht erhält. Er hat bei H[ermann] G[undert] die ebraischen Buchstaben gelernt, was ihm für den Anfang eine Hilfe sein wird. Mich scheint er neuerdings etwas zu scheuen, ohne daß ich ihm nahe getreten wäre.
[...]

139]   Calw, 14. September 1891

[Johannes sei gestern in Liebenzell gewesen, um auch dort eine Missionsstunde in der Kirche zu halten.]

Sein Hermann geht eben jetzt herum, sich von den Calwern zu verabschieden, denn morgen nimmt ihn seine Mutter nach Maulbronn zur Einlieferung.

[...]

140]   Calw, 21. September 1891

[...] Am 15. war's, daß H. G. und H. H. in ihre Klöster mußten, jener ging mißvergnügt nach Schöntal, diesen brachte seine Mutter nach Maulbronn, wo sie in der Post kein Unterkommen fand und dann im Hirsch logierte. Ephorus Palm[1] dachte gern an seinen Compromotionalen, den seligen Paul[2] zurück. Doch von Maulbronn will Marie Dir selbst schreiben, die am 16. abends glücklich zurückkehrte. Hermann ist wie Ernst[3] auf Hellas. Hat 42 Lektionen in der Woche, entschieden zu viel! doch mag er sich auch täuschen. – Das Maaß unserer Tage ruht doch in guten Händen.

[...]

1 August *Palm*, geboren in Stetten/Remstal, 20. 7. 1848; Professor Gymnasium Schaffhausen, 1877, desgleichen Mannheim, 1881; Ephorus Maulbronn 1888 bis 1897, gestorben 1925 in Karlsruhe. Er lehrte im Wintersemester 1891/92: Geschichte des alten Bundes; Synoptiker; Sonntagsevangelien. Hebräisch.

2 Paul *Gundert*, 5. Sohn von Dr. Hermann Gundert, geboren 29. 1. 1849, gestorben 22. 2. 1871. In der Sammlung »Lehrer des Worts und des Lebens« erschien: Hermann Gundert, »Briefe an Paul. Der Weg eines Frühvollendeten«. Calwer Verlag, Stuttgart 1930. (Übernommen aus dem David Gundert-Verlag.)

3 Dr. phil. Ernst *Gundert*, Schulrat in Esslingen, Bruder von Dr. Hermann Gundert, aus der zweiten Ehe seines Vaters, geboren 10. 3. 1830, gestorben 6. 8. 1915. Von ihm: »Die biblische Geschichte zum Gebrauch für Lehrer«, D. Gundert Verlag, Stuttgart 1885.

141] *H. H. an Johannes und Marie Hesse*

[Maulbronn, nach dem 15. September 1891]

Liebe Eltern u. Geschwister!
Eine Beschreibung des Seminarlebens wird Euch wohl am liebsten sein. Nebenbei bemerkt: Mir und den Herrn Lehrern gehts gut, Klaiber liegt im Krankenzimmer mit geschwollenem Fuß und genießt die beste Pflege, sieht auch ganz rosig aus.
Also morgens um 6 1/2 Uhr ist Aufstehzeit für den ganzen Winter, um 6,50 muß man fertig sein. Im Waschsaal gehts immer lebhaft zu, kaum einer ist da, der sich nicht immer sehr sorgfältig wäscht. Um 6,50 ist Prezieren (Andacht). (NB: Wir haben noch viele derartige lat. Wörter aus der Mönchszeit z. B. Dorment, Prezieren, Rekreation etc). Bei der Andacht wird zuerst ein Lieder-Vers gesungen, der von einem der Seminaristen auf dem Klavier begleitet wird. Dann wird die Betrachtung eines Bibelwortes vom Repetenten vorgelesen, dann ein Gebet, dann wird wieder gesungen. Mit dem Singen hält man's so: Wenn z. B. am Montag morgen der erste Vers von »Gott ist getreu« gesungen wurde, singt man nach dem Prezieren den zweiten. Abends singt man z. B. den ersten oder zweiten Vers von »Befiehl du deine Wege«. Am Dienstag singt man dann morgens den 3. und 4. Vers von »Gott ist getreu« und abends den 3. und 4. Vers von »Befiehl du etc« u. s. f., bis der Choral aus ist. Nach dem Gebet ist Frühstück, wobei besonders die Milch sehr knapp bemessen ist, aber auch vom Kaffee bekommt keiner Magendrücken. Dazu hat jeder 1 1/2 Wecken. Mit meinem Geld gehts schnell bergab, für den Famulus und Fiskar mußte (wie die andern) 30 Pf., für die Feuerversicherung im Seminar 64 Pf. zahlen. Dann braucht man eine Unmasse von Heften, z. B. zum Ovid 3erlei! In der Woche haben wir 41 Lectionsstunden, die Arguments- und Arbeit-

stunden nicht gerechnet. Doch fehlts auch nicht an Ausgangsfreiheit z. B. täglich von 12 1/2–2 Uhr.
Wenn Ihr mir bei Gelegenheit einen Stoß einfaches Konzeptpapier schicken könnt, so tut Ihr mir einen großen Gefallen. Ich kann wirklich nicht alles hier anschaffen. Ich habe wenig mehr und speziell für mich nur einmal 11 Pf. für Bier ausgegeben. Auch ist vieles hier sehr teuer und der Famulus schlägt auch so hie und da was drauf für seine allerdings große Mühe. Beim Mittag- und Abendessen kann man sich vollauf sattessen, vom Vesperkeitel gar nicht zu reden. Also bitte, denkt daran, mir mal möglichst viel Konzeptpapier zu schicken, natürlich nur bei Gelegenheit. Einstechen kann ich die Hefte ja selber.
Zu meiner nicht geringen Freude fällt in nächster Zeit das Französische weg. In den französischen Stunden ist dann Hebräisch. Die Lehrer, besonders die Repetenten, sind freundlich und für Fragen und Bitten fast immer zugänglich. Im nächsten Brief will ich auch wenns mich freut, die Tagesordnung (nicht den Stundenplan!) des Seminars schreiben. Gestern abend zapfte ich das Gesälz an, und siehe da, fast alle hatten 1 bis 3 Häfen mit Eingemachtem da. Sie hatten sich nur nicht getraut, damit herauszurücken. Man gewöhnt sich immer mehr aneinander. Ich bin auf der größten Stube (Hellas). Auf unsrer Stube haben wir, was viel heißen will, den Primus, den 2t., den Fiskar und den Bibliothekar, ich selbst bin Censor, d. h. Sittenrichter für diese Woche (bis Samstag Abend).

Mit Gruß und Kuß
Hermann!

142] *Gedruckter Briefkopf:*
Das K. Kameralamt Maulbronn
empfängt
von Herrn Hermann Hesse aus Calw

15 M. – Pf. fünfzehn Mark
Sportel für die Aufnahme in das
evangelische Seminar Maulbronn

wofür bescheint

Maulbronn, 16. September 1891
K. Kameralamt
(Unterschriften: Busse Häuseler)

143] *H. H. an Johannes und Marie Hesse*

[Maulbronn, September 1891]

Liebe Eltern!

Bis heute konnte ich das Schreiben abwarten, jetzt aber muß ich Euch sagen: Ich habe noch 61 Pf. und morgen muß ich 60 Pf. für 2 hebräische Hefte zahlen; den Pack, in dem ich Euch dies Paar Hosen schicke zum Nähen, auf die Post zu tragen, habe ich höchstens Sonntag Zeit und auch da kaum, folglich kostet auch dies etwas, in 4 bis 5 Tagen brauche ich Erdöl, kurz, ich bin in Not. Glaubt mir, liebe Eltern, ich habe erst 1 Schoppen Bier kommen lassen (11 Pf.), sonst keine derartigen Ausgaben gemacht. Man darf in der Woche dreimal so etwas trinken, wovon fast alle Gebrauch machen, Milch kann man auch haben, aber die ist mir zu teuer. Leider muß ich Euch dies schreiben und Euch dringend bitten, mir mit dem Paket der Hosen einiges Geld, meine Steinhumpen, recht viel durchsichtiges Konzeptpapier und 1 Würfel-Lineal zu schicken, das etwa so dick ist: Bitte!

Es geht mir ganz gut. Was ich vermisse, ja sehr vermisse, ist Kaffee. Morgens gehts beim Kaffee mager zu und sonst bekommt man keinen. Heute hatte ich (mit drei andern) die erste Geigstunde.

Unsre liebsten Lehrer sind die Herrn Repetenten. Gestern

bekamen wir unsre gedruckten Statuten! ich will einiges daraus schreiben!
§ 6: Es ist nicht erlaubt, während der Arbeitszeit zu essen.
§ 10: Nirgends darf Speise oder Getränk gegen Bezahlung angenommen werden. Zum Besuch eines jeden Gewerbshauses ist die Erlaubnis des Ephorats nötig.
§ 13: Das Rauchen (von Cigarren od. aus Pfeifen) ist den Zöglingen verboten.
§ 17: Die Zöglinge tragen sich anständig nach der Sitte anderer junger Leute ihres Alters mit Vermeidung alles Auffallenden in Stoff, Farbe und Schnitt des Kleides. Schlafröcke sind nur im Schlafsaal und auf dem Gang zu demselben gestattet u. s. f.
Auch von der Tagesordnung will ich einiges schreiben:

An Werktagen 6 1/2 Uhr aufstehn
6,30 Andacht
7 – Frühstück
7,15 bis 7,45 = Arbeitszeit
7,45 bis 9,45 = Lektionen
9,45 bis 10 = Pause (Winters)
10 bis 12 = Lektionen
4–4 1/2 Uhr Interstiz. 7 1/2 Uhr Nachtessen.
Nach dem Essen bis 9 Uhr = Dormentrekreation.
9 Uhr = Abendgebet. 9 od. 9 1/2 zu Bett.

An Sonntagen 7 Uhr aufstehen.
7,30 = Gebet
7,45 – Frühstück
8–9 = stille Beschäftigung (d. h. einfach sich ruhig verhalten – arbeiten, lesen, faulenzen).
9–9,30 Pause.
9,30–10,30 Kirche.
10,30–11 stille Beschäftigung

11–12 Rekreation
12 Uhr = Essen
1–1 1/2 Ausgangsfreiheit
1,30–2,30 stille Beschäftigung
2,30 bis 4,15 Ausgangszeit
4,15–5,45 stille Beschäftigung
5,45–6 Uhr Pause
6–7,30 stille Beschäftigung, dann Essen.

An Feiertagen Vormittags wie an Sonntagen, nur ist statt der stillen Beschäftigung Arbeitszeit. 12 bis 2 = Ausgangszeit. 4 Uhr 30 bis 6 = Arbeitszeit.
6–6,15 Pause, dann Essen.
6,15 bis 7,30 – Arbeit.

Heute habe ich angefangen, bei jedem Essen aufzuschreiben, was man bekommt. Ich will Euch dies, wenns mich freut, als schreiben. Ich schicke Jacks Brief mit, köstlich! Danke herzlich für erhaltenen Brief.

Hermann!

Eben läutet es zum Nachtessen!

Wenn so etwa etwas Wurst oder Obst ins Paket geraten sollte, so wird es in einem gesunden Mönchsmagen ganz gute Aufnahme finden. Heute morgen hatte ich die Freude, meinen Aufsatz: »Kurzer Lebensabriß mit genauerer Detailschilderung« als den besten der Promotion vorlesen zu hören.

P. S.
Zum Porto nehme ich meine Briefmarken, ich habe jetzt gerade noch 1 Pf.

144] *Hermann Gundert an seinen Sohn Hermann*

Calw, 28. September 1891

[...] Jetzt haben sich die Hermänner an ihr Kloster gewöhnt und finden, daß die ihnen gelassenen Pfennige eben sehr schnell dahinschwinden, was braucht man nur alles für Hefte! [...]

145] *H. H. an Johannes und Marie Hesse*

4. Oktober 1891, Morgens 8 1/2 Uhr

Liebe Eltern und Geschwister!

Herzlichen Dank für das schöne Paket, besonders für das herrliche Obst. In den letzten Tagen ging ich viel öfter an meinen Kasten als sonst, man merkt es immer bald wenn einer was drin hat. Ich bin ganz glücklich: Denkt nur, heute bekam ich eine ganz volle Tasse Kaffee; dennoch freue ich mich auf meinen Keitel, den ich um 9 Uhr bekommen werde. Der Vormittagskeitel besteht aus köstlichem Weißbrot, hat folgende Form [Zeichnung], ist etwa 7 cm dick und beinahe armslang. Dennoch verschwindet er mit einer affenartigen Geschwindigkeit in einem gewissen Brodsack, den man auch Magen nennt. Ich habe ein wenig Cholera. Erschreckt aber nicht: Wir nennen das Abweichen so. Sonst befinde ich mich wohl. Besser als von gestern (Samstag) auf heute, schlief ich vielleicht noch nie. Ich habe gestern an einem fort gearbeitet, um heute frei zu haben. Ich schicke Euch einen Stundenplan, da könnt Ihr sehen, welche Stunden gestern frei waren. Es sind von 1/2 1 Uhr bis 2 Uhr 1 1/2 Stunden, von 8 bis 9 eine Stunde, welche ich mit Arbeit zubrachte, die andern Stunden waren Lektionen. Auch stand ich morgens früher auf. –

Alle unsre Lehrer (bes. Rep. Traub) sind beliebt, ausgenommen Herr Turn- und Musiklehrer Haasis[1]. Lieber wollte ich 2 oder 3 Stunden Cicero schaffen, als eine solche Turnstunde durchmachen. Besonders gestern war es entsetzlich, ich konnte kaum mehr stehen, im Arm hatte ich den Krampf. Ich habe nämlich einen eisernen Turnstab von schwerstem Kaliber; es sind von dieser Sorte nur wenige da. Die Geigstunden sind angenehmer, wir vier, die wir zusammen Stunde haben, sind jetzt bereits soweit, daß wir eine uns allen neue, vollständig unnatürliche Bogenhaltung gelernt haben. Bei Herrn Haasis haben wir auch Singstunde und zwar ganz regelrechte. Die ersten drei Singstunden vergingen damit, daß wir einen schön ovalen Mund machen lernten. Ich bin beim Baß; meine Stimme geht bereits merkwürdig herunter. Ich muß jetzt auch Baßnoten lernen, die ich immer mit den andern verwechsle. Singen können wir Bassisten jetzt die tiefste Tonleiter und zwar mit la, mit a, mit v und mit i. Wenn wir einige Akkorde singen mit o, so entsteht ein beinahe lächerliches Klagen. Stellt Euch vor, wie 17 junge Leute mit halb- oder ganz gebrochenen Stimmen mühsam hervorzwängen: c d e f g

o–o–o–o–o etc

Wenn dann einer allein singen muß, hat er sich sehr in Acht zu nehmen, daß er gewiß die rechte Stellung einnimmt, den Mund weit genug öffnet und den Atem »spannt«. Die andern sind dann immer in Lebensgefahr; denn man könnte platzen vor Lachen und soll doch möglichst ernsthaft aussehen. Besonderes Vergnügen gewährt uns Theodor Metzger[2] mit seiner seltsamen Stimme, ist aber selbst dabei ganz lustig. Überhaupt sind wir im Seminar ziemlich rücksichtsvoll, gottlob, es wird nie einer ausgespottet, der nicht wenigstens selber mitlacht. Mit allen Seminaristen stehe ich G – rG, vielleicht sogar rg, einen ausgenommen, mit dem ich noch nie ein Wort gesprochen habe. Habt aber keine Angst, er sei mein Feind, er ist mir nur ganz furchtbar gleichgiltig. Er ist entsetzlich prosaisch, eintönig, langweilig, ja pedantisch. Ich beneide ihn nicht und laß ihn ruhig seine Wege gehen. Wie Ihr wißt, bin ich auf der größten Stube, auf Hellas, und da ist es oft so schön, wenn die ganze Promotion, jenen Unglücksmann ausgenommen, abends auf unsre Stube kommt. Da wird meistens zuerst ein kleines Streichkonzert gegeben, dann gesungen. Eben dieser Gesang ist meistens sehr schön. Von 2 Schello, 6 Geigen, eine Viola, ein Contra-Baß und zwei Flöten begleitet singt die ganze Promotion allerlei schöne Volkslieder, auch Choräle. Ihr müßt vielleicht lachen, wenn Ihr Euch vorstellt, wie da die Musikanten herumsitzen und stehen. Aber es ist fast immer sehr schön; es darf keiner, keiner mitspielen, der das betreffende Lied nicht kann und so stören würde. Wenn dann hie und da die Gesellschaft ausgelassen wird und Lenaus Wort nimmer paßt:

»Aus des Basses Sturmgewittern
Mit unendlich süßem Sehnen
Singen Geigen, Grabsirenen,«

dann machen wir Hellenen unser Hausrecht geltend und Schello, Flötist, Bassist und alle müssen wandern, was immer mit großem Spektakel verbunden ist. Oft singen wir auch ohne ovale Mundöffnung, allerdings Chöre mit Klavierbegleitung, was jedenfalls schöner ist als das kunstreiche
c d e f g a h
o, o, o, o, o, o, o etc
Von Händeln ist nichts zu sehen, höchstens gibts hie und da ein kleines Balgen, das aber ein hohes Ziel hat: den größesten Keitel.
Letzten Sonntag war ich bei Herrn Märlins eingeladen; Herr und Frau M. waren zwar nicht da, aber eine ältere Verwandte und beide Kinder. Außer mir war auch Fischart, ein Privathospes eingeladen. Da war es sehr gemütlich. Bei *Kaffee,* ah! Wein und Kuchen und netter Unterhaltung ist so ein Sonntagnachmittag etwas Famoses. Es war dies der letzte Sonntag, an dem Otto Märlin noch hier war.

Vorgestern war Herr Zaar [?] hier, ein Rezitator und hielt von 11 bis 12 einen deklamatorischen Vortrag im Hörsaal. Es mußten alle zuhören und ich bereue es durchaus nicht. Er deklamierte großartig, meistens nach Palleske[3]. Es war allerdings mehr eine theatralische Aufführung als ein Vortrag. Es war sehr schön und interessant. Ich weiß nicht mehr alles, was er vortrug. Er deklamierte u. a.:
Erlkönig, Tellmonolog (durch diese hohle – – –), die Königin von Arragon, (»der Zoller kommt«), Das Bäumlein, das andere Blätter hat gewollt, ein Stück aus »Am franz. Kamin«.
»Erlkönig« und der Tellmonolog war großartig. Herr Zaar war ein starker, etwa 40jähriger Mann mit schwarzem Haar und Bart, einfach gekleidet. Sein Vortrag war, allgemein anerkannt, prachtvoll.
Speisezettel der letzten Tage.
Anmerkung: M. = Mittagessen. N. = Nachtessen.

Donnerstag	Keitelsuppe. Salat. Schweinefleisch. Gesottene Kartoffeln.
	N. Weckensuppe. Salat. Geröstete Spatzen.
Freitag	M. Grießsuppe. Saurer Braten. Spatzen.
	N. Reissuppe. Rindfleisch. Sauce. Gepr. Kartoffeln.
26. September	
Samstag	M. Weckensuppe. Rindfleisch, Bohnen, Kartoffeln.
	N. Keitelsuppe. Salat.

Ich habe noch mehr aufgeschrieben, fürchte aber Euch damit zu langweilen. Lieber will ich Euch die reizende Umgebung Maulbronns ein wenig schildern. Mein Lieblingsplatz ist am »Haurker See«. Denkt Euch einen alten, schönen Buchenwald und mitten zwischen den uralten Bäumen ein reizender schilfumkränzter Waldsee[4] mit niedrigen, üppig bewachsenen Ufern. Weiter über einer uralten, weit über den See ragenden Erle ein kleines, moosiges Bänkchen. Schiller sagt, es gebe bei uns »für zehn Glückliche nicht Raum«[5]; hier hätten zwei wenigstens Platz. Sitzt man so am Ufer, so sieht man in den tiefen, beinahe blauen See und unten spiegelt sich der klare Himmel. Nur hie und da springt ein Fisch hervor und läßt das Wasser weite Kreise ziehen. Auf allen Seiten steht Schilf. Dort ists herrlich. Ein andrer Platz ist am »tiefen See«. Dieser, nur von kleinen Hügeln umgeben, ist wie ein Spiegel. Eine große, klare schilflose Wassermasse. Im ganzen bietet er wenig Schönes, nur abend, etwa um 1/2 5 Uhr sieht man von einer Stelle aus den ganzen See als einen stillen, goldenen Spiegel. Bei schwachem Wind zuckt es blitzartig über den See und kleine Wellen schlagen flammenartig herauf. Allmählich erstirbt das Feuer.

Auch bietet das ehrwürdige Kloster mit seinen alten Kreuzgängen einen schönen Anblick. Besonders schön ist die alte Kirche.

Wohl der schönste Ort ist der »Schömberg«. Von waldbekränzter Höhe sieht man hinab in ein schönes, ebenes Land. Weinberge und Wälder, Bäche und Teiche bieten sich dem Auge dar. Und weiter hinaus schweift der Blick und ruht auf einem fernen, grünen Streifen, durch den sich ein langer silberner Strich zieht. Es ist das Rheinthal. Und, dem Auge gerade noch erreichbar, steht da ein kleines helles Stöckchen. Es ist der Speyrer Dom. Und ein Deutscher fühlt sich stolz bei solchem Anblick. Man denkt sich weiter das schöne Mainz, und weiter, bis der schöne Strom erstirbt im holländischen Sand. Und schön ist's auch dort oben mit lieben Freunden ein frohes Lied zu singen, ein deutsches Lied, und allerlei Gespräche werden da angeregt, man erzählt sich von allem möglichen, und bis zum letzten Augenblick genießt man die schöne Zeit, wo man unter sich in der Natur ist. Besonders gern gehe ich auch allein dorthin und übe meine Deklamationen ein. Ich werde in nächster Zeit im Hörsaal deklamieren: Die drei Indianer von Lenau, dann Schillers »Schlacht« und Freiligraths »Löwenritt«. Aber auch der alte Livius, der Ovidius, sogar der alte Homer und der hebräische Grammatiker Strack, sind im Freien draußen viel unterhaltender, als sie einem am Stehpult im Kloster erscheinen. – Es ist also nicht zu fürchten, daß der junge Novize zum Mönch werde. Die Tonsur paßt nicht für einen Deutschen. – Vorgestern war das stille Kloster belebt von Wahlumtrieben. Jede Stube wählte einen Abgeordneten, der beim Ephorus eine Bitte anbringen sollte wegen der Promotionsmützen. Auf Hellas wurde ich gewählt. Wir haben uns für froschgrüne Mützen entschieden. Es ist ziemlich kalt, wirklich, auch im Schlafsaal. Eingeheizt wird wahrscheinlich noch lang nicht. Doch bin ich ja gesund. Hoffentlich kommt Karl bald her, ich freue mich sehr auf ihn. Sobald ich wieder eine längere Freizeit habe, will ich Großpapa und Tante Jettle schreiben. Hans soll sich recht am Fackeln, aber auch am »Hermann und Weckherlin«[6] verlustieren und sich vor allem den Kaffee recht schmecken lassen. Wenn er mal ins Seminar kommt, wird er sich nach den Weckenkörben Calws sehnen.

In dem Gedanken, es werde Euch recht freuen, schrieb ich soviel. Bitte seht in der Bibel nach:

1. Macc. cp. 12 vers 18.[7]

Mit Gruß u. Kuß: Hermann!

1 Musiklehrer *Haasis*, Singen, Turnen, Zeichnen (fakultativ).

2 Theodor *Metzger*, gehörte zur Promotion 1891–1895; Pfarrerssohn aus Altburg über Calw. Als Student »Normanne« – Kneipname: »Materie«. Pfarrer in Othmarsheim O. A. Marbach, später i. R. Gestorben 1930.

3 Emil *Palleske*, Schriftsteller und Vorleser, 1823–1880, schrieb u. a.: Die Kunst des Vortrags (3. Auflage 1892).

4 Diesen Platz beschreibt H. H. in der Erzählung »Erwin« (VIII. Oltner Liebhaberdruck, 1965) und in »Unterm Rad«, G. S. I, 96.

5 Fr. Schiller, Der Antritt des neuen Jahrhunderts.

6 Hermann und Weckherlin sind die Namen der Herausgeber der »Lateinischen Schulgrammatik«, die damals in Württemberg benutzt wurde.
7 »Und bitten um Antwort.«

146] *Hermann Gundert an Frau Professor Gess*

Calw, 9. Oktober 1891

Teure Freundin,
[...] Marie Hesse hat Not mit ihren ältesten Söhnen [...] Von den zwei Seminaristen, einem Gundert in Schöntal und einem Hermann Hesse in Maulbronn möchte ich gern Gutes sagen, aber ihr Alter verwehrt's mir, mehr zu äußern, als daß sie je und je Anwandlungen von christlichem Geist haben, sonst aber bei gutem Willen allerlei Geistern offenstehen.

147] *H. H. an Johannes und Marie Hesse*

[Maulbronn, 11. Oktober 1891]

Liebe Eltern und Geschwister,
mein Brief beginnt gleich mit einer dringenden Frage: Wie geht es Theodor? Durch Mamas und Papas schöne Briefe erfahre ich ja von allen Lieben, aber von Theodor leider bis jetzt noch nichts.
Mir gehts gut. Ich ließ mich vom Oberfamulus, der ein großer Aeskulap ist, kurieren und bin nun vollständig gesund. Die Studien nehmen einen erfreulichen Fortgang. Zum Tod sr. Majestät[1] hatten wir noch keine eigentliche Feier, ich deklamierte meiner Stube ein Gedicht »auf des Königs Tod«, was sie sehr freute. Bald werde ich im Collegsaal Lenaus »die drei Indianer« deklamieren, später einmal »Löwenritt« von Freiligrath. –
Bitte gebt den eingeschlossenen lateinischen Brief dem lieben Großpapa[2]. Es ist zwar das Latein nicht korrekt ciceronianisch, aber immerhin noch klassisch. Hoffentlich freut es ihn. Ich habe ihm hauptsächlich von meinen Studien geschrieben. –

Meine Schrift wird durchaus nicht besser, ich schreibe aber so heillos viel nach, weil solche Notizen später für ein Examen oft so nützlich sind als ein Lehrbuch. Französisch ist keins, daher schaffe ich am wenigsten in der Geographie Im Homer lesen wir zuerst die Odyssee. Ich lerne manche Verse daraus auswendig. Am sogenannten »tiefen See« geht eine Brücke [?] so ins Wasser hinaus: [Zeichnung] Da stehe ich oft und brav, die Geschichte hat nur 1 Geländer. Da schlagen unten die kleinen Wellen und da klingen die griechischen Hexameter herrlich:

[folgen die drei ersten Verse der Odyssee]

Dort lerne ich vieles, besonders die Deklamationen, oft sogar die Singübungen. Im Singen sind wir jetzt schon so weit gekommen, daß wir singen können: c d e f g a

eu, eu, eu, eu, etc

Doch haben wir auch schon zwei Choräle geübt. Ich bin beim 2. Baß. Das Geigen will ich womöglich im nächsten Semester – vorher kann ich's nicht – aufstecken, es ist schändlich, jetzt haben wir bereits gelernt, auf eine ganz schofle Weise – eine E-saite zu streichen, statt daß wir jetzt an die zweite Lage kämen. Alle sind darüber entrüstet. Im Turnen kann man nicht am Leben bleiben, wenn man allen Befehlen folgt. Da müßte man fast die ganze Stunde feststehen. Wenn dann der Lehrer in ohnmächtigem Zorn den Boden mit seinen Füßen bearbeitet und hoch empört ruft: Sie sollen zum Militär kommen! Sie sollte man auf Staatskosten schlauchen für Ihr ewiges Phlegma! Dann schwankt die ganze Linie vor Lachen. Außer diesem ehrenwerten Herrn Haasis haben wir alle Lehrer gern, besonders Herrn Repetent Traub.

In letzter Woche war die Mutter von Herrn Professor Walz am Sterben; ich weiß nicht genau, wie's ihr geht, sie lebt noch. Kommt Karl?

Mit Gruß und Kuß: Hermann!

1 König Carl starb am 6. Oktober 1891.
2 Hermann Gundert.

148] *Aus Briefen von Hermann Gundert an seinen Sohn Hermann*

Calw, 12. Oktober 1891

[...]
Also am 6. Oktober Morgens 6 Uhr 50 stirbt König Carl. Davids Knaben erfuhren es durch das Geläute aller Glocken und dann war keine Schule. Hier wird nun eine Woche lang von 11 bis 12 geläutet. Zur Bestattung kam ja der Kaiser nach Stuttgart (am 9.). Ernst sah den kleinen Zug vom Turm der Stiftskirche, auch Friedrich war dort, sah eben die Bewegung auf der Planie, wo alle Kastanienbäume voll von Zuschauern staken. (Ein Junge fiel herab und brach seinen Arm). Beim Begräbnis war Olga nicht zugegen, mied wohl die ketzerischen Gebete in Gedanken an Rußland. Der Wilhelm II. scheint sehr bewegt durch den Todesfall und Thronwechsel.
Am 8. war die liebe Jettle in Stuttgart, wo ihr auffiel, wie gesetzt und trauerähnlich alles in den Straßen aussah, verglichen mit dem Getümmel in Eisenbahn und Bahnhof. Nachträglich hört man, daß Carl seine amerikanischen Freunde Jackson etc noch mit Legaten bedacht habe, nachdem sie doch vor etlichen Jahren durch den Minister von seiner Person entfernt worden waren. Er sei auch vom Spiritism nicht ganz losgekommen: [...]
[...] Von Hermann Hesse lege ich ein (lateinisches) Briefle bei, Du siehst, er macht Fehler in seinem Opus, aber es ist spiritus darin. Ich kann's wohl glauben, daß er den besten Aufsatz geliefert hat. Auf den Tod des Königs dichtete er ja auch etwas und deklamierte es seiner Stube. Wenn er nur nicht in selbstgewählten Arbeiten und Studien sich zersplittert! Anlage dazu hat er, mehr als der Schöntaler. [...]

[...] Der jetzige Ephorus Palm[1] war Compromotional unseres seligen Paul, ihn erwähnt ja H. H. in seiner Zuschrift. [...]

1 Professor Palm war Ephorus in Maulbronn von 1889–1896.

149] Calw, 19. Oktober 1891

[...] Gestern war also der lieben Marie Geburtstag, wozu die Kinder Herbstlaub genug herbeischleppten um Wände und Möbel zu schmücken. Auch Briefe kamen, von Theodor, der jetzt in Günzburg bei seinem [Abkürzg.] Hauff Chemie lernt und Pillen macht, von Karl, der zuletzt auch noch Hermann in Maulbronn besuchte und dann nach Tübingen zurückkehrte [...] Hermann schickte durch Karl eine Photographie von Maulbronn. [...] Adele ist sehr sympathisch mit den Eltern, die ihre Weissensteiner Mutter verloren haben. Denn am 4. Oktober (Jenny Hesses 51stem Geburtstag) wurde ihre Mutter Adele von Hesse, geb. von Berg, krank an einer Lungenentzündung und am 9. Oktober mittags ging sie heim nach hartem Kampfe[1].

Sie hatte aber von Anfang an bestimmt gesagt, sie werde sterben. Der 89jährige Gatte hatte zuerst nur gebetet: Lieber Vater, das wirst Du mir doch nicht antun, am Ende betete er auch um eine friedliche Auflösung. Der Sohn Hermann Hesse, Pfarrer in Reval, kam erst am 10. zur Einsargung, die Beerdigung war scheint's auf den 13. bestimmt. So halten sie's dort, die Bestattung erst etliche Tage nach der Einsargung. Schwester Jenny hatte die Mama aufs treueste verpflegt. Du weißt, der alte Staatsrat hatte drei Frauen: Von der ersten die Trudi, welche den kurländischen Pastor Johannsen heiratete und vor etlichen Jahren starb, viele Kinder zurücklassend, dann Jenny und Johannes; von der zweiten Frau bloß Hermann, der liebe Theologe; die dritte

Frau, mit der er 36 Jahre lebte, hatte den Gustav und Georg. Wie es nun weiter geht, liegt in Gottes Hand. Ein Trost war es für die Verstorbene, daß ihr Gustav in den letzten Zeiten sich doch im Ganzen gut hielt [...]
Vorerst war der Vater sehr gehoben durch das friedliche Ende, es dürften aber auch schwere Stunden kommen. Johannes und Adele sind davon sehr angegriffen. [...]

1 Jenny Hesses Geburtstag war am 22. September 1840. Adele Hesse, geb. von Berg, starb am 27. September 1891. Die Differenz in den angegebenen Daten ergibt sich aus dem russischen Kalender.

150] *H. H. an Johannes und Marie Hesse*

[Maulbronn, 20. Oktober 1891]

Liebe Eltern!
Dank für den Brief! Ich antworte so bald wie möglich. Sonntag vor dem Essen bekam ich ihn, nachmittags und den Abend (1–6) war ich in dem nahen Dorf Schützingen bei Herrn Pfarrer Detlinger [?] (aus Stammheim). Er erzählte von Euch und läßt Euch und besonders den lieben Großpapa herzlich grüßen. Es war, so ungeschickt für mich die Einladung kam, ein sehr, sehr froher, netter Nachmittag, den Kirchweihkuchen mit Wein gar nicht gerechnet. Besonders der Hin- und Herweg, den wir ohne Weg und Steg durch Sumpf und Morast fast bis an die Knöchel zurücklegten. Etwa vier oder fünf Bäche wurden übersprungen und Hecken, Sümpfe, Berg und Tal wurden durchaus nicht respektiert. Jedoch blieben Kleider und Gesundheit unbeschädigt. Es sind gegenwärtig fünf von uns auf der Krankenstube. –
Vorige Woche veranstalteten wir unter uns ein Opfer für die Bibelgesellschaft, 15,47 M. Das Opfer betrug etwa gleich viel als das Kirchenopfer der Gemeinde und wurde in der Kirche verlesen und gedankt. Vor acht Tagen war ich bei

Herrn Mährlens bei Musik, Kaffee, Kuchen und Obst. – Es ist dort sehr nett. Neulich beklagten wir uns beim Ephorat, als wir eine sehr schlechte Suppe bekamen, und sie wurde für ungenießbar erklärt, was uns mehr Spaß machte als die beste Suppe. Für Marullas Geburtstag habe ich, glaube ich, Adele etwas gegeben, ich werde Marulla auch noch schreiben. Im Geldbeutel, den ihr mir schicktet, befand sich kein Thaler, sondern ein altes bayrisches Zweiguldenstück, das mir Onkel Hunnius zur Konfirmation schenkte. Außer diesem Stück, das eigentlich in meine Münzensammlung gehört, habe ich noch 71 Pf. An einem der nächsten Sonntage mache ich mir den Spaß, mich bei einem Herrn auf dem Land, der gerne Frösche bei sich sieht, einzuladen. Am 1. Advent gehen wir all zum h. Abendmahl.
Am Sonntag hielt Herr Pfr. Merz (Papas Klassengenosse in Basel) einen Vortrag, d. h. erzählte eine Stunde durch im Collegsaal sehr nett von Afrika. Die Malereien von Xenophon etc. bilden ein beliebtes Unterhaltungsmittel, so daß ich ein Heft halte, in dem ich solche Bilder fertige, besonders zu Livius und welches den Titel »CLASSIKERSTUDIEN« führt.

Mit Gruß und Kuß, besonders an Großpapa:

Hermann, stud. mul.

Die Mütze, noch mit Schildern beladen, nimmt sich auch auf einem Schädel ohne Tonsur recht gut aus.

151] *Großvater Hesse in Weißenstein an H. H.*

Weißenstein, 11. Oktober 1891

[= 23. Oktober nach Gregorianischem Kalender]

Mein lieber Großsohn!
Dein Brief aus Maulbronn kam heute in meine Hand und ging als Freude in mein Herz hinein, und daheraus schreibe ich Dir diesen ersten Brief, und habe nur im Namen von

Mutter Adele und mir: Dich zu segnen, zu lieben und zu grüßen.
Daß Du in Maulbronn so gute Aufnahme gefunden, daß es Dir an diesem so schönen und ehrwürdigen [unleserlich] so gut gefällt, und daß Du schon mit Ovidius und Homer Bekanntschaft machst, ist Dir und mir die helle Freude. Es ist mir eine angenehme Erinnerung, daß ich als Primaner im Gymnasio zu Dorpat besonders fleißig im Griechischen war, und daß wir die Tragiker mit Lust interpretiert haben (der Lehrer Jürgenson war jung und tüchtig und hatte an seinen Schülern Freude), so daß wir gerne über die Stunde hinaus beisammen blieben. Nun ist nichts mehr davon im Kopf, aber das Gemüt genießt die gute Frucht davon.
Wir haben, d. h. ich und Tochter Jenny[1] (51 Jahre) noch zwei liebe Hausgenossen, die uns die Einsamkeit beleben[2], – meine Verwandte Fritzchen Müller aus Riga, und Amalie Eggert aus Grodno, die hier als Lehrerin in der Töchterschule angestellt ist, beide mit uns eines Sinnes, und lieben das Wort Gottes, das wir jeden Morgen zur Andacht gebrauchen. Heute war das Wetter schön und ich konnte zwei Stunden im Garten arbeiten, es waren noch Nelken-Pflanzen auszuheben und mit einem alten großen Korbe in den Keller zu bringen, wo sie den langen Winter im Dunkeln sich gedulden müssen, bis sie im April wieder an das goldene Sonnenlicht kommen.
Ich kann noch arbeiten, ich kann noch *schlafen*, 6–8 Stunden in der Nacht, und am Nachmittag eine Stunde, das ist eine große Gnade und hält den ganzen Menschen mit Leib und Seele zusammen, ich brauche *nie* die Apotheke und bin ein glücklicher Mensch. Gönne Du Dir gewiß die *Nachtruhe*, und bleibe gesund. Komm doch mit Adele zu uns auf Besuch in der Ostervakanz!? Das wäre eine goldene Freude!

Vater Hesse.

1 Jenny *Hesse*, die ältere Schwester von Johannes Hesse, Lehrerin. Geboren 22. September 1840 in Weißenstein. Gestorben 12. Februar 1926 in Weißenstein. (Siehe »Nachwort«)

2 Die dritte Frau von Dr. K. H. Hesse, Adele, geb. von Berg, war am 27. September 1891 gestorben.

152] *H. H. an Johannes und Marie Hesse*

[25. Oktober 1891]

Auf dem Couvert will ich Euch malen, was für Gedanken ich neulich beim Schlafengehen hatte, als ich, schon halbschlummernd, alles noch einmal repetieren wollte!

Liebe Eltern!

Ich schicke meinen Brief mit der Wäsche; ich wartete, bis die Betten abgezogen wurden. Das ist jetzt geschehen. Vielen Dank für das Paket! All die schönen Sachen mundeten mir trefflich. – Merkwürdig, seit wir im Seminar sind, kam ein Ereignis auf das andere: Jubilaeum des Oberfamulus. Tod des Königs. Tod der Frau Pfarrer Walz, Tod des Speisemeisters und gestern der Abschied von unserem liebsten Lehrer, Herrn Repetent Traub[1]. Er ging zu seinem schwerkranken Vater in die Pfarrei in Aldingen bei Spaichingen. Wir werden jetzt bald eine Totenfeier für den König haben. Für Frau Pfarrer Walz und den Speisemeister Kolb kauften wir 2 schöne lebende Kränze.

Wie traurig, daß die liebe Großmutter in Weißenstein nicht mehr am Leben ist. Wir hatten sie ja nie gesehen, aber wir kannten sie als die Mutter eines lieben Vaters. Ich schrieb an Großpapa.

Dir liebe Mutter gratuliere ich noch nachträglich zum Geburtstage, den ich nicht mitfeiern konnte.

Unser neuer Repetent heißt Wüterich[2], scheint aber durchaus kein solcher zu sein. Ich wollte, es wäre schon Ostern, dann könnte ich das Geigen aufstecken; es ist eine Qual bei Herrn Haasis. – Fast jeden Abend deklamieren wir auf den

Stuben. Neulich deklamierte ich den bekannten Tellmonolog: »Durch diese hohle Gasse etc« und den Orestesmonolog aus »Iphigenie auf Tauris«: »Noch einen reiche mir aus Lethes Fluten« von Goethe. Denkt nur, die verstorbene Frau Pfr. Walz wohnte in dem reizenden Häuschen, das Mutter hier so sehr gefiel. (!) Am Mittwoch war Karl da. Ich war sehr, sehr erfreut. Wir können schon mehrere Choräle [unleserlich] 3stimmig singen. Die Singstunden sind nett.

Wie traurig, daß Ilgs Vater gestorben. Er war wohl schon lange leidend? Die Studien sind schön, aber teilweise doch unbefriedigende Streitereien und Ratereien. In dem Studium des Lukasevangeliums sind wir jetzt bereits auf dem erfreulichen Standpunkt angelangt, daß wir fest wissen, daß Lukas wirklich es geschrieben. In der Geschichte sind wir soweit, daß wir von Lykurg so viel wissen, daß man eigentlich nichts von ihm weiß. (Wörtlich zu nehmen!). Mit 100 Schwierigkeiten sind wir soweit, daß wir glauben, vielleicht sogar wissen, daß Homer wahrscheinlich (!) je gelebt hat. Das Hebräische ist ziemlich nett. Aber mit der Masora[3] lebe ich auf gespanntem Fuße. Ich glaube fest, daß ich als Masoretiker nicht so furchtbar raffiniert und doch oft so plump zu Werke gegangen wäre. – Die armen Juden! –

Ich schicke allerlei Wäsche, Hosen und Krawatten, von denen man mit allem Recht sagen kann: »Cum tacent, clamant!« Bitte nehmt Euch ihrer an. In kurzem werden wir unsere Mützen (grüne) bekommen; ich denke, ich will Euch die Rechnung schicken. Um 4 Uhr gibts jedesmal einen Kampf ums Dasein, d. h. wer zuerst da ist, bekommt den größten Keitel.

Mit Gruß und Kuß an alle Lieben, besonders an Großpapa. Hermann!

1 Repetent Traub hatte bis Oktober 1891 in folgenden Fächern unterrichtet: Schiller'sche Balladen und Romanzen; Wilhelm Tell; Übersicht über Schillers Leben und Werke; Neuhochdeutsche Grammatik. Deklamieren, Aufsätze.

2 D. *Wüterich*, Gottlob, Repetent im Seminar Maulbronn von Oktober 1891 bis August 1894. (Siehe »Anhang«)

H. H. gedenkt seiner als eines freundlichen jungen Lehrers, des einzigen, »der den aus der Bahn gekommenen Knaben mit einer mitleidigen Schonung behandelte«. (G. S. [Unterm Rad], S. 485 = Repetent Wiedrich)

3 Die Vokalisation und Akzentuierung des hebräischen Bibeltextes, im 6. bis 8. Jh. n. Chr. von jüd. Gelehrten (Masoreten) besorgt.

153] *Johannes Hesse an H. H.*

Calw, 27. Oktober 1891

Lieber Hermann!

Schreib nur immer regelmäßig. Das freut uns und tut auch Dir selbst gut.

Was Du über die kritischen Fragen, z.B. inbetreff des Lukasevangeliums und des Homer schreibst, hat mir zu denken gegeben. Mir haben diese Dinge nie viel zu schaffen gemacht, weil ich von jeher zum voraus auf der kritischen Seite stand, z. B. schon als Missionszögling in Basel überzeugt war, daß die jüdisch-christliche Tradition inbetreff mancher biblischen Bücher falsch sei, daß aber für den religiösen Wert derselben darauf nichts ankomme. Wir leben nun einmal seit Kant im Zeitalter der Kritik und können uns davon nicht losmachen. Es tut einem weh, wenn dadurch manche liebliche Illusion zerstört oder kostbare Zeit anscheinend vergeudet wird, aber im Grunde ist es doch der *Wahrheitssinn*, diese fundamentale Voraussetzung aller Wissenschaftlichkeit und aller Religiosität, was zur Kritik drängt. Der Fehler liegt nur darin, daß man viel zu großen Wert auf manche historische und namentlich literargeschichtliche *Einzelfragen*, zuviel Zeit darauf verwendet und namentlich auch in den Irrtum verfällt, als tue es dem Inhalt eines Buches Eintrag, wenn es nicht von dem oder dem verfaßt sei. Dahinter versteckt sich gar leicht eine innere Gleichgiltigkeit oder gar Feindschaft gegen die Wahrheit. So schreien wohl viele Hasser des Nazareners: die Urkunden sind ja unecht, das Christentum ist längst widerlegt! Da redet man gleich von Priesterbetrug und wer weiß was für Ungeheuerlichkeiten, bloß um eine Ausrede zu haben für den eigenen Unglauben – der sich nicht auf historische Daten, sondern auf sittliche Wahrheiten und religiöse Tatsachen bezieht.

Beim Homer und desgleichen ist's ja ganz klar, daß man sich für ihn begeistern kann, ob es nun von *einem* Dichter herrührt oder von mehreren. Aber auch bei der Bibel sollte man sich durch Abfassungsfragen den Genuß des Studiums nicht verkümmern lassen; [...]

Frau von Rennenkampff und Tochter waren über den Sonntag bei uns auf der Reise nach Vevey.

Mit herzlichen Grüßen
Dein Papa.

154] *H. H. an Johannes und Marie Hesse*

[Simon & Judä 28. Oktober 1891]
Mittwoch (Feiertag)

Liebe Eltern!

Eben bekam ich Euern Brief, der mich sehr freute. Vor allem will ich jetzt schreiben, weshalb Ihr meinen Brief so spät bekommt. Am Samstag hieß es, die Betten werden abgezogen. So wartete ich, um meinen Brief mit der Wäsche zu schicken. Aber erst Dienstag Abend zog man die Betten ab und Mittwoch Nachmittag kam mein Sack zur Post. Aber dreimal kam er zurück. Es hieß, die Adresse sei nicht fest, zu klein, etc. Daher wurde es so spät. – Neulich kam das Gespräch, wie es ja bei uns nicht wunderbar ist, auf jenes Thema der Spukgeschichten etc. Wir hielten Disputationen hin und her, fragten die Lehrer, aber zu einem eigentlichen Resultat kamen wir nicht. Zeller, ein riesiger

Mensch mit eisernem Willen, brachte Hypnotismus und Magnetismus auf. Gestern abend gab ich mich dazu her und wurde also hypnotisiert, nicht vollständig geweckt etc und so kam es, daß ich beim Bettgehen mich auszog bis auf Strümpfe, Kragen und Krawatte, dann einschlief und zwar mit fast ganz offenen Augen. Man holte Herrn Holzbog. Nachher wurde mir erzählt, daß er mir Kragen und Krawatte abgenommen und daß er mich derb gescholten, ich sah und hörte nichts davon. Heute zitterte ich fast immer etc etc und ich bin froh, daß ich den Verstand nicht verloren (Letzteres ganz ernst und wörtlich zu nehmen). Unsere Aufgabe für heute ist ein Aufsatz. Mit dem Konzept bin ich jetzt fertig. In Homer und Xenophon sind wir zum Glück mit den kritischen, teilweise historischen Erörterungen fertig und beschäftigen uns mit der herrlichen Lektüre der Odyssee und Anabasis. In der Odyssee lerne ich die ersten Seiten (Griechisch) auswendig; in der Vakanz will ich sie Euch einmal hersagen. Am Montag war ich bei dem Herrn Pfarrer von Zaisersweiher. Ich weiß nimmer, wie er heißt; er war in Afrika Missionar, mit Papa in einer Klasse in Basel, raucht wie eine Lokomotive und ist ein äußerst gemütlicher, heiterer Mann. Am Montag war frei. Von 11–12 war die Totenfeier des Seminars für König Karl. Das alte Oratorium war prächtig behangen mit schwarzem Flor mit silbernem Rand. Der Hintergrund war stockdunkel, bis sechs herrliche Kerzen die düstere Umgebung erhellten. Unser Chor sang drei Choräle: »Gott ist getreu«, »Christus, der ist mein Leben« und »Himmelan«, wobei ich im Baß kräftig mitwirkte. Redner war Herr Ephorus. Ein Schüler (Endriss) deklamierte. Nachmittags war von 2 bis 3 1/2 Uhr ein sehr schönes Kirchenkonzert, gegeben von dem hiesigen Familienkranz. Es war sehr schön bis auf das Stück aus Elias: Es sollten wohl Berge etc. Ich schicke das Programm. Die bestgelungenen Stücke habe ich angestrichen. –

So lebt das alte, liebe Hannele[1] nicht mehr! Fast undenkbar ist mir's, daß das liebe alte Zimmer jetzt leer sein soll. Sie mußte nicht lange um Marie trauern.
Der neue Repetent Wüterich ist sehr, sehr freundlich. Wir haben einen vorzüglichen Lehrer verloren und einen liebreichen dafür bekommen.
Die tote Frau Pfarrer Walz ist die Mutter unsres Professoren. Die Geigstunde ist eine Qual.

Mit Gruß und Kuß:
Hermann!

P. S. Habt Ihr die »Gedanken eines Seminaristen beim Schlafengehn« gesehen?

1 Dr. Chr. G. Barths alte Magd, »Hannele« Rost, hatte nach dem Tode des Dr. Barth zwei Zimmer im Haus des Verlagsvereins bewohnen dürfen, zusammen mit ihrer Freundin Marie Graze; diese war am 31. Juli 1891 gestorben. Dr. Barth war der Begründer des Calwer Verlagsvereins (1799–1862), Dr. Hermann Gundert war sein Nachfolger als Vorstand.

155] *Hermann Gundert an seinen Sohn David*

[Calw,] 29. Oktober 1891

[...] Der l. Hermann Hesse in Maulbronn hat sich tollerweise hypnotisieren lassen und mußte der Famulus kommen, ihn daraus zu wecken.

Nun adieu. Es küßt Dich
V[ater]

156] *Johannes Hesse an H. H.*

Calw, 30. Oktober 1891

Lieber Hermann!
Danke für Deinen Brief. Seither haben wir wieder ein großes Feuer gehabt. Als ich Mittwoch Abend aus Schömberg zurückkam und eben ins Bett wollte, ging das Geschrei

auf den Gassen los und bald läuteten auch die Glocken. Das Wirtshaus zum Löwen mit einer großen Scheuer voll Korn sowie ein bis zwei gegenüberliegende Häuser sind ganz abgebrannt. Auch unsre frühere Magd Caroline (Heldmeyer) hat fast all ihr Sach verloren. Selbst die neugefüllten Mostfässer im Keller brannten lichterloh. Gestern hatte die Feuerwehr noch den ganzen Tag mit Löschen zu tun. Herr Zöppritz scheint sich einige Verletzungen dabei zugezogen zu haben; doch sah ich ihn rüstig daherschreiten.

In Schömberg war es nett. Auch Frau Pfr. fragte nach Dir. Ich verkaufte für 12 M. Traktate. 5–6 Buben halfen dabei. Im Nu war alles fort.

Heute Morgen war alles dick weiß voll Reif. Hans hatte seine Freude daran.

Daß Du dem l. Großpapa nach Weißenstein geschrieben, ist recht. Denk Dir, von Mai 1892 an sollen alle lutherischen Pastoren in den Ostseeprovinzen *russisch* predigen und vorher ein Examen in dieser Sprache ablegen.

Die Geschichte mit dem Hypnotisieren hat uns erschreckt. Mir sind all diese undurchsichtigen Dinge ein Greuel. Unser Leib soll sein ein Tempel des heiligen Geistes, unsere Seele ein Werkzeug seines Willens. Berauschung oder Betäubung, sei es nun durch Alkohol oder Morphium oder Hypnotisierung ist eine Befleckung und Erniedrigung dessen, was Gott zu seinem Dienste geschaffen, erlöst und geheiligt hat. Warum mußtest auch gerade Du Dich zu dem Experiment hergeben? [. . .]

Weiß eigentlich der Herr Ephorus oder einer der Lehrer um die Sache? Ich meine fast, Ihr solltet es aufrichtig erzählen wie Du's uns erzählt hast, und sagen, es sei Euch leid. Dadurch würde das gegenseitige Vertrauen nur gestärkt. Doch genug.

In herzlicher Liebe
Dein Papa.

157] *H. H. an Johannes und Marie Hesse*

[1. November 1891]

Liebe Eltern!

Trauriges Wetter! Der kalte Wind pflückt die letzten gelben Blätter von den Bäumen und Flocke um Flocke fällt herab, und jede deckt ein Stückchen Natur und jede ein Stückchen Leben zu. –

Neulich war Repetition des N. T., wobei auch ich gefragt wurde. Jetzt erst beginnt das eigentliche Lesen des N. T. (Lukas) und zwar griechisch. Mit Lykurg sind wir jetzt auch bald im Reinen und wissen, daß man leider nichts über seine Person weiß (!). Jetzt beginnt auch die Schiller-Lektüre und da bemerke ich mit Schrecken, daß ich keinen Schiller habe. Bitte schickt mir möglichst bald einen. Ich darf nicht mit Buchhändlern verkehren. Neulich war Turnexamen. Es ging so so la la. Homer ist prächtig! Neulich sagte Herr Professor Paulus u. a. in der Geometrie: »So, das übrige ist leicht! – Jetzt können wir wieder vorn anfangen«. Wegen des Hypnotisierens beruhigt Euch. Wir sagten es den Lehrern. Es ist jetzt verboten.

Vielen Dank für Sack und Brief. Welch' herrliche Äpfel und Zwetschgen! Das geht auch neben dem Riesenkeitel ganz herrlich! Denkt nur, vom lieben, alten Großpapa Hesse aus Weißenstein bekam ich einen herrlichen Brief. Ich kann gar nicht sagen, wie es mich freut. Er schickte mir auch ein reizendes Spruchbild. – Sehr interessante Dinge kommen oft im Hebräischen vor: Z. B. die merkwürdige Geschichte mit dem Gottesnamen [es folgen hebr. Buchstaben]. Famos sind auch die Deklamationsstunden (Schillers Glocke!). Wir lernen jetzt das Agieren beim Vortrag. Welchen Spaß uns das oft macht, könnt Ihr Euch denken. Weniger angenehm ist die lateinische Prosodie, obwohl Ovid herrlich zu lesen ist. Wie schade, durch einen Wechsel verlor ich meinen schönen, hellen Pult und bin jetzt an einem sehr dunklen Platz. Es ist aber ein interessanter Platz, indem ich jetzt unter der Schutzgöttin von Hellas wohne und sie blickt mit ihren schwarzen Augen und dem langen rabenschwarzen Haar sehr gnädig auf mich herab. Wie geht es Theodor? Der Herr Repetent Wüterich las uns an den letzten Abenden eine schöne Geschichte vor, was uns natürlich sehr willkommen war und wofür wir ihm sehr dankten. Bei der Kälte wird das Aufstehen hie und da schwer. Auf den Stuben ist immer geheizt und selten mehr gehe ich ohne Überzieher spazieren. Immer noch sieht man viele Maler im Kloster, das bei jetziger Jahreszeit einen prachtvollen Anblick bietet. Einige von uns haben schon stehend Spitznamen, auch die Stube Forum. Bitte schickt mir auch 1 Paar Hosenträger und [eines] meiner Portemonnai (ein möglichst starkes, nicht das kleine!). Ich leide in solchen Sachen oft Not. Seit drei oder vier Tagen habe ich fremde Hosenträger an.

Mit Gruß und Kuß:
Hermann!

158] *Hermann Gundert an seinen Sohn Hermann*

Calw, 2. November 1891

[...] Dem l. H. H. in Maulbronn wiederfuhr etwas Sonderbares. Die Frage des Hypnotisierens interessierte gerade die Promotion. Man stellte den derben, riesigen Zeller an, die Aufgabe zu lösen und siehe da, in kurzer Zeit ist H. geliefert und muß sich allem von Z. gewolltem unterwerfen. Danach wollte er aber nicht zurecht kommen. Daher man den Famulus [Chirurgen] rief. Jetzt ist er wieder frei und das Ephorat hat diese Versuche völlig abg[estellt]. So hoffe ich, trägt H. keinen Schaden davon [...]

159] *H. H. an Dr. Hermann Hesse*

[ca. 3.–7. November 1891]

Teurer Großpapa!

Tausend Dank für Deinen köstlichen Brief. Es freute mich so sehr, den ersten lieben Brief vom »russischen Großvater«[1] zu erhalten. Ich sah und las schon viele Briefe von Dir, aber doch ist mir, als sei dies der Erste. Heute habe ich im Sinn, Dir mein gegenwärtiges Leben zu schildern.

Das Seminar ist eine evangelisch-theologische Anstalt, in die man nach schwerer Prüfung aufgenommen wird. Der Seminarist (Frosch oder Mönch) ist durchaus Glied eines festen Ganzen, und die einzelnen Stuben haben ja ihre staatliche Entwicklung. Demokratie ist ja hier natürlich die einzig richtige Verfassung. Die Stuben sind: Hellas, Forum, Germania, Athen, Akropolis, Sparta. Ich bin Hellene und zwar von unsrem Standpunkt aus patriotischer Hellene; d. h. jeder gute Hellene ist mein Freund und mit großem Bedauern bemerke ich, daß unsre politische Verfassung sich zur strengsten Oligarchie neigt ––––– Doch das kann Dich wenig interessieren, vielleicht verachtest Du auch politische Umtriebe überhaupt. Ich will Dir lieber vom Seminarleben im Allgemeinen schreiben:

Früh morgens, wenn sich jeder Brave
Im Bett noch still behaglich dreht,
So weckt uns aus dem süßen Schlafe
Des Famulus Majorität.

Mit seinen ungefügen Händen
Zieht er die Glocke mächtig an,
Da hilft kein Gähnen, hilft kein Wenden,
Das Bett verläßt der Biedermann.

Entschuldige die schlechten Verse. Der einzige Zweck ist ja, Dich zu belustigen.

Mit einem resignierten Stöhnen
Vergißt man schnell den schönsten Traum
Schlaftrunken halb, mit weitem Gähnen,
Faßt uns des *Waschhaus'* grauser Raum.

Mit Schwamm und Seife wird gerieben
Gerüstet stehet jeder bald
Wenn mit dem letzten Schlage sieben
Von neuem unsre Glocke schallt.

Der Kaffee stillt des Herzens Sehnen,
Dann kommt der Arbeit ernste Zeit,
Der Sarg Homers mit stolzen Tönen,
Mahnt uns an die Vergangenheit.

Solon, Lykurg und all die Alten
In Lederbänden dick und schwer,
Ovids verliebte Kerngestalten
Erleichtern jedes Lernen sehr.

Der Logik weitgedehnte Räume
Durchirrt der zagend schnelle Schritt,
Und Schillers jugendliche Träume
Teilt uns der Lehrer weise mit.

Bald ist das alles schnell vergessen,
Wie fern im Mai ein süßer Traum,
Wenn wir zum ewig frohen Essen
Uns sammeln in des Speissaals Raum

Mit Speis und Trank im frohen Magen
Geht man spazieren dann mit Lust,
Und auch an kalten Wintertagen
Freut sich die jugendliche Brust.

Dann wieder Arbeit, wieder Essen,
Dann wieder Arbeit bis zur Ruh
Zum süßen, seligen Vergessen,
Die Glocke freundlich ruft. Glück zu!

Entschuldige den Spaß. Ein andermal näher [sic]. Der lederne Ovid steht fast ungeduldig auf meinem Stehpult.

Mit herzlichem Gruß und Kuß:
Hermann!

1 Über den russischen »Großvater Hesse« hat H. H. im »CIBA-Symposium« Band 8, Heft 5/6, Dezember 1960 geschrieben, unter dem Titel: Ein paar Erinnerungen an Ärzte.

160] *H. H. an Johannes und Marie Hesse*

[8. November 1891]

Liebe Eltern!
Dank für Portemonnai und besonders Hosenträger. Die Freizeit ist meistens traurig. Alles Grüne ist fort, die Farben des frohen Herbstes sind fort und unsre prachtvollen Seen sind dick gefroren. Schon wieder freue ich mich auf den Frühling, der Winter ist so kalt, so leblos. Besonders ehe rechter Schnee kommt, liegt alles grau und neblig vor einem, keine Blumen, keine grünen Bäume, alles ist fort. – Doch will ich mich nicht mit derartigen Gedanken quälen und mir noch sagen, daß so gut wie sicher diese Woche das Schlittschuhlaufen auf einem 12 Morgen großen, spiegelglatten See beginnt. Fast bedaure ich, keine Schlittschuhe mitgenommen zu haben. Ich treibe in der Freizeit allerlei und neben Homer, Ovid, Lykurgsche Gesetze, Livius und Xenophon ist auch auf meinem dunklen Pult David Copperfield, Körner, Schiller etc zu sehen. Wir lesen natürlich nur solche Lektüre, die vom Ephorat erlaubt und anempfohlen wird.

Ich will Euch in diesem Brief gerade einmal meine Beschäftigung in der Freizeit schildern:
Das Kolleg ist aus, Ovid mit seinen Genossen wandert in den (immer wohlgeordneten) Bücherkasten, oben auf dem Pult aber liegt alles mögliche herum, ein Chaos von Zirkeln, Papier, Tinte (im Gefäß!), Kompaß, Sternkarte, Wecker, etwa auch Äpfel, Stahl- und Kielfedern, Schilfröhrchen, aramäischem Lexikon, Geschichtenbüchern etc. Daß da der alte liebe Xenophon und besonders seine Anabasis den Stoff zu humoristischen Zeichnungen liefern muß, ist wohl verzeihlich. Zeichnungen wie die folgenden sind ein netter, ganz erbaulicher Zeitvertreib

[Es folgt eine Zeichnung, darstellend eine Lokomotive mit zwei Waggons vor einem kleinen Stationshäuschen, daneben steht: »Issus! Bitte alles aussteigen!«]

Artaxerxes mit seinem Heer kommt mit dem Velociped, Xenophon per Eisenbahn, Tissaphernes, der Schlaue, im Luftballon (natürlich von Mey und Edlich) angezogen. Viel Vergnügen machen derartige Einfälle. Dann [unleserlich] man aus Papier einen Streifen etwa 5 cm breit und einen Meter lang, damit wird der Zug des Alexander in kunstvollen Bildern gemalt. Sakas, der Dicke, Klitus, Alexander, der verwundete Darius u. s. f. Ist dies nicht nett? Aber auch durch Vorlesen, Deklamieren, Spiel etc wird die Freizeit ausgenützt; Disputationen über dies und jenes, alles ist oft sehr amüsant. Besonders gefällt mir ein kleines Konzert oder so was. –
Gestern bekamen wir unsre Mützen, grüne mit Silberborten und haben schon unsern Stolz darauf. Preis – 3 M. Meine Kasse hat genau 1,78 M. aufzuweisen. Ich denke, die Kappe und eine hebräische Bibel, die Herr Ephorus bestellt (besondere Ausgabe!) werdet Ihr dann zahlen. Zum Schluß will ich Euch noch einen Traum erzählen, den ich neulich hatte.
»Ich wandelte mit Mutter in einem schönen Garten dahin

und ließ mir von Euch allen erzählen. Da hörte ich von Hans und Marulla, von Papa und Großpapa nichts extra Merkwürdiges, nur von Karl hörte ich, daß er nach Egypten reise, um sich dort aufs Professoratsexamen vorzubereiten«.
Nicht wahr, er wird mich vor einer so großen Reise noch besuchen? –

Mit herzlichem Gruß und Kuß:
Hermann, stud. mul.

Meine Kappe hat diese Form: *[es folgt eine Zeichnung und Großbuchstabe H]*

161] *Hermann Gundert an seinen Sohn Hermann*

Calw, 9. November 1891

[...] Daß H. H.'s Brief schon lateinisch gedacht ist, war auch mein Eindruck. Decesso ist kein Fehler, denn decedo heißt auch to depart. [...] Johannes hatte gestern für [den] Dekan eine Bibelstunde zu halten. Wenn nur auch mehr Leute Nachmittags kämen!
Claassen ging diesmal ins Konzert, eigentlich nur um sich zu überzeugen, wie kunstvoll das Metall zu einer Harfe mit all den vielen Tönen sich umbilden läßt. Die eingeschobenen Gesänge ärgern ihn allemal, ihm klingt es wie eine Entheiligung der gesungenen Worte. Im Grund ist er ein abgesagter Feind der Kirchenmusik, wunderlich bleibt dann nur seine Liebhaberei für Bilder z. B. katholischer Kirchen, die er alle sammelt, hoch in Ehren hält, und jedermann zum Bewundern vorlegt. – Gestern sah ich wieder Briefe der Seminaristen: [...] H. H. stimmt eine Wehklage über den Winter an, wünscht sich aber Schlittschuhe, um über die eingefrorenen Seen Maulbronns zu fahren. Das Hypnotisieren ist jetzt verboten, sie machen nun andre Dummheiten in ihren Freistunden. Da zeigt sich, wie ver-

schieden der Balte von dem schweigsamen Indoschwaben ist, alles regt ihn an und er regt selbst auch an, während H. G. schweigsam neben draußen steht. Der Homer scheint eine besondere Macht für H. H. zu sein, aber auch andere Bücher, wie David Copperfield ziehen ihn bedeutend an. – [...]

162] *H. H. an Johannes und Marie Hesse*

[23. November 1891]

Liebste Eltern!

Es lebe der neue Gundert! Es lebe Polly[1]. Sagt ihm (Polly), ich lasse ihn grüßen und gebt ihm in meinem Namen ein Stückchen Zucker. Das ist ja höchst possierlich!

Ich schicke schwarze Wäsche und erinnert Euch daran, daß ich kein einziges frisches Handtuch mehr habe und daß wir jeden Montag ein neues nehmen müssen. Ich lege 10 Pf. für Marulla bei: Rechnung für die Mütze habe ich nicht. Sie kostet 3 M.

Du fragst, liebe Mutter, wie weit's nach Schützingen, wo meine Begleiter waren und warum mir die Einladung eigentlich ungeschickt kam. Es ist 1$^{1}/_{2}$ Stunden, mich begleiteten Kappus, Meviger (von Ahlburg), Köstlin und Völter. Ich hatte jenen Sonntag viel zu arbeiten und wäre gern zu Haus geblieben, war aber sehr, sehr vergnügt in Sch.

Die Schlittschuhe gehören wohl Theo, wenn es No 27 (oder 28) sind, ich habe sie mit ihm getauscht. Ich soll Wünsche für Weihnachten sagen. Nun, ich hätte wohl gern: 1 Cylinderputzer, einen Hammer, eine Unmasse von unlinierten Schreibheften, viel, viel Conzeptpapier und mein Hauptwunsch wäre ein Schiller. Könntet Ihr mir nicht vielleicht jeden Christtag 1 Bändchen oder so geben, bis ich ihn ganz hätte, es wäre mir bei weitem die größte Freude, ferner

wünsche ich so nen kleinen Vorrat (Etwa 2–3 Paar) Peitschenstecken für Maulbronn und womöglich, daß mein Gesälzhafen wieder voll würde. Was Ihr mir davon geben wollt, wird mir sehr lieb sein.
Letzten Mittwoch machte die Promotion einen kleinen Ausflug über die schönen Berge Maulbronns und bei der Heimkehr lachten uns, die Müden, Bierflaschen, Würste und Keitel an. Wie satt man an solchen Brotfetzen werden kann, könnt ihr aus der Größe schließen, ich schicke Euch zwei, den weißen bekommt man vormittags, den andern zum Abendvesper. Es pressiert: Adieu!

Grüßt auch Herrn Missionar Seeger von mir

Hermann!

1 Am 15. November 1891 wurde als 3. Sohn David Gunderts Heinrich Gundert in Stuttgart geboren. Im November waren Missionar Seeger und Br[uder] Härtter aus Afrika nach Calw gekommen. »Uns brachten sie einen grauen Papageien mit, der mit Jubel bewillkommt wurde« (Aus dem Tagebuch von Marie Hesse).

163] *H. H. an Johannes und Marie Hesse*

Montag, Feiertag [30. November 1891]

Liebe Eltern!
Dank für Brief und Pack, der mich in etliche Verlegenheit brachte. Die Schlittschuhe hatten unterwegs natürlich das Papier zerrissen und ich erhielt einen Postbrief, mußte auf die Post kommen und hätte fast zahlen müssen. Dank für's Geld. Seit ich es erhalten, atme ich wieder freier.
Neulich war französische Prüfung, damit man wisse, was jeder in Französisch kann. Eine französische Exposition wurde diktiert, von der ich – sie war ziemlich lang – etwa 4 Wörter verstand. Ich schrieb oft 1 ganze Linie als *ein* Wort. COMPOSITION war wenig besser. Neulich war auch Repetition der lateinischen Prosodie (!) Ich hatte 9 Böcke und noch eine anständige Arbeit. Meine beiden *Freunde*

sind Schall[1] (aus Göppingen) und Lang[2] (aus Nürtingen). Vor wenigen Tagen starb ganz schnell Schalls Vater. Es ist für den armen Franz sehr sehr schwer. Lang hat ziemlich stark gastrisches Fieber und ich bin auf seine Bitte den Tag über Krankenwärter.

Schovel [sic] ist die Planimetrie. Ich denke, wenn ich vor mir ein Quadrat sehe, so ist es vollkommen unnötig, dessen Existenz noch ausführlich zu beweisen. Ich will Euch alle meine Fächer schreiben und welche ich gern habe.

N. T. (schön!), Arithmetik (Au!), Geschichte (nett!), Livius (fein!), Deutsch (fein!), Französisch (!!! ???), Singen (köstlich!), Xenophon (schön!), Religion (schön!), hebräisch (?), Lat. COMPOSITION (geht an!), Geographie (?), Turnen (unterschiedlich); Homer (famos!), Ovid (fein!), Geometrie (o weh!), Aufsatz (Ah!!!); Perioden (schön). Griechische COMPOSITION (minus); Geigen anständig.

Ich besitze gegenwärtig 45 Schulbücher, in 1/2 oder 1 Jahr werden es 50 (wenigstens) sein. Gesangbuch etc ist nicht gerechnet. Hefte habe ich 27 im Gebrauch, bis Weihnachten etwa 32.

Ich habe im Sinn, an Weihnachten all meine Bücher zu bringen und zuhaus einzubinden. Hier fällt mir auch noch ein Weihnachtswunsch ein. Ein Schulgesangbuch. Mein schönes wird sonst sehr abgenutzt. Sonntag vor acht Tagen hielt Herr Repetent Wüterich einen sogenannten Sonntagsvortrag über Berlin. Er war nett. Meinen letzten Aufsatz bekam ich zurück mit der zweifelhaften Bemerkung:

Sie besitzen Phantasie!!

(Ich habe die Bemerkung Strich für Strich abgezeichnet.)

Gegenwärtig zerbreche ich mir den Kopf am Aufsatz: »Eine genaue Charakteristik Abrahams an der Hand von Gen. 12–15 und 21–24 soll zeigen, wie dieser Erzvater das rechte Werkzeug Gottes zur Gründung eines *aus allen Heiden auserwählten* Gottesvolkes sein konnte«. Nicht eben leicht.

Wir haben nur eine Woche Zeit dazu. Mein durchschnittliches Aufsatzzeugnis ist 5 7/8 (bin zufrieden damit!). In der Freizeit spielt die Farbenschachtel eine große Rolle. Eine Probe sende ich: zu Simrock: An den Rhein, an den Rhein, zieh nicht an den Rhein!

Wir machen auch abends viele Schreibspiele, Scharaden, Real und Ideal, Schnaken und [unleserlich]. Auch tragen wir auf Hellas viele Gedichte vor.

Gestern versprach sich ein Deklamator:

> Wer reitet so spät durch Nacht und Wind?
> Es ist der Vater mit Weib und Kind.

Hermann!

Den letzten Brief erhielt ich erst heute. Bitte schreibt so, daß ich Freitags antworten kann.

1 Franz *Schall*, geb. 1877 in Faurndau, war in der Promotion 1891–1895 in Maulbronn/Blaubeuren. (Siehe »Anhang«)

2 Wilhelm *Lang*, geb. 1. September 1877 in Diepoldsburg (Unterlenningen), war in der Promotion 1891–1895, Maulbronn/Blaubeuren. (Siehe »Anhang«)

164] *H. H. an Johannes und Marie Hesse*

6. Dezember [1891]

Liebe Eltern!

Dank für Muttings und Marullas netten Brief. Er freut mich, obschon ich nicht ergründen kann, was ein »Nuster« und »Stopni« [Nopni?] ist. Marulla schreibt ja schon sehr nett; ich muß mich fast vor ihr schämen. Seid Ihr im ganzen mit meinen Briefen zufrieden? Was die Geschichte mit der Post betrifft, so mache ich Euch darauf aufmerksam, daß hier ein sehr strenger (oder kleinlicher) Postbeamter ist.

Heute trat ich mein erstes Staatsamt an als kgl. Seminarlektor, das, obwohl ohne Gehalt, nichtsdestoweniger jeden schlaucht. Es dauert sieben Tage. Da Weihnachten so nah ist, will ich Euch Etliches darüber schreiben: Am 21. (?) ist

ein Feiertag. Vielleicht ist dieser dann Collegtag, dann dürfen wir schon am 22. fort, andernfalls am 23. Wir Frösche veranstalten ein Seminarfest, wahrscheinlich mit Christbaum. Deklamationen, Gesang, Musik sollen die Gelegenheit verschönern. Wir laden die Lehrer mit Familien dazu ein. Am letzten Sonntag machten wir Hellenen (»ἄνδρες Ἕλληνες«) abends am [Karten]tisch sehr nette Schreibspiele aller Art, ein schöner Zeitvertreib. Besonders das Reimen gefiel sehr. Von meinen Freunden Lang und Schall ist der erste mit mir auf Hellas, der andre auf Germania. Lang ist wieder gesund. Zum Glück verlor ich als Krankenassistent kein Colleg, nur alle Freizeit. Die »Haugni« scheint wieder in Ebbe zu sein. Ich bedauere sehr, daß ich den Judas Maccabaeus nicht hören konnte. Herr Ilg sang wohl gut? Ich kann mir Onkel Friedrich als Konzertdirektoren sehr gut vorstellen.
Heute bekommt man besonders gutes Mittagessen (Gans, Wein), was sechsmal im Jahr vorkommt und »Verbesserte Kost« heißt. Heut morgen erzählte einer, Metzger habe über eine Perioden-Conversion statt »Verbesserte Übersetzung« »Verbesserte Kost« geschrieben. Ein guter Witz: Verbesserte Kost!
Mithridates der 6., König von Pontus etc – Ob's eigentlich wahr ist, weiß ich nicht.
Mit Vergnügen denke ich an die Stunden, die ich in der Vakanz mit Geigen (zum Klavier?) zubringen werde. Marulla soll nur »stille Nacht« üben, daß wir's am heiligen Abend spielen können. Bitte schickt mir noch vor Weihnachten Decke, Überzeug u. s. f., da vor Weihnachten die Betten frisch überzogen werden *müssen.*
Kürzlich ließ ich meinen Pult offen stehen. Als ich wieder in meine Wohnung auf Hellas kam, wurde mir mit Jubel verkündigt, daß ich 10 Pf. Strafe zahlen müsse. Ich dachte mit Goethe: Ihr laßt den Armen schuldig werden – dann

überlaßt ihr ihn der Pein – *denn alle Schuld rächt sich auf Erden.* Wenn gütige Verwandte nach meinen Wünschen fragen sollten, so sage ich, was ich noch auf dem Herzen habe: *1 Virgil,* Federhalter, Stahlfeder, Bleistift, *Schnitzbrot.* Ich lebe wie ein Junggeselle: Eigene Wohnung – eigenen Haushalt. Mein Pult ist mein Haus, meine Kasten mein Magazin. Eine Haushälterin würde wohl ziemlich konfus werden, wenn sie in meine Einrichtung blickte.

Fortsetzung (Nach 12 Uhr)

Die Gans war hart, doch schmeckte sie. Wein sehr gut. Zwei Bretzeln. Im Ovid lesen wir: »Der Neid« (Metamorphose). Prachtvolle Lektüre. Es macht mir Spaß, Ovid in deutsche Hexameter zu übersetzen.

Mit Gruß und Kuß
Hermann!

P. S. Eben lud mich Herr Mährlen zu sich ein. Ich bin sehr dankbar dafür. Adieu

[*Rechts eine Zeichnung, darunter:* »Meine Photographie« vor einem Büchergestell, auf dem man »Ovid«, »Xenophon«, »Homer« und noch einen Autorennamen lesen, bezw. nicht lesen kann.]

165] *Dr. Hermann Hesse an H. H.*

Weißenstein, 25. November 1891
[= 7. Dezember nach Gregorianischem Kalender]

Lieber, lieber Kamerad! Mein Herzenssohn!

Es ist ja doch mit der Freude ein rechtes Wunderding! Wie Balsam tut sie Alt und Jung so wohl! Ja, Leib und Seel gedeihen schön, in ihrem lichten Wesen! – Und Du! Du hast mich mit deinem Lied so froh gemacht, daß ich noch Spaß versteh' und selbst noch spaßen kann. So sende ich Dir eine *zweite Auflage* Deines lieben netten Liedes, und hoffe, daß

Du selbst noch eine dritte recht bald zum Christfest fabrizieren wirst, Knittelverse. Ha! Warum auch nicht? Wir finden schon den Takt –

Leiden und Freuden in Maulbronn.

[33 Verse]

[Der Großvater parodiert die Verse, die H. H. ihm im Brief vom 3.–7. November gesandt hatte.]

Mit Gruß und Kuß – der graue Opa!

166] *Hermann Gundert an seinen Sohn Hermann*

Calw, 7. Dezember 1891

[...] Hermann Hesse zeigt in seinen Briefen ziemliche Vertiefung in die lateinischen Dichter und Homer; unter einen seiner Aufsätze schrieb der Repetent: »Sie haben Phantasie«. Ich wünsche diese noch besser geregelt zu sehen. [...]

167] *H. H. an Johannes und Marie Hesse*

13. Dezember 1891

Liebste Eltern!

Denkt Euch meine Freude, als ich neulich den zweiten köstlichen Brief vom lieben alten Vater Hesse aus Estland bekam. Ich hatte ihm das Seminarleben möglichst anschaulich geschildert (in Reimen) und erhielt, welche Freude, wieder Verse von ihm. Hört nur den Anfang des Briefs (Prosa): »Lieber, lieber Consocius! (Kamerad?) Mein Herzenssohn!: Es ist doch mit der *Freude* ein rechtes Wunderding! wie Balsam tut sie Alt und Jung so wohl! Ja, Leib und Seele gedeihen schön in ihrem lichten Wesen! – und Du! Du hast mich mit Deinem Lied so froh gemacht, daß ich noch Spaß versteh und selbst noch spaßen kann. So sende ich Dir eine *zweite Auflage* Deines lieben, echten Liedes und hoffe, daß Du selbst noch eine *dritte* recht bald zum Christfest fabri-

zierst; Knittelverse, ha! warum auch nicht? Wir finden schon den Takt.«
Nun folgt ein nettes, nettes Gedicht. Ja, der Edle hat den Takt gefunden, Reime sind's nicht, aber fast ganz regelrechte Verse. Hört einige Stellen, aus dem Zusammenhang gerissen: – und gar in einem kalten Waschesaal!
»– Doch hört! Es wurde *Sieben!*
Und MOCCAKAFFEE labt die Kameraden«, und nachdem er von den CLASSIKERN gesungen, heißt's:

»Dann steigt man von dem Hochgebirg
Ins grüne Thal der eignen Dichter
Und übet gern der Muttersprache Laut«.

Prachtvoll! Der Brief brachte nicht nur mir Freude, sondern auch dem greisen Recken und Medikus, dem Oberfamulus, den ich durch die 10 Kopeken-Marke in höchste Glückseligkeit versetzte.
Wie nett, daß die Jünglinge Dienstags ins Haus kommen. Kommen sie während der Weihnachtsvakanz vom 24. Dezember bis 7. Januar nicht? Es wäre sehr nett und würde mich freuen. Ist Papa immer noch krank? Ich wünsche ihm von Herzen gute Besserung. Heimweh hab' ich nicht, nur so eine Ahnung davon. Hie und da, wenn ich an die schönen Abende denke, wo Theodor Beethovens »Adelaide« sang oder »Es war als hätte der Himmel«. So was gibts hier natürlich nicht. Aber bald ist ja Vakanz. Ich freu mich recht darauf. Heut' ist sehr MEDIOCRES Regenwetter. Leider.
Mit zagendem Herzen schreibe ich jetzt das Unangenehme, das ich doch nicht verhehlen kann: Eine hebr. Bibel kostete – – – 5 M., die ich, wenigstens als positive Größe, nicht besitze. Wenn ich zum Christfest nach Haus kommen will, brauche ich 2 Billete, die ich entweder stehlen oder kaufen muß. Das Erstere geht bei einem ev. theol. württ. Frosch, der sich stud. mul. schreibt, nicht wohl an. So bleibt nur das Letztere und das geht nur mit Moneten. Noch etwas Unan-

genehmes habe ich zu sagen. Ich will nichts verschweigen, sondern offen sagen: Ich hatte gestern den ersten Zerfall mit einem »Kameraden«, mit O. Knapp. Er hatte meinen Berner Bären, in den ich vernarrt bin, aus Mutwillen zu Grund gerichtet. Als ich mich beschwerte, forderte er mich in aller Form heraus, und ein Schiedsgericht erklärte mich für »schandbar feig«, wenn ich nicht kämpfte. Knapp war stark und mir war bei der Sache nicht wohl; obwohl ich den Herausforderer unendlich verachtete, wußte ich wohl, daß er mich, wenn er alle Kraft anstrenge, leicht werfen könne. Da ich meinen schwachen Beinen nicht traute, verlangte ich einen Faust-, keinen Ringkampf. »Los«! Beim ersten Schlag flog meine Brille weit hinaus, war aber noch ganz. Jetzt hieben wir einander ohne Rührung, wo wir trafen, nur die Augen waren in Garantie. Kinn, Stirne, Hinterkopf, Brust und Magen erhielten unglaublich viel Prügel. Der Kerl (nicht bös gemeint!) boxte mich mit dem Ellbogen in den Bauch, das brachte mich so in Wut, daß ich mich hoch aufrichtete, alle Kräfte krampfhaft anstrengte und ihm einen Hieb auf die Brust versetzte, daß er wankte und fiel. Doch war er unbesiegt, da seine Schultern den Boden nicht berührten. So schlugen wir noch lange, bis wir einfach gar keine Kraft mehr hatten und ich kaum mehr schreiten konnte. Blut floß ganz wenig. Doch beruhigt Euch, außer Beulen und handbreiten blauen Zeichnungen hats nichts abgesetzt und wir – *sind versöhnt.* Ich habe den Hergang möglichst richtig geschildert.

Mit Gruß und Kuß:
Hermann!

168] *Hermann Gundert an seinen Sohn Hermann*

Calw, 14. Dezember 1891

[*Der Großvater schreibt H. H.'s Brief vom 13. Dezember*

über seinen Faustkampf mit O. Knapp wörtlich ab, bis zum Satz: Und wir – *sind versöhnt.*]

169] *Dr. Hermann Hesse an H. H.*

Weißenstein, 4. Dezember 1891

[= 16. Dezember nach Gregorianischem Kalender]

Mein teurer Hermann!

Dein Brieflein mit der knappen Adresse war mir fremd, aber bald bekannt und lieb, eine fliegende Taube aus *Maulbronn!* Wer hätte jemals das gedacht? und nun ist sie da! Und bittet gar um Antwort, will nicht sitzen und will nicht ruhn, will eilen nur zum jungen Herrn. Apollos Kind; nun gut! so wird es sein, wenn ein Liebespaar sich ?-mal begegnet. [...]

[Es folgen 4 Verse]

Und nun Dein gutes Lied, das du mir gesungen, hör Du das Echo aus dem Norden ..

[Es folgen 16 Verse, Antwort auf die Verse des Enkels.]

Am Abend

Gottlob! Das war ein guter Tag, es kamen liebe Menschen uns im Leide zu besuchen, Pauline Duglas schenkte mir einen Teller mit gebackenen Äpfeln, aus Reval kamen liebe Briefe – und nun haben wir zur Nacht gespeist und gehen schlafen. Ihr seid dem Feste näher, ein Päckchen geht nach Calw – was wird es sein?

Dich grüßt und küßt Vater Hesse

170] *H. H. an Johannes und Marie Hesse*

[Maulbronn, 20. Dezember 1891]

Liebe Eltern,

Dank für Brief und Geld, Näheres hoffentlich bald mündlich.

Ich komme voraussichtlich Mittwoch: 10 Uhr 44 von Pforzheim.

Mit Gruß:
Hermann!

Drei Repetitionen sind jetzt vorbei, Gottlob! Ihr seid wohl noch mit Baum, Backwerk etc beschäftigt? Gestern schrieb ich Frau Schaible. Von Onkel Theo Wurm und Tante Luise erhielt ich gute Nachrichten.

171] *Aus dem Tagebuch von Marie Hesse*

[1891]

Auch dieses Jahr war ein reichgesegnetes, da wir sehen und schmecken durften, wie freundlich der Herr ist. In diesem Jahr wurde am 12. April unser lieber Hermann konfirmiert, er hatte von der Ostervakanz noch dazu hier bleiben dürfen bis zum 14. April. Morgens war Schnee und noch empfindliche Kälte. David und Johanna waren bei uns zum Fest; Emma Plebst im Steinhaus zu Lisels Konfirmation. Karl und Theo waren auch gekommen und die liebe Tante S. Neue. Herr Stadtpfarrer Eytel war beim Kaffee Nachmittags auch bei uns. Wir im engern Familienkreis hatten dann abends beim teuren Großvater drüben das heilige Abendmahl, eine schöne, unvergeßliche Stunde, besonders auch für unsern lieben Hermann. Am Tag drauf machten wir zusammen mit dem Steinhaus und Dekans samt Knoblochs einen schönen frohen Ausflug nach Talmühle. Tags darauf reisten Hermann, Sofie und Carl fort, Theo hatte schon Sonntag Nacht nach Hohenheim zurück müssen. Unser lieber Hermann bestand glücklich im Juli das Landexamen und trat im Herbst ins Kloster Maulbronn ein, wo es ihm gleich sehr gut gefiel. [. . .]

Ein Gedicht aus dem Jahr 1891

O könnt ich mit Apollo im goldenen Wagen,
Mit dem lustigen Bacchus vereint,
Aufsteigen beschwingten Flugs himmelwärts,
Trinken aus elysischem Gold glühenden Nektar;
Glutberauscht möcht ich auf die schlummernde
Dunkle Erde ausgießen mit trunkenem
Weinseligen Lachen Schalen göttlichen Glücks.
Um mich sollten taumeln trunken Satyre,
Bis mich der sanfte Abend hintrüge
In des Meeres blaugewölbt Paradies,
Wo zwischen blumigen Grotten
Und langästigen Korallen
Poseidons kristallgefügt Haus
Prächtig schimmert,
Weiche, kosende Lieder,
Klängen, wellengetragen, wellenschlagend
Ans glückliche Ohr.
Statt des Rausches käme der Traum,
Wie wollt ich ausruhn auf dunkeln
Hochgeschichteten Veilchen voll Dufts,
Wo die Stirn nimmer brennt,
An Anadyomenes weiche, schwan'ge Brust
Ruhte sanft mein kühles Haupt
Lilienbekränzt.
Vor mir tanzten, grüngeschleiert,
Schlanke Najaden mit schneeweißen
Göttlichen Leibern, zum Klang
Wollüstiger Lieder. Um mich
Lächelten traumhafte Bajaderen,
Ich aber wollte in aller Pracht
Singen und Ambrosia kosten
Und Lotosblumen.

Flüstern in nachtdunkler Grotte
Mit indischen, weißen Nixen
Im graublauen Meerlicht
Tanzen mit üppigen Freuden,
Um mich schwebten schwarzlockige Mädchen
Mit glutschwarzen, wollüstigen Augen
Voll lüsterner Sehnsucht, Lorbeer
Rauscht' über mir ......

Und ich schaute sorglos und lächelnd
In all die Lust und vergäße
Alles, Alles, und wüßte nicht mehr,
Als daß ich unendlich glücklich.

Wie wollt' ich tanzen, einatmen
Laudunkeln Veilchenduft, küssen
Blasse, duftzitternde Lippen,
Und schlummern bei Phöbe und Klymene!

H. H.
1891

[Als die »Göppinger Oberschule« ihr 50jähriges Bestehen feierte, schrieb Hermann Hesse den folgenden Brief:]

An die Schüler der Hohenstaufen-Oberschule in Göppingen

9. Juni 1953

Mit Freude habe ich die hübsche Zeichnung mit der Festfolge Eures Jubiläums betrachtet und manche Ausblicke und Gebäude wiedererkannt, die mir vor mehr als sechzig Jahren vertraut waren.

Ich habe mit der Schule im allgemeinen nicht viel Glück gehabt, aber die einstige Göppinger Lateinschule[1] ist mir durch einen originellen, geliebten und auch gefürchteten Lehrer in genauer und teurer Erinnerung geblieben.

Ohne ihn und den Geist, der damals die beiden von Rektor Bauer aufs Landexamen vorbereiteten Schulklassen beherrschte, hätte meine Phantasie keinen Anlaß gehabt, sich mit der Conception einer Idealschule zu beschäftigen, wie ich sie dann als alter Mann im Glasperlenspiel beschrieben habe.

So durchs ganze Leben nachwirkend und fruchtbar kann die Begegnung eines Knaben mit einem überlegenen Lehrer-Genie sein.

Ich wünsche Euch ähnliche Schulerlebnisse. Leicht haben wir es damals einander nicht gemacht, der Rektor Bauer und wir, es gab Kampf und Plage genug. Aber es war ein edler Kampf und eine fruchtbare Plage.

Hermann Hesse

1 Von der Göppinger Lateinschule und dem Rektor Bauer erzählt H. H. in »Gedenkblätter« (»Aus meiner Schülerzeit«; G. S. IV, 596 ff.), 1926/27. Von jener Zeit spricht er auch im »Rundbrief aus Sils Maria« 1954 (G. S. VII, 915 f.).

1892

172] *H. H. an Johannes und Marie Hesse*

[Maulbronn, 10. Januar 1892]

Liebe Eltern,

Donnerstag kam ich glücklich und vergnügt an, Freitag begann der Unterricht. Professor Paulus[1] war krank, ist aber so ziemlich jetzt wiederhergestellt. Bitte schickt mir auch etliche 10 Pf.-Marken für die Briefe.

Freitag mußten wir erst um 7 aufstehn, auch hatte Frau Ephorus die Betten wärmen lassen. Freitag Morgen begrüßten wir den ersten tiefen Schnee, und täglich finden nette Schneeballschlachten statt. – Ihr solltet mich einmal beim Vesper sehen! Ich stehe am Stehpult und vor mir habe ich eine Kokosnußschale mit Wursträdchen gefüllt. Famos! Wir haben mit der neuhochdeutschen Grammatik begonnen. Im nächsten Semester werden wir das Mittelhochdeutsche lernen und das Nibelungenlied in seiner Ursprache lesen.

Mit Gruß und Kuß
Hermann

1 Gottlob Wilhelm *Paulus*, geb. Ludwigsburg 15. 9. 1845; Lehrer auf dem Salon 1868–1875. Professoratsverweser Maulbronn 1879; 2. Professor daselbst 1879, 1. Professor daselbst 1886; Ephoratsverweser Maulbronn 1888, 1897/98. Ephorus 1898–1912. Pensioniert 1912. Gestorben Tübingen 13. 5. 1913. Er unterrichtete 1891/92: Ovid, Vergil. Prosodie, Metrik, Elegisches Maß. Xenophon, Herodot. Griechische Komposition, Grammatik. Arithmetik, Geometrie.

173] *Hermann Gundert an seinen Sohn Hermann*

Calw, 11. Januar 1822

[...]

[Er berichtet, daß die »3 Seminaristen« abgegangen seien und jetzt von ihren Klöstern schrieben. Es sind Carl Isenberg, Hermann Gundert, Hermann Hesse.]

Der Maulbronner adressierte seine Karte einfach: »Hesse, Calw«, sie kam wenigstens an, die Possen kann der einmal nicht lassen.

[...]

174] *H. H. an Johannes und Marie Hesse*

[Maulbronn,] 17. Januar 1892

Liebe Eltern,

Dank für die schöne Sendung, besonders das Schnitzbrot findet in mir und meinem Freund W[ilhelm] Lang Liebhaber. Meinen Mantel schickt mir bitte *nicht*, ich brauche keinen.

Wir haben schuhtief schönen Schnee, so daß die Promotion mit alleiniger Ausnahme von mir am Montag eine größere Schlittenfahrt machen wird. Mir ist ein freier Nachmittag am Pult weit (besonders Winters) lieber als so ein Knalleffekt. Klaiber, Metzger und ich ständen vor Staunen längst auf den Vorderbeinen, wenn wir welche hätten, über der Nachricht vom neuen Brautpaar. Unerhört das!, die reinste Bordüre des Lebens! Mit einem Kameraden habe ich ein kleines, klassisches Museum gegründet, wir haben gegenwärtig zehn Mitglieder. Wir lesen klassische Schillerstücke mit verteilten Rollen, deklamieren eigene und andere Gedichte, versuchen uns in kritischen Vorträgen etc. Neben uns besteht noch ein »Literaturverband«, der ähnliche Ziele hat.

Erlaubt Ihr mir, liebe Eltern, daß ich den »Messias« lese?

Ich hätte so schöne Gelegenheit dazu. Vom Ephorat ist das Werk zu lesen erlaubt.
Adele wird ja bis Ostern wohl ganz fertige Hausfrau sein und Polly ein (Julius wollte ich sagen), ein vollendeter Rhetor. Mama schreibt: »Bringe den ›Hannington‹[1] bald den lieben Mährlens« etc. Den »Hannington« erkenne ich aber, glaub ich, als den, der an Weihnachten auf meinem Tischchen lag, da lag er wohl nicht für die l. Mährlens. Nun, seid ruhig, ich will ihn mal hintragen, wenn ich kann, es wird heut nicht gehen. Ich kann ihn ja bei Euch lesen. Letzten Freitag war Repetition des Französischen. Heute sagte Herr Repetent Stettler, es seien bis zu vierzig Fehlern vorgekommen, wobei ich mich stark besann, ob ich mir sowas geleistet, aber doch nicht ganz dran glauben kann.
Gestern war Literatur-Repetition. Da gings besser. Ich hoffe da auf ein anständiges Zeugnis. Ich war letzte Woche Schlafsaalcensor, jetzt ist der Schlauch glücklich vorbei. Nächste Woche aber bekomm ich schon wieder ein Amt, und zwar »eines der schwersten«, ich werde da nämlich Offizier.
Es geht mir in Schule und Leben ganz ordentlich, hoffentlich auch Euch. Ist Hans noch unwohl, so wünsch ich von Herzen gute Besserung.
Bitte grüßt Großvater, Tante Jettle, auch Herrn Claassen von mir.

Mit Kuß: H.

Im klassischen Museum lesen wir »Fiesko« gegenwärtig, wobei ich den Fiesko habe, Roos, den Ihr ja kennt, Bourgognino. Auf nächsten Samstag hab ich dem Verein einen Aufsatz über Goethe versprochen, an dem ich heute kauen will.

1 Calwer Familienbibliothek, 22. Band. »Jakob Hannington. Ein Märtyrer für Uganda«. Nach dem Englischen von M[arie] Hesse. Calw und Stuttgart. Verlag der Vereinsbuchhandlung, 1891.

175] *Aus dem Tagebuch von Marie Hesse*

[1892/1893]

[...] Morgens am 18. Januar lachte Papa recht herzlich über unsres Hermanns Maulbronnerbrief, der schon die freche Adresse trägt: »Herrn Hesse nebst Frau und Kindern, Calw, nördlicher Ausläufer des Schwarzwaldes« und uns meldet, daß er ein »klassisches Museum« gegründet hat und demselben einen eigenen Aufsatz über Goethe vortragen will. »Nein, das hätt ich mir doch in dem Alter nicht zugetraut!« lachte Großpapa hellauf. »Aber so ein Junge kann alles!« [...]

176] *Hermann Gundert an seinen Sohn Hermann*

Calw, 18. Januar 1892

[...] Jetzt ist auch das Neue vorgekommen, daß ein junger Pfarrer Schrempf[1] auf der Kanzel erklärt hat, er könne nicht nach bisheriger Sitte auf das Apostolicum taufen, weil er nicht daran glaube. Man hat ihn vorerst suspendiert und einen Vikar hingesetzt, der die amtlichen Funktionen vollzieht. Viele junge Menschen sollen darauf warten, wie man weiter vorgeht gegen solche Ungläubige.

Von Maulbronn kam vorige Woche ein Brief an »Hesse – Calw«. Diese Woche dagegen einer adressiert an »Herrn Missionar Hesse samt Frau und Kinder in Calw, Deutschland, Württemberg, nördlicher Ausläufer des Schwarzwalds«. H. H. will nächstens einen Aufsatz über Goethe verfassen. Der findet Zeit zu allem möglichen. Die Lust zum Schauspielern ist auch schon in ihn gefahren, man liest Schillersche Dramen mit verteilten Rollen. Und dieser Jünglingsverein studiert immer neue Schauspiele ein, um sie im Vereinssaal aufzuführen. Es fehlt eben an der rechten Leitung. Nun lebet wohl.

Mit Kuß [Vater]

1 Im »Nachruf auf Christoph Schrempf« (G. S. IV, 768 ff., »Gedenkblätter«), der am 13. Februar 1944 gestorben war, schreibt H. H.: »Im Jahre 1891, ich war damals 14 Jahre alt, gab es in der württembergischen, evangelischen Landeskirche einen Skandal, der nicht nur die Pfarrer und jungen Theologen, sondern alle gläubigen Protestanten des Ländchens heftig bewegte und also auch in meinem Elternhaus widerhallte. Es ging um einen Pfarrer namens Schrempf, der es mit seinem Gewissen nicht mehr vereinen konnte, den Lutherischen Katechismus zu lehren und Kinder auf die landeskirchliche Formel zu taufen. Die Störung endete im folgenden Jahr mit dem Austritt Schrempfs aus dem Pfarramte und die mit Scheu und Unbehagen oder mit Haß und Verachtung genannte Figur des aufrührerischen Pfarrers verschwand allmählich wieder aus den Gesprächen der Gläubigen und damit vorerst auch aus meinem Knabenhorizont. Wir Jungen hatten bei der Sache immerhin einige Schauer empfunden. Mochte dieser Schrempf recht haben oder nicht; auf alle Fälle hatte da ein Mann sein Amt und Brot weggeworfen um seines Glaubens, vielmehr Unglaubens willen, und hatte sich auf die Straße hinaus begeben, zu den Ausgestoßenen und Verfemten. Das war nichts Geringes, und so wurde mir Schrempf, ohne daß ich von seinen damaligen Problemen eine Ahnung gehabt hätte, doch zu einer Gestalt, die ich nicht vergaß, die nach Höllenschwefel roch, aber auch nach Mut und Stolz.« Über Schrempf schreibt H. H. auch im »Brief an Adele« (1946), G. S. VII, 444. (Siehe »Anhang«)

177] *H. H. an Johannes und Marie Hesse*

22. Januar 1892

Liebste Eltern!

Wie traurig, daß Tante Johanna wieder so krank ist. Der arme Onkel David dauert mich so sehr: Er hatte immer so eine Freude daran, andere zu erfreuen, und muß jetzt so schweres durchmachen.

Letzte Woche hörte ich in der Post ein prachtvolles Konzert an, von Hofvirtuos Neureuter und seinem Sohn, der ein vorzüglicher Klavierspieler ist. Der Junge sah Mozart aufs Haar gleich. Besonders schön war: »Lombardenphantasie«, »Zigeunertanz«, »Tannhäuserfantasie«.

Sonntag war ich bei Mährlens. Wein, Kaffee und Kuchen war ein famoses θελκτήριον. Es war Gustels Geburtstag. Ihr könnt Euch kaum vorstellen, wie sehr sich die lieben Leute über den Hannington freuten. Sie sagen, sie wollen ihn Herrn Stadtpfarrer leihen zum Vorlesen im Missionsverein. Herr Mährlen fragt mich immer wieder, wie es denn sein könne, daß Onkel Hermann in Amerika noch ein Astronom werden konnte. Ich muß immer viel erzählen von Großpapa und Euch, es interessiert sie immer alles.

Montag machte die Promotion von 1 bis 5 Uhr nachmittags eine Schlittenfahrt nach Bretten, in 12 stattlichen Schlitten mit je zwei Pferden. Ich ging nicht mit. Von 2–4 Uhr hatte ich dann Arbeitszeit. Um 3 Uhr sah Herr Ephorus nach mir, fragte, was ich arbeite, und lud mich zu guter letzt zum Kaffee ein. Ich hatte zwei Tassen des labenden Gebräus und aß – 15 Karthäuserklößchen. Das war großartig. Es war ein feiner Nachmittag, wie er in der neueren Geschichte selten vorkam.

Mutter fragte, was ich als Offizier tun müsse: das ist ein raffinierter Schlauch: Ich muß im Tag etwa 25mal läuten, immer für Kreide, Schwamm und frisches Wasser im Kollegsaal sorgen und den Katheder täglich etlichemal abwischen.

Vom großen Brand werdet Ihr gehört haben.

[*Auf der folgenden Seite steht in H. H.'s Handschrift:* »Geschrieben am Mittwoch morgen«. *Links oben steht von der Hand des Vaters oder der Mutter:* »von Hermann in Maulbronn, bitte nach Weißenstein und dann zurück!«]

Es war 1/210 Uhr. Wir waren schon im Bett und eben war die Nachtlampe gelöscht worden, als mein Nebenmann Hinderer sagte, da unten rufe jemand: Vater! Vater! Ich lachte ihn aus, aber schon hörte man unten mehrere Kinder »Feuer« rufen. Wir sahen nichts und blieben liegen, aber allmählich drang ein entsetzlicher Brandgeruch ins Schlafzimmer und mit einemmal wurde es ganz hell: Alles, die kleinsten Gegenstände, sah man in rotem Licht ganz deutlich. Das kolossale und mit Holz etc volle Pfründhaus stand in hellen Flammen, nur einige Schritte von uns entfernt. Im Hemd noch eilten wir aufs Dorment, weckten den Famulus etc und zogen uns an, so schnell und gut es eben ging. Die Staatsgebäude standen sehr in Gefahr, besonders der Wind war sehr ungünstig. So eilten wir in den Waschsaal holten was wir an Gelten und Kübeln fanden, füllten sie und trugen sie ins Ephorat, das furchtbar gefährdet war. Wir überschwemmten die Bühne, die schon voll Rauch und Funken war. Aber da keine Wasserleitung da war, mußten wir das Wasser ganz weit unten holen. Viele sprangen kaum gekleidet ins Freie, um dort zu helfen. Feuerwehr war gleich da, aber das Feuer verschluckte all die Wasserstrahlen.

Ich war auf der obersten Bühne von Herrn Ephorus mit Wasser. Ich hatte nur ein Hemd, Hosen, Strümpfe, ein Wams und eine Kappe an, auch Pantoffeln, Weste, Kragen, alles ließ ich dahinten, so schnell und unerwartet kam der Brand. Keiner spürte die schneidende Kälte, die das Wasser auf dem Dach im Nu in Eis verwandelte. Ich hatte nur Pantoffeln an. Von diesen verlor ich einen, arbeitete aber in einem Pantoffel lange weiter, bis mich ein eisiger Wasserstrahl, der meinen ungeschützten Fuß traf, empfindlich daran mahnte, Stiefel anzuziehen. Wo ich Stiefel gerade fand, zog ich sie an. Meine eigenen fand ich nicht. Der Wassermangel war so stark, daß wir bereits in den Waschbecken Wasser trugen. Inzwischen machte das Feuer rasche Fortschritte. Eine etwa 60 Meter lange Feuerkette schloß das Seminar von Westen ein: Während man dicken, heißen Rauch einatmete, troff vom Dach Wasser und Schnee auf einen herab. Wir arbeiteten fort bis nach Mitternacht. Besonders tat sich Herr Repetent Wüterich hervor. Er hatte gar nichts als Hemd, Hosen und Mantel und so stand er fast drei Stunden mitten zwischen Feuer und Wasser. Endlich war das Seminar außer Gefahr. Wir tranken bei Herrn Ephorus Wein und durften bis morgens 8 Uhr im Bett bleiben. Ich schlief nur schwache drei Stunden, bin aber, einige Splitter in den Händen nicht gerechnet, ganz gesund und munter.

Die armen Unglücklichen mußten teilweise im Hemd fliehen, fast nichts wurde gerettet. Deshalb sammelte man schleunig Kleider für sie. Ich verschenkte, hoffentlich mit Eurer Erlaubnis, meine Hausjacke und ein altes Paar Hosen. Im ganzen dauerte der Brand etwa 38–40 Stunden. Das Pfründhaus mit allen Speichern und Ställen ist total abgebrannt.

Mit Gruß und Kuß:
Hermann

P. S. (Mittwoch abend)
Der Schnee ist in der ganzen Umgegend grau, fast schwarz, voll von Atomen des Rauches etc. Heute war ich mit andern auf den Trümmern und löschte noch. Da verkohlten mir die Sohlen unter den Füßen. Man sah ringsum nichts als Steine; sobald man aber einen derselben aufhob, schlug die helle Flamme heraus. Einige brennende Balken spedierten wir in einen nahen Bach. Eben stand ich ziemlich hoch neben einer glühenden Wand, die ich ins Wasser werfen wollte; da sprang ganz wild ein Mann herein mit dem zornigen Ruf: »Das ist mein Logis«. Ein andrer, der hinter ihm drein kam, sagte kalt: »Gewesen«. Es sah traurig aus: Hier stand ein halber Ofen, daneben lag eine verbrannte [unleserlich], Ofen- und Heerdringe, eiserne Bettfüße, Ofenschirme, Kessel, Pfannen, verkohlte Masse Gabeln, alles lag rauchend untereinander. Als ich gestern beim Löschen half, deckte ich eben ein kleineres Feuer mit Schnee zu. In der Sekunde, wo ich zurücktrat, fiel auf eben die Stelle ein großes, zentnerschweres Stück einer Wand, noch glühend, herab. Ja, ich habe viel, viel erlebt in den vier Tagen.
Professor Malz sagte gestern: »Ich bin beauftragt, Ihnen für ihre aufopfernde und besonnene Hilfeleistung von allen Seminarfamilien den herzlichsten Dank auszusprechen.« Bald darauf kam ein Büblein in meinen alten Hosen angesprungen und bot mir die Hand und dankte, eben so ein

altes Weib, seine Großmutter. Es ist doch schön, so helfen zu können, wenn andre im Unglück sind. Ich danke Gott für diese Freuden und für seinen Beistand bei der aufregenden Nachtarbeit.
(Freitag Abend)
Noch brennt es unter den Zimmern weiter. Ich half heute wieder dort arbeiten, trug Wasser und löschte. Eben trug ich einen eisernen Kochtopf heraus. Einen ganz glühenden Ofen, wohl noch brauchbar, beschüttete ich mit Wasser: Während ich noch einen glühenden Balken ins Wasser schleifte, faßte ich elf Spreißen. In Gefahr, d. h. in eigentlicher Lebensgefahr war ich seit Mittwoch nicht. Ein Taschentuch, das mir heute herausfiel, verbrannte augenblicklich. Aber ich habe das schöne Bewußtsein, mit allen Kräften geholfen zu haben und hie und da sagt mir und meinen Genossen irgend ein Armer noch Dank.
Heut kamen vom König, der sich für Maulbronn sehr interessiert, 1000.– Mark. Mit dem Pfründhaus ist ein schönes Altertum futsch; es war ein Kolossalbau, etliche Jahrhunderte alt. Beim Einreißen der Trümmer finde ich immer eine seltsame Bauart, besonders bei den Fenstern, Nischen etc.
(137678 Grüße von meinem Kompromotionalen Otto Knapp aus Aalen).

H.

178] *Aus dem Tagebuch der Familie Hesse-Isenberg 1877–1896*[1]

[1892]

Beim Rückblick auf dies Jahr 1892 muß ich gestehen, daß es eins der schwersten meines Lebens gewesen ist und doch war Gottes Gnade und Treue groß über uns [...] Noch hat uns Gott dies Jahr unsre treuen, alten Väter erhalten, den in Rußland und Vaterchen hier. Der erstere hat immer noch so köstliche Briefe schreiben und an unserem Leid so innigen Anteil nehmen können, und mein Herzensvater ist zwar körperlich sehr heruntergekommen, aber sein Geist lebt und betet und segnet noch. Am Neujahrstag 1892 saß er, Feder in der Hand, am Schreibtisch und lächelte wehmütig, halb schelmisch als ihm jemand wünschte, er möge uns noch lang erhalten bleiben und sagte zu mir: »Der hat's net troffe, was i mer wünsch!« [...]

Uns lag dies Jahr am schwersten auf unser armer lieber Hermann. Im Jahr vorher war es uns zu besonderem Dank gewesen, daß es mit ihm eine so freundliche Wendung genommen. Sein Lehrer, Rektor Bauer, hatte ihn so gut beeinflußt. Dann bestand er das Landexamen und trat ins Kloster Maulbronn ein. Es war uns eine Herzenserleichterung, zu denken, er sei nun im rechten Fahrwasser und für die paar nächsten Jahre sozusagen versorgt nach innen und außen, denn er schrieb recht froh und befriedigt. Noch in der Weihnachtsvakanz war er heiter im Kreise der Familie, hatte viel Interessantes und Lustiges zu erzählen, und rühmte seine Lehrer. In der Nacht vom 19./20. Januar war in einem der Klostergebäude Feuer ausgebrochen und ein Nebenhaus wurde ein Raub der Flammen. Hermann schrieb äußerst lebhaft über diese Brandnacht, wie sie alle löschen halfen. Jedenfalls regten ihn diese Erlebnisse sehr auf.

1 Das Tagebuch von Marie Hesse im schwarzen Wachstuchheft ist laufend geschrieben – das »Tagebuch der Familie Hesse-Isenberg« enthält zusammenfassende Überblicke über die vergangenen Jahre.

179] *Hermann Gundert an seinen Sohn Hermann*

Calw, 25. Januar 1892

[...] Am 21. hielt die Heilsarmee ihre erste Versammlung hier, zu gleicher Zeit wie Hesses Bibelstunde, der sie aber keinen merklichen Eintrag tat. Eine schwedische Baronin

von Lilienkreuz soll über den Dienst der Frau berichtet haben. [...]
Indessen hatte der Maulbronner Hermann ein aufregendes Erlebnis. Sie lagen am 19. im Bett, als sich eine große Helle bemerklich machte und bald der Ruf Feuer erscholl. Das Pfründehaus, um 1450 gebaut aus mächtigen Eichen stand in Flammen. Weil damit das Ephorat bedroht war, eilte Memmer mit andern auf die Bühne des Ephorus und leerte dort die Waschschüsseln aus, deren Inhalt gleich zu Eis wurde. Doch wurde hier das Feuer abgewendet. Vier Stunden lang mühten sich die halbbekleideten Seminaristen, ihr Repetent Wütherich ging allen mit bestem Beispiel voran. Auch gab Frau Ephorus ihnen Wein und Herr Ephorus Palm erlaubte, erst um 8 aufzustehen. Noch an diesem Tage später verbrannte sich H. H. seine Sohlen durch Umgehen auf den Trümmern und Resten von Geschirren, ein Taschentuch, das er fallen ließ, flammte im Augenblick auf. Dann gab er alte Hosen und Kittel ab und empfing den Dank eines dareingeschlupften Jungen. 20 Familien sind mit dem Hause ihres Obdachs beraubt. Da gab ich auch was als alter Maulbronner. [...]
Ich wünsche dem lieben Hans Hesse, daß er bald von seinem Lehrer *[Name]* erlöst würde, der sie als »verdammte Rindvieher« behandelt und dem Hansle für schwaches Rechnen an einem Vormittag 10 Tatzen aufhieb. Da hat er oft nachts solche Angst, daß er seine Mutter bittet, mit ihm zu beten. Dergleichen kommt doch bei Euch nicht vor, keine Spur!

Mit Kuß V[ater]

180] *H. H. an Johannes und Marie Hesse*

31. Januar 1892

Liebe Eltern!
Vielen Dank für Mutters Brief. Ich habe mein Amt als Offizier und Stubenzensor Gottlob hinter mir.

Donnerstag war hier ein Wohltätigkeitskonzert im Oratorium, wo auch der Seminarchor mitwirkte. Es war ziemlich voll dort.
Nach dem Brand war Herr Ephorus ziemlich schwer krank, gibt aber seit vorgestern wieder all seine Lektionen. Professor Paulus ist seit etwa 14 Tagen krank, so daß Stundenverlegungen in Masse vorkamen und die Arbeit teilweise erhöht wurde. Besonders heute muß ich noch sehr viel arbeiten und bin sehr in Eile. Ihr könnt Euch wohl denken, mit welcher Freude ich Herrn Ephorus die Sendung Großvaters brachte; – doch ich werde ja ihm selber schreiben.
Gestern wohnte ich wieder einer sehr netten Versammlung unseres Vereins an [sic], wir lasen Aufsätze vor, deklamierten und lasen Klassiker (Schiller, Parasit und Voß, Aeneis). Es sind immer die schönsten und ruhigsten Abende, wenn wir so auf Akropolis zusammenkommen. Schade, daß wir nur einmal in der Woche es möglich machen konnten! Ich lese Klopstocks Oden gegenwärtig mit großem Genuß. Nächste Woche werd' ich den Messias nehmen. Ich entlehne diese und andre Werke aus der wissenschaftlichen Seminarbibliothek.
Der Brandplatz hat vorgestern noch geraucht. Man arbeitete einen ganzen Bach vom »tiefen See« aus hinein, aber bis vor wenig Tagen waren die Steine etc noch so heiß, daß man sie kaum anfassen konnte.
Im großen ganzen ist das Seminarleben das gleiche wie sonst, ich kann nur Euch sagen, daß mirs wirklich gut geht und ich mich freue, daß das wärmere Wetter wieder die schönen Wanderungen in den Kreuzgängen etc zuläßt.

Mit herzlichem Gruß und Kuß:
Euer Hermann!

181] *Hermann Hesse an den Großvater Gundert*

[Maulbronn,] 7. Februar 1892

Mein lieber Großvater

Freuten Dich also die Verse des gratulierenden Mönches?
Nun, du hast sie belohnt, wie ich es niemals erhofft.
Kuchen vom heimischen Heerd und allerlei köstliches Backwerk!
Herzlich danke ich Dir, daß Du mich also beschenkt.
Heute will ich ein wenig vom Klosterleben erzählen:
Doch natürlich nur das, was in der Ordnung nicht steht.
Daß man morgens früh aufsteht und Xenophon liest u.s.w.,
Weißt Du ja selber genau, damit verschon' ich Dich heut.
Aber allerlei andres begibt sich in unseren Mauern:
Eine Gesellschaft hab' ich von zehen Leuten gemacht
Freunde nenn' ich sie nicht, doch Kameraden – und gute! –
Jeden Samstag, wenn fern die Sonne im Westen versinkt,
Kommen wir fröhlich zusammen und lesen den herrlichen Schiller,
Deklamieren und machen manches kleine Gedicht.
Lenaus träumende Lieder und Uhlands kernige Sprache
Freuen uns dann so oft nach dem ermüdenden Tage.
(von hier an sind's einfache Hexameter)
Schön ist's auch wenn von Haus ankommt eine leckere Sendung,
Wenn dann blinzelnd der Freund zuschaut beim Öffnen der Hülle,
Und mit schmachtendem Aug' die schönen Dinge betrachtet,
Bis ihm das Seine zuteil wird, und dann sich dankend entfernet.
Doch am meisten erfreut und erbaut uns alle das Kloster.
Aber die pergamentnen tonsurgeschmückten Bewohner
Die vor manchem Jahrhundert hier hausten, die schäbigen Mönche,
Die verehren wir nicht – sie werden oftmals verspottet:

So z. B. vorgestern, es war ein heiterer Abend,
Suchte sich jeder ein Hemd, ein langes, womöglich ein weißes,
Zog es über die Kleider und stopft es mit vielerlei Tüchern,
Bis ganz zierlich des Bauches gigantisch behäbige Rundung
Lieblich trat an den Tag. So zogen wir singend durchs Kloster,
Spannten auch Schirme auf und machten papierene Mützen,
Lampenschirmen vergleichbar, wie sie der heilige Vater
Trägt auf dem weisen Haupte. So machen wir allerlei Späße.
Oft auch machen wir Masken und spielen rote Indianer
Wie sie die südliche Gegend am Niagara geboren.
Oder tritt kostümieret auf der gewaltige Erdgeist
Mephisto nennen sie ihn; auch Rübezahl ist hier zu sehen.
Lächle nur, lieber Großvater, hell über die heiteren Scherze,
S'ist ja ein kindliches Spiel und alle sind wir dann fröhlich.
Allerdings, wie es so geht, wird oft das Spiel übertrieben:
So z. B. beschworen wir auch die mageren Geister,
Keiner glaubte daran, doch war's so ein heimliches Grausen,
Wenn dann hinten im Zimmer die Geister schauerlich huschten.
Schade, die Zeit ist vorbei, ein andermal will ich mehr schreiben,
Grüße bitte die Lieben und sei selbst vielmal geküsset.

Von H.

P. S. Bitte sage meiner Mama, daß ich mit meinen Handtüchern unter Null stehe, d. h. schon solche entlehnen muß.

Hermann

[Nachschrift:] Da Dir die Jamben Spaß machten, will ich Dir auch etliche Disticha schicken.

182] *H. H. an Johannes und Marie Hesse*

8. Februar 1892

Liebe Eltern!

Vielen Dank für Euern Brief! Denkt Euch meine Freude, als ich vom Großvater ein süßes Kistchen bekam! Mein Freund W. Lang und ich, wir haben's schon halb verzehrt. Er hilft mir immer treulich beim Essen, dafür bekomme ich als am Vesper Butter von ihm.

Etwas Besonderes fiel nicht vor: Herr Ephorus ist krank. Wie's ihm geht, weiß ich nicht. Gestern (Sonntag, 7. Febr.) war abends 5 Uhr ein Vortrag, resp. Predigt, über Judenmission von Herrn Pfarrer Völter von Großingersheim, dessen Sohn Benedikt Sebastian Johannes hier im Seminar ist. Der Vortrag war sehr erbaulich, [...]. Als er schon 1 1/2 Stunden gesprochen, sagte er: »Ich will Euch noch etwas erzählen, es dauert nicht mehr lang«. (Allgemeine Heiterkeit). Zum Schluß sagte er: »Ich habe Euch, Geliebte, einen kleinen Nachtisch gebracht: Traktate von der Mission unter Israel, sie kosten nur 10 Pfennig. Jeder kann sich auswählen. Wer keine 10 Pf. da hat, der kann ja geschwind nachhause gehn und sie holen.«

Es freut mich sehr, daß der liebe Theo so zufrieden ist. Ich will ihm doch mal schreiben. Karl hat ja solch eine Freude am Zweirad. Ich kann mir das an einem Gelehrten nicht gut vorstellen. Aber Karl kann ich mir sehr wohl denken, wie er mit Brille, steifem Hut und feinen bunten Hosen auf dem Zweirad nach Siebenbürgen fährt und dazu *»Ichotan«* singt.

Mein Verein besteht ganz nett fort.

Neulich machten wir mit ihm [?] mal feine Witze: Wir zogen weiße Hemden über, stopften sie mit Teppichen etc. innen aus, ließen uns von Dienern ausgespannte Schirme überhalten und machten so eine Papst-Prozession.

Am Feiertag neulich war verbesserte Kost, Bratwürste etc,

nachher Fastnachtsküchle. Das Wetter ist mörderisch trübselig. Die sonst so schönen Seen sind ganz braungepfeffert oder gesenft. Aber es muß doch Frühling werden und der Mai mit seinen schönen Tagen soll uns den trüben Februar vergessen machen.
Ich soll Euch herzliche Grüße schicken von H. Kieser, O. Knapp, O. Hartmann, E. Leuterlpacher und Herrn Mährlens.
Es tut einem doch gewiß im Herzen wohl, Grüße von wildfremden stud. mul. zu erhalten!
Meine Handtücher sind alle dahin, so daß ich solche entlehnen muß.

Schön ist ein Cylinderhut,
Wenn man ihn besitzen tut,
Doch von ganz besondrer Güte
Da sind zwei Cylinderhüte
Und von allerhöchster Güte
Da sind drei Cylinderhüte.

Ich bin und bleibe voraussichtlich
Hermann Hesse, derzeit Grünspecht zu Maulbronn
von Gottes Gnaden.

183] *Dr. Hermann Hesse an H. H.*

Weißenstein, 31. Januar 1892
[= 12. Februar nach Gregorianischem Kalender]

Mein herzlieber Hermann!
Es ist schon lange wieder her, daß wir korrespondierten, ich hoff[t]e auf einen Brief von Dir, es blieb aber ganz still. Da kam die schöne Weihnachtszeit und Du hast sie ja zuhause im Segen genossen. Nun kam neulich Dein Brief an die Eltern, in dem Du das merkwürdige Erlebnis des großen Feuerschadens in Maulbronn beschreibst, in unsre Hände,

und wir haben mit inniger Teilnahme gelesen, Gottlob, daß Eure Burg selbst noch stehen geblieben; aber viel mehr Freude haben wir an Dir! Daß Gott Dir Dein Herz so bewegt und mit Liebe erfüllt hat! Daß dieses sogenannte Unglück Dir zum Segen geworden ist, wenn auch Dein Besitz etwas gelitten hat. Du kennst ja wohl die Glocke von Schiller? Wie meisterhaft er darin Feuerschaden und Graus beschrieben hat? [...]
Am 16. Februar a. c. werde ich 90 Jahre alt und ob wohl müd und altersschwach, kann ich noch Briefe schreiben, und gute zu empfangen ist mir allzeit ein Trost und Freud, auch von Dir und Deinen Geschwistern und Deinen Eltern –
Gehab Dich wohl! Dich grüßt und segnet

Großvater H. Hesse

184] *H. H. an Johannes und Marie Hesse*

14. Februar 1892

Liebe Eltern!
Vielen Dank für den erhaltenen Pack. Er traf mich wohl und frisch, so daß ich mir die köstlichen Beigaben gleich zu Gemüte führen [konnte], nicht allein, es half mir aber mein Freund (vgl. Odyssee, beta 16).
Besonders viel denke ich an den edlen Polly, das niedliche Kind. Es freut mich, daß er sich wohl befindet. Hoffentlich wird er bis Ostern nicht allzu kriegerisch. Hans und Marulla danke ich ganz besonders für die Waffeln und Mutter soll ihnen jedem einen besonderen Kuß von mir verabreichen!
Ich bin froh, vergnügt, zufrieden! Es herrscht im Seminar ein Ton, der mich sehr anspricht. Vor allem ist es das enge, offene Verhältnis zwischen Zögling und Lehrer, dann aber auch das nette Verhältnis der Zöglinge untereinander. Zwischen keinem fast besteht ein dauernder Streit. Neulich

z. B. verstand ich Etliches im Klopstock nicht, da ging ich gleich zum Repetenten und fragte ihn. Es sind oft Kleinigkeiten, aber Alles zusammen bildet ein festes, schönes Band zwischen Allen und nirgends findet man einen Zwang. In Göppingen war ich oft tagelang verstimmt, verschlossen, da war kein gemeinsames festes Band, als die leidige Schanzerei; da war Anstand, auch Willenskraft, Ideal etc oft Gegenstand des Spottes; das gibts hier nicht. Keiner wagt es, über Kunst, Wissenschaft etc zu spotten. Dann das großartige Kloster! In einem der feierlichen Kreuzgänge mit einem Andern über Sprachliches, Religiöses, über Kunst etc zu disputieren, hat einen besonderen Reiz. Und es ist nicht mehr das Schwatzen zweier Knaben, sondern wir beschäftigen uns mit den einzelnen Fakten eingehend, fragen die Lehrer meistens darüber, und lesen dazu passende Bücher. Ich will Euch einige meiner Mitzöglinge beschreiben; sicher interessiert's Euch ja, mit was für Leuten ich umgehe.
Da ist einmal mein Nachbar *Hartmann*[1], ein fleißiger, ordnungsliebender Jüngling, der in allem eine gewisse nachlässige Würde zeigt, an der man den Residenzler erkennt. Er steckt seinen Zwicker mit graziösem Anstand in die Tasche, macht hie und da einen isolierten Witz, ist sehr schwer von einer einmal gefaßten Meinung abzubringen.
Dann ist da *Hinderer*[2], mein andrer Nachbar, ein winziges Männlein mit Mausäuglein, leicht wie ein Schmetterling, lacht viel und denkt wenig, ist gutmütig und musikalisch. Neulich spannte er über ein Brettchen mit einem Steg kleine Gummischnürchen, die er zu zwei Tonleitern stimmte; auf dieser Guitarre spielt er Volkslieder, Akkorde, sogar Tänze. *[Daneben eine Zeichnung des Instrumentes.]* Er ist der Liebling des alten Holzbog und steht als notatus im Lektorbogen. Er geht viel spazieren, ist mäßig und liest seit längerer Zeit an der Fritjofsage von E. Tegnér.
Am meisten natürlich gehe ich mit meinem Freund *Wilhelm*

Lang[3] um: Der ist fleißig, hat an seinem Pult inskribiert: »Ora et labora!« Er ist praktisch wie nie einer, kann aus einem Brettchen, einer Schnur, Papier etc Alles Erdenkbare machen. Er zeichnet besonders Ornamente sehr nett, liest viel Schiller, ist das Muster eines Schülers. Er ist wenig kleiner als ich, ähnlich gekleidet wie ich, hat ein nettes, frohes Gesicht und trägt Stehkrägen. Er hat immer Äpfel und Butter, woran ich viel, sehr viel verzehren helfe. Er hat eine schöne Handschrift, führt den FISCUS der Promotion und ißt Samstags seine Bratwurst immer nur halb. Er ist ein wenig zurückhaltend, sehr friedliebend und kämpft wenig.
Dann ist noch *Franz Schall*[4] zu nennen. Er ist etwa in meiner Größe, ernst und fleißig. Manche nennen ihn Philister, aber er ist eben ein Denker und besitzt einen feinen Rechtssinn. Pflicht ist ihm Alles. Er liest gern Aesthetisches, Schillers Prosa etc.
Ich führe noch *Zeller*[5] an: Er ist groß, breit, furchtbar stark. Er ist ein Schwärmer, beschäftigt sich mit Philosophie, schwärmt für Herder. Christus nennt er den Freund, nicht den Sohn Gottes; den Teufel oder ähnliche böse Mächte erklärt er für unbeweisbare Phantome. Übrigens ist er begabt, hat einen guten Prosastyl, macht selten Gelegenheitsgedichte und hat viel Sinn für Musik. Durch seinen Hang zum Philosophischen etc fühlt er sich offenbar sehr erhaben und wenn man ihn um Beweise für seine Anschauungen bittet, sagt er halb überlegen, halb ärgerlich: »das verstehst Du noch nicht«! Er ist gescheit, nicht schlau; Listen kennt er nicht; aber er ist heftig, hat eine seltsam komische Würde und ist Gründer eines »Literaturverbandes«, der sehr viele Statuten und Äußerliches, allerdings auch viele Vorzüge hat. Zeller ist Menschenkenner soweit, jedenfalls *Mann*, und verachtet alles Kindische, vielleicht aber auch das Kindliche und das ist nicht gut.

Häcker[6], ein aufgeweckter Pfarrerssohn ist begabt, lustig, schleckig, schneidet alle Grimassen und bringt viele sehr geistreiche Witze mit höchst stoischem Ernst an den Mann. Er zeichnet oft komische Bilder aus der Geschichte und weiß Homer zum Bänkelsänger zu machen. Er ist gutherzig, nicht sehr fleißig, würdevoll und pathetisch. Er kann philosophische Aufsätze über Pfannkuchen oder Häringssalat vorlesen; Klassiker liest er nicht.
Robert *Gabriel*[7] steht mir nicht näher, ich nenne ihn nur als sehr talentvollen Zeichner. Er zeichnet Landschaften, Gebäude, vor allem aber biblische Bilder, ausdrucksvolle Christusköpfe etc.
Vielleicht der Talentvollste, Mathematiker, Musiker, Praktikus etc ist *Rümelin*[8], ein fröhlicher Privathospes.

H.

Sonntag Abend 9 Uhr.
Von halb 3 bis 6 Uhr war ich heute bei Herrn Holzbog eingeladen, der sehr nett war. Kaffee, Kuchen, Obst und Wein waren sehr gut und Fräulein Holzbog erfreute uns durch Spiele und Gespräche. Von 6 bis 1/2 8 Uhr hielt Herr Professor Paulus einen interessanten Vortrag über die dunkle Vorgeschichte des deutsch-französischen Kriegs.
Gegenwärtig ist Herr Ephorus leidend, vielleicht ist der Brand schuld. Herr Repetent Wüterich gibt seine Stunden.
In 8 Tagen werde ich im Kollegsaal »Der Sänger« von Goethe deklamieren.
Vorher hab ich noch *Karl Hammelehle*[9] vergessen, einen seltsamen Schwärmer, der mir nicht nahe steht, da wir uns in manchen Punkten widersprechen. Er ist hervorragend als Charakterkritiker, über sich selbst aber, sagt er, sei er nicht aufgeklärt. Neulich ließ er die Bemerkung fallen: »Ich bin ein Sumpf, ein großer Sumpf, aus dem mein einzelnes Ich nicht mehr herauskommt«. Er ist oft schwermütig,

kämpft dann wütend und ist selten mit sich zufrieden, aber aus einem andern Grund als aus Pflichtgefühl.

Montag Abend

Bitte schreibt mir, ob's Euch interessiert, auch kleine Schilderungen meiner andern Kameraden zu hören. Wir bauten heute eine Schneehütte, in der etwa 20 Leute Platz hatten. Die Wände waren 1 m dick und 2 m hoch. Ich habe vergessen zu sagen, daß es seit Sonntag abend unausgesetzt schneit, trauriges, ödes, rauhes Wetter, aber auch darüber kann man hinwegkommen. Aus der wissenschaftlichen Bibliothek habe ich mir »Handbuch der deutschen Prosa« von Kurz[10] bestellt, ein Buch, das ich noch nicht kenne, aus dem ich aber Styl lernen zu können glaube. Ich las diese Woche Sylvesterglocken von Dickens, ein Büchlein, das mich ungemein ansprach, viel mehr als Oliver Twist und David Copperfield. Daneben beschäftige ich mich mit Klopstocks Oden, auch viel mit Schillers Prosa.

Heute sind's gerade 2 Jahre und 3 Wochen, seit ich Calw verließ.

Mit herzlichem Gruß und Kuß.

Langs Vater = Ökonom

Rümelins Vater = Professor

P. S. Bitte schickt Wäsche und Hosen – baldmöglichst.

1 Otto *Hartmann*. (Siehe »Anhang«)

2 August *Hinderer*, von Böblingen, Pfarrer in Stuttgart bei der Evangelischen Gesellschaft. Gestorben als Professor in Berlin.

3 Wilhelm *Lang*. (Siehe »Anhang«)

4 Franz *Schall*. (Siehe »Anhang«)

5 Gustav *Zeller*, Studienrat in Hamburg. Gestorben 1932 in Dettenhausen.

6 Wilhelm *Häcker*. (Siehe »Anhang«)

7 Robert *Gabriel*, seit 1895 Ökonom in Schomberg b. Wangen; ging nicht zum Studium nach Tübingen. Gestorben als Gutsbesitzer in Wangen.

8 Theodor *Rümelin*. (Siehe »Anhang«)

9 Karl *Hammelehle*, Ökonomensohn von der Rauhen Alb, Rechtsanwalt in Stuttgart.

10 Heinrich *Kurz*, Handbuch der deutschen Prosa, von Gottsched bis auf die

neueste Zeit. Historisch geordnete Sammlung von Musterstücken aus den vorzüglichsten Prosaikern usw.
1. (1845) Gottsched–Kant.
2. (1846) Goethe bis auf die neueste Zeit.
3. (1853) Literarisch-ästhetischer Kommentar. In drei Geschichten der einzelnen Prosa-Gattung. Auch Briefprosa berücksichtigt.
Zürich, Meyer und Zeller.

185] *H. H. an Johannes und Marie Hesse*

21. Februar 1892

Liebe Eltern!
Eben komme ich aus der Nachmittagslektion, wo ich Goethes »Sänger« deklamierte. Die Deklamation wurde für gut erklärt bis auf die Stelle »Ich singe wie der Vogel singt«, die ich etwas zu »burschikos« deklamiert haben soll, wie Herr Repetent Wüterich sich ausdrückte. Herr Repetent Stettler erhielt am Donnerstag, während er uns Lektüre gab, ein Telegramm, daß sein Bruder gestorben. Er kam heute zurück.
An Großpapa in Estland habe ich geschrieben, wie auch an Theodor nach Günzburg. Am Samstag Abend war Repetition in der Planimetrie, wobei ich in einen großen Sumpf fiel, wie zu erwarten stand. In wenigen Wochen soll schriftliches Examen stattfinden, worauf mir nicht bange ist. Von Tag zu Tag bekomme ich an Schiller und besonders Homer mehr Freude. Das Gegenteil ist beim Hebräischen der Fall.
Diese Woche ist durch zwei fein fallende Feiertage hervorragend. An Königs Geburtstag soll ich im Seminarorchester bei einem Stück von Beethoven die zweite Violine spielen. Wir können hoffen, daß es ein gelungenes Fest wird.
Ich lese Wielands »Prozeß um eines Esels Schatten«, auch Lavater. Meine Freizeit ist aber sehr beschränkt, da die Arbeit ziemlich gewachsen ist.

186] *Hermann Gundert an seinen Sohn Hermann*

Calw, 22. Februar 1892

[Er berichtet von Hermann Gunderts Geburtstag, dem »Schöntaler«; dann:]

Ich glaube, auch er ist etwas pikiert durch H. H.'s Vorauseilen. Der ist entschieden sehr schwungfähig. Neulich skizzierte er uns eine Anzahl seiner Kameraden, gewiß treffend, mit Humor doch ohne alle Bitterkeit. Er rühmt sehr das Verhältnis zu den Vorgesetzten, die sich so freundlich zu ihnen herablassen, so daß er, wenn er in einer Klopstock-Ode eine Schwierigkeit findet, er sie gleich vom Repetenten sich lösen läßt. – [. . .]

187] *H. H. an Johannes und Marie Hesse*

28. Februar 1892

Liebe Eltern!

Schönen Dank für Pack und Brief.

Die zwei freien Tage waren nett. Mittwoch war halb, Donnerstag ganz frei! Am Dienstag war vormittags Konzert im Oratorium; ich wirkte im Orchester und in 2 Chören mit (Baß). Nachmittags zogen wir mit den Repetenten bei unsäglichem Dreck nach Bretten ins Großherzogtum. Dort im Gasthaus gab es Witze, Bier, Wurst, Reden und Musik. Der Heimweg war furchtbar. Denkt Euch bodenlosen Schmutz, teilweise nassen Schnee, ziemlich dicke Finsternis, regnerisches Wetter, müde Füße, ein wenig Kopfweh, Frösteln und dazu große Eile. Es war hochromantisch, fast schön, aber grausam. Noch heut bin ich total steif und kaput.

Viel, sehr viel Vergnügen finde ich im Umgang mit Theodor Rümelin, dessen Musik prächtig ist. Er spielt Mozart und Beethoven, phantasiert viel und komponiert. Er hat im Sinn, einige meiner Gedichtlein zu komponieren. Dabei ist er immer freundlich, *nie mürrisch,* unvergleichlich! Auch hat er eine schöne, volle Baßstimme und singt hie und da nette Lieder zum Klavier. Heute fing er auf eigene Faust an, die Violine zu lernen und wird mich wohl schnell überholen. Er ist ein Genie.

Ich bitte Georg herzlichst zu grüßen, auch Jack[1].

Die Arbeit wächst immer mehr, Examen und Repetitionen en masse, machen sehr viel zu schaffen. Hie und da komme ich ins Freie.

Mit Theo in Günzburg habe ich eine Korrespondenz angefangen. Ich lese viel Schiller, auch Wielands »Prozeß um eines Esels Schatten«[2] und ein bißchen Kant.

Am Dienstag ist Repetition der Geographie, worauf mir fast bang ist.

Im Geigen gehts halbwegs anständig zu. In Geometrie und Algebra versinke ich bodenlos; ich verstehe es eben nicht, so ist alle Arbeit verloren.

Schade, daß ich so manche Stunde an das Hebräische verschwenden muß, das ich später doch nicht fortsetze.

Mit Kuß

Euer Kuttenträger H., stud. mul.

1 Sturrock.

2 Der Prozeß um des Esels Schatten.

188] *Dr. Hermann Hesse an H. H.*

Weißenstein, 21. Februar 1892

[= 4. März nach Gregorianischem Kalender]

Mein lieber Hermann!

Für Deinen guten lieben Brief danke ich Dir diesmal ganz besonders, weil die Pause des Briefwechsels mir zu lang währte, und ich schon bangte, »er würde aufhören«, was doch gewiß ein Schaden wäre. Nun ist unsere Festherrlichkeit vorüber, es ist stille und ich bin dankbar am Besorgung

[sic]: allen zu danken, und jedem Liebe zu beweisen und eben lese ich Deinen Brief wieder und schreibe diese Zeilen, es ist ja früh morgens, blauer Himmel, goldner Sonnenschein, aber Nordwind mit 15°–, in meiner Stube nur 10° +, die Kühle zum Atmen ist gut, die Haut verlangt warme Kleidung.

Du trägst ja meinen Namen und bist mein eigener Sohn, darum bitte ich Dich, »lerne womöglich alles, was Dir so reichlich geboten wird, und wenn es auch unmöglich, alle Fächer egal zu bewältigen, so ist's doch ein jugendlicher Leichtsinn, seinen Eigenwillen beim Lernen, zum eigenen Schaden, durchzusetzen.«

Du freust Dich auf den schönen Sonntag – wollen wir beide heiligen, damit, daß wir Gott die Ehre geben, und seine Gebote halten.

Meine Kinder aus Reval und Allika waren zu meinem Fest gekommen und wir haben gesegnete Tage in Liebe mit einander verlebt, aber der Wunsch bleibt mir noch unerfüllt, daß ich aus Calw jemand zu Gaste bekomme und mich an ihm satt lieben kann. – Nun getrost, frisch zu! –

Dich grüßt, liebt und segnet
Dein Großvater Hermann Hesse

189] *H. H. an Johannes und Marie Hesse*

[4. März 1892]

Liebste Eltern!

Mit Schrecken erfahre ich von Großvaters Erkranken: Bitte schreibt mir möglichst bald und genau über sein Befinden! Mir gehts soweit gut, wenigstens was Gesundheit und Schule betrifft. Von Theo erwarte ich nächste Woche Nachrichten aus Günzburg. Es wäre mir sehr lieb, wenn Ihr mir nächstens die Geige, auf der ich in Calw spielte, schicktet.

Die Seminargeige, die ich bis jetzt habe, würde dann für einen Andern frei.

Mit Gruß und Kuß
H.

190] *Hermann Gundert an seinen Sohn Hermann – (diktiert)*

Calw, 7. März 1892

[Er berichtet von Mährlen, der ihn dauert, es sei kein Verlaß auf ihn.] Die Geisteskrankheit kehrt wieder, eh man sichs denkt. Unserem Hermann Hesse gefällt es sehr in Mährlens Haus. [...]

191]
Telegramm aus Maulbronn

aufgegeben 7. 3. 1892 um 4 Uhr 40 Min.
angekommen 7. 3. 1892 um 5 Uhr 10 Min.

Missionar Hesse, Calw
Hermann fehlt seit 2 Uhr. Bitte um etwaige Auskunft.

Professor Paulus

Telegramm aus Maulbronn

aufgegeben 7. 3. 1892 um 8 Uhr 30 Min.
angekommen 7. 3. 1892 um 9 Uhr 10 Min.

Missionar Hesse, Calw
Alle Schritte getan, bis jetzt ohne Erfolg.

Paulus

Telegramm aus Calw

[ohne Datum]

Wir wissen nichts. Bitte Beruhigung telegraphieren.

Hesse

192] *Professor W. Paulus an Johannes Hesse*

Maulbronn, 7. März 1892

Sehr geehrter Herr!

Leider kann ich bis jetzt, d. h. bis 10 Uhr Abends, Ihnen in Ihrer großen Besorgnis keine beruhigende Nachricht geben; denn alle unsere Nachforschungen haben vorerst zu keinem Ergebnis geführt. Dennoch glaube ich Ihnen mitteilen zu sollen, was hier geschehen und was in Beziehung auf das so beklagenswerte Entweichen Ihres Sohnes Hermann aus dem Seminar ermittelt worden ist. Nach den Angaben mehrerer seiner Mitschüler befand sich Hermann schon seit längerer Zeit, teilweise schon vor Weihnachten, öfters in einem Zustand größter Erregtheit, in welchem er überschwengliche, zum Teil überspannte Gedichte zu verfassen pflegte; doch wechselten diese Zustände mit andern, in welchem er dann wieder ganz heiter und lustig war. Das mag auch der Grund sein, weshalb von den ihm näher stehenden Kameraden keine Meldung gemacht worden ist.

Nach den übereinstimmenden Aussagen seiner Mitschüler ist Hermann zum letzten Mal während der Ausgangsfreiheit etwas vor 1/2 2 Uhr gesehen worden. Er war dabei heiter, sprach aber einigen Kameraden gegenüber, die Absicht aus, wegzulaufen, was dieselben nicht für Ernst nahmen. Als er nun in der Lektion um 2 Uhr vermißt wurde, forschte man zuerst auf dem Bahnhof und telegraphisch in Stuttgart nach ihm; sodann wurden die nächstliegenden Wälder unter Führung der Lehrer von der Promotion abgesucht auf 1–2 Stunden Entfernung. Außerdem wurde der Stationskommandant benachrichtigt, ebenso durch Vermittlung des K. Oberamts die Schultheißen der umliegenden Dörfer. Endlich wurde der Oberfamulus abgeschickt, um in Knittlingen und Bretten Nachforschungen anzustellen, da eine Spur nach dieser Richtung zu weisen scheint.

Bis jetzt war leider alles umsonst. Von den Schultheißen

kann freilich noch keine Nachricht hier sein, ebenso wenig vom Oberfamulus.
Mit großer Teilnahme denke ich an die Sorge und innere Unruhe, in welcher Sie sich befinden; auch wir sind in großer Aufregung. Selbstverständlich werden wir alles tun, was zweckdienlich erscheint und Sie sofort von dem Erfolg unserer Schritte in Kenntnis setzen. Möge es mir bald vergönnt sein, Ihnen eine beruhigende Nachricht zu geben.

Mit vorzüglicher Hochachtung
Ihr ergebener
Prof. W. Paulus, In Vertretung des Ephorus.

Nachschrift, 8. März, morgens 1/2 8 Uhr.
Keine weitere Nachricht eingelaufen.

192a] *Telegramm aus Maulbronn*

aufgegeben 8. 3. 1892, 11 Uhr 55 Min.
angekommen 8. 3., 12 Uhr 15 Min.

Missionar Hesse, Calw
Hermann wohlbehalten zurück.

Professor Paulus

193] *Aus dem Tagebuch von Marie Hesse (Schwarzes Wachstuchheft)*

7./8. März 1892

War das ein Tag! Marulla hatte nachts Adele keine Ruhe gelassen, da sie mit Fieber und Halsweh erkrankt war. Der Arzt befürchtet Diphteritis, so halten wir alle von Marulla fern und ich pflege sie im »Gastzimmer« [...] Um 5 Uhr kommt der Postmann und ruft vor der Stubentür laut: »Ein Telegramm!« Ich eile hinaus und denke, es melde am Ende des 90jährigen Vater Hesses Heimgang. Doch nein, es ist aus Maulbronn und das hat das kranke Kind drinnen auch schon gehört. »Hermann fehlt seit zwei Uhr. Bitte um etwaige Auskunft«. Welcher Schrecken! Was hat's gegeben? Adele bringt Johannes die Hiobspost und dieser telegraphiert zurück: »Wir wissen nichts. Bitte Beruhigung telegraphieren!« Nachts 9 [Uhr] kam wieder ein Telegramm: »Alle Schritte getan, bis jetzt ohne Erfolg«. War das eine Schmerzensnacht! Ich hatte mich bei Marulla gelegt und hielt dem aufgeregten fiebernden Kinde immer wieder die Hand zur Beruhigung. Zuerst hatte mich die Angst, Hermann sei in besondere Sünde und Schande gefallen, es sei dem Entweichen etwas besondres Böses vorausgegangen ganz qualvoll gefoltert, so daß ich ganz dankbar wurde, als ich endlich das Gefühl bekam, er sei in Gottes barmherziger Hand, vielleicht schon ganz bei Ihm, erlöst, gestorben. In einem der von ihm so bewunderten Seen ertrunken? [...] Jedes Unglück, jedes bloße in Gottes Hand fallen, schien mir leichter zu tragen als Verschuldung von Hermanns Seite. Am Dienstag Morgen baten wir Friedrich, nach Maulbronn zu reisen, da wir nicht fort konnten. Um 11 Uhr fuhr mein Bruder ab. Noch ehe er in Maulbronn ankam, nachmittags ein Uhr, kam ein Telegramm: »Hermann wohlbehalten zurück« und ein am Abend vorher geschriebener Brief von Professor Paulus. (Der Ephorus Palm hatte Urlaub). Daraus sahen wir, daß Weltschmerz und Geistesverwirrung im Spiel sind, aber keine geplante Bosheit.

194] *Aus dem Tagebuch von Marie Hesse (Schwarzes Wachstuchheft; Fortsetzung)*

8. März 1892

Nun Gottlob! Das Kind ist selbst wieder gekommen, unterwegs von einem Landjäger gefragt, wo er hinwolle? hatte er gesagt: nach Maulbronn. »Dann gehn wir zusammen«.

Der gens d'armes telegraphierte im nächsten Ort gleich nach Maulbronn, daß der Gesuchte gefunden sei und mit ihm komme. Die Repetenten gingen ihm entgegen. Als Hermann in des Professors Zimmer sein Taschentuch herauszog, fielen Strohhalme heraus; er hatte die bitterkalte Nacht auf freiem Felde zugebracht und sich frierend in einen Strohhaufen zu stecken gesucht. Er kam in jenen 23 Stunden in Württemberg, Baden und Hessen herum. Er hatte weder Mantel noch Handschuhe an, kein Geld im Sack, dagegen die Bücher noch bei sich, die er zur Präparation für die nächste Lektion auf den Spaziergang in der Freistunde mitgenommen. Zur Lektion war er nicht gekommen. Halb mit halb ohne Willen hatte er sich weit fortverlaufen, im Dippel und Rappel, Friedrich fand ihn verwirrt, zitternd vor Kälte, angegriffen, vertattert. Die Professoren nehmen's sehr ernst, sie fürchten partielle Geistesverwirrung, etwas Krankhaftes. Das ist's ja auch und wir sind sehr in Sorge. Da er bisher so gerne in Maulbronn war, ist's uns unerklärlich, daß er fortlief. Ein Stuß und Ärger mit dem Musiklehrer etliche Tage vorher hatte wohl mitgewirkt. Großvater nimmt gar herzlich Anteil. Wir hatten ihm am Montag noch nichts gesagt, um ihn für die Nacht nicht zu beunruhigen. [...]

195] *Johannes Hesse an H. H.*

Calw, 8. März 1892

Lieber Hermann!

Wir wissen nicht was mit Dir ist. Wir grüßen Dich aber im Namen Gottes unsres Heilandes und tragen Dich auf Händen der Fürbitte.

Hast Du was begangen und mußt nun die Folgen davon tragen, so sei demütig und tue alles, was man Dir sagt.

Bist Du krank, so beuge Dich unter die gewaltige Hand Gottes. Die kann schlagen aber auch heilen.

In jedem Fall sei versichert unserer innigsten Liebe und Teilnahme.

Dein Vater
Hesse.

196] *Johannes Hesse an H. H.*

Calw, 9. März 1892

Lieber Sohn!

Nachdem wir von Montag Abend bis Dienstag Mittag in Angst und Spannung Deinetwegen gewesen sind, bist Du uns jetzt wie neugeschenkt. Wir danken Gott und freuen uns und möchten Dich mit innigster Liebe in die Arme schließen. Aber gerade weil wir Dich so lieb haben, sind unsere Herzen immer noch voll Furcht und Sorge.

Einmal denken wir, infolge all der Aufregung sowie der kalten obdachlosen Nacht könntest Du schwer krank werden; dann steht uns als etwas Schweres die Strafe vor der Seele, die Deine Lehrer doch wohl über Dich verhängen werden, denn warst Du gleich nicht böswillig und vorsätzlich entwichen, so hast Du doch unvorsichtig und mutwillig eine gewisse Schranke überschritten und Dich zu weit hinausgewagt zu einer Zeit, wo zu solchen Abenteuern eben *keine* Zeit war. Die Hauptsorge aber ist die: wie wird's nun weiter in Maulbronn gehen? wird etwas Ähnliches nie wieder vorkommen? Wirst Du mit Ehren durchkommen können? Wird Gott Dich segnen können?

Wir haben das Gefühl: soll es Dir ferner wohl gehn, so mußt Du jetzt einen neuen Anlauf nehmen, mußt in manchen Stücken anders werden. Siehe, wenn so etwas vorkommt, so geht's ins Gericht mit einem. Da wird untersucht und nachgefragt; da tritt alles – und auch manches Verborgene – ans Licht. Und das ist ein Segen, sobald man sich's in Ernst und Demut gefallen läßt, d. h. wenn man entschlossen ist, mit sich selbst noch schärfer ins Gericht zu gehn als die Menschen – die Vorgesetzten – die ja doch nicht ins Herz sehn.

Und das ist's nun, um was wir Dich bitten möchten. Unterwirf Dich allem, was jetzt von Untersuchung, Strafe und Zurechtweisung über Dich ergehen wird nicht nur äußerlich ohne Widerspruch, sondern so, daß Du auch innerlich nicht dagegen aufbegehrst, sondern Dir sagst: hab ich's nicht wegen dieser Sache verdient, so doch wegen allerlei anderer Verirrungen und Versäumnisse. Und da möchte ich Dich nur auf einiges hinweisen, was uns schon als bedenklich aufgefallen ist.

Du hast so viel privatim gelesen, seit Du in Maulbronn bist, soviel mit deutscher Literatur und auch mit eigenem Dichten Dich beschäftigt, daß wir nicht glauben können, es sei Dir genug Zeit und innere Kraft übrig geblieben für die eigentliche Arbeit. Von Mathematik und Hebräisch sagst Du selbst, daß Du sie nur als Ballast empfindest. Aber vielleicht bedarfst Du eben dieses Ballasts, damit Dein Schiff auch den richtigen Tiefgang habe und nicht umkippe. Bloß das mit Fleiß und Eifer treiben, was einem behagt und darum leicht wird, ist nicht die Treue und Gewissenhaftigkeit, ohne welche man's auch in der Wissenschaft zu nichts Solidem bringt.

Ferner hat uns wehe getan, daß Du voreilig schon meinst, Du werdest ja doch nicht Theologie studieren. Nimm's doch damit nicht leicht. Warte doch ab. Wenn Zweifel am christlichen Glauben Dir zusetzen, so laß nur das, was Du bezweifelst bei Seite, bis Du es bedarfst oder verstehst; einstweilen aber halte Dich ans Unzweifelhafte: an die Zehn Gebote. Frag Dich beim ersten Gebot: was sind meine Götter, d. h. meine Ideale? Vielleicht treibe ich Götzendienst? Ist nicht mein eigenes Ich mir das Allerunantastbarste und Wichtigste, dem ich alles andere, auch die Rücksicht auf meine Mitmenschen, auf Eltern, Lehrer u. s. f. opfere? Frage Dich beim zweiten Gebot, ob Du nie von Gott oder heiligen Dingen unehrerbietig geredet? beim dritten: ob Du nie eine Zeit, die eigentlich dem Dienst Gottes geweiht war, mißbraucht und entheiligt hast? Der Mensch lebt nicht von Brot allein. Er muß auch Himmelsspeise haben. Er muß beten. Er muß Gottes Worte in sich bewegen. Das fordert Sammlung, Stille, Andacht. Und dann kommt das vierte Gebot – Ach, da kann ich nichts tun als zu Gott flehen, Er möchte Dich bewahren, daß der Dinge Dich keines treffe, die den Übertretern gerade dieses Gebotes gedroht sind, Er möge vielmehr helfen, daß Du dasselbe haltest und dann auch die Verheißung erntest, die ihm beigegeben ist. »Das erste Gebot, das Verheißung hat«.

O wie froh wäre ich, wenn ich noch einmal von vorn anfangen und Versäumtes nachholen könnte. *Du* stehst jetzt in dem schönen Alter, das der Saatzeit gleicht. So säe denn aus – guten Samen; säe – auf den Geist. So wirst Du von Geist das ewige Leben, die Fülle alles Guten, Frieden und Seligkeit ernten – schon hier auf Erden. Ich sage Dir: Beim Heiland hat mans gut. Probier es mit Ihm.

Dein Vater
Hesse.

197] *H. H. an Johannes Hesse*
[Erstes Briefchen nach dem Davonlaufen]

9. März 1892

Liebster Vater!

Dank für Deine lieben Worte! So verachtet Ihr also den leichtsinnigen Träumer nicht, der Euch so in Sorge brachte? Eine Erzählung der näheren Umstände wird Euch Onkel geben können. Ich kam in den 23 Stunden in Württemberg, Baden und Hessen herum, außer der Nacht von Abend 8

bis morgens $1/2$ 5 Uhr, die ich auf freiem Feld bei 7 Grad minus zubrachte, war ich die ganze Zeit auf den Füßen.
Bitte, erlaubt mir, die Geigstunden aufzugeben, sonst kann ich dem Seminarleben keine schöne Seite mehr abgewinnen. Um meinen Abschied vom Geigen hab ich schon gebeten, werde es aber privatim fortsetzen.
Bitte liebt mich noch wie vorher.

In Eile
Hermann.

198] *Johannes Hesse an H. H.*

Calw, 10. März 1892

Lieber Sohn!
Heute Morgen kam Dein Brieflein. Du bittest, wir möchten Dich lieben nach wie vor. Ich kann Dich versichern, daß unsre Liebe nur wächst in dem Maaße als wir in Sorge um Dich sind. Liebe ist Sehnsucht nach Gemeinschaft, nach Übereinstimmung. Uns verlangt danach, mit Dir eins zu werden. Sobald wir merken, daß Dir an unsrer Liebe gelegen ist, freuen wir uns schon. Wir sehen darin ein Angeld dafür, daß es noch zur völligen Übereinstimmung kommen kann. *Unser* höchster Lebenszweck ist, Gott zu gefallen und Ihm in Seinem Reich zu dienen. Wenn das auch *Dein* Lebenszweck geworden ist, dann *haben* wir Gemeinschaft untereinander, dann ist alles Licht, Liebe und Freiheit. Solange das nicht der Fall ist, ist ein völliges Verständnis und darum auch ein völliges Einverständnis nicht möglich. Da wird auf unsrer Seite immer die Sorge und Bangigkeit vorherrschen, auf Deiner Seite das Mißtrauen oder die Gleichgiltigkeit.
Es gibt eine Liebe der Sehnsucht, des Mitleids – so hat Gott die Welt geliebt als er Seinen Sohn sandte, und so liebt er sie noch, um sie zu gewinnen. Dann gibts aber auch eine

Liebe des Wohlgefallens und der innigsten Zusammenstimmung und – so heißt's bei Gott von Jesus: dies ist mein lieber Sohn, an welchem ich Wohlgefallen habe; und so ist auch Freude im Himmel über jeden Sünder, der Buße tut. »Und fingen an fröhlich zu sein«, Luk. 15,24!

O wie wollen wir uns freuen und wie wird all unsre Liebe belohnt, d. h. eben *erwidert* sein, wenn Du einmal glaubst und verstehst, daß wir auch beim Ermahnen und Strafen nie etwas anderes gesucht haben als eben – *Deine* Liebe – Dich selbst. Haben wir einander *so* gefunden, dann sind wir für alle Ewigkeit – weil in Gott, dem Ewigen – geeint. Das sind keine Phrasen. Das sind die einzigen wirklichen Realitäten. Alles andere, alles Irdische ist im besten Fall – nur ein Gleichnis, im schlimmeren Fall ein Schein, eine Täuschung. Also – an unsrer Liebe soll's nicht fehlen. Wir bitten aber um die Deine.

Ich habe nichts dagegen, daß Du die Geigstunden aufgibst. Aber das begreife ich nicht, warum *mit* diesen Geigstunden, sie mögen so unangenehm sein wie sie wollen, das Seminarleben *gar keine schöne Seite* mehr für Dich haben soll. Die schönen Seiten bleiben ja alle, auch wenn eine oder zwei oder drei Schattenseiten daneben sind! Warum gleich alles so übertreiben und Dich hineinsteigern in eine ganz unnötige Unzufriedenheit? Gott *will*, daß wir auch Unangenehmes ertragen, und jeder Verständige *weiß*, daß Selbstüberwindung der einzige Weg zum wahren Glück ist.

Also bitte, schicke Dich in Dein Schicksal, lerne Geduld. Gehe in die Stille. Wolle jetzt nichts als ein fleißiger treuer Schüler und ein gehorsamer Sohn sein. Wer im Kleinen treu ist, den wird Gott über viel setzen. Also, sei gutes Muts, mein Junge! Wir alle, auch Marulla und Hans grüßen Dich. Aus Weißenstein haben wir schon lange nichts gehört.

In alter und immer neuer Liebe
Dein Vater H.

199] *Professor W. Paulus an Johannes Hesse*

Maulbronn, 11. März 1892

Sehr geehrter Herr,

gestern ist im Lehrerkonvent über die Bestrafung Ihres Sohnes Hermann beraten worden, und ich habe die Pflicht, Sie von dem gefaßten Beschluß in Kenntnis zu setzen. Wir waren darin einig, daß die Verfehlung Hermanns nicht als vorbereitetes und zweckbewußtes Entweichen anzusehen, auch nicht eine Äußerung des Mutwillens oder Trotzes sei, und daß die große geistige Aufregung und Störung, in welcher er gehandelt hat, als Milderungsgrund betrachtet werden müsse. Es wurde deshalb eine Karzerstrafe von 8 Stunden festgesetzt, welche Hermann morgens von 1/2 1–1/2 9 Uhr verbüßen wird.

Außerdem war es die übereinstimmende Ansicht des Konvents, daß das Verbleiben Hermanns im Seminar in doppelter Hinsicht nicht wünschenswert sei. Nämlich erstlich in seinem eigenen Interesse. Es ist bei der Untersuchung seines Vergehens an den Tag getreten, daß es ihm in hohem Grad an der Fähigkeit fehlt, sich selbst in Zucht zu halten und seinen Geist und sein Gemüt in die Schranken einzufügen, welche für sein Alter und für eine erfolgreiche Erziehung in einem Seminar notwendig sind. Wir sind daher der Überzeugung, daß für ihn der Besuch eines Gymnasiums, wenn er dabei in einer Familie untergebracht würde, wo er zu gleicher Zeit in fortwährender Zucht und Überwachung stünde und dabei durch das Familienleben gemütliche Anregung fände, um vieles vorteilhafter sein müßte. Fürs zweite aber glauben wir, daß sein Aufenthalt im Seminar für seine Mitschüler eine Gefahr werden könnte. Er ist zu erfüllt von überspannten Gedanken und übertriebenen Gefühlen, denen sich hinzugeben er nur zu geneigt ist. Wenn er nun diese seinen Kameraden mitteilt, so wird er entweder, wie dies bisher der Fall war kein Verständnis finden und sich infolge davon, nach seiner eigenen Aussage, vereinsamt und verkannt fühlen, oder aber, und das wäre eben mit der Zeit doch zu fürchten, wird er auch andere in seine unnatürliche und ungesunde Gedanken- und Gefühlswelt hineinziehen. – Mein Schwager Prof. Malz und ich haben darüber mit Herrn Gundert gesprochen, und ich darf mich wohl auf unsere mündlichen Äußerungen beziehen. Übrigens wird nach dem Beschluß des Konvents diese Frage der vorgesetzten Behörde vorgelegt werden.

Im Anschluß erlaube ich mir eine Zusammenstellung der Auslagen[1], welche durch Hermanns Entweichen veranlaßt worden sind, beizulegen.

Davon bin ich überzeugt, daß Hermann jedenfalls in der nächsten Zeit ein pflichtmäßiges Verhalten beobachten wird. Aber in dem Umstand, daß seine so erregte Phantasie seinen Willen leicht überwuchert, liegt immer eine gewisse Gefahr.

Mit den höflichsten Empfehlungen auch an Ihren Herrn Schwager bin ich mit vorzüglicher Hochachtung

Ihr ergebenster W. Paulus

1 Auslagen: Telegramme nach Stuttgart, nach dem Bahnhof, nach Bruchsal, nach Bretten, und ein Telegramm nach Calw:

1 M 85, 50 Pf., 1 M 95, 2 M 30 und 55 Pf. zusammen:	7,15
Belohnung für Landjäger Lieb u. Sternenfeld:	2,—
Dito für Landjäger Meier von hier:	3,—
Trinkgeld für Amtsdiener Röhm hier:	1,—
Rechnung von Oberfamulus Holzbog:	12,55
Summa:	M 25,70 Pf.

200] *H. H. an Johannes und Marie Hesse*

Samstag, 12. März 1892

Liebste Eltern!

Es ist jetzt bald 5 Uhr. Ich sitze eben meine Strafe ab, bei Wasser und Brot; sie fing um 1/2 1 Uhr an und dauert noch

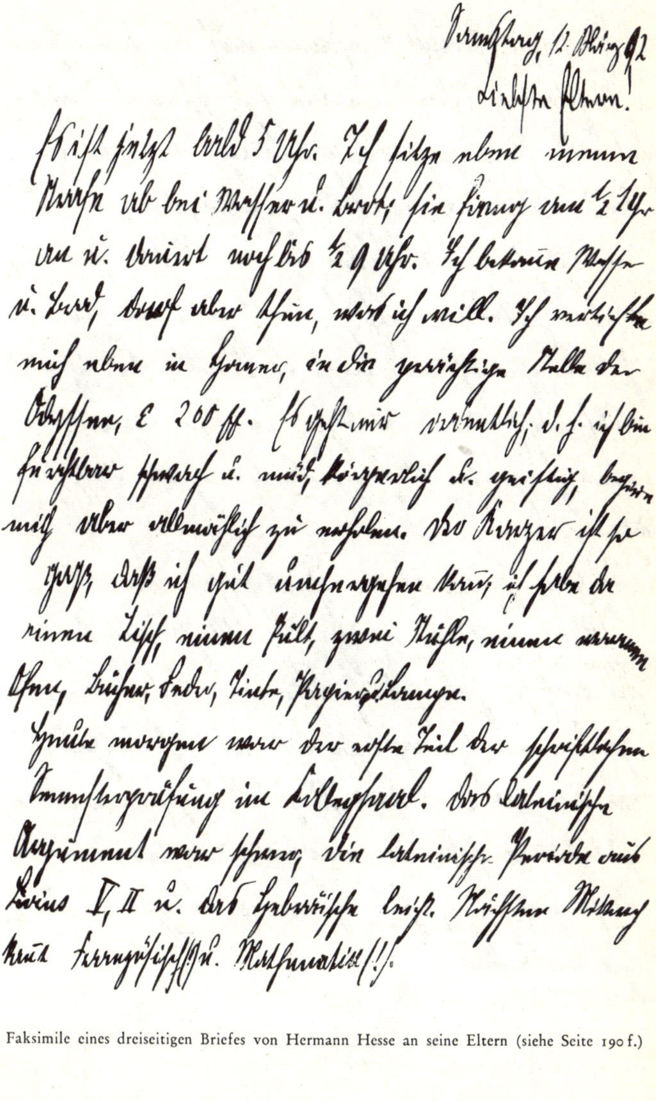
Maulbronn, 12. März 92
Liebste Eltern!
Es ist jetzt bald 5 Uhr. Ich sitze eben meinen
Karzer ab bei Wasser u. Brot; ging hinein um ½ 1 Uhr
an u. dauert noch bis ½ 9 Uhr. Ich bekomme Wasser
u. Brot, darf aber thun, was ich will. Ich wünschte
mich eben in Homer, in die prächtige Stelle der
Odyssee, ε 200 ff. Es geht mir vortrefflich, d. h. ich bin
furchtbar schwach u. müd, körperlich u. geistig, beginne
mich aber allmählich zu erholen. Der Karzer ist so
groß, daß ich gut umhergehen kann; ich habe da
einen Tisch, einen Stuhl, zwei Kübel, einen warmen
Ofen, Bücher, Feder, Tinte, Schreibutensilien.
Heute morgen war der erste Teil der schriftlichen
Semesterprüfung im Lehrsaal. Das lateinische
Argument war schwer, die lateinische Periode aus
Livius V, II u. das hebräische leicht. Nächsten Mittwoch
kommt französisch u. Mathematik (!).

Faksimile eines dreiseitigen Briefes von Hermann Hesse an seine Eltern (siehe Seite 190 f.)

Professor Paulus u. besonders auch die beiden Herrn Repetenten behandeln mich sehr freund u. rücksichtsvoll. Eine große Erleichterung brachte mir der Austritt aus den Violinstunden, der mir bald bewilligt wurde. Ich dachte, die Musik privatim weiter zu treiben. Ich für mich habe an dem, was ich kann, genug, und weiß es wohl, dass ich nicht musikalisch bin u. es doch nie zu einem wirklich guten Violinspieler bringen kann, sehe ich ein.

Ich habe früher auch an Ihn geschrieben.

Morgen werde ich Herrn Mühlaus besuchen u. auch ihm jedenfalls Grüße von Euch sagen. Die ziehen am Georgii beide nach Stuttgart, ~~[illegible]~~ weil er und Herr Mühlen leider eine Stelle zu bekommen hofft. Sie waren mir sehr lieb u. freundlich u. ich habe ihnen viele schöne Stunden zu verdanken.

Ich bitte, Großvater, Tante Lottchen, Herrn Ulrichsen, besonders Onkel Friedrich zu grüßen u. letzteren in meinem Namen vielmal zu danken für seinen Brief. Sorgt nicht sehr um mich. Ich habe seit 2 Uhr Kopfweh; ob ich so heiß hier, mein Kopf brennt, lebt wohl!

Mit Kuß Hermann

Eben lese ich an der Wand des Carcer:

„Karl Isenberg, 28. Mai 1885."

Es wäre mir sehr lieb, wenn ihr mir gelegentlich ein wenig Geld schicktet, ich brauchte die ganzen 20 Stunden hindurch u. [illegible] [illegible]

J. Iml. Perrot & Sohn,
Turmuhrenfabrik.
Calw,
Württemberg.
Gegründet 1860.

Spezialität:
Turmuhren
in jeder Grösse,
Uhren
für Rat- und Schulhäuser, Bahnhöfe, Kasernen, Fabriken u. s. w.
Perron-Uhren,
Allarmläutewerke,
elektrische Zeigerwerk-Einrichtungen.
Anfertigung und Neukonstruierung mechanischer Arbeiten jeder Art.

Prämiirt
Stuttgart 1881.

Calw, den 19. Sept. 1895.

~~Wohllöbl. Herrn~~

Hiermit bescheinige ich, daß Hermann Hesse von Anfang Juni 1894 bis Mitte Sept. 1895 in meiner Werkstatt beschäftigt gewesen ist, u. sich in mehreren Zweigen meines Geschäftes Kenntnisse u. Fertigkeiten erworben hat.

H. Perrot.

Etwa um die Hälfte verkleinerte Wiedergabe vom Zeugnis des Turmuhrfabrikanten Perrot für Hermann Hesse (siehe Seite 511) bis 1/2 9 Uhr. Ich bekomme Wasser und Brot, darf aber tun, was ich will. Ich vertiefte mich eben in Homer, in die prächtige Stelle der Odyssee epsilon 200 ff. Es geht mir ordentlich; d. h. ich bin furchtbar schwach und müd, körperlich und geistig, beginne mich aber allmählich zu erholen. Der Karzer ist so groß, daß ich gut umhergehn kann, ich habe da einen Tisch, einen Pult, zwei Stühle, einen warmen Ofen, Bücher, Feder, Tinte, Papier und Lampe.

Heute morgen war der erste Teil der schriftlichen Semesterprüfung im Kollegsaal. Das lateinische Argument war schwer, die lateinische Periode aus Livius V, II, und das Hebräische leicht. Nächsten Mittwoch kommt Französisch (!) und Mathematik (!).

Professor Paulus und besonders auch die beiden Herrn Repetenten behandeln mich sehr schonend und rücksichtsvoll. Eine große Erleichterung brachte mir der Austritt aus den Violinstunden, der mir bald bewilligt wurde. Ich denke, die Musik privatim weiter zu treiben. Ich für mich habe an dem, was ich kann, genug, mir macht es Freude. Daß ich nicht musikalisch bin und es daher nie zu einem wirklich guten Violinspieler bringen kann, sehe ich ein. Ich habe heute auch an Theo geschrieben.

Morgen werde ich Herrn Mährlens besuchen und darf ja jedenfalls Grüße von Euch sagen. Sie ziehen an Georgii leider nach Stuttgart, von wo aus Herr Mährlen leichter eine Stelle zu bekommen hofft. Sie waren immer sehr liebevoll und freundlich und ich habe ihnen viele schöne Stunden zu verdanken.

Ich bitte, Großvater, Tante Jettle, Herrn Claassen, besonders Onkel Friedrich zu grüßen und letzterem in meinem Namen vielmal zu danken, für seinen Besuch hier, der mich sehr freute. Ich habe seit 2 Uhr Kopfweh; es ist so heiß hier, mein Kopf brennt, lebt wohl!

Mit Kuß Hermann

Eben lese ich an der Wand des Carcer: »Karl Isenberg, 28. Mai 1885.«
Es wäre mir sehr lieb, wenn Ihr mir gelegentlich ein wenig Geld schicktet, ich brauchte in jenen 23 Stunden Einiges und auch sonst kamen einige größere Zahlungen vor. Ich glaube kaum, daß ich auf irgend eine Art mit meiner Kasse bis April reiche.

201] *Hermann Gundert an seinen Sohn Hermann*

Calw, 14. März 1892

[...] Ich bin eigentlich seit dem 29. bettlägerig und weiß nichts zu schaffen. Letzte Woche aber beschäftigte uns alle gehörig der H. H. in Maulbronn. Am 7. feierten wir das Geburtsfest vom Steinhauspapa. Da kommt Nachmittag [korrigiert: abends] ein Telegramm, seit der Recreation (2 Uhr) sei der Memmer verschwunden, ob er vielleicht in Calw sei. Das gab eine sehr schlaflose Nacht für seine Geschwister und Eltern. Von den letzteren war keines im Stand, nach ihm zu sehen. So ging Friedrich am 8. nach Maulbronn und der sah den Zurückgekehrten, von einem Gendarmen höflich Aufgefangenen. So kam nun auch ein Brieflein von ihm, das aber wenig erklärte. Er war mit drei Büchern ausgegangen, dann stach ihn der Rappel, den Heimweg mit einem andern zu vertauschen (er ist eigentlich allen Ortssinns bar) und kam bis zum Abend nach Derdingen, hatte aber nicht genug Geld, im Wirtshaus zu übernachten und legte sich in einen Strohhaufen, wo er bei 10 Grad Kälte doch tüchtig fror. Am 8. morgens näherte sich ihm dann ein Gendarm, der herausbrachte, daß er nach Maulbronn wolle und ihn dann bis in die Nähe begleitete. Zuletzt kam noch ein Repetent entgegen, der ihn vollends mit heim nahm. Da schmeckte ihm denn das Essen. Nun kam auch unser Friedrich, sah ihn und die Professoren und

hörte nun, daß die gar wenig Lust hatten, ihn im Seminar zu behalten, weil sie seinen Einfluß auf die Übrigen fürchten. Friedrich wäre gern auch zu Mährlens gegangen, die, wie H. schreibt, nächstens nach Stuttgart ziehen werden, um leichter ein Plätzchen zu finden. H. ist bisher recht froh an ihnen gewesen.
Am Nachmittag des 12. saß dann der Rappelige 8 Stunden im Karzer, woraus er einen sehr kühlen Brief schrieb. Daß durch sein Verschwinden sich ein conto von etlichen 45 Mark durch Telegramme nach verschiedenen Seiten, Nachreisen etc anhäufte, machte ihm auch keine Skrupel. Ich fürchte, er genießt's noch, daß er doch der allgemein Besprochene ist. Jetzt bittet natürlich Johannes dringend, daß man ihn doch behalte. Er selbst lobte ja Maulbronn über alles, doch hat ihn ein kleiner Stuß mit dem Musiklehrer so affiziert, daß er etwa am 5. das Geigenlernen aufgab. Mir ists freilich bange, wie ein von so plötzlichen Einfällen Geleiteter durch die vier oder acht Seminarjahre hindurchschlüpfen soll; jedenfalls muß Gott außerordentliche Langmut aufwenden, wenn er bärig bestehen soll. Ums Hebräische kümmert er sich wenig und entschuldigt das schon damit, daß ers ja doch später kaum brauchen werde. Von der Geometrie sagt er ganz einfach, er verstehe sie halt nicht und lasse sie darum liegen. Zum eigentlichen Pflichtgefühl muß Gott ihn erst durch tüchtige Schlappen wecken. [...]

202] *H. H. an Johannes und Marie Hesse*

20. März 1892

Liebe Eltern!
Dank für Brief und Geld. Meine Ferien fangen in circa 3 oder 4 Wochen an, Bestimmtes über ihre Dauer etc weiß ich nicht. Gestern von 1 bis 4 Uhr machte die Promotion einen Ausflug, der wie gewöhnlich Füße und Kopf auf

etliche Tage ruiniert hat. Während des Ausflugs selber hatte ich wenig Kopfweh, jetzt aber noch mehr als vorher. Ich bin so müde, so kraft- und willenlos; ich arbeite, soviel ich eben muß, privatim treibe ich gegenwärtig gar nichts. Ich bin so froh, wenn ich einen Augenblick habe, an dem ich nicht gehen, nicht denken muß. Aber deren gibts wenige. Ich bin nicht krank, nur eine mir ganz ungewohnte Schwäche fesselt mich: Ich kann mich kaum mehr ärgern, aber ich kann mich auch nicht freuen, nicht über den goldenen Sonnenschein, nicht über die nahen Ferien. Am liebsten ist mir's, wenn ich ein Viertelstündchen im Ostwind sitzen kann, oben auf dem rebengeschmückten Berg; da ist kein Haus, kein Mensch; ich denke an nichts, tue nichts, und freue mich über den Sturm, der mir die Augen und die Schläfe kühlt. Sogar der göttliche Messias, sogar Homers unsterblicher Gesang fesselt mich nimmer; mein Schiller liegt einsam da, nur hin und wieder lese ich Klopstocks gigantische Klage in den Oden.
Meine Füße sind immer eiskalt, während es ganz innen im Kopf brennt, und wenn ich in der Freizeit überhaupt an etwas denke, so ists das schöne Lied Herweg[h]s, das mir vorschwebt:

»Ich möchte hingehn wie das Abendrot
Und wie der Tag mit seinen letzten Gluten« etc.

Das Schwerste mußte ich gestern erleben, den Abschied von meinem Wilhelm, der mich so ganz verstand und kannte, der nach meinem Fall noch den sonst Verachteten liebte und Freud und Leid mit mir teilte. Trauernd gab er mir gestern einen Brief seines frommen und biederen Vaters zu lesen, der mir deutlich zeigte, daß ich auch von Wilhelms Eltern verachtet werde, und dessen Inhalt so ziemlich der Befehl zur Trennung war. Es war ein schöner Abend, der Mond schien in die alte Halle, wo wir im Gespräch dahinschritten.

Ich habe den verloren, den ich mehr liebte als alle, dem meine Freizeit, mein Singen und Denken gehörte. Als ich allein, nach einer schweren Stunde des Scheidens, aus dem Oratorium trat, klang eben vom Musikzimmer herüber Rümelins prachtvoll weiche Glockenstimme: »Behüt dich Gott, es wär' zu schön gewesen«.
Ihr lächelt vielleicht, wenn Ihr dies leset, aber glaubt, es ist schwer, am Sarg eines Freundes zu stehen, zehnmal schwerer, einen Freund lebend zu verlieren.

Lebt wohl Hermann

Aus trüben Stunden

Lieblicher Hain! Hier wohnt sie, die ewig herrliche Muse –
Nie noch sah ihr göttliches Auge die Tränen, die schweren,
Die mir, ohn' Wissen bereitet mein trautester Freund,
Unrechtes tuend den Eltern, den lieben, den teuren.

S. [einem] Freund H. H.

W. L. [Wilhelm Lang]

203] *Hermann Gundert an seinen Sohn Hermann – (diktiert)*

Calw, 21. März 1892

[Er gedenkt des 19. März vor zwei Jahren, als Bismarck abtrat; nun trete der Kultminister Graf Zedlitz ab und auch Caprivi wolle gehen.]

[...] Von Maulbronn kommen keine guten Nachrichten. H. H. klagt über eiskalte Füße und schweren Kopf, kann nicht studieren und muß Abschied nehmen von seinem liebsten Freund Lang, weil dessen Vater sich vor näherem

Umgang mit dem anrüchig Gewordenen fürchtet. Johannes wird wahrscheinlich ihm einen Besuch machen müssen um die Sache wieder ins Geleise zu bringen. Es wird indes eine schwere Aufgabe bleiben, den aufgeregten Jüngling zu ruhiger Pflichterfüllung anzuhalten, denn wie sehr hat er sich in Lieblingsstudien verrannt. Gerade jetzt vermag ich nicht, ihn zu einem Besuch bei Mährlens zu veranlassen, weiß ich ja nicht in welcher Stimmung ihn solch ein Brief trifft. Wenn Johannes hinab geht, so kann er es ja leicht erledigen. Was mich betrifft, so lieg ich eben die meiste Zeit, doch führt man mich in einem Rollstuhl während der Abendstunden ins große Zimmer. [...]

204] *Aus dem Tagebuch von Marie Hesse (Schwarzes Wachstuchheft)*

21. März 1892

[Sie berichtet von ihrem Vater.]
[...] Bei der Andacht lasen wir Offenbarung 21, wovon er meinte, es sei fast zu schön, um's nur so zu lesen. Im Gebet gedachte er mit rührender Zärtlichkeit eines jeden: »Hilf dem Hansli morgen im Examen, nimm ihm die Angst,« »nimm der Marulla ihre Rückenschmerzen« – »Wir legen dir *unsern Memmer* an dein Herz mit seinem Trutzkopf und allem was dran hängt«, worauf er ganz eingehend seiner besondern Bedürfnisse, auch seiner gestörten Freundschaft mit W. Lang gedachte.
Schon am 23. März kam Hermann – acht Tage vor der Vakanz – wegen Kopfweh und Schlaflosigkeit vom Arzt heimgeschickt. Bei dem herrlichen Wetter ist er viel im Freien. Einige Tage war er sehr gereizt, verstimmt, schwierig zu haben, besonders über Gewitter und plötzlichen Wetterumschlag 29.–30. März. [...]

205] *Hermann Gundert an seinen Sohn Hermann*

Calw, 28. März 1892

[...] Das Wichtigste, das wir erlebten war, daß am 23. unser H. H. von seinem Ephorus hieher geschickt wurde. Es fand sich, daß der arme Bursch auch körperlich litt an kalten Füßen, heißem Kopf und Schlaflosigkeit. Da war denn Palm sehr rücksichtsvoll, lud ihn ein paar mal in seine Familie ein, nahm ihn auf Spaziergängen mit und hielts fürs beste, ihn vor den Andern in die Ostervakanz zu schicken. Kaum angekündigt kam der liebe H. am 23. und fand sich mit mehr oder weniger Lust in die hiesigen Verhältnisse. Freilich, steht er da an einem Tag mit dem letzen Fuß voraus auf und dann ist alles unrecht. Man behandelt ihn aber wie ein schalloses Ei und dann hat er auch gute Tage, da er mit den Geschwistern in den Wald geht. Recht gesprochen habe ich noch nicht mit ihm, hoffe es aber zu tun. [...] Friedrich hat mir einen Rollsessel hergetan, auf welchem ich nun abends zwei bis drei Stunden sitze und mich ins Zimmer führen lasse, gleichsam um einen Schein von wieder arbeiten aufkommen zu lassen, *ist aber bloßer Schein. Die Füße tragen mich nicht mehr.* [...]

206] *Aus dem Tagebuch von Marie Hesse (Schwarzes Wachstuchheft)*

[Nach dem 30. März 1892]

[...] Gottlob dann ging's viel besser, er war doch wieder ordentlich. Hans hat schon etwas gelernt, ihm nicht zu widersprechen, weil er das gar nicht verträgt. Doch muß Hansli zuweilen furchtbar lachen über seine Selbstüberhebung, z. B. als Hermann am Donnerstag, wo Papa Kopfweh hatte und Hansli ihm Jemand zum Bibelstunde halten anwünschte, erklärte: »Wenn ich nur größer wäre, dann würde ich sie sofort für ihn halten; das könnte ich sogar jetzt ganz leicht, so eine Bibelstunde wollte ich zu Stand bringen!« [...]

Am 1. April 1892

ist in Calw die mitteldeutsche Zeit eingeführt worden, und alle Uhren sind nun um 23 Minuten vorgerückt. [...]

207] *Hermann Gundert an seinen Sohn Hermann*

Calw, 4. April 1892

[Der Großvater berichtet, daß gestern Confirmation war und am Tag zuvor Hermann Gundert von Schöntal gekommen sei und ein Zeugnis mitgebracht habe, das den Großvater sehr befriedigt habe. Trotz den guten Noten sei der Locus »nur 30«, es scheine eine gute Promotion zu sein. Dann fährt er fort:] Jetzt hat doch der Memmer auch einen Kameraden, an dem er freilich viel sündigen kann, so hoch schraubt er seine Anforderungen an die Menschen und stößt sich beständig mit seiner Marulla. [...]

208] *Aus dem Tagebuch von Marie Hesse (Schwarzes Wachstuchheft)*

[1892]

[...] Den 6. bis 8. April war Hermann auf Solitude, in Stuttgart und Kornthal, kurze Strecken zu Fuß machend. Karl wollte das Staatswetter benützen und radelte am 7. Nachmittags nach Tübingen, folgenden Tag Stuttgart, und Samstag den 9. wieder heim. Allein oben am Schiff, im schönsten Schuß der steilen, mit Wagen auf beiden Seiten voll gestellten Straße (Markttag!) lief ihm ein Hund zwischen die Räder hinein und warf ihn um. Das war dann ein Schrecken als er per Kutsche vors Haus fuhr und herauf gestützt werden mußte, das linke Knie stark verstaucht und gequetscht. Tag und Nacht mußte der Eisbeutel auf dem sehr verschwollenen Knie liegen, die ersten zwei Tage hatte er tüchtig Schmerzen, aber das ging vorüber und dann war er ein so heiterer, liebenswürdiger Patient als möglich, sang oft, unterhielt sein geliebtes Schwesterlein mit viel Humor und lernte mit Eifer Englisch. Aber ein Unglück kommt ja nie allein. Hermann hatte am Montag 11. April vom Papa für Rätselschreiben 45 Pfennig erhalten, dafür etwas Feuerwerk, Pulver und Salpeter gekauft, »griechisches Feuer« und anderes gerichtet und abends sollte auf dem hohen Felsen das abgebrannt werden. Da Papa sehr müde war begleitete Herr Härtter die Kinder, Vetter ging auch mit. Adele und ich waren bei Großpapa, Papa saß an Karls Bett. Als Adele und ich heimkamen, regnete es, so dachten wir, deshalb seien die Feuerwerkler spät dran, es sei nicht losgegangen. Johannes aber wurde sehr nervös und angstvoll. Jetzt kam Marulla, uns vorzubereiten »es hat was gegeben«! Dann kam, von Härtter und Vetter gestützt, jammernd, das Gesicht zuhebend, Hermann. Er hatte zum Schluß, wo man schon am Fortgehen war – trotz aller Mahnung – noch nachgucken »müssen«, ob das Pulverschächtelein wirklich abgebrannt sei – natürlich flog in diesem Augenblick, wo er sich drüber beugte, die Geschichte ihm ins Gesicht. Die Brille diente, Gottlob zum Schutz der Augen, sie ist voll Pulver. Der Doktor machte nachts neun Uhr den Verband, Augen und Ohren eingebunden, kaum der Mund frei, daß er zur Not mit Vorsicht trinken kann! Das ist nun eine Geduldsprobe für den rastlosen, lebhaften Burschen. Nachts muß man natürlich wachen. So haben wir zwei Kranke über Ostern! Bis Samstag Abend, wo der hindernde Verband wegkam, wo man ihn ganz als blind pflegen und nachts wachen mußte, war er still und ziemlich geduldig. Jetzt regte sich aber mit Macht die »Unmüßigkeit«. Frau Inspektor Haugs Bruder Härtter und Vetter Hermann halfen mir beim Nachtwachen.

209] *Aus dem Tagebuch der Familie Hesse-Isenberg 1877–1896*

Am 11. April [1892]

bei einem kleinen Feuerwerk [1] auf dem hohen Felsen verbrannte er [Hermann] sich das Gesicht und mußte sechs Tage blind ganz im Verband liegen [...] So lange er so hilflos da war, war er weich und dankbar für alle Pflege. Mit dem besser-werden wurde er heftig und aufgeregt, so daß man's kaum bei ihm aushielt. Er konnte erst acht Tage nach den andern wieder in Maulbronn eintreten. Während der Vakanz hatte er sich körperlich ziemlich erholt und an Gewicht zugenommen. Frau Inspektor Haug half uns bei den Nachtwachen, auch Vetter Hermann und Missionar Härtter.

Am 23. April

reiste Hermann wieder fort ins Kloster.

1 Das Abbrennen des Feuerwerks auf jenem Felsen, wobei er sich das ganze Gesicht verbrannte, und das tagelange in Verbänden Liegenmüssen beschreibt H. H. in »Gedenkblätter« (»Herr Claassen«), G. S. IV, 674 f.

210] *Aus Briefen von Hermann Gundert an seinen Sohn Hermann*

Calw, 11. April 1892

[Der Großvater berichtet hier von Karls Heimkehr aus Tübingen und Stuttgart und seinem Sturz vom Rad; er liege jetzt fest im Bett mit einem Eisbeutel ums Knie] und hat nicht wenig Schmerzen. Der Memmer ist ein bis zwei Tage in Stuttgart gewesen, wo er aber bei Adolf nicht gerade geschickte Zeit fand. So kehrte er über Kornthal wieder zurück. Hier macht er manchmal Spaziergänge mit H[ermann] G[undert], dem er aber bisher von seinem Geniestreich [1] nichts erzählt hat. Gestern nun, am Palmsonntag, mußte Johannes für den eben erkrankten Dekan predigen [...]

Abends sechs Uhr gab dann Friedrich sein Schütz-Händel-Bachisches Konzert, für das er in Wildberg eine Solosängerin aufgetrieben hatte. [...]

[...] Was soll ich noch sagen? Ich *liege* eben immer im Bett, außer daß ich nach 4 Uhr mich im Rollsessel auf 2–3 Stunden ins Eßzimmer schieben lasse, wo ich eben auch wie im Bett mich mit Lesen der eingelaufenen Hefte und Bogen beschäftige. Morgen ist Wilhelms Geburtstag, der jetzt sich gewöhnt, nicht mehr der infallible Primus zu sein. Nun lebet wohl und feiert in Frieden den 18.

Mit Kuß Euer V.

1 Über die »schwerste Krise« seines Schullebens, das Davonlaufen von Maulbronn und die Folgen berichtet H. H. in dem Gedenkblatt »Großväterliches«, geschrieben 1952 (Ges. Schriften, VII., 824 ff.). Da sagt der Großvater zu ihm, dem Fünfzehnjährigen, der nachhause zurückgekehrt furchtsam das Heiligtum betritt, »gefaßt auf Verhör, Urteil und Verdammung« –: »So, du bist's Hermann? Ich habe gehört, du habest neulich ein Geniereisle gemacht.«

211] Calw, 18. April 1892

[...] Gestern oder vorgestern war die große Stunde, daß dem Memmer sein Verband vom verbrannten Gesicht genommen wurde, nachdem er ihn 140 Stunden mit erträglicher Geduld getragen hatte. Am 11. abends nämlich nahm er seine Geschwister mit selbstgemachtem Feuerwerk hinaus auf den hohen Felsen, wo er's unter Bewachung durch Missionar Härtter losließ. Alles ging gut vorbei bis auf einen Pulverkasten, den er nach dem Buch »Der gelehrte Spielkamerad« aus einem Zündholzschächtelchen bereitet und gehörig verpappt hatte. Da das nicht losgehen wollte, mußte er sich doch bücken und nach dem Grunde des Mißerfolges forschen. Härtter war mit den Übrigen schon einige Schritte voraus, als die Sache plötzlich losging und Hermann rief: »Ich bin blind, ich sehe nichts«, worauf ihn Härtter und Hermann Gundert unter die Arme faßten und herunter brachten. Da zeigte sich nun, daß die Brille doch die Augen bedeutend geschützt hatte. Er wurde nun in Watte eingebunden mit Ausnahme der Nasenlöcher und des Mundes und lag dann sehr degenmäßig die Mehrzahl, 140 Stunden da, neben ihm Karl mit dem grün und blauen Knie und die Eltern hatten nun für Wachen in der Nacht zu sorgen. Am Mittwoch sollten sie ins Kloster zurück, was nun rein unmöglich ist. Hermann kann das Licht noch nicht ertragen und [ist] um die Augen etwas bedenklich. [...]

212]

[...] Calw, 25. April 1892

[Marie sei nach Stuttgart gefahren], sie konnte eine Ausspannung wohl brauchen, nach der Pflege der zwei großen Buben, sie nahm auch ihren Hansle mit, dem die Aussicht, die Residenz zu sehen, wirklich himmlisch vorkam. [...]

[Dann über Hermann Gundert, der am 20. nach Schöntal zurückreiste.]

Am 23. folgte ihm der H. H. nach Maulbronn, wobei mich ein großes Gefühl von Unsicherheit beschleicht. Ich suchte mit ihm noch etwas zu reden, *aber er begegnete mir so batzig*, daß ich inne hielt und ihn eben in der Stille dem lieben Gott befahl. Johannes hat ausführlich mit ihm geredet und das soll er mit einer gewissen Bescheidenheit hingenommen haben. Aber ich muß denken, jede Woche kann sich etwas ereignen, was ihn aus dem Häusle bringt. Dann weiß ich rein keine Verwendung für ihn. –

[...]

213] *H. H. an Johannes und Marie Hesse*

Maulbronn, 1. Mai 1892

L. E.! [= Liebe Eltern]

Vielen Dank für Ihren lieben Brief nebst Quittung.

Meine Augen sind ein wenig empfindlicher als sonst, im übrigen kann ich Sie versichern, daß ich vollkommen gesund bin! Die Arbeit geht den gleichen Gang, nicht besonders viel.

In etwa 10 Wochen wird die Exkursion stattfinden: Die Promotion wird über Straßburg in die Vogesen ziehen. Ich freue mich auf die Zeit, wo ich dableiben werde.

Vorgestern war seine Excellenz Minister von Riecke da zur Besichtigung des Klosters und Seminars, doch das werden Sie aus dem S[tuttgarter A[nzeiger] ersehen haben. Wir waren natürlich auf allerhöchsten Besuch sehr gespannt und bei seinem Eintritt auf Hellas tönte ihm ein schneidiges »Guten Abend, Excellenz« entgegen. Langsam, ernst und feierlich, wie der Erinnyen Zug, trat Excellenz mit Begleitung ein, Mann für Mann, mindestens zehn. Er geruhte, Hellas anzusehen und verschwand, majestätisch grüßend, samt seinem gigantischen Paletot im Hintergrund, worauf sämtliche Hellenen in sträfliches Gelächter ausknallten. Sogleich wurden Karikaturen etc veröffentlicht, etc.

Heut ist Missionsfest in Derlingen, das die Promotion wegen schlechten Wetters nicht besuchen wird.

An Pfingsten ist nicht frei, dafür verbesserte Kost.

Es grüßt Sie herzlich: Hermann Hesse

214] *Hermann Gundert an seinen Sohn Hermann*

Calw, 2. Mai 1892

[...] Mit Schneefall brach der 1. Mai an, an welchem wir das Missionsfest halten wollten, während auch die Sozialdemokraten eine Versammlung angekündigt hatten; auf

dieser soll sehr lästerlich geredet worden sein, doch gab's wenigstens keine Dynamitexplosionen. Johannes war schon zwei Tage so elend, daß er nichts leisten konnte. [...]
[...] Seither kam der erste Brief von H. H. aus Maulbronn, der ohne Vorrede die Neuerung einführte, seine Eltern per »Sie« anzureden. Er erzählt einen Besuch von Minister Riecke, der das ganze Kloster einsah, natürlich auch die Stube Hellas beschaute, welche ihm dann ein unwürdiges Gelächter nachschickte. Man sieht, die Herren sind noch Buben.
[...]

215] *David Gundert an Johannes Hesse*

Stuttgart, 3. Mai 1892

Lieber Johannes!
Eben 7 Uhr Abends kommt Professor Hartmann zu mir, mit einem Brief seines Sohnes, den dieser einem Sonntagsbrief gestern geheim folgen ließ und wo es heißt: »Hesse führt sich sonderbar auf; gestern hat er mir wiederholt gesagt, er werde mich abends umbringen, ging auch im Schlafsaal wirklich auf mich los (ohne Waffe), wurde aber zu Boden geworfen. Sodann machte ich ihm klar, daß ich mir solche Frechheit nicht gefallen lasse. Er sprach nun noch lange mit mir im Bett, wie er auf so Gedanken käme. Er sagte, er müsse sich durch so etwas zerstreuen, damit er nicht ganz schwermütig werde, er habe einen Schmerz im Kopf, der nur geheilt werden könne, wenn er einen umbringe. Ich sagte ..... sein Gewissen würde ihn nicht in Ruhe lassen etc. Das aber glaube er nicht, sagt er, und wenn es doch so wäre dann würde ich mich auch selbst umbringen. Dann wäre ich doch von der wüsten Welt los. Was er nach dem Tode erwarte. Nun sagte er, er habe ganz andre Anschauungen als wir. Er glaube an das Leben nach dem Tod,

aber nicht Himmel und Hölle, sondern einen Ort, an dem die Geister mit einander verkehren und glücklich seien, daß jeder den andern verstehe, darauf freue er sich. Er möchte am liebsten, daß die Zeit der alten Griechen da wäre, wo man einen Apollo verehrte (er ist sehr musikalisch). Das Liebste wäre ihm, wenn er möglichst bald sterbe. Er glaubt wohl an Gott, aber er meint, es bestehe eigentlich gar kein Verhältnis zwischen Gott und Mensch [...] – Wir sagten schließlich einander gute Nacht und er reichte mir gerührt die Hand« etc.

Professor Hartmann sagte als seine Ansicht, bei solchem Zustand sei durchaus *ärztliche Beobachtung* notwendig. Diese werde zeigen ob's nur Nervensache sei, oder ob ein wirklicher Defekt (Gehirn) vorhanden. Nach Erfahrungen in seiner Familie könne er nicht dringend genug sagen, wie nur ein geübter Psychiatriker hier raten könne. (Er sprach von dem trefflichen Koch in Zwiefalten und von Landenberger, die einen Arzt auf dem Lande nennen könnten, der passe.) Ich zeige *Dir* und Papa H[artmann]s Meinung zur Überlegung an. Klar ist, daß nachdem dies uns resp. Dir mitgeteilt worden ist, man daraus eine Verantwortung folgern wird, wenn etwas in Maulbronn vorkommt.
Und daß so etwas kaum acht Tage nach seinem Einrücken dort passieren konnte, deutet auf große Schwäche. – Der junge H[artmann] [1] schreibt, es niemand, besonders nicht Ephorus zu sagen, bittet aber seinen Vater ernstlich um Verhaltungsmaßregeln für sich, da Hermann neben ihm schläft. Aus Rücksicht auf diese Umgebung H.'s scheint mir ein Schritt nicht zu umgehen. Soll z. B. vorher Landenberger nur um seine Ansicht gefragt werden, so bin ich dazu gern bereit. Dies in Eile zur Post.

In Liebe Euer D[avid]

H. läßt Papa grüßen.

1 Des Freundes Otto Hartmann gedenkt H. H. in »Herbstliche Erlebnisse«, G. S. VII, 833 ff. Darin beschreibt er sein letztes Zusammensein mit dem Freunde, der ihn 1952 in Montagnola besuchte. Er erzählt seinem jüngsten Sohn, wann und wo sie einander kennengelernt hatten – als Schüler im Kloster Maulbronn. »Dort wurde Otto mein Schulkamerad, noch nicht mein Freund. Das ergab sich erst bei späten Wiederbegegnungen, aber es wurde eine feste, unsentimentale aber herzliche Freundschaft daraus.«

216] *Aus dem Tagebuch von Marie Hesse (Schwarzes Wachstuchheft)*

[4.–10. Mai] 1892

[...] Von Maulbronn schrieb uns Hermann einen kuriosen Brief, uns mit »Sie« anredend. *Am 4. Mai* schrieb uns David, daß ihm Professor Hartmann mitgeteilt, sein Sohn und Genossen halten unsern H. für geisteskrank und fürchten sich vor ihm.

Wir möchten ihn doch wegholen und von einem Arzt beobachten und behandeln lassen. Dr. Zahn sprach von Irrenärzten und -anstalten, allein das nahm ich nicht an und wehrte mich entschieden dagegen, denn das wäre der beste Weg, unser nervenkrankes Kind geisteskrank zu machen. Also kamen wir auf Boll und fragten dort an. Nach einem ungemein freundlich zusagendem Brief von Herrn Pfarrer Blumhardt, reiste ich *Samstag, 7. Mai* am Morgen mit Theodor nach Maulbronn, H. zu holen. Wir hatten Herrn Ephorus Palm geschrieben und ihn gebeten, mit H. zu sprechen. Der Brief war durch Versehen ungelesen geblieben und so war niemand vorbereitet, als wir ankamen. Herr und Frau Ephorus waren äußerst teilnehmend und entgegenkommend. In größter Eile mußte nun beraten, gepackt und abgereist werden. Hermann schien still und mit allem zufrieden, stellte gar keine Fragen. Herr Ephorus hatte von zwei Vätern von Seminaristen Zuschriften bekommen, wegen H. Drei Lehrer und der Arzt hatten um H.'s Entfernung gebeten, nur der Ephorus und Professor Walz glaubten *nicht* an Geistesstörung und hofften, er komme bald wieder zurecht. Repetent Wüterich hatte ihn vor jenem Entweichen sehr blaß und leidend aussehend und still gefunden, jetzt dagegen aufgeregt, oft ausgelassen. Er habe keinen festen Willen mehr vor lauter Phantasie, meinte er. Jedenfalls war's für Herrn Ephorus Palm eine Erleichterung, daß wir Schritte taten. Er meint, H. solle dies Semester aussetzen.

So reisten wir nach Boll, wo wir zum Nachtessen ankamen, und neben Herrn Pfarrer Blumhardt[1] gesetzt wurden, der sehr herzlich war und durch seine originelle Art auch Hermann anzog. Sonntag blieben wir ruhig, der Herr Pfarrer war bei einem Fest in Stuttgart; Montag [9. Mai] reiste Theo ab und wir begleiteten ihn nach Göppingen, wo wir Luise Wurm und ihren Kleinen sahen und einiges besorgen mußten. H. begegnete früheren Kameraden und sprach unbefangen mit ihnen. Dienstag erst [10. Mai] konnte ich mit Herrn Pfarrer auf seinem Zimmer eingehend sprechen. Dienstag nach Tisch reiste ich ab; H. war ganz ruhig und natürlich, dankte mir, daß ich gekommen sei und ihn mitgenommen habe. Wird er nun sich von Herrn Pfarrer Bl[umhardt] wirklich beeinflussen lassen und ihm folgen: Dann kann man viel hoffen. Tut er das nicht, so hilft auch Boll nichts, und dann kann's bloß schlimmer werden. Ich bin wie vernichtet, wund an Gemüt und Nerven, Tag und Nacht muß ich denken: Was treibt H. jetzt? [...]

1 Christoph Blumhardt der Jüngere, Pfarrer in Bad Boll, 1842–1919. (Siehe »Anhang«)

217] *Christoph Blumhardt an Johannes Hesse*

Bad Boll, 5. Mai 1892

Lieber Herr Hesse!

Gerne bin ich bereit, Ihren Sohn aufzunehmen und mit

wärmster Teilnahme will ich mich seiner annehmen und sehen, wo der eigentliche Grund seiner Mißbildung liegt. Es kann eine Gestörtheit sein und ein tieferes Seelenleiden vorliegen, es kann aber auch bloß eine Verschränktheit [?] sein in Folge der Schulbildung. Nicht alle jungen Leute ertragen die heutige Art des Studierens und verlieren sich selbst. Es wird viel darauf ankommen, wie er's aufnimmt, daß er hieher kommt. Ich rate, ihm selbst zunächst den Gedanken hieher zu kommen, vorzulegen, daß sich in ihm selbst die Veränderung seiner Lebensstellung vorbereiten kann und es ihm nicht als eine Gewaltmaßregel erscheint. Vielleicht erkennt er selbst an, daß etwas Krankhaftes ihn umtreibt, daß er gerne etwas für seine Gesundheit tut. Aber schroffes Behandeln muß vermieden werden; denn nur langsam wird sein Geist sich zurechtfinden. Ich lasse ihn bestens grüßen und es würde mich freuen, wenn er Vertrauen fassen könnte, bei mir Verständnis zu finden. Sollte es mir gelingen, ihn ein wenig für praktische Tätigkeit zu interessieren, so wäre viel gewonnen; denn Arbeit mit den Händen ist Speise für die Seele.
Ich will mein Möglichstes tun und grüße Sie herzlich und ganz besonders den lieben Papa Gundert, welchem ich mich in sein Gebet empfehle.

Ihr ergebener
Christoph Blumhardt

218] *Hermann Gundert an seinen Sohn Hermann*

Calw, 9. Mai 1892

[...] Mit H. H. hatten wir indeß eine kuriose Geschichte. Professor Hartmann, der auch einen Sohn in Maulbronn hat, kam zu David und erzählte ihm, was dieser von H. H. schreibe, daß er das Bedürfnis habe, sich mit jemand herumzuschlagen und darum ihn zum Duell herausforderte. Als der nichts davon wissen wollte, sagte er, er spüre, er müsse vor dem Bettgehen noch Einen umbringen und das sei gerade der Hartmann. Das gab dann Veranlassung zu weiteren Äußerungen über Selbstmord, über das Jenseits (Himmel und Hölle gebe es nicht, wohl aber eine weitere Entwicklung unserer Erkenntnis und Bestrebungen). Sie machten dann ordentlich Freundschaft, aber doch blieb's sonderbar, daß Einer soll ein Tötungsbedürfnis haben, und zwar der nächste Bettnachbar. Zugleich kam auch ein schwärmerischer Brief von dem H. H. an den Theodor, worin er selbst sagt, seine Kameraden halten ihn für verrückt. Jetzt wurde besprochen, was anfangen, das Nächste wäre vielleicht, ihn nach Boll zu tun und der Aufsicht Pfarrer Blumhardts zu übergeben, wenn der sich bereit finden lasse. Er tat's und so reiste Marie am 7. mit Theodor nach Maulbronn, besprach sich mit dem Ephorus Palm, der sehr teilnehmend entgegenkam und fuhr dann mit den beiden Söhnen nach Göppingen und Boll. Theodor wird von da nach Günzburg zurückkehren, übrigens sich nach einer anderen Stelle umsehen. H. H. scheint mit dem Wechsel zufrieden zu sein, versteht sich, für eine kurze Zeit; die Eltern denken aber nicht daran, ihn in diesem Semester wieder nach Maulbronn zu lassen. [...]

219] *H. H. an Johannes und Marie Hesse*

Boll, 10. Mai 1892

Liebe Eltern!

Dank für Mamas Brief und Karte! Mit den Kleidern wird's ja schon gehen.

In den letzten Tagen hatte ich viel Kopfweh und sehr wenig Schlaf: jetzt ist's besser. Ich lasse mir's ziemlich wohl sein, besonders der Aufenthalt im Freien bekommt mir sichtlich wohl. Ich arbeite nichts als Französich, aber nur in

Conversation. Mister Critchlow spricht gut französisch, er lernt von mir German und ich français. Gestern sagte ich ihm donner, finir, recevoir, être und avoir her und er das Deutsche dazu. An ihn habe ich mich überhaupt angeschlossen, er ist gutmütig und nett, nur eben ein Yankee. Er trägt meistens einen großen Löwenzahn (Leontodos) im Knopfloch. Das ist seine Lieblingsblume. Ich spiele mit ihm oft Halma, dann und wann ein Billard. Herrn Schlaich komme ich auch näher, er ist ganz nett. Abends spiele ich meist mit Fräulein Lessing aus Tübingen, Herrn Critchlow und Herrn Schlaich Halma. Gestern kamen zwei Damen hier an, von denen die jüngere positiv häßlich ist. Sie erinnert an einen katholischen Stadtpfarrer. Die ältere sieht auf und nieder Herrn Professor Schmidt gleich, gelb, bebrillt, streng, gelehrt, überaus pedantisch.

Herr Pfarrer gefällt mir außerordentlich. Neulich sagte er: Es ist ein Unsinn, eine Lüge zu sagen. Das Christentum ist gut, schön, edel etc. Nix ischs, der ganze Lumpenpack hat von einem Christus aber auch von Moral keinen Geschmack. Eine Predigt von ihm fing neulich mit dem Donnerwort an: »Verzeiht mir! Ihr seid alle Michel!«.

Auch in der Kirche ist er derb originell. Er sagt z. B. offen, wenn es von ihm abhinge, wäre Konfirmation etc bald abgeschafft. Viele Pfarrer finden in der Predigt nur Scheltworte, sie können nur sagen: Ihr seid elende Sünder etc! Ihr Narren, was macht's, wenn ich ein Sünder bin? Das weiß ich selber, darauf kommt's nicht an, wenn ich einen Schein von Gott, von Wahrheit habe, kann ich ein Ehebrecher, kann ein Mohamedaner sein und bin mehr wert als die ganze jetzige Christenheit, etc. etc.

Mit Gruß von Herrn Pfarrer, Herrn Brodersen, etc.

Hermann

Bitte Großvater, alle Verwandten und Bekannten herzlich zu grüßen.

220] *H. H. an Johannes und Marie Hesse*

Bad Boll, 23. Mai 1892

Liebste Eltern!

Dank für die Sendung, besonders für die Kleider und Spielbuch[1]!

Von meinem Leben hier wird Euch wohl Theo erzählt haben. In letzter Zeit und jetzt noch bin ich weniger wohl. Es fehlt eben der Schlaf bei Nacht. In meinem Kopf ist's so heiß, ich spüre meist so einen unbestimmten, drückenden Schmerz, besonders in Brust und Stirn, daß ich mich noch nicht recht hier anschließen konnte. Ach, ich möcht' Euch so gerne schreiben, daß mir's wohl sei, daß ich singe und springe, daß ich fröhlich und munter, kräftig sei, aber so wird mir das Schreiben schwer; allerdings ist's besser als es in Maulbronn war.

Im Kloster war ich in schrecklicher Stimmung, aber der Gedanke freute mich stets, daß ich die Hauptsachen, d. h. Unterricht, Logis und Kost aus fremden Händen erhalten, so halb als Lohn, nahm. Hier ist mir's drückend zu wissen, daß ich ohne Nutzen, ohne Arbeit ein heilendes angenehmes Leben führe auf Eure Kosten. O, wenn dies nicht wäre, wollt' ich immer hier bleiben: Die prächtige Luft, die schöne Gegend, die gute Gesellschaft, der frei familiäre Ton gefällt mir so gut!

Es ist so angenehm, bei jedem Schritt sich besinnen zu dürfen: Ist's auch gesund, ist's nicht aufregend, nicht schädlich. Mitten in der Gesellschaft kann man so schön, so frei sich selber leben. Es ist ähnlich, wie ich mir das Leben im Orient vorstelle: Man braucht nichts als Kleider, das übrige versteht sich von selbst. Immer etwa um die Zeit, da man Hunger hat, läutet die Glocke; zu Bett gehn, aufstehn kann man, wann man will, etc etc.

1 Johannes Hesse, Das Spiel im häuslichen Kreise. Ein Ratgeber für die Familie. Stuttgart, Verlag von D. Gundert.

Bitte alle Lieben herzlich von mir zu grüßen, auch Theo, wenn er schon da ist.

Mit herzlichem Gruß
H. Hesse

I hope your health is as good as usual, I can say your son likes the place I think pretty well. I shall be several weeks more and shall do what I can to keep him company.

F. C. Critchlow

221] *Hermann Gundert an seinen Sohn Hermann*

Calw, Montag, 23. Mai 1892

[Heute diktiere er der Agnes[1] Gundert.]

[...] Theodor ist gegenwärtig hier, sucht eine neue Stelle; er brachte vier Tage in Boll zu, wo er den Hermann froh und zufrieden traf. [...]

1 Tochter von Samuel und Elisabeth Gundert.

222] *H. H. an Johannes und Marie Hesse*

[Bad Boll, 31. Mai 1892]

Liebste Eltern!

Dank für Mutters Brief, auch von Mr. Critchlow.

Es geht ordentlich, d. h. der Schlaf fehlt fast immer und ich bin oft so müde; – aber den Tag über geht's ganz gut; die Ruhe und gute Luft wirkt. Ich bin meist allein; nur beim Kegeln komm' ich mit der Gesellschaft zusammen. Ich studiere viel am Schädel einer Wildkatze, den ich gegenwärtig praepariere.

Mit herzl. Gruß an Alle
H.

Herr Brodersen läßt sich Euch empfehlen.
Bitte bei Gelegenheit Briefpapier zu senden, womöglich auch etliche Stahlfedern.

223] *H. H. an Johannes und Marie Hesse*

[Bad Boll, 3. Juni 1892]

L[iebe] E[ltern]!
Eben erhielt ich Rechnung für Mai: 66 M. Briefmarken, Papier, Geld hab ich nimmer: daher nur Karte. Ich brauche viel Krägen, wenn heiß, wenig Appetit.
Meine Zeit teilt sich in Billard, Kegeln, Spazierengehen, Schlafen, respective nicht Schlafen, Essen. Das Kopfweh sitzt eben noch am alten Fleck: Mit den Augen geht's sehr ordentlich. Gestern war Herrn Pfarrers Geburtstag mit Hefenkranz. Das Wetter ist schön: Dann und wann wundervolle Gewitter. Es wird viel gesungen, hie und da sogar schön gesungen (Schumann, Schubert, Lassen etc.)
Man bekommt sehr viel Spargeln; Critchlov grüßt.

Mit Gruß H.

Grüßt Alle, besonders Theo! Ich praepariere einen Katzenschädel, ich habe im Sinn, eine große, 1 1/2 m lange Ringelnatter zu erlegen, deren Nest ich fand.
Den Bekannten geht's gut, ich spiele oft Violine, ich arbeite sehr wenig, wie geht's Großpapa?
Herr Schlaich ist fort – auf ewig.
An Adele »Einsam wandelt Dein Freund im Frühlingsgarten« etc.
Entschuldigt die Unordnung: Ich meine immer ich sei fertig, dann fällt mir stets noch was ein.

Mit Gruß Hermann!

224] *H. H. an Johannes und Marie Hesse*

Bad Boll, 4. Juni 1892

Liebe Eltern!

Eben erhielt ich Brief und Geld: schönen Dank für beides. Hoffentlich trifft mein Brief Papa wieder wohler! Wie mir's geht, kann ich nicht eigentlich sagen: Das weniger heiße Wetter tut meinem Kopf wohl, mit dem Schlafen wird's dann schon gehen. Die meiste Zeit den Tag über bringe ich zu, indem ich der Musik zuhöre. Vor allem Beethovens Sonaten lasse ich mir immer wieder spielen, es liegt ein merkwürdiger, halb heiterer, halb düsterer Reiz in den Sonaten; es wechselt epischer Ernst mit lyrischem Tändeln und der wildesten Leidenschaft. Auch die 24.[1] welche Karl oft spielte, höre ich immer wieder und immer gerner. Es ist hier, was H. Weiß in seiner Kritik von Goethes »Tasso« sagt: »Zu diesem Werk kann man zehnmal zurückkehren, und doch nur, um es das elftemal mit noch größerem Vergnügen zu lesen«.

Es wird auch oft gesungen. Manche Lieder höre ich immer wieder so gern, so sehr, sehr gern, besonders Schumann, Schubert u. s. w. »Wenn ich in deine Augen seh«, »Es war, als hätt' der Himmel«, »es zogen zwei muntre Gesellen«, »du holde Kunst«, »Ich bin hinausgegangen«, »Ich hatte einst ein schönes Vaterland«, etc, etc.

Auch musiziere ich oft selber, weiß aber nicht ob die Zimmernachbarn sehr erbaut darüber sind. Ich sammle auch alles mögliche aus der Natur, besonders suche ich gern seltene Blumen, Orchideen, Zweiblatt etc, die hier an einzelnen Stellen sich finden.

Heute erwarb ich mir um Bad Boll ein Verdienst, indem ich alle Noten, die hier sind, durchsah und ordnete. Sie waren vorher sehr vernachlässigt gewesen. Allmählich habe ich mich auch zum besten Kegelspieler hier aufgeschwungen. Im ganzen gehe ich mit »der Gesellschaft« wenig um, aber wenn man einmal Kegel spielt, so macht es mich glücklich, auch mal in einer Umgebung zu sein, die sich um mich reißt, und der ich was sein kann. Croquet wird wenig gespielt. Das Kegelschieben auf der jetzt fertigen Bahn schlaucht mich zu sehr, um als Vergnügen gelten zu können. Das Billardspiel pflege ich sehr.[2]

Mein Appetit ist nicht eben groß; doch freue ich mich meistens auf den Kaffee, so jetzt. Oft gehe ich morgens von 6–8 spazieren; dann schmeckt das Frühstück sehr! Ich habe es für gut befunden, vor dem Bettgehen einen Schluck Bier zu trinken.

Was soll ich noch sagen? Jaso, Grüße von Herrn Brodersen, ja, besonders läßt er und lasse ich Theo grüßen, dem ich für seine Zeilen, die ich bald erwidern will, herzlich danke.

Mit Kuß: H.

[Auf der Rückseite des Briefes:]

Liebste Mutting!

Bitte erinnere mich im nächsten Brief an Papas Geburtstag. Jetzt denke ich dran, aber wer weiß, ob dies bis übermorgen hält.

1 Sonate in Fis dur op. 78.

2 Julius *Rössle* erzählt in dem Buch »Von Bengel bis Blumhardt«, Gestalten und Bilder aus der Geschichte des schwäbischen Pietismus, (Metzingen, Ernst Franz) von Klara Mörikes Bericht über ihren und ihres Bruders Eduard Besuch bei J. Chr. Blumhardt dem Älteren in Möttlingen, im Jahr 1848. Der Pfarrer habe nach dem Abendessen ein Kapitel im N. T. gelesen, dann hätten sie – etliche 40 Personen waren versammelt – einen Vers gesungen, den B. strophenweise vorsagte, dann sei alles niedergekniet und B. habe ein Abendgebet gesprochen. Nachher habe jeder tun können, was er wollte, Schach spielen, ein Brettspiel, sticken etc.; jeder trieb ungezwungen was er wollte. Ähnlich muß es bei Blumhardt dem Jüngeren in Bad Boll zugegangen sein, und H. H. fühlte sich unendlich wohl bei ihm.
Eduard Mörike beschrieb in einem Brief an Hartlaub wie es dort zuging. Er hatte sich gestärkt gefühlt und B. beim Abschied gebeten, ihm die Hand aufzulegen.

225] *Rektor Otto Bauer an H. H.*

Göppingen, 8. Juni 1892

Mein lieber Hesse!
Auf Dein l. Briefle erwidre ich Dir, daß es mich gewiß sehr freuen wird, wenn Du mich einmal von Boll aus besuchen wirst. Wäre ich nicht schon so alt und dabei so viel beschäftigt, so wäre ich schon längst hinausgekommen und hätte nach Dir gesehen. Aber es fällt mir eben alles schwer, was über meinen gewohnten Gang hinausgeht.
Wenn Du dann hieher kommst, bist Du mein Gast über den Mittag, damit ich mich Dir auch etwas widmen kann.
Wie magst Du denken, ich sei böse auf Dich oder es erwarte Dich eine »Predigt« wegen des Vorgefallenen, da ich doch weiß, daß Du krank warst. Ich wünsche nur, daß Du Dich recht in Boll erholen mögest. Keinenfalls solltest Du wieder an die Arbeit gehen, ehe Du ganz gesund bist. Wenn es Dir nun vom Arzt gestattet wird, hieher einen Ausflug zu machen, so wird es mich gewiß sehr freuen, wenn ich Dich bald wieder sehen darf.
Sollten aber ärztliche Bedenken vorliegen, z. B. wegen der Hitze oder Aufregung, so gibst Du mir Nachricht und dann will ich einmal hinauskommen und Dich besuchen.

Recht herzlichen Gruß
Dein getr[euer] ehemal[iger] Lehrer
O. Bauer

226] *H. H. an Johannes und Marie Hesse*

[Boll,] 12. Juni 1892

Liebe Eltern!
Mamas Brief hat mich sehr gefreut, nur die Ermahnung hat mich etwas beleidigt: Dichten sollst Du auf den Geburtstag nicht! Glaubt Ihr denn ich sei noch der alberne Knabe, der Gelegenheitsverse schmiedet, und gar glaubt, andern damit zu gefallen?

Die Trompete ist für mich durchaus wertlos, hier wenigstens; Hans soll sie natürlich haben. Papa habe ich nichts zu geben. Von eig'nen Geburtstagswünschen weiß ich wohl eigentlich nichts.
Vorgestern war ich in Göppingen, aß bei Herrn Rektor, besuchte Onkel Wurm und Frau Schaible. Alle, besonders Herr Rektor, luden mich zu wiederholtem Besuch ein. Wenn ich dann mal komme, soll ich bei Frau Schaible schinden: Sie wünschte es ausdrücklich. Alle lassen Euch sehr grüßen. Ich machte den Weg hin und zurück zu Fuß, so daß ich jetzt noch ganz kaput bin. Aber ich konnte auf die Strapaze hin zweimal schlafen.
Im ganzen geht es gleich, d. h. Kopfweh und Schlaflosigkeit sind immer da, aber ich bin doch hier schon ziemlich stärker geworden. Schade, daß die schöne Zeit jetzt bald um sein wird.
Am meisten gehe ich mit Critchlow, Hengewaldt und Fräulein v. Oldenburg (nicht *Altenburg!*) um, letztere singt und spielt Kla4.
In letzter Zeit wurde öfter getanzt, besonders Polka, Walzer, Lancier, Mazurka. Ein Bekannter von mir, Herr von Verschner, hat sich gestern mit Fräulein von Arnold verlobt, die er hier in Boll vor 6 Tagen zum erstenmal sah.

[Rückseite des Briefes]

Lieber Papa!
Zum Geburtstag bringe ich nichts als meine herzlichen Wünsche zum Fest selber und für's neue Jahr. Du solltest auch in Boll Dich einmal so recht ausruhn, das würde Dir gewiß sehr gut bekommen.

Mit Gruß und Kuß
H. Hesse

Eben las ich Bellamys »Rückblick« Armer Bellamy! Ja, Glück zu träumen, Gerechtigkeit zu träumen, Wahrheit zu träumen ist leicht, aber undankbare Arbeit, mit der man Andere nur unglücklich oder zu Pessimisten machen kann. Übrigens ein großartiges, wundervolles Gemälde schöner Zeiten, nur, glaub' ich, zu gut, viel zu gut, und nicht einleuchtend genug für das »kritische« (!) Zeitalter!
Lacht über mich, wenn Ihr wollt, traurig ist's aber gewiß, daß wir alles Schöne, Gute, Vollkommene, mit einem Wort das »Glück« immer nur in der Zukunft suchen und wohl auch suchen müssen. Auch Bellamy muß erst ein Wunder erleben, 100 Jahre zu verschlafen ehe er haltbare, befriedigende Zustände findet. Gerne möchte ich auch so jetzt einschlafen, schlafen, bis eine schöne märchenfarbige Zeit kommt, wo Mensch und Natur wieder gelten und Privilegien und Stand, Rang und Vorurteil, überhaupt unsre jetzige Ordnung und »Gesellschaft« aufhört! Aber wer weiß, vielleicht müßte ich Jahrtausende, nicht unwahrscheinlich ewig schlafen.
Sicher ist der einzige Fehler Bellamys, daß er dies alles schon vom Jahr 2000 etc erhofft. Aber wenn wir auch schon morgen auf das Glück hoffen, was hilft's? Wir leben eben heute. Schade! Schade, daß ein Bellamy-schwärmer fast nötig entweder die Theorie Schopenhauers oder die entgegengesetzte annehmen muß.

H.

227] *Hermann Gundert an seinen Sohn Hermann*

Calw, 13. Juni 1892

[...] [Theodor] kommt heute zum Apotheker Villinger nach Waiblingen und hat also wieder eine Stelle. Von Hermann in Boll hören wir nicht viel, doch freut es ihn, der beste Kegelspieler dort zu sein. [...]

228] *H. H. an Johannes und Marie Hesse*
[Überschrift von Hand der Mutter oder des Vaters: Letztes von Hermann aus Bad Boll.]

Boll, 15. Juni 1892

Liebste Eltern!
Mit der Gratulation bin ich scheints zu spät gekommen, ich weiß das Datum fast nie hier. Seit 3 Tagen ist das Kopfweh schlimmer, vielleicht weil der Regen die Spaziergänge meist unmöglich macht. Ich habe schönste wilde Rosen und duftende Orchideen in meinem Zimmer, vor meinem Fenster blühen Rosen. Ich schicke die letzte Rechnung und bitte, gelegentlich 45 M. zur Zahlung der neuen (15 Tage) zu schicken. Mein Zimmer ist sehr wohnlich, besonders behagt mir der famose Lehnstuhl.
Im ganzen ist das Leben hier immer gleich, ohne jedoch irgendwie langweilig zu werden.

Mit Gruß und Kuß H.

229] *Hermann Gundert an seinen Sohn Hermann*

Calw, 20. Juni 1892

[...] Vom Boller Hermann kamen auch Briefe; worin zum Teil Verwunderliches steht: z. B. daß dort Mazurka, Polka u. s. w. studiert werden können. Er selbst scheint besser, versteigt sich aber doch noch in allerhand Höhen, so daß er gar den Schopenhauer anführt. [...]

230] *H. H. an Johannes und Marie Hesse*

20. Juni 1892

L[iebe] E[ltern]!
Ich habe bei Herrn Brodersen 25 M bis Ende Juni aufgenommen, 9 M. sind bezahlt. Bitte die 16 M. bald an Frl. *Lhotzky* zu senden. Lebt wohl! H.

231] *H. H. an Herrn Brodersen*

[Boll, 20. Juni 1892]

Verehrter Herr Brodersen!
Das Geld borgte ich von Ihnen zur Anschaffung eines Revolvers; seit einigen Tagen bin ich entschlossen, mich zu erschießen. Sie werden mich wohl nimmer sehen. Schicken Sie den Brief an meine Eltern! H.

232] *Christoph Blumhardt an Marie Hesse*

Boll, 20. Juni 1892

Liebe Frau Missionar!
Heute lief uns Ihr Sohn weg mit Hinterlassung von Selbstmorddrohungen. Er hatte sich vorher heimlich Geld geborgt und einen Revolver gekauft. Er ist wieder hier. Ich nehme es als Bubenstreich, aber in so krankhafter Weise, daß ich dringend mit Ihnen beraten muß. Ich möchte raten, ihn von hier aus auf eine Zeit zu Landerer[1] nach Göppingen zu bringen. Wollen Sie so gut sein und womöglich selbst kommen.

Schmerzlich grüßend Chr. Blumhardt

1 Dr. Gustav Landerer leitete damals die Christophsbad-Heilanstalt in Göppingen.

Zwei Gedichte aus Stetten

Am ersten Tag in Stetten, 1892
[also 21. oder 22. Juni]

Auch ich hab einst nach dem Glücke gestrebt,
Auch ich bin nicht lächelnd durchs Leben geschwebt,
Doch alles ist lange verflogen,
Verflogen der Traum von Freude und Scherz,

Erfroren, erstarrt das glühende Herz,
Und die kindliche Unschuld betrogen.

Die Kindheit, sie ist so schnell verschäumt
Und der Traum der Liebe so schnell verträumt,
Verklungen die heiteren Lieder,

Und der Glaube, der frohe, hoffende Sinn,
Mit Lenz und Tugend ist lange dahin
Und nimmer kehret er wieder.

– – –

Das Leben, es war so hell und so süß
Und die blühende Erde ein Paradies,
Und jetzt ist alles verdorben,
Das Spiel und der Scherz und der Erde Tand
Und der wagende Mut erlosch, entschwand,
O wär ich doch lange gestorben!

Der Sommer ging und der Winter kam
Und im Herzen wohnt mir ein ewiger Gram
Und ein ewiges, schmerzliches Sehnen,
Der Morgen kommt und der Morgen geht
Und am Abend ist alles, alles verweht
Und bleiben mir nur die Tränen.

H. Hesse
Stetten, 28. Juni 1892

233] *Aus dem Tagebuch der Familie Hesse-Isenberg*

Am 21. Juni beim Frühstück kam von Boll ein Brief, ich möchte sofort kommen, denn gestern habe Hermann einen Selbstmordversuch gemacht. Natürlich reiste ich gleich ab, bestellte telegraphisch David, daß er von Stuttgart an mit mir reise. Ach war das ein Reisen! Blumhardt trafen wir in Göppingen und er verlangte, wir sollen zu Sanitätsrat Landerer und fragen, ob er Platz für H. habe und zum Oberamtsarzt Dr. Engelhorn, daß er mit uns fahre, H. zu untersuchen. Landerer war ganz entschieden dagegen, einen so jungen Knaben in eine Irrenanstalt zu tun und riet dringend, doch damit zu warten, bis es absolut keinen andern Ausweg mehr gebe. Als er hörte, wie's gekommen, sah er den Fall sehr ernst an und glaubte, es sei von kleinauf Unnormales da, und da sich alles so langsam gesteigert, fürchte er sehr, daß die Krankheit recht tief sitze.

Im äußersten Notfall müßte er ihn wohl nehmen, doch ungern. Der Oberamtsarzt sprach sich ähnlich aus und versprach am folgenden Morgen nach Boll zu kommen, da er jetzt unmöglich fort könne. So fuhren wir ab.

In Brodersens Restauration, als Gefangener, finster und verstört saß H. und grüßte uns nicht. Es waren die qualvollsten Stunden meines Lebens, die ich bei ihm – Tag und Nacht – zubrachte. Nach langen Beratungen war David heimgereist. Am Morgen kam Dr. Engelhorn (der Oberamtsarzt) – furchtbar scharf und streng sprach Blumhardt, der alle Krankheit vergessen zu haben schien und bloß von Bosheit und Teufeleien herunterdonnerte, daß einem Hören und Sehen verging. »Der Herr hat's ihn geheißen« dachte ich und verstummte, als er und Brodersen (der übrigens voll Liebe und Mitleid mir nichts Guts genug tun konnte und dessen Teilnahme ein süßer Tropfen im bittern Wermutsbecher war) von schlechter Erziehung und ihren Früchten predigten.

Schließlich riet Herr Pfarrer Blumhardt zu Pfarrer Schall nach Stetten zu gehen, und zwar »unangemeldet, mit Sack und Pack vor ihn hinstehen« und bitten, daß er Hermann nimmt, sonst behalte er ihn keinesfalls.

Da ich an David und Theo (jetzt in Waiblingen) telegraphierte, trafen die beiden unterwegs mit uns zusammen und wir erreichten abends Stetten. Der edle Inspektor behielt unser Kind aus herzlichem Erbarmen zur Probe da, Gott lohne es ihm einst! Als H. zuerst in den Hof trat, rief er empört: »In das Gefängnis wollt ihr mich sperren? Lieber spring ich in den Brunnen dort!« Nachdem aber Pfarrer Schall nur etliche Worte mit ihm gesprochen, erklärte er sich bereit, freiwillig da zu bleiben.
So reiste ich jenen Abend noch heim; ganz erschöpft, an Leib und Seele zerschlagen wie nach einer schweren, langen Krankheit. Von dort an bekam ich öfters bei Nacht plötzlich Gallenbrechen, besonders nach Gemütlicher Aufregung.

234] *Johannes Hesse an H. H.*

Calw, 23. Juni 1892

Lieber Hermann!
Gestern Abend um 1/2 10 Uhr kam die liebe Mama glücklich wieder nachhause und erzählte von der liebevollen Aufnahme, die Du in Stetten gefunden. Es war mir ein großer Trost, eine Gebetserhörung. Nun hoffe und wünsche ich von Herzen, daß Du Dich dort wohlfühlen und gut angewöhnen möchtest. Es ist ein neuer Anfang, den Du da machst, und durch Gottes Gnade kann noch alles recht werden. Ich trage ja auch schwer am Leben wie Du und empfinde die tiefe Kluft zwischen Ideal und Wirklichkeit beständig aufs schmerzlichste; aber bis jetzt habe ich's doch immer wieder bestätigt gefunden: »Der Wolken, Luft und Winden gibt Wege, Lauf und Bahn, der wird auch Wege finden, da dein (mein) Fuß gehen kann«.
Ich hoffe, Du machst diese Erfahrung auch. Gott *hört* das Schreien der Elenden und wird uns nicht ewig in Unruhe lassen.

Das ist auch nett, daß Du nun so nahe von Theodor bist! Vom alten Großvater in Rußland kommen gute Nachrichten. Er schafft mit seinen 90 Jahren noch immer im Garten und rühmt, wie gut ihm das tue. Großpapa Gundert ist immer gleich; im Kopf frisch, sonst aber hilflos. Man hat jetzt einen Wärter für ihn bestellt.
Wir alle grüßen Dich vielmals.

In alter Liebe Dein Papa

235] *Christoph Blumhardt an Johannes Hesse*

Boll, 23. Juni 1892

Lieber Bruder!
Recht froh bin ich, daß Pfarrer Schall Ihren Sohn aufgenommen hat. Es ist das Einzige, was mir noch einfiel. Es handelt sich darum, daß Ihr Sohn über seine Jugendjahre hinausgebracht wird, ohne daß er sich vollends ganz zu Grunde richten darf in seinem Ärger und Murren. Später, wenn er älter ist, hoffe ich, rectifiziert sich bei ihm vieles. Der eigentliche Verstand ist bei ihm unentwickelt. Der kann aber nachkommen. Mit innigster Teilnahme gedenke ich seiner mit Ihnen vor Gott. Ich bin froh, mit dem Schrekken davongekommen zu sein, werde aber den Schrecken nicht bald wieder vergessen.

Mit herzlichem Gruß an Papa Gundert und Ihre l. Frau

Ihr ergebener Christoph Blumhardt

236] *M. Bräuninger an Johannes Hesse*

[21.–26. Juni 1892]

Schloß Stetten im Remsthal
Oberamt-Cannstatt, Württemberg
Eisenbahn u. Telegraphenstation, Endersbach

Herrn Missionar Hesse, Wohlgeb., Calw
Hiermit beehren wir uns, Ihnen zwei Aufnahme-Verträge für Ihren Sohn Hermann Hesse vorzulegen, mit der höflichen Bitte, uns dieselben unterzeichnen zu wollen und ein Exemplar für sich zu behalten.
Was den Paragraphen der Kündigung betrifft, so fällt dieser, so lange Hermann auf Probezeit hier ist, weg.
Ihrem Sohn geht's bisher recht gut, er arbeitet fleißig und macht heute einen großen Spaziergang. Herzliche Grüße von ihm.

Hochachtungsvollst
M. [oder H. M.] Bräuninger
Oberverwalter

237] *H. H. an Johannes und Marie Hesse*

Stetten, 27. Juni 1892

Liebste Eltern!
Herzlichen Dank für das eben erhaltene Paket, ich möchte nur erinnern, daß ich notwendig Handtücher brauche. Bitte schickt solche einmal mit Filzhut und den andern Stiefeln. Der Brief von Hans hat mich gefreut, ich danke ihm.
Man steht hier 5 1/4 Uhr auf, arbeitet vom Frühstück (3/4 8 Uhr) bis zum Vesper (1/2 10 Uhr), dann von 10 bis 11 1/2 Uhr, dann Essen und Freizeit bis 1 1/2 Uhr, dann Arbeit bis 1/2 4, Vesper bis 4, Arbeiten bis 6 Uhr. Sonn- und Feiertage sind bis auf die Gottesdienste frei.
Gestern verbrachte ich den Abend bei Herrn Inspektor in gemütlicher Unterhaltung; er ist überhaupt immer sehr freundlich, ebenso die Herrn Lehrer. Heute kam ich zum erstenmal in die Schule, hörte zu und hoffe, den Lehrern dann und wann aushelfen zu können.
Mein Zimmer ist schön und groß, Herr Ettlinger und der Wärter beide freundlich.

Ich arbeite immer im Garten, Erbsenlesen, Wege rechen, gießen, hacken etc. Es ist hier auch der Sohn von Frau Trittler in Pforzheim.

Für die Grüße der Lieben danke ich und bitte sie herzlich zu erwidern

von Hermann

P. S.

Hoffentlich kann Theo bald mal kommen. Mein Schlaf ist ziemlich besser.

238] *Inspektor Pfarrer Schall*[1] *an Johannes Hesse*

Stetten, 27. Juni 1892

Sehr geehrter Herr Hesse!

Besten Dank für Ihren Brief. Es freut mich, daß ich Ihnen bis jetzt gute Nachrichten schicken darf.

Hermann hat sich rasch eingelebt und an die Ordnung gewöhnt. Er arbeitet fleißig den ganzen Tag im Garten. Heute will ich es probieren und ihn in die Schule der Oberklasse gehen lassen, damit er dort zuhört und später an der Stelle des Lehrers das Durchgenommene repetiert. Es ist das für ihn doch eine gewisse Befriedigung, wenn er auf diese Weise in der Schule seine Gaben verwerten darf.

Es wäre mir auch lieb, wenn Sie die Güte hätten und ihm seinen Livius, lat.-deutsch. Lexikon, nebst seinem Geometriebuch zusenden wollten, damit er, wenn es heißer wird, sich weiter bilden kann.

Bis jetzt also bin ich ganz zufrieden. Ich weiß natürlich nicht, wie lange die Sache anhält und der Reiz der Neuheit das Abnorme zurückdrängt.

Seine Handschrift, (welche in vielen Fällen mir ein Kennzeichen des Charakters ist) zeigt freilich etwas Zerfahrenes und Flüchtiges. Von seiner Nervosität zeugt ein beständiges Zucken auf seiner Stirne.

Gebe Gott, daß es gelingt, über die krankhafte Verstimmung Herr zu werden und dem Leiden die Wurzeln zu untergraben.

Mit freundlichen Grüßen von Haus zu Haus
Ihr ergebener Insp. Pf. Schall

Hermann schläft ganz gut, was natürlich von großem Vorteil ist.

1 Gottlob Adam *Schall*, geboren Bonlanden (Filder) 14. 12. 1841; Pfarrer in Hösslinswart über Schorndorf 1872; Inspektor in Stetten i. R. 1877; Hauspfarrer im Zuchthaus Ludwigsburg 1894; gestorben Ludwigsburg 3. Dezember 1903.

239] *Hermann Gundert an seinen Sohn Hermann*

Calw, 27. Juni 1892

Lieber Hermann,
vor acht Tagen begann *eine sehr ergreifende Woche, darin die lieben Hesse's viel Geduld und Glauben bewiesen haben.* Der Hauptsache nach zeigt's die Inlage[1]. Unter solchen Erfahrungen wächst natürlich der Zweifel ob Hermann je wieder ins Seminar zurückkehrt und also auch ob eine wissenschaftliche Beschäftigung seine Bestimmung ist. Was Blumhardt über ihn sagt, daß er eigentlich keinen Verstand habe, ist in gewissem Sinn anzuerkennen, sofern ihm eben enge Grenzen gezogen sind. Auch von moral insanity haben sie gesprochen mit gleichem Recht oder Unrecht. Ich bin froh, daß ihn einstweilen Stetten aufnimmt, sehe aber natürlich allerlei Wechseln entgegen. [...]

[Er berichtet über Besuche, darunter eine Frau von Engelhardt,] die mit allen frommen Kreisen in Berlin vertraut ist und sich nur wundert, wie unser christliches Leben in Deutschland auseinandergeht. Sie kam eigentlich auf ein paar Tage nach Hirsau, um den Umgang mit Hesses zu ge-

nießen, an deren Prüfung sie natürlich herzlichen Anteil nimmt. [...]

1 Vermutlich der Brief Christoph Blumhardts an Marie Hesse, vom 20. Juni 1892.

240] *H. H. an Johannes und Marie Hesse*

Stetten, 3. Juli 1892

Liebe Eltern!
Vielen Dank für die Geburtstagssendung, besonders auch für die netten Geschenke der Geschwister. Von Onkel David kam der Anzug. Der gestrige Tag verlief ganz nett, von Herrn Inspektor bekam ich einen Blumenstrauß nebst Hefenkranz, auch trank ich den Kaffee bei ihm. Von 1 1/2 bis 4 1/2 war ich mit den drei Lehrern im Wald.
Seit gestern darf ich täglich einige Stunden Livius, Geschichte etc treiben; in der Schule vikariere ich täglich eine Stunde.
Neben mir wohnt ein 17jähriger Bengel namens Tom, der schon so oft im Karzer saß, daß dieser »Onkel Tom's Hütte« heißt.

Adieu!

Lieber Hans!
Herzlichen Dank!

Mit Gruß
Hermann.

Marulla ditto. Später Weiteres.

241] *Hermann Gundert an seinen Sohn Hermann*

Calw, 4. Juli 1892

[...] Wir feierten am 2. den 15. Geburtstag unsres Hermann Hesse, zugleich den unserer Christine, die freilich

25 Jahr älter ist, und heute war's der Geburtstag der lieben Emma im Steinhaus (geb. 1848). Vom Hermann hören wir nichts mehr, doch hat ihn Theodor von Waiblingen her besucht und ordentlich gefunden. Erwähnte ich schon, daß er sich seinen Livius hat kommen lassen samt dem Lexikon? Da besinnt er sich vielleicht doch noch, wie sich die wissenschaftliche Laufbahn weiter führen lasse. [...]

[...]

[Er berichtet, daß er in dieser Woche einen Besuch von seiner Schwester Emma Plebst erwarte] und dann kommt eine Sitzung des Verlagsvereines, auf die mir nicht bange ist. Wir arbeiten weiter am Kirchenlexikon[1] und an der Concordanz, die womöglich mit dem Jahr fertig werden soll. Der Herr helfe weiter von Tag zu Tag.

Mit herzlichem Kuß Euer V. H. G.

1 Das Calwer Kirchenlexikon. Kirchlich-theologisches Handwörterbuch. 1: (A–K) (1889), 2: (L–Z) (1892). Eine von Friedrich Keppler neubearbeitete 2. Auflage des ersten Bandes erschien 1937, des zweiten Bandes 1941.

242] *Theo Isenberg an H. H.*

Waiblingen, 6. Juli 1892

Lieber Bruder!

Deine Karte und Brief mit den Liedern haben mich sehr gefreut! Bravo! Frisch auf! Das klingt ganz anders und besser als das frühere!

Doch weiteres mündlich! Kannst Du *Freitag* Nachmittag vielleicht hierherkommen? – Ich würde Dich abends dann wieder heimbegleiten! Frage Herrn Inspektor und grüße ihn *herzlich* von mir! Auch Frau Pfarrer und Fräulein Schwester bitte ich mich zu empfehlen. [...]

NB. Kannst Du bis 2 oder 3 kommen? Im andern Fall will ich sehen, daß ich zu Dir kommen kann.

243] *Marie Hesse an Johannes Hesse*

Calw, 10. Juli 1892

Lieber Johannes,
diesen Brief vom lieben Hermann erhielt ich heute und schicke ihn gleich, da ich ja nicht weiß, wann Du abreisest; vielleicht besprichst Du's gerne mit David. Ich möchte doch wissen ob in Stetten der Arzt H. gesehen und was er von ihm hält. –

244] *Hermann Gundert an seinen Sohn Hermann*

Calw, 11. Juli 1892

[Er berichtet, Johannes Hesse sei gestern auf einem Missionsfest in Cannstatt gewesen, und fährt dann fort] Halb dachten wir, Johannes könnte seine Anwesenheit in Cannstatt zu einem weiteren Ausflug nach Stetten brauchen, allein er wagte sich nicht dahin, hatte aber Gelegenheit zu hören, daß Pfarrer Schall sich zufrieden und hoffnungsvoll über Hermann äußert. Von letzterem erhielt Marie einen netten Brief, worin er das erstemal seine Eltern um Verzeihung bittet und sich etwas sorgenvoll über seine Zukunft ausspricht; am liebsten würde er doch auf einem Gymnasium weiter lernen. Wenn's Gottes Wille ist, wird's auch geschehen. Das hast Du vielleicht noch nicht gewußt, *was in Boll vorausging ehe sich Hermann den Revolver kaufte*, er hatte dort *ein Fräulein getroffen*, das auch je und je mit den Jungen *spielte*, obwohl schon 22jährig und *der hatte er seine Liebe gestanden* und *sie damit sehr verblüfft*, weil nun nichts daraus werden wollte, mußte er doch vom Schauplatz abtreten!! Ist doch auch ein Unglück, wenn man so schnell Entschlüsse faßt und ausführt. Gott helfe ihm, daß er die rechte Erkenntnis und Kräftigung seines Willens beim Heiland suche! [. . .]

245] *Inspektor Pfarrer Schall an Johannes Hesse*

Stetten, 12. Juli 1892

Sehr geehrter Herr Hesse!

Besten Dank für Ihren Brief mit Beilage, welche mir äußerst wertvoll ist.

Ich muß in einer halben Stunde abreisen und muß mich daher kurz fassen; ein andermal mehr.

Ich habe vorigen Samstag mit Hermann eingehend gesprochen; er hat keine Ahnung von Ihrer Beilage. Ich glaube, daß Sie ruhig sein dürfen. Wenn er so bleibt, wie er gegenwärtig ist, dürfen wir Gott recht danken. Ich verwende ihn gegenwärtig viel in der Schule. Das befriedigt ihn ungemein. Er übersetzt auch viel Lateinisch. Ebenso habe ich ihm einen Aufsatz aufgegeben. Er faßt nun doch fest ein Ziel ins Auge, das er erreichen will. Gott helfe weiter.

Mit freundlichen Grüßen
Ihr erg. Insp. Pf. Schall

246] *Hermann Gundert an seinen Sohn Hermann*

Calw, 18. Juli 1892

[...] H. in Stetten schreibt ordentlich, er hat doch seine Eltern um Verzeihung gebeten. [...]

247] *Johannes Hesse an H. H.*

Calw, 14. Juli 1892

Lieber Hermann!

Als Dein Brief vom 9. d. M.[1] kam, war ich von Calw fort auf einem Missionsfest.

Ich brauche wohl kaum zu sagen, wie sehr es mich gefreut hat, daß Du darin einen neuen Ton anschlägst, um Verzeihung bittest und vom Segen der Arbeit sprichst. Herr

Inspektor Schall hat uns bis jetzt auch nur Erfreuliches über Dich berichtet. Wir danken Gott für das alles und bitten Dich, nun auch ganz einfältig an unsere Liebe zu glauben. Du bist *nicht* zur Strafe in Stetten. Es ist auch unsrerseits keinerlei Beschluß gefaßt worden, Dich so oder so lange dort zu lassen oder Dich vom weiteren Studieren – etwa auf einem Gymnasium – abzuhalten. Nichts der Art! Was irgendwie gut für Dich scheint und unser Vermögen nicht gar zu sehr übersteigt, das soll geschehen. Das ist uns so selbstverständlich als was. Hier ist auch das uns selbstverständlich, daß Du zuerst Dein Kopfweh loswerden und wieder normalen Schlaf bekommen mußt, wenn es wieder um regelrechtes Studieren gehen soll. Das geordnete, arbeitvolle Leben, das Du jetzt führst, namentlich das viele Schaffen in freier Luft, wirkt offenbar sehr wohltätig. Und daß Du von Herzen dabei bist, daß Du mit allem Bewußtsein und Willen ein Leben der Arbeit führen willst, das ist das Beste daran. Wir danken Dir für die Freude, die Du uns damit machst, und bitten Dich: habe Geduld, bis aus dem guten Anfang eine gute *Gewohnheit* geworden ist. Bei nervösen leichtbeweglichen Menschen – wie Du und ich – kommt alles darauf an, daß durch Übung und Ausdauer das Gute, das man in den Willen aufgenommen, eisern sozusagen in Fleisch und Blut übergeht. In dieser Übung stehst Du jetzt drin. Sobald Du darin befestigt bist und Deine Gesundheit sich wesentlich gestärkt hat, werden wir uns bemühen, ein passendes Gymnasium etc für Dich zu finden. *Wann* das sein kann, das werden wohl Herr Inspektor Schall und der Arzt entscheiden müssen. Gott gebe, daß es recht bald sein könne!
Gestern wurde Hans 10 Jahre alt. Dem l. Großpapa geht es ordentlich. Mama hat sehr viel zu tun mit Kleiderflicken, Haushaltungsgeschäften *und* Korrekturenlesen. Wir geben eine große Konkordanz[2] heraus, von der jetzt jede Woche

vier Bogen gedruckt werden. Da hilft die l. Mama sehr fleißig mit, um etwas Geld dadurch zu verdienen. Ebenso Herr und Frau Seeger.

Also behalte guten Mut. Per ardua ad astra. Ohne Kampf kein Sieg! So schlagen wir alle uns durch *dies* Leben – in Erwartung eines besseren.

Mit herzlichen Grüßen von uns allen

Papa

1 Dieser Brief fehlt.

2 Vgl. Brief vom 30. September 1889 und vom 4. Juli 1892.

248] *Eugenie Kolb*[1] *an H. H.*

Cannstatt, untere Ziegelei, 20. Juli 1892

Mein lieber Herr Hesse!

Nehmen Sie vor allem herzlichsten Dank für Ihren lieben Brief und für das Vertrauen, welches Sie mir schenken; ich werde es *stets* zu würdigen wissen! –

Ich bitte Sie, lieber Herr Hesse, inständig, *vergessen Sie*, was Sie hinter sich haben und sorgen Sie vor allem für Ihre Gesundheit. Denken Sie, und glauben Sie mir, wenn ich Ihnen sage: »Die erste Liebe ist *nie* und *nimmer* die *richtige*« – wenn es auch bitter ist eine Enttäuschung in Herzensangelegenheiten zu erleben – so war es so doch am besten für Sie – keine Erwiderung der Liebe zu finden ist noch lange nicht so schwer zu ertragen, als ein Verhältnis einzugehn, das vielleicht nach jahrelanger Dauer von rauher Hand zerrissen, oder wenn Sie nach Jahren zur Einsicht gekommen wären, daß Ihre junge Liebe nichts als Selbsttäuschung ist. – Das ist schlimm! Danken Sie Gott, daß Sie vor jener gräßlichen Tat so glücklich verschont geblieben – aber ich bitte, bitte Sie herzlich, legen Sie, (sollten Sie je wieder eine solch bittere Erfahrung machen, was Gott verhüten wolle!) mehr Selbstbeherrschung, ja, ich möchte sagen, mehr Mannesmut an den Tag – das ist nichts, wenn man gleich sein Leben mutlos wegwerfen will! – Verzeihen Sie diese meine vielleicht etwas unzarten, aber wohlgemeinten Worte, bitte, bitte herzlich. – Jetzt will ich aber dieses Thema abschließen und lieber mündlich davon weiterreden, nicht wahr? Es ist verständlicher.

Die Frage, ob Sie als mein Bruder in unsrem Heim verkehren dürfen ist sehr überflüssig; Sie könnten wissen, daß ich Sie als Theodors Bruder nicht nur schon beim ersten Begegnen in mein Herz eingeschlossen habe, – sondern wir alle haben Sie sehr, sehr lieb gewonnen, was ich hiemit versichre!

Kommen Sie nur *so oft Sie Lust haben* zu uns und bringen Sie aber auch Ihre Gedichte mit, nicht wahr? Ich denke, daß ich Fräulein Brackenkammer auf nächsten Samstag in 8 Tagen, wo Theodor frei hat, einladen kann, und hoffe, sie wird dieser Einladung Folge leisten. Also auf baldiges Wiedersehen hoffend, grüße ich Sie recht herzlich, indem ich Ihnen nochmals ans Herz legen möchte, mehr Mut zu gewinnen. –

Ihre Eugenie Kolb

Von der lieben Mama recht herzliche Grüße für Sie.

Nicht wahr? Wir trinken bald Bruderschaft!!!

NB Entschuldigen meine schlechte, eilige Schrift, es wird ganz dunkel, ich sehe beinah nichts mehr.

1 Frl. E. *Kolb*, von H. H. verehrt; Th. Isenberg wohnte eine Zeitlang im Hause ihrer Mutter, so lernte H. H. sie kennen.

H. H. an Eugenie Kolb
Umschlag, Seite 1

Kleine Lieder
für Frln. E. Kolb
von Hermann
1892

Umschlag, Seite 3

Diese Mappe mit 23 Gedichten
ist im Sommer 1892 in Stetten
geschrieben und Fräulein Eugenie
Kolb gewidmet, die ich eben durch
meinen Bruder Theo kennen gelernt
und öfter in Cannstatt besucht hatte.

(Copiert 1944)

Besitzer des Originals ist ein Neffe von Eugenie Kolb, Pfarrer G. Schläpfer in Sirnach (Thurgau).

249] *Hermann Gundert an seinen Sohn Hermann*

Calw, 25. Juli 1892

[...] Notabene das, der Wunsch nach einem reinen Herzen stammt vom 10jährigen Hansle, nicht vom ungestümen Memmer.

Letzterer war am Sonntag vor acht Tagen mit Theodor bei dessen Freunden Colb in Cannstatt und aß dann mit Gustavs zu Mittag. Theodor ist natürlich seiner Sache gewiß, daß er den lieben Hermann bald zurecht brächte, natürlich mit Vermeidung alles Christlichen oder Religiösen, womit man immer die Jugend abstoße. [...]

250] *Inspektor Pfarrer Schall an Johannes Hesse*

Stetten, 26. Juli 1892

Sehr geehrter Herr Hesse!

Mit bestem Dank beehre ich mich Ihnen die [?] wieder zuzustellen.

Hermann ist frisch und munter, natürlicher, nicht mehr auf hohen Kothurnen einhergehend, schickt sich völlig in die

Ordnung, arbeitet fleißig und schläft, was mir sehr wichtig ist – ruhig die ganze Nacht.
Gestern habe ich ihm seine Liviusübersetzungen corrigiert. Dieselben waren im ganzen gut bis auf die unstete Handschrift. Da ich den Charakter nach der Handschrift beurteile, sagte ich ihm meine Meinung über seine Handschrift und er gab mir Recht, will sich auch Mühe geben, dieselbe zu bessern.
Er musiziert viel. Ich sagte ihm, daß er's in geringerem Grad betreiben solle, da er gern dabei leidenschaftlich wird. Er nimmt von mir alles willig an.
Gestern hat er einen großen Waldspaziergang gemacht. Ich muß ihn aber oft aus dem Zimmer treiben, er ist ein arger Stubenhocker.
Über das »Was nun« wäre es am besten, wenn wir uns einmal mündlich etwa in Stuttgart besprechen könnten.
Ich werde mich mit unserem Arzt vorher eingehend besprechen und das mit Ihnen beraten. Entschuldigen Sie das längere Stillschweigen; ich war verreist.
In der Kirche sehe ich ihn immer aufmerksam, ebenso in der Kinderlehre.
Hoffentlich ist die Krisis vorüber. Gott helfe in Gnaden weiter.
Mit freundlichen Grüßen von Haus zu Haus.

Ihr erg. Insp. Pf. Schall

251] *Johannes Hesse an H. H.*

Calw, 27. Juli 1892

Lieber Hermann!
Herr Inspektor hat uns so guten Bericht über Dein Ergehn und Dein Verhalten geschickt, daß wir uns nicht genug freuen können. Gott sei Dank.
Schlaf ist eine Gabe, die uns von oben kommt und die kein

Mensch sich nehmen kann. Ebenso das stille, gelassene Herz, das die Widerwärtigkeit des Lebens mit Ruhe und Heiterkeit erträgt. Nach beidem strecke ich mich täglich im Gebet aus und danke Gott für das, was er gibt. Danke auch Du für das, was Dir beschert wird.

Bei uns geht's ziemlich unruhig zu: Mama ist sehr in Anspruch genommen durch die Korrekturen, die allemal furchtbar schnell erledigt werden müssen. Dazu ist jetzt die Zeit der Ernte im Garten. Wir haben viel Träuble und Stachelbeeren. Da gibt's allerlei einzukochen.

Ich war Montag auf einem Missionsfest in Birkenfeld und muß nächsten Sonntag auf ein solches nach Möttlingen. Dazu kommen immer Korrekturen vom *Kirchenlexikon* und auch neue Artikel sind für dasselbe zu schreiben. Eben bin ich an Swedenborg. Auch mein Rätselbüchlein[1] wird jetzt gedruckt.

Hoffentlich kann ich bald einmal nach Stetten kommen. Wir denken Tag und Nacht an Dich; auch die Kleinen fragen viel nach Dir und freuen sich, daß Du wohler bist.

In alter Liebe Dein Papa H.

1 Siehe Brief vom 27. Oktober 1892.

252] *H. H. an Johannes und Marie Hesse*

Stetten, 29. Juli 1892

Liebe Eltern!

Dank für Papas Brief! Ich selbst weiß eben wenig zu schreiben. Natürlich würde mir ein solches Leben für die Länge nicht gefallen. Bloß arbeiten, um nicht Langeweile zu haben, kleine Kinder lesen und zählen zu lehren etc. Ich bin gerne da und arbeite gern, aber ich freue mich auf die alte gewohnte Arbeit, auf das Lernen, auf das Schulleben. Geregelt etc ist hier meine Arbeit kaum. Wenn ich in der Buch-

druckerei kleistere, werde ich plötzlich in die Schule gerufen, vom Livius dann wieder in den Garten u. so fort. Nach den Worten der betreffenden Herrn könnte ich im Herbst (Mitte Sept.) wohl ins Gymnasium. Könnte ich nicht über die Zukunft etwas erfahren? Am liebsten ginge ich in Cannstatt ins Gymnasium, wo ich bei Kolbs Anschluß fände, die mir Mutter und Schwester geworden.
Ich weiß positiv nichts zu schreiben; auch muß ich in 5 Minuten eine Lektion geben.

In Liebe Hermann.

Bitte die verschiedenen andern Verwandten zu grüßen.

253] *Inspektor Pfarrer Schall an Johannes Hesse*

Stetten, 30. Juli 1892

Sehr geehrter Herr Hesse!
Da ich während Ihre Briefe ankamen, verreist war und meine Frau mich über den Inhalt derselben aufklärte, hielt ich dieselben irrtümlicher Weise auch [für] beantwortet.
Hermann ist scheint's ein schalloses Ei. Ich würde, was die Vergangenheit betrifft, dieselbe vorerst ruhen lassen. Später einmal, wenn die Gesundheit sich gekräftigt hat, dann mag man ja immer wieder darauf zurückkommen. Zu vergessen ist nicht, daß er eben krank gewesen ist. Vorerst wird das Apostelwort richtig sein (wenigstens praktisch so verwertet): ich lasse, was dahinten ist und strecke mich zu dem, das da vorne ist.
Hermann scheint sich des Vollgefühls seiner Gesundheit zu erfreuen – nach meiner Beobachtung. Er ist voller Leben. Ob zu seinen Verirrungen nicht auch das Romanlesen beigetragen hat, wodurch er in eine ganz andre Welt versetzt wurde und mit der Wirklichkeit nicht mehr rechnete, vielleicht auch die Lust am angestrengten Lernen verlor? Er hat eine ziemliche Lesewut, welche ich zügeln muß.

Nun was tun? Hermann möchte nach Stuttgart ins Gymnasium. Ob aber Stuttgarter Luft und Leben für ihn taugt, ist mir sehr fraglich. Herr Dr. Habermaas ist auch meiner Ansicht; nicht nach Stuttgart. Er meint, daß er den August noch hier bleiben soll, dann aber austreten könne. Es kam mir der Gedanke, ob er nicht ins Seminar Schöntal eintreten, also um ein Jahr zurückversetzt werden könnte. Wir hatten in Schöntal seinerzeit auch einen Maulbronner. Ich weiß natürlich nicht ob es geht. In Maulbronn glaubt er eben nicht mehr mitmachen zu können. Ich habe ihm davon noch nichts gesagt. Wenn ich einmal einen Tag abkommen kann, will ich Ihnen Mitteilung machen. Ich habe H. gesagt, daß er einen ordentlichen Brief nach Haus schreiben soll. Er sagt, daß er es sofort getan habe.

Mit freundlichen Grüßen Ihr
erg. Insp. Pf. Schall

254] *Johannes Hesse an H. H.*

Calw, 30. Juli 1892

Lieber Hermann!
Ich will die Woche nicht zu Ende gehen lassen ohne Dir wenigstens in Eile gedankt zu haben für Dein Brieflein. Wir freuen uns über jede Nachricht von Dir. Was Du vom Gymnasium in Cannstatt schreibst, überlegen wir. Cannstatt ist jedenfalls besser als Stuttgart. Im Lauf der nächsten Woche hoffe ich nach Stetten zu kommen, wenn alles nach Wunsch geht mit der Arbeit und auch mit der Gesundheit.
Bitte, sage Herrn Inspektor, daß ich heute seinen Brief erhalten habe und ihm herzlich danke.
Wir alle grüßen vielmal und wünschen Dir fortgehendes Wohlbefinden.

In herzlicher Liebe Dein Papa H.

255] *Hermann Gundert an seinen Sohn Hermann*

Calw, 1. August 1892

[Der Großvater erzählt von der kleinen Enkelin Fanny[1]*, die ihren Schwestern entschlüpft und auf die Brücke vor dem Steinhaus läuft.]* Also haben wir uns auf Engelschutz zu besinnen.

Auf diesen sind wir auch beim H. H. angewiesen, der unterdessen ruhig und untertan geblieben ist, aber nun Fortsetzung seiner Studien verlangt. Da Cannstatt neuestens ein Gymnasium hat, denkt man daran, ihn dort unterzubringen und zwar im Haus der Frau Pfarrer Colb, die von Theodor mächtig empfohlen wird. Derselbe war nämlich bei ihr in Stuttgart untergebracht und machte dort Bekanntschaft mit deren Schwiegersohn. Natürlich ist da vom Christentum nicht die Rede, sondern nur vom ästhetischen Genuß, während auch zugestanden wird, wie Theodor schreibt, daß das Leben sich ethisch gestalten müsse. Es ist sehr ungeschickt, daß Theodor jetzt in Waiblingen wohnt und natürlicherweise Hermanns ganzes Vertrauen erworben und seine Leitung an sich gezogen hat. Der Herr helfe da weiter. [...]

1 Fanny *Gundert*, jüngste Tochter von Friedrich und Emma Gundert, Musikerin (Geige). Verheiratet mit Alfred Schiler, Oberstudienrat in Calw.

256] *H. H. an Marie Hesse*

Stetten, 2. August 1892

Liebe Mama!

Darf ich bitten, mir bald Stehkrägen Nro 37 (allermindest 36) und Brüstchen zu schicken, da ich fast in Verlegenheit bin. Sehr dankbar wäre ich, könntet Ihr eine E-Saite oder zwei beilegen. Hoffentlich kann Papa kommen.

Mit Kuß H.

[Mit Bleistift] Mein Befinden = sehr gut, Arzt zufrieden.

257] *H. H. an Marie Hesse*

Stetten, 5. August 1892

Liebe Mutter!

Dank für Brief und Sendung! Viel Glück zum Engländer! Er muß meine Stelle einnehmen bei Euch. Der Arzt ist *gegen* einen längeren Aufenthalt hier und würde mich binnen acht Tagen als ganz gesund entlassen. Ich freue mich auf Ferien, wäre natürlich froh, fortzudürfen; nun ist der Englishman da. So muß ich wohl noch warten.

Ich habe mich so gefreut, doch weiß ich ja nicht, ob Ihr mich, auch ohne den Mr. Gover brauchen könnt. Bitte mir darüber zu schreiben, da Papa scheints nicht kommen kann. Das Wetter ist so schön, es ist August, Ferienzeit – hier in Stetten keine Badegelegenheit, Hitze, Arbeit, keine Unterhaltung, kein Verkehr, in den Augen vieler (Verwandten etc) *verrückt*, ich klage nicht, denn ich hab' es verdient und trage es ja *freiwillig* – aber glaubt mir, ich bin gestraft.

Also bitte mir zu schreiben, ob ich vor eventuellem Eintritt ins Gymnasium (wo?) allenfalls in nächster Zeit, Euch besuchen kann und darf! Vielleicht ginge es, da Karl wenig in Calw sein wird. Ich könnte mich ja auch in Calw ein wenig beschäftigen, hätte wenigstens menschlichen Umgang mit Euch und besonders mit Vetter H., auch dem Engländer, die ich beide grüßen lasse.

Auf Antwort sehr gespannt

H. Hesse.

Natürlich wäre Frage an Herrn Inspektor Schall zu richten.

258] *Inspektor Pfarrer Schall an Johannes Hesse*

Stetten, 5. August 1892

Sehr geehrter Herr Hesse!

Vor ein paar Tagen habe ich mit Herrn Doktor gesprochen, ob Hermann nicht in der nächsten Woche austreten könne.

Er meinte, daß das ganz gut angehe. Ich wollte Ihnen nächsten Montag zu einer Zusammenkunft in Stuttgart oder Zuffenhausen vorschlagen, weil ich an diesem Tag wahrscheinlich zu meiner kranken Schwiegermutter nach Ludwigsburg reisen werde.
Unter diesen Umständen wird es am besten sein, wenn Sie im Laufe der nächsten Woche hieher kommen und Hermann mitnehmen.
Ich redete heute mit ihm, ob er nicht wieder in Maulbronn eintreten wolle, aber dazu hat er keine Lust. Nun darüber können wir ja mündlich verhandeln.
Ich bitte mir nur mitteilen zu wollen, an welchem Tag Sie abkommen können, damit ich sicher hier bin.

Mit freundlichen Grüßen an Sie und Ihre Frau
Ihr erg. Insp. Pf. Schall

259] *Aus Briefen von Hermann Gundert an seinen Sohn Hermann*

Calw, 8. August 1892

[...] Johannes war am 5. nach Stetten gegangen und brachte Hermann von dort mit. Er hat keinen besonderen Zug getan, doch versteht er, daß man etwas wie Gehorsam von ihm verlangen darf. Der Pfarrer in Stetten sagt, es wäre dort nicht länger gegangen wegen der vielen Krankheitsfälle, auf die man sehen müsse, doch scheint die Fortsetzung der Studien noch etwas Zweifelhaftes zu sein.
[...]

260] Calw, 15. August 1892

[...] Der H. H. benimmt sich mittlerweile unterschiedlich, duckt sich ein wenig und bläst sich dann wieder schönstens auf, »wer sagt, ich sei verrückt, der ist selber verrückt«.

Unter diesen Umständen ist's schwer, Entschlüsse fassen. Man denkt ans Gymnasium in Reutlingen, aber [...]
Johannes dauert mich, weil sein Sohn ihm das Leben so sauer macht. Er hatte sehr gute Zeit, aber jetzt kommt wieder das Kopfweh. Sein Vater ladet ihn zu einem Besuch in Rußland ein, aber mit dem Haufen Geschäft, der auf ihm liegt, ist das unerreichbar.
[...]

261] *Rektor Dr. Friderich [Fridrich?] an Stadtpfarrer Gmelin*

Reutlingen, 15. August 1892

Sehr geehrter Herr Stadtpfarrer,
das Schreiben von H. Missionar Hesse habe ich mit gutem Bedacht durchgelesen und daraus den Schluß gezogen, daß wir es in diesem Falle mit einem sehr schwierigen Schüler zu tun bekommen würden, falls wir denselben ins Gymnasium aufnähmen. Mein Entschluß ist daher, denselben *nicht* in das Gymnasium aufzunehmen. Diesen Entschluß werden Sie selbst, Herr Stadtpfarrer, so wie ich Sie kenne, nur billigen.

In vorzüglicher Hochachtung
Ihr ergebener
Rector Dr. Friderich [Fridrich?]

262] *Stadtpfarrer Gmelin an Johannes Hesse*

Reutlingen, 15. August 1892

Lieber Herr u. Freund!
Von Ihnen ein Brief war mir eine Herzensfreude u. gerne nahm ich mir vor, alles zu tun, so schwierig die Sache zu

liegen schien. Daß ich Ihr Schreiben – mit Begleitbrief – dem Rector geradewegs zusandte, bitte ich nicht zu verübeln; denn wenn ich ihm mündlich nur die Hälfte gesagt hätte und es wäre nachher mehr herausgekommen und wäre schief gegangen, so wäre ich und die ganze Besorgung in ein schiefes Licht gekommen. Ich wunderte mich ebenso über die gute Empfehlung des hiesigen Gymnasiums durch Ephorus Palm, wie über die umstehende Ablehnung des Rektors, welcher bisher die Praxis hatte mehr à tout prix Schüler zu *bekommen*. Selbst hatte ich die Anstalt für Ihren Sohn nicht empfehlen können wegen des darin (viel mehr als in einem Seminar) herrschenden leichtfertigen Geistes – man spürt die Nähe von Tübingen und den Einfluß herüberkommender Studenten. Noch weniger hätte ich das geeignete Unterkunftshaus finden können (das meinige käme wegen unserer 3 kleineren Kinder nicht in Betracht) da die 2 vorhandenen Lehrerpensionate gar keine charakterfeste oder feiner gebildete Leiter haben, auch da herrscht Freiheit ohne Zucht und Aufsicht. Anderwärts wird es ähnlich sein; die meisten Schüler mieten sich wie Studenten ihr Zimmer und tun was sie wollen. Da ich an Cl. VIII – X Religionslehrer bin, sind mir die Verhältnisse wohlbekannt. Könnte Ihr Sohn, wenn die Rückkehr zur Maulbronner Promotion ausgeschlossen ist, nicht eher in die neue Schöntaler eintreten – oder noch besser in die Kornthaler VIII. Cl. (am 27. Sept.)? Gerade in Geistesbildung, Ästhetik etc überlegene Leute sind in unserer materiellen Industriestadt mehr als selten.
In der Hoffnung, Ihnen bei andrer Gelegenheit besser dienen zu können, und mit herzlichem Gruß, auch der verehrten Frau Hesse

Ihr ergebener
E. Gmelin

263]   15. August 1892

[Oben links steht:]
H. hat Urlaub bis Ende 1892.
Bis 15. Dezember Bericht erstatten.

Euer Hochehrwürden
beehrt sich das unterzeichnete Sekretariat davon in Kenntnis zu setzen, daß die Ministerial-Abteilung spätestens auf den 1. September l. Js. einem Bericht über das dermalige Befinden Ihres für das Sommerhalbjahr 1892 zur Wiederherstellung seiner Gesundheit beurlaubten Sohnes Hermann entgegensieht, in welchem insbesondere über die Möglichkeit seines Wiedereintritts in das Seminar und der Wiederaufnahme seiner Studien bestimmte Angabe zu machen ist.

Hochachtungsvoll
Stuttgart, 15. August 1892
Sekretariat
der 2. [?] Kult. Ministerial-Abteilung
für Gelehrten- und Realschulen
[Unterschrift:] Fischer Stch.

Sr. Hochehrwürden
Herrn Missionar Hesse in Calw   (No 5051)

264] *Inspektor Pfarrer Schall an Johannes Hesse*

Stetten, 16. August 1892

Sehr geehrter Herr Hesse!
Was denken Sie aber, uns mit einem solchen Cumulus von Büchern zu überraschen? Sie beschämen uns ganz durch Ihre Güte. Erlauben Sie gütigst, daß ich Ihnen zugleich im Namen meiner lieben Frau und meiner Schwestern den wärmsten Dank ausspreche. Aber auch eine Bitte habe ich auf dem Herzen, nämlich daß Sie mir erlauben, in die Subscription des Calwer Kirchenlexikons vollends einzutreten.

Ihre Mitteilungen über Hermann haben mich schmerzlich berührt. Kann sich denn ein Mensch so wandeln. Nicht ein einziges ungehöriges Wort haben wir in seinem Verhalten gegen Vorgesetzte bemerkt. Da wird es freilich gut sein, wenn er bald wieder zu fremden Leuten kommt, wo er sich nicht gehen lassen darf, sondern recht zusammennehmen muß.

Ich lege ihm diesen Brief bei. Halten Sie denselben nicht für geeignet – habeat sibi und wandre in den Papierkorb.

Daß die Anstalt natürlich jederzeit offen steht, versteht sich. Doch hoffe ich, daß Sie keinen Gebrauch davon machen müssen.

Vielleicht reisen wir im September nach Wildbad. Läßt es sich machen, so wollen wir Sie besuchen und Ihnen unsern Dank mündlich aussprechen. Mit freundlichen Grüßen an Sie und Ihre Frau Gemahlin

Ihr dankb. ergeb. Insp. Pf. Schall

265] *Inspektor Pfarrer Schall an H. H.*

Stetten, 16. August 1892

Lieber Hermann!

Es drängt mich dem Danksagungsschreiben an Ihren Herrn Vater auch für Sie einige Zeilen beizuschließen.

Es freut mich zu hören, daß es mit Ihrer Gesundheit gut geht. Nun, Sie können sich in der Vakanz vollends auf das ernste Studium des längeren Wintersemesters recht vorbereiten und Kraft dazu sammeln. Aber vergessen Sie nicht, daß dem proficere in litteris das proficere in moribus stetig zur Seite gehen muß. Beherzigen Sie auch den letzten Vers von Psalm 50. Vielleicht habe ich in einigen Wochen Gelegenheit Sie zu begrüßen, da ich mit meiner l. Frau nach Wildbad zu reisen gedenke. [. . .]

Heute ist alles im Öhmden. Die Steinkanzel ist fertig. Kommen Sie zum Jahresfest, so können Sie der Einweihung derselben anwohnen. Mit freundlichen Grüßen von mir und den Meinigen, auch von Arthur

Ihr treubesorgter Insp. Pf. Schall

266] *Aus dem Tagebuch der Familie Hesse-Isenberg*

[1892]

In Stetten ging's über Erwarten gut. Die Gartenarbeit brachte Appetit und Schlaf und Hermann wurde körperlich auffallend gekräftigt. Als am *5. August* Johannes ihn in Stetten besuchte, bat H. ihn, ihn mit heim zu nehmen. Da Herr Inspektor und der Arzt es lebhaft befürworteten, wagte es Johannes, so angst ihm dabei war.

Leider kam alles zusammen, was ungünstig sein konnte: es war Ferienzeit, Carl daheim, die Kleinen schulfrei; am folgenden Tag gleich kam Adrian Gover, den wir nehmen mußten, da Frau Inspektor – zu der er hätte kommen sollen – totkrank am Typhus lag, und keine Zeit zum Abschreiben mehr gewesen war; gleich darauf kam auch noch Einquartierung! Es war ein ganz ungewöhnlich heißer Sommer, dazu allerlei auswärtige Besuche von Deutsch-Russen und andern aus den benachbarten Badeorten, tagtäglich war's bei uns wie ein Taubenschlag. Hermann war entsetzlich aufgeregt und gereizt, trutzte und schimpfte, wollte nicht mit spazieren, klagte über Langeweile und tat nicht, was Vater und Doktor verlangten. Schließlich sah sich Johannes genötigt, ihn am 22. August nach Stetten zurückzuschicken.

Furchtbare Erbitterung bei H. gegen uns war die Folge. Daß wir vergeblich beraten, gesucht, dahin und dorthin geschrieben hatten, um eine passende Bleibstätte für Hermann zu finden und aus Not ihn dahin zurücktaten, schien er nicht zu begreifen.

267] [21. August 1892]

Leb wohl, du altes Elternhaus,
Ihr werft mit Schande mich hinaus,
Ade, ihr Lieben (?) groß und klein,
Von neuem bin ich jetzt allein!

Leb wohl, du Gott der ganzen Welt
Dem man den Bügel dienend hält,
Vom Dienen bin ich dumpf und matt,
Das Dienen hab ich lange satt.

Zum Teufel geht die Freiheit auch,
Sie war ja immer höchstens Rauch,
Ich werd' ins Irrenhaus geschickt,
Wer weiß – ich bin wohl gar verrückt.

H. Hesse

268] *Aus Briefen von Hermann Gundert an seinen Sohn Hermann*

Calw, 22. August 1892

Lieber Hermann,
letzte Woche, die uns Deinen Brief brachte, war die allertropischeste, die ich in Europa erlebt habe. Sie sagen ja, so heiß wie am Mittwoch (= 15. August) sei's in diesem Jahrhundert nicht gewesen. [...]
[...] Gestern Nachmittag war H. H. so unprestierlich, daß ihm sein Vater die Rückkehr nach Stetten ankündigte, die auch heute Morgen ausgeführt wurde, indem Missionar Seeger den armen Jungen begleitete. Er hatte noch ein Gedicht in Heinescher Mundart hinterlassen, worin er dem Elternhaus und seinem Gott lebewohl sagt. Der arme Kerl ist

wirklich zu bedauern, denn es treibt ihn beständig, andern weh zu tun. Kannst Dir denken, wie Marie darunter leidet. Der arme Bursch würde gern studieren, d. h. in ein Gymnasium gehen, um seinen eigenen Phantasien zu folgen, aber Dr. Zahn meint entschieden, daß er ein Vierteljahr Handarbeit treibe, eh man's wieder mit geistiger Beschäftigung probiere. [...]

269] Calw, 29. August 1892

[...] Unser lieber Memmer ist jetzt eine Woche in Stetten, ohne daß er sich angestrengt hätte, einmal zu schreiben. Die Eltern fragen sich ob sie den Anfang machen oder auf seinen Schreibebrief warten sollen. [...]

270] *H. H. an Johannes und Marie Hesse*

Stetten, [30. August 1892]

Verehrte Eltern!

Obschon ich im Sinn hatte, nicht zu schreiben, muß ich doch um Einiges bitten. Es wäre nicht nötig, hätte ich auch nur ein wenig zum Packen Zeit gehabt. Wenn nötig will ich später die 25 Pf. Porto abzahlen.

Ich kam nach St., lebe hier schlechter als vorher, habe aber gegen Niemand geklagt, über Gott und Welt nur im Stillen geflucht. Dennoch wäre es mir höchst wünschenswert, wenigstens die 2 oder 3 leeren Hefte, die in »meinem« Studierzimmer im Fach sind, zu erhalten und »Dunst« und Matthisson. Im alten Stehpult (im Studierzimmer) liegt eine kleine schwarze Mappe in Heftform, ebenso ein kleines blaues Heftchen. Darum bitte ich, denn es ist durchaus selbsterworbener Besitz und mir als Erinnerung an bessere Zeiten lieb. Diese Gedichtchen mir zu nehmen, würde ich als Diebstahl und mein Unrecht als ausgeglichen ansehen. Dann würde ich frei und würde in Stetten bald nimmer zu sehn sein.

Doch das ist Eure Sache! Ich denke, den kleinen Gefallen wird man mir tun, vielleicht auch einen oder zwei von meinen Schillerbänden beilegen.

Es wird wohl wenig Aussicht für mich sein, anders wohin zu kommen. Nun, jedenfalls seid Ihr mich los, das genügt ja.

Achtungsvoll

H. Hesse Nihilist (haha!)

NB. Es ist mir im großen Ganzen furchtbar lächerlich zu Mut. Wenn ich die letzte Vergangenheit betrachte, muß ich oft herzlich lachen, über Alles, auch über mich, besonders wenn ich bedenke, was an Allem schuld ist. Wenn Ihr mir schreibt, ich sei wahnsinnig oder schwachsinnig, so will ich's Euch zulieb glauben und – doppelt lachen.

P. S. Obschon ich mich nicht gerne in falsche Dinge mische, bitte ich dennoch, nicht in meinem Interesse, die Zeilen Großvater nicht zu zeigen. Wozu soll der alte Mann sich noch über einen dummen Jungen ärgern.

Bitte niemand zu grüßen
und seid selbst
der innigsten Liebe Eures X Y versichert!!

Köstlich! So *muß* man Briefe schließen. Und die Leute schimpfen über Lügner.

271] *H. H. an Johannes und Marie Hesse*

Stetten, [1.] September 1892

Liebe Eltern,

heute hatte ich Besuch von Theo und Karl. Theo erzählte, Ihr seiet betrübt wegen meiner. Glaubt nicht, daß ich lustig sei. Wie viel gäbe ich für den Tod, wie viel für Lethe!

Theo sagte, ich solle Euch um Verzeihung bitten. Ich tue es aber unter diesen Umständen nicht, überhaupt von St. aus nicht. Wie elend steh ich jetzt da, wie trüb die Zukunft, wie trüb die Vergangenheit, wie satanisch die Gegenwart! O wäre jene unglückliche Kugel durch mein gepeinigtes Hirn gegangen!

Ein unseliges Jahr, 1892! Düster hat es im Seminar begonnen, dann selige Wochen in Boll, getäuschte Liebe, jäher Abschluß! Und jetzt: alles habe ich verloren: Heimat, Eltern, Liebe, Glaube, Hoffnung und mich selbst. Offen gestanden, ich sehe und bewundere Eure Opfer, aber eigentlich Liebe? Nein. –! Stetten ist mir die Hölle. Wenn das Leben des Wegwerfens überhaupt wert wäre, wäre das ganze Leben nicht ein bald heiterer, bald schwarzer Wahn – ich möchte mir den Schädel an diesen Mauern einrennen, die mich von mir selber trennen. Und dazu dieser trübe Herbst und der nahe schwarze Winter. Ja, ja, es ist Herbst, Herbst in der Natur und im Herzen: Die Blüten fallen, ah, das Schöne flieht und eisige Kälte bleibt zurück. Und ich bin der Einzige unter einigen Hunderten von entmenschten Irren, der dies fühlt. Fast wünsche ich mir den Irrsinn, es muß unendlich süß sein, alles, alles verschlafen, vergessen zu können, Lust und Leid, Leben und Schmerz, und Liebe und Haß!

Aber ich habe mich verplaudert. Elend, nein, kalt will ich sein, eisig kalt gegen Alle, Alle! Ihr seid ja meine Kerkermeister: Euch darf ich nichts klagen. Lebt wohl, lebt wohl, ich will allein sein, vor diesen Menschen graut mir. Sagt niemand, daß ich sterbensmüde, unglücklich bin! Laßt mich hier draufgehen, den tollen Hund, oder seid meine Eltern! Augenblicklich kann ich nicht Sohn sein, ich habe genug zu kämpfen, dem eigenen Unglück zu trotzen; nochmals, seid meine Eltern aber – warum nicht lieber mich schneller töten?

Ich kann nicht mehr schreiben, ich müßte weinen und will doch tot und kalt sein. Adieu!

H.

272] *H. H. an Johannes Hesse*

Stetten, 4. September 1892

Wehrter [sic] Papa!

Dank für Paket! Es tut mir leid, daß Ihr Euch so bemüht und mir so Vieles geschickt habt: ich habe keinen Quadratmeter Raum für meine Sachen.

Eben hatte ich mit Herrn Inspektor ein Gespräch, d. h. er sprach und ich hörte zu. Es war sehr erbaulich, Herr Pfarrer könnte mich fressen wegen des Briefchens, von dem Theo ihm schreibt. Natürlich wird auch dieses ihm geschickt.

Bitte, warum sagt Theo nicht einfach?: »Hermann halten wir für schwachsinnig, er darf nicht studieren.«

Mir wäre Alles einerlei, d. h. in viel höherem Grad einerlei als jetzt, wenn Ihr reich wäret. Aber so ist mir unendlich schwer, daß jeder Brocken, den ich esse, von Euch teuer bezahlt wird. Ich weiß, das Leben ist hier teuer, so teuer wie in Boll vielleicht, aber Euer Privatvergnügen ist's, das zu zahlen, es gibt ja billigere Gefängnisse als Stetten.

Herr Inspektor nahm mir Turgenieffs »Dunst«. Dieses elende Leben ohne Reiz, ohne Bildung, ohne Unterhaltung genüge einem Tier; ich will auch etwas nicht Alltägliches haben, wenn auch nur in Lektüre. Ihr würdet mich da natürlich mit dem Pietismus abspeisen. Herr Inspektor wird mich's schwer fühlen lassen wenn er dies liest oder davon hört, aber ich bitte Euch durchaus nicht, ihm nichts zu sagen, ganz im Gegenteil.

Da hält man mir Reden: »Wende dich an Gott, an Christus, etc, etc!« Ich *kann* eben in diesem Gott nichts als einen Wahn, in diesem Christus nichts als einen Menschen sehen, mögt Ihr mir hundertmal fluchen.

Heinrich Heine sagte bei seinem Tod: Dieux [sic] me pardonnera; c'est son metier [sic]. Ich kann wohl auch sagen: Dieux [sic] me condamnera, c'est son metier [sic] ou plaisir.
Nach Herrn Inspektors Logik darf ich mich nicht Nihilist unterschreiben, also

H. Hesse, Exsulant

Motto
»Ubi *bene*, ibi patria,«
Sed ubi bene?

Papa unterschreibt sich an Herrn Inspektor: »Ihr betrübter etc«. Bitte suche nicht betrübt zu sein, es hilft gar nichts! Versuche einmal zu lachen!

273] *Hermann Gundert an seinen Sohn Hermann*

Calw, 5. September 1892

[...] In zehn Tagen wird unser Hermann Gundert nach Urach abgehn, während der Hermann Hesse noch in Stetten steckt und den Eltern nur schreibt, was ihnen wehtun muß. Zuweilen meint man, man sollte ihn durchschlagen, dann besinnt man sich wieder auf seine Krankheit und hat das tiefste Mitleid mit ihm. Gott wolle sich seiner erbarmen! [...]

274] *Inspektor Pfarrer Schall an Johannes Hesse*

Stetten, 6. September 1892

Sehr geehrter Herr Hesse!
Unsere Briefe haben sich das letztemal gekreuzt.
Ich habe auf Ihren Brief hin Hermann den Standpunkt klar gemacht und ihm ernstlich ins Gewissen geredet, wie

er sich versündige, wenn er so wenig das 4. Gebot halte. Ich sagte ihm, daß wenn mir ein Sohn einen derartigen Brief schreiben würde, ich ihm ad oculos in schlagender Weise demonstrieren würde, was ein derartiges Betragen verdiene. Ich hielt ihm vor, wie viel Sie und Ihre Frau an ihm tun und ob das der Dank sei u. s. w., sagte ihm auch, daß ich in ähnlicher Lage meinem Sohn sagen würde, daß es nun mit dem Studieren aus sei. Ich bemerkte ihm, daß ich erwarte, daß er Sie um Verzeihung bitte. Ich bin nun sehr begierig, ob er es tut.

Ich habe ihm auch am Sonntag einen Romanen genommen, den er von seinem Bruder in Waiblingen erhalten hatte – von Turgenieff. Derlei Geschichten verrücken ihm den Kopf und nehmen ihm die Lust zur Arbeit – abgesehen davon, daß Turgenieff'sche Romane für sein Alter absolut nicht taugen.

Ich erklärte ihm, daß er durch derartige Lektüre die vis inertiae groß ziehe, gegen die er ohnehin zu kämpfen habe.

Ich will nun sehen, ob die Lektion gefruchtet hat.

Ich kann sonst nicht über ihn klagen. Er folgt mir, sobald ich etwas verlange. Ich sagte ihm auch, daß durch ein derartiges Betragen sein Aufenthalt hier sich bloß verzögere und daß er sich dadurch am meisten schade. Vollends den Nihilisten stellte ich ihm in seiner vollen dummen Lächerlichkeit dar, wenn er bedenke, daß er ein 15jähriger Mensch mit wenig Erfahrung und Einsicht sei. Auf der andern Seite aber behandle ich ihn immer wieder als einen Kranken – und das ist er auch. Die Nervenverstimmung hat ja merkwürdige Erscheinungen in ihrem Gefolge wenn nicht die sittliche Willenskraft corrigierend und hemmend einwirkt.

Im übrigen möchte ich Hermann unserer gemeinschaftlichen Fürbitte empfehlen, daß auch er die befreiende Kraft des göttlichen [unleserlich] erfahren darf. Nach Wildbad werden wir wahrscheinlich nicht kommen. Es will sich nirgends schicken.

Mit freundlichen Grüßen
Ihr erg. Insp. Pf. Schall

275] *Johannes Hesse an H. H.*

Calw, 10. September 1892

Mein lieber Hermann!
Ich wünsche, Du könntest in mein Herz sehen, wie es da vor Liebe und Teilnahme für Dich brennt. Das müßte Dir in Deinem schweren Leid ein Trost sein. Allein und unverstanden leiden ist schwer. Aber siehe, wir fühlen mit Dir und ich glaube, ich kann auch sagen: ich verstehe Dich, denn ähnliche Stimmungen, Gefühle und Gedanken sind auch mir nicht fremd geblieben. Was Dir am meisten fehlt und was ich Dir jetzt vor allem wünsche, ist *Geduld* und *Tapferkeit*, die Übel des Lebens zu tragen. Nur nicht gleich verzweifeln und alles wegwerfen. Über Nacht kann sich vieles ändern. Man kann auch ein halbes Jahr und länger wie im Fegfeuer sein, und dann bricht eine neue Zeit an, in der man selbst ein anderer geworden ist und das frühere Ich kaum wiedererkennt.
Du meinst, wir sollten doch lieber gleich erklären, daß Du nie studieren dürfest. Aber ein solcher Beschluß ist bei uns gar nicht gefaßt. Niemand kann es leider tun als uns, daß Du von Maulbronn fortgekommen und daß nach bestimmtem ärztlichem Ausspruch der Eintritt in ein Gymnasium verschoben werden muß, bis Du durch körperliche Arbeit und geistige Ruhe wieder in eine normale Verfassung gekommen bist. Das Unnormale besteht darin, daß Du Dich in Deinem Urteilen, Reden und Handeln ausschließlich von den Lust- und Unlustempfindungen, nicht von sitt-

lichen Gesichtspunkten bestimmen läßt. Die sittlichen Gesichtspunkte, welche ich meine, sind die allergewöhnlichsten: nämlich die Rücksicht auf Dein eigenes wahres Beste, bezw. auf Deine Zukunft, und dann die Rücksicht auf *andere*, bezw. die Liebe zu Eltern und Geschwistern.

Daß Du die nötige Erholung nicht daheim im Elternhaus haben kannst, ist mir ein tiefer Schmerz. Ich habe den Versuch gemacht und – so oft ich sah, wie Du Dir Mühe gabst, Dich selbst zu überwinden und in das Zusammenleben Dich zu schicken – mich herzlich gefreut und Hoffnung geschöpft. Wenn ich Dir sympathischer wäre, wenn ich selbst mehr Geduld und Weisheit hätte, namentlich auch wenn ich nicht selbst so nervös wäre, dann ginge es wohl. So aber ist es eben *nicht* gegangen. Und in Stetten bist Du nicht zur Strafe, sondern lediglich deswegen, weil wir keinen andern Ort wissen oder finden, der besser wäre.

Bitte, glaube an unsere Liebe und an unser Wohlmeinen. Wir können ja Fehler machen, wir sind irrende, schwache Menschen. Aber wir tun was wir können und was wir für recht ansehen.

Du sagst, Du wollest von Stetten aus nicht um Verzeihung bitten. Das verlange ich auch nicht. So etwas muß ja überhaupt aus innerster Überzeugung kommen. Dagegen bitte ich, verzeihe doch *mir* alles, womit ich nach Deiner Meinung Dir unrecht getan habe. Warum sollen wir im Hader mit einander sein? Du scheinst ja zu meinen, daß wir Dir »fluchen«. Nein, zu fluchen habe ich noch nie gelernt. Ich kann weinen um Dich, ich kann Dich anders wünschen, ich kann Dir auch, wie jeder wahre Freund dem andern Gefahren und Unrecht vorhalten und Dich warnen – aber das ist doch nicht fluchen. Fluchen lernt man in der Schule nicht, in welcher ich gelernt habe und täglich noch lerne.

Deinen ersten Brief habe ich Herrn Inspektor nicht geschickt oder abgeschrieben, sondern nur *etwas* daraus mitgeteilt, namentlich die Unterschrift. Vom zweiten und dritten habe ich ihm *nichts* gesagt, tue es auch jetzt nicht.

Wir alle grüßen in Liebe
Dein Papa.

276] *H. H. an Johannes und Marie Hesse*

Stetten, 11. September 1892

L[iebe] E[ltern]!

Eben wollte ich ein wenig Violine spielen. Ich nahm die Geige zur Hand, schaute hinaus in den sonnigen Tag und unwillkürlich glitt Schumanns »Träumerei« über die Saiten. Mir war so halb wohl, halb weh, halb schläfrig zu mut. Und die leisen, wiegenden Töne paßten zu meiner Stimmung. Ich verlor mich in die Klänge und träumte von ferner, besserer Zeit, von den schönen, glücklichen Tagen in Boll. Da – ein jäher Knall, ein schriller Mißton, eine Saite war gesprungen. Ich wachte auf aus dem Traum und war wieder – in Stetten. Nur Eine Saite war gesprungen, aber die andern alle verstimmt.

Gerade so ist es bei mir; mein Bestes, mein Lieben, Glauben und Hoffen, habe ich in Boll zurückgelassen. Und welcher Kontrast:

In Boll spielte ich etwa im hübschen Saal mit lieben, netten Bekannten Billard; die Elfenbeinkugeln rollen leise, man hört das Knirschen der Kreide, Lachen und Scherzen. Oder ich sitze auf bequemem Sopha, spiele Dambrett mit irgend jemand und daneben rauschen die majestätischen Akkorde einer Beethoven-Sonate.

Und hier: Ich sitze im Zimmer, drüben klingt schläfrig die Orgel, unten singen Schwachsinnige mit näselnden Stimmen ein Kinderlied.

Aber der Hauptkontrast ist in mir selber. Nimmer das stille Glück, nimmer die bebende Leidenschaft von Boll ist in mir, sondern eine tote, wüste Leere. Ich könnte fliehen oder

bewirken, daß ich hier ausgewiesen würde, könnte mich ruhig hängen oder irgend etwas, aber wozu? Das Glück ist gegen mich, Papa jedenfalls noch viel wütender als damals, wie er mich aus dem Hause warf. Der Arzt spricht sich ungünstig oder gar nicht aus, ja, zum Geier, was soll denn da aus mir werden. Wäre mein Unwohlsein tödlich, so wäre ich über Alles ruhig. Mir steht fest, daß ich so in Stetten nimmer sein kann, und wenn man mich mit Gewalt und Opfern zum Pessimisten macht, so erkläre ich, daß ich dies ohne Andere sein und bleiben kann. Wenn keine Änderung meiner Lage möglich ist, denn eine Versetzung nach einem ähnlichen Ort wie Stetten hilft nichts, so brauche ich weder Arzt noch Eltern, um zur Verzweiflung und zum Verbrechen gebracht zu werden. Wenn Papa mich *zuhause* als Sohn nicht brauchen kann oder im Studium, so hilft ihn der Sohn in der Irrenanstalt auch nichts. Die Welt ist groß, sehr groß und auf einen kommt es nicht an.
Übrigens warte ich auf Antwort; wenn Ihr nichts zu antworten habt, ist die Sache ja ganz einfach. Ich hoffe noch ein wenig, aber was – Unsinn!
Seht, Theo schrieb mir neulich: »Schlag Dir doch das Mädchen aus dem Sinn; es gibt tausend bessere und schönere!« Ebenso könnte man Euch schreiben: »Schlagt Euch doch den Jungen aus dem Sinn« etc etc.

H. Hesse

Und soll ich es glauben und ist es wahr?
Die Sonnenstrahlen, das Bächlein klar
Der junge Frühling, die Blüt' am Baum
Sie alle waren nur Schaum und Traum?

Es hat doch die Welle so silbern geschäumt
Von sinkender Sonne mit Purpur gesäumt,
Es klang doch der munteren Vögelein Lied

So heiter durchs Land und durchs frohe Gemüt,
So glücklich war doch das junge Herz
Und schaute begeistert himmelwärts,
So selig wogte in weiter Brust
Der ersten Liebe unendliche Lust,

Und alles war nur ein neckischer Sang,
Der unverstanden im Tale verklang,
Und alles war nur geglaubt und geträumt
Und ist im Herbst verduftet, verschäumt?

So lebe denn wohl, mein Sonnenschein
In Winter und Stürmen gedenk ich dein,
In Schnee und Eise durchzieht's noch die Brust
Wie Träumen von Lenz und Liebe und Lust,
O Sonne, und wenn du wiederkehrst,
Das Lied der Vögel im Busche hörst,
So scheine auch auf mein stilles Grab
Mit Wärme und Liebe und Mitleid herab,
Und bringe dem Frühling, dem Letzten, Gruß
Und meiner Liebe den Abschiedskuß.

H. Hesse.

Nachdem ich das geschrieben, kommt Papas Brief. Er sagt unter anderem: »Verzeihe doch *mir* alles, womit« etc etc. Das klingt sehr ironisch, wenn's vielleicht auch anders gemeint ist. Nun, aus Ironie setzt sich größtenteils das Geschick zusammen. So oft ich einen Bekannten von alter Zeit spreche oder sehe, kommt es mir als Ironie vor und nichts kann mehr verbittern als Ironie bei einem Unglücklichen oder Kranken. Papa spricht auch von einer »Zeit, in der man selbst ein andrer geworden«. Ganz recht, ich brauche nur die letzten Monate anzusehen: Ja, ich bin ein Anderer. Überhaupt besteht die ganze Streiterei einfach darin, daß

total verschiedene Meinungen da zusammentreffen, wo man Sympathie erwartet.
Ihr seht nach diesem elenden Leben ein besseres, während ich mir's ganz anders denke und darum dies Leben entweder wegwerfen oder etwas davon haben möchte. Was hilft es auch einmal, wenn ich gelernt habe, mich wie ein Drescher aufzuführen etc: Papa nennt Stetten den »besten« Ort, weil ich da dingfest bin und Ihr mich sicher los seid. O glaubt, diese kalten Erklärungen meinerseits sind's nicht, die mich erfüllen und bewegen, nein, es ist ein wehmütiger Schmerz um den verlorenen ewigen Frühling etc, ein Heimweh, aber nicht nach Calw, sondern nach etwas Wahrem. Ich sehe aber in Leben und Treiben, Hoffen und Lieben nur Wahn, nur Empfindung; wie Turgenjeff sagt: »Dunst, Dunst«! Wenn ich vor Monaten mein jetziges Leben gesehen hätte, hätte ich's für einen bösen, unmöglichen Traum gehalten. Dieser kalte, halb gelehrte, halb praktische Pfarrer mit seinen Predigten, diese ungebildeten Wärter, diese Kranken mit den abstoßendsten Gesichtern und Manieren, etc, etc, alles ist mir in der Seele verhaßt und wie gemacht, einem jungen Menschen zu zeigen, wie elend dieses Leben mit Allem ist. Was habe ich immer für gute Musik, gute Poesie etc gegeben!: Von alledem hier keine Spur, die nackteste, ausgesucht finsterste Prosa. Es wäre anders, wenn ich hier aufgewachsen wäre. Wie der eben ausgeschlüpfte Schmetterling könnte ich mich dann später der Sonne freuen. Aber ich kenne die Sonne: Sperret den ausgeschlüpften Schmetterling wieder ein! Doch wozu diese Erklärungen, Ihr seid in Calw und nicht in Stetten, ich bin in Stetten und nicht in Calw. Ihr atmet eine andre Luft als ich, »Hermann in Stetten« ist Euch fremd, ist Euer Sohn nicht.
Die Gartenarbeit ist mir verhaßt, und seit ich hier bin, war ich erst einigemal im Garten, obgleich ich jeden Tag gehen »sollte«. »Mein Vater konnte mich nicht brauchen und hat

mich nach Stetten geschickt« und damit basta. Da sitze ich, weil ich anderswo nicht sein darf und weine über mich, während ich über den Inspektor lache. Ich lasse mich von ihm nicht zwingen. Wenn er erfährt, daß ich nicht im Garten oder im Livius arbeite, so gibt er mir zu wenig zu essen u. ä., vielleicht droht er auch mit Zellenhaft. Er mag's tun.

Meine letzte Kraft will ich aufwenden, zu zeigen, daß ich nicht die Maschine bin, die man nur aufzuziehen braucht. Man hat mich mit Gewalt in den Zug gesetzt, herausgebracht nach Stetten, da bin ich und belästige die Welt nimmer, denn Stetten liegt außerhalb der Welt. Im Übrigen bin ich zwischen den vier Mauern mein Herr, *ich gehorche nicht und werde nicht gehorchen.*

Wenn der Inspektor es merkt, wird es furchtbare Auftritte geben, ich werde geschunden werden, es geschieht ja alles *zu meinem Besten!*

Für's Elternhaus, für die Familie hat mich die Natur, wie mir scheint, nicht bestimmt, doch dürft Ihr nicht sagen wie Posa:

> »Wie arm bist du, wie bettelarm geworden,
> Seitdem du niemand als dich selber liebst.«

Dies verdiene ich nicht. Ich liebe mich selber, wie jeder, aber nicht deshalb kann ich hier nicht leben, sondern weil ich eine andere Atmosphäre brauche, um meinen Zweck als Mensch erfüllen zu können und – zu wollen. Ihr seht, ich strenge mich an, Alles objektiv zu erklären, alle Einwendungen im voraus abzuschlagen; denn ich möchte endlich eine Entscheidung. Sagt so – und ich werde Fremde in Euch sehen, sagt so – und ich kann leben und schaffen. Was hilft es mich, wenn Papa X mal wiederholt: »Glaube, daß wir es gut mit Dir meinen«? Diese Phrase ist nicht die Bohne wert. Ich muß unter andern Menschen sein, ich kann ja mit Julius sagen: »Mein Herz suchte sich eine Philosophie und die

Phantasie unterschob ihre Träume. Die wärmste war mir die wahre. Ich forsche nach den Gesetzen der Geister, aber ich vergesse zu erweisen, daß sie wirklich vorhanden sind. Ein kühner Angriff des Materialismus stürzt meine Schöpfung ein«.[1]

Wenn ich sage »Du sollst« oder gar, »du solltest«, so sagt der Materialismus »Du mußt« etc etc. Ja, der materiellste Materialismus ist hier, die Luft selbst scheint hier materieller zu sein. Es gibt hier kein Hoffen und Glauben, kein Lieben und geliebt werden, viel weniger irgend ein Ideal, irgend etwas Schönes, Ästhetisches, keine Kunst, keine Empfindung; was mehr ist als Arbeit und Essen, fällt weg, es gibt nichts Höh'res auf der Erde, keine größere Macht als den augenblicklichen Vorgesetzten, kein Motiv als fremden Befehl, es gibt, mit einem Wort gesagt, hier keinen Geist. Nicht einmal sinnliche Vollkommenheit gilt hier etwas, selbst die paar Adelige, die da sind, sind ein Teil des sinnlosen Proletariats, das sich hier angesammelt hat. Ich beanspruche ja gewiß nicht, mit den hiesigen Menschen etwa politisieren zu können u. ä., aber nicht einmal ein ordentliches Privatgespräch kann da zurecht kommen.

Über diese elende Masse erhaben zu scheinen, ist aber doppelt gefährlich, da all die Kranken nichts fühlen ließen und zum Teil fühlen lassen. Denn so dumm sind dann doch wieder wenige, daß sie nicht plumpe Intriguen in Szene setzen könnten.

Während ich das schildere bin ich durchaus nicht aufgeregt, was mein Wärter bezeugen kann, der von diesem Brief *teilweise* weiß. Überhaupt suche ich hier möglichst kalt und kategorisch die Verhältnisse zu schildern. Und jetzt frage ich, nur als Mensch, (denn ich erlaube mir, gegen Euren Willen und meine 15 Jahre, eine Ansicht zu haben): Ist es recht, einen jungen Menschen, der außer einer kleinen Schwäche der Nerven so ziemlich ganz gesund ist, in eine

»Heilanstalt für *Schwachsinnige und Epileptische*« zu bringen, ihm gewaltsam den Glauben an Liebe und Gerechtigkeit und damit an einen Gott zu rauben? Wißt Ihr, daß ich, als ich das erstemal von Stetten kam, wieder leben und ringen wollte und daß ich jetzt, so ziemlich geheilt, innerlich kränker bin als je? Wäre es nicht besser, ein solcher würde mit einem Mühlstein um den Hals in's Meer versenkt, da es am tiefsten ist?

Ich weiß nicht, ob Ihr beim Lesen dieses lacht oder erschreckt, mir jedenfalls ist es bitterer Ernst und ich frage Euch von einem allerdings nur idealen, aber menschlichen Standpunkt aus. Es mag Euch unverschämt erscheinen, aber was ich im ersten, zweiten und dritten Brief zwischen den Zeilen sagte, habt Ihr, vielleicht absichtlich, auf sich beruhen lassen, so sage ich's im 4. Brief deutlich, denn Deutlichkeit erachte ich für eine Hauptbedingung in jeder Korrespondenz. Ihr sagt vielleicht: »Du hast ja die Verantwortung nicht«. Aber ich habe den Schaden, ich bin schlechterdings einmal das Medium und glaube mich selber doch auch etwas anzugehen. Ihr sagt als »Fromme«: »Die Sache ist ganz einfach. Wir sind Eltern, du bist Kind, damit basta. Was wir gut heißen, ist gut, mag's sein, was es will.«

Ich aber sage von meinem Standpunkt aus: »Ich bin Mensch, »Person«, wie Schiller sagt, meine Erzeugerin ist allein die Natur, und sie hat mich nie, nie schlecht behandelt. Ich bin Mensch und erhebe vor der Natur ernst und heilig Anspruch auf das allgemeine Menschenrecht und dann auf das Spezielle.« Ich behaupte: Kein Verdienst verschafft uns ein eigentliches Recht, sondern dieses besteht von der Natur, die uns zu den und dem bestimmt hat. Ich sage, wenn es auch, selbst in meinen Ohren, seltsam klingt: Ich habe von der Natur gar nicht das *Recht*, unter Schwachsinnigen und Epileptischen zu leben.

Doch auf Ansichten von Nichterwachsenen und auf deren

Rechte als Menschen gebt Ihr nichts, das weiß ich, und lasse Euch Eure Ansicht aus sehr einfachem Grund.
Zu bemerken ist noch, daß ich äußerlich besser gesund bin als je. Ich schlafe wie ein Ratz, habe Appetit und Kraft, Kopfweh und Übelsein ist ja schon lange fort. Geistige Arbeit strengt mich kaum an. Ich bin seit Maulbronn um 4 cm größer und um 16 Pfund schwerer geworden. Obschon Papa mich zu verstehen meint, scheint es doch anders zu sein. Da schreiben wir Brief um Brief, in jedem steht das Gleiche und in jedem etwas anderes!
Es ist jedenfalls sehr, sehr merkwürdig, daß es für einen jungen Mann von 15 Jahren, der nervös, sonst ganz gesund ist, Schule besucht hat etc, etc, gar, gar keinen Ort in der unendlichen Welt gibt als – Stetten im Remstal, Schloß, No 29. Wenn ich mehr Geld und auch menschliche Gesellschaft hätte, würde ich all dies im Wirtshaus vergessen. Dahin hat die elterliche Liebe den Sohn, mit dem man es ja so engelgut meint, gebracht, daß er sich um einen tollen Nachmittag in Gesellschaft verkaufen würde.
Ihr wißt selber, was es ist um ein blutjunges, frohes Herz mit Poesie und Ideal, wißt, was Feuer, Begeisterung, wißt, was junge Liebe und Maitraum ist, Ihr wißt, daß die Jugend der glückliche Lenz ist und nur darum so schön, weil

Singend über Tal und Höh'n
Sobald er weiter zieht!

Ihr wißt, wie rührend sanft und wehmütig Geibel warnt:

Oh Rühret, rühret nicht daran!

Und hier wird jegliches Ideal, jede Liebe profaniert, mißverstanden, verlacht. Ihr sagt, ich habe noch ein ganzes Leben vor mir. Allerdings, aber die Jugend ist das Fundament, da ist das Herz noch empfänglich für Gutes und Böses. Aber ach, ich vergesse, daß Ihr andere Menschen seid, ohne Makel und Fehl, wie die Statue, aber ebenso tot. Ja,

Ihr seid echte, wahre Pietisten, wie Nikodemus (?)[2]: ein Jude, in dem kein Falsch ist. Ihr habt andre Wünsche, Anschauungen, Hoffnungen, andre Ideale, findet in Andrem Eure Befriedigung, macht andre Ansprüche an dieses und jenes Leben; Ihr seid Christen, und ich – nur ein Mensch. Ich bin eine unglückliche Geburt der Natur, der Keim zum Unglück liegt in mir selber; aber doch glaubte ich erst vor Monaten, im Schoß der Familie glücklich sein zu können. Ich kann, wie Posa zu Don Carlos, zu mir sagen:

»– o der Einfall
»War kindisch, aber göttlich schön. Vorbei
»Sind diese Träume!« –

Ich setze den Brief fort, weiß aber selbst nicht recht, warum.

Könntet Ihr in mein Inneres blicken, in diese schwarze Höhle, in der der einzige Lichtpunkt höllisch glüht und brennt, Ihr würdet mir den Tod wünschen und gönnen. Da liegt vor mir Livius: Ich soll darin arbeiten und kann kaum! Gerne würde ich den Livius samt Lexika, die ganze Irrenanstalt, Boll, Calw, Zukunft, Gegenwart und Vergangenheit ins Feuer werfen und selbst hineinstürzen.

Gerne möchte ich fliehen, aber wohin im kalten Herbst, ohne Geld und ohne Ziel, ins Graue hinein? Wohin in dem von Landjägern durchkreuztem Land? Erwünscht wäre es mir jetzt, wenn etwa eine Revolution ausbräche, die Cholera bald käme. Im allgemeinen Elend kann der Kleine ruhig sterben.

In Boll habe ich erst lachen, dann weinen gelernt, in Stetten habe ich auch etwas gelernt: Fluchen. Ja, das kann ich jetzt! Fluchen kann ich mir selbst und Stetten vor allem, dann den Verwandten, dem verhaßten Traum und Wahn von Welt und Gott, Glück und Unglück. Wenn Ihr mir schreiben wollt, bitte nicht wieder Euren Christus. Er wird hier genug an die große Glocke gehängt. »Christus und Liebe, Gott und Seligkeit« etc etc steht an jedem Ort, in jedem Winkel geschrieben und dazwischen – alles voll Haß und Feindschaft. Ich glaube, wenn der Geist des verstorbenen »Christus«, des Juden Jesus, sehen könnte, was er angerichtet, er würde weinen. Ich bin ein Mensch, so gut wie Jesus, sehe den Unterschied zwischen Ideal und Leben so gut wie er, aber ich bin nicht so zäh wie der Jude, ich!

Lebt wohl!

Ich bitte also nochmals, bestimmt zu antworten, ohne Phrasen, ohne Schonung, aber nicht im Zorn über meinen Brief. Im Übrigen verbleibe ich u.s.w.

1 Fr. Schiller, Philosophische Briefe. (Nationalausgabe, Bd. 20: Philosophische Schriften, Teil I. Weimar 1962 S. 115.
2 Nathanael (Joh. I, 47).

277] *Hermann Gundert an seinen Sohn Hermann*

Calw, 12. September 1892

[...] Dann packt jetzt auch der H[ermann] G[undert] für den Übergang nach Urach, welcher am nächsten Donnerstag vollzogen werden soll [...]
Vom Vetter in Stetten kann ich nur sagen, er schreibt noch immer rabiate Briefe – »kann Jesum nur einen Menschen nennen, wieviel mal Ihr mir auch fluchen möget« etc. Jetzt scheint er einen ganzen Wunsch zu haben, Gymnasial-Studien zu machen, aber wie lang das anhält, läßt sich eben nicht sagen. Theodor und Karl sind bei ihm gewesen, haben sich aber über den Besuch noch nicht ausgesprochen. [...]

278] *Johannes Hesse an H. H.*

Calw, 13. September 1892

Lieber Hermann!

Heute kam Deine Anfrage wegen der Einladung zu v. Podewils. Da ich keine Ahnung habe, was das für Leute sind und ob die Eltern v. P. mit der Einladung einverstanden sind, kann ich rein nichts sagen. Ich habe Herrn Pfarrer Schall gebeten, darüber zu entscheiden. Frage ihn. Er hat ja wohl schon mit dieser Familie korrespondiert.

Im übrigen wiederhole ich meine frühere Versicherung, daß es mir voller Ernst damit ist, Dich in ein Gymnasium gehen zu lassen, sobald Dein Zustand so ist, daß man irgendwelchen Erfolg davon erwarten darf. In Deinen Briefen spricht sich ein solcher Freiheitsdrang und ein solcher Zorn über die Welt, wie sie nun einmal ist, aus, daß ich nicht begreifen kann, wie Du in solcher Stimmung es unter dem Zwang einer Schulordnung sollst aushalten und mit Nutzen studieren können. Du hast es ja in Maulbronn nicht ausgehalten, Du hast zuhause gegen jede Dir unangenehme Zumutung Dich aufgelehnt, Du schimpfst jetzt über alles in Stetten. Wir machen Dir darüber keine schrecklichen Vorwürfe. Aber wir halten das für einen ganz *krankhaften* Zustand, von dem Du *geheilt* werden kannst, wenn Du wie während Deines ersten Aufenthalts in Stetten so auch jetzt wieder gutwillig und mit *Hoffnung* Dich in alles schickst.

Wir schneiden Dir die Hoffnung gewiß nicht ab. Ich bitte Dich wieder und wieder um Geduld. Hat Dein Gemüt sich beruhigt und hast Du Dich einige Monate in Selbstbeherrschung und Gehorsam bewährt, dann und nur dann wird die Erfüllung Deines Wunsches Dir selbst heilsam sein. An mir soll es dann wahrlich nicht fehlen.

Ich zürne Dir nicht. Zürne auch mir nicht. Wir sind Menschen und nicht Götter.

Dein Vater H.

279] *H. H. an Johannes Hesse*

Stetten, 14. September 1892

Sehr geehrter Herr!

Da Sie sich so auffällig opferwillig zeigen, darf ich Sie vielleicht um 7 M oder gleich um den Revolver bitten. Nachdem Sie mich zur Verzweiflung gebracht, sind Sie doch wohl bereit, mich dieser und sich meiner rasch zu entledigen. Eigentlich hätte ich ja schon im Juni krepieren sollen.

Sie schreiben: Wir machen Dir gar keine »schrecklichen Vorwürfe« weil ich über St[etten] schimpfe. Dies wäre auch mir durchaus unverständlich, denn das Recht zu schimpfen darf man einem Pessimisten nicht nehmen, weil es sein einziges und letztes ist.

»Vater« ist doch ein seltsames Wort, ich scheine es nicht zu verstehen. Es muß jemand bezeichnen, den man lieben kann und liebt, so recht von Herzen. Wie gern hätte ich eine solche Person! Könnten Sie mir nicht einen Rat geben. In alter Zeit war das Fortkommen leicht: jetzt ist's schwer, ohne Scheine, Ausweise etc durchzukommen. Ich bin 15 jährig und kräftig, vielleicht könnte ich an der Bühne unterkommen?

Mit Herrn Schall mag ich nicht verhandeln, der herzlose Schwarzfrack ist mir verhaßt, ich könnte ihn erstechen. Er gönnt mir keine Familie, so wenig als Sie oder irgend jemand.

Ihre Verhältnisse zu mir scheinen sich immer gespannter zu gestalten, ich glaube, wenn ich Pietist und nicht Mensch wäre, wenn ich jede Eigenschaft und Neigung an mir ins Gegenteil verkehrte, könnte ich mit Ihnen harmonieren. Aber so kann und will ich nimmer leben und wenn ich ein Verbrechen begehe, sind nächst mir Sie schuld, Herr Hesse, der Sie mir die Freude am Leben nahmen. Aus dem »lieben Hermann« ist ein andrer geworden, ein Welthasser, eine Waise, deren »Eltern« leben.

Schreiben Sie nimmer »Lieber H.« etc; es ist eine gemeine Lüge.
Der Inspektor traf mich heute zweimal, während ich seinen Befehlen nicht nachkam. Ich hoffe, daß die Katastrophe nimmer lang auf sich warten läßt. Wären nur Anarchisten da!

H. Hesse, Gefangener
im Zuchthaus zu Stetten,

wo er »nicht zur Strafe« ist. Ich beginne mir Gedanken zu machen, *wer* in dieser Affaire schwachsinnig ist.
Übrigens wäre es mir erwünscht, wenn Sie gelegentlich mal herkämen.

280] *Inspektor Pfarrer Schall an Johannes Hesse*

Stetten, [14. September] 1892

Sehr geehrter Herr Hesse!
Mit innigem Mitleid für Sie habe ich Ihren Brief gelesen. Das hätte ich doch Hermann nicht zugetraut, daß er einen solch impertinenten Brief schreibt. Derselbe ist scheint's die Folge der abschlägigen Antwort, welche ich ihm wegen der Reise nach Bayern gegeben habe. Ich sagte ihm geradezu 1.) dürfe er nicht 2.) könne ihn der junge Podewils nicht einladen, da er selber nicht heim darf. Er leidet ebenfalls an moralischer Schwäche. Zu gleicher Zeit habe ich wieder ernstlich mit ihm gesprochen, über sein ganzes Benehmen Ihnen und Ihrer Frau gegenüber, habe ihm auch gesagt, daß es in seinem eigenen Interesse sei, das 4. Gebot zu halten. Denn so lange er nicht normal sei, könne er nirgends anders untergebracht werden. Auch solle er nicht glauben, daß man durch Geigen und Dichten sich durchs Leben bringe; das gebe nur verkümmerte Existenzen u.s.w. Immer wieder war der Refrain, daß ihm sein Vater versprochen habe, daß er nur vorübergehend hier sein müsse. Ich sagte ihm, was er brauche, sei eine strenge Zucht. Das ist meine Ansicht.

Die Drohung wegen des Versprechens [?] ängstigt mich nicht. Ich halte den ganzen Brief für eine Renommage und Pression, um von hier fortzukommen. Mir gegenüber ist er immer der vollendete Gehorsam. Er hat letzthin seinen Stundenplan nicht eingehalten. Ich sah nach und bemerkte ihm, daß er das zu tun habe, was ich ihm sagte. Sofort packte er seine Geige ein und ging an die Arbeit. Wie gesagt: ich kann mich über ihn nicht beklagen. Er ist auch im Verkehr mit seinen Kameraden heiter und vergnügt.
Daß er natürlich hier nicht den entsprechenden Umgang hat, gebe ich zu. Um so mehr soll er sich so verhalten, daß er bald von hier fortkommt.
Auf das Resultat Ihrer Beratung bin ich begierig.
Nur ungern folge ich Ihrem Wunsch, Hermann nichts von dem Brief mitzuteilen. Aber Ihnen zulieb unterlasse ich es.
Ich hätte nur den einen Wunsch, daß ihn der liebe Gott recht krank werden lassen möchte, dann würde wahrscheinlich er das Sprüchlein lernen, das ich ihm letzthin ans Herz legte: Den Demütigen gibt Gott Gnade.
Mit dem herzlichen Wunsch, daß Hermann ein solcher Tag von Damaskus anbrechen und der HERR Ihre Kraft stärken möge, verbleibe ich

Ihr herz. teilnehm. Insp. Pf. Schall

281] *Hermann Gundert an seinen Sohn Hermann*

Calw, 19. September 1892

[...] Mit dem H. H. steht's fatal, der schreibt seinem Vater: Hochgeehrter Herr, bitte schicken Sie mir den Revolver oder 7 Mark, um einen zu kaufen, denn ich hätte schon vor Monaten krepieren sollen«. Johannes ist aber so mitgenommen, daß er solche Briefe lieber selber nicht liest, geschweige denn beantwortet. Theodor und Karl sind auch beim H. in Stetten gewesen, haben aber natürlich nicht eingehen können auf das, was hier not tut. Doch hat Johannes dem Direktor der Anstalt den Brief geschickt, damit dieser aufpasse. Man redet auch von einem guten Plätzchen in Ludwigsburg, wo der arme H. so ziemlich aufgehoben wäre. Er könnte dann, wenn ihm so viel daran liegt im Lyzeum noch weiter lernen. Doch ist das alles Gott überlassen. So werden wir geübt im Glauben und Hoffen und Danken. [...]

282] *H. H. an Johannes und Marie Hesse*

Stetten, 22. September 1892

Liebe Eltern!

Verzeiht den letzten Brief, bitte! Ihr wollt mir wohl nimmer schreiben. Ich kann nicht fliehen, wohin sollte ich? Ich kann niemand mehr klagen und bitten, ich bin allein. Ich könnte mir's leicht machen, indem ich um Verzeihung bäte, aber ich tu es nicht, ich habe hier in Stetten abgebüßt. Aber niemand macht mir Hoffnung. Ich hörte, daß Dr. Zahn ganz entschieden gegens Studium ist, Herr Inspektor schweigt, Ihr ebenso.

Jetzt erst, da ich Eure Liebe verloren, fühle ich, daß ich Euch doch so sehr liebe, aber ich möchte nimmer heim, ich kann es nicht. Schreibt nicht wieder von Eurer wohlmeinenden Liebe, sie besteht in Worten, vielleicht sogar in guten »Wünschen« und Gebeten, doch das ist Wahn, wertlos, wesenlos. Würde sich nicht vielleicht Pfarrer Pfisterer herbeilassen, mich für Winter aufzunehmen? Ich schreibe dies zaghaft, aber es ist doch noch ein Schimmer von Hoffnung.

Wenn Ihr wüßtet, wie ich Stunde um Stunde mich auf Rettung, Besserung meiner Lage besinne, und am Abend keinen Trost habe, als daß wieder ein langer, langer Tag für ewig vorbei, unbenützt, aber doch vorbei! Aber Ihr glaubt mir nimmer, ich habe den Kredit verloren.

Bitte schreibt mir, was ich machen kann, um fortzukommen, fort von hier, unter Menschen. Ihr könnt mich nie verstehn, aber wenn Ihr ein Herz habt, so müßt Ihr mich bemitleiden, oder besser, mir zu helfen suchen. Aber ich habe etwa schon 4 Briefe des Inhalts geschrieben und immer umsonst. Bitte, bitte, überlegt Euch meinen Vorschlag, aber nicht wochenlang. Bald werde ich nimmer der Schuldner sein, ich habe bald alles, alles: gebüßt.

Aber bitte
Antwort und nicht
allzu spät.

[Unten steht mit Bleistift:] dann am 5. Oct. nach Basel.

283] *Johannes Hesse an H. H.*

Calw, 23. September 1892

Lieber Hermann!
So, jetzt kann ich Dir doch wieder antworten. Ich verlange gewiß nicht, daß Du weiter um Verzeihung bittest. Dein letzter Brief ist uns genug. Er sagt, daß es Dir wehtut, innerlich von uns getrennt zu sein. Sobald das ausgesprochen ist, kann die Trennung aufhören. Wir spüren jetzt wieder, daß Du *selbst*, daß Dein *Herz* zu uns redet und nicht irgend ein fremder böser Geist, dem Du Dich momentan hingegeben.
Wir haben *nicht* im Sinn, Dir das Studium unmöglich zu machen. Im Gegenteil, während und ehe Du Deinen letzten Brief schriebst, waren wir bereits in Unterhandlung mit jemand, bei dem Du wohnen und von wo aus Du einstweilen wenigstens einige Stunden des Tages in ein Gymnasium oder dergleichen gehen könntest.
Also, bitte, nur noch ein wenig Geduld. Wir tun was wir können und betrügen Dich *nicht*.
Jetzt schreiben wir auch an Pfarrer Pfisterer, und zwar

heute noch. Doch wird es wohl eher mit dem andern Ort, den ich jetzt noch nicht nennen kann, als mit Basel etwas werden. Nicht, daß wir gegen Basel wären, aber im Knabenhaus wird schwerlich *Platz* für Dich sein. Bald mehr!

In unveränderter Liebe
Dein Papa H.

284] *Pfarrer Pfisterer an Johannes Hesse*

Basel, 24. September 1892

Lieber Freund!

Mit herzlicher Teilnahme habe ich das Ergehen Eures Hermann seit dem Zusammentreffen mit Deiner l. Frau in Stuttgart verfolgt und mich oft in Gedanken mit dem armen Jungen beschäftigt, auch hab ich, seit ich von G. Hermelink, der drei Wochen hier war noch [unleserlich], daß er in Stetten sei, vernahm, ein paarmal zu meiner Frau gesagt, ich hätte ihn ganz gern einmal wieder ein wenig unter Augen. Nun erhielt ich heute die Briefe und sehe aus dem von H., daß er auch an mich denkt und Zutrauen zu mir hat. Er hat mir auch letztes Jahr nach dem Tod meiner l. Marie einen rührenden Brief geschrieben, aus dem ich sehe, daß er mich lieb hat.

Ich habe nun über die Sache nachgedacht und auch mit H. Inspektor gesprochen und bin zu dem Resultat gekommen: Vom 1. Oktober haben unsere Kinder und auch mein Heinrich, sein Altersgenosse, der das Gymnasium besucht, Ferien. Die Knaben haben ihr Turnfest, Heinrichs Ferien dauern 2½ Wochen. Wenn er über diese Zeit hier wäre, so denk ich, es würde ihn auch anheimeln und Heinrich könnte sich mit ihm abgeben. Derselbe hat Geschick, allerlei zu fabrizieren, hat Interesse für Mineralogie, hat sich eine Steinsammlung angelegt; das würde H. wohl interessieren. Würde es ihm gefallen, daß man merkt, daß er ruhiger würde, so könnte er länger da sein, bis sich etwas für ihn fände. Ihn hier ins Gymnasium zu schicken, kann ich nicht empfehlen, selbst wenn er angenommen würde. 1.) glaub ich nicht, daß die Basler Buben ihn etwa mit Liebe und Rücksicht auf seinen Gemütszustand aufnehmen würden, es wird kaum an Streitereien fehlen. 2.) hat es im Gymnasium auch schlimme Elemente; ich hörte, es gebe selbst solche, die in schlechte Häuser gehen. 3.) in die Klasse, in die er eintreten könnte, paßte er nicht; in den alten Sprachen war er voraus, in Französisch, Mathematik und Naturwissenschaften hinten nach.

Wenn sich ein nicht zu sehr beschäftigter jüngerer Pfarrer fände, der in der Philologie gut beschlagen, anregend, eine Hauptsache, die man nicht voraus wissen kann, ihm sympathisch wäre. Er müßte aber Gelegenheit haben, neben dem Studieren Hausgeschäfte zu tun, Holz sägen und spalten und dauert es lange, gegen Frühjahr Gartenarbeit. Hätte der Pfarrer Filialen, so könnte er ihn auch je und je in die Schulen begleiten. –

Ich könnte ihm bei längerem Aufenthalt bei etwaigen Studien nicht an die Hand gehen. Ich bin mit 36 Stunden im Winter, Correkturen etc und Hausvaterarbeiten genug beschäftigt.

Wenn Du und Deine liebe Frau ihn für kürzere Zeit, und wenn es ihm gut tut, für etliche Wochen länger senden wollt, wird er mir und meiner lieben Frau willkommen sein. Kann er allein reisen, so ist die Sache einfach; geht das nicht, so ist es freilich ein Aufwand, ihn bringen, vielleicht in kurzer Zeit wieder holen. Das müßt Ihr selbst überlegen. Seid Ihr damit einig, so seid gut und schicket ihm dieses Brieflein.

Es ist mein herzlicher Wunsch und Bitte, der HERR möge den armen Menschen zu recht bringen. Mit herzlichen Grüßen an Deine liebe Frau, Papa und Sohn Gundert, und Herrn Dekan Brauns in aufrichtiger Teilnahme

Dein Pfisterer

285] *H. H. an Johannes Hesse*

[Stetten, 24. September 1892]

L[ieber] P[apa]!

Viel Dank für Brief. Bitte Näheres, sobald möglich! Nicht wahr? Mir gehts gut. Ich bitte Dich, die Sache mit Herrn Inspektor etc möglichst klar auszumachen.

Also nicht wahr, Du klärst mir Alles bald auf?

Mit Gruß Hermann

286] *H. H. an Johannes Hesse*

[Stetten, 1892]

L. P.

Erlaube mir nur, in Eile mitzuteilen, daß *schnelle* Antwort nötig wäre und bestimmte. Es geht immer gleich. Heute (Mittwoch) in 8 Tagen ist Jahresfest der Anstalt. Näheres ein andermal!

Hermann Hesse

Näheres kann ich per Karte nicht mitteilen.

287] *Pfarrer Pfisterer an H. H.*

Basel, 25. September 1892

Lieber Hermann!

Als Du von Basel fortgingst, habe ich Dir gesagt, Du könntest ja auch später einmal zu uns in die Ferien kommen. Ich habe das nicht vergessen, Du wohl auch nicht. In den letzten 1½ Jahren konnte davon keine Rede sein nach dem Tod meiner sel. Frau, so lange keine Frau im Haus war. Das ist nun Gott sei Dank wieder anders, und so würde es mich recht freuen, wenn Du Ende dieser oder Anfang nächster Woche zu uns kommen könntest. Unsere Knaben haben dann noch Ferien, halten nach Gewohnheit ihr Turnfest. Heinrich, der das Gymnasium besucht, hat bis Mitte Oktober frei. Mit ihm könntest Du als alter Klassengenosse zusammen sein und das Leben und Treiben, zumal in den Ferien und beim Turnfest, würde Dich gewiß anheimeln, wenn Du gleich viele Knaben nicht mehr kennst. Gefällt es Dir, so kannst Du auch noch länger hier sein. Also wenn es Deinen Eltern recht ist und Du uns gerne besuchst, wirst Du uns recht willkommen sein.

In herzlicher Liebe
Dein alter Lehrer und Freund Pf. Pfisterer

288] *Johannes Hesse an H. H.*

Calw, 27. September 1892

Lieber Hermann!
Deine Karte hab ich richtig erhalten. Und hier ist auch schon die Antwort aus Basel!
Pfarrer Pfisterer ladet Dich ein, während der Knabenhausvakanz etwa vom 1. Oktober an bei ihm zu sein. Er hat Dir selbst geschrieben. Wir freuen uns für Dich und denken, Du könntest nächsten Montag oder auch schon Samstag nach Basel reisen. Onkel David wird so gut sein, einen passenden Zug auszuwählen, Dich auf dem Stuttgarter Bahnhof zu empfangen und Dir dort das Billet bis Basel zu geben. Nach 7 oder 7½ Abends solltest Du dort nicht ankommen.
Ich hoffe, am Basler Bahnhof wird jemand sein, Deinen Koffer zu nehmen und Dich ins Knabenhaus zu begleiten. Du kennst doch noch den Gärtner Greule, der bei Karch [Kasch?] hier war? Der ist jetzt in Basel und vielleicht kann er Dir an den Bahnhof entgegengehn. Alles Weitere wegen Reise etc wirst Du von Onkel David oder Herrn Pfr. Schall hören. – Mama liegt seit Sonntag mit gastrischem Fieber zu Bett und ich hab arg viel Geschäft. Daher muß ich eilen. Zeige den Brief aus Basel auch Herrn Pfarrer Schall!

Herzlich grüßend Dein Papa H.

289] *Marie Hesse an Hermann Gundert*
[Beide sind in Calw, aber beide bettlägerig.]

Calw, 1. Oktober 1892

[...] Heute hat unser armer Hermann einen wunderschönen Tag zu seiner Reise nach Basel. Es ist mir eine wahre Erleichterung, mir ihn heute recht fröhlich vorzustellen. Pfisterers liebevolle Einladung an unser liebes Kind ist mir ein ganzes Gnadengeschenk Gottes. Er wird auch weiter Wege bahnen. Wenn nur H. zum Frieden mit Gott käme, dann schiene alles für ihn und uns leichter zu tragen. Daß ich krank geworden bin, ist mir nicht gerade verwunderlich. Ich sagte mehrmals zu Adele, wenn die Unruhe so groß war, es gehe über meine Kraft, neben dem Kummer, der einem am Herzen nagt. [...]

290] *Hermann Gundert an seinen Sohn Hermann*

Calw, 3. Oktober 1892

[...] *Die liebe Marie ist eben fortwährend krank an gastrischem Fieber darf fast nichts essen und niemand sehen* und an all dem ist ihr armer H. H. schuld, der hätte am Samstag einer Einladung Pfisterers nach Basel folgen sollen; in Stuttgart hätte David das Billet für ihn besorgt, da pfuscht uns sein Bruder Theodor drein, ladet ihn nach Waiblingen ein zu Cannstatter Freunden und behält ihn scheint's über Nacht und so wird also die Reise vereitelt und wir wissen nicht, wie es weiter geht. Eine gewichtige ärztliche Stimme sagt uns, er leide an primärer Verrücktheit und da ist sehr wenig Aussicht auf Heilung, wir können nichts tun als ihn dem Herrn befehlen, daß er ihn unter seine Langmut und Geduld nehme und die Sache hinausführe zu seiner Ehre. Sieht man freilich, wie die Eltern mitgenommen sind, so überfällt einen das innigste Mitleid. Jetzt gerade ist Johannes in Pforzheim, um Pfarrer Schall zu sehen, der von Wildbad nach Stetten durchreist. Er hat ihm Mitteilungen zu machen, und will auch von ihm hören, wie der Stettener Arzt die Sache ansieht. [. . .]

291] *Inspektor Pfarrer Schall an David Gundert*

Stetten, 4. Oktober 1892

Sehr geehrter Herr Gundert!

Ich habe mit Herrn Dr. Habermaas heute früh gesprochen. Er meint, daß man Hermann nach Basel ziehen lassen soll. Er sei der Ansicht, daß der Einfluß von Herrn Pfarrer Pfisterer gewiß ein günstiger sein werde. Das Prognostikon mit primärer Verrücktheit möchte er noch nicht stellen. Es könnten die Erscheinungen das Anfangsstadium sein, aber sicher möchte er das jetzt noch nicht aussprechen. Es wäre das allerdings, wie Herr Hesse sich ausdrückte, das Todesurteil. Hoffen wir zu Gott, daß die Sache nicht so schlimm steht.

Nun will ich also morgen Hermann schicken mit dem Zug, der morgens 6 Uhr 40 in Stuttgart ankommt. Mit dem Lösen der Fahrkarte unterwegs sollte es keine Schwierigkeiten geben, da man doch die Karte in Stuttgart lösen kann. Möge es auch von dieser Reise heißen wie von der Eliesers: Der HERR hat Glück zu meiner Reise gegeben.

Mit freundlichen Grüßen
Ihr erg. Insp. Pf. Schall

292] *Pfarrer Pfisterer an Johannes Hesse*

Basel, 6. Oktober 1892

Lieber Freund!

Hermann kam gestern Abend 6 Uhr 46 von Zürich. Herr Duisberg, der noch in den Ferien da ist, holte ihn ab. Als er mich sah, umarmte und küßte er mich mit den Worten:

»Grüß Gott ›Papa‹«, und war den ganzen Abend heimelig. Gott gebe, daß ihm der Aufenthalt gut tut. Ich bin für meinen Teil ruhig. Ich denke, von ungefähr ist es nicht, daß er an mich dachte, während ich mich auch viel mit ihm beschäftigt.

Deiner lieben Frau von Herzen baldige Genesung wünschend bleibe ich mit Grüßen an Papa und Herrn F[riedrich] Gundert

Dein Pfisterer

293] *H. H. an Johannes und Marie Hesse*

[Basel, Oktober 1892]

L. E.

Mittwoch[1] abends, 6 Uhr 48 kam ich nach einer 13stündigen Reise über Stuttgart, Mühlacker, Pforzheim, Karlsruhe, Aschaffenburg, Freiburg hier an. Hier gehts gut. Frau Riehm, die ich gestern besuchte, läßt grüßen auch Frieda, Klaus und Monika. Morgen will ich Frau Cockburne besuchen. Im Missionshaus sah ich noch niemand.

Mit Gruß Hermann

1 5. Oktober.

294] *H. H. an Marie Hesse*

Basel, 8. [9.?] Oktober 1892

Liebe Mama!

Vielen Dank für Deinen Gruß und Adelens Brief, auch für die Erlaubnis, Hut und Mantel zu kaufen. Seit etlichen Wochen trage ich an Werk-, Sonn-, Fest-, und Feiertagen einen riesigen, alten, braunen, zigeunerhaften, fragwürdigen Hut von Theo.

Zunächst will ich meine nächste Umgebung, mein Junggesellenheim schildern: Ich sitze in mittelgroßem Stübchen auf einem Sopha, vor dem netten kleinen Tisch, auf dem Lampe, Tinte und ein Dambrett stehen. Auf dem Haupte trage ich eine afrikanische geflochtene Mütze, die Fenster sind wegen eines mir innewohnenden Katarrhs verschlossen. Ich besuchte Herrn Inspektor Öhler, Frau Cockburne und Riehm, sah Herrn und Frau Müller und Kaube, [Kaule?], die alle grüßen lassen und sich wohl befinden. Sonntag will ich zu Frau Huber, deren »Gusti« in Paris studiert, Friedrich und Klara Riehm besuchen die Frauenarbeitsschule.

Besonders die Gegend um den Müllerweg hat sich sehr, sehr verändert. Es tut mir immer ein wenig weh, zu sehen, wie auf unseren alten lieben Spielplätzen, Gärten und Wiesen lange steife Straßen entstanden sind. Aber denkt Euch, ich finde ganz allein und ohne zu fragen in Basel Weg und Steg, mache stundenlange Spaziergänge durch die Stadt, wobei ich gewisse Anhaltspunkte mir merke, z. B. Spalentor, die drei Brücken, das Münster, Markt etc. Ich bringe den halben Tag mit Bummeln zu, wobei Heinz Pfisterer mich begleitet und mir alles Sehenswerte zeigt. Vier Stunden lang studierte ich im Museum die Gemälde, besonders Holbein und solche von [?], Böcklin, [?] und Niederländern etc. Ich bedauere, daß Adele nicht mit mir genießen kann, nächstens will ich auch die mittelalterliche und die Kunstsammlung besuchen. Unangenehm, aber dann und wann auch erheiternd war uns, daß die Kinder meinem großen Hut oft nachliefen.

Vielleicht kann die arme Mama sich über folgende Produkten der Basler Poesie erheitern:

Zwei Knaben gingen durch das Gras
Die machten sich die Stiefel naß,
Besonders der Eine,
Denn der andre hatte keine.

Zwei Knaben gingen durch das Korn,
Die bliesen beide Klapperhorn.
Sie konnten es zwar eigentlich nicht blasen,
Doch blusen sie's wenigstens einigermaßen.

Zwei Hüte hingen an der Wand,
Da fiel der Eine in den Sand.
Daraus ersehe jedes Kind,
Daß sie nicht mehr beide oben sind.

Zwei Kinder standen an der Wand,
Das eine war mir nicht bekannt.
Jedoch das andre, das ist klar,
Mir ebenfalls bekannt nicht war.

Ich spalte oft Lärchenholz, neulich spielten wir auch ein Ritterspiel, welche[s] wir aus Rüstungen etc fabrizierten. Dabei brauchte ich meine letzten 30 ctms. auf. Wegen Geld für Porto und Sonstiges bin ich in Verlegenheit. Morgen muß ich auch ein Paar Stiefel reparieren lassen.
Der wunderschöne alte Rhein imponiert mir mit seiner majestätischen Größe, seinen rauschenden, silbernen Wellen und seinem hellen, durchsichtigen Grün. Die großen, schönen Brücken, die vielen mittelalterlichen Gassen die alten Häuser, alles macht einen schönen, freundlichen Eindruck. Das Basler Deutsch habe ich allerdings total verlernt.
Neulich kaufte ich einen alten, nicht eben eleganten Platen um wenige ctms.
Alle Bekannten grüßen, besonders Frau Inspektor Öhler und Frau Huber, die ich eben besuchte. Hut und Mantel ist gekauft.

Also a little money, my darling. Mit Kuß
Hermann
Basel, Oktober 1892

295] *Hermann Gundert an seinen Sohn Hermann*

Calw, 10. Oktober 1892

[*Er erwähnt den Geburtstag* »unserer Königin Charlotte, während die Olga vielleicht in ihrer letzten Krankheit liegt«.] In der ganzen Woche hatten wir eine kranke Marie, gastrisches Fieber, das ihr jede feste Nahrung verbot, so daß sie von Fleischbrühe, Chaudeau und Champagner lebte. Sie ist jetzt aber doch übers Schlimmste weg und wird bald wieder aufstehn können.

Am 5. hat sich's endlich zugetragen, daß ihr l. Hermann von Stuttgart nach Basel reisen konnte. Dort hat er den l. Pfisterer mit »Grüß Gott Papa« begrüßt und sieht sich nun in den alten Räumen um, besucht Frau Riehm und Frau Cockburn (geb. Bührer) und schreibt eine sehr kurze Postkarte.

[...] Der liebe Johannes arbeitet über Hals und Kopf um Kirchenlexikon und Concordanz fertig zu bringen. Gott helfe ihm und Euch Allen. [...]

296] *Inspektor Pfarrer Schall an Johannes Hesse*

Stetten, 10. Oktober 1892

Sehr geehrter Herr Hesse!

Sie werden nicht wissen, warum ich so lange schweige. Ich hatte nämlich im Sinn, wenn ich meine Frau im Wildbad abhole, über Calw zu fahren. Nun telegraphierte sie mir Freitag Nachmittag, daß ich kommen soll. Da mußte ich über Mühlacker fahren, sonst wäre ich nicht mehr hinge-[kommen].

Ich hatte nun im Sinn, Montag 8 Uhr 30 von Wildbad über Calw nach Haus zu reisen und nahm deswegen wie das erstemal eine einfache Karte über Mühlacker. Wie es nun Freitag Vormittag so regnete, faßten wir den raschen Entschluß über Mühlacker heimzufahren, als es über Calw

nicht reichte. So wurde leider aus einem Besuch wieder nichts.
Hermann ist vergnügt letzten Mittwoch abgereist, hat auch seinem Freund hier schon geschrieben. Dienstag Abend war er ganz munter bei uns mit seinen Kameraden als der normalste Mensch. Ich habe ihm noch die nötigen Ermahnungen mit auf den Weg gegeben und ernstlich mit ihm geredet.
Meine liebe Frau habe ich in Ludwigsburg gelassen, da sie ihren Husten noch immer nicht verloren hat. Wenn ich sie abhole, will ich mit Herrn Oberamtsarzt Zeller wegen Hermanns sprechen, da ich das ärztliche Gutachten nicht für ganz richtig halte. Oder wollen Sie es in Hammetweil probieren?
Ich bitte Sie, mir Ihren Entschluß mitzuteilen.
Ihr Herr Schwager ist für Ludwigsburg eingenommen.
Was haben Sie von Basel für Nachrichten?

Mit freundlichen Grüßen
Ihr ganz erg. Insp. Pf. Schall

297] *Inspektor Pfarrer Schall an Johannes Hesse*

Stetten, 10. Oktober 1892

Sehr geehrter Herr Hesse!
Hiemit erlaube ich mir bestens dankend Ihnen die Quittung zuzustellen.
Was denken Sie denn aber uns wieder so treffliche Bücher aus Ihrem Verlag zuzustellen? Besten Dank dafür.
Herrn Bräuninger habe ich noch ausführlich geschrieben und den Brief zugeschickt. Viel Aufenthalt und Arbeit im Freien wird Hermanns Nerven gewiß kräftigen. Es wird sich ja dann entscheiden, was aus ihm zu machen.
Ist die Diagnose »primäre Verrücktheit« richtig, so gibt es oft allerdings zur Zeit der Pubertät einen Stillstand. Ich gebe zu, daß manche Erscheinungen bei ihm dafür sprechen.

Aber auf der andern Seite spricht auch manches dagegen. Vorerst möchte ich doch an moral insanity festhalten – und diese ist heilbar. Es scheint mir zu Hermanns Gunsten der Umstand zu sprechen, daß er sich im Verkehr mit seinen Kameraden, wenn er sich nicht beobachtet wußte, so ganz natürlich gegeben hat, frisch und munter gewesen ist.
Ich denke in einem wie im andern Fall wird die landwirtschaftliche Beschäftigung gut sein.
Erst nach seinem Weggang habe ich gehört, daß Hermann als Beweis für seine schwachen Nerven – bei Nacht Angst gehabt habe; da habe er nie allein sein wollen. Das erklärt mir auch sein Übernachten bei seinem Bruder. Die Bräuningerschen Leute sind sehr gemütlich. Es hätte da schönen Familienanschluß. Es sind noch alle diejenigen Leute, welche wir von unserer Anstalt aus dorthin gebracht haben, recht gern daselbst gewesen. Wir haben schon 3 Zöglinge dort untergebracht.
Die Hauptsache scheint mir zu sein, daß Hermann nun körperliche Arbeit als Mittel zum Zweck ansieht und sich willig derselben unterzieht. Je nachdem könnte es sich ja fragen ob man das Studieren im Interesse seiner Gesundheit nicht aufgeben soll. Nun die Zeit wird's lehren, aber der HERR wirds auch versehn.
Daß es Ihrer l. Frau wieder besser geht, freut mich recht. Meine Frau ist noch in Ludwigsburg, hat aber Husten und Heiserkeit noch nicht verloren. Und doch steht der Winter vor der Tür.
Mit dem herzlichen Wunsche, daß es auch bei Hermann wahr werden möge »durch Nacht zum Licht« verbleibe ich mit freundlichen Grüßen an Sie und Ihre Frau und Herrn Schwiegervater

Ihr erg. und teilnehmender Insp. Pf. Schall

298] *Pfarrer Pfisterer an Johannes Hesse*

Basel, 12. Oktober 1892

Lieber Freund!

Ich denke, Du und Deine liebe Frau werdet auf Bericht über Hermann warten. Er ist nun eine Woche hier und ich kann sagen, etwas wirklich Abnormes hab ich bei ihm noch nicht bemerkt. Er schläft die ganze Nacht ununterbrochen, hat gesunden Appetit und ruht auch mittags gewöhnlich etwas aus. Er hat sich in den Vakanztagen viel mit den Buben herumgetrieben, allerlei Unsinn mit ihnen gemacht, auch Heinrich, der noch Vakanz hat, ist viel mit ihm zusammen, wobei mir H. allerlei Seminar- und Schulspäße erzählt, fast mehr als mir lieb ist; doch sind es im Ganzen harmlose Sachen. Auch spielen sie öfters Dame und Mühle, wobei H. seine zahlreichen Niederlagen immer mit Humor aufnimmt.

Ich frage ihn nicht nach den Familienverhältnissen, um nach dem, was ich von Dir weiß, ihn nicht aufzuregen: er selbst aber spricht je und je und sagt dies und jenes, wie ein anderer es auch tun würde.

Im Ganzen habe ich den Eindruck, der Mensch ist für sein Alter zu entwickelt. Er hat in der Literatur gute Kenntnisse, aber über sein Alter; er hat schon Schriften gelesen wie von Bellamy, das ist nicht gut. Er erzählt mir, wie er von Stetten aus öfter in Cannstatt mit Erwachsenen zusammengekommen sei, z. B. mit Herrn Maser (Dekan Reiffs Neffen) dem Dichter und sie mit ihm verkehren als mit ihresgleichen. Das taugt nicht; es ist nichts Kindliches mehr da in den Anschauungen. Mag ein Mensch auch noch so fröhlich sein, so tut ihm solches nicht gut. Mein Heinrich, der ja gut begabt ist und in seiner Klasse im Gymnasium vorne ist, ist neben ihm wie ein Kind und ich bin nicht ohne Sorge ob der Einfluß H.'s gut ist.

Nun das sind Dinge, die sich nicht ändern lassen und mit

Gottes Hilfe kann auch da das Gleichgewicht zwischen Alter/Entwicklung wiederhergestellt werden.
Was seine Zukunft betrifft, so rate ich zumal mit Rücksicht auf sein Mißtrauen gegen Dich, von dem Du schon schriebst, unbedingt es noch einmal mit einer Schule zu versuchen. Geht es dann nicht, so muß er ja zur Erkenntnis kommen, daß es nicht sein soll. Ich glaube auch, wenn er heute etwas anderes werden soll, so wird er sich doch Bücher zu verschaffen suchen und wird umsomehr Gift daraus saugen, je mehr er sich als ein Opfer ansieht. Ich glaube auch jetzt noch, wenn er könnte zunächst allein zu einem Pfarrer kommen, wäre es besser als wenn er in eine Schule kommt, wo er durch freundliche oder weniger freundliche Beziehung mit Kollegen oder Konflikte mit Lehrern viel leichter aufgeregt wird. Zudem hat ja das Semester überall schon einen Monat angefangen.
Hier hat er zu körperlicher Arbeit wenig Gelegenheit, nämlich nur im Holzstall, so lange wir noch ungespaltenes Holz haben. Er geht hin, spaltet aber nicht gerade häufig. Zweimal besuchte er mit Heinrich das hiesige Museum, diesen Morgen die restaurierte Barfüßerkirche: er hat wie für Literatur so für Kunst Interesse und Verständnis. Von mir liest er jetzt Sybel, Begründung des deutschen Reiches.
Von »Weltschmerz« habe ich bis jetzt nichts bemerkt. Sonntags war er mit uns in der Kirche; neulich auch im Missionshaus bei der Verabschiedung von [Missionar] Walz. Bei der Abend- und Morgenandacht ist er immer.
So viel ich nach acht Tagen sagen kann und aus so manchen Mitteilungen schließen kann, ist er eben nervös sehr aufgeregt gewesen; diese Zeit scheint mir vorüber: wer Nacht für Nacht so schläft, wie er jetzt schläft, scheint mir gesund zu sein. Er hat freilich sich immer sehr beherrschen können, wenn er wollte. Aber sein Benehmen macht mir nicht den

Eindruck des Gezwungenen. Schalls Urteil stimme ich weit mehr bei als dem von H. Krauß.
Nun wir wollen das beste hoffen.

Mit herzlichen Grüßen Deiner lieben Frau und H. Dr.

Dein Pfisterer

299] *H. H. an Marie Hesse*

[Basel, 20. Oktober 1892]

Arme, liebe Mutter!
Es geht so nicht länger, ich muß es endlich aussprechen: Arme Mutter, vergib, vergib dem gefallenen Sohn, vergib mir, wenn Du mich liebst, wenn Du glaubst, daß noch ein Funke Gottes in mir ist.
Diese Straßen und Matten, auf denen ich als Kind gespielt, scheinen mich anzuklagen, denn ich bin kein Kind, kein Sohn mehr. Bin ein Elender, der mit Geschick und Menschheit hadert, der sich selber nimmer lieben kann und mag.
Bitte, Mutter, sage niemand von dem Brief, am wenigsten Großvater oder jemand in Basel. Du nur sollst mir vergeben.
Wie oft, wenn ich am großen, flutenden Rhein vorüberging, dachte ich daran, wie schön es wäre, in diesen bekannten, lieben Wellen zu sterben, vergessen und verschwunden mein Leben und Sündigen. Aber an Deinem Herzen, beste Mutter, bleibt mir ein Haltplatz, ein Hafen, denn wenn jemand mich einigermaßen versteht, so bist Du es, und Du allein weißt, daß auch ich lieben kann. Diese Zeilen mögen Dir sagen, daß ich es auch will. Oft glaube ich, nie, nie mehr gesunden zu können, denn jetzt [erst?] sehe ich, daß ich wirklich krank bin, nicht nur am körperlichen Organismus leide ich, sondern krank im Innersten Mark, krank im Herzen. In diesem Zustand bin ich schon lange. Erst glaubte ich ihn in meiner ersten Liebe los zu werden. In der maßlosen

Leidenschaft für ein schönes, herzliches Geschöpf, aber die Blicke der schönen Augen, der Klang der lieben Stimme verschlimmerten mein Leiden, das ich endlich im Tode los werden wollte.

Dann kam die Zeit, da Vater und Theo zu mir sagte: »Trutze, so lang du magst!« Und ich tat es. Jetzt sehe ich, wie krank ich bin, ich fühle mich so schwach, ich fürchte mich vor der Zukunft. Gerade hier, wo ich doch sonst so sehr gern bin, fühle ich meine Krankheit, indem so viele kerngesunde Knaben um mich sind, auch mein Altersgenosse Heinz Pfisterer. Es tut mir oft weh, wenn ich zu einem Spiel im Freien aufgefordert werde und sagen muß: »Ich kann nicht springen«, oder wenn mich einer fragt, wie lange ich Ferien habe etc.

Also Vergebung! Vergessen kann von uns keines die Vergangenheit, aber so recht verzeihen. Willst Du, wenn Du wieder gesund bist, mir schreiben wie eine Mutter dem Sohne, ganz frei vom Herzen weg, willst Du?

Mit Gruß und Kuß

Hermann

P. S. Grüße bitte die Geschwister von mir! Fräulein Häfelinger bedauert Dich sehr und grüßt Dich herzlich.

300] *H. H. an Marie Hesse*

[Basel, 22. Oktober 1892]

L. M.

Dank für Brief! Bitte keine von den Schuhen und Kleidern von Stetten zu schicken. Kleider habe ich ziemlich viele, doch lauter allzu enge. Ich trage den dünnen Sommeranzug trotz Wind und Schnee; gestern war ich bei Frau Huber zu Tisch. Sie läßt grüßen. Herr Boller und Herr Groß wohnen nimmer Müllerweg 116, doch wohnt Frau Hehr dort, die Restaurant und Häuser[?] verkauft hat. Heinrichs Ferien sind aus. Bitte laßt meine Maulbronner Sachen gerade stehn. v. Sybels »Gründung d. d. R.« beschäftigt mich, auch Platen ein wenig. Hubers fragen immer angelegentlich nach Theodor. Schreibt mir bald und schickt nichts, wenigstens für die nächste Zeit wäre es unnötig.

H. Hesse

301] *H. H. an Marie Hesse*

Basel, 22. Oktober 1892

Liebe Mutter!
Dank für Deinen Brief! Ich verstehe ihn und auch die wohlgemeinte »Predigt«; Du weißt ja, daß ich diesen »Er« nicht kenne, zu dem ich »schreien« soll, aber das soll uns nicht trennen. Was Du in jenem Geist siehst, sehe ich in Deiner und überhaupt in aller Liebe.
Ich soll Dir von meinen etwaigen Hoffnungen oder Plänen sagen? Bitte, das nicht; von meinen Hoffnungen zu hören, würde Dir wehe tun, denn sie sind zu Unmöglichkeiten geworden, Pläne zu haben ist mir nicht erlaubt. Was helfen Pläne? Nur den einen Wunsch habe ich noch, nachdem Du mir vergeben, daß es irgendwie anders werde. Nur hinaus aus diesem Zustand des Ungewissen, Unsicheren. Am liebsten möchte ich für immer ruhen, denn, so heiter ich oft sein kann, ich habe doch so wenig Hoffnung, so wenig Mut. Ich bin lange nicht so hoffnungsvoll und stark als ich's nach dem ersten Aufenthalt in Stetten war. Der zweite Aufenthalt dort raubte mir alle Lust zum Lieben und Arbeiten, denn ich sah, daß Alles nur gezwungen sei, nie freiwillig.
Doch bitte, Mutter, nimm mir, was ich da sage, nicht übel, Du wolltest es ja. Sag mir offen: Darf ich wohl hoffen, Weihnachten daheim feiern zu dürfen? Es ist doch traurig, immer einander von Liebe schreiben und doch zu wissen, daß man denen, die man liebt, nur eine Last ist, die sie lieber

in der Fremde wissen. Da kaufte ich Mantel, Kleidung, Hut, machte Ausgaben auf Eure Rechnung, während ich nichts bin, nichts leiste und leisten kann, auch für die Zukunft wenig verspreche.

Ich bin immer halb Stoiker, halb Epikuräer, da beide Philosophen die gleichen traurigen Motive haben.

Doch leb wohl jetzt, gute Mutter. Es küßt Dich

Dein Hermann

302] *Marie Hesse an Adele Hesse*

Calw, 23. Oktober 1892

Herzliebes Tochterle!

Wenn Gedanken Briefe wären, hättest schon viele von mir, mein teures Kind [...] Bei uns schneits immer wieder und ist schon rechter Winter. Marulla sah vorhin bei Frau Inspektor ihre künftige Lehrerin Fräulein Braun und meint »für die werde Keine schwärmen«. Karl will erst heut Nachmittag 4 Uhr kommen.

Von Hermannle erhielt ich am Freitag einen rührenden Brief, sehr zärtlich aber auch sehr unglücklich, bittet um Verzeihung, fühlt, daß er »im Innersten Mark krank« sei und hat Angst vor der Zukunft. Hubers andre Freunde hatten ihn eingeladen. Heinrich Pfisterers Ferien sind aus. Ihm selber ists beengend, wenn man ihn als fragt, wie lange er (Hermann) noch Vakanz habe. Armes, liebes Kind! Es ist mir ein großer Trost, daß er mir doch *so* geschrieben hat. Von Hametweil immer noch keine Antwort und wir sollten doch wissen wohin, wenn es nun in Basel bald wieder aus ist. Hermann hatte auch Fräulein Häfelinger gesehen und schreibt Grüße von ihr. [...]

Denke Dir! Heute kam eine Schachtel Birnen und Trauben an »Frl. Maruscha Hesse« von Frl. von Blanckenhagen. Nächsten Sonntag ist Hirsauer Kirchweih. Am Mittwoch war Papa – trotz Schnee und Katarrh – beim Pfarrkranz in Altburg mit Dekans und Professor Schauffler. Er kam aber extra vergnügt davon heim. Er braucht etwas zwischen den Bücherstaub hinein. Auf morgen hat sich Missionar Schaal angesagt, er schläft dann eine Nacht im kleinen Stübchen und Hans soll zu Carl. Marulla ist bei uns. Dora Diez war nur zwei Tage hier bei Tante Eli[sabeth]. Sie reiste nach Schramberg zurück, bis sie ganz von Europa abreist, Anfang November. Sie grüßt Dich, ist sehr nett. [...]

303] *Inspektor Pfarrer Schall an Johannes Hesse*

Stetten, 23. Oktober 1892

Geehrter Herr Hesse!

Herr Bräuninger schreibt mir, daß er leider keine Stelle offen habe. Was zu tun?

Ich denke an den Pächter des Eilfingerhofs bei Maulbronn Josenhans, Sohn des Kaufmanns Josenhans, Stuttgart, Marktstraße. Ich kenne ihn und seine Frau persönlich. Beide würden sich vortrefflich eignen. Ich suche für einen früheren Zögling von uns, der ebenfalls in Hammetweil früher war einen Platz und denke auch für ihn bei Josenhans anzufragen. Er ist ein ruhiger Mensch, der früher das Gymnasium besuchte, aber älter ist als Hermann. Er würde auf ihn einen guten Einfluß ausüben.

Wenn es Ihnen recht ist, frage ich an. Ich erwarte aber vorher Ihre Zustimmung, ob Hermann nicht die Nähe des Seminars geniert.

Besten Dank für die Zusendung; lege einen Brief Hermanns bei.

In aller Eile mit freundlichen Grüßen

Ihr erg. Insp. Pf. Schall

304] *Hermann Gundert an seinen Sohn Hermann*

Calw, 24. Oktober 1892

Lieber Hermann,

am 19. hatten wir den ersten Schnee, da ging die liebe Adele nach Stuttgart um Zeichnen und Malen zu lernen, bei der Fräulein Heck. [...]

Am 21. wankte die liebe Marie erstmals zu mir herüber, was ihr dazu Kraft gab war wohl ein erster Brief ihres Hermann, darin er sie um Verzeihung bittet und sich selbst als krank im innersten Mark erkennt. Dieser Fortschritt ist gewiß eine rechte Gebetserhörung, für die wir herzlich danken können, was auch immer noch folgen mag. Mit unserer ungeduldigen Menschenart mag man wohl sagen, das Warten übe uns zu sehr wenn eine Katastrophe einträte, wäre man doch der Ungewißheit überhoben, aber bei Gott kommt's *gewiß darauf an, daß man die eigenen Gebete für erhörlich halte* und so halte ich jetzt, was Gott gereicht hat, für eine höchst dankenswerte Antwort. Er [H. H.] wünscht aber, daß ich den Brief nicht sehe und so darfst auch Du nichts davon gehört haben. [...]

305] *Marie Hesse an Adele Hesse*

Calw, 25. Oktober 1892

Herzenskind! Sjödelbarn! Schäfle!

Freute mich recht, Deinen fröhlichen Brief zu erhalten. Gott segne Deine Studia und auch Deine Erholungen! Freut mich, daß Du den Echterdinger Ausflug so genossest, es sind liebe Leute. [...]

Gestern um 11 Uhr kam Herr Missionar Schaal zu uns und um 4 Karlemann. Herr Schaal reiste heute 4 Uhr ab, schlief im Miniaturstübchen, wo jetzt Karl eingezogen ist mit seinem Bilderhaufen, den er in der andern Stube nicht so nett hätte anbringen können. Nun zeigt das Schiller Statuettchen gleich beim Öffnen der Türe, welches Geistes Kind hier sein Wesen treibt und seine Pfeifen raucht. Wie wir's machen, wenn unser armes Memmerle heimkommt, weiß ich jetzt noch kaum. Von jenem Hof kam abschlägige Antwort, in Basel sind die Ferien aus und bei dem Wetter kann man nicht herumreisen, so kommt wohl H. vorderhand ein Weilchen heim. Meinem Gemüts- und Herzensbedürfnis entspräche das weitaus am besten. Aber ach in der Praxis sind 1000 Schwierigkeiten!

Heute kam von H. ein Brief, worin er ganz wehmütig bittet, über Weihnachten doch daheim sein zu dürfen. O es tut so weh!

Da ich tüchtig Katarrh habe, ging ich diese Tage gar nicht aus bei dem nassen Wetter. Wir hatten den ganzen Tag zu tun mit Auspacken und Ordnen von Carls Reichtümern und ist mir ein Wunder, daß es doch soweit untergebracht werden konnte im engen Raum. Aber Hermanns Sach ist noch ganz heimatlos, und o, die Flickkörbe stehn noch da!

Für mein Gemüt ists nun schon eine Wohltat, mein Carlchen wieder daheim zu haben, er kann auch Hans mit den Aufgaben helfen.

[...] Papa ist sehr nervös und hat immer alle möglichen Anfragen und andrerleutanliegen, die ihn am Geschäft verhindern, auch fortwährend Ofennöten!

Von Carl herzlichen Gruß, er dauert mich, daß Du nicht da bist. [...]

Gott segne und behüt dich, Kind! Viel Grüße Allen.

Kuß von Mama

306] *Inspektor Pfarrer Schall an Johannes Hesse*

Stetten, 25. Oktober 1892

Sehr geehrter Herr Hesse!

Unsere Briefe haben sich gekreuzt. Ich war gestern in großer

Eile. Ich mußte zu einer Audienz zum Minister nach Stuttgart und in eine Sitzung, hatte auch einen schwerkranken Zögling, der jetzt gestorben ist.
Hermanns Brief beizulegen habe ich vergessen.
Wenn Josenhans Hermann nehmen würde, wäre gesorgt. Er ist ein junger, tüchtiger, energischer und freundlicher Mann.
Der andre junge Mann, für den ich Unterkommen suche, ist ein braver, solider, stiller Mensch aus Heidelberg, fleißig, ganz geordnet, hat solide Kenntnisse. Er würde einen ganz guten Einfluß auf Hermann ausüben.
Mein einziges Bedenken ist das, ob nicht das Kloster zu nah ist. Doch könnte Herr Josenhans dafür sorgen, daß Hermann nicht nach Maulbronn kommt, wenn es ihn geniert. Im Übrigen ist er in den Augen seiner früheren Kameraden einfach ein Praktikant.
Ich bitte um einen gefälligst umgehenden kurzen Bescheid, ob ich anfragen soll oder nicht. Da ich mich auch da und dort erkundigt habe, so hörte ich von zwei Pfarrhäusern, welche schon junge Leute aufgenommen haben:
Pfarrer G. Klaiber in Gräfenhausen
Pfarrer Kappus in Entringen.
Besten Dank für Ihre freundliche Zusendung der Schlußlieferung. Es soll mir das treffliche Werk jederzeit eine liebe Erinnerung an den freundlichen Geber sein.

Mit herzlichen Grüßen
Ihr erg. Insp. Pf. Schall

307] *Pfarrer Pfisterer an Johannes Hesse*

Basel, 27. Oktober 1892

Lieber Freund!
Herzlichen Dank für Brief und Karte. Unsere kam in dem Paket. Es ist mir nur leid, daß Du, daß Ihr, mit Hermann

nicht nur so viel Sorge und Not, sondern auch erst Ausgaben habt, nun auch meinetwegen solche machst. Ich hab ihn ja gerne aufgenommen und wenn ihm sein Aufenthalt hier irgend dient, ist es mir eine Herzensfreude und da mir bisher Gott die Freundlichkeit erwiesen hat, daß ich mit meinen heranwachsenden Kindern im Grund noch keine Sorge gehabt habe, ist es ja eine Dankesschuld, andern ein wenig helfen tragen.

Mit Hermann hab ich gestern eingehend gesprochen – er selbst hatte sich in den letzten Tagen gegen meine l. Frau sehr zutraulich geäußert. Er war nämlich vorher offenbar teils gedrückt, teils aufgeregt gewesen, hatte auch nicht so gut geschlafen. – Ich sagte ihm, ich glaube, es sei Zeit, daß er irgend in eine geordnete Tätigkeit, sei es theoretischer sei es praktischer Art komme. Langeweile und Ungewißheit nage an ihm und rege ihn auf mehr als Arbeit. Ich sagte ihm, was ich Dir geschrieben habe, daß ich glaube, wenn er Lust habe, weiter zu lernen, jedenfalls es noch einmal versucht werden solle; geht es dann wieder nicht, so sei der Weg gewiesen. Meine Ansicht sei, lieber nicht gleich in städtisches Gymnasialtreiben, sondern in die Stille eines Landpfarrhauses. Ob er denn überhaupt so aufs Studium versessen sei. Er meinte, das nicht, aber er möchte doch als Deutscher den Einjährigen erlangen. (Ein Beruf wie Buchhändler würde ihm auch einleuchten, wenn es nicht gut weiterginge). Er kam dann auf das Gymnasium zu *Cannstatt* zu sprechen mit dessen Rektor Du bekannt seiest und in dem die Schülerzahl nicht zu groß sei; wo auch bei Herrn Rektor sich ein Platz finden würde. Ich glaube, er ginge gerne dahin. Offenbar quält ihn auch dies, daß er hinter seinen Altersgenossen nicht am Ende zwei Jahre zurückbliebe. Ich sagte ihm, es sei eine württembergische Originalität, zu meinen, es sei fast eine Schande, wenn man nicht mit 18 Jahren auf die Universität komme; das sei im Norden und in der Schweiz anders und nach meiner Erfahrung seien schon Leute nicht geworden, was sie versprochen, weil sie zu früh und zu unreif auf die Universität gekommen. Auch beruhigte ich ihn, weil er meinte, er sei so [...] lang weg, da werde es kaum mehr in Classe VII reichen. Ich sagte: was man einmal gehabt habe, wache leicht wieder auf; ich habe die Erfahrung an mir und andern schon oft gemacht. Wir kamen überein, Du sollest den Prospectus von Cannstatt kommen lassen; reiche es für ihn mit den mathematischen Fächern, besonders Geometrie, d. h. würde da erst bei Classe VII angefangen, so solle er dort eintreten; reiche es in der Mathematik nicht, dann zu einem Pfarrer, bei dem er sich auch in diesen Fächern aufs Laufende setzen könne [?], um bis Frühjahr in ein Gymnasium treten zu können.

Von Verrücktheit habe ich, ehrlich gestanden noch keine Spur bemerkt, die Liebesgeschichte, die ihn bei Christoph Blumhardt noch unter [...], ist etwas vorzeitiges. Ich würde in Gottes Namen es wagen und die Doktoren bei Seite lassen. Ich habe die Zuversicht, es fällt nicht schlimm aus.

Kommt er in Classe VII, so bekommt er in [...] die Maturität für das Einjährige, so bald er befördert würde (?). Dann kann man weiter sehen. Er hat bei der Unterredung sich so verständig benommen, so gesunden Verstand gezeigt, daß es mir ganz wohltat. Ich war mißtrauisch, aber ich habe die Hoffnung, es wird recht.

Mit herzlichen Grüßen an Deine liebe Frau, an Papa und an Fr. Gundert

Dein Pfisterer

308] *H. H. an Johannes Hesse*

[Basel, 27. Oktober 1892]

Lieber Papa!

Herzlichen Dank für's Rätselbuch [1].

Nachdem ich mit Papa Pfisterer gesprochen, bitte ich Dich, jedenfalls in Cannstatt anzufragen und vor allem Einiges über das Pensum, besonders in mathematischen Fächern, zu erfahren zu suchen. Es geht mir gut bis auf ein wenig Katarrh.

In Eile Hermann

1 Johannes Hesse, Rätselraten im häuslichen Kreise. Ein Ratgeber für Jung und Alt. Stuttgart, Verlag von D. Gundert.

309] *Marie Hesse an Adele Hesse*

Calw, 1. November 1892

Mein liebs Adelchen!

Hast diesmal warten müssen auf Nachricht, aber es ging nicht anders. Ich hoffe, Du sahst doch Karl, der Donnerstag nach Leonbach (zu einem Freund) und Stuttgart reiste und Sonntag in Waibl. sein wollte und den wir heute zurückerwarten von Tübingen. Donnerstag war ich abends im Vereinshaus in Papas Bibelstunde, sonst bin ich bloß zu Frau Inspektor hinüber und zum lieben Vater natürlich jeden Tag. Er ist zwar ordentlich wohl, doch etwas kleinlaut, weil er die Schwäche in den Gliedern zunehmen fühlt und nicht mehr schreiben kann. Schreibe Du *an ihn* ein Briefchen, das macht ihm jedenfalls Freude, er redet manchmal mit mir von Dir und vermißt Dich.

Freitag, Feiertag, fuhr Papa in Kutsche mit Marulla und Lisel nach Althengstett, hielt Missionspredigt und verkaufte für über 10 Mark Traktate. Pfarrverweser Albert Mezger hatte ihn darum gebeten. Es war ja jenen Freitag wundervolles Wetter, so daß Hansli, der uns bloß sagte, er gehe mit Kempff und noch einem Kameraden zur Marmorsägerei, vollends ganz hinauflief nach Bulach und im Pfarrhaus einkehrte, wo es ihm Sonntags so sehr gut gefallen hatte! Sie waren dort sehr freundlich gegen ihn; auf dem Heimweg konnten zum Glück die müden Bürschlein auf einem Wägelein von Teinach mitfahren. [...]

[...] Hofprediger Braun war Samstag bei Vater und ich traf ihn dort, er erzählte allerlei und meint, der jetzige König sei fromm. Die gute Königin Olga darf nun ruhen, mußt Du trauern? Samstag war Elise Dolmetsch's Geburtstag und Marulla dort eingeladen.

Nun kommt das Wichtigste: Sonntag morgen kam von Pfarrer Pfisterer und Hermann Brief; Herr Pfarrer ratet uns dringend, den Doktor beiseite zu lassen und H. jetzt gleich auf's Gymnasium zu tun. Die Ungewißheit und die Angst, er müsse drei Jahre dienen weil er das Militärexamen noch nicht gemacht, treiben ihn so um, daß es besser sei, man lasse ihm seines Herzens Wunsch.

Uns ist's so: Kann H. weiterstudieren, dann sei Gott Lob und Dank! – Kann er's nicht, so ist's gut, wenn er selber es einsieht und merkt, daß *wir* ihm nicht im Wege sind. So reiste Papa gestern nach Cannstatt und brachte alles soweit ins Reine. H. soll bei Praezeptor Geiger wohnen mit 3 Andern und kann eintreten sobald er will. Nun wird er in den nächsten Tagen heimreisen. Ich muß Bett und Alles wieder packen und fortschicken und dann will ich Hermann hinbegleiten. Ich kann den Tag noch nicht bestimmen, dachte aber, vielleicht Montag; ich würde Dich dann bestellen und wir könnten vielleicht zusammen Theo besuchen. Doch – wie gesagt – alles ist noch unbestimmt. [...]

310] *Johannes Hesse an Adele Hesse*

Calw, 1. November 1892

Liebe Adele!

Gestern war ich zweimal auf dem Stuttgarter Bahnhof, jedesmal aber nur 20 Minuten. In Cannstatt war ich von 2 bis 6 auf den Beinen, bis endlich eine Pension für Hermann gefunden war. Präzeptor Geigers sind nette, frische Leute, sie die Tochter eines warmen Missionsfreundes Lehrer Jedele in Ebingen. Im Haus sah alles schön, fast elegant aus. Hermann muß mit 3 andern in 1 Zimmer schlafen und arbeiten. Sie sind alle älter als er: Beck aus Vaihingen, Ludwig aus Leonberg, Sohn des dortigen O. A. Arztes und Gramm aus Kornthal. Auch bei der Zahnarztwitwe Volck, geb. Harlaß aus München war ich, weil ich hörte, daß sie Pensionäre suche. Aber gerade vor ein paar Tagen hatte sie ihren zweiten Pensionär bekommen und hatte nun keinen Raum mehr. Heute bin ich furchtbar müde [...]

[...]

Großpapa ist etwas kleinlaut. Seine Füße tragen ihn gar nicht mehr und mit dem Schreiben ist's auch ganz aus. Es belustigt ihn sehr, daß Ihr Eure Malerei mit dem *Himmel* anfangen mußtet.

Hab herzlichen Dank für Deine Briefe. Es freut uns so, daß Du fröhlich bist.

Sag den lieben Nestles herzliche Grüße von uns. Ebenso Frl. Heck.

In herzlicher Liebe Dein nichts weiter mitzuteilen habender alter dummer

Vater

Marulla schickt für Frl. Heck ihr eigenes Rätselbuch, es sei von *ihr*, nicht von den Eltern!

311] *Johannes Hesse an H. H.*

Calw, 1. November 1892

Lieber Hermann!

Sonntag Abend ging ein doppelter Brief an Herrn Pfarrer Pfisterer und Dich via Leopoldshöhe ab, desgleichen ein Cannstatter Gymnasial-Programm direkt nach Basel. Hoffentlich ist alles richtig angekommen.

Das Programm hat Dich inbetreff des mathematischen Pensums vielleicht erschreckt, aber ich kann Dich beruhigen.

Gestern, Montag, war ich selbst in Cannstatt und habe mit Herrn Rektor Kapff[1] alles besprochen. Er meinte, Du könntest jedenfalls in die VII. Klasse eintreten auch wenn es mit der Mathematik nicht lange. Du müßtest dann eben Privatstunden in diesem Fach nehmen. Man werde es schon irgendwie einrichten. Eine Ausnahme zu machen sei wohl möglich etc. Du könntest jederzeit eintreten.

Von Herrn Rektor ging ich zu Herrn Präzeptor Gaub, der früher gesagt hatte, er könne Dich vielleicht ins Haus nehmen. Er hatte aber keinen Platz mehr, empfahl mir aber seinen Kollegen, Präzeptor Geiger, den auch schon Herr Rektor mir vorgeschlagen hatte. Geiger hatte schon 5 Pensionäre und Du müßtest mit 3 anderen ein Zimmer zum Schlafen und Studieren teilen.

Das Zimmer ist aber luftig und ziemlich groß. Alles macht dort einen netten, behaglichen, fast eleganten Eindruck. Die Leute kamen mir gemütlich und freundlich vor. Ich glaube, daß Du gern dort sein wirst.

Deine drei Zimmergenossen sind Beck von Vaihingen, Ludwig von Leonberg (Sohn des dortigen Oberamtsarztes) und Gramm aus Kornthal, alle älter als Du.

Ich denke, daß man im Laufe dieser Woche Dein Bett, Bücher etc nach Cannstatt schickt und Du selber via Calw dahin gehst. Habe guten Mut!

Die Bücher sind ja wohl meist dieselben, die Du in Maul-

bronn hattest. Wir senden diese jedenfalls so ziemlich alle nach Cannstatt.
Auf den Tag, wann Du von Basel hieher abreist, kommt es nicht an. Nur *gar zu* schnell sollte es nicht gehn, weil die liebe Mama noch nicht soviel leisten kann wie vor der Krankheit. Vielleicht wäre Freitag der rechte Tag zum hieherkommen.
Bitte, laß Herrn Pfarrer Pfisterer dies lesen. Ich danke ihm für alles und grüße ihn herzlich. Das Geschäft drängt immer wieder. Ich habe einen Haufen Korrekturen daliegen und weiß nicht wie fertig werden. Dies zu meiner Entschuldigung.

In herzlicher Liebe Dein Papa.

1 Dr. Franz *Kapff*, Rektor des damaligen Lyzeums in Cannstatt. Geboren 12. August 1829. Gestorben 11. Januar 1898 in Bad Cannstatt.

312] *H. H. an Marie Hesse*

[Basel, 2. November 1892]

Liebste Mutter!
Viel Dank für Deinen lieben Brief. Auf die Frage, ob ich das Plätzchen hinter dem Münster, die »Pfalz« wieder aufgesucht und gekannt, antworte ich mit einem freudigen Ja. O, es ist schön, wunderschön dort, oben der Himmel und das prächtige Münster, unten rauschende Bäume und der flutende, üppig wogende Rhein! Ja, wunderschön ist es hineinzuschauen in diese krystallklare grünliche Flut, die so verständlich redet von seliger Ruhe und von ewiger Würde. Ich fühle, wie ich den lieben alten Rhein liebe, wie einen Lieben, ohne den man sich das Leben und sich selbst kaum denken kann.
Und drüben ragen die blauen Berge des Elsasses, die schönen Vogesen und fern der dunkle Schwarzwald, alles ein reizen-

des Märchen, ein vollgenossener lieblicher Traum. Wohl kommt mir gerade am Rhein oft die kleine Undine in den Sinn, die so schön und ernst zeigt, was es um eine Seele ist und ein wehmütiges Lied von vergeblichem Hoffen und Lieben kommt mir in den Sinn, und ich beneide oft die klaren Wellen, aber sonst freue ich mich der Schönheiten des edlen Stromes so recht herzlich.

Eben kommt Papas Brief: Besten Dank! Ich freue mich zwar nicht sehr, da ich das Pensionsleben mit 3 andern auf *einem*, wenn auch noch so großen und schönen Zimmer, kenne. Besonders da ich als »Neuer« sehr viel Arbeit haben werde, ist mir die Gesellschaft, vollends von Älteren, höchst unerfreulich. Doch was kann man schließlich machen. Ihr selbst wißt ja, daß mir vier kahle Wände, auch Tisch und Stuhl, über die ich verfügen kann, lieber sind als ein schönes elegantes Zimmer, in dem man eigentlich doch nur geduldet ist, besonders wenn die andern älter sind.

Frau Cockburne, zu der ich für morgen Abend eingeladen bin, grüßt herzlich, ebenso Frau Riehm und Bruder, wie auch Herr und Frau Huber. Papa Pfisterer wird auch schreiben.

Adieu! beste Eltern! Hermann

Ich komme Freitag mit dem 2 Uhr Zug nach Pforzheim.

313] *Pfarrer Pfisterer an Johannes Hesse*

Basel, 2. November 1892

Lieber Freund!

Hermann hat mir Deinen Brief mitgeteilt. Ich würde mich der Lösung der Frage noch mehr freuen, wenn es sich hätte machen lassen, daß er allein ein Zimmer bekommen hätte. Ich glaube, das sollte irgendwie erstrebt werden, daß er außer der Schule allein sein kann. Er selbst nimmt als jedenfalls zu erreichendes Ziel in Aussicht die Berechtigung zum

Einjährigen. Daran liegt ihm jedenfalls viel und ich glaube, er wird sich schon deshalb recht zusammennehmen.
Besondere Mühe, d. h. mehr, als Leute seines Alters im Durchschnitt machen, hat er nicht gemacht. Stände er nur innerlich anders! (Ich habe zwar keinerlei Äußerung des Unglaubens geschweige des Spottes von ihm vernommen; allein wenn er ein paarmal gegen meine Frau das Herz recht auftat und sie auf dieses Gebiet kam, sagte er kein Wort. Ich glaube aber, er wäre selber froh, wenn er innerlich anders stände).
Meine liebe Frau wird eine Abrechnung beilegen. Kostgeld berechnen wir nicht; wenn nicht diese Woche wegen der Verabschiedungen Herr Inspektor sehr in Anspruch genommen wäre, würde ich mit ihm reden. Hermann wird also was nicht als ausgegeben verrechnet ist, mit Abzug der Reisekosten heimbringen.
Wir fanden am zweckmäßigsten, er reist 8 Uhr 25 Eilzug (Cl. III Karlsruhe), von da Cl. II nach Pforzheim und 1 Uhr 8 Minuten nach Calw weiter. So hat er nur in Pforzheim 3/4 Stunden Aufenthalt, bei allen Zügen wäre es länger.
Gott gebe, daß es wohl gehe nach dem äußeren und inneren Menschen. Ich glaub, er war gerne hier. Ich hab im Umgang nicht viele Künste gesucht, aber ich hoffe, meine Morgen- und Abendandachten haben ihm Manches gezeigt und er könne wenigstens an uns gesehen haben, welch Glück es ist, ein Christ zu sein.
Mit herzlichen Grüßen an Deine l. Frau und Herrn Dr. und Schwager Friedrich sowie an die l. Brauns

Dein Pfisterer

Mark 50.– wird Hermann in einem Brieflein meiner Frau mit der Abrechnung bringen. 23 Mark 85 gebe ich ihm für die Reise.

314] *Inspektor Pfarrer Schall an Johannes Hesse*

Stetten, 3. November 1892

Sehr geehrter Herr Hesse!

Gestern war Herr Praezeptor Geiger hier, um sich wegen Hermanns zu erkundigen. Ich habe ihm sehr zugesprochen und gesagt, daß, wenn ich Lehrer oder irgendwo Pfarrer wäre, ich sofort ihn nehmen würde, daß ich gar keine Schwierigkeiten mit ihm gehabt habe und es eben darauf ankomme, daß er eine feste Autorität über sich habe, unter welche er sich fügen müßte.

Er würde ihn nun ins Haus aufnehmen. Ich habe ihn nun für diesen Fall gebeten, ihn hie und da mit einem Kameraden zum Besuch hieher zu lassen.

Wird die Sache perfekt, bitte ich um gefällige Benachrichtigung, damit ich die Geige dorthin schicken kann, da ich dieselbe noch hier habe.

Mit freundlichen Grüßen von Haus zu Haus
in der Hoffnung, daß die Schwalbe endlich ein
Nest gefunden hat
Ihr erg. Insp. Pf. Schall

315] *Tabitha Pfisterer an Marie Hesse*

Basel, 3. November 1892

Meine liebe Marie!

Entschuldige daß ich Dir bis jetzt noch nicht geschrieben und Dir für Deine zwei lieben Briefe gedankt habe. (Den ersten von Adele geschrieben).

Mit herzlicher Teilnahme habe ich von Deiner Krankheit gehört, und freue mich mit von Herzen, daß es Dir wieder ordentlich geht, der liebe Gott schenke Dir in Seiner Gnade täglich neue Kraft und Gesundheit.

Morgen will nun Hermann uns verlassen, er freut sich recht, wieder lernen zu dürfen, es gibt ihm gewiß viele Befriedi-

gung; vielleicht läßt es sich auch noch machen, daß er ein eigenes Zimmerle bekommt, ich möchte ihm das auch sehr gönnen. Wir haben ihn herzlich und mitleidsvoll lieb, und freuen uns, daß H. uns auch liebt, in den letzten zwei Wochen war er viel zutraulicher und offener, der HERR schenke es, daß sein Aufenthalt auch ein gesegneter bleibe! und wir wollen seiner auch ferner fürbittend gedenken!
Eine Abrechnung legen wir bei – gestern packte ich in ein Säckle die schmutzige Wäsche, hätte sie Dir so gerne »rein« geschickt, wäre H. nur eine Woche länger geblieben, so wäre es geschehen, denn am Samstag fängt unsere Wäsche an, (das Säckle behalte nur, wir brauchen es nicht).
Von uns darf ich Dir Gott sei Dank Gutes berichten, wir sind gesund und fröhlich beisammen, der HERR tut uns täglich so viel Gutes, o daß wir nie aufhören zu danken für seine Vatertreue!
Nimm mit Deinem lieben Mann herzlichen Gruß in treuer Liebe und Teilnahme

von Deiner
Tabitha Pfisterer

316]
Bedingungen der Aufnahme
des Hermann Hesse, Sohn des Herrn Johannes Hesse
in die Pension von Praezeptor Geiger in Cannstatt.

Der Pensionspreis, welcher 800 M. für das Schuljahr von 290 Tagen beträgt, ist in Quartalsraten à 200 Mark im voraus und ohne Rücksicht auf die in das jeweilige Quartal fallenden Ferien voll zu bezahlen und zwar je eine Rate am 7. November, 7. Februar, 7. Mai und 7. August.
Die Weihnachts-, Oster-, und Sommerferien bringt Hermann nicht im Hause von Geiger zu.

Für Bedienung werden beim Eintritt und an Weihnachten je 5 Mark, beim Austritt 3 Mark berechnet.
Zur Bestreitung der Nebenausgaben (Schulgeld, Auslagen für Bücher, Hefte u.s.w.) so wie zur Abgabe eines etwaigen Taschengeldes ist per Semester ein Vorschuß von 50 M auf Abrechnung zu hinterlegen. Letztere geschieht je auf Anfang April und Anfang August.
Der Austritt des Zöglings muß ein Vierteljahr vorher angezeigt werden. Jedenfalls ist das laufende Quartal voll zu bezahlen.
In etwaigen Krankheitsfällen werden besondere Ausgaben für Verpflegung, sowie für Arzt und Apotheke extra berechnet.

Cannstatt, den 7. November 1892
Geiger

Erhalten 7. November 92:

Pensionsgeld	100 M
Vorschuß	50 M
für Bedienung	
zum Eintritt und Weihnachten	10 M
	160 M
	Geiger.

317] *Aus dem Tagebuch der Familie Hesse-Isenberg*

[1892]

Er quälte uns mit gräßlichen Briefen. Ärzte wurden befragt und erklärten, es sei »primäre Verrücktheit«. Das unglückliche Kind beschäftigte uns Tag und Nacht und das Mitleid mit ihm machte mich recht krank. Endlich wurde er weicher und bat, ob Herr Pfarrer Pfisterer ihn nicht für kurze Zeit nehmen würde. Dieser lud ihn freundlich ein und so reiste Hermann Anfang Oktober nach Basel, wo er im Knaben-

haus liebevolle Aufnahme fand und sich ordentlich aufführte. Herr Pfarrer Pfisterer riet uns, ihn nach seinem sehnlichen Wunsch in ein Gymnasium zu tun, ohne den Arzt zu befragen.
(Als H. damals von Stetten kam zu uns das erste Mal hoffte er sicher, auf ein Gymnasium zu dürfen, da vom Kloster auf alle Fälle abgesehen werden mußte. Dr. Zahn weigerte sich, ihm das nötige Gesundheitszeugnis auszustellen und das hatte das arme Kind so furchtbar aufgeregt und gereizt, da er meinte, seine ganze Carriere sei ihm dadurch verderbt).

318] *Hermann Gundert an seinen Sohn Hermann*

Calw, 7. November 1892

[...] Am 2.[1] November kam H. H. von Basel her, um sich für den Umzug nach Cannstatt zu rüsten. Hier hat er sich sehr ruhig benommen, trat aber freilich seinem Vater keinen Schritt näher. Heute nun ist Marie mit ihm nach der Neckarstadt abgefahren, wo er einen neuen Anlauf mit Studieren nehmen wird. Er wohnt bei einem Präzeptor Geiger und wird mit einem andern seine eigene Stube teilen. Johannes ist in der vorigen Woche dort gewesen und hat alles eingesehen.
Noch immer wird jeden Vormittag um 11 Uhr geläutet zu Ehren der Königin Olga; für die aber gestern der Trauergottesdienst in allen Kirchen gehalten wurde. Am 4. November trat ihre Bestattung ein, wozu ja der Kaiser auch herkam. Dem hatte unser König in Wittenberg sehr gefehlt, da er ja sonst keinen protestantischen König neben sich hatte. Den Kaiser zu sehen ging auch Friedrich nach Stuttgart und er sah ihn prächtig. Wie es dabei zugeht, mag Dir Adele sagen, die beim ersten Staatsanwalt Nestle wohnt und all ander Tag Malstunde bei Frl. Heck

hat. Da muß sie zuerst Himmel malen, eh sie an die Landschaften geht.

[...]

1 Er kam am 4. November nach Calw.

319] *Marie Hesse an Adele Hesse*

Calw, 13. November 1892

Mein Herzenskind!

Wie freute uns Dein fröhlicher Brief. Wir können's kaum erwarten bis Du kommst, ich habe mich sehr gesehnt nach Dir, mein teures Kind! Hoffentlich hattet Ihr heute in Cannstatt einen schönen frohen Tag. Wir sind äußerst begierig auf Nachricht über Hermann, der selbst noch nicht geschrieben hat.

[...]

320] *Hermann Gundert an seinen Sohn Hermann*

Calw, 14. November 1892

[...] Der liebe Hermann wurde also am 7. bei Präzeptor Geiger in Cannstatt einheimisch, wohnt aber gerade gegenüber bei einer Frau von Montigel, die ein Dachstübchen abzugeben hatte. Aus der 1. französischen Stunde kam er sehr verdutzt, da lesen sie den Molière und der Professor redet alles französisch. Dafür ist er im Lateinischen und Griechischen weiter als seine 7. Klasse und jetzt liegt ihm besonders an, doch das Einjährig-Freiwilligen Examen zu bestehen, damit er nicht drei Jahr dienen muß. Am 8. kam Adele nach und besuchte mit der Mutter noch den Theodor in Waiblingen, der am 1. Januar von dort fort will und eine Stelle in Hamburg sucht. (Dort ist ja seine future). [...]

321] *Marie Hesse an Adele Hesse*

Calw, 17. November 1892

Herzenskind!
Deine Nachrichten über Hermann freuten uns sehr; ich habe ihm heute was Guts geschickt, da mir Frau Lamparter nachträglich »in die Krankheit« Kaffeebrot gebacken. –
Nach Tisch war ich mit Papa im neuen Wegle an der Eiche oben weiter spazieren und brachte einen seltsamschönen Herbststrauß mit heim.
[...]

322] *H. H. an Marie Hesse*

Cannstatt, 18. November 1892

Liebe Mutter!
Dank für das liebe Paket, besten Dank!
Wüßte ich nicht, daß Dir daran gelegen ist, so würde ich's für ein Unrecht halten, zu schreiben. Wozu auch andern sagen, daß Leben und Ringen schwer ist; sie selber wissen es und tragen am Eigenen genug.
Es ist um das Herz etwas eigenes: Da ringt und weint und leidet es und ist doch stolz darauf oder wenigstens zu stolz, viel davon zu reden. Ich denke es mir so schön, wenn Ihr denket, daß ich fröhlich und stark und mutig sei, viel schöner, als wenn Ihr um mich weinet. Dafür, daß Ihr für mich lebt, danke ich, obschon ja bekanntlich jede Medizin nur dem hilft, der an sie glaubt. Aber ich sehe doch, daß Ihr es gut mit mir meint. Deshalb möcht ich am liebsten schreiben, ich sei froh und mutig und sehe einen Erfolg, aber so habe ich's in Maulbronn gemacht, und hatte die Kraft nicht, die Täuschung durchzuführen.
Also kurz gesagt: Ich habe wenig Hoffnung, je recht mitkommen zu können, ich arbeite viel und lang, aber es fällt mir schwer und geht langsam und macht so müde und doch

– ist es nur das zunächst Nötige, doch bin ich noch fast ebensoweit zurück als je.
Gleich jetzt will ich sagen: Haltet mich nicht für einen momentan Kranken, sondern glaubt mir endlich, ich bin eben geschwächt, lerne viel schwerer als früher etc. Das kann durch einen Aufenthalt in Irrenhäusern etc. höchstens verschlimmert werden.
Das »Einjährige« macht mir Sorge, nicht so bang als der Gedanke an das lange, böse Jahr, das zwischen jetzt und dem Examen liegt.
Appetit und Schlaf ordentlich, auch Gewicht (126 Pfund) und Aussehen, es ist mehr die eigentliche Kraft, die fehlt. Doch beunruhigt Euch nicht, ich bin nicht, was man krank heißt, nicht einmal unwohl, habe auch nicht im Sinn, irgend etwas anzustellen.
Bitte, nehmt's nicht übel, wenn ich nicht oft schreibe.

H. H.

NB. Wenn meine Briefe, etwa die von Stetten, dem Arzt gezeigt werden, der mich dann für verrückt erklärt, so werde ich das Schreiben aufgeben.

323] *H. H. an Marie Hesse*

Cannstatt, 25. November 1892

Liebe Mutter!
Dank für Deinen Brief. Bitte künftig an Fr[au] Montigel, Wilhelmstraße, zu adressieren. Dank auch für all die guten Ermahnungen, sie müssen Euch wohl das Schreiben erleichtern, das mir schwer fällt. Was soll ich auch schreiben. Was mich interessiert, ist Euch unwichtig, und über Dinge zu schreiben, die mir einerlei sind, fällt mir schwer. Merkwürdig, daß Du sagst, ich solle nicht für die Zukunft, sondern Tag für Tag sorgen. Das wäre nicht übel, da ließe sich leicht leben. Aber der morgige Tag und überhaupt das triste

Gymnasialleben mit seinen albernen Kleinlichkeiten und Förmlichkeiten, all dem schlechten Witz und dem vielen Ärger, all den Eigenheiten der Professoren und Kameraden ist mir gleichgiltig und zuwider. Ich muß ans Examen denken, das allerdings eine ebenfalls sehr kleinliche Förmlichkeit, aber wichtig ist. Und wie kann ich ruhig sein im Gedanken, daß ich trotz Fleiß und Arbeit nur notdürftig mitkann und wenig Hoffnungen habe. Was hilfts, daß ich im Lateinischen, wenigstens in der Exposition, voran bin, nichts!

Schon wieder bald Weihnachten! Ja, die Wochen eilen, bald wird dies böse, böse Jahr vorbei sein. Hoffentlich wird auch bald die Zeit kommen, da ich auf die jetzige Zeit lächelnd und ruhig zurück blicken kann!

Doch – ich verfalle auf ein Thema, das Euch unlieb ist, d. h. ich sage, was ich denke und was mich bewegt, und das ist nicht ratsam!

Also denkt nicht zu viel an mich, und wenn Ihr's tut, so verzeiht und habt Mitleid mit mir und den dummen Nerven!

Mit Kuß
H. Hesse

324] *Praezeptor L. Geiger an Johannes Hesse*

Cannstatt, 1. Dezember 1892

Sehr geehrter Herr Hesse!

Inliegend sende ich Ihnen die Quittung über die am 7. und 12. Nov. ds. J. erhaltenen Summen und bitte Sie um Entschuldigung, daß ich sowohl die Zusendung eines Exemplars des Schulberichtes vom hiesigen Gymnasium als die Zustellung einer Quittung vergessen und versäumt habe.

Hermann ist wohl und hat sich ins Schulleben wieder ganz gut hineingefunden. Privatunterricht braucht und erhält er

nur in der Geometrie und zwar von einem neben seinem Zimmer wohnenden Reallehrer, der sehr tüchtig ist. Er hofft bis Weihnachten auf dem Laufenden zu sein.
In der Schule geht es ihm ganz gut, er erhält bereits in seinen Arbeiten recht gute Noten. Soweit ich es beobachten kann, arbeitet er auch fleißig. Ich habe schon um 11 Uhr nachts noch Licht auf seinem Zimmer bemerkt, was ich übrigens deshalb nicht gern sehe, weil ich glaube, daß es für ihn nicht zuträglich ist. Er ist manchmal etwas aufgeregt.
Ich möchte empfehlen, daß Sie ihn, ohne meine Mitteilung zu erwähnen, in Ihren Briefen ermahnen, nicht zu lange in der Nacht zu arbeiten. Er sollte spätestens 10 Uhr zu Bett kommen. Doch denke ich, daß, wenn er einmal in Geometrie vollends auf dem Laufenden ist, die Veranlassung zu viel zu langer Nachtarbeit wegfällt, diese dann aufhört. Denn sein tägliches Schulpensum bewältigt er jedenfalls leicht.
Der Schulbericht, den ich Ihnen zu senden versprochen, soll mit diesem Briefe endlich abgehen.
Mit freundlichen Grüßen an Sie und Ihre werte Frau Gemahlin

Ihr ergebener
L. Geiger, Präzeptor

325] *H. H. an Marie Hesse*

Cannstatt, 3. Dezember 1892

Liebe Mutter!
Dank für Deinen Brief!
Am Feiertag war ich also in Stuttgart bei Nestles, wo ich Hermann traf und bei Onkel David, auch im Volksbad.
Der Schlaf vor Mitternacht mag sehr gesund sein, aber es geht nicht immer, doch laß ich es selten später als 11 Uhr werden. Ich hab mich auch schon daran gewöhnt. Im Fran-

zösischen hilft mir niemand nach; ich hoffe auch nicht, nachzukommen darin. Du sprachst von der Last, die meine Nerven mir auflegen, es ist ja wahr, aber es sind nicht die aufgeregten Nerven, sondern vielmehr die merkwürdige Schwäche, auch die geistige. Daran ist Stetten schuld; ein Zustand wie mein damaliger muß den stärksten Riesen schwächen, sicher viel mehr als strengste Arbeit. Doch genug davon, Ihr lebt das nicht und glaubt mir's nicht.
Ich soll von Weihnachtswünschen schreiben? Was ich mir besonders wünsche, würde Euch nicht gefallen, also besinne ich mich auf anderes. Ich hätte gern ein einfaches Taschenmesser, ein Paar Manchettenknöpfe, Pantoffeln. Seht bitte, ob nicht Schlittschuhe da sind, die mir passen. Sind solche da, so schickt sie mir, bitte, wenn nicht, so bitte ich um solche, aber ohne Riemen. Zu besseren Besuchen etc hätte ich auch gern braune Glacés.
Ich schreibe, was mir eben einfällt, dann habt Ihr Auswahl.
Morgen will ich Herr Inspektor Feldweg's besuchen. Doch adieu jetzt.

Hermann

A propos, meine Briefmarken sind ganz alle, bitte, schickt mir einige für die Zeit bis Weihnachten.
Kolbs lassen herzlich grüßen, auch Nestles und Onkel Adolphs.

326] *H. H. an Marie Hesse*

Cannstatt, 11. Dezember 1892

Liebe Mutter!
Danke für Brief und Marken.
Ich kaufte ein Paar Schlittschuhe zu 3,50 M. Was die andern Wünsche betrifft, möchte ich bemerken, daß nächst Pan-

toffeln, die ja nicht zu eng sein sollen, ein Taschenmesser das Nötigste ist.

Ich stecke tief in allerlei Arbeit, da vor Weihnachten noch Repetitionen sind. Alle Verfassungen, mathematische Formeln, elektrische Leitungen und Schwingungen, französische Vokabeln etc etc bestürmen mich mit Macht.

Ich freue mich auf Weihnachten, auf Euch und die Freizeit, auf Schlittschuhfahren und Kerzenduft und Musik und »Gudle«, denn es ist eine andre Welt, in die ich vielleicht nicht passe, aber es ist Abwechslung und Erleichterung für kurze Zeit. Neulich traf ich Rektor Bauer: Der gute Mann sprach viel von Gehirnhautentzündungen [?] Spannung und frische Luft; – nun, er meint's wenigstens von Herzen gut.

Neulich schrieb ich Herrn Ephorus Palm, auch Herrn Pfarrer Pfisterer und Blumhardt.

Dein Buch [?] ist gleich unterhaltend und gleich langweilig; ich schwirre weiter wie ein Käfer durchs Feld, von dem er nichts versteht und will, immer weiter – mit dem alten Faden, – heim, – heim. Weiß nicht ob der Vergleich gut ist: mir fiel's eben so ein.

Inspektor Feldwegs grüßen, auch Pfarrer Oehlers, die ich heute besucht habe. Nette Leute! Sie gehen in ihrer Sache und Familie auf – und ich, ich weiß nicht, welcher Welt ich angehöre und wäre nur gern [ein] anderer und hätt' es gern anders und weiß doch nicht wie? wie.

Doch gottlob entreißt mich die Prosa jetzt diesen Träumereien: Es ist Nachtessenszeit, ich muß zu Geigers.

Ade Ihr Lieben, seid fröhlich und glücklich und gesund und sorgt ja für recht schöne Lebkuchen zum Christfest!

Grüßt Alles von
Hermann.

327] *H. H. an Marie Hesse*

Cannstatt, 22. Dezember 1892

Liebste Mutter!
Danke für Deinen lieben Brief. Ich denke Samstag den 24. ds. Vormittags, vielleicht um 12 Uhr zu kommen. Geigers müßt Ihr wohl etwas schicken, sie haben mir eine prachtvolle Weckuhr und Gudle geschenkt. Frau Montigel habe ich mit einem Exemplar von »Alltagsleben in China« beschenkt, das ich einst in einer Christtagslotterie gewann. Heute werde ich wohl mit Theo nach Stuttgart, wo ich auch gestern zu Fuß war und Onkel David und Tante Plebst traf, die von Euch erzählte. Tante Reiniger ging es schlecht, Husten, schweres Atmen u.s.w.
Mir geht es ganz gut. Gottlob ist morgen der letzte Schultag. Ich freue mich, bis dieses Jahr aus ist!
Theo will am 1. oder 2. Januar reisen und wenn möglich, Euch rasch noch sehen. Er ist wohlauf und so lieb!
Adieu, grüßt Vetter von mir bis auf vergnügtes Wiedersehen! Auch Großvater, Tante Jettle und all die Verwandten grüße, bitte.

Mit Kuß
Hermann

328] *Hermann Gundert an seinen Sohn Hermann*

Calw, 26. Dezember 1892

[...]
Am 24. kam auch H. H., der freilich mittlerweile Bekanntschaft mit einem Gaisburger See(le) gemacht und darin nasse Kleider gekriegt hat.
[...]

329] *Hermann Gundert an seinen Sohn David*

28. Dezember 1892

L. David und Johanna,
[...] – – und der liebe H. H. kam ganz lustig hier an obwohl er Tags zuvor in dem Gaisburger See(le) eine kleine Badpfletsche erlebt hatte. Er wagte sich auf unsicheres Eis und das gibts hier auch. Doch nehmen sie sich – als Gewarnte mehr in acht. [...]

330] *Aus dem Tagebuch der Familie Hesse-Isenberg*

[1892]

[...] Als Hermann von Basel gekommen war, brachte ich ihn am 7. November nach Cannstatt. Dort ging's ordentlich bis zur Vakanz. [...]
In den Weihnachtsferien war prächtige Eisbahn und dadurch viel Unterhaltung für die Jugend. Hermann war ganz erstaunlich lieb, ruhig, verträglich. Doch sagte er mir vor der Abreise: »Täusche dich nicht über mich; ich bin noch ganz ebenso krank und unglücklich wie damals in Boll und stürbe am liebsten gleich!«
Doch waren wir sehr dankbar für das liebe, friedliche Beisammensein in den Festtagen und so schloß das schwere Kreuzesjahr mit Abendrot.

331] *Aus dem Tagebuch von Marie Hesse (Schwarzes Wachstuchheft)*

In der Nacht vom 5./6. Juni wollte der teure Großvater heraus, fiel und lag stundenlang hilflos und unbedeckt (er fürchtete, das angezündete Licht könnte fallen beim Herunterziehn der Decke) am Boden, ehe endlich sein Rufen von Jettle gehört und Julchen geweckt wurde, die mit äußerster Anstrengung Vaterchen ins Bett half. Christine war jene Tage abwesend. So ungern Jettle dran will, so muß nun doch ein Wärter her; Papa ist einverstanden. Indessen darf unser Theodor beim lieben Vater schlafen.

[...]

[Es folgen Notizen vom 13. und 19. Juni. Dann:] Bis hieher kam ich. Zeit und Muße, Lust und Mut zum Schreiben fehlten; es waren so schwere, kummervolle Zeiten. Ich schrieb nicht weiter im Jahr 92. Der liebe Vater hatte Br[uder] Ellenberger als Wärter bis März 93. Gottlob, daß er uns erhalten ist und sein Geist noch lebt und arbeitet, so müde auch der Leib geworden beim langen Liegen. Er spricht so wenig, daß ich von meinen täglichen Besuchen bei ihm eigentlich sehr wenig aufschreiben könnte.

[Ende des Tagebuches 1892]

332] *Lotte Geiger an Marie Hesse*

Cannstatt, 2. Januar 1893

Geehrte Frau Hesse!

Ihr Wunsch, mit Ihrer Büchersendung uns Freude zu machen, ist reichlich in Erfüllung gegangen. Wir haben uns über alles sehr gefreut, und doppelt gern werden wir die Bücher lesen, da wir nun ihre Verfasser kennen. Ich danke Ihnen im Namen aller recht herzlich für die Sendung, besonders lassen auch unsere Kinder für das Spiel nebst Spielbüchern, danken.

Daß Sie Hermann wohl und munter fanden, freut uns sehr. Da wir ihn früher nicht kannten, konnten wir uns kein Urteil über ihn erlauben, doch fanden wir ihn in den letzten Wochen etwas aufgeregter als früher.

Gewiß tut ihm die Vakanz gut, das Schlittschuhfahren kann ja nun eifrig betrieben werden und kräftigt die Nerven.

Gerne hören wir, daß Hermann von seinem Aufenthalt bei uns befriedigt ist. Bei sechs jungen Leuten gibt es immer Anregung oder wenigstens Unterhaltung und die nötige Ruhe findet er dann wieder in seinem Zimmer.

Von Herzen wünschen wir Ihnen allen Glück für das kommende Jahr. Für uns hat das alte noch Sorgen gebracht. Ludwig fiel vorgestern so unglücklich auf dem Eis, daß ein

Knochenbruch in der Nähe des Ohres, gegen die Wange hin, stattfand, auch eine bedeutende Wunde hatte das Kinn erhalten.
Der Arzt verspricht sichere Heilung, der Patient hat wenig Schmerzen, aber Kopfweh und Hunger, der nicht gut zu stillen ist, da er den Mund nicht viel bewegen kann.

Mit herzlichen Grüßen von Haus zu Haus
Ihre ergebene
Lotte Geiger

333] *Inspektor Pfarrer Schall an H. H.*

Stetten, 4. Januar 1893

Lieber Hermann!
Besten Dank für Ihren freundlichen Glückwunsch zum neuen Jahr. Gebe Gott, daß Ihnen das Jahr 1893 ein Jahr des Heils in jeder Hinsicht werden und die Sonne der Freundlichkeit Gottes Ihren Lebensweg erhellen möge. Sie haben ja gewiß zunächst alle Ursache zu danken, daß das Jahr 1892 für Sie in so erfreulicher Weise abgeschlossen hat. Gott helfe weiter. Ich habe in meiner Christtagspredigt in der Einleitung gesagt, daß die Weihnachtsbotschaft heißt: Es ist erschienen die Freundlichkeit und Leutseligkeit Gottes unseres Heilandes; daran knüpft sich aber auch die Weihnachtsmahnung: Eure Lindigkeit lasset kund werden allen Menschen. So erfahren Sie auch noch etwas von den Stettener Predigten. Kommen Sie einmal selber hieher, das ist umso besser. Tom ist gegenwärtig zu Haus. Arthur war auch etl. Tage daheim, ebenso Hauer, Lerssler und Geyer. In Fritz Stälin haben wir einen Ersatz für Sie bekommen. Er kam in das Zimmer von Fritz Grävenitz, welcher von seinem schweren Leiden erlöst worden ist. Ihre Handschrift dürfte immer noch schöner und gleichmäßiger sein.

Mit freundlichen Grüßen, auch an Ihre Eltern Ihr
Insp. Pf. Schall

334] *Das Sekretariat der K. Kultministerial-Abteilung an Johannes Hesse*

[5. Januar 1893]

Euer Wohlgeboren
hat das unterzeichnete Sekretariat höherem Auftrage gemäß auf Ihre Eingabe vom 21. Dezember v. J. die Mitteilung zu machen, daß Ihrem Sohn Hermann, welcher mit Rücksicht auf seine Gesundheit die theologische Laufbahn nicht weiter verfolgen kann, die kostenfreie Entlassung aus dem Seminarverband mit Genehmigung des K. Ministeriums des Kirchen- und Schulwesens gewährt worden ist.

Hochachtungsvoll
Stuttgart, den 5. Januar 1893.
Sekretariat
der K. Kultministerial-Abteilung
für Gelehrten- und Realschulen
[Unterschrift:] Rommel

An Herrn Missionar
J. Hesse in Calw
(O. Beil.) (No 7245)

335] *Hermann Gundert an seinen Sohn David*

[Calw,] 5. Januar 1893

[Im letzten eigenhändig geschriebenen Brief an den Sohn David Gundert – die späteren diktierte er – schreibt Hermann Gundert:]

[...] Wie froh müssen wir sein über H. H.'s Befinden. [...]

336] *Hermann Gundert an seinen Sohn Hermann*

Calw, 9. Januar 1893

[...] Jetzt leeren sich auch die Räume der Vakanzler, als letzter geht heute Theodor nach Hamburg. Hermann Hesse schied am Samstag noch ziemlich verwirrt in seinen Anschauungen. In der Woche ist viel geschlittschuht worden, jetzt droht's mit Schnee oder Regen [. . .]

337] *H. H. an Marie Hesse*

[Cannstatt, 15./16. Januar 1893]

Liebe Mutter,

Dank für das Paket! Ich wohne jetzt im Nebenzimmer, wo ich mich wieder ganz gleich eingerichtet habe. Heute (Sonntag) war ich auf dem Eissee, wo ich Metzger von Altburg, [unleserlich, unleserlich,] Bühner und andre Bekannte traf . . . . . .

Doch wozu von all dem Unsinn reden! Ich könnte ebenso gut die Käseläden und Fabriken von Cannstatt aufzählen. Ich bin eben jetzt voll von Erinnerungen und will meinen Gedankengang auch im Brief hier fortsetzen.

Turgenjeff sagt, es gewähre einen angenehmen Schmerz, vernarbte Wunden wieder aufzureißen. So geht mir's auch. Ich denke so gern an das letzte Jahr; besonders an Boll, den letzten Ort, an dem ich mich eine Zeit lang wohl fühlte. Ich bin fast noch ein Knabe und komme mir seit dem letzten Frühjahr so gealtert vor, ich habe seitdem so viel erlebt, wovon Du ja zum Teil weißt. Es war zu viel in zu kurzer Zeit; auf die schreckliche Aufregung, die bis Stetten und Basel dauerte, folgte die Abspannung; monatelang waren alle meine Nerven unausgesetzt in fieberhafter Aufregung; jetzt ist der ärgste Sturm vorüber, aber er hat die Blüten vom Baum mitgenommen und jetzt hängen die Zweige müde herab. Du verstehst mich wohl ein wenig, Papa als Mann und Gelehrter etc etc wird wohl all das, was ich schreibe, für unnützes, erdichtetes Gerede halten. Doch einerlei, es macht mir Vergnügen, die Wunden aufzureißen: Ihr braucht's ja nicht zu lesen.

Ich habe so viele glückliche Stunden gehabt, es gab eine Zeit, wo mich die Schule, der Lehrer fesselte, wo ich Freunde suchte und mich an Altersgenossen anschloß und eine andre Zeit, wo ich in Irrealem schwebte. Wo ich alles in schönerem Licht sah; all das erreichte den Höhepunkt in dem schmerzlich-süßen Gefühl der Liebe, in Singen und Werben – dann ein jäher Abschluß, Verzweiflung, Wahnsinn, und dann tiefe, dunkle, schwüle Nacht.
Ja, es ist wirklich angenehm für mich, dies alles wie in einem Guckkasten Bild für Bild zu sehen. Ich möchte darüber lachen, über all das Glück, das in Einbildung bestand, über all den unnötigen Eifer, den närrischen Wahn von Liebe und Schmerz, Idealen und Freundschaft; ich möchte darüber lachen, aber es ist vorüber, vorbei und – kommt es wieder oder ist's jetzt aus? Wenn ich denke, wie ich einst für Bibelauslegungen, Etymologie, Geschichte etc etc mich interessierte, wie ich Freundschaften anknüpfte, wie ich liebte, jede Blume, die »sie« in der Hand gehabt, für ein Heiligtum hielt, so kommt mir das alles so fremd und merkwürdig und eigentlich so natürlich vor, wie ein bunter Liebestraum. Einige Blumen, Gedichte etc, die mich an solche Zeit erinnerten, hab ich ins Feuer geworfen – wozu den Schund, wozu all diesen Wahn des Herzens, wozu überhaupt das dumme elende Herz! Und auch was ich jetzt sage, schmeckt so dumm nach »Romantik«, gegen meinen Willen. Drum bin ich lieber still!

H.

338] *H. H. an Marie Hesse*

[Cannstatt, 20. Januar 1893]
Vormittags 11 Uhr

Liebe Mama!
Dank für Brief! Bitte sorgt, daß ich bald Wäsche erhalte. Ich habe geschwollene und wunde Füße [...]

Jeder Brief, den Du schicktest, zeigt, daß Du mich, oder wenigstens meine Briefe, ganz anders verstehst als richtig und mir lieb ist.

NB. Wenn ich all den »heiligen Geist« hätte, den Ihr mir wünscht, so wär ich längst ein großer Apostel.

Und auch Dein »Gott«! Er kann ja existieren, kann sogar ganz so sein, wie Du ihn Dir denkst; aber mich interessiert er nicht. Glaube nicht, mich auf diese Weise irgendwie zu beeinflussen.

Übrigens bemitleide ich Dich; denn Du denkst mit Sorge und Mitleid an mich [unleserlich] höchst unangenehme Gedanken und höchst wertlose. Ich sitze da in Cannstatt und lebe und lerne, was ist da zu sorgen und zu bemitleiden. Wenn Du glaubst, ich sei traurig über das letzte Jahr, über Enttäuschungen, Liebesschmerz; mich quäle die Reue wegen des Selbstmords, irrst Du Dich. Daß meine Ideale von Welt und Liebe und Kunst und Leben und Wissen etc verknallt sind, darüber gräme ich mich wenig. Denn alle diese Träume, der Wunsch, geliebt zu sein, etc, waren ja unnötig und unsinnig.

Aber ich interessiere mich für nichts. Da schwatzt man Tag für Tag an mich hin, von Sprachen, Verfassungen, Kriegen, Völkern, Zahlen, Vermutungen, Forschungen, Kaisern, Kräften, Elektroskopen, und wie der Schund heißt – und ich höre zu; das Eine behalte ich, das Andre nicht und alles, alles ist mir einerlei: Ob diese lateinische Satzperiode klassisch ist oder nicht, ob dieser Funke negativ oder positiv ist, ob dieser Kirchenvater ein Römer oder ein andrer Esel gewesen, ist mir so ganz einerlei. Und damit soll ich mich beschäftigen, daran weiterarbeiten, solches später studieren! Ich könnte Dr. phil., Professor, vielleicht sogar irgend ein Studienrat oder so was werden, der das Privilegium hat, dumm zu sein und einen großen Bauch und seidne Weste mit goldener Uhrkette zu tragen, oder sich hypochondrisch in Papieren und Karten und Büchern zu begraben.

Abends 6 Uhr.

So, jetzt bin ich wieder geliefert. Es war mir eine angenehme Einbildung, ich hätte gelernt, alles zu verachten und jetzt – ist es nichts damit. Jetzt höre ich auf. Ihr werdet Mitleid haben!

Mit einem Wort: Ich glaubte, »das Herz« ganz überwunden zu haben, glaubte, über alles »Romantische« weg zu sein; und heute Nachmittag hatt' ich wieder so einen häßlichen Anfall, wie seit Basel nimmer. Ich saß da und las im Eichendorff, da kam mit einem Mal der ganze alte böse [unleserlich] über mich, all das trübe Herzweh, der grüttelnde Liebesschmerz, die Erinnerung an alles, was ich in Boll erlebt. Ich nahm rasch einige Bücher, ohne Auswahl, und kaufte in Stuttgart dafür – einen Revolver. Und jetzt sitz ich wieder da und vor mir liegt das rostige Ding. – –

Ich habe mich diesmal überwunden, oder war ich feige! Ich weiß es nicht; aber mein Kopf ist voll Wust und Lärm, und ich möchte jemand wissen, zu dem ich sagen könnte: Hilf mir!

Jetzt wirst Du wohl gleich Jesus und Gott bringen, aber ich kenne sie nicht; doch möcht ich zu jemand sagen: Hilf, hilf mir!

Aber das müßte Einer sein, der mich versteht, und der die Macht hätte, mich in eine andre Welt zu versetzen.

Wenn es etwas gäbe, das mir gefiele oder lieb wäre, so hätte ich einen Halt, einen Trost. Früher konnt ich mich z. B. in Schiller vergessen, aber ich liebe ihn nimmer, überhaupt ist mir die Poesie nimmer ein Trost; die Wissenschaft ist mir mehr, viel mehr Last als Lust u.s.f. Und wenn ich so gar nichts weiß, was mir Freude macht, mir lieb ist, so hat es auch für mich keinen Zweck zu sein. So [unleserlich] da nehme ich die Violine und tu ein paar kräftige, oder auch weiche Striche. Aber entweder klingt es traurig – und das erinnert mich an meine eigenen dummen Schmerzen, oder klingt es so übertrieben lustig und tanzend, daß ich fühle, es ist nicht wahr, was ich geige. – Und so geht's mit allem, allem. Was soll ich mehr schreiben? Ob Ihr schelten oder Euch betrüben werdet, ob Ihr über mich lacht, schimpft oder weint; ich bleibe derselbe unglückselige Narr und am Ende – wer weiß? Zwar augenblicklich hab ich die Hand zurückgehalten mit der Waffe – wozu? Doch lebt wohl jetzt!

Hermann

Seit einigen Tagen kam auch das alte böse Kopfweh wieder.

[Rückseite des Briefes:]
Ich schreibe eigentlich nur Dir, Mutter. Ich könnte das alles Papa nicht sagen; nicht daß ich mich vor ihm fürchtete – o nein! ich fürchte nichts – höchstens mich selber!
Aber bitte, laß Geigers nicht zu viel wissen – sie sind ja gute Leute, aber – so gewöhnlich und brav und normal und – so praktisch! Du wirst mich verstehen.

339] *Aus dem Tagebuch von Marie Hesse (Schwarzes Wachstuchheft)*

[1893]

Am 3. Januar war Onkel Ernst[1] bei Großvater, traf ihn ganz ordentlich; auch Missionar Binetsch besuchte ihn an diesem Tag. Papa sagte mir nachher, er habe immer ein Gefühl, daß Onkel Ernst ein Opfer bringe bei solchen Besuchen und nie frei herausreden könne. Papa fand's so unbegreiflich, daß Onkel seines Vaters Briefe verbrannt hat, und der Gedanke daran scheint ihn noch zu genieren, so lieb der gute Onkel ist. [...]

Unser Theo reiste am 9. Januar nach Hamburg ab ohne sichere Stelle in Sicht, doch voll Hoffnung und Sehnsucht. 21. Januar reiste ich nach Cannstatt, da Hermann geschrieben, er habe von seinen Schulbüchern verkauft und ein Pistol gekauft, da ihm das Leben zu schwere Last. Finde ihn sehr krank, zornig, unglücklich. Geiger merkte nichts. Schlafe im Stübchen neben ihm. Der Sonntag Morgen war schrecklich. Erstens war ich durch und durch erfroren, bitter kalt war's und ein furchtbarer Schneesturm wütete Samstag Abend, da ich auf Hermanns Wunsch hin, Rektor Kapff und Professor Osiander besuchte (die ihn lobten!). Dann die entsetzliche Aufregung von Hermann, der mich anschrie und schimpfte, daß ich am liebsten auf und davon wäre. Als er dann am Bahnhof freundlich und zugänglich geworden und ich noch mit ihm allein sein wollte, störten uns Masers, die im Wartsaal standen und mit ihm fuhren. Ich war an Leib und Seel krank, bekam tüchtigen Katarrh und fühlte mich so ohnmächtig, der bösen Macht gegenüber; doch schrieb nachher Frau Geiger, mein Besuch habe genützt. Vater nimmt herzlichen Anteil und betet viel für Hermann, aber raten kann und will er nicht; Gott allein kann da helfen. [...]

1 Ernst *Gundert,* der jüngere Bruder von Hermann Gundert, geb. 1830.

340] *Hermann Gundert an seinen Sohn Hermann*

Calw, 23. Januar 1893

[...] Gestern kehrte Marie von einem Besuch in Cannstatt zurück. Dort hatte der arme Hermann wieder solch einen Sterbensdrang verspürt, daß er geschwind seinen Livius zum Antiquar nach Stuttgart trug um dafür einen Revolver zu erhandeln. Sie hat nun wenig ausgerichtet dort. Er hat eben einen Ekel an jeder ernsten Beschäftigung und weiß nicht warum er am Leben bleiben sollte, um Gott einen Gefallen zu tun, jedenfalls nicht. Da sind wir ganz auf den lieben himmlischen Vater gewiesen, der auch den Widerwilligen unter seiner Geduld festhalten kann. [...]

341] *Rektor Kapff an Johannes Hesse*

Cannstatt, 23. Januar 1893

Geehrter Herr!
Wegen Einjährigenrecht-Verleihung an Ihren Sohn im Frühjahr werde ich mich alsbald in durchaus empfehlendem Sinn an die K. Min. Abt. wenden.

Ergebenst
Obiger.

342] *Lotte Geiger an Marie Hesse*

Cannstatt, 26. Januar 1893

Liebe Frau Hesse!
Ihre beiden lieben Briefe haben uns aufs neue gezeigt, in welcher Sorge Sie um Hermann sich befinden und wir nehmen gewiß herzlichen Anteil daran.
Nun möchte ich Ihnen aber mitteilen, daß Ihr Kommen von großem Wert war, denn seitdem ist Hermann wieder der alte. Es mag ja sein, daß er sich zum Vergnügtsein zwingt, aber ganz gewiß ist es nicht bloß das, sondern er kann auch, wie besonders heute Abend, ganz harmlos vergnügt sein.
Es sollte mich freuen, wenn Ihnen dies eine Beruhigung wäre; wir glauben vorerst nicht, daß ein stärkerer Krankheitsausbruch zu befürchten ist.
Heute hat Ihr Herr Bruder aus Stuttgart Hermann und uns besucht und sich eingehend über ihn ausgesprochen. Auch er fand ihn wieder froher. Den rechten Einblick in seine Stimmung können freilich nur Sie haben, da er sich Ihnen brieflich anvertraut.

Gewiß hat Ihr Eingehen auf Hermanns Wunsch, das Examen betreffend, ihm wieder neuen Mut gemacht, und mein lieber Mann glaubt gewiß, daß der Mut bis Ostern vorhalten werde.
Wir wünschen von ganzem Herzen, daß Sie dann das Richtige treffen möchten, und einen Beruf finden, der im Stande ist, ihn auf die Dauer so zu befriedigen, daß dieses Gefühl des Unglücklichseins aufhören möchte.
Mein l. Mann wird noch Herrn Hesse schreiben, er hat wenig Zeit und Ruhe und bitte ich, ihn vorerst zu entschuldigen
Für den mir freundlichst zugedachten Kaffee danke ich Ihnen im voraus bestens.
Mit herzlichen Grüßen von Haus zu Haus bin ich Ihre teilnehmende

Lotte Geiger

343] *Frau Frieda Montigel an Marie Hesse*

Cannstatt, 27. Januar 1893

Geehrte Frau!
Besten Dank für die reichliche Gabe, die Sie erst meinem Mädchen und jetzt mir zuschickten. Aber so dürfen Sie meine einfache Gastfreundschaft ferner nicht belohnen, denn ich hoffe, daß Sie das Stübchen recht fleißig als Nachtquartier benützen und ich bemühe mich alsdann, einen vortrefflichen indischen Kaffee zu kochen. Heute als Kaisers Geburtstag ist keine Schule und da schläft alles in den Tag hinein. Lieb Hermann befindet sich ganz wohl. Mit freundlichem Gruß den werten Ihrigen, verbleibe ich Ihre ergebene

Frieda Montigel

344] *Hermann Gundert an H. H.*

Urach, 29. Januar 1893

Mein lieber Vetter!

Endlich komme ich dazu, Dir wieder einmal zu schreiben. Ich wollte Dir schon vorgestern schreiben; wir hatten an Kaisers Geburtstag den ganzen Tag frei. Aber die Herren Lehrer sorgten dafür, daß wir die ganze freie Zeit zu schaffen hatten, Geschichtsfragen, Algebra (Logarithmen), Geometrie, Französisch etc etc.

Eben komme ich aus der Orgelstunde, meine Finger sind noch ganz steif, daher das Geschwätz. [...]

Du möchtest mein Urteil über Schiller; auch ich halte ihn für einen ganz genialen Kopf; doch ist er eben in sehr vielem abhängig von andern, besonders von den Griechen. Seine Ideale gehen sehr oft über meinen (Seminaristen) Horizont. Ich beschäftige mich schon lang nicht mehr mit ihm.

In Deinen letzten Briefen schriebst Du von Revolver- und andern Geschichten, die mich zuerst ganz unglücklich machten. Eigentlich darf ich ja mich nicht in Deine Privatangelegenheiten mischen; aber Du wirst mir doch die Bitte an Dich gestatten: Laß doch die Revolvergeschichten gehen; Du machst ja nicht nur Dich, sondern alle die, deren Herz für Dich schlägt, dadurch unglücklich. [...]

Doch jetzt Prosit, lieber Vetter. Cura ut valeas!

Mit herzlichem Gruß
Dein Hermann

345] *Marie Hesse an Frau Marie Eytel* [?]

Calw, 1. Februar 1893

Meine liebe, teure Marie,

[...] Unser armer Hermann ist seit November in Cannstatt im Gymnasium, wo er im März die Prüfung fürs Einjährige noch zu machen hofft. Längeres Studieren ginge nicht. Leider hat er auch Abneigung gegen jeden andern Beruf und Handarbeit, die doch so zuträglich für ihn wäre. Wir wissen noch nicht, wohin mit ihm. Da Deine liebe Schwägerin Fräulein Eytel, uns eine Nervenheilanstalt bei Heilbronn – Gundelsheim anriet, möchte ich nun gern nähere Auskunft darüber; denn wir sind da völlig unwissend. Wer ist der Arzt und welche Heilmethode hat er? Ist es sehr teuer dort? Es wäre besonders wichtig, daß Hermann nicht bloß wie Badegast da wäre, sondern unter Aufsicht und beschäftigt wäre. Vielleicht könnte uns die liebe Fräulein Eytel einen Prospekt und etwas eingehendere Mitteilung zukommen lassen. Wir wären ihr sehr dankbar; zeige ihr bitte diesen Brief. [...]

346] *L. Geiger an Johannes Hesse*

Cannstatt, 9. Februar 1893

Sehr geehrter Herr Hesse!

Hiemit bescheinige ich Ihnen dankend den Empfang von 230 Mark, welche ich heute durch die Post mit Brief von Ihrer Frau Gemahlin erhalten habe.

Laut beigeschlossenem Contobüchlein habe ich vom 7. November v. Jahres bis einschließlich 9. Februar a. c. extra

ausgegeben	121,08 M.
Hiezu Pensionsbetrag für 2. Quartal	400,00 M.
zusammen	521,08 M.
Erhalten habe ich bis dato	492,00 M.
Somit kommen mir noch gut:	29,08 M.

Dieser Summe wäre dann noch ein neuer Vorschuß beizufügen.

Soweit ich Quittungen über meine Zahlungen erhalten konnte, liegen sie bei. Es empfiehlt sich, dieselben aufzubewahren, da beispielsweise mir seit Neujahr in vier Fällen

Rechnungen über bereits quittierte Beträge präsentiert wurden. Ich möchte Sie bitten, mir das Contoheftchen bald zurückzuschicken.

Was Hermann anbelangt, so habe ich Ihnen mitzuteilen, daß er letzten Montag und Dienstag die Schule nicht besuchen konnte, weil er sich durch einen Parforce-Marsch von Kornthal hierher (in stark 3/4 Stunden, gemeinschaftlich mit Gramm) – heftiges Kopfweh zugezogen hatte. Er war zwar am Sonntag Abend noch recht munter, aber am Montag wieder sehr deprimiert. Am Dienstag Abend lud ihn mein Sohn zu einem Spaziergang ein; aber obwohl er die Einladung sofort und – wie es schien – gerne annahm, sprach er über die 1/2stündige Dauer des Spazierganges kein Wort mit Ludwig, der sich also vergeblich bemühte, mit ihm in eine Unterhaltung zu kommen. Später machte ich selbst ihm einen 2. Besuch – ich war bereits über Mittag bei ihm gewesen –; er klagte noch über Eingenommenheit im Kopf, war aber sehr freundlich. Da ich wünschte, daß er noch einmal ins Freie kommen möchte, lud ich ihn ein, mich auf einem beabsichtigten Spaziergang zu begleiten. Er nahm »sehr gern« an, und war viel besser aufgeräumt. Ich unterhielt mich cca dreiviertel Stunden sehr lebhaft mit ihm und erfuhr unter anderem, daß ihm eben die jungen Leute seines Alters durchaus nicht genügen, da er sich von denselben durchaus nicht verstanden weiß, und daß ihm eben sein Bruder sehr fehlt. Gestern und heute ging er wieder zur Schule und zeigte sich wieder ziemlich munter.

In Anbetracht dessen, daß er gegenwärtig doch etwas sensibler ist als früher, wollte ich ihm auch von beiliegender Antwort der Oberstudienbehörde auf Ihr vom Rektor – wie dieser mir sagte – warm befürwortetes Gesuch um Zulassung Hermanns zum Einjährig-Freiwilligen-Examen im März dieses Jahres – die leider abschlägig lautet, noch keine Mitteilung machen.

Ich möchte es Ihrem Ermessen anheimgeben, ob ich in einigen Tagen es tun soll, oder ob Sie selbst es ihm gelegentlich, bzw. zu passender Zeit mitteilen wollen. Hoffen wir, daß er die Versagung der Zulassung nicht allzu schwer aufnimmt, in Erwägung, daß es sich ja nach Ostern um nur cca drei Monate handelt, während welcher er noch auszuharren hat.

Mit freundlichen Grüßen,
auch an Ihre werte Frau Gemahlin
Ihr ergebener L. Geiger

347] *L. Geiger an Johannes Hesse*

Cannstatt, 12. Februar 1893

Sehr geehrter Herr Hesse!

Mit Dank bescheinige ich Ihnen hiemit den Empfang von Mark 70.– als Rest meines Guthabens, bezw. neuen Vorschuß.

Es tat mir öfters leid, wenn Hermann Geld zu mehr oder weniger unnötigen Ausgaben verlangte, und ich versuchte manchmal, ihn zu bestimmen, von seinen Wünschen zu abstrahieren. Allein gleich zeigte sich jedesmal die bekannte finstere Wolke auf seinem Gesicht und in der Erwägung, daß es besser sei, ihn einige Mark ausgeben zu lassen, als daß er auf einige Zeit verstimmt sei, erlaubte ich z. B. endlich den wiederholten Besuch des Theaters, sowie einmal eine zwecklose Fahrt nach Kornthal. Es ging in diesen Fällen umso schwerer, seinem Wunsch entgegenzutreten, als er sich seinen Commilitonen anschließen wollte und er durch Versagung der Teilnahme vor diesen beschämt gewesen wäre. Auch dachte ich, im ganzen werde Hèrmann wohl wissen und sich danach richten, was ihm von seinen Eltern aus gestattet sei, wie er mich auf Befragen wiederholt versicherte, daß in dem und jenem Falle sein Vater gewiß nichts einzuwenden haben würde.

Leider muß ich Ihnen nun mitteilen, daß Hermann seit Donnerstag sich mehr als je seit seinem Hiersein verstimmt zeigt. Er spricht fast kein Wort, jedenfalls nur, wenn er angeredet wird und – was er sonst nie tat – ißt fast gar nichts; er genießt mittags nur etwas Suppe – heute ein klein wenig Fleisch – und abends nur Tee – einige Tassen, ohne etwas dazu zu essen; beim Vesper hält er sich etwas normaler; aber mittags und abends läßt er sich weder durch den freundlichsten und dringendsten Zuspruch noch durch Nichtbeachtung zum Essen bestimmen.

Die Mitteilung bezüglich der Examensfrage hatte ihm gestern schon Professor Nast gemacht, was mir Hermann sagte, als ich ihm heute nach Tisch Ihren Brief selbst auf sein Zimmer brachte. Bei dieser Gelegenheit suchte ich vergeblich die nächstliegende Ursache seiner Verstimmung zu erfahren; soviel versicherte er mir, daß dieselbe nicht durch jemand aus meinem Hause veranlaßt sei. Auch zu einem Spaziergang konnte ich ihn um so weniger bewegen, als das Wetter fast den ganzen Tag sehr unfreundlich war. Ganz gegen seine Gewohnheit hatte er sich heute auch an keinen der andern Pensionäre angeschlossen und erklärte, auf seinem Zimmer gefalle es ihm heute am besten, zumal er die Woche über genug mit andern zusammen sein müsse. Im übrigen hatte ihn die genannte Mitteilung nicht noch weiter aufgeregt; er sagt, er wisse wohl, daß er außer Latein und Griechisch das Pensum der 7. Klasse nicht absolviert habe.

Es war mir Bedürfnis, Ihnen dies alles mitzuteilen, da ich zur Zeit fast ohne Einfluß auf Hermann bin und Sie vielleicht eher wissen, ob etwas Besonderes und was zu tun ist. – Möge der Herr nach seiner Barmherzigkeit Hermann vor Schlimmerem bewahren und Ihre schwere Sorge Ihnen tragen helfen!

Mit herzlichen Grüßen von H[aus] z[u] H[aus]
Ihr ergebener L. Geiger

348] *H. H. an Marie Hesse*

[Cannstatt, 12. Februar 1893]

L. M.

Dank für Brief! Den Stuttgarter Wisch[1] hab ich an meine Wand genagelt, wo er sich gut ausnimmt. Bald ist Ostern! Nun, auch diese Vakanz muß und wird herumgehen. Weiteres dann einmal mündlich!

Hermann.

NB Viel Dank für die Pakete! Das Konfekt liegt noch herum, ich habe keinen Appetit. Das Wetter ist prachtvoll grau.

H.

1 *Notiz der Mutter:* bezieht sich aufs Schreiben vom Oberstudienrat.

349] *David Gundert an Johannes Hesse*

Stuttgart, 13. Februar 1893

Lieber Johannes!

Frau Präzeptor Geiger war heute da, Hermann esse so wenig etc, lese Turgenjew und Heine, etc. Ich traf ihn aber besser als ich erwartete; er hat ernstlich im Sinn, im Juli das Einjährigen-Examen zu machen, ärgert sich, daß man über Schlafen und Nichtessen so viel Wesens mache, war dann aber doch wieder lieb und soweit zutraulich. Ich hoffe, mein Besuch habe wenigstens nicht geschadet. Geigers scheinen sich doch Mühe zu geben, richtig mit ihm zu handeln.

Grüße Papa herzlich

[...] Dein D[avid]

350] *Lotte Geiger an Marie Hesse*

Cannstatt, 14. Februar 1893

Liebe Frau Hesse!

Heute geht es bei Hermann sichtlich besser. Er ißt wieder

und spricht. Deshalb beeile ich mich, Ihnen dies mitzuteilen. Bis Montag früh aß Hermann nichts, weshalb ich Ihren Herrn Bruder gestern aufsuchte, der dann kam und Hermann besuchte.
Nun ist er heiterer und hoffen wir das Beste, daß es auch dauernd sein möchte!

Mit herzlichen Grüßen von Haus zu Haus
Ihre teilnehmende Lotte Geiger

351] *H. H. an Johannes und Marie Hesse*

[Cannstatt, 20. Februar 1893]

Liebe Eltern!
Es freut mich immer, wenn Ihr mir schreibt. Manchmal mein ich, ich sei schon lange gestorben und mein Leben und Tun sei nur ein wüster Totentraum. Aber ich kann jetzt nicht recht schreiben und nicht vernünftig, mein Kopf ist so heiß und bös und mein Herz so bang und trüb und mein Auge so schwach! Ich möchte schlafen können, immerfort, bis ich erwachte und ein Engel mir sagte, daß jetzt alles verträumt sei. Verzeiht mir, verzeiht mir, Eltern, ich war so böse und bin jetzt noch böser als je. Ich glaube es geht zu Ende mit mir, ich erlösche so allmählich, ich bin so dumm und dumpf und krank und angstvoll und lieblos [...]
Oft denk ich jetzt auch an Boll und an Blumhardt und an Elis'chen, das Kind! Auch meine Geige ist verstimmt und ich kann den rechten Klang nimmer finden. Und ich hab mich beklagt und gescherzt, ja, und hab Euch belogen und betrogen und mich selber auch. Und das Leben ist ein Unsinn und ein Gewirr von Not und Elend und Arbeit und man muß stark sein, es zu tragen und ich bin so schwach und so – so – ach was! [...]

352] *Hermann Gundert an seinen Sohn Hermann*

[Calw,] 20. Februar 1893

[Papa Hesse in Weißenstein, 92jährig, habe Influenza, man fürchte für ihn.]

Das wirkt auf den lieben Johannes und Marie sehr stark, denn sie hatten eben beschlossen, die Adele in diesem Sommer nach Weißenstein gehen zu lassen, mit guter Begleitung. [...]

353] *Johannes Hesse an H. H.*

Calw, 22. Februar 1893

Lieber Hermann!

In diesen Tagen sind allerlei Geburtstage, heute z. B. bei Emma Feldweg und Tante Jettchen Isenberg, sowie bei Herrn Roos. Eben war ich in Hirsau zum Gratulieren und auch bei Tante Jettchen. Alles hat jetzt Mitleid mit Hansli wegen seinem Zungenunglück [1]. Es heilt aber sehr gut. Nur kann er noch nichts Festes essen und hat doch immer Hunger. Zwischenein kommt auch Magenweh oder Abweichen. Auch plagt ihn jetzt die Langweile. Von der hab ich in jungen Jahren auch was gelitten; beständig lag ich meinen Schwestern in den Ohren mit der Klage und Frage: »Was soll ich machen?« Sie gaben mir dann etwas zu stricken und dabei kam doch wenigstens etwas heraus: ein Staublumpen oder ein Kaffeesack. Zu einem Strumpf hab ich's nie gebracht. Wie anders ist jetzt alles. »Was man in der Jugend wünscht, das hat man im Alter« – das hat sich bei mir erfüllt, denn jetzt hab ich immer soviel zu tun, daß keine Langeweile aufkommt, ja, daß ich nie fertig werde. Deswegen will es auch zum Briefschreiben meist nicht langen. Jetzt eben arbeiten wir an einer neuen Auflage unseres Bibellexikons [2] und des Nachschlagebuchs über die Evangelische Mission [3]. Aber eigentlich ist meine Zeit schon ausgefüllt durch das Lesen der mehr als hundert Zeitschriften, die jeden Monat, ja manche jede Woche kommen und durch das Schreiben unserer drei Blätter[4]. Auch das Kindermissionsblatt[5] ist jetzt meine Sache. Großpapa kann eben gar nicht mehr schreiben. Eben hat er einen Katarrh. Er sehnt sich nach dem Ende, ist aber sehr geduldig und glaubt eben fest, daß alles genau so kommt, wie Gott es für *gut* findet. Er sendet Dir herzliche Grüße. Ebenso Tante Jettle und die Geschwister. Von Theodor haben wir seit Großpapas Geburtstag nichts gehört. Hat er *Dir* wohl inzwischen geschrieben?

Dein letzter Brief an die liebe Mama und mich hat uns aufs neue mit inniger Teilnahme erfüllt. Es gehört zum schwersten, wenn man so des Lebens Last und Leere empfindet und immer wieder das Gefühl hat, daß es besser wäre, *nicht* geboren zu sein. Aber das gehört nun einmal zu unserem Zustand, d. h. zu dem ganzen Widerspruch, den wir im eigenen Innern tragen: auf etwas Ganzes und Großes angelegt und doch in die Vielheit versunken und von tausend Kleinigkeiten in Anspruch genommen, nach dem Höchsten uns sehnend und doch ans Niedrige gebunden, zur Freiheit bestimmt und doch abhängig von allen möglichen Menschen und Dingen u. s. f. All diese und noch viele andre Widersprüche kann man tragen, ja überwinden – nur wenn man *glaubt*, daß sie als ein notwendiges Stück zu unserer ganzen Erziehung gehören, und daß, wenn wir nur nicht aus der Schule laufen, alles sich zuletzt in Harmonie auflösen wird. Zu diesem Glauben fordert uns die Stimme im eigenen Innern, das Beispiel so vieler edler Menschen und alles das auf, was in der Natur und im Geistesleben auf einen Zweck, ein Ziel, eine Absicht, auf ein Höchstes hinweist. Zum Gegenteil, d. h. zum Nihilismus zieht uns die Ungeduld, der Weltschmerz und die verführende Macht derer, die wohl auch geistreich und welterfahren waren, aber aus Hochmut

oder übertriebener Eigenliebe sich nicht fügen wollten in die Schranken, die uns im Diesseits nun einmal gesetzt sind. Wer sein *eigenes* Leben, seine eigenen Gefühle, Gedanken, Wünsche in den Tod zieht und es mit dem versucht, der uns über uns selbst hinausheben will, *dem* geht ein neues Leben auf schon hienieden.
Sei versichert, daß wir Dir nichts nachtragen, daß jeder Beweis von Liebe und Vertrauen Deinerseits uns eine Freude ist, und daß wir stets für Dich tun werden, was wir irgend können.

In herzlicher Liebe
Dein Vater

1 Hans Hesse mußte beim Turnen über die Schnur springen, verwickelte sich dabei mit den Füßen in die Schnur, fiel auf den Kopf und zerbiß sich die Zunge.

2 Biblisches Handwörterbuch, illustriert (Calwer Bibellexikon), Unter Mitwirkung von Frdr. Delitzsch, J. Frohnmeyer etc. Red. von Paul Zeller. 2. Auflage 1893. Calw und Stuttgart, Vereinsbuchhandlung.

3 Die evangelische Mission, ihre Länder, Völker und Arbeiten. Von Dr. H. Gundert, 3. vermehrte Auflage, 1893. (Eine vollständige Übersicht über das gesamte Missionsgebiet nach dem neuesten Stand.) Verlag der Vereinsbuchhandlung Calw und Stuttgart.

4 Die »drei Blätter«: 1. *Calwer Missionsblatt.* Eine allgemeine illustrierte Missionszeitschrift. Calw und Stuttgart, Vereinsbuchhandlung. Red.: Joh. Hesse, 68.–71. Jg. 1895–1898. 2. *Monatsblätter für öffentliche Missionsstunden* (seit 1839), hrsg. von Pfarrer Paul Eppler. Red. Friedr. Gundert. 3. *Evangelisches Missionsmagazin.* Im Auftrag des Basler Missions-Komités hrsg. von P. Steiner, Neue Folge 39.–42. Jahrgang 1895–1898. Basel, Missionsbuchhandlung.

5 *Missionsblatt für Kinder* (seit 1842), Calw und Stuttgart, Verlag der Vereinsbuchhandlung.

354] *Hermann Gundert an seinen Sohn Hermann*

Calw, 27. Februar 1893

[...] Am 23. war David hier und berichtete, wie er's bei Hermann gefunden habe. Der hatte so tolle Briefe geschrieben, daß man schon meinte, ihn einer Privatanstalt übergeben zu müssen; David aber nahm ihn mit zu seinem Dr.

Landenberger, der ihn dann gründlich untersuchte und einen Herzfehler fand, welcher das Blut in den Kopf sendet, so daß L. riet, keine Neuerung zu wagen. Am 26. war unsres Königs Wilhelm II. Geburtstag, den Roos durch ein Kirchenkonzert verherrlichte. Wozu auch griechische Lieder kamen.

Mit herzlichen Grüßen und Küssen
Euer V.[ater] H.[ermann] G.[undert]

355] *Marie Hesse an H. H.*

Calw, 27. Februar 1893

Mein herzlieber Hermann!
Das herrliche Wetter in den letzten Tagen freute Dich gewiß. Unser armes Hansli war so froh, denn es durfte wieder hinaus nach acht Tagen Haft und Schmerzen. Noch darf es nichts Festes essen, und das tut dem redlichen Schwarzbrotmampferlein bitter weh. Die ersten Tage und Nächte hatte er arge Schmerzen und Fieber; [...] Diese Woche soll er nun einen Teil der Schule – nicht alles – mitmachen, damit er nicht gar zu sehr zurückbleibt. In seiner Krankheit – als es wieder etwas besser ging – wünschte er sich als sehnlich: [einen] »Zeitgenossen« (!), um mit ihm Ballatles zu spielen [...]
Großvater in Rußland ist morgen 91 Jahre alt und Gottlob wieder genesen von arger Erkältung, heute kam wieder ein frischer Brief von ihm. Adele sehnt sich sehr, ihn noch zu sehen. [...] Der teure Großvater hier hat sehr heftigen Katarrh und ist dadurch jetzt doppelt elend und müde und schnaufig. Wenn man Großpapa fragt, wie's ihm gehe, sagt er: »unten durch«. [...]
Hansli fühlt sich sehr geehrt, daß nicht nur Herr Speidel ihn besuchte, sondern auch Herr Rektor und Herr Professor Staudenmeyer. Von seinem Klassenlehrer und Herrn Dölker

sah man nichts. Am Karfreitag soll Karl hier im Passionskonzert den Christus singen. Am Osterdienstag reist er dann in seine Hauslehrerstelle ab, so Gott will.
Von Theo kam schon länger kein Brief, so fürchte ich, er habe noch keine feste Stelle gefunden.
Hast Du in den letzten freien Tagen vielleicht einen Besuch in Stetten ausgeführt?
Ich war ziemlich müde von dem Schrecken und [der] Unruhe die letzte Woche und habe keinen Kopf zum schreiben. Wollte Dich nur herzinniglich grüßen, mein teures Kind und Dir sagen, daß ich Dein gedenke.

Alle grüßen Dich. Mit warmem Kuß
Deine Mutter.

Grüße Frau Montigel und Frau Praezeptor Geiger. Hast Du Papas Brief an Missionar Kopp besorgt? Er wohnt Stadtpfarrer Öhlers gerade gegenüber. Kamst Du in letzter Zeit auch wieder zu Inspektor Feldwegs?

356] *Aus dem Tagebuch von Marie Hesse*

[6. März 1893]

[...] 1. März kam morgens ein so unglücklicher Brief von Hermann, daß ich am liebsten zu ihm wäre. Allein es gab zuviel Hausarbeit und der Hafner war bestellt ins Wohnzimmer zum Ofen; so reiste Adele nach Cannstatt ab, während ich half das Zimmer ausräumen. [...]

357] *H. H. an Johannes und Marie Hesse*

[Cannstatt, 7. März 1893]

Liebe Eltern!
Es ist Sonnenschein und Baumgrün draußen. Aber der Frühling ist mir zu Kopf gestiegen, in meinem Schädel geht es immer bum – bum – bum – bum – so wie die Trommeltakte

bei einer Beerdigung, oder wie totes, farbloses Glockenläuten einer Kirche.

Im Haus neben mir hat ein Mädchen gewohnt. Sie war blaß und reizbar und spöttisch und hat mir manchmal geglichen. Ich habe sie auch gut gekannt und auf dem Eis war ich oft ihr Kavalier. Ich habe mit ihr auch über Religionen u. a. gesprochen – sie war Jüdin. Seit ein paar Tagen hab ich sie nimmer gesehen und heute ist sie gestorben. Sie ist jetzt bleich und tot. Als ich's hörte, ward mir so eigen ums Herz, so schmerzlich und doch so froh. Ich wußte, das Mädchen war weder sehr schön, noch sehr witzig noch sehr liebenswürdig und ich glaube, daß sich nie Einer in sie hätte verlieben können. Es ist am besten, daß sie tot ist. (Ein Kamerad von mir sagte, der beste Witz, den sie je gemacht, sei der, daß sie wenigstens früh gestorben sei.) Man wird sie jetzt in einen Sarg und den Sarg in die Erde legen, wo es dunkel ist und kühl und feucht.

Ich bin noch lebendig und rot und kann gehen und sprechen und lachen, weinen kann ich nimmer, aber ich freue mich, bis ich auch so sein werde, wie das Mädchen. Gestern glaubte ich, es gehe zu Ende, mitten in der Lektion kam ein Schwindel und Grabhauch über mich und ich senkte den heißen Kopf und fühlte, wie er kühler wurde und meinte, jetzt komme das Ende, ich saß wohl eine Stunde so und konnte nicht lesen und hören und sprechen. Nach der Lektion war ich todmüde und mein Kopf wollte springen. Und als ich dann weggegangen bin, sagten die andern spottend: »Der H. ist wieder krank, seht doch.« Vielleicht wird ein solcher Anfall wieder kommen, aber wenn oft, vielleicht bald, ganz bald kommt er wieder und ein wenig stärker, ade!

Hermann Hesse

358] *Johannes Hesse an H. H.*

[Calw,] Sonntag, 12. März 1893

Lieber Hermann!

Habe Dank für Deinen letzten Brief. Jetzt sind es gerade dreißig Jahre, daß ich auch solche Stimmungen durchzumachen hatte wie Du jetzt. Doch war es weniger der allgemeine Jammer des Lebens, als speziell die eigene Sünde, die mich unglücklich machte, ja, fast zur Verzweiflung trieb, bis mir das Wort im Römerbrief Cap. 6, Vers 14 wie ein heller Stern aufging. Von da an konnte ich wieder hoffen, und seither ist's vorangegangen, wenn auch durch viel Fallen und Wiederaufstehen. [...]

[Der Vater berichtet, was zu Hause los war, was die Geschwister machen bezw. planen, wer in der Gegend krank ist oder war, wer wen besucht hat.]

Und nun lebe wohl! »Halt aus, so wirst Du Wunder sehn« – pflegte mein Vater immer zu sagen. Nur nicht das Ich zum Maß der Dinge und die augenblickliche Stimmung zum Herrn über sich werden lassen! Bald sehen wir uns wieder. Bis dahin lebe wohl!

In Liebe Dein Papa

359] *Hermann Gundert an seinen Sohn Hermann*

Calw, 12. März 1893

[...] Die Briefe von Hermann in Cannstatt sind noch immer beunruhigend. [...]

360] *H. H. an Johannes Hesse*

[Cannstatt, 14. März 1893]

Lieber Papa,

Dank Dir für den letzten Brief. Auf Ostern ist mir ziemlich bang. Ich weiß, es wird wieder nicht gehen.

Du bist immer der irrigen Ansicht, es sei »der Menschheit ganzer Jammer«, der mich »anfaßt?« Das ist's aber eben nicht. Ich bin einfach langweilig und unzufrieden, schon weil ich keinen mir offenstehenden Beruf weiß, der mir auch nur im geringsten gefiele. Ich denke gegenwärtig oft an Boll. Dort war ich, bis jetzt das einzigemal, so recht voll und ganz zufrieden. Allerdings hat es dort ein dummes Ende genommen, aber trotzdem war Boll so schön, die letzten acht bis zehn Tage dort ausgenommen. Ordentliche Gesellschaft, Freiheit, Musik, Gesang und Gespräch – es war schön. Damals gefiel mir die Natur. Seit sie nur noch eine ärmliche Zuflucht für gar zu langweilige Stunden ist, hat sie ihren ganzen Zauber verloren. Mein Examen ist wahrscheinlich dürftig ausgefallen; mir ist's einerlei, wenn ich nur mein »Einjähriges« bekomme im Sommer.

Alles wäre schön und gut, wenn nur die Welt nicht gar so schön wäre, oder wenn sie mir offen stünde. Aber ich bin darauf angewiesen, mit eigener Kraft mir durchzuhelfen und diese Kraft geht mir ab. Ja, wenn es nicht an *Kraft* und *Geld* fehlte, dann –! Manchmal gelingt es mir, im Kegel- oder Billardspiel mit einem schlechten Partner mir einen Schoppen zu erspielen, für gewöhnlich – doch ich will nicht klagen, denn ich habe zu essen und kann schlafen, und bin also durchaus glücklich nach Eurer und Andrer Ansicht. Ihr sagt oft, tausend andre hätten es ja noch viel schlimmer. Das ist ganz wahr, aber diese Andern gehen mich eben nichts an und sind mir ganz einerlei.

Bald werde ich wohl nach Calw kommen und eine Zeitlang mich bei andern Leuten und diese durch meine Gesellschaft langweilen und ärgern.

NB Es wäre mir sehr lieb, wenn Karl von seiner Studentenzeit noch eine kleinere Pfeife hätte, die er nimmer braucht und mir abtreten könnte.

Wilhelm Dreiß hat sein Examen mit Glanz gemacht.

P. S.
Vielleicht werde ich das Wichtigste für Ostern [unleserlich] per Post senden, da ich bei schönem Wetter eventuell teilweise zu Fuß gehe.

361] *Marie Hesse an H. H.*

Calw, 17. März 1893

Mein liebes Kind!
Habe nur guten Mut zur Ostervakanz und komme Du gerne heim. Mit Gottes Gnade wollen wir alle einander lieben und wohltun, uns des anbrechenden Frühlings freuen und neue Kraft zur Arbeit holen in der freien Zeit. *Wann* bekommt ihr Ferien und auf wie lang? Am Charfreitag ist Konzert, Ostermontag Gesangsverein-Ausflug, Osterdienstag reist Karl fort. Hans darf für acht Tage in die Vakanz zu Onkel David als Pauls Freund. Es wird nun wohl nimmer nötig sein, Dir vorher noch die Wäsche nach Cannstatt zu schicken, oder doch?
Heute kam endlich von Theo eine Karte. Er hat leider noch keine Stelle, hofft aber immer. Hast Du von ihm nähere Nachrichten?
Heute schneit es wieder drauf los, doch ist man froh zu wissen, daß das nimmer Regel sondern bloß noch Ausnahme sein wird. Wir hatten große Wäsche, Schneiderei und viel Arbeit, um gerüstet zu sein für Ostervakanz und Karls Abmarsch. Wenn Du wirklich Mut hast, einen Teil des Wegs zu Fuß zu machen, so sei doch bitte recht vorsichtig und gehe nicht zu schnell, das ist bei Herzfehlern sehr schädlich. Ist das Wetter nicht recht verlockend, so reise lieber ganz mit [der] Bahn.
Denke Dir, Karl hat auf der alten Trompete noch blasen gelernt und sich damit oft Spaß gemacht. Überhaupt war er gern wieder ein Weilchen daheim und war recht häuslich.

Mir war's sehr lieb, ihn da zu haben, er hatte ja so früh schon unter fremde Leute müssen, und da war's gut, wieder still zusammen leben. Der Vetter dauert mich, daß er nun nicht Vakanz hat an Agnes' Konfirmation, da sie um acht Tage verschoben ist. Wilhelm Dreiß begegnete uns neulich strahlend und wir gratulierten.
Großvater geht's wieder viel besser, er hat mehr Appetit und guten Schlaf. Der neue Wärter, Kunz, pflegt ihn sehr sorgfältig. Großvaterle selber sagt: »Der Seiltänzer hopst als nur geschwind auf mein Bett und zupft an mir herum bis ich ihm schön genug da liege!«
Karl und Adele lernen für Tantele wie Schulkinder zusammen ihre französischen Regele mit Eifer und machen ihre Übersetzungen. Karl muß ja in Dransfeld auch Französisch und (wahrscheinlich Englisch), Klavier und alles – außer Religion, das die Eltern geben – unterrichten. Der bisherige Hauslehrer mußte schon Krankheits halber fortreisen, und so sind sie jetzt ein Weilchen ohne.
Bitte schreibe mir, wann und für wie lange Du Vakanz bekommst und wegen der Wasche, bitte.
Ich möchte Dir so gerne Mut und Hoffnung einsprechen, teures Kind. Geben kann's Dir nur Gott und Ihn bitten wir drum für Dich. Gewiß gibt es auch für Dich einen befriedigenden Beruf und ein Lebensglück, aber es gilt einstweilen Geduld haben, das lernen, was jetzt gerade Du lernen kannst. Deine Gesundheit kann sich ja auch bessern.

Alle grüßen herzlich – Innig küßt Dich Deine

Mama.

362] *Hermann Gundert an seinen Sohn Hermann*

Calw, 20. März 1893

[...] Am Freitag [23.] erwarten wir den Hermann von Urach, der ganz zu Fuß herüberstiefeln will in Begleitung eines Hornbergers von Zavelstein. Dann kommt auch Hermann Hesse, obwohl es ihm halb Angst ist auf die Vakanz. [...]

363] *H. H. an Johannes und Marie Hesse*

[vor dem 24. März 1893]

Liebe Eltern!

Mir ist so angst auf Ostern. Könnt' ich doch hier bleiben oder anderswo, aber nachhause!? Alles kann ich ertragen, nur keine Liebe. Es kann nicht lang mehr gehen, ich bin total verlumpt, mein Elend paßt nicht in Euer Heim, wo Liebe und Freundlichkeit zuhaus ist. Leuten wie Geiger kann ich eher die Meinung sagen! Den Mann halte ich für einen Quadratschädel I. Klasse...

Samstag muß ich kommen! Erschreckt nicht und – bitte! – laßt mich an Ostern in Ruhe! Ich kann keine Liebe ertragen, am wenigsten christliche Liebe. Wenn Christus wüßte, was er angerichtet! Er würde sich im Grab umdrehen.

Ich bin inzwischen gänzlich verkommen an Leib und Seele, mein Herz ist schwarz geworden wie mein Leben. [*Unleserlich*] schon ist dafür – ade!

Ihr allein seid zu bemitleiden, ich habe Euch so viel gekostet. Schade für das schöne Geld!!

Ostern ist mir immer schrecklicher, mich ekelt davor (da erst wenn ich komme?) Jetzt werd ich bald auch verstummen ohne mich zu erschießen. Es ist schön so und für uns alle am besten.

Ihr dauert mich! So fromme, ehrbare, rechtliche Leute – und der filius ein Lump, der Moral und alles »Heilige« und »Ehrbare« verachtet! Fast schade! Aus mir hätte schon was werden können, wenn ich dümmer gewesen wäre und mich von vornherein mit Religion etc hätte belügen lassen.

P.S.
Heute hab ich fidele, nette Leute kennen gelernt, einen Deutschitaliener, namens Ottilio Pedotti und einen reichen Russen, Fürst Fritz von Cantacuszène.

Ade! H.

364] *Aus dem Tagebuch von Marie Hesse*

Am 24. März

reiste Karl mit Onkel und Lis zur Probe der Prehmschen Kapelle für die Passionsmusik nach Stuttgart. [...] Karl sollte dann Hermann in die Vakanz mitbringen, allein derselbe war von Cannstatt schon fort nach Stuttgart, und nach verfehlten Versuchen, zusammenzutreffen, sah ihn Karl endlich in einem Café mit einem Herrn Gl. Hermann versprach, am nächsten Tag zu kommen. Wir zogen auf alle Züge an den Bahnhof und Hans führte sein Wägelein hin fürs Gepäck, wer aber Samstag, Sonntag, Montag und Dienstag vergebens erwartet wurde, war Hermann. Endlich Dienstag Abend [27. 3.] mit dem letzten Zug kam er, als sei gar nichts Ungereimtes vorgefallen. Wir hatten indessen Ängste ausgestanden; wir fühlten, daß es schlecht stand.
Auf alle Fragen antwortete Hermann nur, Herr Gl. sei sehr reich und sehr liebenswürdig und er wolle wieder zu ihm, da sei doch nichts Böses oder Gefährliches. Der Gl. telegraphierte ihm denn auch, er komme am Ostermontag. Johannes ging auch auf den Bahnhof und hatte keinen guten Eindruck, konnte aber nicht verbieten, daß Hermann nach Wildbad mit ihm fuhr. Erst nachher hörten wir aus Geigers Brief die ganze entsetzliche Wahrheit, daß G. ein Jugendverführer sei. Daraufhin ernste, bestimmte Aussprache von Johannes und das tat gut, denn nachher war H. still und ordentlich, während er in den ersten Tagen mit seinem Schimpfen mich krank gemacht hatte. –

[...] Am 29. März waren Adele, Karl und Hermann bei Großvater zum Nachtessen und sangen ihm allerlei vor. [...] Karfreitag sang Karl schön in der Matthaeuspassion als Christus und Adele und Marulla sangen im Chor mit. [...]

[am 5./6. April]

Daß Hermann die drei letzten Tage so lieb und still war, ist uns wie ein Angeld, daß es mit ihm besser werden kann. [...]

365] *Johannes Hesse an H. H.*

Calw, 28. [?] März 1893

Lieber Hermann!

Deine Karte vom Sonntag haben wir erhalten und Dich seither mit jedem Zug aufs neue erwartet.

Was ist los?

Haus und Herzen stehen Dir offen. Warum kommst Du nicht?

Dein Papa

366] *Hermann Gundert an seinen Sohn Hermann*

Calw, 2. April 1893

[*Er schreibt über Hermann Gundert und über Wilhelm Gundert, den er rühmt:* »Mit mir hat er fleißig im Neuen Testament griechisch gelesen, auch ein Stück aus Homer auswendig gelernt«.]

[...] Hermann Hesse hat sich auch Mühe gegeben, den Wilhelm in seine Gesellschaft und zu Bierhausbesuchen mitzunehmen, der aber widerstrebt gewissenhaft und sein Vater wünscht es auch nicht. Heute hat sich H. H. von einer amerikanischen Familie Gl. nach Wildbad nehmen lassen, es ist ihm augenscheinlich wohl, mit vornehmen Leuten in

Berührung zu kommen. Bei diesen Gl's hätte er die ganze Vakanz zubringen dürfen und hätte sie auch dem Vaterhaus weit vorgezogen. Merkwürdig ist mir sein Zeugnis, er ist der 3.–4. in seiner Klasse, der siebenten, und es wird nichts an ihm ausgesetzt. [...]

367] *L. Geiger an Johannes Hesse*

Cannstatt, 3. April 1893

Sehr geehrter Herr Hesse!
Es war meine Absicht, Ihnen erst nach den Osterfeiertagen über Hermann zu schreiben, damit Ihnen dieselben nicht durch meine unangenehmen Nachrichten verbittert werden sollten.
Umso mehr bedauere ich, daß Hermann selbst durch sein Betragen Sie wieder so schwer gekränkt hat. – Ich habe allerdings auch sehr über ihn zu klagen. Es ist das Geringste, daß er sich schon wiederholt anmaßend und ziemlich brutal in meinem Hause benommen hat, was wir ihm übrigens teils mit teils ohne vorhergehende Zurechtweisung immer wieder vergeben und vergessen haben. Viel mehr zu beklagen ist, daß er in Auflehnung gegen alle Ordnung und mit Ignorierung aller Verbote und aller Rücksicht auf andere (zumal seine Hausgenossen) ganz nach eigenem Sinn und Gelüste leben will und daher schon wiederholt bis tief in die Nacht bezw. bis nach Mitternacht im Wirtshaus gesessen und unter Störung der Nachtruhe seiner Hausgenossen mehr oder weniger betrunken nach Hause gekommen ist. – Als es das erste Mal vorgekommen war, und er in der Folge krank zu Bette liegen mußte, versprach er mir in die Hand, daß es nicht wieder vorkommen sollte, er hörte auf meine Vorstellungen und Ermahnungen und übergab mir auch den Rest des Erlöses für die von ihm verkauften Bücher. Seitdem er aber durch den Verkehr mit seinem Mit-

schüler Pfizenmaier (Sohn einer hiesigen Pfarrwitwe) mit dem jungen Gl. – daß es zwei Brüder sind, erfuhr ich erst durch Ihren Brief – bekannt geworden ist, ist er nicht mehr zu halten. Der eine dieser Brüder G. – ob das Nachstehende auch vom andern gilt, weiß ich nicht, doch ist es wahrscheinlich – ist ein etliche-zwanzigjähriges (sehr vermögliches) Subjekt, das sich's zur Aufgabe gemacht zu haben scheint, junge Leute, besonders Gymnasiasten in seine Netze zu ziehen und zu einem liederlichen Leben zu verführen. Er lebte letztes und vorletztes Jahr hier und wohnte bei Frau Pfarrer Pfizenmaier und hat soviel Verdruß und Unheil angestiftet, daß den Gymnasiasten der Umgang mit ihm durch den Rektor verboten wurde. Zur Zeit treibt er sein Unwesen in Stuttgart, ist aber auch da als leichtsinniger Mensch und Jugendverführer so bekannt und verrufen, daß er von anständigen Gymnasiasten gemieden wird und schon wiederholt von solchen, denen er sich aufzudrängen suchte, zum Verlassen des Lokals, in welchem dies geschah, genötigt worden sein soll. Ich selbst bekam davon, daß Hermann mit diesem Menschen in Verkehr getreten war, schon am ersten Tage, da es der Fall war, Kenntnis, und verfehlte nicht, ihm sogleich vorzustellen, mit wem er zu tun habe und welche Folgen ein solcher Umgang für ihn haben müsse. Ich drohte ihm, daß ich, sobald ich hören würde, daß er den Verkehr mit Gl. fortsetze, den Rektor davon in Kenntnis setzen und ihn bitten werde, Hermann persönlich den Umgang mit jenem Menschen zu verbieten. Auch wurde mir bekannt, daß Hermann wieder eine größere Summe Geldes besitze. Auf eindringliches Befragen gestand er mir den Besitz von 3 M zu (es war mir eine noch größere Summe genannt worden), verweigerte mir aber sowohl jede Auskunft über den Erwerb des Geldes als auch dessen Übergabe an mich. Ich vermute, daß er sich's von Gl. schenken oder leihen ließ. Obwohl ich ihm vorstellte, wie schmählich und beschimpfend es für ihn sei, auf Kosten eines solchen Menschen zu essen und zu trinken – ich weiß, daß Gl. wiederholt die Zeche für ihn bezahlt hat – ließ er sich doch nicht zu dem Versprechen bewegen, für die folgenden Tage (Dienstag bis Freitag der letzten Woche vor der Vakanz) auf den Besuch des Wirtshauses und den Umgang mit Gl. zu verzichten. Ich bat ihn, mit Rücksicht auf seine Eltern von seinem Umgang mit Gl. und seinem unordentlichen Leben zu lassen; aber Hermann erklärte alles, was man sonst von einem Kinde erwartet, die Gefühle der Dankbarkeit gegen die Eltern, die Rücksicht auf Ehre und Schande, auf den Schmerz der Eltern u.s.w., u.s.w. als hergebrachte veraltete Ideen, die keinen Wert haben, so daß ich ihm endlich erklärte, daß für ihn eine tüchtige Tracht Prügel das Richtigste wäre, um ihm zum Bewußtsein zu bringen, daß er, wenn auch reich begabt und sehr frühreif die Rechte und Freiheiten des Mannes in Anspruch zu nehmen noch nicht befugt und reif genug, vielmehr nur ein undankbarer 15–16jähriger Bube sei. Er belohnte mich dafür mit einigen zornigen Blicken, war aber in den nächsten Tagen trotzdem in meinem Hause im ganzen ordentlich.

Am Freitag (dem 23. März) früh schickte mir Frau Montigel eine Postkarte zur Übergabe an H., in welcher sein Bruder von Stuttgart aus ihm mitteilte, daß er aus Anlaß eines Konzertes in Stuttgart sei und zwar bei Onkel David, und ihn aufforderte, sobald als möglich zu ihm zu kommen, damit er sich bezüglich der Heimreise mit ihm ins Benehmen setze. Als daher H. am Freitag weder zur Vesper noch zum Nachtessen kam, nahmen wir an, daß er mit seinem Bruder direkt nach Hause gereist sei und für sein ohne Abschied erfolgtes Weggehen sich gewiß nachträglich entschuldigen werde. Auch erfuhren wir am Samstag, daß H. am Freitag Abend nach Stuttgart gegangen sei und zwar zu seinem Bruder. Um 6 Uhr etwa sei er wieder gekommen, habe bald darauf ein Telegramm erhalten mit der Aufforderung, sofort zu kommen, um mit ihm um 7 Uhr nach Calw abzureisen.

Bald nachher sei Pfizenmaier zu Montigels gekommen und habe angefragt, ob H. nicht zuhause sei; er selbst habe ein Telegramm erhalten, in welchem Hermanns Bruder bitte, H., falls er bei Pfizenmaiers sei, sofort nach Stuttgart zu schicken. Wir waren somit beruhigt und nahmen natürlich an, daß der Bruder die Reisekosten bestritten habe. Jetzt erst vermuten wir, daß die Karte sowohl wie das Telegramm ›abgekartet‹ waren und statt von Hermanns Bruder von Gl. herrührten.

Wenn Sie damit einverstanden sind, will ich, ohne Hermann gar zu sehr bloßzustellen, dafür sorgen, daß Herr Rektor Kapff ihm den Umgang mit Gl. verbietet. Man könnte das tun, ohne daß für Hermann andere unangenehme Folgen entstünden. Oder wollen Sie selbst an Herrn Rektor Kapff schreiben?

Indem ich Sie unserer herzlichen Teilnahme an den so sehr betrübenden Erlebnissen und Erfahrungen, die Sie mit Hermann machen müssen, versichere und Gott bitte, daß er doch noch alles zum guten Ende führe, begrüße ich Sie herzlich und zeichne mit aller Hochachtung

Ihr ergebener L. Geiger

368] *Charles Gl. an H. H.*

Erwarte Dich zwischen 7 und halb 8 Uhr heute Abend in meiner Wohnung Archivstraße 14. Bestimmt, war am Bahnhof 5 Uhr 25 Minuten, leider nicht gekommen.

Herzlichen Gruß
Charles

[Telegramm, in Stuttgart aufgegeben am 24. 3. 5 Uhr 31 Minuten, adressiert an H. H., bei Frau Montigel.]

369] *Inspektor Pfarrer Schall an Johannes Hesse*

Stetten, 6. April 1893

Sehr geehrter Herr Hesse!

Ihr Brief hat uns mit tiefer Wehmut erfüllt, Ihretwillen, um Ihrer Frau und Hermanns willen. Ich war der frohen Hoffnung, daß alles leidlich gehe. Nur das machte mich allerdings stutzig, daß Hermann trotz der Nähe von Cannstatt hieher auch nicht ein einzigesmal sich veranlaßt gesehen hat, bei uns einen Besuch zu machen.

Das sind freilich trostlose Nachrichten, welche Sie uns geben. Es ist mir freilich nicht ganz klar, wie der Herr Präzeptor, bei welchem Hermann ist, es leidet, zumal das Wirtshausgehen auch durch die Schulordnung verboten ist. Gebe Gott, daß Hermann doch noch von diesem krankhaften, unglücklichen Hang los wird und in geordneten Bahnen sich bewegt. Was Ihre Anfrage wegen des Schönbühls betrifft, so geht heute ein Jahresbericht an Sie ab.

Vorstand ist Pfarrer Blessing in Weiler bei Schorndorf. Es sind dort schon hie und da Zöglinge aus besseren Familien zur Correction gewesen; so vor einigen Jahren ein Franzose, das enfant terrible der Familie, der total umgewandelt wurde. Eine geschlossene Anstalt ist aber der Schönbühl nicht. Ich glaube, Schönbühl sollte das ultimum refugium sein. Ich bin mir nicht recht klar, ob er dorthin paßt. Ich werde auf jeden Fall vorher nachsehen. Hermann ist von hier aus schon einmal mit einem Vetter von mir, den er begleitete, dort gewesen.

Vorher würde ich es doch bei einem Ökonomen, welcher auf seine Leute ein strenges Augenmerk hat, probieren, etwa bei dem Bruder von B. in Hammetweil, bei August B.,

Domänepächter in Hohenbuch bei Waldenburg. Ich habe dorthin schon zweimal von hier aus junge Leute gebracht. In herzlicher Teilnahme mit freundlichen Grüßen von Haus zu Haus

Ihr erg. Insp. Pf. Schall

370] *Hermann Gundert an seinen Sohn Hermann*

Calw, 10. April 1893

[Notiz:] erhalten Mo, 24. April, da eben Papa am Sterben gest. 25. April Di früh

[Er, der fast nie klagt, schreibt hier:] Ich habe in der letzten Zeit *allerhand durchgemacht [und lobt seinen Wärter, Heinrich Kunz, einen Nassauer, wie]* hingebend und geschickt *[er ihm diene]*, namentlich in den Nächten. [...] Gestern konnte ich fast nichts essen, da kam denn das Champagnertrinken auf. *[Dr. Zahn und seine Tante E. S. brachten ihm je eine neue Flasche zu der alten, die er noch hatte.]* [...] Johannes ist heute nach Cannstatt, um mit den dortigen Leuten über seinen Hermann zu sprechen. Der ist eben noch immer unberechenbar, und hat großes Geldbedürfnis, alles zum Einkehren und Rauchen. Nach dem verletzenden Trotz kann er wieder ganz freundlich und bon enfant auftreten, macht aber je und je eine unliebsame Bekanntschaft, läßt sich frei halten und kommt wie ein Stutzer daher. Hermann Gundert hält sich auch schmuck, erreicht ihn aber weit nicht in seinen Leistungen. Was mich wunder nimmt ist sein [H. H.'s] locus, er ist etwa 3 und 4 und der H[ermann] G[undert] 33–35.

Entschieden sagt er [H. H.] sich von allem Glauben los, verachtet alle unsere Bücher und trachtet denen nach, die in Heines Art spotten.

[Bisher diktiert, dann eigenhändig:] Gott segne Euch durch Euren doch deutlich sinkenden V. H. G.

371] *Aus dem Tagebuch von Marie Hesse*

[...] Am Mittwoch 12. April reiste Hermann ab; es ist – Gott sei Dank – recht gut gegangen in dieser Vakanz, äußerlich kommt er uns gesünder vor, aber leider steht er innerlich ganz schlecht, es ist offene Feindschaft gegen Gott und Sein Lichtsreich. An der Konfirmation mußte er vor zwei Jahren die Antwort hersagen von der Bosheitssünde. Ja, mit Wissen und Willen huldigt er dem Geist dieser Welt, er sagt: »Ihr könnt Euch ja auf den Himmel vertrösten, aber ich will jetzt hier mein Teil und mirs wohl sein lassen, trotz Gewissen und Gotteswort und Verbot!«

372] *Hermann Gundert an seinen Sohn Hermann*

Calw, 17. April 1893

[Er berichtet von der Konfirmation von Agnes (Samuels Tochter) und Hilde (Friedrichs Tochter), an der er teilnahm. Der Brief endet mit den Worten:] Mir geht es erträglich. Herzlich grüßt und küßt Euch Euer V. H. G.

[Der Brief kam am 29. 4. in Mount Clemens an, am 27. war Hermann Gundert begraben worden.]

373] *Marie Hesse an H. H.*

Calw, 21. April 1893

Mein teurer Hermann!

Schon ist's über eine Woche, daß Du uns verlassen hast, und noch haben wir nichts von Dir gehört. Hoffentlich kamst Du gut an und hast Dich mit gutem Mut wieder ins Lernen hineingelebt. Das Wetter ist immer noch schön, jetzt in den letzten Tagen sommerlich schwül, ein seltsamer, unnatürlicher April! – Wir haben in den letzten Tagen Sorge des teuren Großvaters wegen, der stark fiebert, sehr schwach wird und meist schlummert. Die Blasenentzündung hat sich verschlimmert. Vorgestern Abend war er zuerst so recht krank, der Wärter wachte nachts bei ihm; letzte Nacht wachte Onkel Friedrich die erste Hälfte der Nacht und dann der gute Kunz, an dem Großvater nun außerordentlich froh ist. Ich saß gestern die meiste Zeit an Großvaters Bett, aber er redete gar nichts; meist schlummerte er. [...]

Vorgestern hatte Papa wieder einen ganzen Kopfwehtag. Es ist ihm zu schwül, doch konnte er gestern Bibelstunde halten.

Nun will ich zu Vater hinüber. Schreibe uns bald, liebes Kind und lasse uns wissen, wie's Dir geht. Gott behüte und segne Dich! Mit Gruß an Frau Geiger und Montigel und Grüßen von allen im Haus an Dich

Deine Mutter

Karls Brief bitte wieder zurück.

374] *Marie Hesse an H. H.*

24. April 1893
Calw, Sonntag, 7–8 Abends

Liebes Kind,

der teure Großvater liegt still und friedevoll sterbend da. Wir haben ihm gesungen und er hat von allen mit Händedruck Abschied genommen. Wir hoffen, es breche ihm bald der *Sonntag Jubilate* an.

Bitte Frau Präzeptor, daß sie Dir eine schwarze Kleidung sofort machen läßt.

Mit herzlichem Gruß
Mama

375] *Marie Hesse an H. H.*

Calw, 25. April 1893

Mein liebes Kind,

Dein teurer Großvater hat selig heimgehen dürfen. Er hat noch viel gelitten, aber mit großer Geduld und unerschütterlichem Seelenfrieden. Nun schaut er was er geglaubt.

Ich kann Dir jetzt nicht ausführlich schreiben, es gibt der Unruhn zuviel in diesen Tagen. Komm zur Beerdigung, Donnerstag 1 Uhr. Du kannst 11 Uhr kommen und dann mit dem Abendzug wieder zurück. Als Onkel Friedrich zum Sterbenden sagte: »wir wollen Dir nachkommen« sprach er in seiner markigen Weise bloß: »Das isch gscheit!« – Ja, diese Gescheitheit schenk Gott uns allen!

Mit Kuß Mama

376] *Gedruckte Todesanzeige*

Calw, 25. April 1893

P. P.

Heute Morgen 4½ Uhr ist unser teurer Vater

HERMANN GUNDERT

Dr. phil.

nach langem, überaus geduldig ertragenem Leiden (Wassersucht) sanft entschlafen.

Anfang Mai 1890 hatte er seinen letzten Ausgang gemacht. Von da an war er ans Zimmer gebunden.

Am 29. Februar 1892 mußte er sich legen und hat von da an nur auf 2 Stunden täglich das Bett verlassen können.

Offenbarung Johannis 14, 13.

Die Hinterbliebenen

Die Beerdigung findet am Donnerstag mittag 1 Uhr statt.

[27. April 1893]

377] *Johannes Hesse an H. H.*

Calw, 3. Mai 1893

Lieber Hermann!
Es tut mir sehr leid zu hören, daß Du Deine Freiheit so mißbrauchst und Dich bei Frau Montigel unmöglich machst. Wenn Du abends nicht zur rechten Zeit heimkommst, ja ganze Nächte fortbleibst, so kann sie Dich natürlich nicht behalten. Es bleibt dann nichts übrig, als daß Du zu Herrn Präzeptor ins Haus ziehst und so gestellt wirst wie die andern Pensionäre auch; und wenn Du in seine Hausordnung Dich nicht fügst, dann mußt Du in eine Anstalt – so schmerzlich es uns sein würde.
Ich weiß nun nicht, ob Frau Montigels Entschluß schon feststeht, weiß auch nicht ob Herr Präzeptor Geiger Dich ins Haus nehmen würde. Vielleicht macht Frau Montigel noch einen Versuch; aber soviel ist gewiß: wenn Du so weiter machst, kann man Dich nicht auf freiem Fuß lassen. Kannst Du dann im Sommer das Einjährig-Freiwilligen-Examen *nicht* machen, so tut es mir herzlich leid, aber schuld bin *ich* nicht. Wir sind Dir auf alle Art entgegen gekommen und haben es Dir so leicht als möglich zu machen gesucht.

Dein Vater

378] *Adele Hesse an Karl Isenberg*

Calw, 5. Mai 1893

[Sie berichtet vom Begräbnis des Großvaters und wie schön alles gewesen sei.] [. . .] Von Hermann kamen wieder die schlimmsten Nachrichten, er kommt ganze Nächte nicht heim, hat vom Gymnasium Carzer bekommen, Mama meint, man müsse ihn forttun, er verkomme vollends, wenn er sich selbst überlassen bleibe. Papa meint, er müsse jetzt vor allem sein Examen machen. Wenn nur Mama die vieler-

lei schweren Sorgen glücklich übersteht, sie ist oft schrecklich mutlos. [...]

379] *Marie Hesse an H. H.*

Calw, 5. Mai 1893

Mein lieber Hermann!
Nun ist's schon acht Tage, daß Du hier warst; wir vermissen alle den teuren Großpapa sehr. Gestern war große Sitzung des Verlagsvereins, wobei Papa gewählt wurde zum Vorstand des Calwer Verlagsvereins. Natürlich bleibt im wesentlichen alles beim alten, außer daß wir in etwa acht Wochen ins große Haus hinüberziehen, sobald eben drüben das Nötige hergerichtet und auch das Haus von außen verblendet ist. Vorderhand genießen wir letzteres Vergnügen nun hier, und Maurer steigen uns an den Fenstern herum und der arme Polly wird schwermütig über der Finsternis, die an seinem Fenster herrscht, nachdem er zuerst über den Balken und wandelnde Gespenster fast Krämpfe bekommen hatte. Tun wir ihn ins hintere Zimmer, so muß er eben im Käfig bleiben, und das ist er ganz ungewohnt.
Montag war hier Missionsfest. Es wollte uns zuerst unbeschreiblich wehmütig vorkommen, aber es ward dann doch ein recht schöner Festtag. Stadtpfarrer Eytel fing mit dem alten Simeon an und sprach gar warm vom seligen Vater. Missionar Seeger, Huppenbauer und Stadtpfarrer Hornberger redeten gut und die Kirche war gesteckt voll. [...]
Die letzten Tage kamen immer viele Kondolenzbesuche und es gab viel Arbeit und Unruhe. Das bleibt nun wohl so, bis der Umzug vorbei ist. Danach sehne ich mich. Die Interimszeit ist auch für den l. Papa schwer und aufreibend, besonders das Umräumen des Studierzimmers der nötigen Reparaturen halber. Es soll eine Türe, resp. ein Gänglein von einem Zimmer ins andre führen oben, und in einem

dieser Zimmer will dann Papa schlafen, da es ihm unten überall zu lärmig ist.
Bitte grüße Frau Präzeptor von mir und sage ihr oder ihm, ich erwarte demnächst wieder ihre Rechnung.
Wie geht's Dir in Schule und Haus? Denkst Du auch dran, wie der liebe Großvater jetzt glücklich ist, und daß es wohl der Mühe wert ist, sich zu Gott zu wenden und mit IHM ein solches Leben des Lichts und des Siegs über die Sünde zu führen und dann noch obendrein in jenem Leben Herrlichkeit zu ernten? Gott behüte und segne Dich! Alle grüßen vielmal.

Mit Kuß Deine Mama

Hans lag wieder einen Tag krank im Bett. Von Rußland kamen heute wieder gute Nachrichten, sie hatten bisher sehr kalt. [...]

380] *H. H. an Johannes und Marie Hesse*

Cannstatt, 7. Mai 1893

Liebe Eltern!
Danke für beide Briefe und schicke Karls Brief zurück. Papa bitte ich, alle »Entschuldigen« zu lassen. Wozu den Unsinn? Mama danke ich für die lieben Mitteilungen. Wenn sich etwas ereignet, will ich gern schreiben, einstweilen ist es unnötig und zwecklos.
Bitte alles zu grüßen.
P.S. Manchmal kann ich mir gar nicht denken, wie Ihr ohne Großvater lebt. Ich habe eigentlich nie mit ihm gesprochen, ihn nicht oft besucht, doch ist es mir, als hätte ich viel verloren, ein unerklärliches Etwas. Doch keine Sentimentalitäten.

Hermann

NB) Frau Montigel grüßt bestens.

381] *L. Geiger an Johannes Hesse*

Cannstatt, 9. Mai 1893

Sehr geehrter Herr Hesse!

Hiemit erlaube ich mir, Ihnen Abrechnung bis Ende des Schuljahres vorzulegen.

Da nach unserer Verabredung das Pensionsgeld für das Schuljahr von 287 Pensionstagen 800 M beträgt und ich für die Zeit vom 7. November 1893 als Eintritts- und dem 31. Juli d. J. als vermutlichen Austrittstag Hermanns nach Abrechnung von 15 Tagen für die Osterferien, zusammen 33 Vakanztage, im ganzen 234 Pensionstage in Anrechnung zu bringen habe, so beträgt das Pensionsgeld für diese Zeit – 652,25 M.

Hiezu kommen die Extraauslagen		
pro 7. November bis 8. Februar	121,08 M.	
pro 9. Februar bis 9. Mai	97,14 M.	
zusammen		218,22 M.
		870,47 M.
Hieran habe ich in verschiedenen Posten seit 7. November erhalten		563,55 M.
Somit kommen mir noch gut:		306,92 M.

welchem Betrag Sie gefälligst einen entsprechenden Vorschuß für die Zeit von heute bis zum Schluß des Schuljahres beizufügen die Güte haben wollen.

Bei etwaigem früherem Austritt Hermanns bin ich zu einer entsprechenden Rückvergütung bereit, wenn derselbe mehr als 14 Tage vor Schluß des Schuljahres geschehen müßte.

Hermann ist wohl und hat in den letzten Tagen zu Klagen keine Veranlassung gegeben.

Mit herzlichen Grüßen von Haus zu Haus
Ihr ergebener
L. Geiger, Präzeptor

382] *Marie Hesse an H. H.*

Calw, 11. Mai 1893

Mein lieber Hermann!

[Die Mutter berichtet von der Ankunft Martha Cohens, der Braut von Theodor Isenberg, die bei ihnen leben wird.] Wir haben sie alle mit Liebe aufgenommen und das spürt sie und wird sich, hoffe ich, leicht bei uns einleben. [...] Ich denke Du kommst über Pfingsten heim und lernst sie auch kennen. [...] Karl und Theodor besinnen sich nun beide zurück auf soviel Gutes, das sie von Kindesbeinen an vom teuren Großvater empfangen, und sehen, wie schön und reich sein Leben war. Willst Du nicht auch Dich aufmachen, umkehren, Kind werden, Gott, Deinen Vater suchen und anrufen, daß Er Dich heile? O liebes Kind, es gibt keinen andern Weg zum Frieden als durch Buße hindurch zum Glauben, zur Hoffnung, zur Liebe. Gott helfe Dir da hinein! [...] Frau Reichert läßt Dich grüßen, Papa besuchte sie heute, sie ist noch immer halbkrank. Grüße von Allen.

Mit herzlichem Kuß
Deine Mutter

383] *H. H. an Marie Hesse*

Cannstatt, 15. Mai 1893

Liebe Mutter!

Heute (Montag) lag ich bis abends 6½ Uhr im Bett mit Schwäche und Hexenschuß. Eben stand ich auf und versuchte etwas zu lesen. Das Erste, das mir in die Hand fiel, war Blüthgens Gedicht »Das erste Lied«. Ich las es gedankenlos, aber bei dem Kehrreim

»O Maienzeit, o Liebestraum
Was ist so süß wie du«

da hat's wieder im Kopf und, was weit gefährlicher ist, im

Herzen gespukt, daß ich das Buch an den Boden warf; ein Gewaltakt, der sich sofort durch heftige Rückenschmerzen rächte.
Übrigens hat mein Brief einen praktischen Zweck; ich sollte nämlich für den Sommer ein Paar *leichte, helle* Hosen haben. Bitte, schreibe mir über diesen Punkt. – –
Aber ich bin noch im Ärger über Blüthgen, der mich [sollte ›mir‹ heißen!] mitten in mein ruhig trübes, freudloses und leidloses Dasein einen schönen, dummen Traum geworfen. Da bin ich wieder der alte Esel, der an Liebe glauben möchte und könnte, wenn es nur eine Liebe gäbe, die ihm gefiele. Übrigens hab ich neulich ein Lied geschrieben, voll elender, verkommener Resignation, das auf mich paßt und mir also gefällt.
– Doch da fällt mir ein, daß Ihr die Poesie in mir (obgleich Ihr ja keine Ahnung habt, welcher Art sie ist) nicht leiden möget und für schädlich haltet, obschon sie mein einziger Trieb, meine einzige Neigung, meine einzige bittersüße Freude ist. Ob ich für die Poesie Talent habe, ist mir nicht klar, oft scheint es mir so, und oft glaube ich gar nicht daran; aber für die Poetik habe ich einige Begabung, das weiß ich, Reim und Tanz, überhaupt Sprache und Metrik liegen mir gewissermaßen im Blut.

Aber so oft ich Euch schreibe, verfalle ich in Meditationen über mich selbst, die für Euch so wenig wie für mich von Wert sind. Vergeßt, was ich geschrieben, verbrennt den Brief; aber, bei allen Göttern! vergeßt nicht, was ich wegen der Hose, der wichtigen, sommerlichen, leichten und hellen Hose geschrieben!

Hermann

Grüßt Alles von mir! – doch hätt ich fast einen Gruß an Großvater aufgetragen! Antwort *[hier bricht der Brief ab]*

384] *Johannes Hesse an Karl Isenberg*

Calw, 17. Mai 1893

[...] Ich habe ja Dir und Theodor und auch Hermann nie vorgeworfen, daß Ihr dies oder das nicht *glaubt*; was mir aber ein innerster Seelenschmerz gewesen ist, das war die Art, wie Ihr zum Teil mit Absicht und Bewußtsein, zum Teil in Leichtsinn und in Gleichgiltigkeit von uns Eltern und Großeltern Euch emanzipiertet um eigene Wege zu gehn. Es fehlte an der Liebe, am Vertrauen, am Glauben daran, daß wir es wahrhaft gut mit Euch meinen, daß wir Euch von Gott gegeben seien, daß Ihr unser bedürfet. [...] Deiner und Theodors bedürfen wir ganz besonders auch im Blick auf die andern Geschwister, namentlich auf Hermann. Wenn Ihr *mit uns* Gott anflehtet um eine gnädige Wendung für den armen Jungen, wenn Ihr *mit uns* ihm bezeugt, daß es nur einen Weg zum Glück gibt, nämlich den schmalen – o dann werde auch ich mit mehr Zuversicht für ihn beten und hoffen können. [...]

385] *Marie Hesse an H. H.*

Calw, 17. Mai 1893

Mein lieber Hermann!

Es wunderte mich, daß Du in Deinem letzten Briefe nichts von Martha erwähnst, und nicht sagst, ob und wann Du heimkommst über Pfingsten. Nun, ich denke, wir sehen Dich bald. Vielleicht ist Frau Praezeptor Geiger so gut und besorgt Dir eine Paar helle, waschbare Hosen – etwas teures darf's ja nicht sein – sondern leichtes Sommerzeug. Ich denke, es ist Dir das angenehmer als wenn dies hier der Schneider Schlatterer machen würde. Hast Du von Deinem schwarzen neuen Anzug Dir Reste zum flicken geben lassen? Vergiß es nicht.

[Die Mutter erzählt von Karl, Theodor und Martha, die

schon ganz zu ihnen gehöre und sich heimisch fühle, dann von dem »ungemütlichen Leben«, das sie führen] mit Maurern außen am Hause hier und mit Handwerkern drüben in verschiedenen Zimmern. Es ist eine rechte Übergangszeit.
[Eine große Geburtstagsfeier sei bei Feldwegs gewesen, und Hansli sei bei dieser Gelegenheit in den Brunnen gefallen! Papa habe Sonntag Bibelstunde gehalten und sie hätten einen großen Spaziergang gemacht.]
Geh auch recht spazieren in frischer Luft! Gott segne Dich und helf Dir, Dich selbst überwinden. Wer das kann ist ein Held. Alle grüßen schön.

Innig liebt und küßt Dich
Deine Mama

386] *Marie Hesse an H. H.*

Calw, 1. Juni 1893

Mein lieber Hermann,
hoffentlich kamst Du gut an und hast seither ordentliche Zeit in Cannstatt gehabt; wir haben noch nichts von Dir vernommen. Eigentlich wollte ich Dir immer schreiben, aber es ging so furchtbar bewegt bei uns zu. Eben bügelt man an Deiner Wasche. Übernächste Woche hoffen wir hinüberzuziehen und vorher gibt's noch viel Arbeit. Der liebe Papa hat oft Kopfweh, es ist auch jetzt schwer für ihn ohne sein geordnetes Studierzimmer, alle Bücher verräumt, von ewigem Klopfen und Hämmern umgeben. Wie froh wollen wir sein wenn wir dann ruhig und in Ordnung drüben eingelebt sind und uns im Gärtchen erholen können!
[Über Karl, dessen Knie massiert werde, und der Ärger mit seinen Schülern habe.] [...] Karl schreibt gar lieb, voll Dank und Freude, daß er wieder Gott im Himmel lieben und an ihn glauben kann, auch Theodor schreibt, er kehre

zum Gott seiner Väter reuig zurück. O wie schade um soviel verlorne schöne Zeit, um soviel Irrwege, die einem nachher nur Schmerz und Reue bereiten! Doch, Gottlob, der Vater hält seine Arme offen und empfängt mit Herzensfreude und Zärtlichkeit die Heimkehrenden! Mach Du Dich auch aus Deinen ermüdenden Irrgängen und Irrträumen wieder auf den Weg zu Gottes Vaterherz, mein teures Kind! Rufe ihn an: Er hört. [...]
Onkel Hermann aus Amerika schreibt tiefbetrübt, vermißt Großvaters Wochenbriefe unbeschreiblich und ist recht angegriffen.
Uns fehlt der herzliebe Großvater auch sehr, aber wir müssen uns doch immer wieder für ihn freuen, daß er das heißersehnte Ziel nun erreicht hat.
Am 14. Juni ist Papas Geburtstag, vergiß nicht, vorher ihm zu schreiben. Grüße Präzeptor Geigers und Frau Montigel und sei von uns allen herzlich gegrüßt.

Innig küßt Dich
Deine Mutter

387] [Hirsau, 3. Juni 1893]

ZAHLUNGSANFORDERUNG

Herr Hermann Hesse, Sohn des Missionars Hesse in Calw schuldet zu der unterzeichneten Stelle Sporteln für kostenfreie Entlassung aus dem Seminarverband

50 Mark.

welcher Betrag gegen Rückgabe dieser Anforderung bis 8. d. Monats in den gewöhnlichen Geschäftsstunden hieher zu bezahlen ist.

Hirsau, den 30. Mai 1893
Königl. Kameralamt
[Unterschrift]

Bezahlt wurde
Hirsau, den 3. Juni 1893
50 Mark – Pf. [Unterschrift:] M. Hesse
Königl. Kameralamt
[Unterschrift wie oben]

Gesehen Stadtschultheißenamt.

388] *Theo Isenberg an H. H.*

Lauterbach, 2. Juni 1893

Mein herzlieber Bruder!

Deinen letzten Brief erhielt ich, bevor ich Zeit fand, Dir zu schreiben; ich wollte Dir wieder einmal ausführlich schreiben und da brauch ich eben als Zeit dazu, die man in der Apotheke kaum hat.

Es tut mir aufrichtig leid, daß Du meinen Brief an die lieben Eltern gelesen hast, denn Du mußtest ihn selbstverständlich so auffassen, wie Du ihn aufgefaßt hast, auch mir wär's an Deiner Stelle wohl so gegangen. Wenn Du aber andres von mir gelesen hättest, und wenn Du mit mir die letzten Zeiten durchgemacht hättest, dann würdest Du anders denken. Glaube mir, daß ich mit Dir fühle und daß ich Dich am besten vielleicht von allen verstehe, sehe ich doch in Deiner jetzigen Periode wieder die Zeit meiner Brausegefühlsjahre und wie ich von Stufe zu Stufe auf und wieder runter stieg, auf der Suche nach Wahrheit und Glück, so wird's Dir vielleicht auch gehen.

Ich habe dieses »hochtrabend« in einer Auffassung gebraucht, die Du notwendig mißverstehen mußtest, der Brief war auch an die Eltern gerichtet, denen ich vor einiger Zeit über meinen eigenen Zustand berichtete, wie ich von der hochtrabenden Philosophie zum demütigen Christentum zurückgegriffen, weil ich erkannte, daß bloß Entsagung vom eigenen Ich und selbstentsagendes Aufgehen in der

Allgemeinheit – oder wie es der Christ ausdrückt, in Gott, zum Ziele führt.
Glaube mir, Herzensbruder, daß ich nie verächtlich von Dir denken werde oder daß Du mir unsympathisch geworden, im Gegenteil! Ich wünsche und hoffe, daß Du noch zu Großem gelangst und daß Du mir Deine Liebe bewahrst, wie ich Dir die meine *immer* bewahren werde. Der Traum, der für mich zu Ende – ich hoffe, er erfüllt sich für Dich und werde ich Dir den Erfolg nicht nur neidlos gönnen, sondern werde der erste sein, der in etwaigen Kämpfen für Dich einsteht – so gut wie bisher.
Also nicht wahr, Bruderherz, wir wollen den letzten Brief ins unterste Fach legen und erst wieder heraufholen, wenn wir beide alt sind und ruhig die Erinnerungen aus unsern Kämpfen mit dem Leben wieder an die Oberfläche ziehen können. Verzeih mir die unbeabsichtigte Kränkung und ich hoffe, daß wir uns dann nur umso fester an einander anschließen werden. Der Kampf ist zu zweien immer leichter, und einen wahren Freund findet man so leicht nicht wieder, wenn man einen verloren. – Auch ich bin trotz aller optimistischen Veranlagung Pessimist geworden und das hat mich schließlich wieder zur Haupt- und Grundidee des Christentums zurückgeführt – zum Selbstaufgeben – wie es auch Karl gegangen ist, der vor mir den Vorteil ziemlich gründlicher philosophischer Studien voraus hatte.
Dein letztes Gedichtchen will ich komponieren, doch hab ich leider kein Instrument, auf dem ich die richtigen Harmonien zu meiner gedachten Melodie finden konnte. Sobald ich Mitglied der hiesigen »Casinogesellschaft« bin, und den Flügel derselben benutzen darf, mach ich mich dran.
Ein andermal mehr! Schreibe mir bald wieder und bleibe mir gut!

Mit innigem Kuß
Dein tr. Bruder Th.

389] *Marie Hesse an H. H.*

Calw, 11. Juni 1893

Mein liebes, teures Kind!

Der Gedanke an Dich treibt mich Tag und Nacht um. Du warst an Pfingsten so sehr kurz bei uns und hast seither keine Silbe von Dir hören lassen. Herzliebes Kind, glaube mir: es liebt Dich auf der weiten Erde Niemand so wie Deine Eltern. Mit uns sollst Du vertrauensvoll verkehren, nicht Dich ganz abkehren und entfremden. Probiere doch uns offen zu sagen, was Dein Gemüt bewegt und was Du Dir etwa für die Zukunft denkst und wünschest. Wir können keinen Plan machen, nichts vorsorgen, wenn wir so ganz und gar nicht wissen, wie Du Dich stellst zur Frage.

Möchtest Du probieren in Cannstatt Maturitas zu machen oder bist Du willig für Buchhändlerlehre oder so was? Dergleichen findet man eben nicht über Nacht, sondern müßte vorher suchen.

Sprich Dich einmal offen darüber aus, und glaube, wir möchten Dir helfen und erleichtern, soviel wir irgend können. Kommst Du gern einen Sonntag her, so darfst Du. Dein Geburtstag fällt auf einen Sonntag, doch ist da Adele wohl schon in Dransfeld. Sie soll 30. Juni hier fort und 8. Juli mit dem Dampfer von Lübeck ab mit Frau und Fräulein von Rennenkampff. – Diesen Mittwoch 14. ist des lieben Papa Geburtstag. Er hat leider sehr viel Kopfweh in letzter Zeit.

Hoffentlich können wir nächsten Freitag umziehen und dann käme man wieder in geruhigeres Fahrwasser; es ist jetzt schrecklich ungemütlich. Mittwoch kommt meine liebe Freundin von Stuttgart zu uns, Frau Staatsanwalt Nestle, geb. Öhler, das freut mich. [...] Der liebe Papa muß am 22. Juni in Tübingen am Missionsfest reden und dann (am 24.) nach Basel reisen zum Fest; bis er heimkehrt ist Adelchen fort. [...]

Wenn Du das nächstemal kommst, triffst Du uns wohl drüben, wo alles sehr nett frisch hergerichtet ist und es an Platz nicht fehlt. Mich freut besonders das Gärtchen am Hause. Herr Knecht hat sich Herrn Ansels Gütle gekauft, so gibt er uns im Herbst vielleicht unser Stück Garten zurück.
Hast Du ein Bild vom teuren Großvater? Was wünschest Du Dir auf den Geburtstag?
Herzenskind, komm ans liebende Herz Deiner Eltern und an Gottes Vaterherz zurück! Wir haben Dich so lieb und möchten Dir Deine Last tragen helfen. Jedes muß tragen und kämpfen, aber es wird leichter wenn man's in Liebe mit einander trägt und vereint kämpft. Gott segne und behüte Dich.

Innig liebt und küßt Dich Deine
Mutter

Viele Grüße von Papa und Geschwistern.

390] *H. H. an Johannes und Marie Hesse*

[Cannstatt, 13. Juni 1893]

Liebe Eltern!
So ist es eben! An Pfingsten war ich bei Euch –: Spazierengehn, Essen, Scherzen, Bibellesen, Musizieren – am Ende wieder Streit, Langeweile, so daß ich einen ganzen Tag früher ging. Und jetzt schreibt Mutter, daß ich an Pfingsten »so sehr kurz« dagewesen! Dann wieder, ich solle »offen« sagen, »was mein Gemüt bewegt«!
Arme Eltern! Ihr glaubt es halt mit einem exzentrischen Schwärmer und seinen tollen Idealen zu tun zu haben, der hie und da aus Tollheit schlechte Streiche macht, sonst aber voll Welt- und Privatschmerz sich abhärmt. – So denkt Ihr Euch Euren Sohn.
Ihr Christen seid doch ein seltsames Gemisch von Optimismus und Pessimismus! Während Ihr mich als solchen

Schwärmer und Sehnsüchter bemitleidet, bin ich hier in C. und suche mir die Zeit zu vertreiben, habe Langeweile und Schulden – etc!!

Ihr nennt mich »Herzenskind«, schreibt von meinen »Kämpfen« etc; Ihr glaubt, mein Wunsch sei, mit schönen guten, geliebten Seelen idealer Anschauung leben zu dürfen, glaubt, ich mache mir Sorgen über Lebensanschauung, Liebe und Haß. – Und wie sieht es in Wirklichkeit aus? Was wünsche ich mir? Nun, wenn Ihr's partout wissen wollt, mein Ideal wäre 1.) Ein Millionär als Vater, auch etzliche Erbonkel, 2.) Mehr praktische Begabung, 3.) Nach Belieben Wohnen und Reisen.

– Ich pfeife auf den Adel – und wäre doch gern adlig, weil es Ansehen gibt. Ich halte das Geld für einen Unsinn – und wäre doch gar zu gern recht reich, weil das zum angenehmen Leben gehört. –

Und das Resultat von allem?

Der Mensch lebt von Brod und nicht von Liebe; wenn ich Gelegenheit hätte, hochstrebende, von mir benutzte, noch fast neue Ideale gegen gute württembergische Coupons umzutauschen – ah!

Ade nun! Was Ihr über Maturitas etc sagt, muß ich bedenken. Mir ist eben Angst vor dem Gymnasialleben, auch vor einem etwaigen Studentenleben.

Schreibt mal wieder, wenn Ihr Lust und Zeit habt.

Hermann

[Eingelegtes Blatt] Lieber Papa! Gratuliere zum Geburtstag und wünsche Dir Gesundheit! Sei einmal am 14. Juni recht vergnügt und grüße die Andern von mir!

Hermann

[Rückseite des Blattes] P. S. Von Geburtstagswünschen weiß ich nichts. Sollte mir etwas einfallen, so will ich's mitteilen. Das Elend ist, daß das, was Ihr mir vielleicht geben

möchtet, mir, das was ich wünschte, Euch nicht gefallen kann.

H.

Übrigens bitte ich für alle Fälle, *keine Bücher* zu schenken.

391] *Marie Hesse an H. H.*

Calw, 15. Juni 1893

Lieber Hermann,

von Papas Geburtstagsfeier ein paar Brocken für meinen materialistischen Sohn in Cannstatt, es schmeckt ihm das vielleicht besser als Mamas Briefe. – Gestern waren die erwachsenen Verwandten und Onkel David zum Kaffee bei uns, zum letzten Mal in diesem Hause, denn am Montag hoffen wir hinüberzuziehen. Es gibt sehr viel Arbeit. Drum nur in Eile herzlichen Kuß. Die Göttinger Wurst schickte Carl, iß Dein Versucherle mit Verstand.

Mama

[Zettel mit handschriftlicher Notiz von H. H. auf der Rückseite:] kam mit Eßwaren als Antwort auf einen trotzigen Brief von mir.

392] *H. H. an Marie Hesse*

[Cannstatt, 16. Juni 1893]

Beste Mutter!

Viel Dank für Dein liebes Paket. Trotz des Auszugs denke ich *wahrscheinlich* Samstag (mittags oder abends) nach Calw zu kommen; denn ein andermal geht es nimmer, da am 6. und 7. Juli schon Examen (z. 1-jähr.). Die studienrätliche Prüfung letzte Woche fiel famos aus, in der Mathematik leistete ich mir sogar nie Geträumtes.

Mit Kuß

H. H.

393] *Johannes Hesse an H. H.*

Calw, 19. Juni 1893

Lieber Sohn!

Es tut mir herzlich leid, daß es Dir gestern wieder nicht wohl bei uns geworden. Sofern ich daran schuld bin, wollest Du mir verzeihen. Ich weiß, daß ich durch mein nervöses, leidendes Wesen manchen zur Last falle.

Im übrigen wirst Du, je älter Du wirst, desto mehr inne werden, daß man *nirgends* existieren kann und noch weniger sich irgendwo *wohl* fühlen kann, wo man sich nicht in Liebe und Demut tausend kleine oder große Unannehmlichkeiten gefallen läßt. Es ist eins von den »ehernen Gesetzen, nach welchen wir alle ...«, daß man um etwas zu haben und zu genießen, auch etwas dafür geben muß, sei's auch daß man nur Geduld und Nachsicht übt. Sonst geht bei der allgemeinen Geneigtheit zur Selbstsucht alles in die Brüche. Die Atome zerfliegen. Nur durch Selbstverleugnung und Liebe können sie zusammengehalten werden. Darauf beruht alle Sittlichkeit und auch alle Religion: Keine Seligkeit ohne Opfer, kein Leben ohne Sterben. Wer das aufhebt, der hebt die Weltordnung auf.

Wir alle, die wir jetzt »Christen« sind haben eine Zeit gehabt, wo auch wir uns dagegen empörten und es nicht wahr haben wollten. Aber wir sind *anders* geworden und *versuchen* nun wenigstens durch Geduld und Selbstverleugnung das Unsere beizutragen zum Wohl der Unsern und aller.

Bitte verliere die Geduld nicht. Versuche es wieder. Wenn wir in der neuen größeren Wohnung sind, gefällt es Dir vielleicht auch besser bei uns.

Heute haben wir Umzug. Die letzte Nacht schon habe ich hier im Verlagshaus geschlafen und zwar im gleichen Bett, worin der l. Großpapa gestorben.

Mama, Martha, Adele etc sind in voller Tätigkeit, was bei der Hitze keine Kleinigkeit ist.

Ich habe viel am Studiertisch zu schaffen, konnte es mir aber nicht versagen, Dir wenigstens diesen Gruß zu schicken.
Wir gehören nun einmal zusammen und ich sehne mich Tag und Nacht nach der Zeit, wo wir im Innersten vereinigt sein werden.

Dein Papa H.

394] *H. H. an Johannes Hesse*

[Cannstatt, nach Erhalt des Briefes vom 19. Juni 1893]

Lieber Vater!
Glaube nicht, daß Dein »nervöses Weseen« etc schuld daran sei, daß ich sobald ging; es ist anders. Ich war hier sehr im Pech, besonders wegen Schulden. Nächsten Samstag, in vier Tagen also, ist der Hauptposten von 15 M verfallen. Ich kam nun nach Calw in der Hoffnung, irgend einen Ausweg zu finden. In der Handelsschule nun konnte ich nicht pumpen, und Ihr sahet nicht danach aus, als ob Ihr helfen wolltet. Doch ich will es jetzt kurz und nackt sagen: Wolltest Du mir bis auf unbestimmten Termin 15 M leihen, die ich zu zahlen mich unterschriftlich verpflichte?
Wenn Du keinen Kredit gibst, gibt es Krach hier oder muß ich irgendwo sonst pumpen, etwa bei Herrn Gl., was mir höchst peinlich wäre. Wohl verstanden, es ist ein *Anlehen*, um das ich bitte, geschenkt mag ich nichts. Zinsen könnte ich nicht zahlen, dafür würde dann eben mein Geburtstag wegfallen. Also bitte sieh die Sache ganz als Geschäftsmann an und vergiß nicht, daß ich bis Donnerstag Abend kurze Antwort haben sollte.

in Eile
Hermann

Bitte grüße Alles. Wenn Du schreibst, auch Theo und Karl.

Theo scheint mir böse zu sein, er schreibt nimmer. Ich wollte ihn nicht beleidigen und hab es meines Wissens auch nicht getan. Ade also!

P. S. Solltest Du geneigt sein, mir zu leihen, so *schicke* bitte das Geld – mit Geiger mag ich in solchen Sachen lieber nichts zu tun haben.

Eigentlich sind es 18 M, die drei M hab ich zusammengespart, also nur noch die 15!

Nota Ich habe dieser Schuld wegen seit Wochen sehr beschränkt gelebt.

Zweimal war ich sorglos lustig, in Boll und in der lustigen, fidelen Cannstätter Zeit bis vor 8–10 Wochen.

Näheres können wir später einander schreiben, für den Augenblick bitte ich nur um rasche, eindeutige Antwort. Für diesmal!

H.

395] *H. H. an Johannes und Marie Hesse*

[undatiert, vermutlich zwei bis drei Tage nach dem vorigen Brief geschrieben]

Liebe Eltern!

Dank für das Geld!

Da Ihr mich so oft um einen Vorschlag ersucht, teile ich Euch mit, daß ich mich lang besonnen und jetzt folgende Bitte habe:

Wenn das Einjährige gut ausfällt, möchte ich am liebsten die achte Klasse durchmachen und dann etwa Tierarzneikunde oder so was studieren. Jedenfalls ist das Primanum schon doppelt so viel wert, als das Einjährige.

Es wäre mir lieb, wenn Ihr bald Antwort sagtet, da die Entscheidung so nahe ist.

Mit Kuß
Hermann

[Bleistift-Mitteilung der Mutter an Joh. Hesse auf der Rückseite des Briefes]
Ich schrieb, Du seiest nicht da, ich könne also nur ohne Dich antworten, daß wir früher schon beschlossen, es zu erlauben, wenn er darum bitten sollte und sich ordentlich, fleißig und sparsam halten wolle. Wenn Du schreibst, müßte man im Jafall Zimmer und Kost für weiteres bestellen, bei Frau Montigel und Geiger.

396] *H. H. an David Gundert*

[Cannstatt, 23. Juni 1893]

Lieber Onkel!
Nochmals Dank für Deine Gefälligkeit gestern!
– Da kamst Du, grüßtest mich, gabst mir das Geld – und fort warst Du!
Verzeih, was ich Dir oft getan! Ich will nicht vor Dir knien und sagen: »Verzeih, ich will anders werden, will mit arbeiten, – beten!« Das wäre Unsinn: ich würde es doch nicht halten.
Aber doch mußt Du mir vergeben. Lieber sage: »Ich bin Dein Onkel nimmer – aber ich verzeihe Dir,« als daß es so, – so bleibt! Ich kann bei Deinen Besuchen diesen Blick nimmer ertragen, diesen fragenden, traurigen, mitleidigen, still vorwurfsvollen Blick!

»Und fragst Du mich mit vorwurfsvollem Blick
Warum so trübe? Welches Mißgeschick?«

Ich habe einmal Ideale gehabt, es ist noch nicht lange her, aber Ihr habt sie nicht gekannt und geachtet, so hab ich sie eben verloren.
Ich schwärmte für Literatur, Poesie, für Pantheismus und Schönheit. Es war doch viel besser, andre Ideale als Ihr zu

haben, als gar keine. Stand Euch Christen der Pantheist, der Träumer nicht näher, als der Atheist, Nihilist. Jetzt bin ich selber mein Gott, ich bin fertiger, vollendeter Egoist. So geht es.

Aber willst Du nicht von Meinungsverschiedenheiten, davon absehen, daß wir einander unsympathisch sind – und wieder zutraulicher sein? Ach, es mußte so gehen. So sehr schwärmte ich für Poesie, daß ich selber dichtete. Und wollte ich einmal ein kleines Produkt zum besten geben, so hat man die Achseln gezuckt – meine Lieben haben gelacht oder geschwiegen – und Fremde mußten mir wieder Mut machen. Früher schrieb ich Sachen wie:

»Mag auch im Sturm der kleine Nachen schwanken,
Noch bin ich Herr im Tempel der Gedanken« etc.

Jetzt schreib ich (gestern)

»Zu Großem glaubt' ich mich oft geboren,
Ich glaubt' einen Helden an mir verloren
Und habe oft darüber nachgedacht,
Wie ich nach Hohem und Edlen wollt' streben –
Doch schließlich hab ich es aufgegeben
Und habe am Ende darüber gelacht.

Hermann Hesse

Du verstehst? Nicht wahr?

P. S. Dank für die heutige Sendung!

397] *David Gundert an H. H.*

Stuttgart, 25. Juni 1893

Lieber Hermann!

Deinen Brief will ich nicht unbeantwortet lassen, wenn ich auch nur wenig sagen kann.

»Etwas das mir in meiner ersten Entwicklung liebenswürdig schien, wird mir beim faulenden Stehenbleiben so ekelhaft wie eine erfrorene Knospe«, schrieb Dein Großvater vor bald 60 Jahren. Später lautete es so: »Was ich am meisten hasse, ist jeder Ansatz zum Versinken in einem Zustand. Ich bin in einem ἀγών, der mir verordnet ist, mein Tagesleben ist Handeln, auch Leiden oder Sichleiden, jeder Augenblick soll auch ein Schritt oder Schrittlein sein«.

Im »Ich« finden wir keinen Fortschritt, sondern einen traurigen Kreislauf. Wenn Du vor diesem »Ich« einmal einen Abscheu gekriegt hast, dann werden wir uns besser verstehen im Ersehnen und Erfassen dessen, der »Leben und volles Genüge« verheißen hat.

Wenn Du einmal lesen willst, wie Dein Großvater von seinem »Ich« weg sich zu dieser Quelle gewendet hat, so kann ich Dir ein Buch zu lesen geben, dazu ein eigenes Zimmer, wo Du ganz ungestört bist.

Herzlich grüßt Dein Onkel David

[Es folgt ein Gedicht des damals 21jährigen Hermann Gundert: Zu Vaters Geburtstag. 13. August 1835.]

398] *Johannes Hesse an H. H.*

Basel, 2. Juli 1893

Lieber Hermann!

Es ist bereits sieben Uhr abends und ich bin das Kopfweh, das mich heute arg mitgenommen, noch nicht ganz los; aber ich kann den Tag nicht vorübergehen lassen, ohne Dich wenigstens zu grüßen.

Ja, Gott grüße Dich! Er begegne Dir, und gebe sich Dir zu spüren. Dann sind auch alle meine Grüße und Wünsche für Dich erfüllt.

Dein Brieflein hat Mama mir hieher gesandt und ich kann nur sagen, daß wenn nichts Besonderes dazwischenkommt, auch ich nichts dagegen habe, wenn Du weiter im Gymnasium bleibst.

Die lieben Pfisterers und Frau Huber fragten mit Liebe

nach Dir, wir haben uns aber stets nur flüchtig gesehen. [...] Und nun wünsche ich Dir neues Leben, neue Kraft, neuen Mut zum Eintritt in das 17. Lebensjahr.
Zu meinem letzten Geburtstag schrieb mein alter Vater mir folgendes Verslein, das mir seither beständig nachgeht:

Es ist Betrug und Eitelkeit
Was man dir außer Gott anbeut.
Zu allem fremden Trost sag Nein!
Und spar dein Herz für Gott allein.

In herzlicher Liebe
Dein schwacher aber getreuer Vater H.

399] *H. H. an Johannes und Marie Hesse*

[Cannstatt, 9. Juli 1893]

L[iebe] E[ltern]!
Das Examen ist vorbei! In acht bis zehn Tagen werde ich das Resultat erfahren. Einstweilen nur das als Gruß; die Hitze ist entsetzlich, sie macht faul und matt und mißlaunig. Hans gratuliere ich zum 13. Juli herzlich.

Alle grüßend
Hermann

P. S. Ich bin stark erkältet, ein wenig heiser, Zahnweh, Rheumatismus etc. Ich kann nicht schreiben so. Adieu.

400] *Marie Hesse an H. H.*

Calw, 11. Juli 1893

Mein liebes teures Kind!
Du tust mir so leid; ich kann mir denken, daß Dir die schreckliche Hitze zusetzt, denn auch Papa und ich leiden drunter. Nun ist wenigstens Dein Examen vorbei, das ist doch auch eine Erleichterung. Hoffentlich fällt das Resultat gut aus.

Wir haben so unruhige Zeit, daß ich das Briefschreiben aufstecken sollte. Am Mittwoch[1] reiste Adele in der Frühe ab, und erreichte abends Göttingen, wo sie dann einen schönen Tag bei den lieben Freunden Professor Häring sich ausruhn durfte. Am Freitag reiste sie allein weiter nach Lübeck, wo sie Frau und Fräulein Rennenkampff traf, die dann am Sonnabend 8. Juli mit ihr Mittags 3 Uhr auf den Dampfer Trave gingen. Heute – Dienstag Vormittag – hofften sie, in Reval anzulangen. [...]
[Karl sei in Wildbad zur Kur, Martha helfe ihr sehr viel im Hause, Onkel David und Tante Johanna seien in Hirsau und Freddie Diez, 18jährig] kommt zur Vakanz zu uns, von der Reutlinger Frauenschule. [...] Nun behüte Dich Gott, mein liebes Kind! Alle grüßen herzlich, Papa ist überarbeitet und kann nur grüßen.

Innig küßt Dich
Deine Mama

1 5. Juli.

401] *Marie Hesse an Adele Hesse*

Calw, 15. Juli 1893

Mein Herzenskind!
Mit Verlangen und Sehnsucht warten wir auf die erste Nachricht vom russischen Lande aus und hoffen, morgen könnte was kommen. [...]
[Adele ist zum Besuch des Großvaters nach Weißenstein gefahren, die Mutter schildert, wieviel Arbeit vor dem Vater und vor ihr liegt. Onkel David – ihr Bruder – reist am 1. August nach Amerika, um den schwerkranken Bruder Hermann in Mount Clemens (Mich.) zu besuchen.]
[...] Dem lieben Papa wird's auch schwül bei all der Hetze, was er bis 1. Oktober fertig bringen soll. Denn schon werden gedruckte Zirkulare verschickt, wo neue Auf-

lage Bibellexikon (das trifft auch mich; es kommen mehr Korrekturen), neue Auflage der Evangelischen Mission; vier neue Familienbibliothek-Bände angezeigt sind, darunter Christianes Denkmal [1] abgekürzt und Großvaters Leben [2]. Martha, Lisel und ich helfen Briefe von Großpapa abschreiben [...]

[Am 29. Juli habe Hans Ferien, auch Marulla, wahrscheinlich auch Hermann.]

[...] Wenn's mit Hermann gut geht, dann ist alles recht, aber Aufregung kann Papa nicht brauchen bei der furchtbaren Arbeitshetze. [...]

1 Christianens Denkmal. Ein Stück Familienchronik aus dem ersten Dritteil unseres Jahrhunderts. 33. Band der »Calwer Familienbibliothek«, Calw und Stuttgart, Verlag der Vereinsbuchhandlung, 1894. Verfasser: Hermann Gundert, der diesen Lebenslauf im Jahr 1833 geschrieben hatte. Das Manuskript war 1868 »nur für die nächsten Verwandten« gedruckt worden.

2 »Aus Hermann Gunderts Leben« von Johannes Hesse. 34. Band der Calwer Familienbibliothek. Verlag der Vereinsbuchhandlung, 1893, Calw und Stuttgart.

402] *H. H. an Johannes und Marie Hesse*

[Cannstatt, 18. Juli 1893]

Liebe Eltern!

Das Examen ist, wenn auch nicht glänzend, *bestanden!* Mein Kopfweh ist seit drei Wochen in flore.

Von der Vakanz hoffe ich für meine Gesundheit das Beste, hoffentlich nicht zu viel. Gestern schrieb ich an Karl. Kolbs grüßen herzlich.

Mit Kuß
Hermann

403] *Marie Hesse an Adele Hesse*

Calw, 19. Juli 1893

[...] Dienstag kam von Karl ordentliche Nachricht, hocherfreut über Deinen Brief, den ich ihm zu lesen geschickt

hatte, von Hermann kam auch eine Karte, er sehnt sich scheint's nun doch nach Ferien, das Examen sei bestanden, wenn auch nicht glänzend. [...]
[Man erwarte morgen Herrn von Möller, später Hermann, der noch nicht gesagt, wann er kommt.]

404] *Lotte Geiger an Marie Hesse*

Cannstatt, 25. Juli 1893

Liebe Frau Hesse!
Gewiß sind wir ganz Ihrer Ansicht, daß es das Beste ist, wenn Hermann in den alten Verhältnissen bleibt. So kann er sich nach Wunsch und Bedürfnis zurückziehen. Wir hoffen und wünschen, daß Hermann in Ihrer guten Schwarzwaldluft das heftige Kopfweh verliert, das ihn schon lange quält. Gerne hätte ich Ihnen bälder geantwortet, allein es war nicht möglich. [...] Ihnen gönne ich von ganzem Herzen, daß Sie sich in der neuen alten Heimat wohlfühlen und grüße Sie mit Ihrer Familie auch von meinem l. Mann

Ihre Lotte Geiger.

405] *L. Geiger an Johannes Hesse*

Cannstatt, 29. Juli 1893

Sehr geehrter Herr Hesse!
Beiliegend sende ich Ihnen Hermanns Berechtigungsschein für den einjährig-freiwilligen Dienst, der mir heute bei der Schlußfeier übergeben wurde. Es ist schade, daß Hermann nicht hier sein konnte, die heutige Schluß-Feier würde ihm gewiß gefallen haben. Ich hoffe, daß ihm der Aufenthalt im Elternhause recht gut tut und er sich bald wieder völlig erholt. Mit Hermanns Betragen konnten wir in den letzten Monaten recht wohl zufrieden sein und wenn er sich durch's nächste Jahr ebenso ruhig und brav hält, so soll es uns

freuen, ihn noch länger in unserer Mitte zu sehen. Hoffen wir, daß dann auch seine Gesundheitsverhältnisse es ihm ermöglichen, noch etwas mehr zu arbeiten, als es in dem letzten Semester der Fall war, damit er auch wieder seinen bessern Platz, wie er ihn am Schluß des Wintersemesters hatte, gewinnt.
Einige Quittungen, die ich vergaß ihm mitzugeben, lege ich ebenfalls bei. Mit herzlichen Grüßen von Haus zu Haus

Ihr ergebener
L. Geiger, Präzeptor

406] *Marie Hesse an Adele Hesse*

Calw, 1. August 1893

Herzenskind!
Gottlob, wir wissen Dich nun wohlgeborgen beim teuren alten Großvater und möchten nur gar zu gern ein wenig zu Euch hineinlugen, und Eure Freude teilen. Wir warten nun mit doppelter Spannung und Sehnsucht auf Briefe von Dir und hoffen, Du erzählst uns recht eingehend Großes und Kleines. Das letzte Mal schrieben Dir Papa und Martha, ich schrieb letzten Donnerstag zuletzt. Da waren drei Missionszöglinge da, gingen mit Hermann im Regen nach Ottenbronn, wo der junge Holzäpfel sie überreichlich abvesperte. Zum Essen kamen sie heim, hatten auch das Hirsaukloster besichtigt bei strömendem Regen und empfanden keine Lust, nach Zavelstein etc zu marschieren, sondern fuhren um 2 nach Nagold, wo sie noch zwei Stunden Marsch nach Heiterbach hatten. [...]
Heute, 1. August fährt Onkel David von Bremen ab. Niemand hat's verraten in Mount Clemens, denn der Kranke hat nur Angst vor Besuchen. Gott gebe, daß Davids Besuch doch als Arznei und Erquickung diene und der lieben Familie im Allgemeinen zum Trost!

Mit Hermann ging's diese acht Tage gut, aber man hat ihn auch voll und frei gewähren lassen und sich gehütet, seinen Willen zu kreuzen. Geiger schreibt, er habe sich seit Pfingsten gut und still verhalten, auch Frau Montigel sagt das. Aber die Rechnungen sind enorm, er hat sich Goethe, Lenau, Heine und einen Haufen Belletristisches angeschafft, ohne je zu fragen. Da kann nur Herzensänderung – wahre Bekehrung – Wandel schaffen. *Selbst* ist sein Gott und für den sollen Andre jedes Opfer bringen. Er hat uns nun abends ein Spiel gelehrt, das »stumme Julie« genannt wird, und recht unterhält. [...]

407] *Marie Hesse an Adele Hesse*

Calw, 4. August 1893

[...] An dem wundervollen Wetter nach 14 Tagen Regen und Kälte ist alle Welt froh, auch Polly, der mit Vorhof und Linoleum jetzt flott ausgestattet ist und fröhlich schwatzt und herumkraxelt. Hermann fischt viel, gestern kam ein feiner Fisch auf den Tisch; er geht auch mit dem in Maturitas durchgehagelten L. und Carl Würz (der's bestanden) spazieren, war bis jetzt ganz traktabel. [...]

408] *Frieda Montigel an Marie Hesse*

[Cannstatt, wohl Anfang August 1893]

Geehrte Frau Hesse!

Da Sie Hermann noch ein Jahr unter unserem Dache und in meiner Obhut lassen, so bitte ich, ihn noch besser bemuttern zu dürfen, in der Wasche-angelegenheit. Hermann fängt zwar gerade an, etwas eitler mit sich zu werden, aber dieses Äußerliche genügt nicht. *[Sie detailliert dann, was H. an Wäsche zusätzlich bekommen sollte.]*

Dann bekümmert mich sein vieles Rauchen, bitte stellen Sie

ihm doch eindringlich vor, wie schädlich für Augen und Magen es ist, so viel, und was für ein Kraut oft? zu verdampfen. Nun, auch diese Periode wird glücklich vorübergehen. [...]
[Sie bittet für einen Teil des Mietgeldes um indischen Kaffee ...]

409] *Aus Briefen von Marie Hesse an Adele Hesse*

Calw, 15. August 1893

[Die Mutter gratuliert Adele zum Geburtstag und berichtet, was zuhause los ist.]
[...] Hermann ist ordentlich und traktabel, fischt, badet, spaziert doch auch mit hie und da, und raucht fast immer fort. [...]

Calw, 23. August 1893

[...]
Hermann hat Zahnweh und klagt über seine Augen. [...]

410] Calw, 30. August 1893

[...] Jenen Freitag kam auch ein junger Rümelin zu Hermann, der mit ihm in Maulbronn gewesen und blieb bis Sonntag zum letzten Zug, ein netter, lieber, sehr musikalischer Jüngling, der uns allen gefiel. Wir machten eine Waldpartie aus auf Sonnabend und waren enttäuscht, daß dann Carl nicht mitkonnte wegen Stuttgart. Wir waren aber dennoch heiter zusammen, Vetter und Agnes und Rümelin mit uns, Papa nicht, lagerten auf frischgemähter Wiese oben über Beri's [?] und ließen das geleerte Kuchenblech den Berg hinabrollen unter allgemeinem Gejauchze. [...]

411] Calw, 6. September 1893

[...] Hermann reist am 17. erst nach Cannstatt, er ist Gottlob, recht traktabel gewesen. [...] Am 9. ist Theos, am 13. Marthas Geburtstag, und die Verlobung Anfang Oktober, wenn Theo kommt. Bis dorthin ist wohl Onkel Hermann[1] auch bei uns. [...] Onkel Friedrich kommt oft herauf wegen Vaters Briefen, es ist so heimelig [...]

1 Hermann Hesse, Pastor zu St. Olai in Reval, jüngerer Bruder von Johannes Hesse, aus der zweiten Ehe seines Vaters.

412] *H. H. an Adele Hesse*

[Calw, 6./7. September 1893]

Liebe Adele!

Verzeih, daß ich Dir nie geschrieben. Ich war viel elend, hatte mit Kopf, Augen und Zähnen zu schaffen. Hoffentlich sehen wir bald Dich und Theo wieder zuhause; meine Ferien dauern nur noch zehn Tage.

Jetzt leb wohl, grüße und küsse Großvater und Tante Jenny

von Deinem Hermann

413] *Johannes Hesse an Adele Hesse*

Calw, 13. September 1893

[Er berichtet, daß Marulla die Erste in der ganzen Schule geworden und offenbar recht erfreut darüber sei. Onkel David habe viel von Amerika erzählt, den Onkel Hermann habe er aber doch recht krank gefunden.]

[David] brachte heute auch von seinem Obstüberfluß Birnen und Pflaumen mit, an denen sich besonders die zwei Hermänner erquickt haben. Die wollen morgen nach Stuttgart zur Kaiserparade und dann weiter nach Urach und Cannstatt. [...]

Von Großpapas Leben habe ich jetzt kaum zwei Drittel fertig und Mitte Oktober soll alles gedruckt sein![1] [...]

1 Siehe Brief vom 15. Juli 1893.

414] *Marie Hesse an H. H.*

Calw, 15. September 1893

Lieber Hermann!
Soeben kam inliegende Karte *[die Karte fehlt]*. Von den darin genannten Büchern haben wir hier gefunden: Herodot, Virgils Aeneis, und Ploetz, (französische Übungen). Diese schicken wir morgen per Paket an Onkel David.
Bitte beziehe was Du neu oder antiquarisch noch kaufen mußt durch Onkel David, weil man's so billiger kriegt. Falls er nicht zu Hause, kann Onkel Hoch es besorgen.
Beim Winken aus der Frauenschule flog Thusneldes Schürze auf das Dach, mußte heute mühsam geholt werden. Eben sind von Theo und Adele Briefe gekommen, sie ist wieder beim lieben Großvater daheim. Inlage für Dich kam auch mit. – Von Karl kam heute auch ein Brief, der macht wundervolle Märsche im Jura herum, besucht alte Verwandte, einen Herrn Colin in Corcelles und Base Dothaux auf seinen Wanderungen. Ich hoffe, Du hast Dich nicht kaput gerannt und gestanden bei der Kaiserparade. Grüße Onkel herzlich. Ich hoffe ja, Onkel und Tante in Hirsau zu sehen und gehe Montag nicht nach Stuttgart, bin noch von der Tübinger Reise müde. Hans hat arg viel Aufgaben, und sitzt noch dran nach dem Nachtessen. Gott behüte Dich!

Mit Kuß
Deine Mama

415] *Hermann Hesse an H. H.*

Carlsbad, 19. September 1893

Lieber Hermann!

Da ich Dich gern nicht gar zu flüchtig sehen möchte und nicht einmal angeben kann, mit welchem Zuge ich Cannstadt passiere, bitte ich Dich, Freitag, 22. September, zu Mittag oder Nachmittag nach Stuttgart zu Onkel David zu kommen, wo wir uns treffen werden. Solltest Du durch Schulverpflichtungen verhindert sein, so schreibe es mir gleich an Onkel Davids Adresse, dann versuche ich nach Cannstadt zu kommen.

In Hoffnung, Dich zu sehen
Dein Onkel Hermann Hesse

416] *Marie Hesse an Adele*

Calw, 19. September 1893

[...] Hermann reiste also Donnerstag mit dem Vetter nach Stuttgart und fand bei Onkel David Herberge, liefen der Kaiserparade und Manoeuvre nach. Heute sollte seine Schule beginnen. [...]

417] *Johannes Hesse an H. H.*

[Calw, 23. September 1893]

Lieber Hermann!

Wolltest Du nicht heute in acht Tagen hieherkommen und über den Sonntag bleiben, um Onkel Hermann kennen zu lernen? Er bedauert sehr, daß Ihr einander gestern verfehlt habt. –

An Herrn Präzeptor habe ich geschrieben, er möchte Dir von jetzt an immer 50 Pfennige Wochengeld geben. Onkel Hunnius meint, mit dem Tabakschicken von Stuttgart sei es nichts. So habe ich diesen Plan aufgegeben.

Hansli war am Donnerstag mit Gerhard auf der Brandstätte in Nagold und hat seither eine etwas entzündete Mandel und Hausarrest.

Herzlich grüßend
Dein Papa

418] *H. H. an Johannes Hesse*

Cannstatt, 24. September 1893

Lieber Papa!

Vielen Dank für Deinen Brief und das andere! Ich wollte Euch nicht schreiben letzter Tage, der Brief wäre schlecht ausgefallen; meine Laune ist verdorben seit mit dem naßkalten Wetter Kopfweh und Rheumatismus wieder gekommen.

Für die Einladung nach Calw danke ich vielmals, werde, wenn Arbeiten und Gesundheit es zulassen, sicher kommen. Arbeit gibt es immer vollauf, doch finde ich immer noch ein Halbstündchen am Tag für meine Violine. Lesen (zur Unterhaltung) tu ich gar nichts, außer hie und da aus [Scheffels Roman] Ekkehard, dessen buntes, reizendes Idyll von Audifax und Hadumoth mir immer noch als das Beste der Art in der ganzen Belletristik scheint.

Mit Spazierengehen ist's nichts, wegen des bösen Regenwetters. Ich geh nie mehr ohne Mantel aus.

Ich will jetzt meine Arbeiten vollenden, daß ich den Nachmittag ruhig habe.

Lebt wohl, liebe Eltern, nehmt mein eventuell selteneres Schreiben nicht übel; schlechte Laune verdirbt die Briefe, böse Briefe verderben die Freundschaft. Glaubt mir, daß ich *viel und gern* an Euch und an die letzten Wochen in Calw denke und mich herzlich freue, Euch vielleicht bald zu sehen.

Mit Kuß
Hermann

419] *H. H. an Hermann Hesse*

[24. September 1893]

Lieber Onkel Hermann!

Verzeih, daß es mir in Stuttgart nicht gelungen. Onkel David nahm mir's sehr übel, daß ich abends nicht mitfuhr, aber ich war hungrig und müde und hatte kalt, auch zu Haus noch ziemlich viel Arbeit liegen – etc! Du wirst das nicht übel nehmen – gelt?

Jetzt hoff' ich Dich bestimmt zu sehen, und freu mich schrecklich darauf. Näheres über meine Ankunft etc später per Karte. Um Dispension kann ich nicht schon wieder bitten; ich würde wohl Samstag spät am Mittag kommen und Sonntag Nacht reisen.

Und nun sei innig geküßt von

Deinem Hermann

420] *Frieda Montigel an Marie Hesse*

Cannstatt, 24. September 1893

Liebe Frau Hesse!

Was werden Sie denken ob der schreibfaulen Frau Montigel, die doch von Herzen danken will für den großen Kaffeegruß. Gerne ließ ich einige Tage vorübergehn, um gleich über Hermann berichten zu können. Es scheint, daß es ganz gut geht, er ist heiter und freundlich und kommt unsern Wünschen in der Hausordnung nach. Gebe Gott, daß er immer mehr zur Einsicht kommt, daß die Jugend benützt werden muß, um tüchtig für Himmel und Erde zu werden. Leider hat er sich schon wieder vom Turnen dispensieren lassen. Ich begreife den Arzt nicht, denn körperliche Übungen sind ja so stärkend. Hermann sagt, sein Knie sei schwach, nun wir haben es schon erlebt, daß solche Jungens später leidenschaftliche Turner wurden. Heute wollte ich H. auffordern, mit zur Kirche zu gehn, aber mein Mann wehrte mir ab. Wir haben nämlich an unserm dritten Stadtpfarrer einen tief ernsten Prediger, der gewiß auch Jedes auf seine Art selig werden läßt, der die Worte Jesu fein auf die soziale Frage und Zeit auffaßt. Was meinen Frau Hesse, darf ich's nicht einmal darauf hin wagen mit H. [?] Ein solcher Vortrag fesselt und gibt hernach zu denken und zu besprechen.

Recht froh sind wir Cannstatter wenn einmal die Ausstellung und das Volksfest vorüber ist. In der stillsten Familie, im einfachsten Haushalt, verspürt man die Kirchweih-Stimmung. Unsere Brücke ist aber sehr schön geworden, und wie zauberhaft gearbeitet wurde, ist sehenswert. Kommen Sie recht bald, liebe Frau Hesse dieselbe zu betrachten und seien Sie dann herzlich willkommen bei uns.

Ihre dankbare Frau Montigel

421] *L. Geiger an Johannes Hesse*

Cannstatt, 25. September 1893

Sehr geehrter Herr Hesse!

Mit freundlichem Dank bescheinige ich Ihnen hiemit endlich einmal den Empfang von 320 M, von denen ich nach Abzug meines Guthabens von 75,97 M (für gehabte Extra-Ausgaben bis 25. Juli d. J.) 200 M als erste Pensionsrate pro 1893/94 und den Restbetrag von 44,03 M als Vorschuß auf nächste Abrechnung gebucht habe.

Da wir hier aus Anlaß der Einweihung der neuen Neckarbrücke und des Volksfestes drei Tage Vakanz bekommen werden, und zwar nächsten Mittwoch, Donnerstag und Freitag, so will Hermann diese Gelegenheit benutzen und diese Tage in Calw zubringen. Ich bin begierig und zweifle sehr, ob er wirklich so lange zu Hause aushalten und sich dem ganzen Festjubel u.s.w. entziehen wird; es würde dies aber entschieden besser für ihn sein.

Im ganzen können wir zur Zeit mit ihm recht wohl zufrie-

den sein und würden uns freuen, wenn es ihm gelänge, auch das neu begonnene Schuljahr mit Glück und Erfolg zu Ende zu bringen.
Damit, daß Sie ihm sein wöchentliches Taschengeld erhöht haben, sind Sie einer Wiederholung meines früheren Vorschlags, die ich beabsichtigte, zuvorgekommen. Es war umso notwendiger, als er sieht, daß seine Bekannten alle über eine solche Summe verfügen, und dies wäre für ihn ein Grund zu immer wiederkehrenden Verstimmungen gewesen. Letzte Woche war er so mißmutig, daß er drei bis vier Tage gar nichts genoß; über Tisch nahm er trotz allen Zuspruchs nicht mehr als einen Löffel Suppe; alles übrige ließ er unberührt, so daß wir begannen, für seine Gesundheit zu fürchten. Seit gestern ist er wieder normal und ganz aufgeräumt.
Gerne hätten wir Sie während der Ferien einmal besucht, um uns mündlich über Hermann auszusprechen; allein wir waren teils auf der Alb, teils hatten wir Besuche, und unsere Absicht, Sie auf dem Heimweg von einer am Schluß der Ferien ausgeführten kleinen Schwarzwaldtour doch noch zu besuchen, wurde durch die wegen erhaltener Einquartierung notwendig gewordene schnelle Heimkehr vereitelt. Vielleicht schickt sich's ein andres Mal besser. Übrigens hören wir von Hermann, daß Sie ohnedies immer viel Besuche während der Ferien gehabt haben, an Raum dazu scheint es Ihnen ja in Ihrer neuen Wohnung nicht zu fehlen. Mögen Sie sich dieser noch recht lange mit den l. Ihrigen in guter Gesundheit erfreuen!
Mit freundlichen Grüßen von Haus zu Haus Ihr ergebenster
L. Geiger.

P. S. Meine liebe Frau läßt Ihnen und Ihrer werten Frau Gemahlin für den durch Hermann zugesandten Kaffee freundlichst danken; ihrem Dank schließe ich mich ebenfalls an d. O.

422] *Marie Hesse an Adele Hesse*

Calw, 25. September 1893

Herzenskind!

Nun haben wir ja die große Freude, Onkel Hermann hier bei uns zu haben. [...] Ich finde Onkel unverändert, nur natürlich älter und männlicher geworden, ich erkannte ihn gleich am Bahnhof, während Papa ihn sich anders vorstellte. Er kam Samstag Vormittag 11 Uhr hier an, Papa, Marulla und ich holten ihn ab. [...] Da Onkel Hermann unsern Hermann nicht sah, haben wir denselben hieher bestellt während des Volksfests zwei Tage. [...]

423] *Johannes Hesse an Adele Hesse*

Calw, 30. September 1893

[...] Wenn Onkel Hermann fort ist, wird das Heimweh über mich kommen, und da ist's gut, daß Du dann bald erscheinst. Bring nur recht viel baltische Luft mit. [...] Onkel will Dienstag abreisen, heute ist Samstag. Wir gehn viel zusammen spazieren und besprechen alles, was uns am Herzen liegt. Es ist mir eine große Erquickung. Hermann war auch 1 1/2 Tage aus Cannstatt hier, entzückt von Onkels Klavierspiel [...]

424] *Johannes Hesse an H. H.*

Calw, 3. Oktober 1893 abends

Lieber Hermann,

gestern Abend, 7 Uhr 14 kam Theodor hier an. Nach dem Nachtessen wurden die Zwei verlobt. Es war schön, daß der teure Onkel dabei war. Heute ist er abgereist, nach Düsseldorf [...]

425] *Frieda Montigel an Marie Hesse*

Cannstatt, 9. Oktober 1893

Liebe Frau Hesse!

Anbei etwas Wäsche und das nette Körbchen, welches Sie doch am Ende vermissen.

Mit Hermann hatten wir etwas Sorge. Erst war er wieder aufbrausend, und dann aß er längere Zeit nicht, bis ihm natürlich ganz dumpf im Kopf war. Ach es ist dem armen Hermann so schrecklich schwer beizukommen; ich möchte ihm immer das Gefühl des zu Hause sein beibringen, aber er ist so verschroben und lebt nur seiner Phantasie. Dann sorgte er sich ab, er komme seinen Studien nicht nach und doch arbeitet er fast nichts zu Hause. Jetzt ist sein Raptus wieder vorbei und er ißt und spricht wieder. [...]

Vielleicht, hoffe ich, bringe ich es doch noch an ihn hin, wenn er es einsieht, daß man es nicht schlimm mit ihm meint. [...] So viel rauchen tut er auch nicht mehr. Summa summarum hoffen wir auf Besserung.

[...]

426] *H. H. an Johannes und Marie Hesse*

[Cannstatt, 8. oder 9. Oktober 1893]

Liebe Eltern!

Ich weiß nicht, ob Herr Präzeptor Euch geschrieben hat. Hoffentlich.

Ich kann nicht wohl länger fortmachen, ich habe den ganzen Tag zwar nicht richtige Kopfschmerzen, aber immer einen dumpfen, gleichmäßigen, schrecklichen Druck im Kopf, der bei angestrengter Arbeit zu Kopfweh wird. Die Aufgaben, ob wohl sie nicht übermäßig sind, sind mir zuviel, ich brauche dreimal, viermal so lang dazu als sonst und auch das Aufmerken in den Lektionen fällt mir so schwer, daß es immer peinlicher wird. Eben weil ich nie recht mitkomme, vor allem im Antworten etc nicht prompt bin, bekomme ich ewig Verweise, Strafarbeiten u.s.w.

Es tut mir furchtbar weh, Euch schon wieder so schwer zu fallen, aber ich muß es sagen, ich kann nicht länger das aushalten. Könnte nicht gelegentlich jemand kommen und sehen, was sich tun läßt?

In der Sommervakanz konnte ich eben wegen der Zahn- und Augenschmerzen, auch wegen der Hitze, mich nicht genug erholen. Auch das Gehen fällt mir wieder sehr schwer, besonders alles Steigen.

Könnte ich nur nachhause kommen, nicht zu fremden Leuten, im Garten arbeiten; wenig, aber genug gehen! Mir ist von Tag zu Tag schrecklich Angst auch Sorgen und Schule und Arbeit und böse Worte; jeder Tag, den Ihr früher nach der Sache seht, ist mir Geldes wert.

In Eile mit Küssen
H.

427] *Johannes Hesse an H. H.*

Calw, 10. Oktober 1893

Lieber Sohn!

Sobald als möglich, wahrscheinlich schon morgen, wird die liebe Mama oder sonst jemand Dich besuchen.

Ich meinerseits möchte jetzt nur sagen, daß unser Haus Dir jederzeit offensteht, und es uns freut, wenn Du Dich daheim wohler fühlst als bei fremden Leuten. Wenn Du Dich so still hältst, wie in der letzten Vakanz, so geht es wohl daheim. Wäre es anders, so könnte ich es mit meinen Nerven freilich nicht aushalten. Aber, wie gesagt, an Entgegenkommen und Liebe unsrerseits soll es nicht fehlen. Nun ist mir aber ziemlich klar, daß, wenn Du jetzt zu einer Erholung nachhause kommst, es in einigen Wochen Dir wahrscheinlich noch schwerer als vorher sein wird, mit

Deiner Klasse fortzukommen. Daher frage ich mich, ob Du nicht versuchen solltest, jetzt doch weiterzumachen. Vielleicht wäre es möglich, daß Du von diesem oder jenem dispensiert würdest, wenn Mama oder ich mit Herrn Rektor reden. Man braucht ja nicht gleich irgend einen bindenden Entschluß zu fassen, sondern kann sehen, wie Deine Gesundheit sich weiter macht, wenn Du einige Erleichterung in der Schule bekommst.

Andrerseits legt sich auch der Gedanke einem nahe: wenn Dein Kopf auf die Dauer das Studium doch nicht aushält, solltest du dann nicht so bald als möglich etwas anderes anfangen, sage: in eine Kaufmannslehre oder so etwas eintreten? Vielleicht ließe sich sogar hier in Calw etwas finden.

Besinne Dich über diese Fragen, damit wenn jemand nach Cannstatt kommt, Du vorbereitet bist und eine Antwort geben kannst, die Dich hintennach nicht gereut.

Adele soll Ende dieser Woche von Weißenstein abreisen. Carl ist heute erwartet.

In herzlicher Liebe
Dein Papa.

428] *H. H. an Marie Hesse*

[Cannstatt, 13. Oktober 1893]

Liebe Mutter!

Wenn Du selber nicht kommen kannst, so schickt wenigstens, bitte, *schriftliche Erlaubnis* zum Austritt! Ich bin sehr in Verlegenheit. Jedenfalls bitte ich, bald zu antworten. Mir geht es gleich – dumpfer Kopf und wenig Kraft!

Mit herzlichen Grüßen
Euer Hermann

429] *David Gundert an Johannes Hesse*

Stuttgart, 13. Oktober 1893

Lieber Johannes!

In Eßlingen ist der Buchhändler Mayer, auf den ich große Stücke halte, Sohn eines frommen Lehrers, *kleines* Geschäft, guter Prinzipal, nur kann er Lehrling nicht im Haus haben, sondern in Lehrersfamilie daneben. Wenn Hermann wirklich lernen *will*, so kann ich bei Mayer anfragen. Auf Handelsschule halte ich für einen Seminaristen wenig; das *Nötige* von Buchführung, Rechnen etc lernt sich leicht und schnell in einem rechten Geschäft. Anderseits will ich gar nicht von Kaufmannschaft abraten. Ein *tüchtiger* Kaufmann kriegt wohl besseren Gehalt als der Buchhändler. Also muß Hermann selbst sich entschließen. Nur mein ich, nicht nochmals (bis 17½ Jahre) bloß theoretisch lernen.

[Die Fortsetzung des Briefes fehlt.]

430] *Johannes Hesse an Adele Hesse, nach Berlin*

Calw, 17. Oktober 1893

Liebes Kind!

Ich muß Dir das Zeugnis geben, daß Du treulich geschrieben hast. Gestern kam Dein allgemeiner Brief und heut der zu Mamas Geburtstag. Wärest Du nur selber schon da!

[Er empfiehlt ihr, falls sie nicht ganz wunderbar wohl sei, auf die Herrlichkeiten Berlins zu verzichten, und gut auszuruhen.]

Daß Du in Nürnberg solang bleiben magst, als es Dir behagt, will ich noch ausdrücklich sagen. Aber mache dort nicht allerlei Unsinn mit, sondern hock zuhause oder liege im Bett. Dein Kopfweh, das du zuletzt in W. so anhaltend gehabt, gefällt mir gar nicht. Gott weist uns durch dergleichen aber in die Stille und nimmt uns in die Schule der Selbstbeschränkung. [. . .]

431] *Frieda Montigel an Marie Hesse*

Cannstatt, 18. Oktober 1893

Geehrte Frau Hesse,
soeben schicke ich das Bett an Sie und einen Koffer mit Büchern etc [?] nach Eßlingen. Auf der Durchreise soll Hermann den Schlüssel des Koffers bei uns holen und seinen Überzieher, Schirm etc noch mitnehmen. Auch den Hausschlüssel abgeben, wir haben es vergessen. Ich konnte das Faß nicht gebrauchen, ohne Teppiche wären die Bücher kaput gegangen. Meine Wäsche spazierte heute auf zwei Büchern herum!
Mit herzlichen Grüßen verbleibe ich Ihre

Frieda Montigel

432] *Marie Hesse an Adele Hesse*

Calw, 19. Oktober 1893

Mein Herzenskind!
Wir denken uns Dich heute in Berlin und morgen nach Görlitz fahrend. Gott geleite Dich und bringe Dich gesund heim! Daß du soviel Kopfweh hattest, ist traurig; nun liegt der herzbrechende Abschied und das Schwerste der Reise schon hinter Dir. Wir sehnen uns sehr nach Dir und können's kaum mehr erwarten, bis wir Dich begrüßen dürfen. Ich hoffe, Du schreibst uns beizeit genau den Zug, mit dem Du in Stuttgart ankommst, denn da möchte ich Dich empfangen. Ich muß nämlich am 25. morgens nach Eßlingen mit Hermann, der jetzt einige Tage hier ist und der in eine Buchhandlung in die Lehre eintritt am 25. Das überrascht Dich wohl sehr, da es alles so gar plötzlich kam. Uns selbst ist's auch eine Überraschung gewesen.
Hermann schrieb, es gehe nicht weiter mit dem Lernen, er habe immer einen Druck im Kopf und sei nun bereit, sich einem praktischen Beruf zuzuwenden. Zuerst dachten wir

dran, ihn hier in die Handelsschule gehen zu lassen, bis sich etwas für ihn zeige. Onkel David aber schlug sofort das passendste Plätzchen vor und fragte auf unre Bitte bei Herrn Buchhändler Mayer in Eßlingen an, der sich bereit erklärte, es mit H. zu probieren. So war ich am Sonntag in Cannstatt und ordnete den Abzug an. Die gute Frau Montigel war bitter enttäuscht, sie hat Hermann lieb und hatte gehofft, ihn durch ihre Bemutterung ganz zurecht zu bringen. [...]
Ich fand Hermann mager und elend aussehend, er hatte in letzter Zeit keinen Appetit und oft Kopfweh. Der Rektor hatte sich über sein Schulversäumnis geärgert und wendete nichts ein gegen den Austritt. Ich nahm den H. zu Onkel David mit, wo wir den Nachmittag zubrachten, er logierte bei Onkel Adolf, wohin Carl kam – der heute noch den letzten Tag Examen hat – und wo ja Marulla war. Ich reiste Abends heim, Hermann nach Cannstatt zurück. Gestern um 11 kamen Onkel David und Marulla und um 4 Uhr kam auch Hermann heim. Nun wartet alles voll Sehnsucht und Spannung auf Dich – aber vergebens, es wird nun nimmer reichen, daß ich – wie ich gehofft – nur auf zwei Tage alle meine Kinder wieder beisammen habe und alle zusammen photographieren lassen könnte. Hermann muß Mittwoch schon eintreten, Theodor am 1. November in Freudenstadt, und Carl auch bald in Dransfeld. Carl hofft, er habe sein Examen gut gemacht. [...] Gestern also war festlicher Kaffee[1] mit den Verwandten, David blieb bis zum letzten Zug gemütlich bei uns. [...]
Großpapas Leben[2] wurde mit meinem 51. Jahr fertig! Es wird nun schon gedruckt. Papa ist heute müde und muß Stunde halten. [...]

1 18. Oktober: Marie Hesses Geburtstag.
2 S. Anm. zu Br. 413.

433] *S. Mayer an David Gundert*

Eßlingen, 19. Oktober 1893

Lieber Herr Gundert!

Beifolgend übersende ich Ihnen den Lehrvertrag mit der Bitte, das Weitere gefälligst veranlassen zu wollen. Der von Hermann Hesse abgeschriebene und mit den nötigen Unterschriften versehene Lehrvertrag kann vom Lehrling bei dessen Eintritt mitgebracht werden.

Es war mir ein Anliegen vor Gott, den richtigen jungen Mann als Lehrling zu bekommen, und so hoffe und wünsche ich, daß die von mir getroffene Wahl für beide Teile und in jeder Beziehung nur gut getroffen sein möge.

Mit freundl. Gruß

Ihr S. Mayer

Lehr-Vertrag

zwischen

Herrn Missionar Hesse in Calw

und Buchhändler S. Mayer in Eßlingen

§ 1 Herr Missionar Hesse übergibt dem Buchhändler S. Mayer seinen Sohn Hermann in die Lehre auf die Dauer von 3 Jahren.

§ 2 S. Mayer verpflichtet sich, denselben in allen Geschäften des Sortimentsbuchhandels mit Sorgfalt und Pünktlichkeit zu unterrichten.

§ 3 Der Lehrling Hermann Hesse verpflichtet sich zu unbedingtem Gehorsam gegen den Lehrherrn, zu Treue, Fleiß und strengster Rechtlichkeit und verspricht, die ganze Lehrzeit über mit bestem Willen und allen seinen Kräften den Interessen des Geschäfts zu leben.

§ 4 Lehrgeld wird nicht beansprucht.

§ 5 Nach Ablauf der bedungenen Lehrzeit wird es sich

S. Mayer angelegen sein lassen, dem Lehrling eine seinen Fähigkeiten entsprechende Gehilfenstelle zu verschaffen.

Dieser Vertrag ist doppelt ausgefertigt und von beiden Teilen eigenhändig unterschrieben worden.

Eßlingen und Calw, den 25. Oktober 1893

Der Lehrherr:
S. Mayer

Der Vater des Lehrlings:
Joh. Hesse
Der Lehrling:
Hermann Hesse

434] *Marie Hesse an H. H.*

Calw, 27. Oktober 1893

Mein lieber Hermann!
In Gedanken gehe ich immer mit Dir um, besonders gestern morgen dachte ich so dran, wie Du ins Geschäft mußtest und hätte Dich am liebsten begleitet und Dir zugesehen bei allem. Sehr erfreut war ich über Deine Karte heute morgen, danke!
Heute ist ein rechter Regentag und bei uns sitzt Jungfer Mine, Adelens zerrissene Kleider herauszuflicken, damit wir Sonntag zusammen mit den Brüdern noch zum Abendmahl gehen können.
In Stuttgart war ich hoch erfreut, unser Adelchen mit leuchtenden Augen, und dicken roten Backen am Bahnhof zu sehen, mit Tante Plebst, sie hatten mich schon mit dem Zug vorher erwartet. Adele hat Dir von Großvater das schöne Livonia-Buch extra *für Dich* mitgebracht, ein wertvolles Familienandenken. Großvaters Gedicht aus der Studentenzeit, dann zum 50jährigen Jubiläum von der »Livonia« gedruckt und gesungen. Danke ihm schön dafür. Einige Äpfel aus Großvaters Garten, Pfefferkuchen im Hause

gemacht, von Tante Jenny eine Kravatte etc freut Dich gewiß. Den Nürnberger Trichter brachte Dir Adele zum Spaß mit. Wir sind sehr froh, sie wieder daheim zu haben.
Um den Heimatschein schrieb ich nach Cannstatt, daß er an Herrn Mayer direkt geschickt werde. Sahst Du abends noch Frau Montigel am Bahnhof und erhielt sie Koffer und Schlüssel?
Adele hat sich mit dem lieben Großvater, Tante Jenny, Magda Johannsohn und einem Fräulein, die dort im Hause wohnt, photographieren lassen, ein rührend nettes Bildchen; auch von Onkel Gustavs Hedwig ist ein Bildchen da.
Wir alle grüßen Dich herzlich und wünschen Dir Gesundheit, Wohlergehen und Gottes Segen!

Mit innigem Kuß
Deine Mutter

Grüße an Alle.

435] *Johannes Hesse an Dr. Zeller, in Winnenden*

Stuttgart, Hohestraße 6
1. November 1893

Verehrter Herr Medizinalrat!
Mein Sohn Hermann, 16 1/3 Jahr alt, scheint an »moral insanity« zu leiden und ist vorigen Montag aus seiner eben erst angetretenen Buchhändlerlehre in Eßlingen durchgegangen, nachdem er schon 1892 aus dem Evangel. Seminar Maulbronn davongelaufen und dann im Cannstatter Gymnasium es auch nicht aushalten konnte.
Ich hoffe, morgen mit ihm nach Winnenthal zu kommen im Gedanken, daß Sie ihn dann vielleicht zur Beobachtung dort behalten. *Bitte,* haben Sie die Güte, wenn ich komme, mich vorzulassen und den Jungen anzusehn. Wir wissen rein nicht, wohin mit ihm.
Beiliegende zwei Gutachten werden Sie über den Fall im

voraus orientieren. Wenn ich's recht verstehe, haben Sie beim Ludwigsburger Gutachten bereits mitgewirkt. Doch ist mir das nicht klar.
Ich füge keine weiteren Bitten oder Empfehlungen bei. Sie haben genug dergleichen zu lesen, und ich weiß, was Sie können, das werden Sie tun.
Mein Zug kommt cca 12 Uhr in Winnenden an, und ich werde mir erlauben, dann gleich in die Anstalt zu gehn in der Hoffnung, daß ich im Lauf des Nachmittags Sie dann sprechen kann.

Mit vorzüglicher Hochachtung
Joh. Hesse, Missionar (aus Calw)

436] *L. Geiger an Johannes Hesse*

Cannstatt, 2. November 1893

Geehrter Herr Hesse!
Hiemit erhalten Sie Schlußabrechnung über Hermanns Aufenthalt hier. Von den am 3. August a. c. mir durch die Post von Ihnen zugesandten 320,00 M habe ich nach Abzug von 75,97 M (für bis dahin ungedeckte Extraausgaben) und 200,00 M Pensionsgeld für I. Quartal, zusammen 275,97 M Ihnen als Vorschuß auf nächste (= heutige) Abrechnung 44,03 M gutgeschrieben. Von dem Pensionsgeld erstatte ich nach Übereinkunft mit Ihrer Frau Gemahlin für die von Hermann nicht hier verbrachten Tage des 1. Quartals des begonnenen Jahres pro Tag 70 Pfennige zurück. Da das Schul- und Pensionsjahr 288 Tage zählt, so sind für ein Quartal 72 Tage zu berechnen. Von diesen hat Hermann 32 Tage (16. September – 18. Oktober) hier zugebracht. Sie erhalten also Vergütung für 40 Tage à 70 Pf.

	28,00 M
hiezu obengenannter Vorschuß	44,03 M
zusammen	72,03 M

Hievon gehen ab für (nebenseitig
spezifizierte Extraausgaben) 56,03 M
Sie erhalten somit noch 16,00 M
die ich Ihnen durch Posteinzahlung hiemit übermittle.
Mit dem herzlichen Wunsche, daß Sie an Hermann doch noch Freude erleben dürfen und daß ihn sein Beruf möglichst befriedigen möge, verbleibe ich mit freundlichen Grüßen, auch an Ihre Frau Gemahlin

Ihr ergebener
L. Geiger, Präzeptor

Spezifikation der Extraausgaben

1893	Juli	30.	Porto für Übersendung des Einjähr. Zeugnisses	0,40 M
			Nachtrag vom vorigen Quartal: eine Rechnung v. Trautwein über Cigarren	5,68
	September	17.	Taschengeld p. 17./24. Sept.	0,25
			Dauerkarte f. d. hiesige Ausstellung	1,00
		19.	Klassenmütze	3,10
		20.	Postkarte 5 Pf., 21. 1 Briefmarke 10 Pf.	0,15
		22.	Billet nach Stuttgart z. Besuch des Onkels aus Reval	0,25
		24.	Taschengeld 24./30. Sept.	0,50
		24.	1 Briefmarke nach Calw	0,10
		27.	Reise nach Calw und zurück	3,80
		26.	(Nachtrag) 1 Heft (steif)	0,25
		29.	Extra-Taschengeld für die Volksfesttage	1,20
	Oktober	1.	Taschengeld für 1./7. Oktober	0,50
		2.	Rechnung von Frau Montigel:	

		3 Bier, 2 Brot, 3 Mal Erdöl zus. 66 Pf.	
		1 Licht 10 Pf., Porto 20 Pf., geliehn 20 Pf. zus. 50 Pf.	
		Lampe 10 Pf., Stiefel 3,50 3,60 M	4,76
	2.	1 Zeiger auf die Taschenuhr	0,20
	8.	Taschengeld 8.–15. Oktober	0,50
	7.	Von Käthe in unserer Abwesenheit verlangt und »zu Heften« erhalten	1,00
	13.	Dem Famulus »Schließgeld«	0,20
	15.	Schulgeld 1 Monat 5,20, Famulus 50 Pf.	5,70
	15.	Rechnung von Trautwein (Buchbinder)	3,50
	15.	Rechnung von Boshenyer (Buchhändler)	4,50
	15.	Taschengeld (in Abwesenheit von m. Frau verlangt und erhalten)	0,50
	16.	Kölnisches Wasser (wegen Kopfweh)	0,60
	17.	Billet nach Eßlingen	0,55
	18.	Hosenreparatur	0,65
		Reisegeld nach Calw	2,50
Juli	20.	1 ärztlicher Besuch bei Dr. Lorenz	1,00
Oktober	31.	Rechnung von Frau Montigel:	
		a) 8mal Bier 80 Pf., Brot 9 Pf. = 89 Pf.; 2mal Erdöl 20 Pf., 2 Porti à 25 = 70 Pf.; Packerlohn 40 Pf.; geliehenes Geld (2mal) 70 Pf.	2,69 M
		b) Zimmer pro November	10,00 M
		zusammen	56,03 M

437] *Buchhändler S. Mayer an Johannes Hesse*

Eßlingen, 4. November 1893

Sehr geehrter Herr Hesse!

Beim Einliefern Ihres Sohnes Hermann in mein Geschäft, war ich weit entfernt zu denken, daß sein Aufenthalt von so kurzer Dauer sein sollte. Wenn mir auch Herr Gundert die Eigenschaften, welche Hermann mitbringt, einigermaßen schilderte, so hatte ich doch keine Ahnung davon, daß dieselben in solcher Ausgeprägtheit vorhanden seien. Von dem hochgradigen Mangel an Willensfestigkeit bekam ich ja doch erst Kenntnis, nachdem sich, oder richtiger gesagt, dadurch daß sich Ihr Sohn entfernte. Denn in den wenigen Tagen seiner Tätigkeit bekundete er den jedem neueintretenden Lehrling eigenen Eifer. Abnorm schien mir nur die höchst unklare Handschrift Ihres Sohnes. Die einfachsten Wörter oder Namen konnte er z. B. mitunter nicht zu Papier bringen, ohne zu korrigieren. Diese Korrektur war dann wieder eine unklare Form von ineinander gefügten Strichen.

In wie weit sich bei Hermann absolute Krankheit und Eigenwille, d. h. ein gegen alle Ordnung sich auflehnender Sinn, vereinigt, ist auch mir vorerst nicht ganz klar.

Dem sei nun wie ihm wolle, ich wünsche von Herzen, daß Sie an Ihrem Sohn künftig mehr Freude erleben möchten, als er Ihnen seither bereitet hat, und daß er von dem großen Arzt Leibes und der Seele gründlich kuriert werden möge.

Einen Heimatschein erhielt ich bisher nicht; eventuell werde ich Ihnen denselben zugehen lassen. Den Lehrvertrag werde ich vernichten.

Mit freundlichen Empfehlungen,
auch an Ihre Frau Gemahlin,
zeichne
Ihr ganz ergebener
S. Mayer

[1893]

In diesem Jahr holte Gott unsern Herzensvater heim (25. April). Das zweite wichtige Ereignis war, daß Martha Cohen am 10. Mai kam und unser Kind wurde. Adele durfte in diesem Sommer nach Rußland reisen. Carl in Wildbad, Dransfeld etc.

Mit Hermann gab's schon im Januar Schrecken, da er seine Bücher verkaufte und wieder ein Pistol erhandelte, das ich dann holte. Bei Geigers keine Aufsicht, keine Autorität; er tat, was ihm gefiel und sank moralisch.

[Über das Examen, über die Ostervakanz.]

An meinem Geburtstag kam er heim, in Cannstatt war's aus für ihn, er wollte einen praktischen Beruf ergreifen. David fand eine Buchhändlerlehre für ihn in Eßlingen; man lieferte ihn am 25. Oktober dort ein. Am 30. war er auf und davon, niemand wußte wo. Am 2. November tauchte er in Stuttgart auf. Johannes eilte hin, am 3. November und nahm ihn mit sich nach Winnenthal zu Dr. Zeller zur Beratung. Ich machte daheim Todesängste durch und konnte nur Gott erleichtert danken, als abends beide wieder heimkehrten. Hermann sollte sich bei uns erholen. O eine schwere bittre Zeit für unser ganzes Haus. [...] Mein Bruder David machte eine Schnellreise nach Amerika und zurück, traf Hermann krank und schwermütig. Vom 23. September bis 30. war Bruder Hermann Hesse aus Reval bei uns von Karlsbad her. [...]

439] *Marie Hesse an Karl Isenberg*

Calw, 1. Januar 1894

Mein herzlieber Karl!
Das ist mein erstes Briefchen im neuen Jahr; ich wünsche Dir Gottes Segen und das Leiten Seines Geistes bei jedem Tritt und jedem Erlebnis in diesem neuen Jahr. Ich muß Bett- und Sophaliegen und beschäftige mich so gut ich kann, aber es ist eine arge Geduldsprobe, so ganz mit jedem Begehr andern zur Last zu fallen. [...]
Hermann ist recht lieb, armes Kind! Er singt eigne Dichtung am Klavier, alles furchtbar melancholisch. Gestern und heute war er ein Weilchen auf den Seen; jetzt sei auch auf der Nagold Eisbahn, es fiel aber heut ordentlich Schnee [...]

440] *Eugenie Kolb an H. H.*

Cannstatt, 2. Januar 1894

Lieber Hermann!
Für Deine liebe Gratulation herzlichst dankend sende ich auch Dir und den lieben Deinigen recht herzlichen Glück- und Segenswunsch fürs Neue-Jahr, denen sich die liebe Mama herzlich anschließt.

Ist Theodor noch zu Hause, so bitte ich Dich, ihn speziell von mir zu grüßen. Gerne möchte ich wieder einmal ausführlich von Deinen Erlebnissen seit Deinem Weggang von hier erfahren. Wenn ich Dich bitten darf, sage freundliche Empfehlungen und Grüße Deinen verehrten Eltern.

Mit herzlichem Neujahrsgruß!

Deine Eugenie K.

441] *Theodor Rümelin an H. H.*

Kornthal, 3. Januar 1894

Lieber Freund!

Empfange meinen herzlichsten Dank für Deine freundlichen Glückwünsche zum Neuen Jahr, die ich leider erst heute erwidern kann, da ich bis heute bei Verwandten in Stuttgart war. Warst Du immer gesund in letzter Zeit? So viele Leute haben ja Influenza bekommen, ich habe sie auch, doch nicht ernstlich gehabt. Mit der Hoffnung, daß wir uns einmal fröhlich wiedersehen werden, und den besten Wünschen bleibe ich herzlich grüßend

Dein alter Freund und Meniskus

442] *Neun Seminaristen, mit denen H. in Maulbronn zusammen war, schrieben diesen Brief*

Maulbronn, 25. Februar 1894

Lieber alter Freund!

Du glaubst, man habe Dich im Seminar vergessen? Gewiß nicht. Wie oft frischen wir abends auf dem Schlafsaal Erinnerungen an die erste Maulbronner Zeit auf, wie oft belustigt uns dann so mancher Einfall, den Du gehabt!

Begnüge Dich mit diesen kurzen Zeilen und sei von allen Hellenen herzlich gegrüßt, besonders von

Otto Hartmann [1]

Lieber Hesse!
Als früherer Calwer Mit-Leidens-Bruder und Compromotionale schließe ich mich den Grüßen der andern an und wünsche Dir große Unterhaltung, kleines Geschäft und tüchtige Freunde, (was ja wir Sterblichen am nötigsten brauchen). Die Erfüllung des Segenswunsches hofft Dein Freund

Klaiber[2]
stud. akad. [?]

Lieber Freund!
Für die mir von Fr[eund] Rümelin ausgerichteten Grüße danke ich Dir bestens. Man hört doch immer wieder etwas Neues von Dir und Du hast, scheint's, Deine alten Kameraden noch nicht vergessen. Rektor Bauer erkundigt sich stets nach Dir. Mit dem Wunsch steter Gesundheit und eines fröhlichen Lebens, grüßt Dich Dein alter Fr[eund]

E. Borst[3]

Alter Freund!
Herzliche Erwiderung des mir geltenden Grußes!
Dein Deiner gedenkender

H. Endriss[4]

Lieber Alter!
Besten Dank für Deinen Gruß; noch oft muß ich an meinen Aufenthalt in Calw denken, wo Du mich nach Hirsau begleitetest und wir so fröhlich miteinander plauderten.

Leb recht wohl!
Dein Hans Völter[5]

Lieber Hesse!
Viele Grüße! Was macht Charles G.? Wenn er noch in Stuttgart ist, grüße ihn vielmals.

Dein Freund
C. Schulz[6]

Lieber Hesse!
Nach dem einmal der hübsche Gedanke, Dir zu zeigen, daß man hier auch noch manchmal an Dich denkt, angeregt worden ist, kann auch ich mich nicht enthalten, Dir auf diesem Wege meine besten Grüße zu senden. Ich wünsche Dir ein zufriedenes und glückliches Leben, reich an Erfolgen, arm an Enttäuschungen.

Dein Freund
R. Dettinger

Lieber Hesse!
Dank für Deinen Gruß! Ich bin, wie Du Dir denken kannst, immer noch der Alte. Wir denken noch oft an die Onkels-Lektionen, wo Du uns trotz Deiner angestrengten Aufmerksamkeit immer so gut unterhalten hast. Sonscht isch's recht.

Mit Gruß
Dein W. Häcker[7]

Lieber Hermann!
Deine fr. Grüße erwidert herzlich Dein alter Freund
H. Kieser[8]

Die Angaben stammen teils vom Ephorat Maulbronn, teils von einer Aufzeichnung bei einer Zusammenkunft der Compromotionalen von 1891, im Jahre 1912.

1 Otto *Hartmann*, siehe »Anhang«.
2 Hans *Klaiber*, Professor am Reformrealgymnasium Stuttgart, gest. 1942.
3 Eugen *Borst*, aus Göppingen, Professor in Ludwigsburg, gefallen 1914.
4 H. *Endriss*, Bibliothekar, Leipzig.
5 Hans *Völter*, siehe »Anhang«.
6 Christoph *Schulz*, Pfarrer i. R. in Leonbronn, Kr. Heilbronn.
7 Wilhelm *Häcker*, siehe »Anhang«.
8 Hermann *Kieser*, Pfarrer i. R. Tübingen.

443] *Theodor Rümelin an Hermann Josef Hesse*

Blaubeuren, 25. Februar 1894

Lieber, Guter!

Endlich erhältst Du Antwort auf Deinen Brief und Du bist wirklich ganz berechtigt mit Deinem Urteil über unsere Schreibfaulheit; aber ein bischen Nachsicht mußt Du doch haben, denn Du sollst wissen, daß hinter uns das Examen und vor uns die Repetitionen liegen. Fidel sind wir, bei alledem, und der Geist der Promotion hat sich in dieser Beziehung ziemlich emanzipiert. Auch im einzelnen könntest Du manche Veränderung wahrnehmen, so steht z. B. Hochstetter jetzt in ganz andrer Achtung als früher, denn er ist ein eifriger Politiker geworden; wiederum gibt's auch wieder welche, die ganz die alten geblieben sind, so derjenige z. B., mit dem ich eigentlich noch kein gutes Wort gewechselt habe, Daxer. – Seit letztem Herbst ist in die Promotion ein ganz besonderer Zug zum Turnen gefahren, wir haben auch einen strammen Lehrer: klein, dick, rund und stämmig, wie ein alter Weidenstumpf, das gerade Gegenteil des philisterhaften Pedanten Haasis.

Im übrigen ist das Seminarleben gleich wie in Maulbronn; die Kost ist besser. Freitags kamen zwar anfangs stets Leberknödel; weil aber die Mehrzahl der Promotion sie nicht mochte, schickte man eine Deputation zum Ephorus und suchte um Abänderung des Freitagsessens nach. Wirklich war denn auch die Speisung so anständig, dem Wunsche nachzukommen; so was wäre in Maulbronn auch nicht passiert; [...]

Neulich machte die Promotion auch einen Fastnachtsulk. Wir zogen maskiert bei den Lehrern abends herum, wobei Beutelspacher überall (als Papst Alexander VI. verkleidet) eine Ansprache hielt und wir den einzelnen Lehrern ziemlich derbe Späße sagten. Bei Herrn Ephorus z. B., der in dem griechischen Wort »hoi« das Iota etwas stark betont, wären wir fast hereingefallen als wir bei den Kraftsprüchen des Papstes stets wie zur Bestätigung allemal »ho-*i*« schrieen; nicht minder herausfordernd klang bei Repetent Maier sein Lieblingsausdruck (von uns im Chorus gebrüllt) wieder: »d' reeechd« (= ist recht). –

Der Literaturverband besteht nicht mehr, aber sein Geist lebt fort. Schulz hat sich z. B. Shakespeare, Goethe, Schiller, Uhland, Körner usw. eingetan und liest eifrig in seinen Bücherschätzen, Zeller bildet sich in der Philosophie aus, mein Steckenpferd und »Nebenstudium« ist die Theologie. Doch ich weiß, daß Du hierin andere Ansichten hast als ich; jedem das seine; das stört unsere Freundschaft gar nicht. Freundschaft ist nicht Verstandes- sondern Herzenssache, gelt? Daß Du auch noch musizierst, freut mich; ich treibe die Kunst aus vollem Herzen. Heut war Konzert vor den Blaubeurer »Ehrbaren«, mir ist's gut dabei gegangen.

Deine Grüße habe ich pünktlich ausgerichtet, Du siehst, meist danken Dir die Betreffenden selbst, von allen andern soll ich Dich recht grüßen. Die Grüße Deiner lieben Eltern und Geschwister erwidere ich herzlichst. Wie geht es Deinem Vater? Als ich ihn das letzte Mal sah, schien er ziemlich krank zu sein; er erinnerte mich lebhaft an meinen Vater, der mir nur zu bald genommen wurde, ehe ich ihm seine Liebe vergelten konnte, denn er starb ja als ich erst dreizehn war. –

Ich wünsche Deinem Vater von Herzen gute Zeit und sende allen herzlichste Grüße, ganz besonders aber meinem lieben Joseph.

M.

444] *Theodor Rümelin an H. H.*

Blaubeuren, 13. März 1894

Lieber Freund!

Herzlichen Dank für Deine freundliche Einladung, der ich

mit Freuden folgen werde, sobald es mir möglich ist. Meine Ferien dauern vom 16. März bis 4. April. Ich kann Dir nicht bestimmt jetzt schon sagen, wann ich Dich besuchen möchte, da ich wahrscheinlich Anfang der Vakanz in Stuttgart bei meinem Pflager [sic] sein werde. Doch will ich Dir noch von Kornthal aus Näheres mitteilen. Ich freue mich, bis ich Dich und Deine Lieben wiedersehen werde. Bitte grüße sie alle herzlich von mir und sei Du ganz besonders gegrüßt von Deinem anhänglichen Fr[eund] Theodor

(g. M.)
(genannt Meniskus)

445] *Theodor Rümelin an H. H.*

Kornthal, 17. März 1894

Lieber Freund!
Da, wie ich aus dem Merkur ersehe, besseres Wetter in Aussicht steht und ich erst gegen Ostern nach Stuttgart muß, so habe ich im Sinn, nächsten Montag den beabsichtigten Besuch auszuführen. Ich komme mit dem Zug, der um 10 Uhr hier geht. Natürlich vorausgesetzt, daß ich durchaus nicht geniere und ich bitte Dich, in diesem Fall mich umgehend zu benachrichtigen. Also wenn bis Montag früh keine Antwort kommt, bin ich so frei und halte Euch für einverstanden. Mit herzlichen Grüßen an Alle und besonders Dich

Dein M.

446] *H. H. an Johannes Hesse*

[Ohne Anrede]
[Ein Kleinoktavheft, in schwarzem Wachstuchumschlag, auf der ersten und letzten Umschlagseite überklebt von zwei

Zeugnissen; die beiden ersten Seiten des Heftes sind abgerissen. Dann handschriftlich von H. H., undatiert, ohne Überschrift, an den Vater gerichtet.
Der Brief dürfte vor dem 5. Juni 1894 geschrieben sein – d. h. bevor H. H. sich entschloß, in Perrots Werkstätte einzutreten.]
Um unnötige Erregung zu verhüten, wähle ich den umständlichen Weg des Schreibens; es hat sich so oft gezeigt, daß wir beide eben leider nicht miteinander sprechen können, da wir beide reizbar und in unsern Ansichten und Grundsätzen so verschieden sind. Doch zur Sache!
Im Seminar gefiel es mir nicht, ebenso wenig in Cannstatt und Eßlingen [1]. Daß ich ohne weiteres immer weggelaufen, galt Euch für krankhaft. Es war natürlich nicht das Richtige, aber ich fühlte zu allem, was Ihr aus mir machen wolltet, keine Lust, keine Kraft, keinen Mut. Wenn ich so ohne jedes Interesse an meiner Arbeit Stunde um Stunde im Geschäft oder Studium war, ergriff mich eben Ekel.
Meine freien Stunden habe ich immer zur Privatausbildung verwendet; Ihr nanntet es brodlose Künste etc, ich aber hoffte und hoffe, davon zu leben. Nie hatte ich den Mut, meine Absichten und Wünsche Euch zu sagen, denn ich wußte, daß sie mit den Euren nicht übereinstimmten, so kamen wir immer weiter auseinander. Ich versuchte es ja mit dem Buchhandel, hatte den Willen, wenn ich der Sache auch nur eine einzige freundliche Seite abgewänne, mich anzustrengen, etc etc; aber es ekelte mich an. Jetzt ist eine Entscheidung nötig; ich weiß, daß Du an Stetten, Chrischona u. ähnliches dachtest oder denkst, also muß es heraus. Mit *Euren* Plänen, zu denen ich ja gesagt, ist es nichts geworden; darf ich es, ehe ich ins Irrenhaus gehe oder Gärtner oder Schreiner werde, nicht doch einmal mit *meinen* Plänen versuchen. Meine Bitte geht dahin – ich weiß, daß Du Genauigkeit in solchen Dingen liebst:

– Ich möchte versuchen, mit dem, was ich privatim gelernt, mein Brot zu verdienen. Anfangen würde ich da, wo ich schon Boden habe, in Cannstatt, Eßlingen, Stuttgart. Dazu brauchte ich aber die nötigen Papiere der Polizei wegen, und zum Anfang einiges Geld. Ohne ein paar Mark könnte ich ja nicht einmal nach Eßlingen etc kommen, angenommen, ich käme für den ersten Tag ungelegen, so hätte ich ja kein Brod. Für den Anfang *muß* ich also natürlich irgend Jemandes Hilfe in Anspruch nehmen. Später, d. h. in nächster Zeit schon, hoffe ich, Einiges zu verdienen.
Du hast für mich viel ausgegeben, um Deine Pläne mit mir zu verwirklichen, wolltest Du nicht ein Weniges daran setzen, mir Gelegenheit zu geben, die eigenen Pläne auf ihren praktischen Wert zu probieren. Mit nackten Worten also: Ich bitte Dich, (statt der 1000 M, die doch allermindestens nötig wären zum Kaufmann oder ähnlichem,) mir *Freiheit* zu geben, d. h. mir für die nötigen Papiere sorgen zu helfen, mir einiges Geld zum Anfangen zu geben, und die Erlaubnis, in Sachen wie Wäsche, Stiefelflicken etc mich in der allernächsten Zeit noch an Euch zu wenden. Geht es mir dann gut, dann umso besser! Geht es nicht, so ist ja die Wertlosigkeit meiner Hoffnungen erwiesen, und ich mache nimmer Anspruch darauf, einen eigenen Willen zu haben, d. h. mit dem Irrenhaus verschont[?] zu werden.

Hermann

1 Nach dem 29. Oktober und vor dem 4. November 1893 war H. H. dieser Lehrstelle entlaufen.

447] *Johannes Hesse an H. H.*

[Antwort, undatiert, auf einem zweiseitig beschriebenen Blatt, unterschrieben: H.]

Ehe ich die gewünschte Erlaubnis geben kann, muß ich wissen, bezw. Du selbst mußt darüber im Klaren sein und mich darüber aufklären:

1.) Wo Du wohnen willst und was Kost und Logis kosten sollen?

2.) *womit* Du Geld zu verdienen gedenkst?

3.) was für Anhaltspunkte vorhanden sind für die Aussicht auf solchen Verdienst?

4.) welche Garantie dafür vorhanden ist, daß Du nicht wieder ins Rauchen, Wirtshaussitzen und Schuldenmachen hineinkommst?

Bei Deiner jetzigen Lebensweise hat Deine Gesundheit sich entschieden gebessert. Es wäre Torheit, das Gewonnene wieder aufs Spiel zu setzen.

Das *einzige* Motiv für Dein Weggehen von Maulbronn, Cannstatt und Eßlingen, welches Du angibst, ist *Ekel* an der jeweiligen Beschäftigung. Das Einzige, was Dir diesen Ekel nicht verursacht, scheint ein ungebundenes, genußreiches Leben zu sein. Ein solches aber ist Gift für jeden Menschen, zumal für einen, der noch in dem Alter steht, das von Natur und Rechtswegen der Vorbereitung fürs künftige Leben dienen soll. *Überwindung* jenes Ekels wäre die einzige Arznei. Die Mittel dazu wären

1) ruhige Überlegung, die zur *Erkenntnis* dieser Notwendigkeit führen würde.

2) entschlossene Unterwerfung unter diese Notwendigkeit,

3) Wahl irgend einer regelmäßigen, für Körper und Geist nicht allzu anstrengenden Tätigkeit. Diese käme zunächst nur als Heilmittel und Vorbereitung für Weiteres in Betracht. Bei Deiner Begabung könntest Du später immer noch etwas anderes werden, wenn Du auch zunächst nur ein Handwerk oder dergleichen triebest.

H.

448] *H. H. an Karl Isenberg, Stuttgart*

[Calw, 3. Juli 1894]

Lieber Karl!

Herzlichen Dank dafür, daß Du so freundlich an mich gedacht hast!

Mein Geburtstag war sehr nett; ich wurde so reich beschenkt und so freundlich von allen Seiten beglückwünscht, daß es mir recht wohlgetan hat. Dies in Eile, da ich von vielen Besuchen, Danken, Zeigen, von all der Freude überhaupt doch müde geworden bin.

Dein dankbarer
Hermann

449] *Marie Hesse an Johannes Hesse*

Calw, 3. Juli 1894

Mein lieber Johannes,

Gottlob, daß es Euch soweit gut ging! Eben kam Deine zweite Karte. Uns geht's auch ordentlich, obschon ziemlich unruhig. Gestern früh ließen unsere Töchter [1] Kathrine fort für zwei Tage und so schaffen sie alles allein und immer kommen Besuche. [...] Es war ja gestern Hermanns Geburtstag, er war lieb und gerührt von all der Liebe, er wurde reich beschenkt.

Am Sonntagmorgen war der Doktor da. Jetzt bin ich also eine volle Stunde im Bad, das bis auf 30 Grad zuletzt erwärmt wird, die neue Einrichtung ist eine Wohltat.

[...]

1 Adele und Martha, die Braut von Theo.

450] *Theodor Rümelin an H. H.*

Kornthal, 27. August 1894

Lieber Freund Joseph!

Herzlichen Dank für Deinen Brief und freundliche Einladung, der ich leider vorerst nicht folgen kann. Ich habe für die kommenden Wochen Einladungen von Schorndorf, Stuttgart und Ulm erhalten und überall zugesagt. Nur über die Zeit vom 8. bis ca 11. September bin ich in Kornthal und ich möchte, wenn Du mir nicht anders schreibst, am Sonntag, den 9. Nachmittags gegen 5 Uhr in Weilderstadt mit Dir zusammentreffen. Länger darf ich leider nicht ausbleiben, da ich am 8. erst von der Reise zurückkomme und in der neuen Woche meine Kiste für Blaubeuren richten und packen muß; außerdem noch hier selber Besuche zu machen habe. Ich würde mich freuen, wenn ich Dich treffen könnte, denn es ist wirklich lang her, daß wir nichts mehr von einander gehört haben. Sage bitte den Deinen herzliche Grüße, besonders Deinem l. Vater und sei selbst in alter Freundschaft gegrüßt von Deinem

Theodor Rümelin

451] *Theodor Rümelin an H. H.*

Schorndorf, 4. September 1894

Lieber Joseph!

Deine Karte wurde mir hieher nachgesandt und so will ich Dir also mitteilen, daß ich Sonntag, 9. September mittags gegen 5 Uhr auf dem Renninger Weg in Weilderstadt erscheine. Falls Du mir nicht entgegenkommen würdest, warte ich auf Dich am Eingang der Stadt bei der alten Kirche oder Kloster oder was es ist, auf der Brücke. In der bestimmten Hoffnung, Dich zu treffen bleibe ich mit besten Grüßen auch an Deine werte Familie

Dein M[eniskus]

452] *Johannes Hesse an eine Freundin*

Calw, 15. Oktober 1894

Liebe Freundin,

nur in Eile ein Grüßlein. Wir haben schwere Zeit. Ich bin sehr gedrückt und bekümmert, weil ich mich so ganz untüchtig fühle, irgendwie auf Hermann erzieherisch einzuwirken[1], und ebenso untüchtig, meine liebe Frau aufzurichten und zu arbeiten.

Aber ich glaube an den Gott, der nicht nur die Gottlosen gerecht macht aus Gnaden, sondern auch die Untüchtigen noch tüchtig und brauchbar machen kann, wenn nicht hier unten, so doch einmal droben [...]

1 Möglicherweise ist der »vor dem 5. Juni 94« datierte Brief an den Vater, doch nicht damals, sondern erst jetzt geschrieben worden.

453] *Eugenie Kolb an H. H.*

Cannstatt, 13. November 1894

Mein lieber Hermann!

Gelt ich bin eine saumselige Person! – Verzeih nur, daß ich Deinen lieben Brief, der mich und auch Mama sehr erfreute, jetzt erst beantworte; ich bin durch den Besuch von meiner Schwester und Schwager aus Leipzig von jeglicher Korrespondenz abgehalten worden, denn jeden Tag war in dieser Zeit was andres los. Adelheid war 5 Wochen bei uns, während Fritz schon nach acht Tagen wieder abreisen mußte, da man ihn an seinem Posten nicht länger entbehren konnte. Es war eine recht freudig bewegte Zeit, diese 5 Wochen! Fritz hat an einem Abend Theodor in der Hohestraße besuchen wollen und da hieß es, er sei bei seiner Braut in Calw, werde aber in ein paar Tagen wieder kommen. Wir hofften nun, er werde mit Fräulein Braut uns einen Besuch machen, warteten aber vergebens. Fritz hätte ihn zu gerne gesprochen. Ich bin überhaupt schue [?] mit Theodor, weil

er sich nie bei uns blicken läßt. Ich kanns gar nicht verstehn – er sitzt schon weiß nicht wie lange in Stuttgart und kommt kein einziges Mal zu uns, wo es doch von Stuttgart nach Cannstatt ein Hasensprung ist. Was haben wir ihm denn getan, daß er nicht nach uns num guckt? – Wie geht's Deinen verehrten Eltern und Deinen lieben Geschwistern? Hoffentlich befindet sich alles wohl! Daß Du nun zu dem Entschluß kamst, Dir einen Beruf zu wählen, wo Du mit Leib und Seel bei Deiner Wirksamkeit bist, freut mich recht von Herzen; ich möchte Dich nur einmal im Stillen beobachten und handieren sehen, aber da bleibts (Entschuldige diese Butzel [Tintenfleck]) wohl beim Wunsch. – Du hast mir seinerzeit so ein allerliebstes Gedichtchen gesandt, mit Malerei, nimm meinen herzlichen Dank noch nachträglich. Ich muß es kurz machen heute, weil ich noch mehr Briefe zu beantworten habe und schon mit Weihnachtsarbeiten beschäftigt bin. Daher meine Zeit sehr kostbar ist. Kommst nicht auch einmal wieder in unsere Gegend? Aber was machst Du viel Worte mit Dankesbezeugungen, wir konnten Dir ja nicht viel Aufmerksamkeiten erweisen, jedenfalls ist das, was wir Dir getan keines großen Dankes wert, sondern eine ganz natürliche Sache. Also still damit!
Wenn ich bitten darf – freundliche Empfehlungen und Grüße Deinen lieben Angehörigen allen. Auch von der lieben Mama beste Grüße.

Innigen Gruß von Deiner
Eugenie

Cheri und Peter senden Dir beide Gruß und Handschlag. –

454] *Franz Schall an H. H.*

Faurndau, 23. Dezember 1894

Lieber Hesse!
Eben kam Dein Brief mir in die Hände. Ich heiße zwar

nicht Ernst – ein psychologisches Versehen, das ich übrigens verstehen kann – sondern Franz und bin nicht mehr in Blaubeuren, sondern bereits in der Weihnachtsvakanz daheim bei den Meinen, der Brief ist aber doch in die richtigen Hände gekommen und es hat mich gefreut, daß Du noch an mich denkst. Den Kameraden kann ich ihn so vorderhand nicht zeigen, will es aber nach der Vakanz nicht versäumen und inzwischen für mich Dir einige Zeilen zur Antwort schreiben.

Vor allem wünsche ich Dir, daß die frohe Zuversicht und Daseinsfreude, die in einem Augenblick des Selbsterwachens über Dich kam auch dauernd zu Deiner Stimmung wird und schließlich über allen Trübsinn und Gefühlsjammer siegt. Ich weiß wohl, man hat nicht immer Mut und Kraft genug, sich selbst zuzurufen: »Frisch auf, und wanke nicht!«, aber man kann es öfter als man glaubt und es hilft oft mehr als man glaubt. Zwar glaube ich Dir gern, daß Du viel durchgemacht hast, aber Du mußt deswegen doch nicht immer um das »verlorene Paradies« jammern – denke lieber daran, daß wir uns ein neues schaffen können, in dem wir Andern eines schaffen; und wenn es vielleicht auch kein Paradies ist, so ist doch ein frohes Menschengesicht Freude und Lohn genug.

– Du kannst mir bereits von einem Beruf schreiben; ich wünsche Dir Glück und Geduld. Die Heimat und die Nähe der Eltern wird Dir auch wohltun. Du lebst, wie es scheint, ziemlich für Dich, und schreibst mir, dem personifizierten Ernst, gewiß um mir eine Freude zu machen, von Deiner Solidität, vor der ich aber immer noch keinen rechten Respekt habe, da sie vor einer Cigarre schon feige Halt macht. Aber im Ernst, ich gönne es Dir von Herzen, daß Du mit der Zeit in eine mehr ruhige und zielbewußte Bahn gekommen bist. Aus wird's freilich damit noch nicht sein mit Kämpfen und Zweifeln – bei Dir sowenig wie bei mir. Wir kommen alle in eine Zeit, die aussieht, als wär's der Todeskampf der Menschheit, eine Zeit, in der man auf Dichterstimmen nicht mehr hören wird, und wo es gilt, Mensch zu sein, und stark zu sein. Drum wappne sich jeder! –

Soll ich Dir vom Seminar schreiben? Du weißt ja selbst, wie das Leben dort ist. Viel Armseligkeit und lächerlicher Selbstdünkel daneben – aber auch ernstes Streben, Charakter und Wahrheit. Freunde habe ich kaum, aber einen Lehrer, den ich hochachten muß. –

Ich glaube nicht, daß Du bei einem solchen Leben froh würdest –

Deine Gedichte habe ich, zum Teil wiederholt, gelesen. Mit Poesie, mit Lyrik insbesondere, habe ich mich seit langem nicht beschäftigt oder nur im Vorübergehen. Ich habe mich mehr an die Prosa gehalten – Schiller und seit einiger Zeit besonders Lessing. Wenn ich etwas über Deine Gedichte sagen darf und kann, so ist es das: sie sind fast alle Stimmungsgemälde. Die Stimmung selbst wird vom Leser unwillkürlich mitempfunden, weil sie sich nicht im geringsten *hinter* den Worten verbirgt. Nur Eines möchte ich bezweifeln, das, ob es gut ist, daß man in demselben Gedicht, und vollends in der ersten Person, das Gefühl *malt* und das Gefühl *ausspricht*. Das Volkslied wenigstens (das lyrische meine ich) tut das letztere, das erstere aber nicht zugleich, oder nur in gelegentlichen Nebenzügen, und es gefällt mir das besser.

Ich weiß, Goethe hat das Malen des Gefühls auch mit dem Aussprechen verbunden, aber auch nur andeutungsweise – in den Gedichten wenigstens, die mir im Augenblick vorschweben. (»Vor dem Begräbnis« meine ich bei Dir). Man kann sagen, Volkslied und Gedicht ist zweierlei – doch ich will nicht schulmeisterlich werden. Zu »der Mensch ist frei geschaffen, ist frei« meine ich, daß der Witz im *Gedicht* wohl verwegen aber nicht häßlich werden soll.

Doch es haben wohl schon mehr Leute, die in mehr Poetiken studiert haben als ich, der in keiner studiert hat, über Deine Gedichte geurteilt. Drum sei's genug!
Morgen ist Heiliger Abend. Ich gehe mit meiner Mutter – mein Vater ist seit drei Jahren tot – in die Stadt, um für Weihnachten für die Kleinen noch einzukaufen. Möge mein Brief Dich froh unter dem Weihnachtsbaum treffen!

Franz Schall

455] *Theodor Rümelin an H. H.*

Stuttgart, 31. Dezember 1894

Lieber Hermann!
Gelt, ich bin ein fauler Briefschreiber? Schon seit mindestens drei Wochen, kann ich mir denken, wartest Du auf Antwort, und immer vergeblich, so daß mir Recht geschähe, wenn Du eine schlechte Meinung von mir fassen würdest. Doch das Eine steht fest und es hat mich wirklich gefreut, wie Du es auch in Deinem Brief betont hast, daß unsere Freundschaft, mag kommen was da will, immer die alte bleibt. [...]
Aber vergessen habe ich Dich nicht und ich habe oft an Dich gedacht. [...]
Und so schicke ich Dir denn jetzt einen ganzen Pack Grüße und die herzlichsten Wünsche fürs kommende Jahr: bleibe gesund, mache schöne Fortschritte in dem Studium, das Du, wie ich mit Freuden zu bemerken glaube, vorteilhaft gewählt hast und mit Interesse weitertreibst; sei zufrieden, auch bei Deiner geistigen Arbeit, sei überhaupt glücklich!
Deine Goethebegeisterung teile ich, besonders aber die für seine Lyrik, die mich wie mit Zaubergewalt an sich zieht. Es hat dies wohl seinen Grund in meiner großen Liebe zur orientalischen Poesie und zum semitischen Geiste, der mit seinem Farbenreichtum in Wort und Bild, mit seiner kühlen

Phantasie, seiner glühenden Leidenschaft mich enthusiastisches Gemüt hinreißt.
Neben dem Studium der hebräischen Dichtung lese ich Tausend und eine Nacht in einer guten Übersetzung, die Lieder des Mirza Schaffy, Victor Hugo und Goethes west-östlichen Divan. Freilich muß ich mich jetzt beschränken und im Anschluß an die übrige Bande dem Konkurs[1] zureiten; ob ich in Tübingen orientalia studieren werde, weiß ich noch nicht. Ich wünschte es; aber bis jetzt zeigen sich allerhand Hindernisse, die mich schwankend machen.
Mit großem Bedauern höre ich, daß sich Deine liebe Mutter so übel befindet und daß vielleicht eine Wendung zum Bessern weithinausgerückt ist. Es ist mir das umso schmerzlicher, als ich Deine Mutter, während meines Aufenthalts bei Dir schätzen und hochachten gelernt habe; sage ihr, bitte, Grüße von mir. Ich wünsche aufrichtig ihre Genesung und Euch allen wünsche ich Glück und Segen zum neuen Jahr, Deinem lieben Vater im besonderen gute Gesundheit.
Über Deine Gedichte, mit denen Du mir NB eine große Freude gemacht, ein andermal. Habe Dank dafür und für Deinen lieben Brief.
Dank auch heute, als am Jahreswechsel, für Dein Vertrauen und Deine Freundschaft und noch einmal herzlichen Gruß von Deinem

Theodor Rümelin

1 Konkurs = Matura.

456] *Aus dem Tagebuch der Familie Hesse-Isenberg*

[1894]

[...] *[Dr. Zahn erklärte, daß Marie Hesse an Knochenerweichung leide, Liebermeister in Tübingen bestätigte es, ihr wird eine strenge Kur für sechs Monate verschrieben. Vollständige Bettruhe, tägliches Baden – immer länger und immer heißer, daneben Lebertran und Pulver einnehmen. Alles wurde besser seit sie liegen durfte, auch ihre »Schwermutswolke« löste sich auf.]*

[...] Er [Gott] tat von da an lauter Barmherzigkeit an uns, denn am 5. Juni entschloß sich der arme Hermann aus freien Stücken das faule Hinleben[1] aufzugeben und in Perrots mechanische Werkstätte einzutreten. Dadurch erstarkte er körperlich und schaffte doch etwas. Allerdings gab es noch tiefschwere Proben mit ihm durchzukämpfen, doch der erste Schritt zu seiner Besserung war geschehen. [...]

[Die halbjährige Kur habe nicht geholfen, berichtet sie weiter, das Übel nahm zu, »jeder Knochen schmerzte mich«.]

1 Hermann Hesse, Kurzgefaßter Lebenslauf (G. S. IV, 473 f.): »Auch war ich stets leidlich fleißig – die hohe Tugend des Müßiggangs habe ich immer mit Ehrfurcht bewundert, aber ich bin nie ein Meister in ihr geworden. Ich begann mit 15 Jahren, als es mir mit der Schule mißglückt war, bewußt und energisch meine eigene Ausbildung, und es war mein Glück und meine Wonne, daß im Hause meines Vaters die gewaltige großväterliche Bibliothek stand, ein ganzer Saal voll alter Bücher, der unter andrem die ganze deutsche Dichtung und Philosophie des achtzehnten Jahrhunderts enthielt. Zwischen meinem sechzehnten und zwanzigsten Jahre habe ich nicht bloß eine Menge Papiere mit meinen ersten Dichterversuchen voll geschrieben, sondern habe in jenen Jahren auch die halbe Weltliteratur gelesen und mich mit Kunstgeschichte, Sprachen, Philosophie mit einer Zähigkeit bemüht, welche reichlich für ein normales Studium genügt hätte.«

457] *Wilhelm Lang an H. H.*

Blaubeuren, 26. Januar 1895

Lieber Hermann,

ich muß mich fast schämen, daß ich Dich, der so freundlich meiner gedacht hat, so gar lange warten ließ. Doch zuerst möchte ich Dir schreiben, was mich am meisten bewegt – zugleich sei es meine Entschuldigung, daß ich jetzt erst an die Beantwortung Deines lieben Briefes gehe –: Es war mir schmerzlich wie wir seinerzeit von einander schieden, aber noch schmerzlicher war mir der Gedanke, als ich Deinen Brief las: Kann unsere Freundschaft fortbestehen? Ich meine natürlich nur wahre, innige Freundschaft, wie wir sie uns in jener schönen Zeit ausgemalt haben. Ich mußte mir sagen Du werdest jetzt, nachdem Du alle möglichen Prüfungen durchgemacht hast, eine herrliche Bahn vor Dir haben, um Dir das höchste Lob von allen im Laufe der Zeit zu erringen. Daran, daß Du jetzt Dir des Ernstes des Lebens bewußt seiest und mit ganzer Kraft an die Ausnützung Deiner herrlichen Gaben gehest, kann ich nicht mehr zweifeln.

Um so mehr aber muß ich mich fragen, was ich Dir nützen könne, während Du mir so Herrliches durch Deine Freundschaft gewährst.

Du mußt Dir doch selbst sagen, daß [Dir] schließlich jeder

die Erzeugnisse des Dir von Gott verliehenen Geistes bewundern kann, und mußt Dir, ich bitte Dich darum, zuerst ganz klar darüber sein, welche Gründe Dich bewegen können, die alte Freundschaft zu erneuern, und ob sie so stark sind, dieselbe für alle Zeiten zu binden, daß Dir nicht über kurz oder lange der Schritt, den Du getan, als recht verfehlt erscheine.

Dann will ich lieber wie seither in Liebe Dein Andenken bewahren und immer soll es mich dann freuen, wenn ich Dein Lob höre, und will stolz darauf sein, die schönste Zeit der Jugend mit Dir in inniger Freundschaft verlebt zu haben; und ich darf Dir mit gutem Gewissen sagen, daß ich seit unserer Trennung keinen wirklichen, überhaupt keinen Freund mehr gehabt habe.

Daß in einem solchen Fall das Leben, besonders in einem Seminar, ziemlich traurig ist, kannst Du Dir wohl denken.

Unter so vielen, die, wenigstens zum großen Teil, das Glück der Freundschaft oft genießen, allein dastehen, das ist wirklich kein beneidenswertes Los, und der letzte Trost ist da eben die Arbeit, wenn er auch noch so schlecht ist. So könnte ich über die Fortschritte im Studium nicht unzufrieden sein, im Klavierspielen freilich habe ich's nicht weit gebracht, ich spiele gegenwärtig noch Mendelssohns »Lieder ohne Worte«. Meine liebste Beschäftigung ist gegenwärtig das Zeichnen, bezw. das Aquarellmalen, in dem ich mich aber erst seit Weihnachten versuche.

Im ganzen ist das Leben hier schöner als in Maulbronn: wenn auch die Klosterräumlichkeiten nicht so schön wie dort sind, so ist doch die Gegend hier anziehender, und dann führen wir, worauf es uns doch nicht im mindesten ankommt, jetzt ein ziemlich freieres Leben. Außer dem, daß manche Statutenbestimmungen in Wegfall kommen, können wir Sonntags, allerdings nur etwa alle drei Wochen, Ausflüge in die Umgegend machen.

Das Schönste am Seminarleben ist jetzt vorüber, die Exkursionen! In dem letzten halben Jahr, das wir noch im Seminar zubringen, gibt es keine Abwechslung mehr in der Arbeit; da wird von jedem ohne Ausnahme so eifrig »geschanzt«, daß Du Dir gar keinen Begriff davon machst.
Wenn dann aber das Ärgste überstanden ist, wenn der Konkurs glücklich hinter uns liegt, dann haben wir die ersehnte Vakanz, und lassen uns von Tübingens Herrlichkeiten träumen.
Zum Schluß möchte ich Dich bitten, mir bald zu schreiben, wie Du denkst, indessen leb wohl und sei herzlich gegrüßt von Deinem

Wilhelm Lang.

Bitte nochmals recht um Entschuldigung, daß der Brief sich so verspätet hat.

458] *H. H. an Theodor Rümelin*

[Calw, vor dem 7. Februar 1895]

Mein Guter!
Es ist spät in der Nacht, draußen kracht schütternd der Donner, Blitze eilen herab, ein lustiges, mächtiges Wetter; da sitz ich gern auf und lausche auf Sturm und Donnerklang und sinne oder singe oder denk an allerlei Gutes, an Liebe und Freundschaft .....
Mein letzter Brief [1] sprach von mir und meinem Leben, von Sozialismus und so fort, – verzeih, heut kommt wieder Literarisches! Aber keine Lieder von mir, sei unbesorgt! Ich will einen eigenen Brief benutzen, um Dir die eigenartigste, einflußreichste Gestalt der Literatur seit Goethes Tod zu zeigen. Du weißt wohl, wen? Heinrich (od. Harry) Heine. Ich bekämpfe den moralischen schlimmen Einfluß dieses Genies, ich wünschte fast, er hätte nie gedichtet, aber hassen, hassen im Herzen kann ich ihn nicht; lese ich seine Lieder,

so umstrickt mich wunderbar ein buntes Zaubernetz mit geheimem Bann, – Heine hat wohl der Romantik ein Ende gemacht, aber er hat doch noch die letzten, reifsten Lieder der Romantik gesungen, Klänge, die in naiver Einfachheit das Herz erobern. Ich lese und verliere mich in diese lockenden Verse, staunend seh ich eine geniale, mächtige Individualität offen vor mir ihr freies Wesen treiben, spielen und weinen, lachen und elend sein. Einige Heine'sche Lieder liegen hier bei, ich konnte mirs nicht versagen, Dir das Beste vielleicht mitzuteilen, das Reifste und Einfachste zugleich, was die ganze deutsche Lyrik hervorgebracht hat, und werde ein andermal noch mehr senden. Es lohnt sich, die guten Gedichte Heines zu lesen, lies sie und staune! Aber als Forscher mußte ich H. auch von der Nachtseite kennen lernen – ich will davon schweigen und nur eines der schlimmen Heinelieder mitteilen:
[Es folgen 3 Gedichte von Heine: »Andre beten zur Madonna«, »Habe mich mit Liebesreden«, »Zu der Lauheit und der Flauheit«.]
Doch nicht mehr davon! Das sind von den schlimmen Liedern Heines noch die harmlosesten! Aber das geht mich, den Forscher, nicht Dich, den Freund, an. Dir sende ich einige ganz wundervolle Lieder von Heine, willkürlich aus der Masse von Edelsteinen ausgewählt, die Heines »Buch der Lieder« bietet.
Höre denn! Ich liebe Dich und möchte Dir ein frohes Stündchen machen, doch kann ich nichts andres geben als gute Lieder, aus den Hunderttausenden, die ich durchsah gewählt, oder diesbezügliche Betrachtungen. Heute sollen es Lieder sein, die lieben Heine'schen Lieder.
(»Die Lorelei« und die »2 Grenadiere« kennst Du wohl schon, wohl auch den »Belsazer«.) [. . .]
Mir tut der arme Heine im Herzen leid, im Grunde der Ritter der Romantik, der Schwärmer und Träumer, der

flimmernden Mondschein und versunkene Ritterpracht und Minnezeit so innig zu besingen weiß; ward er in den esprit des Spottes gedrängt, begann über alles seinen aristophanischen, glänzenden, witzigen Hohn zu gießen, am meisten über sein eignes, verdorbenes, tief elendes Herz, so ward er am Ende zur »deutschen Spottdrossel« und zum Weltschmerzdichter.
Es klingt ergreifend, wenn er über sich selber wehmütig-spottend zu Gericht sitzt. Er sagt z. B.

Vergiftet sind meine Lieder;
Wie könnt es anders sein?
Du hast mir ja Gift gegossen
Ins blühende Leben hinein.

Und ein andermal:

Mein Herz ist so klug und witzig
Und verblutet in meiner Brust!

Dann wieder:

Mit schwarzen Segeln segelt mein Schiff
Wohl über das wilde Meer.

oder:

Die Nachtigall singt und ich verstehe
Den süßen Gesang;
Uns beiden ist so bang und wehe
So weh und bang.

Rührend ist auch sein Sterbelied: *[Es folgt »Der Tod, das ist die kühle Nacht«.]*
Doch jetzt eine Auswahl schöner, herrlicher Lieder von Heine!
[Es folgen mehrere Gedichte von Heine.]

Famos ist auch das Lied, das Kitty schildert. Es beginnt: »Ich liebe solche weiße Glieder, / Der zarten Seele schlanke Hülle, / Wildgroße Augen, und die Stirne / Umwogt von schwarzer Lockenfülle«.

Nun genug! Freu Dich an den Liedern und schreib mir bald, was Du davon hältst – doch im Grund ist's mir dreimal wurst, was Deine Ansicht ist – die meinige über Heine läßt sich nicht so leicht ändern.

Dein Hermann

[Es folgen eigene Gedichte. »Nachtlieder«, numeriert 1–4. Zum vierten – »Die Glocken rufen sanft herauf« – bemerkt er]: Dieses Lied wird in nächster Zeit unter dem Titel »Deutsche Nacht« gedruckt.[2]
[Es folgen: Lied des Windes (Immer fliehen, nirgend weilen); Nordländers Heimweh (Sing mir ein nordisch Lied; Vor dem Begräbnis (Der Kinder Chor vor der Tür).]
Und jetzt leb wohl für diesmal! Bleibe munter und zufrieden und schreibe bald Deinem

Joseph

1 Dieser Brief fehlt.
2 Druck nicht auffindbar.

459] *Theodor Rümelin an H. H.*

Blaubeuren, 7. Februar 1895

Mein Lieber!
Noch nicht lange ist's her seit unserm letzten Briefwechsel und wieder hast Du mich mit Deinen Zeilen erfreut. Das ist nett und ich muß Deine Liebenswürdigkeit um so höher anschlagen, als Du mir wieder einen hübschen, buntfarbigen Strauß Deiner Lieder gesendet, um mich zu unterhalten, wie Du sagst, und mein Urteil zu hören. Du tust mir damit

eine etwas unverdiente Ehre an, denn daß ich, dem doch eigentlich der Pegasus ein hindostanisches Wundertier ist, Dich nicht zu kritisieren vermag, weißt Du selbst. Ich verstehe von der Kunst des Dichtens selber nichts, mache höchstens manchmal ein paar Knüttelverse in die Kneipzeitung unserer Stube, oder einen tiefgefühlten metrischen Stoßseufzer in mein Album, sonst aber suche nichts bei mir. Ich habe zwar einmal angefangen Kleinpauls Poetik[1] zu studieren, mußte aber das Buch hergeben; dann las ich die Verslehre von Sigwart Mehring[2]. Wenn also das höhere Verständnis mir abgeht, so muß ich mein Gefühl zu Hilfe nehmen und, ich kann allerdings sagen, mein Anempfinden hat mich selten irregeleitet.

Unter allen Deinen Gedichten hat mir am besten gefallen »Deutsche Nacht«, Stimmung und Einkleidung und Sprache passen herzig zu einander. Auch von Deinen »Nachtbildern« Nummer 1 und 2 finde ich gut, s'ist Kraft drin, besonders im zweiten, wenn allerdings ich mir nicht recht vorstellig machen kann, wie ein junger, mutiger Sinn, der noch so und so viel leisten will im Leben, aufrichtig so sprechen kann. Den gleichen Eindruck habe ich von der Mehrzahl der andern; es scheint mir, als pflegtest Du in dem Garten Deiner Poesie mit Vorliebe die Abendnelken und schwarzen Stiefmütterchen und liebtest die dunkeln Laubgänge und Tannengebüsche. Auch Disteln habe ich gefunden, die ich lieber unberührt stehen lasse, wie »Verzweiflung« oder stießen mir unbekannte Pflanzen auf, mit denen ich nichts anzufangen wußte, wie z. B. »Vor dem Begräbnis«. Unter all denen aber doch manches, was ganz meinem Sinn entspr[icht], so »das Licht«, »Sturmnacht« und die Epigramme; besonders die »St.« ist greifbar und spürbar.

Das ist so ungefähr mein Eindruck Deiner Gedichte; dabei hast Du natürlich zweierlei nicht zu vergessen: erstens das,

was ich schon oben in betreff meines Urteils gesagt, und zweitens das, daß ich Dein Freund bin. [...]
Was meine Orientalia betrifft, so treibe ich, so weit es, heißt das, die Schanzerei zuläßt, hebräische Poesie. Interessieren wird Dich vielleicht, daß ich die vielbesprochenen althebräischen Liedertexte von August Palm lese. Ich bin jetzt eben daran, mich mit den Gesetzen der Metrik näher bekannt zu machen. Die hebräische Poesie steht da ganz auf der Stufe wie etwa unsre mittelhochdeutschen Sänger von Otfrieds Evangelienharmonien bis Nibelungen und Kudrun; sie mißt nach sogenannten freien Rhythmen, ohne sich drum zu kümmern ob zwischen die einzelnen Hebungen eine, zwei, vier und noch mehr Senkungen zu stehen kommen. Formell wenigstens ist sie so an keine bestimmten Gesetze gebunden (was auch schuld war, daß man erst neuerdings, ich glaube in den 80er Jahren, darauf gekommen ist, daß die Hebräer wirklich eine regelrechte, besondere Metrik hatten); inhaltlich aber ist es ein Unterschied, ob der Gedanke, körnig und markig, durch Hebung auf Hebung ausgedrückt ist, oder schleppend und verworren, zwischen den Höhepunkten eine Menge Senkungen stellt.
[Es folgen drei Zeilen hebräische Verse, dazu die Bemerkung:] Vgl. da einmal, d. h. wenn Du willst und noch so viel lesen kannst, die Verse: *[folgt eine Zeile hebräisch]* und *[folgen eineinhalb Zeilen hebräisch].*
Der erste Vers, Ausdruck des Zornes, lebhaft und kurz, der zweite Schilderung der Erhebung und Beratschlagung der Könige und Fürsten, gedehnte Metra. In solch farbenreichem Gewand muß sich natürlich ein schwungvoller Inhalt geradezu prächtig ausnehmen.
Ich stehe jetzt an den Liedern der Königszeit; aber viel kann ich mich nimmer mit diesem meinem Steckenpferd abgeben, der Konkurs erlaubt's nicht. Kaum daß ich noch ein paar Stunden in der Woche zum Musizieren komme.

Für mich und in der Klavierstunde spiele ich Beethovens Sonaten und Symphonien; im übrigen langt's wohl auch manchmal dazu, daß wir an einem Abend miteinander Volks- und Kommerslieder singen. Fidel sind die meisten, trotz Repetitionen etc ohne Zahl, auch ich; hier nur das Geständnis, daß ich diesen Brief Dir in der Logikstunde schreibe.

Herzliche Grüße von Deinem Th.

Fink, Hartmann, Schall und Häcker lassen die Grüße bestens erwidern.

1 Ernst Kleinpaul, Poetik. Die Lehre von der deutschen Dichtkunst. Entworfen von E. K., ausgeführt für Dichter und alle Freunde der Poesie, von Wilhelm Langewiesche. 9. Aufl., Bremen, M. Heinsius Nachf. 1892.
2 Sigmar Mehring, Deutsche Verslehre. Reclams Universalbibl. 2851–2853.

460] *Wilhelm Lang an H. H.*

[Blaubeuren, undatiert]

Lieber Hermann!
»Das alte Lieben ist treu und warm geblieben« – das darf ich Dir, l. Fr., mit frohem Herzen zurufen; und ich bitte Dich nur darum, nicht daran zu zweifeln, daß es meine größte Freude ist, endlich wieder Dich meinen besten Freund, meinen einzigen Freund nennen zu dürfen.
Aber wenn Du das bist, so bitte ich Dich, auch als solcher das Weitere zu lesen. Du weißt ja, daß ich noch einen älteren Bruder habe, der in Tübingen Theologie studiert, und zwar als Stadtstudent. Deshalb wirst Du es entschuldigen können, wenn ich in diesen paar Monaten fast alle meine Zeit darauf verwenden muß, um das einmal vorgesteckte Ziel zu erreichen.
Das ist der Grund, weshalb ich solange nicht geschrieben habe, weil ich mir sagen mußte, ich könne Dir Deine Liebe nicht so erwidern, als Du wohl erwarten kannst.

Denke aber nicht so von mir, daß ich etwa ungern den Freundschaftspflichten nachkomme, nein, das wäre ja gar keine Freundschaft; gerne will ich die Zeit, die mir frei bleibt von den mancherlei notwendigen Geschäften, damit ausfüllen, auf diesem Wege mit Dir meine Gedanken auszutauschen und mich immer wieder an Deinen herrlichen Gedichten zu erfreuen.

Wenn ich auch nicht weiter vermag [?], so bieten mir doch Deine Gedichte Erholung von der prosaischen Arbeit, und die Deinen um so mehr, als sie sozusagen noch leben, weil Du mir noch erhalten bist, und ich weiß, wer so fühlt und denkt, und wenn ich etwas nicht recht verstehe, stets weiß, wo ich am besten darüber Aufschluß finden kann.

Das Seminarleben geht immer gleich weiter in seinem traurigen Lauf, die einzige Unterbrechung sind die Examina, Ende dieser und in der nächsten Woche.

Du wirst enttäuscht sein, daß diese wenigen, nichtssagenden Zeilen die erste Bekräftigung unserer neuen Freundschaft sein sollen. Doch ich hoffe bald das Versäumte besser hereinholen zu können.

Jetzt nur noch eine Bitte. Du kennst doch wohl den schwäb[ischen] Dichter Reuling; bist Du vielleicht so freundlich und schreibst mir einiges Wenige über ihn, da ich in der letzten Zeit einmal gelesen habe, daß er ziemlich bedeutend sei.

Leb wohl und sei herzlich gegrüßt
von Deinem W. Lang

461] *H. H. an Theodor Rümelin*

[Calw, vor 4. März 1895]

Lieber!

Während Du in Deiner Klause,
Ferne von der Welt Gebrause,

In des Klosters stiller Enge
Liest hebräische Gesänge,
Während Du im Hörsaal sitzest,
Über Kautzsch und Plato schwitzest,
Bengel, Oetinger studierest,
Auch in Mozart Dich verlierest,
Hat Dein ferner Freund bei Nacht
Warm und treu an Dich gedacht
Und gedenkt in Versen, Jamben
Dich nun anzudithyramben. *(Halt –*
Es sind Trochäen)
Und ich hoffe auf Verzeihung
Für der Poesey Entweihung,
Hoffe, daß Du Nachsicht übst,
Auch im Knittelvers mich liebst.
Denn ob Verse oder Prosa,
Ob die Stimmung grau, ob rosa,
Ob sie lustig oder trübe,
Immer ists die alte Liebe,
Die ich Dir entgegen singe
Ob's auch manchmal kläglich klinge.
Die in Taten und Gedanken
Nie und nimmermehr soll wanken,
Die zwar manchmal trüb nur glostet,
Aber, wie man sagt, nie rostet.
Doch ich werde schier didaktisch,
Nein, ich will nicht petrefaktisch
Predigen!
Nimm meinen Gruß,
Redlicher Philostratus!
Laß für einen Augenblick
Den gelehrten Wust zurück.
Laß Dir freundliche Gedanken
Goldiggrün den Sinn umranken,

Zieh mit mir durch grüne Auen,
Laß uns auf zum Himmel schauen,
Wo auf blauem Grunde hin
Lichte Frühlingswolken ziehn!
Merkst Du schon, wohin ich strebe?
In das Land, wo froh die Rebe
An besonnten Bergen ranket,
Wo im Wind die Rose schwanket,
Wo durch jeden jungen Sinn
Goldne Träume lustig ziehn
In der Freundschaft grünes Land,
Wo ich Dich, Meniske! fand.
[...]
Sag mir doch was Zeller macht,
Der mich einst schier umgebracht,
Und der heitere »Herr Häcker«
Ist er noch ein Witzaushecker?
Schulz und Schall und Beutelsbacher
Und die andern alten Kracher,
Sind sie alle wohl und munter,
(Wenn auch stumpfsinnig mitunter)?
[...]
Sag, was macht der Geiger Kloß?
Wird Freund Hinderer endlich groß?

Sieh, noch immer denk ich gern
An die Kameraden fern.
Doch inmitten dieser Herren,
Die sich hin und wieder zerren,
– Liebste der Erinnerungen –
Seh ich Dich, den lieben Jungen.
Sei gegrüßt, Du alter Kunde,
Denk zuweilen eine Stunde
Auch an mich und glaube mir:

Fest und treu halt ich zu Dir!
– Nun, damit ich's nicht vergesse –
Unterschreib ich gleich

Dein Hesse.

Verzeih den elenden Klingklang! Du weißt, daß mir's auch im Scherz Ernst ist.

Und nun noch Eines! Wir haben uns ein ganzes Jahr nimmer gesehen und gesprochen. Besuchen kann ich Dich nicht, mir fehlt die Zeit, auch erlaubt meine Gesundheit wenig Reisen und Ausfliegen. Aber an Ostern, etwa auf den Ostermontag oder sonst, mußt Du, wenn irgend möglich, kommen. Mein Herz und Haus steht Dir offen. Du wirst mich heiter und liebend finden, die Gegend wird Dir wieder gefallen, ebenso unser Haus mit Klavier etc. Auch meine Lieben erwarten Dich. Wir wollen dann nicht viel fachsimpeln und kritikastern, nur meine ziemlich bedeutenden Fortschritte in der Novelle möcht ich Dir zeigen. Jedenfalls schreibst Du mir die Zeit Deiner Vakanz und benützest jede Möglichkeit zu einem Besuch.

Du wirst staunen, daß ich schon so bald wieder schreibe – verzeih! Ich erwarte ja keine lange Antwort, nur kurze Mitteilungen und Gruß; man kommt zu einigen kürzeren Briefen immer leichter, als zu *Einem* langen, [der] sich meist immer wieder hinausschiebt. Ein andermal will auch ich Besseres als Knittelverse mitteilen; meine Studien sind sehr interessant und werden auch Dir nicht gleichgültig sein.

In alter Liebe
Dein Hermann Hesse

462] *Theodor Rümelin an H. H.*

Blaubeuren, 4. März 1895

Mein lieber Hermann!

Nimm meinen herzlichen Dank für Deine poetische Epistel; sie hat mir mein Herz froh gemacht, als ich anfangen wollte, in eine trübe Stimmung zu kommen. Weißt Du in so eine, wie sie ein bücherbelasteter argumentedrechselnder Seminarist manchmal bekommen kann wenn er am regenwolkenbehangenen Himmel der Wissenschaft keinen blauen Fleck mehr sieht; wärst Du nicht einst selber »Mönch« gewesen, so würdest Du diese Klagen nicht verstehen, die ich Dir immer und immer wieder in allen Tonarten vorheule; so aber fühlst Du mit. Nun natürlich, so arg ernst ist's mir damit nicht; aber schlimmer als zu Deiner Zeit ist's mit unserer Lage schon geworden. Unsere Professoren und Repetenten hausen mit Memorieraufgaben, Nebenarbeiten, Repetitionen so auf uns nein, daß wir geradezu gezwungen sind, unsre Zeit zu stehlen. – Dies meine Apologie dafür, daß ich Dir keinen Brief schreiben kann. Wenn Du mir aber gerne schreibst und wenn Du vielleicht ein bischen mehr Zeit hast als ich, so weißt Du ja selbst, daß Du Deinem alten Meniskus mit einem Brief immer die größte Freude machst, ich werde, wenn irgend möglich, Dir jedesmal, wenn vielleicht auch kurz, antworten. Deine Einladung zu einem Besuch ist mir sehr lieb; will sehen, wie es sich machen läßt. Sobald ich Sicheres weiß, gebe ich Dir Nachricht, ob und wann ich kommen kann. Ich bin gespannt auf die Fortschritte, die Du gemacht. Bitte sage Deinen Lieben *allen* von mir herzlichste Grüße, besonders Deiner Mutter; wie geht's ihr denn?

Du bist von *allen* Deinen Freunden vielmals gegrüßt, am meisten von Deinem

M.

463] *H. H. an Adele Hesse*

Calw, 5. März 1895
abends 9 Uhr

Liebs Adisle!

Wie geht's in Tübingen? Obgleich ich Deine Abfahrt verschlafen, denk ich doch an Dich und hole die üblichen Wünsche nach, nämlich, daß Du frisch und vergnügt sein und alle Lieben frisch und vergnügt angetroffen haben mögest. So sehr ich Dir alle denkbare Erholung und Freude gönne, vermisse ich Dein mildes Regiment doch schon am ersten Tag. »Kehre, ach kehre, nur bald mir zurück, du all mein Sehnen, du all mein Glück«. Wir hausen hier in der alten Weise, Vater, Mutter, Schwestern, Brüder, besonders aber der eine. Mutter ist leidlich wohl, sie läßt Dir mitteilen, daß Frl. Metzger im Dekanat sehr übel dran ist. Alle grüßen. Wie geht es allen Verwandten und Bekannten? Grüße jedermann, besonders Fräulein Fischer! Bitte, frage dieselbe auch, ob es eine gute und nicht zu teure Sammlung der Just. Kerner'schen Gedichte gibt, wo man die Madame du Prévorst[1] etc nicht mit zu kaufen braucht. Ich würde sie zu den Büchern schreiben, die ich kaufen würde, wenn ich Geld hätte, und sie mir einmal zu Weihnachten wünschen, wenn's wieder so weit ist. Vergiß auch meinen Zettel an Vetter H. nicht.

Ich schreibe halb im Galgenhumor, die neue Kälte (11°) hat mir Zahnweh gemacht. Da hilft nicht Dichten und Trachten, da ist weder Glück noch Stern. Nichtsdestoweniger kann ich nicht umhin, mit herzlichem Gruß zu verharren

Dein Haemme

P. S. Spezielle Grüße von Martha und Hans!

Von den schwebenden Verlobungen ist bis heut abend noch keine entz gegangen.

1 Die »Seherin von Prevorst«.

464] *H. H. an Theodor Rümelin*

[Calw, vor 19. März 1895]

Mein Lieber!

Dank für Deinen Gruß! Auch ich habe Aufmunterung und Erheiterung nötig auf meiner Reise durch die deutsche Literatur unsrer Zeit, da reihen sich Scyllen und Charybden aneinander, das ganze ist eine Fahrt auf dem trüben, erdigen, schmutzigen Bach nach einem Wolkenbruch. Wohl stehen da und dort am Ufer ein paar vereinzelte Blumen, aber sie zeigen nur den Schmutz der Umgebung im Kontrast, sie sind mehr schwache Erinnerungen an bessere Zeit als Zeichen eines kommenden großen Blühens. Wahrhaftig, wer heute mit poetischem Gemüt zur Welt kommt, ist beklagenswert! Daher kommt es auch, daß unsere besten Dichtertalente sich vom wüsten Heute zur geschichtlichen Vergangenheit abwenden und historische Romane schreiben, die selten glücken. Wer den Ekkehard gelesen, dem graut vor den voluminösen Romanen Gustav Freytags und Felix Dahns. Und doch sind selbst diese Pygmäen noch Götter im Vergleich mit den Realisten. Schon ihre Romantitel! In letzter Zeit erschienen unter hundert andern die Romane: »Glück und Glas«, »Heideblume«, »Per aspera«, »Aus Mitleid«, »Todsünden«, »Seelenanalysen«, »Ein müdes Herz«, »Honni soit qui mal y pense«, »Falsche Propheten« etc. etc. etc.!

Ich erinnere mich, daß in Maulbronn Hammelehle die G. Ebers'schen Romane mit Begeisterung las. Er las auch Fiesko mit Lust. Und so ist fast unser ganzes Publikum. Es weiß, daß Schiller ein »großer« Dichter war, aber ebenso glaubt [es] der nächsten besten Reklame, die Ebers einen »begabten, genialen Romandichter« heißt! Und dabei ist Ebers so bodenlos langweilig, so haarsträubend unhistorisch, so unkünstlerisch, oft so dumm, so unglaublich dumm, daß ich es für besser halte, etwa Garn abzuwickeln statt einen seiner hist. Romane! Und doch wird er gelesen und wieder gelesen und schreibt seit vielen Jahren Jahr für Jahr seinen Roman, manchmal auch zwei, die alle wieder Käufer finden. Ich glaube, er ist jetzt so daran gewöhnt, jedes Jahr sein Buch zu schreiben, daß er es mechanisch fortsetzt, denn sein letzter Roman unterscheidet sich von seinem ersten höchstens dadurch, daß er noch ein klein wenig geschmackloser ist. Ich glaube, wenn ich das Publikum noch mehr studiert habe, werde ich gewiß nie einen guten Roman schreiben. Denn es ist ganz absolut einerlei, was man schreibt, wenn man nur irgend etwas »Pikantes«, sei es auch nur im Titel bringt. Ist dann das Publikum an den Namen gewöhnt, dann schreibt man fort und fort, viele Bände, ganz einerlei was, möglichst bunt und dumm, und es wird mit Begeisterung gelesen. Du mußt mir schon gestatten, Dich in Briefen gelegentlich auf dem deutschen Helikon herumzuführen; es ist wirklich ergötzlich, man sieht da die herrlichsten Schildburgegruppen beisammen. Der eine kocht aus drei Selbstmorden, fünf Duellen, zehn Liebschaften ein Drama zusammen, ein andrer entwickelt aus einem einfachen Ehebruch einen zweibändigen Roman, der dritte malt in »Skizzen«, einem beliebten Modeartikel, eine Reihe moderner Bilder, so ein Incest zwischen Geschwistern, das Kindbett einer Dirne, Szenen aus Freudenhäusern, Wirtshäusern, Irrenhäusern, Zuchthäusern, bankerotten Bankhäusern. Für zwei Mark ist schon eine hübsche Reihe von Bordellszenen zu bekommen, ein solenner Ehebruch ist meist schon teurer!

Ja, der liebe deutsche Helikon! Er erinnert an die Walpurgisnacht. Ich will also Dein Mephisto, Dein Führer sein. Wir sind eben bei einem Kreis von Realisten angekommen:

> Fasse wacker meinen Zipfel!
> Hier ist so ein Mittelgipfel. (G. »Faust«).

Wir erblicken da um den Hexenkessel versammelt die

Herren Hauptmann, Bleibtreu, Sudermann etc., Wilbrandt und Lindau fehlen nicht. Auch ein kecker Sozialist und mehrere Söhne Israels sind da, gleich hinter ihnen ein verirrter Antisemit mit zerrissenen Hosen, daneben ein paar moderne Schauspieler, lauter Ibsenianer. Mehr rechts haben sich Turgenjews Anhänger gelagert, ganz links sitzen Herrn Zolas Parteigänger. Die ganze Gesellschaft hängt an den Lippen Hauptmanns, ihres Zeus, der eben über die Unabhängigkeit der Kunst von der Moral spricht. Die Ästhetik ist längst abgeschafft. Im Hexenkessel brodeln einige hundert realistischer Romane, aus denen eine neue Art des Ehebruchs herausgekocht werden soll, da dieses wichtige Thema allmählich nahezu erschöpft worden ist. Wir verlassen diese Edlen, da vermutlich das Absud noch lange nicht fertig sein wird, und wenden uns zu einem dusterrot glimmenden Feuer, in das fortwährend Weihrauch geschüttet wird. Um dasselbe sitzen die Nachkommen der Romantiker, trübe und »vom Vaterland getrennt – die letzten Zehn vom vierten Regiment.« Lauter wohlmeinende, hoffnungslose Trauerwedel. All diese Gruppen lagern rund um den Brockengipfel, auf dem der Satan einen Teeabend für die Vertreter der politischen Oppositionspresse veranstaltet hat. Satan präsidiert, Kontrapräses ist Eugen Richter, Vizepräses Bebel. Wir lassen diese saubere Gesellschaft ungeschoren und bleiben bei den kleineren Gruppen. Da finden wir vor allem eine große Schar bunter, zwickertragender, auffallender Frauenzimmer, die Amazonen des deutschen Helikon, absurd, geschmacklos, kraftlos, stillos. Sie gehören sämtlich dem von Satan gegründeten »Verein für Ruinierung der Sprache« an und sind nebst den Naturalisten und Feuilletonschreibern die tätigsten Mitglieder. In einer kleinen Höhle haben sich die wenigen besseren Lyriker zusammengefunden. Sie hängen Blumenzweige, mit eau de Cologne bestreut, herum und bauen sich so in harmloser

Kinderlust einen Frühling im Kleinen. Auf dem Sitz der Unsterblichen, wo einst Goethe, Klopstock, Lessing, Schiller, gesessen, finden sich ganz vereinsamt ein paar Historiker, Ranke und Hettner nehmen zu zweien den Platz des toten Schlosser ein.

Soviel für heute! Vielleicht gefällt Dir diese moderne Walpurgisnacht, für Wahrheit und Treue der Zeichnung kann ich einstehen. Das Ganze ist eben einer meiner launischen Einfälle, doch auf Studien gestützt.

Ein sehr wertvolles Geschenk schickte mir heute Frau Oberamtsrichter Fischer aus Tübingen, die Enkeltochter von Justinus Kerner, nämlich ein Blättchen von dessen eigener Hand, auf einer Seite 4 Zeilen, auf der andern der Versuch einer Klexographie. Diese geistvolle Frau, die bekannte Helene Niethammer, Kerners Enkelin, wird leider Deutschland bald verlassen. Sie hat außer Kerner, und dessen Sohn Theobald, Uhland, Lenau, Schwab, Matthison, Tieck, Alexander von Württemberg, Varnhagen von Ense, die Rahel, Pfizer, Niendorf und viele andere gesehen und gekannt, als sie ein kleines Kind war, haben Uhland, Alexander, auch der König Gustav von Schweden, sie geherzt. Ich bin stolz auf die Bekanntschaft mit ihr. Sie ist im Besitz ganz enormer Schätze: eine Masse von Kerner'schen Manuskripten, von Briefen etc. Sie besitzt mehr wertvolle Briefe als die beste Sammlung, enorm viele eigenhändige Schreiben von Uhland, Lenau etc. etc.

Einen Kerner kann es leider heute nimmer geben, aber seine Lieder werden gesungen werden, wenn man von Voltaire, Schiller, und unsern Dichtern von heute nimmer spricht. Ich erinnere nur an »Wohlauf noch getrunken den funkelnden Wein«, »Dort drunten in der Mühle« etc. Am rührendsten sind die Lieder an und über sein liebes Weib, sein treues »Rickele«. Z. B.

Und wenn die liebe, treue Hand
Sich mir auf's Herz, das bange, legt,
Wird mir der Zauber wohl bekannt,
Den diese Hand still in sich trägt. etc. etc.

Die deutsche Lyrik ist übel dran, sie hat sich gänzlich überlebt. Einige singen im schrecklichsten Kater, andre sind noch halb im Fieber des Rausches, andre posaunen in allgemeinen Phrasen von »Zukunft« und »Erhebung«.
Da wir an Lyrik sind, will ich ein paar Verse von mir beilegen.

Gott grüße Dich, schöne, herrliche Welt!
Wie schimmern die Berg' in der Sonne,
Wie wogt von den Ähren das goldene Feld,
Wie jauchzen die Lerchen voll Wonne!

[Es folgen 9 Verse.]

H. H.

Vielleicht verstehst Du das Lied – – ?

Dein Hermann (Joseph)

465] *Theodor Rümelin an H. H.*

Blaubeuren, 19. März 1895

Lieber Freund!
Empfange meinen herzlichen Dank für den Genuß, den Du mir bereitet mit Deinem letzten Schreiben. Es muß für mich, den Unkundigen, solch eine übersichtliche Zeichnung der neuesten Literatur, wie Du sie mir in Deiner modernen Walpurgisnacht gabst, von großem Wert sein. – Ich beneide Dich eigentlich ein wenig. Während schon das Mechanikushandwerk ein Gegenstand ist, der mich anzieht, erscheint mir vollends das verlockend, daß Du, neben der wenigen

Kopfarbeit tagsüber, so schöne freie Zeit für Dich hast, in der Du mit Muße Deinen Lieblingsstudien leben kannst. Du hast Dich der Novellistik zugewandt. Ich bin begierig, Deine Fortschritte kennen zu lernen; ich hoffe, in der nächsten Vakanz Dich besuchen zu können, werde Dir's jedenfalls noch von Kornthal aus mitteilen.
Dein Lied glaube ich zu verstehen, wenn mir auch einiges in den letzten Versen dunkel war, als ich's gelesen. Aber wer ist der Feind, gegen den der junge Held so freiheitsmutig ausziehn will? und wird er ihn besiegen, wird seine Kühnheit und Ritterlichkeit, davon seine Brust zum Zerspringen voll ist, ihm im harten und schweren Strauß bis zuletzt aushalten?
Deinem Urteil über Ebers stimme ich bei; über Dahn und Freytag bin ich anderer Ansicht. Doch das vielleicht ein andermal; wir haben zu arbeiten, daß es heute nur diese Karte langt [*sic*] (letzthin wurden auf einen Tag sechs Repetitionen und ein Aufsatz angesagt). Geht's Deinen Lieben gut? und Dir?

Mit herzlichen Grüßen
Dein Th.

466] *Wilhelm Lang an H. H.*

[Blaubeuren,
10 oder 14 Tage vor der
Ostervakanz geschrieben]

Lieber Hermann!
Wie sehr habe ich mich gefreut, als ich nach der Lektion einen Brief von Dir antraf, der mir wieder Erholung bringen sollte von des Tages Einerlei, und will Dir nun zum Zeichen dafür, daß es mir Ernst ist, so ausführlich als mir möglich ist, antworten.
Es scheint mir fast so, als ob wir beide den uns am meisten

entsprechenden Lebensberuf vertauscht hätten, wenigstens hätte ich zu einem so praktischen Fach wie das Deine ist, viel mehr Lust gehabt; bei Dir ist's freilich nur Nebensache, aber Du hättest vielleicht doch lieber ein Fach ergriffen, das mehr in Beziehung zu Deiner Lieblingsbeschäftigung gestanden wäre.

Bald nachdem wir uns in Maulbronn getrennt hatten, begann bei uns der Streit über das beste stenographische System; schließlich wurden im Seminar drei verschiedene Systeme gelernt. Ich folgte der Autorität der damaligen Blaubeurer und lernte das Gabelsbergersche, mit dem ich ganz zufrieden bin.

Zugleich erhielt ich von jenen die erste Anregung, mich mit Politik zu beschäftigen, und ich stellte mich da begeistert auf die Seite der neuen Partei[1], für deren Bestrebungen ich immer noch dasselbe Interesse habe. Doch will ich Dich lieber mit meinen Ansichten über diesen Punkt verschont lassen, da Dich dies offenbar weniger interessiert.

Heute (Dienstag) werden die Zeugnisse gemacht, während dessen wir einen Aufsatz über Wesen und Wert der Freundschaft zu machen haben, doch will ich lieber mit Dir den Wert derselben genießen, als mir über denselben den Kopf zerbrechen.

Du hast mir da recht nette Lehren gegeben, wie ich als Romanschreiber eine glänzende Laufbahn machen könnte, doch Du weißt ja selber so gut wie ich, daß dieser Gedanke mir so fern als nur denkbar liegt. Doch hat es mich um so mehr gefreut, daß Du mir dadurch so recht deutlich ein Bild dieser Richtung entwirfst, weil ich in der Literatur eben eig[entlich] gar nicht bewandert bin. Du wirst es auch begreiflich finden, da Du ja weißt, daß im Seminar darauf kein besonders großer Wert gelegt wird; und zum Lesen bin ich auch fast nicht gekommen. Das Einzige, was ich gelesen habe – außer den Klassikern, aber diese eben teil-

weise – sind die Romane von Freytag, Dahn und Ebers und noch einiges andere.
Ein Lieblingsstudium habe ich gar nicht, ich weiß auch nicht, was ich studieren soll, wenn der Konkurs überstanden ist. Vorausgesetzt, ich komme ins Stift, so gefällt mir von den zwei Fächern, die man dort studieren kann, das eine so wenig wie das andere. Bitte schreibe mir auch, wie Du darüber denkst, ich selber werde mir darüber nicht klar und komme am Schluß immer nur wieder auf den Anfangspunkt.
Doch ich kehre lieber zur Wirklichkeit zurück. Wie denkst Du denn darüber, daß der Reichstag dem Altreichskanzler die Ehrung versagt hat? Du wirst doch wohl jetzt ein ganzer Deutscher geworden sein und Deutschland als Dein Vaterland[2] ansehen.
Und nun noch eins. Du wirst wohl mit den Studenten in Calw auch verkehren. Kennst Du vielleicht einen Sapper, der seit letztem Herbst in Tübingen ist, er ist ein Jugendfreund von mir, mit dem ich immer in Verkehr stehe.
Doch jetzt muß ich doch auch an mein Aufsatzthema denken, indessen verbleibe ich mit herzlichem Gruß

Dein W. Lang

Nächsten Samstag beginnt unsere Vakanz, und dauert starke 14 Tage. In dieser Zeit werde ich meist in Ober-Ensingen bei Nürtingen sein.

1 Es könnte die »Freisinnige Volkspartei« gewesen sein, diese Partei wurde 1894 in Berlin gegründet.
2 H. H. wurde im Jahr 1890 in Württemberg eingebürgert.

467] *H. H. an Theodor Rümelin*

[vor 17. 4. 1895]

Mein Lieber!

Wie schade, daß Du nicht kommen konntest! Ich war ein paarmal am Bahnhof, hunderte von Ausflüglern etc stiegen aus, aber Du warst nicht darunter. Ich schaute nach jedem Ränzel, jeder roten Mütze – vergebens! Schreib mir, bitte, wie es kam.

Ich sitze am Schreibtisch und denke dies und das, an mich und die Welt, an Liebe und Haß, man nennt das in Eurer Sprache Philosophieren. Ich bin noch ganz umstrickt von den wunderbaren Worten, die ich im »Faust« gelesen, und von den stolzen, klingenden Versen der Göthe'schen »Widmung«. Ja, Gottlob!, ich bin bekehrt zum Glauben an das Schöne, an Göthe, Schiller, an die Antike, ich habe aufgehört, Ibsen und Turgenjew zu verehren. Nur von Heines bezaubernden Weisen werde ich wohl nie ganz los kommen. Doch bin ich immer noch ein wenig Skeptiker. Das wird man als Literaturmensch heutzutage von selber. Es ist unglaublich schwer, sich für eine der beiden herrschenden Richtungen zu entscheiden, die moralisch bessere, die konservative und christliche, geht großenteils auf veralteten Pfaden und ist zwitterhaft, die andere behandelt unmoralische, auch unästhetische Stoffe, vielfach in origineller, ja manchmal großartiger Weise. Wir haben wenige Ehrenmänner, die gut schreiben, und noch weniger gute Literaten, die Ehrenmänner sind. Dagegen haben wir viele unmoralische Literaten, die glänzend schreiben, und eine Masse Biedermänner, deren Werke Schlafmittel sind. In der Lyrik ist Gut und Böse nebeneinander, im Roman herrscht der Realismus vor, das Drama beherrscht er fast ganz, während Epos, Roman [?] etc in den Händen der Alten, Konservativ-Moralischen ist. Aber eben unser Epos ist recht mittelmäßig, unsre Lyrik tot, während der Roman und vor allem das

Drama blüht. Bisher waren die Hoftheater noch die Asyle des Idealismus, Schillers, Grillparzers, Göthes, jetzt hört auch das allmählich auf. G. Hauptmann, der Verfasser von »Hannele«, ferner die »Heimat« etc erobern sich auch die Hoftheater. Fürs Drama ist jetzt Berlin maßgebend. Gutes hoffte man anfangs vom dortigen Lessingtheater, dort wird jetzt aber statt Lessing Ibsen etc verehrt. Ibsen ist ein eigener Kauz, seine »Nora«, sein »Kaiser und Galiläer« haben auch mir imponiert, seine Frau vom Meer ist reiner Wahnsinn, aber alles wird beklatscht, weil eine dämonische dramatische Kraft darin liegt. Neuerdings soll auch Ibsen zurückgegangen, mäßig geworden sein, doch hat das kaum etwas zu sagen, denn Ibsen ist alt und hat jedenfalls sein Bestes längst geleistet. Ob er in zwanzig Jahren noch ziehen wird, bezweifle ich, Hauptmann als Deutscher verdrängt ihn jetzt schon; Hauptmanns Dramen werden jetzt sogar ins Französische übersetzt und in Paris (wohl Vaudeville oder Varietés) aufgeführt! Das ist eine Ehre, die guten deutschen Stücken nicht leicht zu teil wird.
Fassen wir überhaupt unsre Dramatik näher ins Auge! Sie blüht entschieden; die besten literarischen Kräfte widmen sich unsrem Theater. Dieses selbst hat sich in den letzten Jahrzehnten sehr entwickelt. Wir haben ein eigenes Drama, das mit dem der Schiller'schen Periode wenig mehr gemein hat: Trauerspiele im Schiller'schen Sinn haben wir nicht, sondern alle unsre bedeutenden Dramen bezeichne ich wohl am besten als *Schauspiele*, sie sind Kulturgemälde und durchweg *Charakterdramen* und entsprechen unserem psychologischem Roman. Die modernen Dramatiker sind Realisten, ihnen ist der »ideale Gedanke« im Drama meist Nebensache, sie haben keine, oder eine eigene Ästhetik, die mit der Ethik fast keinerlei Berührung hat. Als Realisten schreiben sie nur Prosadramen und fast nur solche modernen Inhalts, auch manche Tendenzstücke. Als »idealer

Gedanke« dient meist der Kampf zweier oder mehrerer Anschauungen, z. B. Idealismus gegen Skeptizismus, Nihilismus gegen Sozialismus etc. Der nordische Ibsen ist vielfach Vorbild, siehe dessen »Brand«, »Bund der Jugend«, »Stützen der Gesellschaft« etc. Nationale Stücke sind selten, wenigstens die guten.

Im Allgemeinen ist nichts interessanter, als unsre Bühne zu beobachten, im Drama liegt die beste Kraft der »Modernen«; ich bin begierig, wie es sich vollends entwickelt, ob diese Kraft nur die pikante, zuckende des Untergangs oder die überschäumende einer neuen großen Epoche ist. Ein Mittelweg scheint mir nicht denkbar, da der Krieg der Ansichten in Kunst und Anschauung äußerst erbittert ist.

Doch das muß Dich langweilen. Höre lieber noch ein paar Lieder von mir!

[Es folgen vier Strophen.]

H. H.

468] *H. H. an Karl Isenberg*

Calw, 22. April 1895

Lieber Karo!

Adele ist noch in Tübingen, so versehe ich heute den Schreibdienst. Viel ist nicht zu berichten.

Mutter ist immer gern und viel im Garten, es tut ihr sichtlich wohl. Heute wurde sie von Onkel Theodor überrascht, der heut Abend nach Stuttgart weiterfährt.

Marull ist fort und, wie es scheint, mit dem Empfang in Tübingen sehr zufrieden, will sehen, wie's später geht. Jetzt, da auch ich vermutlich bald fort muß, kann ich mir ihre Lage wohl denken; ich glaube, ich werde in der ersten Zeit die Heimat sehr vermissen, der Gedanke ans Fortgehen fällt mir jetzt weit schwerer als damals, wie ich zum erstenmal fortkam, nach Göppingen.

Papa ist ordentlich wohl, stand gestern und vorgestern schon vor acht Uhr auf. Hans war überglücklich mit Paul[1], dessen heut erfolgte Abreise aber doch wesentlich zu unserer häuslichen Ruhe und Harmonie beitragen wird. Hans hat morgen (um sieben Uhr) auch wieder Schule.

Tante Elisabeth ist gestern Mittag abgereist, heut früh Agnes und Tante Jettchen, letztere nur, um beim Einzug in Tübingen zu helfen. Besonders Agnes fiel der Abschied recht schwer. Auch wir werden Tante oft vermissen, sie war ja immer besonders uns Jungen gegenüber so freundlich mit Einladungen, Ausflügen etc; – Mutter war recht bewegt beim Abschiednehmen.

– Nimm vielen Dank für die mir überlassenen Sachen, lieber Karl! Besonders den großen Pfeifenkopf und einige der Kravatten kann ich sehr wohl gebrauchen. Auch möchte ich Dir für das Buch nochmals danken, Du hast mir eine große Freude damit gemacht. Es ist, als Leitfaden und Grammatik, sowie als Auswahl ganz famos und hilft mir, dem Literaturfreund, über die Klippen des Althochdeutschen und Mittelhochdeutschen leicht hinweg; die Auswahl oft solid und wirklich geschmackvoll.

A propos – hast Du Hettners[2] Literaturwerk (englische, französische, deutsche Literatur des 18. Jahrhunderts) schon gelesen? Ich lese es mit großem Genuß und Nutzen, es ist nicht nur wissenschaftlich und stilistisch solid und anregend, sondern ein wahrhaft architektonisches Meisterwerk der Komposition, welche ich z. B. bei dem sonst vortrefflichen J. Scherr'schen[3] Werk vermisse. Besonders der Band über englische Literatur fesselt mich, darunter am meisten die Abhandlungen über Newton, Locke, Milton, Swift, Defoe, Bolingbroke, Johnson, Sterne, Fielding, Ossian, Garrick, Burns.

– Doch genug! Laß bald von Dir hören und grüße von mir und den andern alles Grüßbare! Einen nicht offiziellen

Brief über allerlei, Ansichten, Gedanken, Bücher etc an Dich loszulassen behalte ich mir für die nächste Zeit vor, wenn Dir's nicht lästig ist bei Deiner vielen Arbeit.
Leb wohl, lieber Bruder! und sei herzlich gegrüßt von Deinem

Hermann.

Alle grüßen, besonders lieb Mutting.

1 Paul ist der zweite Sohn von David Gundert, Verlagsbuchhändler, geboren 1883, ein Jahr jünger als Hans Hesse, gestorben 1918.
2 Hermann *Hettner*, Literaturgeschichte des 18. Jahrhunderts. In 3 Teilen. 3. Teil, 3. Buch: Das klassische Zeitalter der deutschen Literatur, 2 Abschnitte. 4. verbesserte Auflage. Braunschweig 1894, F. Vieweg und Sohn.
3 Johannes *Scherr*, Bildersaal der Weltliteratur II, 2. Auflage 1869. (Illustrierte Geschichte der Weltliteratur, 10. Auflage 1900.)

469] *Theodor Rümelin an H. H.*

Blaubeuren, 17. Mai 1895

Lieber Freund!
Deine Briefe freuen mich, einer mehr als der andre, ich weiß eigentlich nicht, welcher mich mehr interessiert hat, Dein letzter oder Dein vorletzter. Deine Ansichten über Sozialismus etc zu hören, war mir wertvoll. [...] *[Er wendet sich gegen die neue »falsche« »Aufklärung« »unseres Jahrhunderts«, und fährt dann fort:]*
Dank Dir, daß Du mir die Lieder beigelegt hast! Ich kannte nur wenige und habe mich an manchem Neuen, was ich da fand, von Herzen gefreut. Es steckt ein Dämon in Heines Liedern, der lockt und lockt mit süßem, ins Herz treffenden Klang, daß man bezaubert folgen muß, man weiß nicht, führt der Weg zur Höhe oder zum Abgrund. Das »Fischermädchen« und »Ich wollt, meine Schmerzen ergössen sich«, kannte ich schon, von den neuen gefielen mir am meisten: »Du bist wie eine Blume«, »Der wunde Ritter«, »Der Fichtenbaum«, »Wo«, und »Das gelbe Laub erzittert«. Schreib

mir nur manchmal in der Art, gib mir Aufschluß von den Schätzen unserer Literatur. An der Hand eines fühlenden Freundes geht sich's leichter und besser als an der des dozierenden Repetenten. Wir sind mit den Romantikern und den Sängern der Freiheitskämpfe fertig und kommen demnächst an Mörike. Aber ich merke wohl, daß unsere Literaturstunde (bei der beschränkten Zeit nur eine in der Woche) nicht viel Wert hat, wenn man sich nicht in die Poeten hereinliest und hinein empfindet.

Bitte, sag mir mal einen Dichter, der tiefempfunden ist und doch nicht schwärmerisch-traurig, weißt, so einen recht übersprudelnden, wegen meiner, tollen, Hitzkopf! Du kannst Dich ja schon in mich hineindenken, und Deine Erfahrung in unserer Literatur wird mir sicher einen passenden finden. Ich habe mich an einzelnen Romantikern und Neueren wie Storm in eine etwas krankhafte Stimmung hineingetrieben, und Sentimentalität ist doch nun einmal nicht meine Natur. Ich muß mich wieder erfrischen.

Aber jetzt Schluß, Famulus Merz jagt mich ins Bett. Viele Grüße an alle Deine Lieben [...]

470] *Wilhelm Lang an H. H.*

[Blaubeuren, Mitte Mai 1895]

Lieber Hermann!

[...] Heute erfuhren wir den Termin unseres Examens, es beginnt am 26. Juli, einem Freitag, dauert bis Montag. Wir haben also noch rund zehn Wochen vor uns, in denen Tag und Nacht geschanzt werden wird. Deshalb will ich lieber vorher noch eine Pause machen und Dir alles gestehen, was mich gegenwärtig umtreibt.

In der letzten Zeit habe ich »Soll und Haben« von Freytag gelesen, ich glaube fast, er hat eine ziemliche Veränderung in mir hervorgerufen. Bitte, teile mir auch Deine Ansicht über dieses Buch mit. In einem Nachruf beim Tode Freytags[1] fand ich diesen Roman über alle Maßen gelobt. Hast Du jene Novelle schon dem Druck übergeben, oder gedenkst Du diese kleineren Arbeiten später zusammen herauszugeben?

Du fragst mich nach meinen Stubengenossen und nach dem Seminarleben. Wir sind hier alle miteinander auf vier Stuben verteilt, die unsere, Liechtenstein, zählt elf Bewohner. Die meisten wirst Du wohl kaum mehr dem Namen nach kennen: Beutelspacher[2], Closs[3], Fink[4], Hammelehle[5], Klaiber[6], Köstlin[7], Metzger[8], Sailer[9], Sturner[10], Ziegler[11].

Es herrscht unter uns die schönste Eintracht; doch einen eigentlichen Freund habe ich unter allen nicht mehr gefunden. Daß dabei meine Lage wirklich recht wenig erfreulich war, brauche ich Dir nicht erst zu sagen. Doch jetzt ist ja die Sache anders geworden.

Wenn ich nicht notwendig etwas zu tun habe, so nehme ich Deine lieben Zeilen vor mich und lese immer und immer wieder die netten Gedichtchen, besonders die, die Du mir das letzte Mal geschickt hast. Und nun laß Dir auch eine kleine Kritik von mir gefallen. Welches mir von allen am besten gefällt kann ich nicht sagen, doch an jenem

»Wehen Stürme durch den Garten
»Ziehen Wolken trüb und schwer

erfreut mich eine Zeile so sehr wie die andere, aber an dem andern über die Größe und dann wieder über das Schwache, Ohnmächtige des Menschen, kann ich keinen rechten Gefallen finden.

Ich weiß nicht wie es kommt, aber gerade Deine wehmütigen Lieder gefallen mir eben am besten, so finde ich im ganzen »bunten Laub« kein schöneres als »Heimweh«. Wenn Dir's recht ist, will ich in allernächster Zeit ein wenig ausführlicher schreiben, was ich darüber denke. [...]

1 30. April 1895.
Die folgenden Angaben stammen teilweise aus dem Ephorat in Maulbronn; sie sind undatiert, reichen bis 1945.
2 Eduard *Beutelspacher*, aus Gaildorf, Rechtsanwalt, Brackenheim, 1914 gefallen.
3 Hugo *Cloß*, Wasseralfingen, Arzt, gestorben in Obersontheim.
4 *Fink*, Pfarrer i. R., Enslingen, Kr. Hall.
5 Karl *Hammelehle*, Rechtsanwalt Stuttgart. (Erwähnt Brief 184.)
6 Hans *Klaiber*, Professor am Reformrealgymnasium Stuttgart, gest. 1942.
7 Eberhardt *Köstlin*, Oberregierungsrat, Schwarzenbach b. Baiersbronn.
8 Erwähnt Brief 145.
9 Otto *Sailer*, Schuldirektor in Gera, gestorben 1931.
10 Paul *Stürner*, Pfarrer i. R. Tübingen.
11 Otto *Ziegler*, Böblingen, Rechtsanwalt in Schorndorf, gestorben 1932.

471] *H. H. an Theodor Rümelin*

[Calw, vor Mitte Mai 1895]

Zuweilen ist es mir, als trübe
Geheime Sehnsucht Deinen Blick –

[Es folgen 2 Strophen des Gedichts von H. Heine]

Es gibt nicht schmerzvollere Töne des ergreifenden Leids, sie kommen aus Heines[1] innerstem Herzen. Auch seine Liebe, sein Leben – verfehlt! Er, der die gesamte Menschheit nur in Hellenen und Judäer einteilt – zu den Hellenen, an deren Spitze Goethe steht, rechnet er alle, die Poesie im Leib haben, zu den Andern die Juden, die Christen, alle Entsagenden, – Er ist selbst ein Zwitter, nicht Judäer, nicht Hellene! Seine Stellung zur romantischen Schule spricht er treffend selbst aus: »Ich bin bei den Romantikern in die Schule gegangen, und habe am Ende den Schulmeister geprügelt.« – Ein andermal mehr über ihn!

Jetzt kommt ein neuerer, kleinerer Dichter, von dem ich Dir ein paar Sachen mitteilen will. Der Sonderling heißt – doch das steht ja unter seinen Liedern und Briefen.

Makuscha[2] *[I]*

In der Nacht, im Traum, sah ich dich,
Blondes Haar, wie sonst, spielt um dich; –
Und du sangst mir ein heimisches Lied,
Von des Nordens Pracht,
Von nordischer Nacht,
Wenn der Sturmwind zieht;
Und deine Laute klang
Wie sonst zum Sang,
Und das Heimweh voll Macht
Nach des Nordens Pracht
Bang mich durchzieht –
In der Nacht, im Traum, sah ich dich,
Blondes Haar, wie sonst, spielt um dich –

H. Hesse

Als ich den Faust zum 1. mal gelesen

Wie ist mir alles nun entschwunden,
Was sonst mein schwaches Herz erfüllt,
Seit ich nun endlich dich gefunden
Du einfach großes Menschenbild!
So hab' auch ich mit wildem Streben
Bei Lämpchens Schein in dunkler Nacht,
Von tausend Ahnungen umgeben,
Des Lebens Rätsel nachgedacht;
So hab auch ich empor gerungen
Zum Licht, zum hellen Sonnenschein,
Von Geisterstimmen wirr umklungen,
– Und doch, wie war ich arm und klein!
Nun bin ich ganz in dich versunken,
Seit du mit lockender Gewalt

Mir heimisch grüßend zugewunken,
Du wunderbare Lichtgestalt!

H. Hesse

Wie wird's einmal sein, wenn die Welt von uns spricht, wenn wir »große« Mannen geworden sind, ich durch Gedichte mit Goldschnitt, Du durch kühne Forschungen im tohuwabohu der indisch-persisch-syrisch-assyrisch-egyptisch-arabisch-koptisch-judäisch-aramäischen Altertümer! Ich möcht es doch gern so weit bringen wie Gustav Freytag, dessen »Soll und Haben« 28 Auflagen, und der eine Million Vermögen hinterlassen hat. Aber einen »Ingo« und »Ingraban« kann meine blühendste Phantasie nicht schaffen. Und Heine? Er hat auch Dir imponiert? Ich will Dir allmählich seine besten Sachen abschreiben. Ja, der »wunde Ritter«! Der ist Heine selbst. Wie traurig schreibt er:

Vergängliches Glück! Schon morgen klirrt
Die Sichel über die Saaten,
Der helle Frühling verwelken wird,
Kitty wird mich verraten.

Höre nur!

Das Meer erstrahlt im Sonnenschein,
Als ob es golden wär.
Ihr Brüder, wenn ich sterbe,
Versenkt mich in das Meer.

Hab immer das Meer so lieb gehabt,
Es hat mit sanfter Flut
So oft mein Herz gekühlet;
Wir waren einander gut.

Heine

Diese letzte Strophe will ich als Motto meinen nordischen Liedern vorsetzen, wenn ich sie einmal, wie ich halb und halb im Sinn habe, gesammelt herausgeben kann.

[*Es folgt ein Gedicht von Heine:*
Es ragt ins Meer der Runenstein]

Welch süße Melodie in all diesen Liedern! Nur der junge, zarte Schumann hat ihren ganzen Reiz verstanden und wiedergegeben.

[*Es folgt ein Gedicht von Heine:*
Sag nicht, daß Du mich liebst!]

»Du hast Diamanten und Perlen« etc. kennst Du wohl schon.

[*Es folgen 3 Gedichte von Heine:*
Sie floh vor mir wie'n Reh so scheu
und: Wenn Du mir vorüberwandelst
und: Die schlanke Wasserlilie]

Daß Heine vor seinem Tod anders geworden, ist bloß Sage, er hat viele Jahre lang in schmerzlicher Krankheit in Paris gelegen, brennendes Heimweh im Herzen, und ist, krank und freudlos, ganz verbittert. Da entstanden seine »Letzte Gedichte«, witzige, bittere, hoffnungslose Lieder voll Hohn und Selbstironie, z. B.

– In meinem Hirne rumort es und knackt,
Ich glaube, da wird ein Koffer gepackt,
Und mein Verstand reist ab – o wehe! –
Noch früher als ich selber gehe.

Dahin gehört auch das wehmütige, düstre Lied des Pluto an Proserpina.

Jedenfalls haben wir nun einen bedeutenden Romandichter verloren[3]. Wer bleibt übrig? Nun, wir sind nicht so übel dran, ich schätze unsre Prosabelletristiker auf 100000. Einige sind schon alt, wie Wilhelm Raabe, dessen neuen Roman »Zum wilden Mann« ich vor kurzem gelesen. Raabe ist ein famoser Erzähler, behaglich, episch, feine Details malend, manchmal voll prächtigen Humors. Er erinnert manchmal an Dickens, führt uns gern in lampenhelle Stuben zum warmen Kachelofen oder Kamin, wenn draußen der Regen in wilden Schauern die Fenster schlägt und der barsche Wind an Tür und Läden rüttelt, mystifiziert uns gern ein wenig und läßt abenteuerliche Bilder und Gestalten aus fernen Ländern schimmernd vor uns wetterleuchten, was sich beim Grog im warmen Stübchen behaglich anhört. Ein anderer ist der vielbesprochene Sudermann, von dem ich den »Katzensteg« am besten kenne. Ganz naturalistisch, aber genial und packend, großartig düster wie Fackellicht. Leider heben sich die wohl gezeichneten und kolorierten Gestalten von dem realistischen Grau der Umgebung nicht plastisch genug ab, sie »stehen« nicht gut genug »gegen die Luft«, um einen term. techn. der Künstler zu gebrauchen. An Farbe fehlt es den meisten Realisten, sie zeichnen gut und genial, markig und scharf charakterisierend, aber es fehlt der Farbenzauber eines Tizian und Rubens, d. h. eines Goethe, Uhland, Scheffel etc. Das Ganze ist, ähnlich den Helden des Ossian in webenden Nebel gehüllt, – keine Luft, kein Himmel! Das ist schade. Auch bei den Dramatikern macht sich diese moderne Farbenblindheit bemerkbar, oft prächtige Formen aber kein Kolorit. Kein Wunder, daß novellistische »Skizzen« so sehr Mode sind. Darin sind die Slawen obenan, z. B. Gogol, ein Russe, der gut schreibt, und u. a. ein ganz Neuer, ein tschechischer Dichter Vrchlicky, dessen Skizzen so absurd sind wie sein Name. Ich liebe diese modernen Slaven nicht, Turgenjew etwa ausgenommen, von dem ich acht bis zehn Bücher gelesen – seit Puschkin und Lermontoff haben die Russen nichts wirklich Großes mehr, nur pessimistisch – nihilistischen Naturalismus, der z. B. in Turgenjews »Die neue Generation« recht widerlich wird. Geschickt geschrieben ist Turgenjews Roman »Väter und Söhne«, das Buch, in dem das von Turg. geschaffene Wort »Nihilist« zum I. mal vorkommt, weshalb Turg. »Der Vater der Nihilisten« heißt. Eigentlich sollte der Roman »Weder Väter noch Söhne« heißen, es sind widerliche, wie auch großartig geschilderte Charaktere, besonders der Nihilist Basaroff ist eine keck entworfene Gestalt. Der Roman »Dunst« von Turgenjew hat mir am besten gefallen, ähnlich sind die »Frühlingswogen«, von T.'s kleinern Sachen gefielen mir fast nur »ein König Lear der Steppe« und einige der »Gedichte in Prosa«. Turgenjew ist ein Schriftsteller, von dem ganz Europa weiß, an Bedeutung hoch über all unsern Dahn, Ebers, Eckstein u. ähnl. stehend, trotz des grauen Grundes ein wohlwollender, edler Charakter. Er hat seine Studien des Volkslebens in Rußland selbst, seine Studien über die feine und feinste Welt in Petersburg, Baden-Baden, Paris etc. gemacht, und [be]schreibt stets Personen, Schicksale, Situationen, Stimmungen, Anschauungen, die er genau kennt und tief auffaßt. Für den Literaturforscher ist es wichtig, ihn zu kennen.

Im Norden bin ich augenblicklich wenig orientiert, ich kenne allenfalls die Lie, Ibsen, Kielland[4], Paulsen, Rydberg[5], Winterhjelm[6], Etlar[7], Hertz[8], Hostrup[9], Björnson, Bergsoe[10] etc. Imponiert hat mir einigermaßen Jonas Lies »Lebenslänglich verurteilt«, deutsch v. Borch. Obenan ist wohl Björnson.

In England ist seit Tennysons Tod wenig los. Frankreich – da treibt Zola sein Wesen, die Idealisten zehren am Glanz ihrer Klassiker, und wirklich, Lamartine etc. leben noch heute, so auch der herrliche Chateaubriand. Italien kenne ich nicht, oder kaum, es lohnt sich auch nicht, sich dort umzusehen, so wenig als in Spanien, wo immer noch an Stelle der alten Ritter- die Goldgeschichten spuken. Da sollte der alte, herrliche Cervantes drein fahren, der Schöpfer der größten Satire aller Völker und Zeiten – des Don Quichote.

Doch es wird Nacht. Leb wohl!
Dein treuer
Hermann Hesse
(Joseph)

1 Am 9. Juli 1947 schreibt Hermann Hesse in einem Brief an den Heinrich-Heine-Bund, der ihm zum 70. Geburtstag gratuliert hatte:
Ihr telegraphischer Gruß hat mich gefreut und berührt, ich sage Ihnen dafür schönen Dank und dachte der Zeiten um 1895, wo ich den gegen meines Vaters Verbot erworbenen Heine in einer Schublade hielt (wo er später dennoch entdeckt und konfisziert wurde) und von seinen Versen, von der Harzreise, vom Buch Le Grand ganz berauscht war [...]

2 Makuscha I und II erschien in »Deutsches Dichterheim«, Jg. 16, Nr. 8, Wien, 31. März 1896, Seite 312.

3 Gustav Freytag.

4 Alexander *Kielland*, geb. 1849 in Stavanger, gest. 1906 in Bergen. Norwegischer Schriftsteller, Erzählungen und Dramen.

5 Abraham Viktor *Rydberg*, geb. 1828 in Jönköping, gest. 1895 in Stockholm. Gedichte und Romane. Setzt sich für Tegnér ein. Deutsche Übersetzungen seit 1875 vorhanden.

6 Thorolf *Winter-Hjelm*, geb. 1873 in Christiania, Dramatiker.

7 Carit *Etlar*, Pseudonym für Carl Brösböll, geb. 17. 8. 1816, gest. 9. Mai 1900. Romanschriftsteller, sehr populär.

8 Henrik *Hertz*, geb. 25. oder 27. 8. 1798, gest. 25. 2. 1870. Verfaßte Schauspiele, Komödien, Vaudeville, Gedichte.

9 Christian *Hostrup*, geb. 20. Mai 1818, gest. 21. November 1892. Schrieb Komödien, Singspiele, Erinnerungen und Briefe.

10 Jörgen Vilhelm *Bergsoe*, geb. 1835, gest. 1911. Volkstümlicher dänischer Schriftsteller.

472] *H. H. an Dr. E. Kapff* [1]

[Calw, Mitte Mai 1895 begonnen]

Verehrter Herr Doktor!

Nehmen Sie herzlichen Dank für Ihren Brief, für die gütige Rezension, für Ihr freundliches Eingehen auf meine Ihnen wohl unerwartete Bitte, für alles, am meisten für das: »Lassen Sie bald wieder von sich hören«! Sie gestatten mir also, wieder zu schreiben, des weiteren mich auszusprechen, haben vielleicht ein wenig Interesse für mich! Es freut mich so sehr, daß ich, der ich meine Gedichte und Gedanken, überhaupt mein inneres Leben sonst gern jedem Auge verschließe, bei Ihnen, dem Ersten, dem ich mich aufdränge, so freundliche Aufnahme fand. Mir fehlt hier aller Umgang, besonders alle Gelegenheit, über Nichtalltägliches zu sprechen, Freunde konnte ich hier nicht finden und mein Beruf (Techniker), in den mich die Umstände drängten, befriedigt mich nicht. So ward mir die Poesie immer lieber, immer unentbehrlicher, sie mußte mir das einsame Leben versüßen, die Bilder des Alltagstreibens verklären, Freundschaft und Rat von Freunden ersetzen. Mein Vater ist zu einseitig mit seiner literarischen Tagesarbeit beschäftigt, um sich für mein Dichten zu interessieren; immerhin verdanke ich ihm viel: Er hat mir von Kind auf mit Sorgfalt und feinem Geschmack die beste Lektüre gegeben, vom Robinson und Simplizissimus bis zu den klassischen Sagen und dem Don Quichote, von Uhland bis zu Schiller, Goethe, Platen, Geibel, von Walter Scott bis zu Dickens, Milton, Shakespeare; jetzt aber »wandl' ich allein«. So danke ich Ihnen doppelt, daß Sie sich meiner annehmen.

Ich bin seit Cannstatt ein Andrer geworden, ruhiger und klarer im Urteil, selbständiger; auch das tolle Kneipenleben ist mein Geschmack nicht mehr. Ich bin in meiner freien Zeit Tag für Tag mutterseelenallein und verwende diese Zeit fast ganz aufs Studium der Literatur, auch der

Geschichte, lerne die Geschichte der Kunst und der Philosophie ein wenig kennen, bes[onders], da mir meines Vaters Bibliothek (einige Tausend Bände) zur Verfügung steht. Da machte ich manch wertvolle Bekanntschaft, in letzter Zeit vor allem mit dem Literarhistoriker H. Hettner, mit Mählys »antiker Literatur«[2] etc, auch ein wenig mit Ranke, Schlosser, Treitschke.

Welche Dichter mich am meisten beeinflussen? Ich weiß nicht – früher waren es Heine und die Realisten, besonders auch die Russen, jetzt bin ich Goethe und den Romantikern näher gekommen, habe sogar J. Kerner ein wenig studiert, allerdings mehr durch die Bekanntschaft mit seinen Nachkommen (Fischers in Tübingen j[etzt] Amerika) veranlaßt. Von Neueren ist mir Geibel besonders lieb, die Schanz und ähnl[iche] imponieren mir nicht eben. In der Prosa beeinflußt mich wohl Heine, auch Gaudy[3], am meisten vielleicht der liebe, sonnige Engländer Dickens. Die klassischen Ausländer, mit Ausnahme der Alten und Shakespeares, kenne ich wenig, am ehesten die Engl[änder] Sterne, Fielding etc, und von den Franzosen Beaumarchais, Diderot, zum Teil Voltaire.

Nun zu den Gedichten! In »Makuscha«[4] bin ich mir, was die Form betrifft, eines Vorbildes nicht bewußt. Auch der Stoff ist so ziemlich mein eigen. Mein Vater ist Ostseerusse, sein Vater russischer Staatsrat, seine Mutter[5] aus dem livischen Adel, mit den Sternbergs, Buxhövens, Andronikoffs etc verwandt, wir haben rege Beziehungen zu .. Estland und Livland, besonders mit Riga, Reval und Jurjew. Nordischen Frauen bin ich oft begegnet, und ganz speziell »einer solchen nordischen Frau vom Meer«, wie Sie meine Makuscha nennen; sogar der Name ist echt. Auch bin ich so in baltischen Anschauungen aufgewachsen, so gewöhnt, mich im Grunde als Sohn der Ostsee zu betrachten, daß die »nordischen« Lieder mir ganz aus dem Herzen kommen.

Das Lied »Trost« verdankt seinen Ursprung wohl meist meinem warmen Haß gegen den Sozialismus. Ihre Rezension anerkenne ich in jeder Hinsicht, finde sie fast zu lobend. Ich bin etwas pessimistisch veranlagt und verzweifle nicht selten an meinem Talent, halte aber, besonders da mein Beruf mich unbefriedigt läßt, an der Poesie fest mit klammernden Organen. Und eben weil mir die Muse jetzt nimmer eine für übrige Stunden geduldete Spielgefährtin, sondern eine liebe Freundin ist, der ich singen kann:

Du holde Kunst, in wieviel grauen Stunden – etc

ebendarum habe ich allmählich den Pfad der Naturalisten verlassen und eine Schwenkung nach rechts gemacht, was ich noch nie bereut. Eben obgemeldeter Anwandlungen wegen tut mir jede Ermunterung wohl.

Mit der Veröffentlichung meiner Sachen pressiert es mir nicht, ich weiß, daß für Lyriker wenig Lorbeer zu ernten ist, aber je weniger die Lyrik Brotkunst ist, desto lieber ist sie mir für mich, für stille Stunden. Dramatisch fühle ich mich nicht veranlagt, hoffe aber, einmal ein ordentlicher Prosaist zu werden, übe mich auch stets im Stil, und habe sogar den noch unklaren Plan eines Romans, den ich ruhig reifen oder untergehen lassen will. Lieber nach einigen Jahren ein paar eßbare, reife Früchte geben, als jetzt Halbreifes, Verworrenes – Mostobst!

[Er werde ein andermal über die »Studien« berichten, die er in persönlichem Verkehr mit Handwerkern und Arbeitern gemacht habe.]

Und zum Schluß nochmals wärmsten Dank, verehrter Herr Doktor; Sie haben mich einsamen Poetaster sehr verpflichtet, Sie haben mir, was Sie am meisten freuen wird, Praktisches angedeutet und – mir im Herzen wohlgetan. Wie gesagt – in meinem Beruf und bei meinen etwas einseitig religiös gesinnten Verwandten zum Schweigen über das mir Wichtige verdammt, bin ich innerlich etwas haltlos, wenigstens einsam, und jeder Brief ist mir eine Wohltat. Wäre ich nicht so ganz nur Empfänger, Sie Geber, so würde ich Sie um die Erlaubnis bitten, Ihnen öfter zu schreiben, – doch so –!

Aber ich will nicht sentimental werden, Sie verstehen meine Art, das zeigt Ihr lieber, freundlicher Brief. So leben Sie wohl und seien Sie vielmals gegrüßt von Ihrem dankenden

Hermann Hesse
Techniker. Calw.

So liegt nun der Brief seit vierzehn Tagen da! Ich hatte im Sinn, einige Gedichte beizulegen, aber leider vergaß ich das letzte mal, die für sie abgeschriebenen mir zu notieren, so daß ich wahrscheinlich vieles wiederholt hätte. Nun hoffte ich, es würden mir in nächster Zeit einige Lieder gelingen, aber auf den Gruß Apolls kann man nicht warten – es entstand nur Kümmerliches. So müssen Sie mir schon gestatten, noch ein wenig zu plaudern.

»Gedichtet« habe ich schon als Knabe, ich besang schon als Kind Wald und Flur, allerdings ohne diese Lieder je aufzuschreiben, lieferte auch gelegentlich einen Geburtstagsvers etc. Eine dichterische Individualität begann sich erst etwa im vierzehnten Jahr auszubilden, ich begriff, daß klingender Reim und Rhythmus keinen Dichter machen und begann schüchtern, eigene Stimmungen lyrisch darzulegen. Damals übte das Kloster Maulbronn und das Klosterleben einen bedeutenden Einfluß auf mich aus. Doch begann wirklich eigenes Dichten erst später. Ich verließ Maulbronn, krank und verdorben durch allzu bunte Lektüre, ich fühlte mich unverstanden, elend, die Ahnung des Weltschmerzes quälte mich – nervenkrank mußte ich Bad Boll besuchen. Und da begann innen und außen ein neues Leben. Nach einigen recht glücklichen Wochen mußte ich auch Boll verlassen, ganz krank und trostlos, von Selbstmordgedanken gequält.

Es war eine Liebesgeschichte. Damals geriet ich in die haltlose, revolutionäre, düstere Stimmung, abwechselnd mit Zeiten der ausgelassensten Lustigkeit, in den grausten Weltschmerz, ich war in Stetten, in Basel, im Winter jenes Jahres kam ich nach Cannstatt. Jetzt erst habe ich allmählich wieder Ruhe und Heiterkeit gefunden, bin geistig gesund geworden – von jener bösen Zeit voll Zorn und Haß und Selbstmordgedanken will ich nimmer sprechen, Sie haben, vielleicht s[einer] Z[eit] Einiges davon gehört. Jetzt ist diese Zeit vorbei. Immerhin hat sie mein dichterisches Ich ausgebildet; die tollste Sturm- und Drangzeit ist glücklich überstanden.
Aus der Cannstatter Zeit habe ich wenige Lieder mehr, und kein einziges gutes, überhaupt ist mir die Erinnerung an diese Zeit schmerzlich. Des Tags las ich viel, besonders Heine, auch russische Dichter wie Gogol, Turgenjew etc, des Nachts saß ich in der Kneipe, trank, sang und raisonnierte über Gott und Welt. Und wenn »aus dem schrecklichen Gewühle ein süß bekannter Ton mich zog«, dann war ein moralischer Katzenjammer die Folge, der in neuer Lust betäubt werden mußte.
Das ist anders geworden. Ich lebe still und so ziemlich zufrieden, allerdings etwas einsam. Doch leisten mir meine und meines Vaters Bücher trefflich Gesellschaft. Auch erhalte ich die nötigen Zeitschriften, so daß mir selten eine literarische Novität von Belang entgeht. Kataloge etc kann ich durch unsre Buchhandlung (»Calwer Verlagsverein«) immer rasch bekommen. So gelingt es mir, in der neuesten schönen Literatur Deutschlands, vor allem in der dramatischen und novellistischen ordentlich auf dem Laufenden zu bleiben, ohne allzu viel lesen zu müssen. Aus den Rezensionen des Denkmalblattes, der Leipziger Illustrierten Zeitung, der allg. kons. Monatsschrift[6] etc etc kann ich mir immer ein leidliches Bild zusammenstellen, ohne sehr viel

Neues selbst lesen zu müssen. Ich kenne wenigstens die Hauptrichtung und ihre Häupter, als Heyse, Conrad[7], Hauptmann, Bleibtreu[8], Sudermann und wie sie alle heißen. Interessant ist es mir auch, ein wenig Geschichte des Buchhandels, sein Verhältnis zum Dichter und zum Publikum etc, kennen zu lernen, wozu ich ja alle Gelegenheit habe. Wenigstens kenne ich die bedeutendsten deutschen Buchhandlungen, ihren Einfluß und Charakter, soweit sie einen solchen haben. Es ist gewiß lohnend, auch den Buchhandel so ein wenig kennen zu lernen. Doch trotz aller Schläue gelingt es mir z. B. nicht, das Programm der Cotta's Nachf[olger] zu durchschauen.

Doch das sind Dinge, die Sie besser verstehen als ich.

Wenn ich in nächster Zeit irgend etwas produzieren werde, das ich für des Abschreibens wert halte, werde ich mir erlauben, es Ihnen zu senden. Auch möchte ich Sie, da Sie meiner letzten Bitte so freundlich willfahrt haben, um die Erlaubnis bitten, gelegentlich über literarische Fragen, die mir zu schaffen machen, bei Ihnen um Rat zu fragen.

Sollte Sie meine Schreib- und Fragelust belästigen, so sagen Sie es doch, bitte! Ich weiß wohl, es ist etwas ungezogen von mir, der kaum noch Ihr Schüler war, mich in dieser Weise an Sie zu wenden. Aber Sie haben mir in Ihrem Brief ja selbst Mut dazu gemacht. Ich bin Ihnen so dankbar dafür! Und eben, weil ich mich sonst gern und lang verschließe, werde ich in Briefen manchmal geschwätzig, ich muß mich dann gleich für einige Wochen Einsamkeit schadlos halten.

Also nochmals herzlichen Dank! Ihr Hermann Hesse

1. Juni 1895

1 Dr. Ernst *Kapff*, 1891 Lehrer am Cannstatter Gymnasuim. (Siehe »Anhang«)

2 Jakob Achilles *Mähly*, Geschichte der antiken Literatur. Leipzig 1880, Bibliographisches Institut.

3 Franz Freiherr von *Gaudy*, 1800–1840, Gedichte, Novellen. Sämtliche

Werke hrsg. in 24 Bänden von Th. Echtermeyer und A. Ruge, erschienen 1844. G. war mit A. Chamisso Herausgeber des Deutschen Musenalmanachs.

4 Siehe vorigen Brief.

5 Johannes *Hesse*, der seine Mutter als Vierjähriger verloren hatte, hat von Adele Hesse immer als von seiner Mutter gesprochen.

6 Allgemeine konservative Monatsschrift für das christliche Deutschland. Unter dem Titel »Volksblatt für Stadt und Land« begründet 1843, Quedlinburg und Leipzig.

7 Michael Georg *Conrad*, 1846–1927, Lyriker und Erzähler, von Zola beeinflußt. Herausgeber der Zeitschrift »Gesellschaft« in München (1851–1901).

8 Karl *Bleibtreu*, 1859–1928. Gestorben in Locarno. Lyrik, Romane, Dramen. »Revolution der Literatur«, 1885. Mitbegründer der »Deutschen Bühne« in Berlin.

473] *H. H. an Theodor Rümelin*

Calw, 29. Mai 1895

Lieber Freund!

Da ich eben Zeit habe, will ich noch Einiges über Heine schreiben; ich denke, Dir ist dieser Mann doch auch interessant. Ist er doch für die Literaturgeschichte wichtiger als fast alle Dichter seit Goethe zusammen.

Den eigentümlichen Reiz seiner Lieder kennst Du schon ein wenig. Schwerer ist es, Dir einen Begriff von Heines Prosa zu geben. Diese Prosa hat Goethe gestürzt, diese Prosa ist die von Heine geschaffene jungdeutsche Sprache! Aber keiner hat den Schöpfer übertroffen, keiner hat glänzendere Prosa geschrieben als Heine selber, dessen Prosa sich ganz wunderbar süß und glatt liest. Um solchen Stil zu schreiben, dazu gehört vor allem ein Heine'scher Witz, dieser ewig lebendige, immer neu frappierende Esprit, diese süße Innigkeit und Nacktheit der Individualität, die oft lachend übermütig, oft heimwehkrank und liebesehnend unser Herz gewinnt. Heines Prosa liest sich ebenso leicht melodisch, ebenso zwanglos rhythmisch wie seine Verse, alles ist lebendig, beleuchtet, und alles voll Grazie. Diese grellen, frappanten Kontraste, dieses stille Lauschen auf eigene Träume, diese grandiose Genialität, der kein Bild zu kühn ist, die Sonne, Mond und Sterne zum witzigen

Feuerwerk ins Blaue verpufft, die ebenso die uralte arabische, maurische, indische Farbenwelt wie die eng romantische mittelalterliche Ritterzeit in blitzenden Lichtern spielen läßt, all das erinnert stets an die süßmelodischen Lieder Heines. Auch ein leises Anklingen ans Französische, das z. B. in der Nachstellung des Objekts bei zusammengesetztem Zeitwort etc. hie und da an die einfache französische Wortstellung erinnert, kleidet Heines Stil oft allerliebst.
Hier folgen ein paar Sätze Heines, die teils sein Wesen, teils seinen Stil einigermaßen bezeichnen – doch muß man Heine ganz kennen um beides zu verstehen. [...]
Heines Stil zeigt sich wohl am echtesten in der »Harzreise«, im »Buch le Grand«, sowie in den »novellistischen Fragmenten«, die enormes novellistisches Talent verraten. Sicher ist Heine ein Satyriker erster Größe, mit Aristophanes etc. zu vergleichen. Er hat Cervantes ganz verstanden, er faßt den Don Quijote wirklich großartig auf – kein Wunder! Heine ist Cervantes und Don Quijote zugleich. Ganz radikal teilt er die ganze Menschheit in »Hellenen und Judäer« ein, ein nicht durchführbarer Gedanke! Er selbst ist beides und keines. Was ist Plato? Ebenfalls beides.
Nun genug von Ihm! Armer Heine! Willst Du ihn kennen lernen, so lies etwa die »Harzreise«.

Heines Gegenteil ist Graf Platen, den Du wohl kennst. Ich weiß wenig über ihn zu sagen – er ist mir nicht sehr wichtig, ich liebe ihn nicht. Seine Ironie und Satyre bleibt an seinem Ich hängen, kann sich über dieses nicht erheben, und wirkt daher widerlich. Am ekelhaftesten ist Platens fabelhafte Eitelkeit, er spricht gar zu gern von sich, lobt sich, bemitleidet sich selbst, und findet neben Sich alle Welt arg und schlimm, weil sie ihn nicht liest. Ich weiß absolut nicht, ob er noch gelesen wird. Ich hab ihn nur etwa $^{2}/_{3}$ oder halb gelesen, obgleich ich seine Werke (5 kl. Bde) besitze.

Ein wenig wollen wir doch auch die »Romantiker« besprechen! Schwer ist's allerdings. Im Prinzip sind mir die Romantiker zuwider, doch liebe ich Einzelne, vor allem Uhland und Eichendorff. Tieck kann ich nicht leiden. Brentanos »fahrender Schüler« widerstand mir nach dem Lesen einiger Seiten so sehr, daß ich ihn weglegte und also wirklich nicht gelesen habe. Auch Eichendorff wird mir oft zu romantisch, zu wirr und schwül und einseitig. Tieck lese ich grundsätzlich nimmer, sein Gebimmel wird am Ende kindisch. Überhaupt kann es einem nicht lange wohl sein im engen Gärtchen der Romantiker, in diesem aus dem Moder beschworenen Tand, in diesem Weihrauchqualm. Ja, wenn es noch die altrömische, altkatholische Welt wäre! Da sind doch noch feste, einheitlich romanische Rundbögen, nicht das reiche, aber oft wirre und leicht entartende gothische Spitzbogen- und Rankenwesen. Den Zauber des Mönchslebens, die eigenartigste Blüte des Mittelalters, haben die Romantiker nicht in seiner poetischen Eigenart aufgefaßt – leider! Ihre schwüle Dämmerwelt hatte nicht festen Boden genug, deshalb wird außer Uhland kein Romantiker in seiner Eigenart lange fortleben. Lenau ist ja z. B. eine mächtig begabte Natur, und durch die Romantik die mitleiderregende, aber unsympathische Jammergestalt geworden, die auch den bescheidensten Ansprüchen einer Ästhetik nicht Genüge tun kann. Wo Lenau eigen ist, wo er in seltenen Momenten aus dem unerquicklichen romantischen Dusel erwacht, packt er ja gewaltig (3 Zigeuner, Schilflieder etc.), auch sein ekler Weltschmerz wäre noch zu ertragen – ohne die romantisch-religiöse Färbung. Ich gestehe: der Katholizismus in Gregor und Loyola ist mir lieber in seinem kraftvollen Fanatismus, als in diesem Tingeltangel von Symbolik und verdrehtem Sensualismus. Nur Großes zieht an, und lieber schwärme ich für den großen Kaiser, der Hunderttausende über Schneefelder ins Elend

führt mit marmornem Imperatorgesicht, als für eine unnatürliche Welt voll Flittertand. Allen Romantikern ist der Stoff völlig gebildet gegeben, ihr Schaffen kann höchstens ein Finden neuer parabolischer Beziehungen, neuer Bilder etc. sein. Die Geschichte ist ihnen verschlossen. Uhland ist der einzige, der mitten in aller Romantik völlig gesund geblieben ist.
Die Romantiker haben unsere Literatur mächtig beeinflußt, sie selbst werden wohl nur in einigen wenigen Volksliedern fortleben, unsre heutige Zeit vor allem ist nicht geeignet, ihrem Andenken Hochachtung zu zollen und zu bewahren. Und in Heinrich Heine hat sich die romantische Schule überlebt, er hat ihr, seiner alten Schulmeisterin, lachend den Todesstoß gegeben, lachend, obschon sein eigen[e]s Herz mitgetroffen war.
Wo die Romantik krank wird, und das ist sie mehrmals geworden, da wird sie allzu unerquicklich – wie viel höher steht der kranke Klassiker Hölderlin, als der kranke Romantiker Lenau! –
Du erstaunst vielleicht, daß ich bei Besprechung der »Romantiker« die Herren Schlegel weglasse. Aber ich tue dies vor allem, weil ich mit den Schlegeln die dumme Geschichte besprechen müßte, die sie mit Goethe veranstaltet, und das mag ich doch nicht. In jener tollen Zeit kam es auch in Mode, Goethe und Schiller zu vergleichen, und Schiller auf Kosten G.'s zu rühmen. Goethe und Schiller vergleichen! Das ist der denkbar dümmste Gedanke, wer Schillers wundervolle Schrift »Über naive und sentimentalische Dichtung« gelesen und wer überhaupt verdient ein Literaturkenner oder Forscher zu heißen, kann das nicht tun. Es ist eine ähnliche Geschichte wie mit Plato und Aristoteles. Und doch tun es heute noch dumme Gesellen, die weder Schiller noch Goethe gelesen haben, jedenfalls keinen von beiden verstehen.
Es lohnt sich nicht, von der romantischen Schule [weiter]

zu handeln. Im Prinzip ist sie jetzt erloschen, der alte Rousseau, der noch ältere Newton etc stehen uns näher, ragen weit mehr, weit lebendiger in unsre Zeit herein als alle Romantiker, weil diese letztern gewissermaßen ungeschichtlich sind, im Strom unsrer Geschichte still liegen, man mag sie nun als Oase oder als Sandbank betrachten, und also tot sind. Die Romantik ist schon ein überwundener Standpunkt, Voltaire, Diderot, Rousseau etc. sind es nicht.

Nun kann ich mir denken, wie Du kopfschüttelnd den Brief liesest: Vorn und hinten eitel Literaturgewäsch, gar die lieben Romantiker schlecht gemacht! Du drehst die Blätter zweimal herum, schüttelst sie nach unten wie ein Buch, in dem man gepreßte Blumen sucht, aber da fällt kein Wort der Freundschaft heraus, kein herzig Kleinblümlein idyllischer Art, Rose oder Lilie. Aber glaub mir, beim Auswählen der Heinelieder z. B. hab ich warm an Dich gedacht, hab mich bei jedem lieben, schönen Klang gefreut, daß er Dir Freude machen würde, – ja, habe mich sogar enthalten, Dir eigene Gedichte aufzutischen und Dir andre fremde geschickt und angepriesen, was etwa Graf Platen gewiß nicht getan hätte. Und wenn Du unter meinen grau sophistischen Mantel schaust, findest Du Zug für Zug mich wieder, mein bekanntes, leichtsinniges, warmes, fehlervolles Herz, das aber im Grunde eine Perle birgt – gute, herzliche Liebe. Schau! sogar an die geringsten Kleinigkeiten der Zeit unsrer ersten Bekanntschaft denk ich noch – ich vergesse Erlebtes nie, und das ist wohl mein bestes Talent. Soll ich Dir vom Hörsaal vorplaudern, oder vom Oratorium oder von der Bärenrhapsodie? All das hat für mich ja nur der Freundschaft wegen Wert, sonst hätt ich mich bemüht, jene Zeit zu vergessen, in die der erste große Konflikt meines innern und äußern Lebens fiel. Und jetzt will ich auch ein wenig von mir sprechen, statt nur von

Heine, Tieck etc. etc. In der Mechanik hab ich immerhin einiges gelernt, verstehe eine Nähmaschine zu zerlegen, eine Drahtleitung zu ziehen, Eisen zu drehen, Schrauben zu machen, eine Säge zu hauen, kann Stahl, Eisen, Messing, Kupfer, Zinn, Zink, Antimonium etc. unterscheiden, Elementläutwerke einrichten, Most trinken, trocken Brot essen, Lehrlinge kommandieren, von Leitern herabfallen, Hosen zerreißen und was sonst zur Mechanik gehört. Meine Freizeit gehört den Musen, Terpsichore ausgenommen. Von Grabbe las ich neulich »Napoleon« und »Don Juan und Faust«, von Gaudy den »Schneidergesellen«, sonst wenig Neues, außer Sternes »Empfindsame Reise« und Raabes »Wilder Mann«. Auch geige ich noch manchmal. Wichtiges erlebte ich nicht. Nächster Tage (Pfingsten) will mich ein Stuttgarter Freund besuchen, ein Mitmedizäer, und wohl 2 Tage bleiben. Da wird wieder literarische Kritik getrieben werden, meine neuesten Arbeiten kritisch seziert etc. Auch über Heine werden wir disputieren.
Jetzt noch ein Lied!

An Meniskus

Mir klingt aus ferner Zeit ein Lied
Leis lockend durch den Sinn,
Wie wenn ein Stern hellschimmernd zieht,
Schweifenden Zugs versinkend glüht
Am Himmel hin.

Das ist die schöne, stille Zeit,
Da wir voll kecker Lust
Geschwärmt in junger Seligkeit,
Und von des Lebens herbem Leid
Noch nichts gewußt.

Da zog durchs ahnende Gemüt
Leise mit dunkler Macht
Das erste warme, eigne Lied
Das ich, von Jugenddrang durchglüht,
Still ausgedacht.

Die schöne Zeit! Sie war ein Stern,
Der hell am Himmel steigt,
Das Auge möcht ihn halten gern,
Da hat er schon in blasser Fern'
Sich müd geneigt.

Doch, ob er auch verbleichend flieht,
Das Herz vergißt ihn nicht,
Der Stern im eig'nen Busen glüht
Und heimlich zart durch jedes Lied
Goldrosen flicht.

Und was uns Knaben einst verband,
Es bleibt trotz Not und Nacht;
Ob auch der schönste Traum entschwand,
Es schlingt um uns ein golden Band
Der Liebe Macht.

Drum denk ich gern an alte Zeit,
Und singe gern von ihr,
Drum klingt auch aus der Ferne weit,
Wie Windesgruß, aus Freud und Leid,
Mein Lied zu Dir.

Hermann Hesse

Und damit leb wohl!

Dein Joseph

474] *H. H. an Adele Hesse*

[Calw, 5. Juni 1895]

Lieb's Schwesterherz!

Gesundheit und Glück zuvor!

Bist gut angekommen? Unter den mitgesandten Hochzeitssträußchen ist meins vergessen worden – kein Wunder! Hier geht alles gut, auch Mama ist ziemlich wohl und munter. Marulla ist fort. Hoffentlich ist in Stuttgart hochzeitlicheres Wetter als hier, wo es schwül ist und mit Gewitter droht. Wir alle wünschen Dir viel Vergnügen und hoffen, daß Du sowohl als Dein weißes Festjungfrauengewand alle Strapazen glücklich überstehen möget.

Heute kam an Theodor eine Karte von Karl aus Straßburg; Karl ist scheint's sehr befriedigt von seiner Tour, möchte noch an die französische Grenze.

Sonscht ischt's recht. »Kehre, ach kehre nur bald uns zurück«, singen wir in allen Tonarten.

Alle grüßen. Neidlos Dir alles Gute gönnend

Dein Hemme

Bitte Herrn und Frau Staatsanwalt, sowie Fräulein Maria von Mutter und mir bestens zu grüßen.

D. O.

475] *Johannes Hesse an Adele Hesse*

Calw, 7. Juni 1895

[...] Hermann meint, Du dürfest ihm wohl auch besonders schreiben, nachdem er Dir eine Karte gewidmet. Er schreibt merkwürdig viel Briefe. Die Korrespondenz muß ihm offenbar anderes ersetzen. Heute Vorm[ittag] kam er aus der überschwemmten Werkstatt wieder heim. Die andern hatten alle ein Geschäft in Stammheim. [...]

476] *Theodor Rümelin an H. H.*

[Blaubeuren,] 9. Juni 1895

Lieber Alter!

(Denn älter als ich bist Du ja, ich ward erst letzthin 18). Hast mir eine große Freude gemacht, indem Du mir, just beinahe auf meinen Geburtstag ein Spezielles steigen ließest. Es ist wirklich rührend, wie aufmerksam und lieb Du immer bist, und ich gebe Dir vor lauter Examenssorgen oft kaum Antwort. S'ist nur gut, daß Du Dich recht in mich hineindenken kannst und ich mich darum nicht bei Dir zu entschuldigen brauche.

Ich hätte heute eine meinerseits große, Deinerseits hoffentlich kleine Bitte an Dich. Du weißt, oder wenn Du's nicht weißt, so wisse, daß wir alle vierzehn Tage Samstag Abends Kneipausflug mit Promotionskommers haben. Da ist jedesmal einer Präsidium [sic] und das ist bei unserer schläfrig-bequemen Bande keine Kleinigkeit. Keiner will beitragen zur Unterhaltung und alles liegt auf den Schultern des Präses: Der muß Reden halten, Gedichte deklamieren, Kantus kommandieren etc. Nun rückt, wie ich mit ziemlicher Sicherheit prophezeien kann, in etwa drei Wochen auch an mich die Notwendigkeit heran, den Kommers zu dirigieren. Vor Reden und derartigem hätte ich nun keine Angst, schwatzen kann ich, aber es wäre doch nett, wenn auch ein oder einige Gedichte vorgetragen würden. Daß ich nun, um etwas Anständiges zu machen nicht die Zeit, um etwas Mediocres nicht die Lust habe, kannst Du Dir denken. Wüßtest Du mir nicht irgend einen pathetisch-lustig – sentimental-komischen Scherz oder tätest vielleicht, wenn ich recht schön bitte, mir einen bauen? Dir geht's ja leicht. Aber Du möchtest wissen, welch Inhalts etwa? – Nun, ich dachte, es ließe sich etwa dichten, wie eine kleine Achnixe[1] einem jugendlichen Sohn der Blaunixe an einem schönen Sonntagmorgen erzählt, was sie am Samstag Abend erlebt:

ich meine da unsern ersten Kneipausflug nach Weiler (Straße neben der Ach) und unsern mehr oder minder schwankenden, johlenden, hinfallenden, Zwicker verlierenden, in den Straßengraben bezw. die tieferliegende Wiese sinkenden etc Heimzug (Vielleicht zu benutzende Nebenumstände: Wirtshaus in Weiler »zur heiligen Rosa«, zwei Repetenten sind mitgegangen, Niethammer-Präses lernte auf dem ganzen Weg hinüber seine Rede, links von der Straße stehen zwei Felsen, »Sau« und »Bär« genannt, die sich zu küssen scheinen, auf dem Hinweg sprachen einige von Geometrie, andre von hebräischen Codices, auf dem Herweg alles einig in der Heiterkeit non plus ultra – – Da hast Du das Material, jetzt belebe es mit Deiner Phantasie, Du kannst [es] ja trefflich!
Ein anderes: Die Nornen oder Schicksalsgeister oder irgend welche sonstigen grausigen, alten, dunkeln Halbgottexistenzen, seien's nun die guten oder bösen Schutzgeister der Seminaristen oder irgend so ein mythisches Triumvirat, das über die Ephoren wacht, halten in ihrem unterweltlichen Saal (etwa unten im Blautopf hier, oder in einer tiefen Höhle unterhalb des Rusenschlosses, ebenfalls hier) Gericht, und beschließen, daß der Ephorus (»Manu«, hebr. Buchstaben, Kraut) von Blaubeuren jetzt genug seines Amtes gewaltet hat. (Er läßt sich nämlich im Herbst pensionieren;) [...]
Du kannst Dir ja alles selber machen. Also wenn Du Zeit und Lust hast, sei so gut! Gruß von Lang, Häcker, Hartmann. Beste Grüße an die Deinen und besonders Dich

Dein Meniskus

1 Ach, Nebenfluß der Blau.

477] *H. H. an Theodor Rümelin*

Calw, 11. Juni 1895

Lieber Theodor!

Du hast jetzt wohl recht viel Arbeit und wirst nur schwer zum Schreiben kommen. Doch damit Du siehst, daß ich doch an Dich denke, laß ich einen neuen Brief vom Stapel. Von Tübingen aus wird Dir das Schreiben leichter werden. Nur fürchte ich, daß dort im Trubel der neuen Bekannten und im Glanz des Studentenlebens der ferne Freund recht in den Hintergrund treten dürfte. Da wirft man anfangs das Alte weg vor Freude am vielen Neuen, das am Ende auch alt wird.

Ich werde wohl im Herbst auch mein Studium beginnen. Allerdings »Studentles« werde ich nicht spielen, wohl in keine als etwa eine technisch wertvolle Verbindung gehen etc. Mich ziehen diese lustigen [Flohter ?] nimmer an, zum frohen Studentenleben gehört ein lustig freier, sorgenloser, singend glücklicher Sinn. Glück auf, du fröhlicher, junger Mut! Aber den hab ich doch nimmer, oder doch nimmer ganz, ich habe Bestimmtes vor und daher manche Sorgen. Und doch werde ich auf dem Polytechnikum in meinem Fach nicht gar zu viel arbeiten. Ich muß diese Zeit dazu benutzen, mit der Literatur so weit möglich fertig zu werden und ernstlich literarisch zu beginnen. Wenn ich dazu nicht die Akademiezeit benütze, werden meine schönsten Pläne flöten gehen.

Im übrigen bin ich guter Dinge, genieße vor allem Göthes »Aus meinem Leben« Tag für Tag. Neues lese ich im Augenblick wenig, nur die neuesten Anzeigen und Rezensionen.

Auf meinem Schreibtisch stehen ein paar Zweige Jasmin im Glas, mit den lichten, feinen Blüten, und der starke, süße Duft steigt mir zu Kopf. Ich liebe diesen Duft, diese Blume, im Jasmin wohnt auch gern die Nachtigall. Er wächst nicht

in unsrem Garten; ich kenne ihn von Boll her, wo dieser süße, verliebte Duft mich tagelang berauschte.
– Aber, halt! Ich gerate sonst in den bösen Mondscheinzauber jener frühen Periode, und mein Motto ist Kampf und Sieg, nimmer Traum und Liebesrausch.

Unsre jetzige literarische Periode ist nicht glänzend, aber höchst interessant. Neues Positives haben wir nicht, wir zehren vom Glanz der letzten und vorletzten Periode. Das Neue unsrer Zeit ist ein Negatives. Wir sind in unsrem Universalismus zu weit geraten, die »maja«-Philosophie benebelt manchen tüchtigen Kopf. Und das Ende davon ist Nirwana. Diese lockende, sophistisch-pessimistische Anschauung genügt aber nicht, unser Leben und unsre Literatur aus dem augenblicklichen, großen Katzenjammer zu befreien. Das Eigene verliert sich, wir ahmen Russen, Tschechen, Skandinavier nach und suchen uns die Originalität des Slaven anzueignen, die uns im Grunde fremd ist. Es ist wahr, die slavische Eigenheit ist anziehend und fesselnd, und *scheint* zu künstlerischer Verwertung sehr geeignet. Aber nicht geeignet für *unsre* künstlerischen Grundsätze.
Hier komme ich auf den wichtigsten Punkt in unsrer Kunst zu sprechen. Wir stehen vor einer Sphinx, die Hunderte in den Abgrund stürzt, welche ihr Rätsel nicht zu lösen wissen.
Bis in die letzte Periode unsrer Dichtung waren das Fundament derselben der hellenische und der romanische Geist, mit dem germanischen allmählich verschmolzen. Jetzt soll eine neue Weltkunst, Weltdichtung entstehen, die zwar international sein möchte, aber so ziemlich auf östlichem, slavischem Geiste ruht. An ihr bauen unsre Naturalisten etc. Sie entsteht durch Revolution. Aber wie unendlich verschieden ist die Revolution der Franzosen vom Nihilismus! Jene war jugendlich optimistisch, diese ist alternd, pessi-

mistisch. Jene war die glückliche Begeisterung im Weinrausch, diese ist das Zucken im Katzenjammer, ohne Ideal, ohne eigenen Glauben. Daraus soll eine ganz neue Ästhetik und Literatur entstehen.

Äußerlich scheint germanische und slavische Art verwandt. Bei Beiden Hang zum Träumen und zum Weltschmerz. Aber dem Slaven fehlt der Glaube an seine Träume, an seine Sache, der Glaube vor allem an sich selber. Der Meister Turgenjew hat meisterhafte Charaktere dieser Art in Neschdanoff, in Sanin etc gezeichnet. Neschdanoff vor allem ist eine bedeutende Gestalt.

Er ist der Held des Romans »Die neue Generation« von Turgenjew. Ein sanguinisches Temperament, ein edler, feiner Charakter. Als uneheliches Kind eines Hohen ist er von der feinen Welt, zu der ihn seine Natur eignet, ausgeschlossen und sieht sich als Paria in die Reihen der Verschworenen gedrängt. Er kommt zur nihilistischen Propaganda. Er wird Nihilist, Skeptiker, Läugner, während er im Grunde ideal angelegt ist und sogar in unbewachten Stunden still für sich dichtet. Als Agitator muß er sich verkleiden und sich ins roheste Volksleben begeben. Ohne Heim, auf Straßen und in Kneipen mit der rohen Masse verkehrend, die doch stumpf ist und wenig Erfolg verspricht, verliert er den letzten Glauben, den Glauben an seine Fähigkeit zur Agitation, am Ende den Glauben an den Nihilismus selber. Er fragt seinen Freund Solanin um Rat. Solanin glaubt selbst nicht an seine Sache, geht aber unbeirrt auf dem betretenen Pfad der Propaganda weiter, ein ernster, starker Charakter. Neschdanoff sieht sich unverstanden, ohne Hoffnung einer Wendung seiner Lage, er wird immer schwächer, verbrennt seine Schriften, sieht, wie seine Braut Solanin näher steht als ihm, etc etc. Am Ende sehen wir ihn, im Regen stehend, im öden Hofe einer Fabrik – er erschießt sich.

Neschdanoff ist ein echter Russe. Turgenjew schildert überhaupt geradezu vollkommen. Er ist ein Schriftsteller erster Größe, eine edle, erhabene Natur, und mehr wert, als unsre sämtlichen Romandichter von Freytag bis Eckstein, Schönthan etc.
Diese slawische Richtung in unsrer Literatur wirst Du kaum kennen, jedenfalls wird sie so wenig als die andre neue Lit[eratur] überhaupt in Euren Literaturstunden etc behandelt werden. Und doch ist sie tiefer eingreifend, weltbedeutender, wichtiger, als die ganze romantische Schule.
Unsre Zeit, obgleich arm an großen Dichterwerken, ist höchst bedeutungsvoll für die Literatur selbst, wie für alle Kunst[kritik?]. Eine neue Kunst will werden und die Meinungen teilen sich streng. Ich stehe zur alten Partei gegen die neue. Und Du, ob bewußt oder unbewußt, auch. Ich halte fest am Ideal der Griechen, am rein Schönen und am »Μηδὲν ἄγαν«.

Mein Brief wird etwas verworren, ich schreibe ihn in mehreren Absätzen, bin auch ein wenig müde dieser Tage. Entschuldige es! Ich bin nicht ganz in meiner kritischen Sophistenstimmung und möchte am liebsten im hohen Gras liegen und den Wolken nachschauen, oder in Boll im Park auf Liebeslieder sinnen, oder mit Dir plaudern von besserer Zeit, wo Dich kein Talmud oder Faraday oder Platon, und mich kein Schlegel noch Platen noch Sudermann schlauchte, möchte Dir sagen, wie lieb ich Dich habe und wie gern ich an Dich denke, und an die Zeit im Kloster, wo ich Dir Mönchslieder vorlas und mich elend fühlte und doch im Grunde noch so glücklich war. Ich bin weich gestimmt und denke an Heines Vers:

Unjung und nicht mehr ganz gesund,
Wie ich es bin zu dieser Stund

Möcht ich noch einmal lieben, schwärmen
Und glücklich sein – doch ohne Lärmen.

Da kommt mir ein besserer Gedanke. Ich will Dir wieder einige Lieder mitteilen, die Du wohl noch nicht kennst. Bitte, schreib mir nächstes Mal, ob Du Geibel gelesen hast. Wenn nicht, so schick ich Dir einige seiner Lieder, die wundervoll sind, schön und innig und rein. Jetzt ein paar andere!

[Es folgen drei Gedichte von H. Heine und eins von Hermann Lingg. Dann Makuscha (II. Es war ein Traum – – Vor mir unendlich lag) von H. H.]

Wie ich so weit bin, kommt gerade Dein Brief[1]. Dank dafür.
Ich soll dichten! Beim Styx, bei dem wir Olympier nie vergebens schwören, das ist lang nimmer von mir verlangt worden! Wärst Du nun lebensmüde oder lustig oder verliebt, so wollt ich Dir mit Vergnügen Ströme von klingenden Versen schicken, Bach und ach!, Schmerz und Herz sollten sich herrlich reimen! Aber so! Das ist nicht so einfach. Ich kenne Euch, Euer Leben, Eure Gegend, Eure Lehrer so wenig, d. h. gar nicht, daß ich keine Gestalten daraus zeichnen kann.
Nun will ich Dir gern ein frisch-fröhliches Trinklied verfassen, auch ein Seminarkneiplied mit Erinnerungen an Maulbronn etc. Darüber warte ich auf Deine Befehle. Sollen die Nixen- und Gnomenpläne wirklich ausgeführt werden, nun ja! aber dann weiß der Geier, wie die Geschichte ausfällt. Schreib mir darüber noch eine Karte; wird ein Brief daraus, so freut mich's doppelt. Du wirst die Konzepte immer noch rechtzeitig erhalten – rechne darauf. Teile mir auch mit, ob Du ein Plagiat begehen und selbst

als Verfasser gelten willst, oder nicht, etc. Mir ist's einerlei. Doch freut es mich wenn Du etwa ein Trinkliedchen vom alten Hesse den Kameraden zu Nutz und Kurzweil vorträgst. Doch ganz wie Du willst! Gib mir also Bescheid, wie ich mich halten soll. Zeit braucht ja so ein Carmen kaum, und die Laune dazu werd ich schon finden.
Es freut mich, daß Ihr trotz Examen u.s.f. doch zuweilen noch lautlustig zusammensitzt bei Bier und Scherz und Sang. Das schützt vor Rost.
Doch es wird spät – behüt Dich Gott, lieber Theodor!

In Liebe Dein Hermann

1 Der Brief von Th. Rümelin vom 9. Juni 1895.

478] *Theodor Rümelin und Wilhelm Häcker an H. H.*

Blaubeuren, 14. Juni 1895

Lieber Hermann!
Was Du mir schreibst, hat mich sehr interessiert, meine Ansichten teile ich Dir vielleicht einmal mündlich mit, zum Schreiben habe ich die Zeit nicht. Morgen ist großes Seminarkonzert, ich habe in Kontrabaß, Tenor und Harmonium mitzuwirken. In der nächsten Woche werde ich Offizier, muß läuten, Lampenanzünden, Tafel putzen etc, in der übernächsten Woche werde ich Lektor und am Schluß derselben, beim Samstagabendausflugskommers trifft mich als Lektor das Amt des Präsidierens.
Tätest Du mir also bis dorthin einiges schicken, so würde ich eine große Freude haben. Ich werde selbst ein paar Reden, bezw. Vorträge schwingen; aber da man, wie gesagt, bei unserer Promotion, was das Reden betrifft, nicht immer auf allzugroße Lebendigkeit rechnen darf, so brauchte ich zur Instandhaltung der Gemütlichkeit doch noch etwas Musisches. Ich will kein Plagiat begehen, ist auch gar nicht

nötig; bei dem Trink- oder Seminaristenlied oder wie sonst Dein Titel sein wird – bitte mach nur so etwas, das macht sicher allgemein Freude! – werde ich Deinen Namen nennen, bei etwaigem Sonstigem sage ich einfach (wie schon oft anonyme Gedichte eingelaufen sind) »es ist das und das Gedicht etc eingegangen«. Ich sehe ein, daß der Kneipheimzug und die Krautsatire eigentlich nur von einem, der dabei war, packend beschrieben werden kann, und ich werde, wenn ich Zeit habe, mich daran machen, jedenfalls an das zweite. Vielleicht tätest Du mir beim zweiten ein wenig helfen und mir in Deinem nächsten Brief etwa ein paar Verse zu einer passenden Einkleidung der Gnomengeschichte schicken; ich selbst bin mir nämlich über diese mehr äußerlichen Dinge noch nicht ganz klar. Du siehst wie bei uns die Zeit eilt, drum erklärst Du Dir meinen Durcheinander. Noch stark fünf Wochen bis zum Examen!!
Dein Gedicht Makuscha No II hat mir sehr gut gefallen, doch halte ich das erste für noch vollendeter. Ich lese gegenwärtig »Don Juan und Faust«. Wenn mein Brief jetzt schon aus ist, so haben um so mehr Grüße für Dich Raum.
[Federzeichnung: Vögel mit Briefen in den Schnäbeln fliegen über eine Ebene, in der ein Kirchlein steht – auf einem Brief steht: Grüße.]

Meniskus

[*Ohne Anrede:* W. Häcker]
Besten Dank für Deine Karte vom 14. Mai, die allerdings etwas spät kommt. Daß Du noch an so viele von uns denkst, zeigt, daß Du immer noch an Deine alte Promotion anhänglich bist. Auch bei uns wird manchmal darüber gesprochen, wie Du als delphisches Orakel mit Böller und Leintuch auf den Communtischen von Hellas, Athen und Germania gethront hast; unvergeßlich bleibt besonders die Geschichte, wie Du bei »Herrn Weber« Tinte geholt hast, wie [unleser-

lich] um die Ecke schoß und wie Ihr beide mit dem Tintenhafen auf dem Dormentsboden herumgerollt seid. Ich bin im allgemeinen noch der alte und denke immer gerne an die Zeiten zurück, wo die Promotion anders war als gegenwärtig. Es ist nicht mehr so wie damals, wo ich die Stellung des »Herrn Häcker« einnahm.

Jetzt leb wohl.

Dein alter Nebensitzer W. Häcker, den es sehr freuen wird, wenn er wieder einmal ein Lebenszeichen von Dir bekommt.

479] *H. H. an Dr. E. Kapff.*

Calw, 15. Juni 1895

Verehrter Herr Doktor!

Dank für Ihren Brief! Er hat mir allerlei zu denken gegeben. Was Sie als Vorzüge meines Berufes hervorheben, hat mir beim Ergreifen desselben auch schon recht eingeleuchtet. Besonders was das Ausland betrifft. Ich hatte den noch ganz nebelhaften Plan, etwa in England oder einem andern speziell im Technischen vorgeschrittenen Lande (Belgien evt.) mich noch weiter zu bilden und dann eine wenig vorgeschrittene Nation, etwa die Russen, durch meine Tätigkeit zu beglücken. Doch lag das im weiten Felde, nebelverschwommen, und hätte wohl mit den gegebenen Verhältnissen, den Wünschen und Opfern meiner Eltern u.s.w., bedenklich kollidiert. An Amerika hatte ich wohl schon gedacht, aber nur an die Ver[einigten] Staaten, von wo mir das Glück nicht zu winken schien. Jetzt kommt Ihr Vorschlag (Brasilien), der mir sehr einleuchtet. Englisch treibe ich regelrecht zwar erst seit kurzem, höre es aber seit meiner Kindheit Tag für Tag, da meine Eltern sehr viel englisch sprechen und lesen. Spanisch etc kann mein Vater leider nicht. Ja, wenn mein Großvater noch lebte! Das war ein Mann! Bei dem hätte ich Spanisch wohl lernen können, er verstand über zwanzig Sprachen, sprach etwa siebzehn, darunter auch Spanisch. Ich bereue, nicht mehr von ihm gelernt zu haben, besonders in Sprachen. Sein Steckenpferd war Sanskrit, Kanaresisch, Arabisch, Hebräisch, nebst dem Griechischen, worin er Meister war, doch sprach er außer Russisch fast alle europäischen Sprachen. Von ihm habe ich auch im Gespräch mehr Geschichte gelernt, als in allen Schulen, wo ich war.

– Also gegen den Vorschlag nach Südamerika verschließe ich mich absolut nicht – im Gegenteil. Doch gestehe ich, daß ich speziell von Brasilien nur allgemeine Begriffe habe. Sie sagen: »Dort werde vielleicht der welthistorische Kampf zwischen Germanen- und Romanentum nicht zum mindesten ausgefochten werden« – ich kann dies nur halb verstehen. Überhaupt wäre ich Ihnen für einige Aufklärung über dortige Verhältnisse – allgemeine Lebensverhältnisse, Zusammensetzung der Bevölkerung etc – dankbar. Sie selbst wollen Rio Grande do Sul besuchen? Das wird doch nicht gar zu bald sein können? Am Ende könnte ich mich s. Z. Ihnen noch anschließen.

Was Sie von Erlösung vom Epigonenfluch etc sagen, eröffnet mir eine weite Perspektive, zwar noch unklar, neblig, aber glänzend und lockend. Dieser Fluch, diese Schlagwörter der Epigonen drängten sich mir neulich äußerst widerwärtig in einem Büchlein auf: »Nirwana«, Perlen der pessimistischen Weltanschauung. Das ist das Trostloseste, was mir je unter die Hände geraten, eine Masse pessimistischer Verse, und Sätze bekannter Schriftsteller; da stehen obenan Schopenhauer, indische (buddhistische) Quellen, Börne, Leopardi, Lenau etc, auch Heyse, Ebers, Grillparzer – und lustig daneben fleißig zusammengeklaubt, pessimistisch klingende Worte von Schiller, Goethe, Herder, Geibel, Äschylus! auch Shakespeare, Byron, Richard Wagner, Grabbe,

Hölderlin sind nicht vergessen. Und dafür soll ein Mensch zwanzig Pfennige geben, soll es lesen!

Nun bin ich ja am Literarischen angelangt! Gelesen habe ich in letzter Zeit wenig Neues. Meistens greife ich zu denselben Büchern, meinem Fond, d. i. vor allem Goethes »Faust I«, »aus meinem Leben«, »Reineke«, »Iphigenie«, »Tasso«, und die »Lehrjahre«, dann Geibel, Scheffels »Ekkehard« etc und einige alte Bücher, die mich immer wieder anheimeln und erquicken, so die Grimmschen Sachen, die »deutschen Volksbücher«, der »Simplizissimus«, von Ausländischem »Robinson Crusoe« und »Don Quijote«, auch einiges von J. Swift. Dramen lese ich wenig, d. h. die meisten nur einmal, Goethe, Shakespeare etc ausgenommen. Doch einiges mir Neue las ich in diesen Wochen schon. Vor allem einiges von Grabbe. Am besten gefiel mir sein »Napoleon«. In »Scherz, Satire etc« betrachtete ich erstaunt die betrunken originellen, barocken Sprünge dieses tollen Genies. Befriedigt hat mich die Lektüre nicht, am wenigsten »Don Juan und Faust«. Sonst las ich Jensens »Hunnenblut«, ein historisch-realistisch-mystisch-phantastisches Kraftstück, das mich in einzelnen Partien interessierte, sogar ein wenig fesselte. Ein Kunstwerk ist es nicht. Dann, nachdem ich so lang über Klassikern gebrütet, etwas von Dumas, die »Kameliendame«. Da weht Pariser Luft, aber das Ende ist erbärmlich. Aus dieser Marguerite hätte sich mehr machen lassen. Ähnlich ging es mir mit Zolas dramatisiertem Roman: »Der Totschläger« (l'assomoir). Ich fand das Stück nicht so schlimm, als ich gedacht hätte – aber auch hier der Schluß!

Von Ibsen, den ich früher gelesen, imponierten mir am meisten: »Die Kronprätendenten« und »Nora«. »Baumeister Solness« ist verrückt, die »nordische Heerfahrt« finde ich geradezu dumm. Doch haben Ibsens Stücke fast alle viel dramatische Kraft und Spannung.

Russisches lese ich fast gar nimmer. Gogol stößt mich ab. Am besten gefielen mir, von dem, was ich nach Turgenjew gelesen, Korolenkos[1] »Sibirische Novellen«, die ich zum Teil wirklich mit Genuß gelesen habe. Diese Russen haben im Grunde ein reiches Gemüt, sie lieben es, zu träumen und sich Ideale zu bilden, aber sie haben wenig Selbstachtung und glauben meist bald nimmer an die eignen Ideale. Daher so oft ein Mitleid erregender, halb elegischer, halb ironischer Ton, den ich eben auch bei Korolenko fand. Durch die »sibirischen Novellen« zieht sich ein leiser Klang wie Heimweh und Klage um verlorene Liebe, verlorenes Leben, dazu der Zauber des riesigen Waldes, der engen, warmen, schneeumgebenen Häuslichkeit und daneben das Wanderweh des greisen, traurigen Landstreichers.
Von meinen Gedichten ist wenig mitzuteilen. Die »nordischen Lieder« sollen allmählich zu einem Cyklus werden, »Makuscha« und »Marulla« fällt der kleinere, erotische Teil zu. Vorgestern schrieb ich: [...]
Wann wird die Zeit kommen, die langersehnte Zeit der Taten der Dichter?! Wann wird der wahre Ton erklingen, der mahnende, mächtige, weithin schallende Hornruf des Helden, des sterbenden Roland – ? Sie wird kommen, trotz des französisch-russischen Bundes auch in der Literatur, aber es wird keine Mediceer- keine Weimarer Zeit sein. Wir sind zwar Träumer, Idealisten, aber keine Russen, keine Neschdanoffs, die ans eigene Ideal, an die Zukunft, an sich selber, nicht glauben.
Seltsam! Ich kann das Bild nicht los werden, das mir heute zufällig wieder in den Sinn gekommen, das mir in früher Zeit, als Kind, besonders teuer war –: Roland, der sterbende Held, am Felsen gestreckt mit tiefer Herzwunde, mit zersplittertem Schwert, um ihn in felsigem Tal Leichen erschlagener Heiden, sterbend. Er stirbt – aber er hebt noch einmal das mächtige Horn und haucht dem Horn das schei-

dende Leben ein, und es klingt voll und mächtig bis zum fernen, heimischen Hofhalt, grüßend, mahnend, der letzte Seufzer des Helden, des Edelgefallenen.
Den Richtungen der heutigen Literatur gegenüber verhalte ich mich ziemlich neutral. Es gibt nur ein Thema, das mich in Feuer setzt, das ist die Sozialdemokratie, [...]. Doch spielt sie ja zum Glück in der schönen Literatur noch keine bedeutende Rolle. Außer der alten Schule, die von Weimar aus dirigiert wird, sehe ich vor allem zwei Strömungen. Die Eine, größere, ist französisch-russisch, auch in Skandinavien obenan. Sie scheint vom nihilistischen Pessimismus beherrscht, ihr Kult ist eine phantastische Mischung fremder Elemente, worunter allerlei buddhistischer Spuk. Diese Strömung, die manche gute Genrebilder, Zeitschilderungen etc hervorbringt, die ich aber nicht kurzweg naturalistisch nennen möchte, wird wohl am besten bezeichnet durch die Namen Ibsen, Lie, Dostojewski, Zola, Vrchlicky [2]; Turgenjew steht höher. Wir Deutsche haben in dieser Richtung wenig Originelles, etwa Sudermann. Die zweite »Schule« umfaßt die aus dem Epigonenfluch emporringenden titanischen Geister, deren krampfhaftes Pathos oft recht unerquicklich ist. Der Erste dieser Richtung ist Richard Wagner – nicht nur in der Musik. Zu dieser Strömung gehört auch Nietzsche, der »Übermensch«, der neue Prophet. Im Ganzen scheint mir unsre Ästhetik, wenigstens was Belletristik betrifft, an Farbenblindheit zu leiden. Umrisse, Formen, aber keine Beleuchtung, kein Kolorit. Wie einförmig wirken Sudermann etc. Er zeichnet gut, aber die Gestalten heben sich farblos vom umgebenden Grau nur wie Schatten ab. Als Muster der Gestaltenzeichnung und Farbengebung erscheint mir von Neueren am ehesten »Ekkehard«. Da ist Licht und Schatten. Am wenigsten dichterisch, künstlerisch scheinen mir die Werke von Georg Ebers, von denen ich nicht begreifen kann, daß sie gelesen, sogar viel gelesen werden.

Heyse wird merklich alt und wiederholt sich häufig. Freytag kenne ich nur aus den »Ahnen«. Wohl ihm! Er hat eine Million M[ark] hinterlassen. Was haben wir sonst für Schriftsteller? Ja – Raabe z. B., den ich nicht ungern lese, der aber immer breiter, geschwätziger wird. Dann Felix Dahn, Eckstein –! Und dann die Schar der Naturalisten, Conrad, Hauptmann, Sudermann, Bleibtreu etc. Ich gestehe, Heine ist mir doch lieber als die meisten dieser Photographen.

In unsern Literaturjahrmarkt sollte ein lustiger, vernichtender Blitz schlagen, ein »Don Quijote«. Aber wie Don Quijote müßte das Werk neben der vernichtenden eine bauende Kraft besitzen. Irrenhaus, Spital, Leihhaus, Bordell, Ehebruch, Selbstmord, Nirwanaträume – lauter »schöne Gegenstände«, aber alle zusammen bilden sie einen Wust ohne gleichen. Alles nervös, überreif, faul. Aber unser Volk! Das liebe, gute, treue deutsche Volk! Singt es nicht noch die alten schlichten Lieder und lebt in naiver Unschuld? Die alten Lieder? Ja, des Werktags wohl hie und da, wenn es kein Geld hat. Des Sonntags aber beim Bier, da geht kein Mühlenrad, da singt kein Waldvöglein mehr, da klingt es jauchzend und mächtig, das Lied der Lieder: »Im Grunewald, im Grunewald ist Holzauktion«.

Die Männer aber sind über diese Kindereien doch hinaus, die wackern Männer der Arbeit, auf deren Schultern der Staat ruht? Ja wohl! Die singen überhaupt keine Lieder, höchstens ein unschuldiger Achtundvierziger noch; die andern aber sitzen und horchen auf den Redner, der mit kühnem Wort aller Tyrannei den Stab bricht, sie lesen den »Vorwärts« und den »wahren Jakob« – und trinken Bier dazu, viel Bier.

Ich weiß wohl, daß ich da sehr übertreibe. Aber so oft ich mich dem Volk nähere, mit ihm umgehe, wozu ich in Fabriken etc, selbst ein Arbeiter im blauen Wams, reichlich Gelegenheit habe – immer begegne ich wieder den bösen Mächten, der seichten Leichtfertigkeit, die von Wien und Berlin stammt, und dann der Sozialdemokratie! Freilich, auch viel Gutes finde ich, Glauben ans gegebne Wort, Naivetät, Gesundheit, Humor, aber doch mehr des Schlimmen. Ich habe in Fabriken Gespräche gehört, gegen welche etwa Zola's schlimmste Zoten harmlos sind. Schon diese unglaublich große Zahl unehelicher Kinder! Neben mir in der Werkstätte steht ein solches, ein kleiner Lehrling, den ich teilweis zu beaufsichtigen habe. Das ist ein durchaus verkommener Mensch und vierzehn Jahre alt! Ich übertreibe hier absolut nicht – im Gegenteil! [...]

Ich bin nicht Pessimist. Und Schönes hab ich im »Volk« genug gefunden. Ich bin manchmal abends mit Burschen und Mädchen hinausgegangen, im harmlos heiteren Verkehr, und habe diese geselligen, fleißigen armen Leute recht lieb gewonnen. Denn die Fleißigen, mit wenig Ausnahmen, sind selten Sozialdemokraten. Aber wenn ich die Schattenseite betrachte, das namenlose Elend, die Roheit ganzer Klassen, dann faßt mich oft der Menschheit ganzer Jammer an.

Doch halte ich fest am Glauben an die Zukunft, an die Erlösung, am Ideal, und bin zwar manchmal enttäuscht, aber nie verzweifelt. Und dann verdanke ich meinen täglichen Beobachtungen im Volk doch sehr viel und lerne mancherlei, ohne Nationalökonomie studiert zu haben.

Ihre Ansichten über die Hauptelemente der neusten Literatur ein wenig kennen zu lernen, wäre mir höchst interessant. Was halten Sie von den slavischen Einflüssen? Was von der modernen Dramatik à la Ibsen? Sie wissen, ich bin für jeden Rat, jede Aufklärung dankbar.

Nun leben Sie wohl! und seien Sie
hochachtungsvoll gegrüßt von Ihrem
Hermann Hesse

1 Wladimir Galaktionowitsch *Korolenko*, geboren 1853 in Shitomir, gestorben 1921 in Poltawa. In Skizzen und Novellen schildert er seine kleinrussisch-polnische Heimat und Ostsibirien, wohin er verbannt war. »Skizzen und Erzählungen«, 1903–1915. »Die Geschichte meines Zeitgenossen«, 5 Bände 1906–21. »Sibirische Novellen« (In Reclams Universalbibl. erschienen).

2 Jaroslav *Vrchlicky* (eigentlich Emil Frida), tschechischer Dichter, geb. 1853, gest. 1912. Ab 1893 Professor für vergleichende Literaturgeschichte in Prag. Dramen, Novellen, Kritiken, Essays. Er übersetzte Dante, Calderon, Cervantes, Goethe.

Jaroslav Vrchlicky (und andere Autoren) übersetzt von Edm. Grün: »Aus tschechischer Prosa, Ernstes und Heiteres«. Leipzig, 1893, Slav. Buchhandlung.

480] *Theodor Rümelin an H. H.*

[Blaubeuren,] 24. Juni 1895

Lieber Freund!

Dank und Gruß und Schluck aufs Spezielle! Ich bin mehr als zufrieden und höchlich beglückt. Du hast mir so viel geschickt, daß ich selber nicht mehr viel Mühe haben werde. [...]

Heute Nachmittag geht die ganze Promotion nach Ulm, um sich photographieren zu lassen. Gelt, ich habe als Lektor eine geschickte Woche erwischt, zwei Feiertage! Grüße von allen alten Freunden und Bekannten, besonders Häcker und Lang. Vor allem grüßt Dich und die Deinen herzlich

Dein Th.

481] *Marie Hesse an Marulla*

Calw, 25. Juni 1895

Meine herzliebe Marulla,

heute bin ich ganz im Bett geblieben, statt wie sonst zum Missionsverein auf dem Sofa im Wohnzimmer zu liegen, aber ich bin so sehr, sehr müde. Gestern waren allerlei Besuche da (Frau Wöhrle, Herr Pfarrer Schauffler, Tante Jettle, etc) und heute früh schon kamen Onkel David mit seinem Heinerle, der aber vor Tisch nach Hirsau ging. [...]

Hermann lernt seit acht Tagen mit Eifer Englisch von 5–6

bei Adele. Er will in etlichen Jahren nach Brasilien, sagt er, und will vorher von Mechanik und Landwirtschaft das nötige lernen, vorderhand bleibt er noch bei Perrot.
Zum 2. Juli schreibst Du ihm wohl. Am 3. wollen Onkel David's ihr Töchterlein taufen, es sei munter und wohl, samt Mutter. [...]

482] *H. H. an Theodor Rümelin*

Calw, 27. Juni 1895

Lieber!
Hier einige Manuskripte! Willst Du sie gebrauchen, so nenne bei »Bruder Zecher« und »Hannes und Dadde« meinen Namen, sonst nicht.
Wenn Deines Onkels Werk gediegen und für uns passend ist, könnte es vielleicht in Calw erscheinen. Natürlich kann ich im voraus nichts versprechen, doch wird mein Vater, wenn das Buch ihm zum Verlag angeboten wird, es jedenfalls gerne prüfen und wohl auch für den Fall, daß es für uns nicht paßt, Rat geben. Ich würde mich sonst etwa an Schemann in Stuttgart wenden. Doch rate ich, es meinem Vater anzubieten, dem ich davon gesagt. Calw ist ja ein sehr guter Verlag. Grüße von meinem Vater!
Ist Dein Onkel Gelehrter? Beamter? Pfarrer? Bitte grüße Häcker! Dank für seine Zeilen! Ich antworte ihm nächstens.

Eilig, aber herzlich grüßend
Dein Hermann Hesse

483] *Marulla Hesse an H. H.*

[Tübingen,] 30. Juni 1895

Mein lieber Hermann,
herzlichen Glückwunsch zu Deinem Geburtstag. Wenn ich einmal Zeit habe, will ich Dir ein kleines Kärtchen zeichnen,

heute geht's wohl kaum. Es freut mich sehr, daß Du so eifrig englisch lernst, wir wollen dann in der Vakanz viel sprechen. Wenn Du einmal nach Brasilien gehst, kannst Du mich als Haushälterin mitnehmen. Bitte sag Martha, ich sei tiefgerührt und erfreut über ihren langen Brief, und wenn ich Zeit habe, will ich ihr schreiben. Dem Hans lasse ich auch vielmal danken und sagen, der öffentliche Kuß auf seiner Karte habe mich entzückt.

Gestern Vormittag zogen Herr Dr. und wir aus, auf die Wurmlinger Kapelle. Es war etwa drei Stunden hin. Oben ist es höchst interessant. Wenn man zur unteren Türe hineingeht, kommt man in ein Gewölbe. Links ist Gethsemane dargestellt. Die Jünger, die schlafen, den ungeheueren Kopf auf die Hand gestützt, man erkennt sie aber fein. Dem Eingang gegenüber gehen Staffeln und rechts und links davon stehen die Wächter des Grabes, denn das soll das unterste Gewölbe sein. Wir stiegen hinunter. Da war ein großer, geschmückter Altar, davor liegt der Leichnam Jesu in Lebensgröße und sieht also ganz wie ein toter oder schlafender Mensch aus mit den braunen Locken und dem schmerzlichen Zug, ganz wie die Bilder von der Grablegung. An dem Altar waren bunte Glaskugeln, die dann bei Festlichkeiten als Lampen dienen. Es war ziemlich schauerlich. Dann gingen wir oben in die Kirche. Da war wie in Calw hinten der Hochaltar und weiter vorne noch zwei andere.

Willy Lawton ging hinter den Altar und da stand ein Kasten, einige Besen, die reinste Rumpelkammer. Hinten stand ein Chorbube in halber Menschengröße, mit einem Kopf wie meine große Wachspuppe, wäre er größer gewesen, so hätte man ihn für lebend halten können. Es war weit und breit kein Mensch um den Weg und doch stand alles weit offen. In der Kirche ist ein Heiligenbild neben dem andern. Es war sehr schön, trotzdem, daß wir vor Hitze schier vergingen. Am Mittwoch in sechs Wochen spätestens werde ich kommen, vielleicht schon in vier Wochen. Nun leb wohl und sei herzlich geküßt von

Marulla

484] *H. H. an Theodor Rümelin*

[Calw, 1. Juli 1895]

Lieber Theodor!

So gut ich vermag, will ich Dir zu schreiben versuchen. Ich bin nämlich ohnehin angegriffen, lag letzte Woche 3 Tage zu Bett etc., und dann hab ich heute ein Wetter erlebt, wie selten[1]. Vielleicht siehst Du es in irgend einem Tagesblatt. Es war großartig, ein einziger Windstoß, ein kurzer Hagel, alles zusammen kaum drei Minuten dauernd. Da flogen Scherben überall, zerstörte Läden, Dächer, Ziegel, Fenster etc. In einer einzigen Minute wurden massenhaft starke Bäume entwurzelt oder aber gebrochen, ganze Felder und Gärten total vernichtet. In unsrem Haus allein, wo es noch gnädig ging, sind über dreißig Scheiben zertrümmert, das Dach stellenweise zerstört etc. Ich maß Hagelkörner bis zu 39 und 40 mm Durchmesser. Und alles dauerte nur 3 Minuten. In Renningen sollen über zehn Häuser vom Sturm umgeworfen sein, ob's wahr ist, weiß ich nicht. Hier auf dem Brühl sah ich riesige Äste von den uralten Linden und Kastanien abgerissen, und mehrere starke Bäume total umgerissen.

Das ist Lokales und kann Dich wenig interessieren. Es diene nur zur Entschuldigung meines ungeordneten Schreibens. Ich bin verwirrt und überreizt, arbeiten läßt mich das Kopfweh nicht. Das Wetter seit zehn Tagen war hier gar zu exzentrisch.

Gestern wurde ich mit dem Buch »Die Sozialdemokratie etc.« von Schuster[2] fertig. Wie Du Dir denken kannst, hat es mich in den bisherigen Ansichten nur bestärkt. Durch meine Zukunftspläne, sowie durch Vorschläge, die mir Dr. Kapff in einem neuern Briefe macht, sehe ich mich der Weltentwicklungsgeschichte, der sozialen Revolution etc. näher gerückt. Da alles noch unbestimmt ist, mag ich jetzt darüber noch nicht sprechen. Vielleicht mündlich!

Du liesest Grabbes »Don Juan und Faust«? Ganz recht! Freilich hätte ich den »Napoleon« vorgezogen. Das Letzte, was ich erst dieser Tage von Grabbe las, war »Scherz, Satire etc.«, ein Lustspiel. Ich rate auch Dir dazu, das Ding ist ein Curiosum, packend und derb genial in der Satyre, geistreich in der ganzen Anlage. Sonst las ich besonders Zolas »Totschläger« dramatisiert. Das Ding ist nicht so schlimm, als ich geglaubt, und mit der Ausführung wäre ich bis auf den Schluß zufrieden. Der Schluß aber gefällt mir beim »Totschläger« so wenig wie bei der »Cameliendame«. Jetzt lese ich den berühmten »Tristram Shandy« von Laurence Sterne, ein höchst originelles, echt englisches Werk, voll zwar von der Derbheit seiner Zeit, aber sonst voll echten Humors. Es ist der Humor à la Cervantes, der einzig echte, weil er auf Liebe ruht, daher optimistisch ist und über alle noch so grelle Gestalten das wohltuende rötliche Licht seiner Zauberlampe schimmern läßt. Die Fehler liegen auf der Hand, endlose Breite, Mangel an Komposition, aber sie treten zurück vor dem sonnigen Eindruck, den das Ganze macht, dazu sind die Charaktere meisterhaft. Tristram beginnt mit der Erzählung seiner Geburt, aber auf Seite 193, wo ich jetzt stehe, ist er immer noch nicht geboren und trotzdem war mir das bisher Gelesene nicht langweilig, der behagliche Plauderton des guten Tristram führt uns in so weitverzweigte Irrgänge, daß wir jeden Standpunkt verlieren und uns naiv am bunten Mosaik der Erscheinungen und Ansichten ergötzen.

Überhaupt geht nichts über den bürgerlichen Roman der Engländer, über Sterne, Fielding, Addison etc., und vor allem liebenswürdig ist der englische Humor, worin vor allem Dickens (Boz) Meister ist. Schon Goethe, ja schon Lessing waren begeistert von der breitbehaglichen Liebenswürdigkeit des »Tristram Shandy«.

Ist Eure Kneipe unter Deinen Auspizien glatt verlaufen? Haben meine kleinen Quodlibets Anklang gefunden? Jetzt wird ja wohl alles Gemütliche, Schwere, Behagliche untersinken im Wirbel der Examensschanzerei. Da beeilt sich jede kleine Welle, rasch durchs enge Loch zu kommen und meistens geht es besser als irgend wer zuvor gedacht. Viel Glück allen Freunden! Wenn Du meinen Bruder Carl Isenberg, den Philologen, kennst, wird es Dich interessieren zu hören, daß er im August für ein halb Jahr nach Südrußland gehen will, über Wien hinein, über Berlin zurück. Ich verspreche mir davon einige Bereicherung meiner russischen Studien, die schon die Erzählungen meiner Schwester, die vor 2 Jahren in Estland war, recht gefördert haben. Früchte dieser Studien sind die »nordischen Lieder«, die allmählich zum Cyklus werden sollen, und meine Novelle »Barthy«. Über all das hoffe ich in einigen Wochen mit Dir sprechen zu können.
Studieren werde ich im Herbst noch nicht. Überhaupt hat es ja nie eine Zeit gegeben, wo die Universität entbehrlicher war als jetzt, wenigstens für Leute wie ich, die grundsätzlich nicht in den Staatsdienst treten. Hätte ich in Literatur z. B. an einer Hochschule auch nur ein Pünktchen mehr lernen können als privatim? Gewiß nicht. Das Wissen liegt ja auf dem Markt, und Selbststudium macht urteilsfähig. Speziell in Dingen, wo Ethik und Aesthetik mitspielt, ist eigenes Forschen weit wertvoller als Kolleghören. Da ich im Polytechnikum als außerordentlicher Student zudem *monatlich* etwa 60 M. allein für Kollege brauchen würde und zwar bei schwachem Besuch, so bin ich der Narr nicht,

so bald unnötigerweise zu studieren. Auch Nationalökonomie lerne ich in den Fabriken mehr als irgend wo anders. Meinen Standpunkt, der vor allem jedem Kommunismus feindlich ist, kennst Du ja so ziemlich. In letzter Zeit hat mich dies Thema wieder ein wenig beschäftigt, ob mein Plan, diese Kontraste zu einem Roman zu verwerten, einmal zur Tat werden kann und wird, ist aber noch fraglich. Überhaupt arbeite ich gegenwärtig nichts Eigenes (höchstens Sichten und Feilen mancher Lieder), da mich oben erwähnte Studien und das Englischlernen zu sehr in Anspruch nehmen. Auch fühle ich mich zum Dichten eines Größeren nicht gesund genug. Doch hab ich am Englischen ziemlich Freude und wende ziemlich Eifer dran; später soll womöglich Spanisch folgen. Das Französische, die klassische Weltsprache, ist mir fast so fremd wie etwa Hebräisch. Doch ist's wohl möglich, daß ich auch das noch mir einpauke, wenn nur erst Englisch fest sitzt. Dazu wird noch längere Zeit nötig sein.
Nun noch ein bischen Literarisches! Freytags Lob ist schon eine veraltete Neuigkeit. Spielhagen, der greise Romanfabrikant, wurde mit dem Auftrag geehrt, am Goethefest die große Rede zu halten. Er hat über Goethe als Epiker wirklich gut gesprochen, besonders den Unterschied des Goethe'schen und des modernen Romans, sowie den der Gattungen Roman und Novelle, vorzüglich beleuchtet. Besonders gefällt mir, daß er als Hauptkennzeichen des Romans und der Novelle bezeichnet, daß im Roman Charaktere werden, sich entwickeln, in der Novelle dagegen nur fertige Charaktere auftreten.
Von meinen Produkten ist wenig zu sagen. Der Hochsommer ist keine Zeit zum Dichten.
[...] Doktor Kapff hat auch Makuscha II sehr anerkennend rezensiert. Er warnt mich nur, zu oft Traumbilder zu schildern, »denn in der Regel«, sagt er, »sehen wir im Traum

doch den größten Unsinn«, womit er ganz Recht hat. Doch ist es ja keine meiner Spezialitäten, Traumbilder zu malen, ich kann recht wohl ohne solche auskommen. Dr. Kapff studiert gegenwärtig Nietzsche, den philosophischen Titanen; im Wesentlichen scheint er in literarischen Dingen meine Ansichten zu teilen, während mein Nebenfach jedoch slawische Literatur ist, legt er sich mehr auf die englische, vor allem aber auf die spanische und portugiesische, die er den Vorzug hat in der Sprache des Originals studieren zu können. Wenn alles nach Wunsch geht, hoffe ich den herrlichen Cervantes in einigen Jahren auch im Original lesen zu können. Portugiesisch werde ich später jedenfalls treiben.

Doch ich bin nicht aufgelegt, weiter zu plaudern – entschuldige und nimm für jetzt mit ein paar Versen und der erneuten Versicherung meiner herzlichen Freundesliebe vorlieb!

Dein Hermann

1 Es war das Unwetter, welches H. H. in der Erzählung »Der Zyklon« beschrieben hat. (G. S. I, 762 ff.) Erstdruck in der Neuen Rundschau, 1913.
2 R. Schuster, Die Social-Demokratie. Nach ihrem Wesen und ihrer Agitation quellenmäßig dargestellt. Stuttgart 1875.

485] *Marie Hesse an Marulla Hesse*

[2. Juli 1895]

[Sie wiederholt, daß Hermann Englisch lerne; sie fügt hinzu:]

Er plant in einigen Jahren nach Brasilien auszuwandern und vorher noch von der Landwirtschaft etwas praktisch auf einem Hof und dann theoretisch in Hohenheim zu lernen. [...]

486] *H. H. an Marulla Hesse*

[wahrscheinlich 2. Juli 1895]

Liebe Marull!

Dank Dir für Deinen Brief und Glückwunsch! Das wegen Brasilien will ich mir noch überlegen. Deinem Besuch der Wurmlinger Kapelle hätte ich gern beigewohnt, es muß höchst interessant sein, Du hast gewiß auch an Uhland, Kerner, Lenau, Schwab u. s. w. gedacht, die jenen sonnigen Punkt so gern hatten, der auch zu der religiös gemütlichen Grundstimmung aller Romantiker sehr wohl paßt.

Steckst Du tief in der Wissenschaft? Englisch, Französisch, Geschichte etc, wohl auch etwas von Luftdruck, Wärme, Magnetismus etc?

Grüße, bitte, Tante El[isabeth], Agnes und Hermann, welch letzterem ich auch für seine Gratulationskarte zu danken habe. Wenn das Wetter erträglicher ist und sonst alles wohl geht, kann ich Dir hoffentlich bald mehr schreiben. Heut bin ich etwas duselig; es ist heiß-schwül, dazu kam gestern das schlimme Hagelwetter, das uns konfus machte und von dem Du anderwärts wohl hören wirst. Auch über unsre Putzerei etc etc werden die Andern besser erzählen können. Das nur ein kurzer, aber herzlicher Gruß

von Deinem

Hermann.

487] *Marie Hesse an Johannes Hesse*

Calw, 3. Juli 1895

Mein herzlieber Johannes!

Herzlichen Dank für Deinen lieben Brief. Gestern war ich von 2–8 im Garten und vorher im Eckzimmer auf Sofa zu Hermanns Geburtstag. Frau Inspektor Schöll saß lang bei mir im Garten und Jettchen. Von dem Hagelwetter am 1. Juli[1] schrieb Dir Adele, es war ein großer Schrecken, so

kurz er dauerte. Kathrine ist besonders betrübt über ihren Garten; zweiunddreißig Scheiben zerbrachen bei uns, Zahn's gegenüber hatten gerade so viele. Die Dachdecker und Maurer sind schon bei uns beschäftigt; [...]
Hermann ging Montag wieder ins Geschäft, und Hansel kam überglücklich und wohl am Samstag schon vor sieben heim, und Montag zur Schule. [...]
Doch ich bin müde, nimm vorlieb. Ich las Hermann seine schöne Losung vom 2. vor und er war lieb. Englisch wird getrieben trotz allem. [...]

1 Siehe H. H.'s Brief vom 1. Juli 1895.

488] *Marie Hesse an Marulla Hesse*

Calw, 8. Juli 1895

[...] Unser Karl will Samstag heimkommen und da bleiben, bis er nach Rußland fährt. Lange Zeit hat er nicht, denn [am] 1. September muß er in Lgow sein – in der Nähe ist das Gut – und vorher will er eine großartige Reise über Berlin, Stettin, Riga, Dorpat Weißenstein, Petersburg, Moskau machen! Er will diese Gelegenheit zum Reisen nicht hinauslassen. Im Januar hofft er dann heimzukommen, wahrscheinlich – wenn's Geld reicht – auch auf großen, diesmal südlichen Umwegen. Kannst Dir denken, wie's ihn brennt, Konstantinopel, Athen, Triest (und was noch!) zu sehen, wenn's möglich wäre. Hoffentlich kann er Dich noch geschwind besuchen. Im Frühling möchte er in Stuttgart ein mathematisches Examen machen, um nicht nur Altphilologe zu bleiben. Vorderhand lernt er schon mit Eifer russisch! – [...]

489] *Marie Hesse an Marulla Hesse*

Calw, 15. Juli 1895

[...] Am 1. September muß er [Karl] (über Petersburg und Moskau) in Lgow eintreffen, von wo er per Kutsche abgeholt wird aufs Gut »Alschenka«, wo Frau von Baur Breitenfeld wohnt mit ihrem 14jährigen Sohn Fidel – Carls Schüler – und ihrem Sohn und Tochter von Selden aus erster Ehe – [...] Carl kann unmöglich nach Tübingen vor der Abreise. Er hat auch nur auf vier Monate sich engagiert, hofft im Februar zurück zu sein [...]

490] *Theodor Rümelin an H. H.*

Blaubeuren, 15. Juli 1895

Lieber Freund!

Daß Du krank warst[1], habe ich mit Bedauern gehört, hoffentlich ist Dein Leiden aber heute vorüber und trifft Dich mein Brief so munter an, wie ich selber bin. Wundere Dich, höre und staune: Gestern ist Krieger- und heute Kinderfest und der alte, schaffenseifrige, gestrenge Ephorus läßt uns den ganzen Rummel mitmachen – *eine* Woche vor dem Examen! Wir hätten *ihm* das nie zugetraut. Wir haben in der Wissenschaft wahre Herkules- und Sisyphusarbeiten zu verrichten. Ich bin deswegen auch noch gar nicht dazugekommen, Dir für Deine Gedichte zu danken. Sie haben alle gut gefallen, besonders Dein »Bruder Zecher« ward allgemein sehr gelobt. Mein Präsidium ist ohne Anstoß verlaufen. Daß Du englisch treibst, freut mich; ich kann auch ein paar Brocken. [...] Ich werde diese Sprache später intensiv studieren und hoffe vielleicht einmal eine Studienreise in dies Land machen zu können. Dein Herbstlied »Wehen Stürme« gefällt mir gut und ich danke Dir auch für diese neuen Liedergrüße, sowie für die Dedikationen, die Du mir durch Lang geschickt hast. Nächste Woche also ist Examen vom 26.–29.; halte nur ordentlich den Daumen, dann bestehe ich's!

Grüße! Dein guter Freund
Th. R.

1 Marie Hesse an Johannes Hesse, Freitag Morgen 1895: [. . .] Hermann liegt mit Kopfweh, Halsweh, etwas Fieber – [. . .]
Samstag Morgen: [. . .] Hermann besser, doch noch erkältet im Bett. [. . .]

491] *H. H. an Dr. Kapff*

Calw, 18. Juli 1895

[. . .] In dieser heißen Zeit ließ ich auch die Literatur ziemlich liegen, d. h. das Studium, das Nachsehen der neuen Bücher etc. Statt dessen las ich Sterne's »Tristram Shandy« zum erstenmal ganz durch. Ein originelles Buch, aber eben ein Kuriosum! Gar kein Kunstwerk. Ich liebe diese Sorte von Engländern, deren Bester wohl mein Liebling Dickens ist. Im David Copperfield, besonders im zweiten Band, lese ich jederzeit gerne, das sind so sonnige Bilder wie die des Claude Lorrain, oder die des Robert. Was Erfindung und Charakterzeichnung betrifft, ist Copperfield ein Meisterwerk, seine behagliche Breite ist mir wenigstens lieber als die des Walter Scott.

So forsch[ungs]begierig ich bin, sind doch immer einige Gestalten, die mir fast fremd sind. So kann ich z. B. Jean Paul nur mit Anstrengung lesen, so witzig er sein mag. Von den Modernen ist es besonders Ebers, dem ich stets in weitem Bogen ausweiche, sogar Freytags »Ahnen« las ich nur bis zum vierten Band. Es geht mir da wie in der Bibel, in der ich einzelne Bücher mir stets wieder zu lesen vornehme, ohne je damit fertig zu werden, so lieb mir einige andere Bücher des alten Testamentes sind, die ich sogar öfters lese. Von Rabelais spreche ich mit aller Anerkennung, ebenso von Milton, ohne eine Zeile von ihm gelesen zu haben. Klopstocks Oden habe ich fast sämtlich gelesen, vom Messias nur anderthalb Gesänge. Ach, und wie liebe ich Boccaccio, und den herrlichen Petrarca, und gar Tasso, den Edlen, die ich alle nie gelesen habe.

Wenn wieder eine gesündere Zeit kommt, die Zeit und Liebe hat, ein Epos zu schaffen und zu lesen, wenn gar die Lyrik wieder emporkommt, wer kann das wissen! Ich glaube, solange Drama und Roman so einseitig vorherrschen, ist keine dichterische Befreiung zu hoffen. Bezeichnend für unsre eilige, für die Dichtung so ungünstige Zeit, ist auch das Mode-werden sog[enannter] »Skizzen«, die den slavischen »Skizzen« à la Vrchlitzky weit ähnlicher sind als irgend einem französisch-geistreichen »Essay«. Wie viel wird geschrieben, und wie wenig ist des Lesens wert! Alles zieht lustig am Wagen der Dichtung und freut sich, daß er so munter vorwärts rollt, und merkt nicht, daß és bergab geht, hinab vom Parnaß, zwar nicht in den Abgrund, was vielleicht besser wäre, aber ins flache, sandige Land, in die Öde der Deutlichkeit, der Statistik? Sobald ich genügend englisch kann, werde ich mich der englischen Literatur zuwenden – die Übersetzungen, besonders neuerer Werke, sind großenteils auffallend schlecht. Die alten Engländer Addison, Fielding, Goldsmith, auch Swift werden mir in der Sprache der Originale gewiß viel Genuß bieten; zum Teil kenne ich sie schon aus Übersetzungen. Von Neuern möchte ich besonders Byron, von den Neusten Tennyson, auch Longfellow kennen lernen. Die neue engl. Literatur von Dickens an ist mir noch ziemlich fremd. Raten Sie mir, Tennyson zu lesen?

Die Hitze macht mich gedankenlos; ich kann heute nicht mehr schreiben, entschuldigen Sie den ungeordneten Brief!

Mit achtungsvollem Gruß Ihr

Hermann Hesse

492] *Marie Hesse an Johannes Hesse*

Calw, 31. Juli 1895

[...] Die zwei Hunnius sind heute noch da und machen [einen] Ausflug nach Zavelstein und Teinach mit Hermann und Adele. [...] Ich hoffe, Du bleibst ruhig im Palmenwald. Die Luft tut Dir doch gut und hier hättest Du ja viel weniger Ruhe. [...] Hermann sägte und spaltete Holz für Perrot bis zum Nachtessen; heute macht er frei. Die guten Zimmermanns schickten mir ihrer Mutter Tragsessel, und sofort trug man mich im Triumph in Adeles Stüblein hinauf, wo ich seit dreizehn Monaten nimmer war. [...]

493] *Martha Cohen (Theo Isenbergs Braut) an Johannes Hesse (Nachschrift zum Brief von Marie Hesse)*

Calw, 2. August 1895

Lieber Papa!

Von Manya Hunnius hörte Theo, daß in Hopfenburg bei Unterlenningen eine Ackerbauschule sei, eine Zweigschule des Dr. Lucas in Reutlingen, wo junge Leute ein Jahr Praktikum durchmachen. Sie müßten tüchtig arbeiten, seien aber sehr gern dort, und verkehrten viel in dem netten Pfarrhaus in Unterlenningen. Dies etwa für Hermann. [...]

494] *Theodor Rümelin an H. H.*

Kornthal, 7. August 1895

Lieber Freund!

Du wirst schön über mich denken. Seit weiß der Teufel wie lange her schreibe ich Dir keinen Buchstaben und Du hast mir bisher immer so oft und gern Briefe geschickt. Aber es war nicht meine Schuld. Du weißt ja, wie wir in Blaubeuren aufs Examen geschlaucht wurden; dann kam's und hernach blieb ich in Stuttgart, bis ich das Resultat erfahren würde. Ich hatte schon dort im Sinn gehabt, Dir zu schreiben, aber ich fand nie ruhig Zeit dazu.

[...] Und jetzt sitze ich endlich ruhig hier in meiner Bude, links hebräischer Kodex, rechts ein Schachbrett, vor mir eine Bierflasche und um mich ein echt türkischer Cigarettenrauch.

Das Examen war heiß in jeder Beziehung, ganz anders als das gemütliche Landexamen, wo es mir ganz gut behagte; diesmal aber habe ich mich so unbequem und unheimlich gefühlt, wie ein sonnenverbrannter, ausgehungerter Wüstenlöwe unter dem Wendekreis des Steinbocks. Jener Samstag Nachmittag, der heißeste Tag des ganzen Juli, bleibt mir noch lange im Gedächtnis! Da saß ich, meine Stahlfeder in der männlichen Rechten, die Hemdärmel aufgestülpt (wir durften nämlich alles Entbehrliche ablegen) und sollte Geschichtsfragen markieren! Geschichte sonst mein Lieblingsfach: und jetzt im Konkurs habe ich hierin mein schlechtestes Zeugnis erhalten, nämlich eine Drei.

Den theologischen Fächern und der Mathematik verdanke ich besonders meinen Lokus unter den zehn ersten (das heißt am Schwanz derselben gerade noch, aber vor mir ist eine lange Klammer). Unser Aufsatz war nett, aber schwer; »Die Bedeutung von Verstand und Gefühl für Wesen und Entwicklung des Menschen und ihre gegenseitigen Beziehungen«.

Und nun die Hauptsache: Besuche mich doch auch einmal! Bist herzlich von mir und meiner Mutter eingeladen. Zwar wird Dir's, denke ich, hier auf die Dauer nicht gefallen. Merke Dir das, daß ich noch etwa bis zum 14. hier bin; also wenn Du kommst, so komme bald. Bringe auch Gedichte, Deine Novelle Barthy etc mit!

Wie geht Dir's eigentlich? und Deiner kranken Mutter und Deinem Vater? Schreibt Dein Bruder befriedigt aus

Südrußland? Wird Marulla immer noch dicker? Deine Schwester Adele malt gewiß eifrig, ich tu's auch. Sag ihnen allen, auch Deinem Hans, viele schöne Grüße, besonders aber Dir selber

von Deinem alten M[eniskus]

495] *H. H. an Theodor Rümelin*

[Calw, 8. August 1895]

Lieber!

Herzliche Gratulation! Du bist so liebenswürdig, mich einzuladen, dasselbe hatte ich mit Dir im Sinn, habe aber zu viel Arbeit. So möchte ich nächsten Sonntag bei Dir sein. Gesundheitliche und andere Rücksichten machen mirs wünschenswert, *Samstag Abend* (von hier ab 4.20) zu kommen, auf Sonntag bei Dir zu schlafen, Sonntag mit Nachtzug wieder heim.

Ist Dirs geschickt, ist vor allem das Übernachten nicht lästig, so hoffe ich Dich übermorgen zu sehen. Reicht es noch, so gib, bitte, Antwort! Entschuldige die Kürze!

In großer Eile Dein

Joseph

Donnerstag Abend

Bitte mich Deiner verehrten Frau Mutter bestens zu empfehlen!

496] *Wilhelm Lang an H. H.*

Nürtingen, [undatiert[1]
vermutlich Ende August 1895]

Lieber Hermann!

Jetzt endlich finde ich Zeit, das Versäumte nachzuholen. Denn kaum war ich ein paar Tage zu Hause, so begann

die Hopfenernte, bei der ich von morgens bis spät in die Nacht hinein beschäftigt war, so daß mir keine Zeit zu etwas anderem mehr übrig blieb.
Jetzt ist dies unser größtes Geschäft im ganzen Jahr glücklich beendet – wir wurden so ziemlich noch bei gutem Wetter fertig – und ich bin wieder frei von eigentlichen Geschäften.
Es bereitet mir immer wieder neuen Genuß, zurückzudenken an alles, was ich in jenen schönen Tagen bei Dir und den Deinen erlebt habe, und ich möchte Dich bitten, nochmals meinen innigsten Dank Deinen Lieben auszudrücken für die liebevolle und freundliche Aufnahme, die ich gefunden habe.
Alles kann ich mir noch recht lebhaft vorstellen, die Spaziergänge in die nächste Umgebung der Stadt wie auch in die nächsten Täler, Eure dunklen Tannenwälder und das ganze schöne Nagoldtal; und auch Dich kann ich mir noch recht gut denken, wie Du an Deiner Maschine stehst oder wie wir auf Deinem Zimmer am Abend mit einander plauderten.
Nur eines macht mir Sorge. Als mich Dein lieber Vater fragte, wie es denn zwischen uns in Maulbronn zur Trennung gekommen sei, da sagte ich, ohne es mehr genau zu wissen, daß es ganz freiwillig und in gleicher Weise von uns beiden geschehen sei, ohne daß zwischen uns etwas Besonderes vorgefallen gewesen sei. Bitte bring Du in die Sache, die ja längst vergessen sein sollte, Klarheit, wenn Du Dich noch besser daran erinnern kannst.
Jetzt wirst Du's auch wieder leichter haben in Deinem Geschäft, so daß Du wieder mehr Zeit für Dein Studium übrig hast. Und es wird Dir nun auch möglich sein, einmal mich aufzusuchen, damit Du auch meine Eltern und Geschwister kennen lernen kannst. Freilich wird Dir da nicht so viel Unterhaltung geboten werden, wie mir bei Euch, dafür aber haben wir dann die ganze Zeit für uns zur Verfügung.

Jedenfalls wünsche ich, wenn Du Deinen großen Plan verwirklichen solltest, Dich vorher noch einmal zu sehen; aber damit wird's noch nicht so schnell gehen! [...]

1 Am 15. August schrieb Wilhelm Lang an H. H., er könne ihn »diese Woche« leider nicht besuchen, weil er erkrankt sei, hoffe aber, daß er »bald« kommen könne. Der 15. August war ein Donnerstag – er scheint dann in der Woche vom 19. August nach Calw gekommen zu sein.

497] *Zeugnis des Turm-Uhrenfabrikanten Perrot für H. H.*

Calw, 19. September 1895

Hiermit bescheinige ich, daß Hermann Hesse von Anfang Juni 1894 bis Mitte Sept. 1895 in meiner Werkstatt beschäftigt gewesen ist, u. sich in mehreren Zweigen meines Geschäftes Kenntnisse u. Fertigkeiten erworben hat.

H. Perrot

Nachwort

Die Welt, in der Hermann Hesse aufwuchs, war »eine Welt deutscher und protestantischer Prägung, aber mit Ausblicken und Beziehungen über die ganze Erde hin, und es war eine ganze, in sich einige, heile, gesunde Welt«. So erscheint sie dem Rückblickenden im Jahr 1931, nach einem Krieg und nach politischen, kulturellen, sozialen Umwälzungen, die sein Leben verändert hatten. Die Welt vor 1900 schien im Gegensatz zu der jetzigen geordnet und gut zentriert; daß sie ihre Fragwürdigkeiten hatte, haben die vorliegenden Blätter gezeigt, wenn es auch nur ein begrenzter Ausschnitt aus der damaligen Zeit und Gesellschaft ist, den sie behandeln.

Daß das Christentum seiner Eltern und Voreltern – ein pietistisch gefärbter Protestantismus – »als gelebtes Leben, als Dienst und Opfer, als Gemeinschaft und Aufgabe« etwas Großes und Edles war, erkannte H. H. früh, aber er erkannte auch die dahinter stehende Problematik. Er sah auch die »nur halb eingestandene Sympathie« des Vaters, der Mutter, des Großvaters für die indischen Glaubensformen – wie es ja im Denken und Leben jener Zeit viel »Uneingestandenes« gab. Nietzsches Umwertung aller Werte war noch nicht Begriff geworden, Freuds Arbeiten hatten erst zu erscheinen begonnen. Zweifel an der Notwendigkeit des

Missionierens kamen nicht auf. Dagegen war die Frage, ob einer wirklich zum geistlichen Beruf tauge, eine wichtige, die Fragesteller quälende, Konflikte provozierende; aber es war eine persönliche Frage. Am Kaiser und an Bismarck wurde keine Kritik geübt – wohl aber gelegentlich an der Sozialdemokratie. Von Friedrich Naumann, dem süddeutschen Liberalen und Demokraten, der die Sozialdemokratie an der politischen Verantwortung beteiligt sehen wollte, wußte man in diesem Kreise, dessen Interessen und Sinngebungen hauptsächlich christliche waren, nicht, wie man sich ja überhaupt wenig um Politik kümmerte. Daß man sexuellen Fragen nach Möglichkeit auswich, daß man prüde war, gehörte zur Zeit. Gehorsam der Kinder, Unterordnung der Jüngeren unter die Älteren verstand sich von selbst. Es gab viele ungeschriebene Gesetze, die eingehalten wurden. Im Kampf gegen diese und andre Konventionen stand der junge Hermann Hesse allein. »[...] das Leben meiner Voreltern und Eltern war ganz und gar vom Reich Gottes her bestimmt und stand in dessen Dienst«, schreibt er 1931. »Daß Menschen ihr Leben als Lehen von Gott ansehen und es nicht in egoistischem Trieb, sondern als Dienst und Opfer vor Gott zu leben suchen, dies größte Erlebnis meiner Kindheit hat mein Leben stark beeinflußt.«

Die Jugendbriefe Hermann Hesses sind von seinen Eltern, später von den Schwestern sorgfältig aufbewahrt worden. Aber nicht allein *seine* Briefe; auch alle die, welche Bezug auf ihn nahmen – also Berichte oder Mitteilungen von Verwandten, Erziehern, Kostherren oder -frauen, Lehrern und Pfarrern – wurden aufbewahrt. Geordnet und gebündelt fanden sich im Nachlaß Hermann Hesses die Briefe, welche Vater, Mutter, Großväter ihm geschrieben hatten, und Briefe seiner Schwestern, Brüder und der Maulbronner Kompromotionalen.

Es war eine Familie, die viele Briefe schrieb; das wird in

jener Zeit auch in andern Familien vorgekommen sein. Aber das Aufbewahren jeder Postkarte, jedes Briefes oder Zettels ist doch charakteristisch für die Familie Gundert und Hesse. Das Telegramm, in dem das Verschwinden des Knaben Hermann Hesse aus Maulbronn dem Vater gemeldet wurde, ist vorhanden, ebenso wie die Antwort des Vaters und der Bericht über das Wiederauffinden, sogar der Zettel, auf dem der Gendarm die Kosten für die Rückführung des Knaben detailliert vermerkt.

Das Dokument über die Entlassung aus dem Maulbronner Seminar, die Abrechnungen über die Pensionskosten in Cannstatt, inclusive Extraausgaben für Bier, Eau de Cologne und Briefmarken etc. liegen vor. Aber nicht nur das, was sich auf H. H. bezieht, ist erhalten. Zwischen den Familienmitgliedern gingen in ununterbrochenem Strom Briefe hin und her. Einige Ziffern mögen das bezeugen: 219 Briefe aus den Jahren 1862–1873 von Johannes Hesse an die Eltern, 261 Briefe von Marie Hesse aus den Jahren 1874–1896 sind im Besitz des Schiller-Nationalmuseums Marbach. Ebendort befinden sich 225 Briefe von Marie Hesse an ihre Eltern aus den Jahren 1850–1892; 90 Briefe an ihren ältesten, den Lieblingsbruder, später Pfarrer in Mount Clemens, Mich., von 1850 (als sie achtjährig war) bis 1876; 75 Briefe von Marie Hesse an Johannes Hesse von 1874 bis 1897; ihre Tagebücher von 1857, 1859, 1860 und das von mir in diesem Buch oft zitierte, von ihr so genannte: Tagebuch der Familie Hesse-Isenberg, das mit dem Jahr 1877 beginnt. Viele Briefe der Eltern an H. H., an Adele und an Marulla Hesse befinden sich in Montagnola. Daß sie alle heute noch vorhanden sind, ist das Merkwürdige.

Im Besitz eines seiner Enkel, des Japanologen Professor Dr. Wilhelm Gundert in Neu-Ulm, befinden sich mehr als achttausend Briefe, die sein und Hermann Hesses gemeinsamer

Großvater, Dr. Hermann Gundert im Lauf seines Lebens geschrieben hat. Sie sind von zweien seiner Söhne, Friedrich und David Gundert, gesammelt und sorgfältig registriert worden und waren an seine Familie und an Freunde gerichtet. Im vorliegenden Buch wurden von seinen Briefen hauptsächlich die an den ältesten Sohn Hermann Gundert, Pfarrer in Mount Clemens, Michigan, gerichteten gekürzt wiedergegeben, soweit sie sich auf Hermann Hesse bezogen.

Eine Anzahl Briefe Dr. Gunderts an seine Kinder, an seine Eltern, an junge Menschen, an Studenten, Missionare, Freunde etc. hat sein Schwiegersohn Johannes Hesse im Jahr 1900 herausgegeben, unter dem Titel: »Aus Dr. Hermann Gunderts Briefnachlaß. Als Manuskript gedruckt in der Stuttgarter Vereinsdruckerei«.

Johannes Hesse, der als Elfjähriger das väterliche Haus verlassen mußte, um in Reval die Ritter- und Domschule zu besuchen, fing im Jahr 1862, fünfzehnjährig, an, ein Tagebuch zu schreiben. In Montagnola liegen viele Briefe des jungen Johannes Hesse an seine Eltern; er berichtet von seiner Reise nach Basel 1865, von der Zeit im Basler Missionshaus, von seinem Indienaufenthalt. Der Vater von Johannes Hesse, der Doktor Karl Hermann Hesse in Weißenstein, Estland, hat im Jahr 1863 seine Lebensgeschichte niedergeschrieben, später hat er sie bis zum Jahr 1882 ergänzt. Von der mütterlichen und von der väterlichen Seite der Vorfahren Hermann Hesses bestand das Bedürfnis, schriftlich zu erzählen, zu berichten; mit den mehr oder weniger fernen Nächsten verbunden zu bleiben; Rechenschaft über sein Leben abzulegen.

Dieser einzigartige Reichtum an Dokumentationen gab die Möglichkeit, ein Bild der Kinder- und Jugendjahre Hermann Hesses unmittelbar aus den Quellen aufzuzeichnen.

Die Entsprechungen und teilweise Überschneidungen der

einzelnen Berichte und Briefe des Knaben, der Mutter, des Vaters, des Großvaters, verschiedener Erzieher, Freunde, Geschwister und anderer zeigen die Vielfalt der Aspekte, unter denen diese stürmischen Jahre betrachtet werden können. Dazu kommt das Wissen, daß alles Geschehen später von H. H. selbst sublimiert und gestaltet wurde, was einen neuen Aspekt ergibt. Die Wirklichkeit des Geschehenen und Erlebten – soweit sie darstellbar war – kann so von dem Leser der Werke mit der Wirklichkeit des reflektierten Erlebnisses verglichen werden.

Diese Dokumentation zeigt aber noch anderes. Sie zeigt, wie ein vielversprechender, hochbegabter Knabe durch Erziehung und nicht zu ihm passender Gemeinschaftsatmosphäre in der schwierigen Zeit der Entwicklung gequält und beinahe gebrochen wird – und wie er sich aus eigener Kraft herausarbeitet und seine Erziehung selbst in die Hand nimmt. Sie wird – in einem später folgenden Teil – zeigen, wie er den Versuch der Anpassung macht und wie dieser ihm teilweise glückt. Später wird er aus dieser ruhigen Zeit nochmals ausbrechen und den »Demian« schreiben.

Die Entwicklungsgeschichte des jungen Menschen, die bisweilen in eine Krankheitsgeschichte umzuschlagen droht, wurde hier so ausführlich und von verschiedenen Seiten her dargestellt, weil das, was den damaligen Ärzten und Erziehern als Krankheit erschien, ein Entwicklungsstadium im Leben H. H.'s war, und weil er sich selbst, schrittweise und in ständigem Kampf gegen seine Umwelt, aus der »Krankheit« befreite.

Die Dokumentierungen zeigen den Durchbruch zur Genesung und damit vielleicht auch den Sinn der Erkrankung. »Entlaufen« ist noch keine Krankheit. Rebellion der Jugend gegen das Alter, Auflehnung gegen das Überlieferte kann sich verschieden äußern. Man kann in die Einsamkeit entlaufen, wie man in Bünde und Gemeinschaften entlaufen kann.

In jenen Jahren schrieb Sigmund Freud seine ersten Arbeiten, aber sie blieben damals so gut wie unbekannt. Von einer Erkenntnis der kindlichen und der menschlichen Seele überhaupt waren die damaligen Erzieher noch weit entfernt. Sie begnügten sich damit, wenn es schlecht ausging, es doch »gut gemeint« zu haben. Sie taten alles, um den Willen des jungen Menschen zu brechen, die »Triebe«, wie man schaudernd sagte, »auszurotten«. Daß es bei H. H. nicht gelang, daß er unsäglich gequält, aber nicht gebrochen wurde, zeigt, welche innere Kraft in ihm wohnte.
Der Vater Hermann Hesses und der Großvater mütterlicherseits waren Missionare gewesen. So schien auch H. H.'s Weg vorgeschrieben zu sein. Da er begabt war, leicht und gut lernte – namentlich an der lateinischen Sprache hatte er Vergnügen – kam er zunächst in eins der württembergischen protestantisch-theologischen Seminare, in welchen die künftigen Pfarrer und Lehrer bis zum »Konkurs« – so hieß damals die Reifeprüfung – geschult wurden. Später kam man in das Tübinger »Stift«, von wo aus die Universität besucht wurde – und wenn man fertig war und die Prüfungen bestanden hatte, wurde man staatlich versorgt und untergebracht auf Lebenszeit. In der Erzählung »Unterm Rad« schildert H. H. den Aufnahmeakt der Schüler im Oratorium in Anwesenheit der Eltern, deren Brust »stolze und löbliche Gefühle und schöne Hoffnungen schwellten«, aber »kein einziger dachte daran, daß er heute sein Kind gegen einen Geldvorteil verkaufe«. Daß er »ein Dichter oder gar nichts werden wollte«, wußte H. H., bevor er ins Seminar kam. Doch ging er gerne nach Maulbronn und fühlte sich im Anfang dort sehr glücklich. Der Zwang aber, neben Dingen, die ihn interessierten, auch solche zu lernen, die ihm unwichtig oder langweilig waren, wurde ihm allmählich unerträglich. Das Gemeinschaftsleben ertrug er immer schlechter: Und dies alles, um zu einem Beruf er-

zogen zu werden, für den er sich sehr bald wenig geeignet fühlte.

Die plötzliche und äußerlich unmotivierte Flucht aus Maulbronn ging diesen Erkenntnissen voraus. Als er zurückgebracht wurde, hatte er selbst noch nicht begriffen, was mit der Flucht gemeint war. Er glaubte, daß er im Seminar weitermachen wolle. Aber da mengte sich die Umwelt ein, und es kam anders.

Die kurze Zeit des Lebens in einer geschlossenen Gemeinschaft, gegen die er sich damals empörte, mit Geboten und Verboten, strenger Zeiteinteilung, aber auch mit den Möglichkeiten der Kameradschaft und Freundschaft hat ihn dennoch aufs tiefste beeindruckt. Viele seiner Werke bezeugen es: »Unterm Rad«, »Narziß und Goldmund«, »Die Morgenlandfahrt«, »Das Glasperlenspiel«. In immer neuen Abwandlungen wird das Unterliegen – die Flucht – das Verlorengehn – das Fortgehn und seine Begründung – in diesen Werken erzählt. Immer ist ein »Ausbrechen aus der Gemeinschaft« das zentrale Thema.

Versuche zur Anpassung sind ihm damals und immer nur für kurze Zeit gelungen. Er blieb der Rebell, der Einzelgänger, der Individualist, der Unsoziale, der Einsame, der Gefährdete – der sich in der Jugend unbewußt, später bewußt bewahren mußte, um das zu leben, »was von selber« aus ihm »heraus wollte«, wie er es im Motto zum Demian formulierte.

Hermann Hesse hat sich stets zu seinen Großvätern hingezogen gefühlt. Dem Dreizehn- und Vierzehnjährigen war sein ferner »russischer« Großvater so etwas wie ein Märchenprinz. Das mag auch eine Kompensation für den ihm noch unbewußten Widerstand gegen den Vater gewesen sein, der nach allem, was H. H. wußte, dem Großvater wenig ähnlich war.

Von den Großeltern und Eltern Hermann Hesses soll im

folgenden erzählt werden. Vielleicht erscheinen manche Wesenszüge des jungen H. H. dann begreiflicher, wenn man erkennt, daß sie in den Voreltern präfiguriert waren – vielleicht wird aber auch die Reaktion der Eltern auf H. H.'s Tun und Denken verständlicher, wenn ihre Herkünfte und ihre eigene Problematik durch die Erzählung ihrer Lebensgeschichte ein wenig erhellt wird. Dr. Hermann Gundert allerdings, wäre nicht dieser Meinung. Er schreibt einem Freund am 8. Juni 1877: »[...] Mir ist an den Enkeln immer auffallender, wie Gott sich so gar nicht wiederholt, sondern immer wieder etwas noch nie Dagewesenes auftischt.«

Die Quelle für die folgenden Mitteilungen aus dem Leben von Hermann Hesses Großvater ist die handschriftliche »Biographie des Dr. Karl Hermann Hesse, von ihm selbst verfaßt im Herbst 1863 für seine Familie und besonders für seine teure Frau Adele, geb. von Berg und ihr geschenkt zum Geburtstag. Am 20. November 1863«.

Die Abschrift, die mir vorliegt, stammt von Adele Gundert, geb. Hesse, der Schwester von Hermann Hesse. Die Aufzeichnungen umfassen in ihrer Handschrift zwei Bände mit 174 und 184 Oktavseiten und reichen von 1802 bis 1883.

Am 16. Februar 1802 ist *Karl Hermann Hesse* als vierter Sohn seiner Eltern geboren, in Dorpat, Livland, woher seine Mutter, Christine Elisabeth Sengbusch, stammte. Der Vater, Barthold Joachim Hesse, stammte aus Lübeck.

Bis Johanni 1816 besuchte Karl Hermann Hesse die Kreisschule, dann trat er ins Gymnasium ein, um später studieren zu können; die Eltern hatten eingewilligt, obwohl es ihnen schwer fiel, zwei Söhne studieren zu lassen. Der ältere Bruder Eduard studierte Theologie. Vierundfünfzigjährig starb der Vater, 1819. Sehr fleißig arbeitete Karl Hermann aufs Examen – er wollte, auf den Wunsch der Mutter, ebenfalls Theologie studieren. Dann aber kam es anders: Er bekam im Griechischen die Note 2 und nicht die Note 1, die zur Theologie nötig war. »Wir eilten gleich im Sturm auf die Universität und ließen uns immatrikulieren, der Rektor konnte mich nicht als Theologen einschreiben und ich empfing in Eile meine Matrikel als *Mediziner*, und es kam in dieser leichtsinnigen Weise die wichtige Berufsentscheidung für mein ganzes bürgerliches Leben zustande.«

Er »stürzte nachhause«, zog »den grünen Sommerrock mit den goldenen Litzen an« und stellte sich Mutter und Schwester als Studiosus vor. Die Mutter gab sich zufrieden, trotzdem sie anfangs traurig darüber war, daß der Sohn nicht Pastor wurde.

Von 1821 bis 1826 studierte er an der Universität Dorpat. »Das Neujahr 1826 kam heran, anfangs Februar klopfte der Pedell an unsere Türe und lud feierlich zum Examen ein.« K.-H. H. war gut vorbereitet, bestand das mündliche Examen, das mit Botanik begann und bei dem man in zwei andern Fächern (die er nicht nennt) lateinisch sprechen mußte, »die schriftlichen Arbeiten, die chirurgische Operation, die anatomische Demonstration, alles wurde mit Freude geleistet«, das Urteil lautete günstig, das Examen war bestanden.

Jetzt wollte er eine Reise machen. Die Mutter nahm Geld auf und erfüllte seinen Wunsch, er verließ die Heimat und war von April 1826 bis Juli 1827 in Deutschland. Diese Reise mit Frachtschiffen (Seglern), Postkutschen und Fußwanderungen beschreibt er sehr ausführlich. In Hamburg blieb er eine Weile, hospitierte an der chirurgischen Klinik. Ein Wintersemester (1826/27) studierte er in Berlin. Er hörte »bei Horn Therapie, bei Hufeland Poliklinik, bei Schlemm Privatissimum in der Anatomie mit praktischen Übungen im Leichensaal, später bei Hegel Enzyklopädie der philosophischen Wissenschaften«, und er »hospitierte bei

Schleiermacher in der Moralphilosophie«. Am Nachmittag arbeitete er an seiner Dissertation.

Über Hamburg, Kiel, Lübeck reiste er langsam zurück, zunächst nach Riga, das ihm noch unbekannt war. Er kam »von der Mitauschen Vorstadtseite zur Stadt und trat aus einer engen Seitengasse in die breite schöne Straße nach Mitau ein und sah und staunte! Ich stand vor dem mächtigen Dünastrom, bedeckt mit Schiffen aller Art, die zum Sonntag eben in allen Farben flaggten, die große Floßbrücke mit tausend Spaziergängern belebt aus allen Nationen in den buntesten Trachten. Und am rechten Ufer die Stadt mit den hohen Türmen, dem Schloß, seinen Wällen und Toren in voller Beleuchtung der schon nach Westen neigenden Sonne.

Es war mir sehr eigen zu Mute, wie beklommen, alles drängte sich in mir zusammen. Es war mein Vaterland und doch eine Fremde, ich stand allein und wollte doch Alle liebhaben. Wo bist du, liebes Herz, das mich verstehen und liebhaben soll?«

Er zog für einige Tage zum Freund Dr. Müller und hatte Postpferde für die Rückreise bestellt. Da kam »die jüngste Schwester der Hausfrau, Jenny Lass, ins Haus, auf längeren Besuch. Das war die Braut! Mein präpariertes Feuer war von ihrer Erscheinung in lichten Flammen!«

Jenny Agnes Lass, geboren 4. Oktober 1807, »auf dem Lande erzogen liebte sie die häuslichen Geschäfte, fleißig, ausdauernd war sie dabei und machte darum alles gut. Der Gemütsart nach war sie still, verschwiegen, fest anhänglich bis zur Ängstlichkeit und Unfreiheit«.

Die Verlobung mit ihr hat der Enkel Hermann Hesse geschildert[1], nach denselben handschriftlichen Aufzeichnungen, aus denen hier erzählt wird.

1 Ein paar Erinnerungen an Ärzte. Ciba-Symposium (Basel) 8, 1960, H. 5/6, S. 194–202.

Nach glücklichen Tagen in Riga kam der Abschied. Karl Hermann Hesse reist nach Dorpat zu Mutter und Schwester. Nach und nach stellt sich heraus, wie sehr seine Deutschlandreise ihn verändert hat. »Hegel'sche Philosophie und Schleiermacher'sche Theologie waren der Doktorenhafer, den ich dort gegessen hatte«, und die »Freiheitslieder vom Rhein fanden im teuren Elternhaus kein Echo«.
Am 27. November 1827 wurde er zum Dr. med. promoviert. »Es war der Tag von Navarino, wo Rußland und England die türkische Flotte vernichteten.« Er reiste nach Riga zur Braut, aber jetzt fingen die Sorgen an. Jenny war arm und ohne Eltern, er hatte Schulden und vorläufig keine Aussicht auf Amt, Arbeit und Brot.
Da kam das Angebot einer Stelle als Kirchspielarzt in Merjama (Estland). Er bekäme 1500,– Rubel im Jahr und »Naturalien« – was vollkommen genügte. So nahm er die Stelle an.
Aber er ist allein und empfindet es schwer. »Meine teure Braut schrieb mir wohl Briefe, aber die waren kurz und einfach, das Briefschreiben war nicht ihre Sache, sie war zu bescheiden, zu bange dazu, auch mochte ihre angeborene Gemütsneigung zur Melancholie sie davon abhalten. Desto mehr schrieb ich, ja, was ich im Munde und in der Feder nur zu schnell offen mitteilte, das trug sie verborgen in der Stille in sich.«
Er wohnte in einem schlechten unbequemen Haus; der Baron Gotthard Fersen verschaffte ihm eine Wohnung in dem hübschen Haus, das seinem Sohn gehörte. Nun konnte die Hochzeit stattfinden – am 4. September 1828, in Riga – und das junge Paar in Fersenau einziehen.
Bruder Eduard traute sie; von Dorpat konnte niemand zur Hochzeit kommen und auch von Jennys Geschwistern aus Kurland niemand. Jennys Schwester Therese Müller, in deren Haus die Feier stattfinden sollte, war schwerkrank –

so daß das Paar so schnell wie möglich abreiste. Nun waren sie »im eigenen Haus«, wie er schreibt, »wir hatten uns lieb, und das blieb bis zum wehen Ende«. »Die schweren Kopfschmerzen« fingen bei Jenny schon bald nach der Hochzeit an. Über das Leben in Merjama schreibt er: »Ich war ein glücklicher und doch friedloser Mensch – – –«. »In meiner Umgebung war von geistlichem Leben nichts, und ich entbehrte das in hohem Grade und war geängstet und gequält ohne daß ich's aussprechen und mit meiner teuren Jenny teilen konnte. Ach hätte ich doch so viel Liebe und Vertrauen zu ihr gehabt! Aber dazu war ich zu stolz und selbstgerecht und war auch ihre verborgene Gemütsart dran schuld.«

Er findet schließlich Freunde und Freundinnen, die »geistlich angefaßt« sind, Kügelgen und seine Frau teilen ihm mit, »was sie vom Leben in Gott wußten und hatten«. Das förderte ihn und half ihm; er fing an, »richtig zu denken und zu merken, worauf es bei allem Wissen und Besitz göttlicher Gnadenerweisungen ankommt [...]«. Und doch wurde es ihm »immer enger und fremder zu Mut, dort im lieben Merjama, wo ich doch viele gute, liebe Menschen zu Freunden hatte. Es drängte mich hinaus.«

Als ihm eine Vertretung eines Arztes in Weißenstein (Estland) angeboten wurde, nahm er sie an – entschloß sich, seine gute Stelle in Merjama aufzugeben und ganz nach Weißenstein zu ziehen – ohne Aussicht auf Einnahmen. »Jenny zog nicht gerne fort, war aber stille, bescheiden und gehorsam.« »Es war Pfingsten 1830. Die paar Festtage hatten wir noch mit den lieben Nachbarn in Neuhall und Sipp verlebt. Es war herrliches Sommerwetter. Wir reisten ab für immer.« Ein großer schöner Wolf lief ihnen über den Weg, als sie abreisten; er sah es als Glückszeichen an.

Sie kommen fremd nach Weißenstein – finden Quartier bei einem Kupferschmied – dann bei einem Töpfer. »Es war alles nur so – so, Jenny in Betrübnis und krank. Sie hatte ihr ländliches Paradies, ihre Idylle verlassen, und hier war wirklich alles fremd und eng und ungemütlich, und hätte ich nicht so starken Mut und unverwüstlichen Humor gehabt, es wäre uns schlecht gegangen.«

Dann kommt eines Tages die erste Equipage vom Lande, um ihn abzuholen, in das Haus des »Ritterschaftshauptmanns J. von Grünewaldt«. Es vollzog sich Entscheidendes für ihn – »die feine, freie, freundliche Art der Aufnahme dort« war es nicht allein. »Was ich vermißt, was ich ersehnt, was ich nie erhalten hatte, das kam mir hier entgegen; das Eigentliche« war »eine Freude im heiligen Geiste, die wie Befriedigung mein Herz durchzog und es seitdem nicht wieder verlassen hat«. (Er schreibt diese Aufzeichnungen im Jahr 1863, als sein Haus längst ein Sammelpunkt der »Erweckten« geworden war.)

»Ach, daß ich meiner teuren Jenny das hätte eingießen können! Sie aber war anders von Gott bereitet und ging zunächst diesen Weg nicht mit mir zusammen, und das war die Wolke, die meinen Ehehimmel trübte, aber auch das ist mir als Demütigung zum Besten ausgeschlagen und gewiß auch meiner lieben Frau.«

Nach und nach kommen andere adelige Familien zu ihm, die er ärztlich betreut. Er lernt den Baron von Stackelberg kennen und zwischen ihm und dieser Familie entstand eine bleibende Freundschaft. Er sieht Eduard Koch wieder, Kandidaten der Theologie, seinen Freund aus der Studienzeit, der Pietist geworden ist – sie erneuern ihre Freundschaft und sind »wie David und Jonathan«. »So habe ich hier im Umkreis von Weißenstein das gefunden, wonach in Merjama mein Sehnen und Suchen, ja fast ein Drängen und Jagen gegangen war: das Leben aus und in Gott.«

Damit schließen die Aufzeichnungen vom Jahr 1863.

»Heute, am 14. Oktober 1864«, schreibt Dr. Hesse weiter.

Im Herbst 1830 hat er das »jetzige Haus« gekauft und die zweitausend Rubel, die es kostete, hat er allmählich abgezahlt, trotzdem er von früher her schon ungefähr 2000 Rubel Schulden hatte. Er nennt sich leichtsinnig und lobt seine »teure Jenny«, »eine arbeitsame, genügsame und sparsame kluge Hausfrau, die mir wahrhaft eine Gehilfin gewesen ist«. Im Jahr 1832 wurde ihnen endlich das erste Kind geboren, Agathe, 1835 das zweite, Alexandra *Gertrude.*

Im Jahr 1833 beschlossen Frau A. von Grünewaldt und Dr. Hesse ein Waisenhaus in Weißenstein zu gründen, zunächst für arme und verwahrloste Kinder. Es geschah und glückte, so daß schon zwei Jahre später eine Erweiterung notwendig wurde und der Grundstein zu einem neuen Hause gelegt werden konnte. Es wurde auch das Abhalten von Missionsstunden angeregt und ausgeführt. 1838 wurde das neue Gebäude eingeweiht. Es bestand unter der Leitung von Dr. Hesse fort, bis es 1875 der Stadt übergeben wurde.

Am 22. September 1840 wurde eine Tochter, *Jenny* Lina geboren. »Es war Freude und Wonne nach der schweren Geburt, aber bald wurde Mutter Jenny recht krank und ihre Kopfschmerzen steigerten sich zu einer schrecklichen Höhe.« Auch das Kind schwebte in Lebensgefahr, doch genas es. »Wir lebten selige Tage des häuslichen Glücks.« In der Praxis hatte Dr. Hesse wenig zu tun, daher waren die Einnahmen gering – aber er war zufrieden mit seiner »teuren, süßen Frau und den holden Kindern«.

Dr. Hesse war viel mehr Christ als Arzt, das zeigte sich immer wieder. Im November 1840 erkrankte die achtjährige Tochter Agathe an einer schweren Bronchitis. Sie war ein schönes Kind, fromm und sanft, las gern in der Bibel, erzog ihre Schwester Gertrude, die sehr verschlossen und eigensinnig war, mit Sanftmut und suchte sie zum Guten zu überreden. Dr. Rinne wurde konsultiert, aber es war nichts mehr zu machen, das Kind litt an »Luftmangel und Erstickung«. »Abends auf meinem Schoß, in Gegenwart der Mutter und der Freundin sprach Agathe zu mir: ›Lieber Vater, ich muß sterben; aber wenn du Gott bittest, kann er mich gesund machen!‹ ›Ja liebes Kind, das ist wahr; aber ich kann ihn nicht darum bitten, weil er mir gesagt hat, daß er dich nehmen will, darum sei gehorsam und gehe!‹« Das Kind starb.

Im Jahr 1843 war Jenny ganz besonders leidend. 1844 wurde sie von einer Tochter entbunden, Christine *Marie.*

»Letzte Jahre mit Jenny« heißt die Überschrift der Aufzeichnung »angefangen im Advent 1882«. Er ist nun achtzig Jahre alt.

»Am 2. Juni[1] 1847 wurde uns der erste Sohn geboren.« »Am 20. war die Taufe: Carlotto *Johannes.* ›Herr, ich gebe Dir mein Kind. Du hast es gegeben, getauft und berufen, Du mußt es vollbereiten und durchbringen, zu Deiner Ruhe, wenn Du willst, oder in Deinen Dienst‹, so schrieb ich damals ins Tagebuch. Und Johannes ist Missionar geworden.«

»Am 8. August 1851 abends neun Uhr ist meine teure Frau Jenny beim Abendtisch vom Herzschlag gerührt, in wenig Augenblicken durch den Tod gegangen, in den Himmel. Es geschah in dem Moment, wo die Geburt eintrat.«

Sie hatte ihrem Mann sechs Kinder geboren, zwei waren bei der Geburt gestorben, eins achtjährig. Johannes ist vier Jahre alt.

Im folgenden Jahr wird Dr. Hesses 50. Geburtstag mit liebevoller Teilnahme gefeiert. »Besonders viel Liebe zeigte uns Großmutter Stackelberg, die ganz nach Weißenstein gezogen war.« Er aber sehnt sich danach, »bei Jesus daheim zu sein«.

Im Sommer reist er nach Riga und Kurland, in Riga wohnt er wieder bei Dr. Müller, Jennys Schwager. Und mit Dr. Müllers Tochter Lina, die 21 Jahre alt ist, verlobt er

1 Nach russischem Kalender. Nach Gregorianischem war es der 14. Juni.

sich am 16. Juni, in Zierau (Kurland). Einen Monat später werden sie in der Jakobikirche in Riga getraut, wieder ist es der Bruder Eduard, der sie traut, und diesmal gibt es eine fröhliche Hochzeitsfeier. Am 30. Juli kehren sie alle nach Weißenstein zurück, »die Kinder hatten wieder eine Mutter«.

»Unser Johannes kam im Herbst in die Waisenhausschule und lernte das ABC.« »Am 26. Dezember bescherte Lina bei uns für 24 arme Kinder, 80 Personen waren wir, hielten Gottesdienst mit Gesang, dann kam das Traktieren, ein seltenes, herrliches Fest, nichts als Jubel und Freude.«

Im September des Jahres 1853 kam eine Tochter zur Welt, die nur ein Jahr lebte. Weihnachten waren »wieder 90 Kinder bei uns im Haus, darunter 60 arme, die mit Kleidern etc. beschenkt wurden«.

Zu Beginn des Jahres 1854 kommt ein neuer Arzt nach Weißenstein, wird bald populär, ist auch mit Dr. Hesse befreundet.

Im September hatte der Krim-Krieg begonnen; die Engländer waren an der Küste der Krim gelandet. »[...] Es sind Kriegszeiten, Reval ist von Engländern zur See belagert. Weißenstein ist von Flüchtlingen besetzt, darunter auch von Christen, die meine Bibelstunden am Montag Abend besuchen. [...]«

Im Sommer fuhr Dr. Hesse mit Lina, Johannes und der kleinen Neso nach Riga, unterwegs wurden alte Freunde besucht. »In Eiseküll, dem schönen Landsitz der Familie von Sievers gab es Schwäne, Nachtigallen, einen reizenden Spaziergang bei goldner Abendsonne. Mein Johannes war auch mit, aber er bangte.«

»[...] Endlich waren wir in Riga, o Freude! Das liebe Elternhaus war mit Maien und Blumenkränzen geschmückt, und die junge Mutter Lina strahlte [...]« In Weißenstein erkranken die Kinder an Masern und Keuchhusten. Die noch nicht ein Jahr alte Neso stirbt am 10. August. Sie wird begraben »mit Waisenknabengesang, Gotteswort und Gebet«, berichtet der Vater. Das Leben geht weiter. – Und jetzt wiederholte sich das Gespräch, das er im November 1840, vor 14 Jahren also, mit seiner Tochter Agathe geführt hatte. »Lina war frisch und rosig, sie trug mit Stolz ein Kind unter ihrem Herzen. Es war eine Höhe des Lebens, ein Glanz. Aber Ahnung zog durch ihre teure Seele und sie sprach mit mir: ›Lieber Mann, ich werde sterben!‹ und ich Tollkühner mußte sagen: ›Herzenslina, geh!‹ O weh, o weh! ›Ich habe keine Freudigkeit, bin so glücklich bei dir und möchte gerne bleiben.‹ ›Liebes Herz, nur Gehorsam verlangt Jesus – nichts Anderes – Freude wirst du bei ihm finden.‹ Und wir wurden still und meine Lina ging.« Am 25. Dezember gab es ein schönes Weihnachtsfest im Waisenhaus und mit Gästen zuhause. »Da kam ihre Stunde. Die lieben Gäste zogen ab, und wir in die Kammer. Es war ungewöhnlich, ein Frost schüttelte die Mutter, die Augen leuchteten bang und selig. – Nach drei Stunden gebar sie um 9 Uhr einen großen schönen Knaben wie eine Heldin, sprach noch freundlich mit der Hebamme, dankte Gott mit lauter Stimme für die erfahrene Hilfe und Gnade – wurde blaß und kalt, bei klarem Kopf. Todesschweiß und Todesschwäche dauerten nicht lang, dann war's still und meine süße Lina selig heimgegangen. Das Bewußtsein war nicht geschwunden, wir konnten noch innige Liebesworte tauschen. Ach, teure Lina, ja – geh!«

Lina, am 26. Dezember 1854 gestorben, wurde zunächst in Nesos Kammer gebracht. Erst am 15. Januar 1855 wurde sie begraben und der Sohn »am weißen, blumengeschmückten Sarge der seligen Mutter in unserem Saal« getauft: Benjamin Karl Hermann [1]. Zu Mittag hatte man 32 Gäste. Die

1 Es ist der Onkel Hermann, der 1893 den Bruder Johannes Hesse besuchte und den H. H. von Cannstatt aus aufsuchte.

Großmutter Stackelberg nahm Dr. Hesse jetzt zu sich ins Haus.

Die Bibelstunden wurden abgehalten, und »am 31. Januar 1855 war Fräulein Adele von Berg aus Seidel unser lieber Gast. Gott segne sie! Ich fuhr am nächsten Tag mit ihr nach Seidel«.

»Am 16. Februar feierten mir die Freunde meinen Geburtstag. Ich glücklicher Mann lebe nicht von Verdienst, sondern von der Gnade Gottes und Wohlgefallen bei den Menschen.«

Am 18. Februar [1855] starb Kaiser Nikolaus, der Sohn Alexander folgte ihm. Der Krimkrieg dauerte bis November – erst am 30. März 1856 wurde der Friede geschlossen. Dr. Hesse mußte Kriegsdienst in einem Typhusspital machen; er wohnte in Afer bei Frau von Harpe und fuhr jeden Morgen ins Spital. Er hatte sechzig Typhuskranke – vierzig genasen, zwanzig starben. Am 7. April wurde das Typhusspital aufgelassen, er konnte nach Weißenstein zurückkehren. Ende März war er einmal schnell nach Itfer (wo Adele von Berg lebte) gefahren!

Am 14. Mai 1855 feierte er sein 25jähriges Amtsjubiläum. Im Mai erwähnt er einmal einen Brief von Adele von B. Im Juli schreibt er, er lebe nur von den Briefen seiner Adele! Am 22. September verlobte er sich mit ihr in Itfer. Dann reist er nach Hause, das Haus in Weißenstein muß umgebaut werden, am 20. November ist der Umbau fertig. Im Oktober verbringt er sechs glückliche Tage in Itfer.

Im Januar 1856 vermählte er sich in Itfer mit Adele von Berg, Bruder Eduard war gekommen, zum dritten Mal traute er seinen Bruder. Adeles Mutter, Hedwig von Berg, zieht zu ihnen. Im Oktober 1856 wurde der Sohn Gustav geboren, im November Jenny konfirmiert.

Er preist Adele, die »das Traktament der Kinder im Waisenhaus« besorgt, er preist sein Leben und fügt hinzu: »Auch die schweren Kopfschmerzen, die all die Jahre mit mir gegangen sind [1], haben mir Großes eingetragen, weil ich da stille liegen mußte, Gottes Wort brauchte, und weich und willig zu Buße und Liebe war; [...]«

Im Sommer 1859 konnten sie das 25jährige Jubiläum des Waisenhauses feiern, mit hundert Gästen. Ein paar Tage später bringt Dr. Hesse seinen Johannes, der jetzt elfjährig ist, nach Reval. Er wurde durch Vermittlung von »Großmutter Stackelberg« im Hause ihres Sohnes Ferdinand aufgenommen, um die Domschule zu besuchen. »Mit der Kreisschule hier ging es nicht mehr, er war naseweis, unartig, ich mußte ihn herausnehmen. Wohl war's ein Weh und ein Schade, daß er so früh aus dem Elternhaus in die Fremde kam, aber ich hatte keinen andern Weg. Bei Stakkelbergs waren vier Söhne, das waren nun seine bleibenden Kameraden. Der Zuschnitt im Hause war adelig. Ich habe aber mit ihm eine dauernde Korrespondenz eingehalten und er blieb uns treulich verbunden.«

Ins Jahr 1859 fiel der Abschied von Grünewaldt, der als Senator nach Petersburg versetzt wurde. Neunundzwanzig Jahre lang war Dr. Hesse ihm und seiner Frau in Freundschaft verbunden gewesen und es habe keine Trübung der Freundschaft gegeben, auch dann nicht, »als die Prachtstochter starb, wie es hieß durch meine Schuld als Arzt«, wie er freimütig bekennt.

Zu Neujahr 1860 erhielt Dr. Hesse »den Stanislaus-Orden« und zum Kreisarzt-Jubiläum den »Armenorden«. Die Tochter Marie wurde konfirmiert, und alle zusammen hatten herrliche Sommerferien am Meer, in Wainopä; Johannes war mit dabei.

Im Jahr 1861 starben die »Großmutter Stackelberg« und die Schwiegermutter Hedwig von Berg. Gertrud Hesse vermählte sich mit August Johannson – ein Fest, das um

1 Wovon aber nie ein Wort im Tagebuch stand!

halb sechs Nachmittag angefangen und bis drei Uhr morgens gedauert habe.

Im Juli 1862 reist die Familie mit Dampfschiff nach Arensburg, man nimmt Seebäder, die dem Doktor Hesse gut tun; er sieht die Eisenbahn. [1864] »Mein liebes Schleswig-Holstein ist in großer Kriegsnot, das teure Preußen mit seinem König Wilhelm und Kanzler Bismarck marschieren mutig drein und besiegen den Dränger Dänemark und erobern das schöne, meerumschlungene Land, mein Vaterland. Das ist herrlich.«

Im März 1864 verlobt sich Jenny mit Eugen Clever. Die Verlobung wurde im Jahr 1866 aufgelöst, Jenny Hesse blieb unvermählt.

[1866] »In Deutschland wird endlich der böse Bruderstreit zwischen Preußen und Österreich durch Krieges-Sühne geschlichtet, Österreich besiegt und Friede geschlossen.«

»Im Jahr 1871 feierten wir die Kapitulation von Paris« notiert Dr. Hesse[1].

An seinem Geburtstag und »nach 20jähriger glücklicher Ehe« [1876] preist er seine Gattin Adele. »Ja, nun kommt es zur Feier meines 50. Doktorjubiläums, 27. November 1877.« Über die ihm erwiesenen Ehren will er nicht sprechen. Aber daß »die Kameraden aus Dorpat mit Fahne und Ehrengeschenk« kamen, »es waren hundert Personen versammelt«, – das freute ihn. Nur aus einem Nebensatz erfährt man, daß er den Titel »Staatsrat« erhalten hat – ob jetzt oder schon früher ist nicht zu ersehen – man merkt, daß ihm das nicht wichtig ist.

»Im Juni 1878 kommt Hermann, cand. theol., nachhause, und wird Bräutigam von Jenny Clever. Wir haben ein schönes Kirchenkonzert mit Monika Hunnius[2].«

1 Ich übergehe, was im Tagebuch über Johannes Hesse geschrieben wird und bringe es im Abschnitt »Johannes Hesse«.

2 Monika *Hunnius*, geb. 2. Juli 1858 in Riga, gestorben ebendort, 30. De-

»Ich schließe meine Tagebuchnotizen, weil die Kalender nichts mehr bieten, und mein Gedächtnis schwach ist, am 8. März 1883.«

Dies also waren die Eltern von Hermann Hesses Vater: Eine kränkliche Mutter, fast ständig an Kopfschmerzen leidend, melancholisch, depressiv. Ein strahlender Vater – gesund an Seele und Leib – der sein Leben lang fest daran glaubte, daß alles was ihm zustieß zu seinem Besten diene. Das Studium der Medizin, das ihm im Grunde gar nicht lag, bewältigte er mühelos. Ein Zufall hatte über Studium und künftigen Beruf entschieden: Er nahm ihn an. Seine erste Frau, Johannes' [Hesse] Mutter, war fast immer krank, dreiundzwanzig Jahre lang – aber er pries sie und sein Los. Die zweite Frau, neunundzwanzig Jahre jünger als er, starb nach zwei überglücklichen Ehejahren: Er murrte nicht. Seine ärztliche Kunst wurde mehrmals angezweifelt, er verzeichnet es im Tagebuch, ohne Verteidigung oder Auflehnung. Er fühlte sich sein Leben lang »in Gottes Hand«. Was also konnte ihm zustoßen? Daß er ein »homme à femmes« war, kann man hie und da erraten, er selbst erwähnt es in keiner Weise. Nur einmal, als er von seiner Kindheit schreibt, wie gut er sich mit den beiden jüngeren Schwestern verstand, heißt es: »Ich lernte besser mit Mädchen umgehen als mit Knaben, diese Neigung und Kunst ist mir geblieben.«

zember 1934. Sie war eine Nichte des Dr. Karl Hermann Hesse, Tochter seiner Schwester Henriette Hunnius. Gesanglehrerin, Konzertsängerin, später auch Schriftstellerin. Einige Titel ihrer Bücher: »Mein Weg zur Kunst«; »Baltische Häuser und Gestalten«; »Menschen, die ich erlebte«; »Mein Onkel Hermann. Erinnerungen an Alt-Estland«. Alle erschienen im Eugen Salzer Verlag, Heilbronn.
Zu Monika Hunnius' Buch: »Mein Onkel Hermann. Erinnerungen an Alt-Estland«, hat Hermann Hesse ein Geleitwort geschrieben (1921): »Der Onkel Hesse dieses Buches, ›der alles fortgibt‹, ist mein Großvater gewesen, und die schönsten Geschichten, die ich als Kind gehört habe, waren die, die mein Vater uns von ihm und von seiner Heimat Weißenstein erzählte [...]«

Fromm wurde er in der Gemeinschaft; erst im »Zusammenblitzen« frommer Seelen, wie er es einmal nennt, 1830, als er achtundzwanzig Jahre alt ist, erlebt er Christus. Dieser Erweckung bleibt Dr. Hesse sein Leben lang treu. Und er ist bestrebt, das Glück der Gemeinschaft in Christo immer wieder mit anderen zu teilen, Gottes-Dienst, Gottes Lobpreisung ist für ihn immer etwas, was mit Gemeinschaft zusammenhängt. Er ist in hohem Grad sozial veranlagt, und es treibt ihn stets dazu, zu geben, zu helfen. Ärztliche Hilfe ist nur ein Teil dieses überströmenden Helferwillens.

Am 27. September 1891 starb seine Gattin Adele Hesse, siebzigjährig. Dr. Hermann Hesse starb 94jährig am 8. November 1896 in Weißenstein.

Der Vater der Mutter von Hermann Hesse, *Dr. Hermann Gundert,* wurde am 4. Februar 1814 in Stuttgart geboren. Sein Vater, Ludwig Gundert, eines Schullehrers Sohn, war Kaufmann, seit 1820 Bibelsekretär bei der Württembergischen Bibelgesellschaft. Von 1823 an gab er 20 Jahre lang monatlich erscheinende illustrierte Hefte heraus, »Nachrichten aus der Heidenwelt«.

Die Mutter, Christiane Ensslin, geboren 1792, war eine zarte, sensible Natur, unablässig nach höherer Bildung strebend und für die Religion schwärmend, wie Hermann Gundert es ausdrückte. Der Prediger Jeremias Flatt (1745 bis 1822) war Christianes und ihrer Geschwister Lehrer seit ihrem achten Jahr und später auch der Lehrer ihrer Söhne – Hermann Gundert hat ihm ein gutes Andenken bewahrt. C. A. Dann (1758–1837), seit 1800 Diakon an der Hospitalkirche in Stuttgart, war der Lehrer, der sie zur Konfirmation vorbereitete, und er blieb der väterliche Freund ihres ganzen Lebens. Christiane schrieb Tagebuch und viele Briefe, in den ersten zehn Ehejahren besonders an Dann. Alles, was »ihrem geistigen Wachstum angehörte«, berichtete sie ihm. Er hat ihr die Briefe später zurückgegeben, so lagen sie dem Sohn Hermann vor, als er ihre Lebensgeschichte niederschrieb. Christiane starb am 20. Januar 1833. Ludwig Gundert verheiratete sich 1834 zum zweiten Mal, mit Emilie Mohl, mit welcher er fünf Kinder hatte. Er sah den Sohn Hermann und dessen Familie zum letzten Mal bei ihrem Europa-Besuch 1846 in Stuttgart. 1854 starb er.

Im Oktober 1819 durfte der fünfjährige Hermann zusammen mit dem um zwei Jahre älteren Bruder Ludwig ins Stuttgarter Gymnasium eintreten – die Anfangsgründe des Lateinischen hatte er damals bereits hinter sich. Er lernte spielend – wollte aber kein Pfarrer werden, sondern »Soldat« – und beide Brüder waren entrüstet darüber, daß ihr Vater für einen »Pietisten« galt.

1827 trat Hermann Gundert ins Kloster Maulbronn ein. Anfechtungen hatte auch er, wie später der Enkel Hermann Hesse. So wünschte er dringend, nach einigen Semestern aus dem Seminar auszutreten und mit einem Staatsstipendium in Stuttgart weiterzustudieren – vielleicht neuere Geschichte. Er schrieb politische Aufsätze für den Vaihinger »Grenzboten«, war begeistert für die Pariser Julirevolution, träumte von einem neuen Polen und einem neuen, freien Deutschland. Das Christentum schien ein überwundener Standpunkt zu sein. In Hermann Gunderts letztem Semester in Maulbronn hatte der 23jährige David Friedrich Strauß als Stellvertreter eines Lehrers Latein, Geschichte und Hebräisch unterrichtet und seine Schüler begeistert.

Im Herbst 1831 trat H. G. nach bestandenen Examina ins theologische Stift in Tübingen ein, wo David Friedrich Strauß, der inzwischen ein halbes Jahr in Berlin gewesen war, um Hegel zu sehen und zu hören, als Repetent wirkte. Er las Logik und Metaphysik, später Geschichte der Philosophie seit Kant und Geschichte der Moral. Wieder bezauberte er den Studenten, der ihn in Briefen an seinen Vater verteidigte. Aber am 14. März 1866 schreibt er an seinen Sohn Hermann, Pfarrer in Mount Clemens (Mich.): er habe nicht geahnt »vor dreißig Jahren, daß dieser Name (Strauß) auch meine Kinder beschäftigen werde«. Und in einem Brief vom März 1872: »[...] Ich abhorresziere Strauß von ganzer Seele, nicht seine Gaben, die von Gott sind und auch mir gehören, aber den Menschen. Er ist mir so wenig ein Träger des göttlichen Wortes als sein Freund Voltaire und Konsorten, obgleich ich gern auch an diesen göttliche Gaben sehe, z. B. die Toleranzbegeisterung nach ihrer Lichtseite, wie bei Strauß die scharfe, klare Darstellung [...]«

Jetzt – 1831/32 – ist Hermann Gundert beschäftigt mit den Versuchen »unserer Geister, den alten Glauben mit der ewig jungen Vernunft zu vereinigen«, wie er dem besorgten Vater schreibt. »Solang ich nun nichts Besseres weiß, suche ich mich in der Mitte aufrecht zu erhalten, wie überhaupt all mein Sinnen darauf gerichtet ist, bei jedem Satz, den ich denke oder lese, mir das Gegenteil zu denken, zwischen beiden die Mitte zu suchen. Ob dies der richtige Mittelweg oder eine Lauheit ist? [...]«

Vater und Mutter machen sich seinetwegen schwere Sorgen. Am 20. Januar 1833 stirbt die Mutter. Dieser Tod trifft ihn tief. Er umgibt sich nun mit den Briefen seiner Mutter, um ihr ein »Denkmal« zu setzen, zugleich als Trost für seinen Vater[1]. Im gleichen Jahr schrieb der Neunzehnjährige ein Gedicht zum 50. Geburtstag seines Vaters, das Hermann Hesse 1952 unter dem Titel »Großväterliches« publizierte[2]. An den »Familien-Erinnerungen« hatte Hermann

1 Christianens Denkmal. Ein Stück Familienchronik aus dem ersten Dritteil unseres Jahrhunderts. Calw und Stuttgart, Verlag der Vereinsbuchhandlung. 1894. In der Reihe: Calwer Familienbibliothek, 33. Bd.

2 G. S. VII., S. 824 f.

Gundert zwei Jahre lang gearbeitet – am 15. März 1835 schloß er sie ab. Dreißig Jahre später wurden sie als Manuskript für die Familie gedruckt (1865). Erst nach seinem Tod wurden sie als »Christianens Denkmal« der Öffentlichkeit übergeben.

Der Tod der Mutter führte noch keinen Umschwung in seinem Denken herbei.

Im Sommer 1833 gab es eine Selbstmordepidemie unter den Studierenden in Tübingen. Es gelang H. G. einen Freund vom Selbstmord abzuhalten – und in diesem Augenblick beschloß er »Missionar in Indien« zu werden, ohne sich erklären zu können, wie es zu diesem Entschluß kam.

Entschieden war der Zwiespalt zwischen Glauben und Denken in ihm noch nicht, der innere Kampf ging weiter. Er fühlte sich oft »dem Wahnsinn nahe« infolge seiner Zersplitterung, er entschloß sich, vor Ostern 1834 die Pietistenstube »Luginsland« zu beziehen – aber zu Ostern erkrankte er schwer an einem »Nervenfieber« und lag wochenlang zu Bett. Nur langsam genas er, und nach und nach klärte sich vieles in ihm. Die »Bekehrung« hatte bei ihm 2 Jahre gedauert – er schämte sich, daß es so lange gebraucht hatte, wie er später sagte. Als im Frühjahr 1835 »Das Leben Jesu« von David Friedrich Strauß erschien, nahm H. G. das nicht mehr schwer. Sein Freund Hermann Mögling bekehrte sich um eben diese Zeit, zu H. G.'s großer Freude.

Im Herbst 1835 bestand H. G. das theologische Schlußexamen. »Es ging vorüber, ohne daß ich viel bemerkte«, sagte er dazu. Ebenso die Promotion zum Dr. phil. Später wurde ihm von anglikanischer Seite vorgeworfen, er sei nicht »ordiniert«; aber in der württembergischen Kirche ist die Ordination erst 1855 eingeführt worden.

Als er noch nicht wußte, was er nun anfangen sollte – denn er hielt sich für unwürdig, Missionar zu werden – kam die

Anfrage des englischen Freimissionars Anton Norris Groves, ob er mit ihm nach Indien reisen und seine Söhne in Griechisch und Hebräisch unterrichten wolle. Es war ihm recht, und er trat die Reise als »Hauslehrer« der Groves'schen Söhne an.

Der Abschied von der Heimat fiel ihm sehr schwer. Am 2. Oktober 1835 reiste er ab, zunächst nach London, wo er sich einstweilen mit der Geschichte, Verfassung und Lehre der englischen Dissenters bekannt machte, d. h. der Gemeinschaften, die sich der englischen Staatskirche nicht unterworfen hatten; auch las er Bengali und Hindostani-Grammatiken. Schließlich fuhr er nach Bristol, wo er Groves traf und wo sich allmählich die Mitglieder der Reise-Expedition sammelten. Unter diesen befand sich die junge Welschschweizerin Julie Dubois. Sie stammte aus einer Weingärtnerfamilie aus Corcelles (Neuchâtel), einer streng reformierten Dissidentengemeinde. Gern wäre sie Lehrerin geworden, aber die Eltern konnten ihr das nicht ermöglichen. In Rolle hatte sie sich der Gemeinde des Seelsorgers August Rochat angeschlossen, gemeinsam mit einer Freundin, Marie Monnard. Als ein Genfer Damenkomitee Missionsgehilfinnen für Groves suchte, meldeten sich die Freundinnen und wurden angenommen. Am 24. Januar 1836 verließen sie die Heimat. In Bristol sah Hermann Gundert sie nur flüchtig, sie kam ihm, wie er sagte, »wie eine tüchtige, bigotte Calvinistin« vor. In Bristol übersetzte H. G. Flugschriften für Groves, was ihm später den Ruf eines »Erz-Dissenters« eintrug – der er nicht war.

In Milfordhaven, wo man einen Monat wartete, und während der drei Monate dauernden Seefahrt unterrichtete H. G. einige Mitreisende, darunter auch Julie Dubois, im Bengalischen. Am 8. Juli 1836 kamen sie in Madras an. Groves schlug Gundert vor, statt nach Kalkutta zu fahren, hier zu bleiben – sie seien so den Tinneweli-Brüdern näher.

Gundert war einverstanden und fing an, Telugu-Lektionen bei einem Brahmanen zu nehmen und Tamil zu lernen. Dann reiste er auf Wunsch von Groves nach Tinneweli, wo Karl Rhenius die deutsche Mission leitete; er sollte Groves darüber Bericht erstatten.

Gundert war sogleich von der Person Karl Rhenius' angetan – er wurde sein Mitarbeiter, lernte viel bei ihm und wäre gern bei ihm geblieben – doch durfte er Groves nicht verlassen. So kehrte er am 31. März 1837 nach Madras zurück. Groves schickte ihn nach Tschittur, wohin er mit Frau und Kindern nachkam. Julie Dubois war bei ihnen, Marie Monnard war erkrankt und hatte nach Europa zurückmüssen. Gundert predigte, unterrichtete, lehrte Sprachen, machte Tamil-Übersetzungen, Frau Groves besorgte mit Julie Dubois die Frauen im Gehöft sowie die anwachsende Mädchenschule.

Für Hermann Gundert war es eine schwere Zeit, wie er später manchmal gesagt hat: die schwerste Zeit seines Lebens, berichtet Johannes Hesse. Zwei Jahre lang nämlich erhielt er keinen Brief aus der Heimat; er hatte von Juli 1836 bis Juli 1838 zwanzig Briefe nachhause geschrieben. Später erfuhr er, daß nur neun angekommen waren. Der Vater hatte ihm nur dreimal geschrieben. »Dazu mag noch gekommen sein«, schreibt Johannes Hesse, daß wieder und wieder das Bild der einst so sehr geliebten L. R. vor ihm auftauchte. Wenigstens fühlte er, wie aus den Briefen an seinen Vater hervorgeht – für den Fall einer Rückkehr nach Europa eine gewisse Verpflichtung, »die wohlbekannte, nie ausgesprochene Verbindung mit derjenigen wieder aufzunehmen«, die er »unbekehrt« verlassen hatte, die ja aber in der Zwischenzeit eine »wahre Schwester« geworden sein konnte.

In dieser Zeit wurde ihm nahegelegt, sich um Julie Dubois zu bewerben, was er ablehnte. Als aber am 11. Juni 1838 die Nachricht vom plötzlichen Tode Rhenius' kam, empfand Gundert das wie einen Ruf, »an *die* Stelle zu gehn, wo Rhenius so sehr gewünscht hatte, ihn festzuhalten und in die Arbeit noch weiter einzuführen. Er schrieb den Brüdern in Tinneweli, er sei bereit, zu kommen, und Groves gab ihn frei. Die Antwort aus Tinneweli kam sehr bald und sie lautete: »Komm! Komm mit einer lieben Frau! Kommt beide!« Und nun war es für ihn entschieden. Den Eltern berichtet er: »Am Samstag, 14. Juli morgens forderte ich Groves auf, bei Julie für mich anzufragen. Er ging zu ihr, überzeugte sich, daß ich nie zuvor meine Absicht ausgesprochen, noch irgend einer Machination schuldig sei, und brachte dann ihr Ja. Ich wünschte nun, Julie zu sprechen, und so brachte er sie aus der Schule zu mir ins Haus herüber, wo wir denn sehr nüchtern die Sache besprachen. Der Abschied von hier und der Eintritt in die neue Mission geben ja Anlaß genug zu Bedenken.« Er bittet dann die Eltern um ihren väterlichen Segen und Rat. »Juliens Persönlichkeit betreffend sage ich vorläufig soviel: sie ist durchaus praktisch, hat viel Liebe zu schwarzen Kindern, eine Gesundheit und Leibeskonstitution, wie sie diesem Klima am besten zusagt: kurz, schlank und beweglich; je heißer es ist, desto besser fühlt sie sich imstande, zu arbeiten. Sie hat die Tamil-Sprache viel besser gelernt als die gelehrte Frau Groves. Sie denkt recht niedrig von sich und meint, ich sei wunder wie tief zu ihr herabgestiegen, verspricht mir darum auch garnichts, außer daß sie recht um mich besorgt sein, und soviel an ihr sei, mir den Dienst am Reich erleichtern wolle. Sie ist nicht schön, singt nicht, spielt nicht, zeichnet nicht, hat aber offenen, natürlichen Sinn und ist scharf im Auffassen von Charakteren. Die Liebe der dreißig Kinder zu ihr ist lieblich anzusehen. Die älteren weinten, als sie vom Abschied hörten. Einstweilen sehe ich sie nicht oft, weil so viele Geschäfte, bei ihr und bei mir, zu

Ende zu bringen sind. Sie ist beinahe fünf Jahr älter als ich; in Betracht dessen aber, daß das Klima mich mit etwas eiligen Schritten alt zu machen anfängt, denke ich, daß wir wohl zusammentaugen, und ich dem Herrn nur für die treue Liebe zu danken habe, die mich auch vom Rückfall ins Romantische zu bewahren geeignet ist. Indessen höret mich wohl und glaubet mir: *nicht der Heirat wegen bleibe ich in Indien, sondern weil ich in Indien bleiben will* und muß, heirate ich.«

Am 23. Juli 1838 fand im Groves'schen Hause die Trauung statt. Im Ochsenwagen reiste das Paar nach Tinneweli, auf der Reise wurde gepredigt und auch mit Besuchern gesprochen. Am 29. August langten sie in Tinneweli an, aber dort hatten sich die Verhältnisse geändert. Die Mitarbeiter von Rhenius hatten sich der englisch-kirchlichen Missionsgesellschaft unterstellt, und Hermann Gundert wollte nicht englisch-kirchlich werden. Er reiste also nach Mangalur und bat von dort aus, am 15. November 1838, um Aufnahme in den Dienst der Basler Missionsgesellschaft – die ihm am 29. Mai 1839 gewährt wurde, »als Ausnahme von der Regel, namentlich da er schon verheiratet« sei. Julie Gundert war die erste Frau in der Basler Mission. Erst im Jahr 1843 erhielt sie eine Gehilfin, die von dem neugegründeten Basler Frauenverein ausgesandt war.

Damit Hermann Gunderts Ehe in Württemberg nachträglich legalisiert würde, mußte er eine Eingabe an den König machen; denn damals wurde keine Ehe eines Württembergers, noch dazu eines »Seminaristen« staatlich anerkannt, wenn er nicht vor Schließung derselben die obrigkeitliche Genehmigung erlangt hatte. H. G. wollte sein württembergisches Heimatrecht gern behalten. Seine Eingabe wurde positiv beantwortet, er behielt das Bürgerrecht und mußte dem Staat die Seminarkosten nicht zurückzahlen.

Hermann Gundert hat die Basler Mission in der Provinz

Malabar gegründet, in Andscharakandi, Talatscheri, Tschirakal und zuletzt in Kalikut gearbeitet. Dazu mußte er eine neue Sprache lernen – die ihm später die geliebteste wurde – das Malajalam. Er hat eine volkstümliche Kirchen- und Schulsprache für Nord-Malabar geschaffen, und er hat dort als Prediger, Lehrer und Erzieher gewirkt, er hat außerdem Material zu einer vergleichenden Grammatik der vier südindischen Hauptsprachen gesammelt.

In Talatscheri wurden dem Paar vier Kinder geboren, Hermann, Samuel, Marie, – die spätere Mutter Hermann Hesses – und Friedrich, welcher als Kind starb. Im Jahr 1845 erkrankte Frau Gundert schwer. Im Januar 1846 reisten sie mit den Kindern in die Heimat, wo sie zehn Monate blieben. In diesen zehn Monaten seiner europäischen Erholungszeit hat H. G. ca. 80 Vorträge, Predigten, Festreden und Missionsstunden gehalten, in schweizerischen und württembergischen Städten. Die Kinder blieben in Europa, als die Eltern nach Indien zurückkehrten. Die Trennung war bitter.

Im Mai 1849 mußten Gunderts Talatscheri verlassen und nach Tschirakal übersiedeln. Sie kamen zu Anfang der Regenzeit hin, H. G. wurde heiser – »und es stellte sich heraus, daß er eine chronische Lungen- oder Halsentzündung habe«. »Dieser Zustand, bei dem er fast fortwährend stimmlos war, hielt volle drei Jahre an.« Julie Gundert, die jetzt gesünder als früher war, arbeitete mit großer Ausdauer im Haus, an der Mädchenanstalt und im Frauenheim, einem Asyl. H. G. konnte nicht mehr lehren und predigen und mußte im Studierzimmer arbeiten. Er fing mit der Übersetzung der Bibel in die Malajalamsprache an und mit dem Malajalam-Englischen Wörterbuch, das er dreißig Jahre später in Calw vollendete. Zur Weihnacht 1852 konnte er zum ersten Mal wieder predigen. Im Februar 1856 wurde er nach Mangalur berufen. Im April

1857 kam die Ernennung zum Schulinspektor im Dienst der englischen Regierung – zu deren Annahme die Basler Mission ihm geraten hatte. Er übersiedelte nach Kalikut, inspizierte mehrere Schulen und freute sich, daß seine Tochter Marie im Januar 1858 auf seinen Wunsch nach Indien kam; sie sollte ihn auf seinen Reisen begleiten.

Aber auf einer dieser Reisen erkrankte er so schwer, daß er um Entlassung aus dem Regierungsdienst bitten mußte. Erst im Februar 1859 bekam er sie. Am 11. April nahm er Abschied von Frau und Tochter, er hoffte, in einem Jahr nach Kalikut zurückzukehren. Aber er hat Indien nie wieder gesehen.

Im Mai 1859 war H. G. in Basel angekommen. Im November des gleichen Jahres kam ein Brief von Dr. Chr. Gottl. Barth, dem Gründer und Leiter des Calwer Verlagsvereins an das Komitee, in welchem dieser fragte, ob man ihm nicht H. G., falls dieser nicht nach Indien zurückkehren könne, als Helfer im Calwer Verlagsverein abtreten könne. H. G. fiel die Entscheidung sehr schwer. Ganz besonders um seiner Frau willen, von der er wußte, daß sie in Indien entschieden an ihrem Platz war, während sie sich in Deutschland wohl lange fremd und nutzlos fühlen werde. Sein Herz zog ihn nach Indien, er glaubte, nicht mehr für Europa zu passen – aber er wußte, daß seine Rückkehr nach Indien zweifelhaft sei. Die Komiteeherren betonten, wie wichtig es für die Missionsgesellschaft wäre, in Württemberg einen solchen Vertrauensmann zu haben, der Barths Werk in seinem Geist fortsetzen und die Verbindung mit Basel stärken würde. So nahm H. G. die Berufung Dr. Barths an. Die Besoldung, die ihm geboten wurde, war sehr klein. Es wurde ein Vertrag zwischen der Basler Missionsgesellschaft und dem Calwer Verlagsverein geschlossen: H. G. sollte zwei Drittel seiner Zeit dem Verlagsverein widmen, die übrige Zeit im Malajalam weiterarbeiten.

Am 7. April 1860 reiste er nach Calw und lebte dort bis zu seinem Tode am 24. April 1893. Frau und Tochter kamen im Mai 1860 von Indien zu ihm, die Söhne kamen vom Missionshaus nach Calw, so daß die Familie wieder vereint war.
Nach dem Tode Dr. Barths (November 1862) wurde Dr. Hermann Gundert zum Vorstand des Calwer Verlagsvereins gewählt. Damit wurde der 1860 geschlossene Vertrag ungültig. Fortan mußte er sich die Zeit für die Malajalam-Arbeit geradezu »stehlen« – mußte er doch im Auftrag des Verlagsvereins drei verschiedene Missionsblätter schreiben, dazu das Evangelische Missions-Magazin mit drei Druckbogen monatlich für Basel. Aber er las auch (oder »peitschte sie durch«) die Monatsblätter und Berichte der verschiedenen Missions- und Bibelgesellschaften, und zwar in englischer, französischer, holländischer, dänischer (norwegischer) und schwedischer Sprache. Auch lebte er nicht nur im Studierzimmer, sondern hielt Vorträge auf Missionsfesten und in Missions-Vereinen. Er predigte in württembergischen Kirchen, nahm an Konferenzen und Pfarrzusammenkünften teil, hat Kranke und Sterbende besucht, wenn er gerufen wurde.
Über seine Stellung zum Pietismus schreibt er einmal (1860): »[...] das ist wohl klar ohne Ausführung, daß vom Pietismus im engeren, historischen Sinn unser einen etwas trennen muß. Wer wollte auch vergangene Geistesformen tale quale reproduzieren! [...] Ich halte es aber für Täuschung, wenn irgendeiner meint, in unserer Zeit der Kirche zu dienen ohne sich zu der ecclesiola herabzugeben.« Und so ist er, wie Johannes Hesse schreibt, in Calw »den Pietisten ein Pietist geworden, hat von Anfang an die Stunden besucht, hat auch selbst einen Jünglingsverein gegründet und diesem viele Jahre lang zwei Abende in der Woche gewidmet, hat sich der freiwilligen Sonntagsschule angenommen und regelmäßig den Lehrerinnen derselben eine

›Vorbereitung‹ gehalten, ja, im benachbarten Hirsau sogar selbst eine ›Stunde‹ angefangen und jahrzehntelang fortgeführt«.

Ob er »am rechten Ort sei und in dem für ihn passendsten Beruf«, darüber wollte er sich keine Gedanken machen. Aber als er mit »Hermann Möglings Leben« fertig war, schrieb er: »Nun soll ich das Malajalam-Gesangbuch zum Druck bereiten, und das ist mir deswegen nicht unlieb, weil ich nur so an dies mir vor allem wonnige Gebiet komme. Und da rumort es oft in mir: wieviel Zeit und Kraft habe ich verschwedert an diesen Dienst hier mit all seinen Anhängseln! Wieviel habe ich angefangen, in nichts mich vertieft! Malajalam allein war eigentlich meine Aufgabe so gut wie meine Lust! Darin hätte ich es noch zu etwas gebracht [...]« Und 1863 schreibt er aus Calw, er arbeite noch für Malabar, leider wenig genug. »Es gibt viele, die meine Stelle hier vertreten könnten, aber so viel ich weiß keinen, der ein Lexikon für Malabar schreiben könnte, wie ich's in Händen halte.«

Es ist hier nicht der Ort alle seine Schriften aufzuzählen[1]. »Ursprüngen nachforschen« war seine Lust, die historische Kritik, auch die sogenannte Bibelkritik ihm Bedürfnis. Seine Hauptwerke sind: eine Malajalam-Grammatik (auf Malajalam geschrieben, 2. Auflage 1868), das schon genannte große Malajalam-Englische Wörterbuch (1872), die Malajalam-Übersetzung des Neuen Testaments (1868), der poetischen Bücher des Alten Testaments (2. Auflage 1881) und der prophetischen Bücher (1886). Bei den Neu-Ausgaben der Redenbacherschen Weltgeschichte, der kleinen Calwer Kirchengeschichte und insbesondere bei der 5. Auflage des »Handbuches der Bibelerklärung«, herausgegeben vom Cal-

1 In der Realenzyklopädie für protestantische Theologie und Kirche, 3. Auflage hrsg. von Albert Hauck, Bd. 23, Ergänzungen und Nachträge, Leipzig 1913 sind sie aufgeführt.

wer Verlagsverein, hat er gründliche Umarbeitungen gemacht. Die unkritische Art der früheren Auflagen war gegen sein Gewissen. Die Umarbeitung ist ihm von Vielen sehr übelgenommen worden.
Die Ehe Hermann Gunderts, ohne Neigung geschlossen, ist glücklich geworden. Sie hatten anfangs verschiedene Sprachen gesprochen, er deutsch, sie französisch, später verständigten sie sich im neutralen Englisch. »Tante Uranie«, Julies Schwester, die seit 1876 bei ihnen lebte, konnte nur französisch, es wurde also fortan französisch im Hause Gundert gesprochen, und H. G. hielt jeden Sonntag eine französische Andacht für die beiden Frauen. Aber es wurden noch viele andre Sprachen in dem gastfreundlichen Hause gesprochen, wo junge Inder oder Afrikaner einkehrten, angehende Missionare, Gäste aus England, Holland, Schweden, aus der Schweiz, Dänemark, Norwegen, aus den russischen Ostseeprovinzen; auch Pensionäre wurden gelegentlich aufgenommen, wie später auch von Johannes und Marie Hesse. Wie viele Sprachen H. G. eigentlich beherrschte, wußte niemand so recht. Johannes Hesse schreibt, »müde von des Tages Lasten« »konnte man ihn abends auf dem Sofa liegen sehen, mit einer ungarischen oder finnischen Grammatik in der Hand«. Von indischen Sprachen war er mit Bengali, Hindostani, Tamil, Kanaresisch und Telugu vertraut außer dem Malajalam, seiner geliebtesten Sprache.
Julie Gundert, in einem Dorf aufgewachsen, praktisch veranlagt, hatte »höhere Bildung« nie erhalten; sie hatte auch keinen Sinn für Dichtung und Musik. In der Missionsarbeit hatte sie viel gelernt, aber das war ihr nur Mittel zum Zweck. »Was nicht mit dem inneren Menschen und der Arbeit an den Seelen zusammenhing, war ihr gleichgültig und trat ihr innerlich nicht nahe«, schreibt Johannes Hesse, der sie eine »Feuerseele« nennt.

Ein Freund Hermann Gunderts, Gottfried Weigle, der im Februar 1841 auf Besuch nach Talatscheri kam, berichtet seinen Eltern über Julie Gundert. Er rühmt ihre Arbeitskraft, und schreibt: »[...] ihre Anspruchslosigkeit, Sparsamkeit und namentlich ihre Klugheit zum Führen des großen Hauswesens, in dem sie vorn und hinten ist, aber auch ihre ernstliche Liebe zum Heiland und ihre Geradheit, ihr Mut in der Predigt des Evangeliums sind sehr seltene und lobenswerte Züge.«

Daß sie cholerisch gewesen, mit sich selbst stets unzufrieden, ein großer Gegensatz zu dem ruhigen, weitherzigen, im Urteil milden Gatten, schreibt Johannes Hesse. Hermann Gundert sagt einmal: »Daß ich draußen in Indien meine Pflicht als Missionar getan habe, wage ich nicht zu sagen; ja, meine Frau, von der darf ich sagen: sie hat getan, was sie konnte!«

Marie Hesse hat in den »Christlichen Frauenbildern« [1] über die Mutter geschrieben – wie sie durch den Einfluß ihres Mannes »immer milder wurde«, immer reicher an Güte, Nachsicht, Einsicht. Handschriftlich liegen die Blätter vor, auf denen Marie Hesse die letzten Tage ihrer Mutter beschreibt. Julie Gundert starb am 18. September 1885 nach fünfwöchiger qualvoller Krankheit (Schlaganfall und »Greisenbrand«).

Am 23. Juli 1888, an dem Tag, an welchem die goldene Hochzeit des Paares gefeiert worden wäre, schrieb H. G.: »[...] Aber mich überkommt es doch, was ich siebenundvierzig Jahre lang an dieser treuen Seele hatte. Du kennst ihren ersten Brief vor fünfzig Jahren an den ›cher docteur‹, an dem sie so kindlich hinaufsah. Ich hoffe, sie erkennt jetzt: wie ich ein halbes Jahrhundert an *ihr* hinaufgesehen, und das auch in Störungen und Krankheiten immer herzli-

1 Christliche Frauenbilder aus neuerer Zeit, 6. Auflage Stuttgart 1898, b/Steinkopf. XIX. Julie Gundert, geb. Dubois, 1809–1885. S. 427–459.

cher verspürt habe. Ein Bild nach dem andern steigt mir auf: das Opfer, Indien zu verlassen; die stete Hilfsbereitschaft und Fassung im Gebet, wenn neue Opfer kamen; dann namentlich das Unvergeßliche vom 4. Februar 1872 früh morgens, als sie an mein Bett trat, mich begrüßte zum Geburtstag und um Vergebung bat für alles, was ich mit ihr leiden müsse.«

1840, zwei Jahre nach seiner Verheiratung hatte er seinen Eltern geschrieben, wenn sie ihn jetzt fragten ob er glücklich sei, »so antworte ich: ja, soweit's auf Erden sein kann. Ich freue mich über meine Frau und meine Arbeit, weil beides Gottes Gabe für mich ist.«

Hermann Hesse schreibt von ihm in »Kindheit des Zauberers« (1937): »[...] Dieser Mann, der Vater meiner Mutter, stak in einem Wald von Geheimnissen, wie sein Gesicht in einem weißen Bartwalde stak, aus seinen Augen floß Welttrauer und floß heitere Weisheit, je nachdem, einsames Wissen und göttliche Schelmerei. Menschen aus vielen Ländern kannten, verehrten und besuchten ihn, sprachen mit ihm englisch, französisch, indisch, italienisch, malaiisch und reisten nach langen Gesprächen wieder spurlos hinweg, vielleicht seine Freunde, vielleicht seine Gesandten, vielleicht seine Diener und Beauftragten. Von ihm, dem Unergründlichen, wußte ich auch das Geheimnis herstammen, das meine Mutter umgab, das Geheime, Uralte [...]«

Johannes Hesse, der Vater Hermann Hesses, geboren am 14. Juni 1847, als fünftes Kind seines Vaters Dr. Karl Hermann Hesse und seiner Frau Jenny, geb. Lass, hatte sich schon als Sechzehnjähriger zum Studium der Theologie entschlossen. Aber er kam nach zwei Jahren davon wieder ab. Am 12. März 1865 schreibt er aus Reval an die Basler Missionsanstalt, daß er Sehnsucht in sich fühle, »dem

Herrn, welchem ich mich mit allen Banden der Dankbarkeit verbunden fühlte und noch fühle, praktisch zu dienen«. Ihm habe vor dem Gedanken gegraut, auf der Universität sein eigener Führer und allein zu sein. »Mein Sehnen ging nach einer korporativen Gemeinschaft, in welcher mein Ich verschwinden würde – denn es war mir längst zu stark geworden. Ich sehnte mich nach einer Erziehung, die mich wieder mit mir selbst und dem Leben ins rechte Verhältnis setzen könnte. Ich sehnte mich nach einem großen, heiligen Zweck, in dessen Dienst mein Einzelleben untergehen würde; denn bis jetzt war ich mir Selbstzweck gewesen.«

Die »Sendboten«, welche die Basler Missionsanstalt nach Estland geschickt habe, hätten ihn erreicht. »Ich gehöre Ihnen durch mehr als ein Band, ich bringe Ihnen zurück, was ich von Ihnen empfangen; verschmähen Sie mich nicht, das ist meine Bitte. Nehmen Sie mich, erziehen Sie mich und brauchen Sie mich, wozu ich Ihnen tauglich scheine.«

In einem Brief an seinen Vater schreibt er einige Wochen später: »Ich sehne mich nach einem Korporationsleben, überhaupt nach einem großen Ganzen, dem ich als dienendes Glied aus Überzeugung und Pflicht mich unterordnen kann, um zur Erreichung eines großen Zieles mitzuwirken, oder wenigstens mitzustreben. Eine solche Korporation scheint mir die Missionsgesellschaft [...]« »Ich bin durch meine Einseitigkeit in eine schiefe Stellung zu mir selbst und zum Leben geraten; mich in Ordnung bringen kann nur eine kräftige Erziehung, die ich auf der Universität am wenigsten, am meisten in Basel zu finden glaube [...]«

Später hatte Johannes Hesse Skrupel, daß er seinen Missionsentschluß weniger aus reiner Liebe zu den Heiden und zum Missionsberuf als der Erziehung des eigenen Charakters zuliebe gefaßt habe.

In seinen Aufzeichnungen schreibt der Vater, was er dem

Sohn geantwortet hatte: »[...] Daß ich längst an Basel gedacht und im Stillen mit Gott viel Deinetwegen geredet habe, das weißt Du; aber ich gestehe auch ein, daß ich wegen Dorpat und Dir mir viel irdische Gedanken gemacht habe, teils sorgend, teils hoffend und an mich denkend, für mein Alter zurechtlegend. Nun ist das alles aus und ich danke Gott dafür [...]«

Aus dem Antwortbrief des Sekretärs der evangelischen Missionsgesellschaft:

An Johannes Hesse »Basel, 20. Juli 1865

Geliebter Bruder!

Die Kommitee der evangelischen Missionsgesellschaft dahier hat in ihrer letzten Sitzung aus der Zahl der Jünglinge, die in diesem Jahre zum Missionsdienst sich angeboten haben, diejenigen ausgewählt, welche ihr für die Aufnahme in ihre Bildungsanstalt die geeignetsten erschienen.

Unter diesen Jünglingen bist auch Du, und ich bin beauftragt, Dich hiedurch davon in Kenntnis zu setzen. [...]«

Johannes reiste nach Reval zum Examen. »Am 12. Juli[1] kommt er zurück, mit einem guten Abiturientenzeugnis. Und am 23. mußte er abreisen, nach Arensburg, Riga, Basel«, notierte der Vater.

Drei Jahre lang war Johannes Hesse Zögling der Missionsschule in Basel, ein Jahr Gehilfe des Inspektors Josenhans im Sekretariat. Sein Vater, der nach Worms zur Lutherfeier gereist ist, teilweise »mit der Eisenbahn«, besucht ihn in Basel, wo vier Missionsfesttage gefeiert wurden.

Am 11. August 1869 wurde Johannes in Heilbronn ordiniert. Er kehrt nach Weißenstein zurück, um Abschied zu nehmen. An einigen Sonntagen predigte er in der Kirche, zuletzt am 24. August. »Am 29. August Abreise nach Indien.«

Er reist als Gehilfe des Missionars Metz nach Keti auf den

1 Nach dem russischen Kalender.

Blauen Bergen, wie Adele Hesse im »Lebensabriß« berichtet. Dann wurde er ins Predigerseminar nach Mangalur berufen. Er war sprachbegabt, und so konnte er nach zwei Jahren eine eigene Arbeit über den »Namen des Herrn im Neuen Testament« in kanaresischer Sprache vortragen. Aber im Frühjahr 1873 erkrankte er schwer an Kopfschmerzen und Dysenterie.

Am 5. März 1873 heißt es bei Dr. Hesse: »Brief aus Indien: Johannes kommt nachhause. Die Ärzte treiben ihn weg, er kann das Klima nicht ertragen. Der Freund, General Mackenzie, bringt ihn nach Basel.« Am 6. Juli kommt er heim. Er blieb bis November, dann kam von Basel die Aufforderung des Missions-Inspektors nach Calw zu gehn, als Gehilfe des Doktor Gundert. »Er kam am 4. Dezember (1873) in Calw an. Da ist die Tochter Witwe Isenberg mit zwei Söhnen und Fräulein Jette Ensslin als Gehilfin.«

Als Fremdling kam er nach Calw, und hat sich dort zeitlebens als Fremdling gefühlt. Nur im Hause Gundert fühlte er sich heimisch, die gemeinsame Liebe zu Indien verband ihn mit Dr. Gundert und mit dessen Tochter Marie, mit der er sich ein Jahr später, am 22. November 1874, verheiratete.

»Am 10. November 1874[1] geben wir ein Diner, um die Hochzeit von Johannes und Marie Hesse zu feiern«, schreibt Dr. Hesse.

Im Sommer 1876 besuchten Johannes und Marie Hesse die Eltern in Weißenstein, mit der einjährigen Adele. Johannes, vom Pastor aufgefordert, predigte mehrmals in der Kirche. Marie Hesse berichtet in einem Brief an ihre Eltern:

»Weißenstein, 20. Juli 1876

[...] Am Sonntag hat Johannes über Petri Fischzug gepredigt und die sonst halb leere Kirche war sehr voll, und alle möglichen Kutschen und Equipagen hielten davor. Von

1 Nach dem russischen Kalender.

den Stackelbergs allein waren achtzehn hergefahren von vier verschiedenen Gütern, teils ziemlich weit weg. Es kamen endlose Besuche nach der Predigt, aber mein Johnny bekam sein schreckliches Kopfweh und lag recht elend auf seinem Bett [...]« Dieses Kopfweh hat ihn sein Leben lang geplagt.

In Calw wurde Johannes Hesse die Schriftleitung des Missions-Magazins anvertraut – zwölf Jahre lang hat er diese Arbeit geleistet.

Er sprach oft auf Missionsfesten, beteiligte sich in Stuttgart und in Brighton an Versammlungen Pearsall Smith's, des Führers der sogenannten Heiligungsbewegung und hielt regelmäßige, viel besuchte Missions- und Bibelstunden in Calw und Pforzheim. 1881 wurde er nach Basel berufen, wo er einen Lehrauftrag für Missionsgeschichte und Missionslehre hatte, doch mußte er 1886 nach Calw zurückkehren, weil Dr. Gundert die Arbeit nicht länger allein bewältigen konnte. Nach dem Tode Dr. Gunderts wurde Johannes Hesse zum Vorstand des Verlagsvereins gewählt, dieses Amt übte er bis 1905 aus. 1896 war sein Vater in Weißenstein, 94jährig, gestorben, 1902 seine Frau. Johannes Hesse übersiedelte nach Korntal, wohin ihn seine Tochter Marulla begleitete. Er war in den letzten Jahren zunehmend augenleidend und nahezu blind, als er am 8. März 1916 starb.

Schriften von Johannes Hesse (in Auswahl mitgeteilt): alle erschienen im Verlag der Vereinsbuchhandlung, Calw & Stuttgart.

Biblische Übungen. (150 Seiten) 1889.

Die Mission auf der Kanzel. Texte, Themata, Dispositionen und Quellennachweise für Missionsvorträge. 324 Seiten 1889. 2. Auflage 1897. 3. Auflage neu bearbeitet von G. Hermelink & N. Rösler 1930.

Joseph Josenhans. Ein Lebensbild. (1895)

Das Missionsjahrhundert. Züge aus dem Missionsleben der Gegenwart. 2. Auflage 1899.

Die Heiden und wir. 220 Geschichten und Beispiele aus der Heidenmission (1901). 2. Auflage 1906.
Aus Dr. Hermann Gunderts Leben. 2. Auflage 1907.
Frühlingswehen in der Völkerwelt. 45 Missionsgeschichten. 491 Seiten (1908).
Sind wir noch Christen? Eine neutestamentliche Studie. 139 Seiten (1910).
Ein Mann Gottes. Aus Henry Martyns Leben. (1913)
Zwei Büchlein: »Rätselraten« und »Das Spiel im häuslichen Kreise«.
»Lao-Tse, ein vorchristlicher Wahrheitszeuge« aus den letzten Jahren.

Über Johannes Hesse (in Auswahl):

Friedrich Würz, im Evang. Missionsmagazin, Mai 1916.
L. J. Frohnmeyer, im Evangel. Heidenboten, Mai 1916.
Chr. Römer, im Evangel. Kirchenblatt 1916, Nr. 12.
Schwäbischer Merkur vom 14. März 1916, Nr. 121.
D. R. Grundemann, in der Treuga Dei, Juni 1916, Nr. 31.
Karl Isenberg im Württembergischen Nekrolog für das Jahr 1916.
Monika Hunnius, Johannes (Verlag Eugen Salzer, Heilbronn).

Als Hermann Hesse seine im Jahr 1916 aufgezeichnete Erinnerung an das Begräbnis seines Vaters als Sonderdruck[1] erscheinen ließ, gab er diesem ein Nachwort mit. Er entsann sich »der vielen Seiten in meinen Büchern, auf welchen die Gestalt meines Vaters erscheint. Oft habe ich diese Gestalt nachzuzeichnen versucht, in ihrer zarten Reinheit und Ritterlichkeit, und auch noch in jenen Sätzen, in denen ich mich gegen diese Gestalt wehren und Kritik an ihr üben mußte, wird kein Leser die Ehrfurcht vermissen.«

Unmittelbar und ohne dichterische Absichten habe er nur an zwei Stellen von seinem Vater gesprochen. Die Stellen sind: »Meine Kindheit«, geschrieben im Jahr 1896 (G. S. I, Hermann Lauscher, S. 94 ff.), und »Zum Gedächtnis« (G. S. IV, S. 475 f.).

Das Versagen des Vaters hat H. H. in »Kinderseele« geschildert. (1919). G. S. III, (»Klingsors letzter Sommer«),

1 Hermann und Adele Hesse, Zum Gedächtnis unseres Vaters. Rainer Wunderlich Verlag, Tübingen 1930.

S. 429 ff. »... Er wußte ja alles! Und er ließ mich tanzen, ließ mich meine nutzlosen Kapriolen vollführen, wie man eine gefangene Maus in der Drahtfalle tanzen läßt, ehe man sie ersäuft. Ach, hätte er mir gleich zu Anfang, ohne mich überhaupt zu fragen und zu verhören, mit dem Stock über den Kopf gehauen, das wäre mir im Grunde lieber gewesen, als diese Ruhe und Gerechtigkeit, mit der er mich in meinem dummen Lügengespinst einkreiste und langsam erstickte.« Viel später hat er in der Erzählung »Der Bettler« ein Bild des Vaters gezeichnet, kritisch – distanziert – liebend – ein Gedenkblatt.

Marie Hesse geb. Gundert, die Mutter Hermann Hesses, ist in Talatscheri (Indien) geboren, am 18. Oktober 1842. Vierjährig kam sie nach Europa und wuchs im Hause von Dr. Ostertag in Gundeldingen (Basel) mit einigen andern Missionarskindern auf. In Tagebuchaufzeichnungen und Briefen hat sie ihr Leben geschildert. 1854 wurde sie in das Töchterinstitut in Korntal (Württemberg) gebracht, wo sie sehr unglücklich war. Sie war phantasievoll und leidenschaftlich – dafür hatte man in jenem Institut kein Verständnis. Ihr um drei Jahre älterer Bruder Hermann (später Pfarrer in Mount Clemens, Mich.) verschaffte ihr Schillers Gedichte, welche sie als Dreizehnjährige in Korntal nicht lesen durfte; das wurde entdeckt und verboten. Hermann Hesse hat in »Beschwörungen« (1954) vom Korntaler Schulheft seiner Mutter berichtet, das mit ihren damaligen Lieblingsgedichten vollgeschrieben war und dem Blätter beilagen, auf denen ihre eigenen Gedichte standen, schwermütig-leidenschaftlich, schwärmerisch, »voll heftigen jugendlichen Erlebens«. Marie Gundert stand treu zu einer älteren bewunderten, im Institut später verfemten Freundin, was ihr viele Strafen eintrug. Die Eltern, denen alle ihre »Untaten« nach Indien gemeldet wurden, nahmen sie aus dem Institut, und sie verbrachte ein Jahr in Corcelles (Neuchâtel), im Hause eines Schulmeisters, dessen Frau sie bei den Hausarbeiten half. Sie lernte französisch und englisch und war glücklich, als sie im November 1857 zu den Eltern nach Indien reisen durfte, um ihnen bei der Missionsarbeit zu helfen.

Während der Überfahrt lernte sie einen Engländer kennen, John Barns, der nach Karatschi (Sindh) reiste. Sie beschreibt in ihrer »Selbstbiographie« die erste Begegnung mit ihm, im Salon der »Bombay« – wie sich ihre Blicke begegneten – wie eine Ahnung sie überkam, »dieser Mann sei für mich bestimmt« – wie es ihm zu gehen schien wie ihr, »er war mein Schatten. Wohin ich ging, wohin ich blickte, ich fühlte sein Auge auf mir ruhen, und mein törichtes Herz klopfte überlaut.« In Bombay mußten sie sich trennen.

In Mangalur kam ihr Vater ihr »ziemlich kühl und gemessen« entgegen. Alles kindliche Zutrauen, »mit dem ich ihn empfangen, erstarrte in mir mit einem Male«. Sehnsüchtig wartete sie auf Briefe aus Karatschi, vergebens. Eines Tages erfuhr sie von ihrer Mutter, daß John Barns schon vor ihrer Ankunft in Mangalur an ihren Vater geschrieben, um sie »förmlich angehalten und einen Brief« an sie »beigelegt hatte. Ich bekam jedoch diese Schreiben nicht in die Hand. Er hatte auch ein Karatschi-Tagblatt geschickt, an mich adressiert, Papa hatte es zurückgesandt und ihm auf immer meine Hand ernst und fest verweigert, als einem impulsiven Mann, einem Weltmann.« Marie war »unaussprechlich unglücklich«. Damit endet die »Selbstbiographie«.

»Auf den 24. Februar 1858, den Tag der ersten Begegnung mit Missionar Hebich«, verlegte Marie Hesse »in späteren Jahren ihre ›Bekehrung‹ [...] Sie opferte ihre Liebe und versöhnte sich mit den Eltern in der gemeinsamen Hingabe

an den Missionsgedanken«, schreibt die Tochter, Adele Gundert, in dem Buch »Marie Hesse«.
Sie half der Mutter beim Unterricht der indischen Mädchen, die sie liebte, hatte Freude am Verkehr mit den englischen Freunden der Eltern. Aber im Mai 1860 mußte sie mit der Mutter dem Vater nach Europa folgen, wohin er 1859 gereist war; die Rückkehr nach Indien war ihm vom Arzt verboten worden. Calw in Württemberg wurde nun die neue Heimat der Familie. Im Sommer 1861 lernte Marie bei Bekannten in Cannstatt den jungen Missionsschüler Charles Isenberg kennen, und bei einem zweiten Zusammentreffen in Korntal, 1862, wurde ihr klar, daß sie ihn liebte. Da er noch in England im Missionsseminar war, gab es noch ein langes Warten. Im August 1864 kam er nach Calw und verlobte sich mit ihr.
Charles Isenberg, geboren 1840 in London, war in Korntal zur Schule gegangen, ehe er sich in England (Islington College) zum Missionsberuf vorbereitete. Er reiste nach seiner Verlobung mit Marie Gundert nach Indien voraus, zunächst zu einem Studienaufenthalt nach Bombay. Am 30. Mai 1865 kam er nach Karatschi, im Wüstenland Sindh, wo sein künftiges Arbeitsgebiet war. Marie Gundert reiste im September zu ihm. Am 10. November 1865 fand die Hochzeit statt, in Talatscheri, wo Marie vor 23 Jahren geboren war. Ihr Bruder Samuel, seit zwei Jahren schon in Indien, traute sie.
In den »Erinnerungen an Charles Isenberg, für seine Kinder niedergeschrieben von ihrer Mutter« erzählt Marie von ihrer und ihres Mannes Arbeit im Sindhland, in Haidarabad.
Im April 1866 hörte sie von einer in Karatschi lebenden Bekannten, daß Barns jahrelang auf sie gewartet habe und sehr unglücklich gewesen sei, als er von ihrer Verlobung erfahren habe, und schrieb es ihrem Vater.

Am 9. September 1866 wurde der erste Sohn geboren, Theodor. Marie Isenberg beschreibt ihn, »sein hohes prächtiges Brüstlein«, »hoffe, er singt einst gut« – und wirklich hatte Theodor Isenberg eine schöne Tenorstimme und war als Opernsänger bei der Bühne, bevor er sich zum Studium und zu einem bürgerlichen Beruf entschloß.
Auf Theodor folgte ein kleiner Hermann, der nur fünf Monate alt wurde, am 25. Mai 1869 wurde der Sohn Karl geboren. Im Juni 1869 erlitt Charles Isenberg einen Blutsturz, sie mußten sofort nach Europa reisen. Charles Isenberg starb am 19. Februar 1870 in Stuttgart. Marie blieb in tiefer Trauer zurück. Sie zog nun zu den Eltern, ins Haus des Calwer Verlagsvereins, arbeitete im Dienst der Basler Mission und fing an, englische Stunden zu geben. Im Elternhaus gab es immer interessante Gäste, von denen die indischen ihr besonders wichtig waren. Im Dezember 1873 kam der junge Missionar Johannes Hesse, der krank aus Indien hatte zurückkehren müssen, als Gehilfe zu Dr. Hermann Gundert. Die Sehnsucht nach Indien und nach der überseeischen Missionsarbeit verband ihn mit diesem und mit Marie Isenberg. Im Frühling 1874 kam Adele Hesse, die Stiefmutter von Johannes Hesse, zu Besuch nach Calw, und Marie Isenberg faßte eine innige Verehrung für sie. Im Sommer 1874 verlobte sie sich mit Johannes Hesse und am 22. November 1874 war die Hochzeit. »So bin ich denn wieder eine glückliche Gattin, an der Seite eines treuen Mannes, der mir helfen will auf dem Weg zur oberen Heimat, und mir besonders eine große Stütze ist in der Erziehung meiner Knaben«, schreibt Marie Hesse am 7. Dezember 1874 an den Bruder Hermann in Mount Clemens. Am 15. August 1875 wurde ihnen ihr erstes Kind geboren, Adele. Als sie im Sommer 1876 nach Estland, zu Johannes' Hesse Eltern reisten, nahmen sie die Kleine mit. In Briefen an die Eltern Gundert und an den Bruder Her-

mann erzählte Marie viel von dem Dr. Hermann Hesse und dem Leben in Weißenstein, das sie entzückte. In sieben Jahren bekam Marie Hesse sechs Kinder, Adele, Hermann, Paul, Gertrud, Marulla, Hans – von denen Paul und Gertrud nach schwerer Krankheit sehr bald starben. Ihre geliebte, von ihr sehr verehrte Mutter starb nach qualvollen Krankheitstagen am 18. September 1885, Marie Hesse hat die letzten Tage ihrer Mutter genau beschrieben. Sie hatte, was Hermann Hesse später an seiner Schwester Adele rühmte, »in sich eine Neigung und einen Auftrag zum Bewahren«. Das »Gedenken, das Aufzeichnen, das Festhalten und Weitergeben« hatte die Mutter in hohem Maße. Zeitlebens schrieb sie Tagebücher, die sie meistens am Ende des Jahres in einer Jahreschronik zusammenfaßte, sie schrieb ihren auswärtigen Kindern – und zu Zeiten waren fünf von ihnen gleichzeitig »auswärtig«, beide Isenbergsöhne und drei Hessekinder – regelmäßig lange Briefe, in denen sie alles berichtete, was im Haus und Städtchen passiert war, in denen sie aber auch ermahnte, lobte oder tröstete, wenn es nötig war. 1894 erkrankte sie an Knochenerweichung, 1896 trat eine Besserung ein. 1899 konnten Marie und Johannes Hesse das Fest der silbernen Hochzeit feiern. Im Herbst 1901 zeigte sich das Nierenleiden, an dem sie als junge Frau gelitten hatte, wieder. In einem der letzten Briefe, die sie schrieb – an die Freundin Luise Oehler – steht: »[...] Nun gehen wir schon den Sechzig entgegen und haben die Erfüllung gesehen von viel in der Jugend Geträumtem. Die Liebe und die Arbeit sind doch das Beste im Leben.« »Du möchtest doch wohl auch nicht noch einmal jung sein? Ich bin so froh am Weg, der hinter mir liegt, und freu mich ans Ziel, obschon ich nicht lebensmüde bin und ganz zufrieden, wie Gott will. Das Alter ist doch wie der Herbst so klar, man hat manches anders ansehen lernen als in früheren Jahren, man ist dankbar für alles, was Gott an Frucht geschenkt, man grämt sich auch nimmer über abgefallene Knospen [...]« Am 24. April 1902 starb Marie Hesse, dankbar für alles, was das Leben ihr gegeben hatte. Hermann Hesse hatte die Mutter Ende Januar von Basel aus besucht und Abschied von ihr genommen. Ihr Tod traf ihn tief. Immer wieder hat er in seinen Büchern die Mutter geschildert – das »glühend dunkeläugige, in Hingabe und Liebe unerschöpfliche, in Herzlichkeit und Werbung strahlende Wesen der Mutter« nennt er es im Gedenkblatt für Adele, 1949. Im »Hermann Lauscher« (Meine Kindheit) beschreibt er die Erzählungskunst seiner Mutter, in den »Märchen« ist es »Eine Traumfolge«, in der ihr Bild erscheint (G. S. III, S. 340). Nicht mehr individuell, sondern entrückt und distanziert erscheint »die Mutter« in »Demian« und »Narziß und Goldmund«.

Dem Elternhaus gilt Hermann Hesses liebendes Gedenken im »Brief an Adele« (G. S. VII, S. 435 f.), im »Gedenkblatt für Marulla« (G. S. VII, S. 943), wo er behutsam über den Glauben der Eltern zu sprechen versucht, im »Demian«, in »Herr Claassen«, in »Erinnerung an Hans«. In der Erzählung »Schön ist die Jugend«, die er 1907 schrieb, erzählt er, wie er nach Ferientagen abschiednehmend im Studierzimmer des Vaters mit den Eltern beisammen sitzt, »und die Eltern erzählten mir manches aus meiner eigenen Kindheit, aus ihrer und ihrer Eltern Leben, das mir neu und wichtig war. Vieles habe ich vergessen [...] Geblieben aber ist mir eine starke Erinnerung an diesen Morgen im Studierzimmer, und geblieben ist mir eine tiefe Dankbarkeit und Verehrung für meine beiden Eltern, die ich heute in einem reinen, heiligen Lichte sehe, das für meine Augen keinen andern Menschen umgibt.«

Ninon Hesse

Nachbemerkung

Die Briefe Hermann Hesses, der im Buch meist nur mit H. H. bezeichnet wird, sind vollständig abgedruckt. Nur in wenigen Briefen wurden Kürzungen vorgenommen, die meistens Verse betreffen. Die Kürzungen wurden durch Punkte in eckiger Klammer gekennzeichnet; stillschweigend weggelassen wurden nur sich oft wiederholende Grußformeln am Schluß eines Briefes.

Alle Kürzungen in den andern Texten sind ebenfalls durch Punkte in eckiger Klammer bezeichnet. Die Orthographie der Schreibenden wurde beibehalten; nur th wurde in t korrigiert.

Runde Klammern gehören zum Text, eckige Klammern sind von der Herausgeberin eingesetzt. Kursivschrift zeigt Unterstreichungen der Briefschreiber, Kursivschrift in eckigen Klammern Zusätze der Herausgeberin an.

Kurze Angaben über die im Text erwähnten Personen finden sich in den Anmerkungen jeweils direkt unter dem betreffenden Brief oder Dokument; ausführlichere Angaben über die wichtigsten vorkommenden Personen enthält in alphabetischer Folge der Anhang. Von den Großeltern und Eltern Hermann Hesses berichtet das Nachwort.

Alle Texte sind aus den Handschriften publiziert, außer einem Brief vom 14. November 1883, der zuerst in Adele Gunderts Buch »Marie Hesse« veröffentlicht worden ist.

Quellennachweis

Der größere Teil der Handschriften befindet sich in Montagnola, ein Teil im Schiller-Nationalmuseum Marbach.
In Montagnola befinden sich:

Die Briefe von H. H. aus den Jahren 1893–1895.
Die Briefe der Eltern an H. H.
Die Briefe der Geschwister an H. H.
Die Briefe des Dr. Karl Hermann Hesse.
Die Briefe der Compromotionalen.

In Marbach befinden sich:

Die Briefe von H. H. von 1889–1892.
Die Tagebücher von Marie Hesse.
Der Brief von H. H. an Karl Isenberg vom 22. April 1895.
Die Briefe von Marie Hesse an Marulla Hesse.
Die Tagebücher des Großvaters Dr. K. H. Hesse.

Die Briefe Hermann Hesses an Theodor Rümelin befinden sich im Besitz von Herrn Burkhard Rümelin in Frankfurt a./M., der den Abdruck der Briefe Theodor Rümelins an Hermann Hesse gestattete, wofür ich ihm meinen Dank sage. Frau Lore Grunow, geb. Lang, in Calw-Wimberg danke ich für die Genehmigung des Abdrucks der Briefe von Wilhelm Lang.
Die Briefe von Dr. Hermann Gundert sind im Besitz von Professor Dr. Wilhelm Gundert in Neu-Ulm, der mir die Einsicht und Abschrift freundlich gestattete. Ihm und Herrn Dr. Zeller in Marbach sage ich für Rat, Entgegenkommen und biographische und bibliographische Hinweise meinen besten Dank. Für manche Hinweise habe ich auch Herrn Dekan Hans Voelter in Brackenheim, Fräulein Gerda Joecks, Bibliothekarin in Halle/S., und Herrn Stadtarchivar Walter Staudenmeyer in Calw zu danken.

N. H.

Anhang

Anmerkungen

Blumhardt Christoph, der Jüngere, 1842–1919.
Sein Vater, Johann Christoph Blumhardt, 1805–1880, in Stuttgart geboren. Er lebte im Kreis des württembergischen Pietismus, studierte Theologie in Tübingen, war Lehrer am Basler Missionshaus, dann Pfarrer in Möttlingen, bis er 1852 nach Bad Boll übersiedelte. Er sehnte sich zeitlebens »nach dem Erleben göttlicher Wirklichkeit«, und als ihm nach langem Kampf eine Krankenheilung gelang, nannte er sie »Sieg Jesu Christi«. Die Gemeinde war von da an »erweckt«, und es begaben sich Wunder durch B.'s Handauflegung. Eine weitreichende Bußbewegung begann, und viele Hilfesuchende, körperlich und geistig Kranke sammelten sich um ihn.
Sein Sohn Christoph Blumhardt studierte Theologie, war einige Jahre Vikar, übernahm 1880 die Leitung von Bad Boll. Er verkündigte die Liebe Gottes zur Welt und sein großes, »nicht an Kirche und Christenheit gebundenes Wirken«. An den Bewegungen seiner Zeit ging er nicht in weltabgewandtem Pietismus vorbei sondern bemühte sich, das Positive in Naturwissenschaft und Sozialismus anzuerkennen. Das Mitgefühl mit der ringenden und aufwärtsstrebenden Arbeiterschaft führte ihn zur Sozialdemokratischen Partei und von 1900–1906 war er ihr Abgeordneter im Württembergischen Landtag. Doch mußte er erkennen, daß »der Versuch, seine Gottesidee ins Irdische zu tragen« keine Wurzel faßte.
Aus der reichhaltigen Literatur nenne ich nur: Chr. Blumhardts Predigten und Andachten, hg. v. R. Lejeune. 5. Bde, 1925 ff., L. Ragaz: Der Kampf um das Reich Gottes in Blumhardt Vater und Sohn und weiter, 1922 (1926).

Calwer Verlagsverein
Dieser wurde im Jahr 1833 von Dr. Christian Gottlob *Barth,* Pfarrer in Möttlingen, gegründet, um auf literarischem Gebiet der »Aufklärung« entgegenzuwirken, und um gute Bildungs- und Volksschriften zu schaffen. Um dies zu ermöglichen wurde drei Jahre später, 1836, die Calwer Vereinsbuchhandlung gegründet; sie begann mit Traktaten, Jugendschriften, Missionsblättern; dazu kam die »Calwer Familienbibliothek«, die hundert Jahre später, 1936, es auf 72 Bände gebracht hatte.
Der Vertrieb im Buchhandel wurde zunächst kommissionsweise durch

den Verleger Steinkopf in Stuttgart besorgt. Von 1878 an wurde eine eigene buchhändlerische Vertretung in Stuttgart gegründet, welche David Gundert leitete. Die Firma hieß von da an: »Die Vereinsbuchhandlung in Calw und Stuttgart«. In Calw wurden die Bücher und Blätter weiterhin an private Kunden versendet, mit Hilfe einiger Kolporteure; in Stuttgart erfolgte die Herstellung und der Versand an den Gesamtbuchhandel.
Bis 1862 war Dr. Christian G. Barth Vorstand und theologischer Leiter der Calwer Vereinsbuchhandlung. Ihm folgte Dr. Hermann Gundert, Missionar und Indologe, der Vater von Friedrich und David Gundert, welche die buchhändlerischen Geschäftsführer waren.
Nach Dr. Gunderts Tod 1893 wurde Johannes Hesse zum Vorstand gewählt. Er hatte dieses Amt bis 1905 inne.

Ensslin Henriette
Tochter von Pfarrer Heinrich Ensslin, Bruder von Dr. Hermann Gunderts Mutter Christiane, welcher 1825 starb. Lehrerin. Geboren in Beinstein ü./Waiblingen, 4. März 1824. Gestorben in Calw, 23. Juli 1914.
1863 wurde sie von ihrem Vetter Dr. Gundert nach Calw berufen, um ihm bei seinen literarischen Arbeiten, besonders durch Übersetzungen aus dem Englischen, zu helfen.

Gundert Adolf
Sohn von Ludwig Gundert (»Bibelgundert«), aus dessen zweiter Ehe mit Emilie Mohl, geboren 29. 8. 1836, gestorben 20. Oktober 1898. Vermählt mit Anna Weiss, die 1882 starb. Er wurde auf dem Fangelsbachkirchhof in Stuttgart begraben.

Gundert David
Geboren 9. Oktober 1850 in Tschirakal (Indien), als jüngster Sohn von Dr. Hermann Gundert und seiner Frau Julie, geb. Dubois. Im Januar 1857 wurde er mit andern Missionarskindern in Kannanur auf der »Seringapatam«, einem Segelschiff, nach Europa eingeschifft, wie zwei Jahre zuvor sein Bruder Friedrich, unter Obhut von Missionar Bührer und seiner Frau. Er kam ins Knabenhaus der Basler Mission; nachdem die Eltern sich in Calw niedergelassen hatten, kam er zu ihnen (1860). Er machte eine buchhändlerische Lehre bei Steinkopf (Buchhandlung und Verlag) in Stuttgart durch und ging später, 1871, in die Schweiz, nach Leipzig, Bremen, Paris, zuletzt nach London, zu Truebner & Co in die Abteilung für fremde Sprachen. 1878 kehrte er

nach Deutschland zurück und trat in die Calwer Vereinsbuchhandlung ein, als Geschäftsführer.

In London war D. G. sehr gerne, er begeisterte sich für Gladstone, behielt auch die liberale Richtung stets bei und verkehrte in einem evangelischen Jünglingsverein, dem späteren CVJM, dorther stammten seine meisten späteren Freunde.

Allmählich fing er eine eigene Verlegertätigkeit in Stuttgart an; anfangs übernahm er Schriften, die dem Calwer Verlag angeboten wurden, aber nicht in dessen Rahmen paßten. Die von D. G. verlegten Bücher waren von dreierlei Richtung: Erzählungen für den Mittelstand; Abenteurergeschichten und geographische Beschreibungen; Bücher mit Versen und Erzählungen für Kinder.

Der Verlag blühte auf nach dem Ankauf der Rechte auf die Erzählungen Christof Schmids, von einem bayrischen Verlag, später durch das Verlegen der Bücher von Agnes Sapper.

1879 verheiratete David Gundert sich mit Marie Hoch, deren Vater Missionar in Indien war und die Hermann Gundert in Indien getauft hatte, was er in einem Brief berichtet hat. 1887 starb Marie Gundert. D. G. verheiratete sich 1888 mit Johanna Beate Feldweg.

Bis 1936 arbeitete David Gundert regelmäßig im Verlag, seit 1919 hatte sein Sohn Friedrich einen Teil der Arbeit übernommen.

David Gundert starb am 26. Oktober 1945.

Gundert Friedrich

Geboren 7. März 1847 in Talatscheri (Indien), gestorben 15. Juli 1925.

Sohn von Dr. Hermann Gundert und seiner Frau Julie, geb. Dubois. Achtjährig kam er nach Basel und wurde im Kinderhaus erzogen. 1860 konnte er zu seinen Eltern nach Calw ziehen, die 1859 aus Indien zurückgekehrt waren. Er machte eine kaufmännische Lehre in Calw und ging dann nach Basel, weil er Missionskaufmann werden wollte. Als solcher reiste er 1870 nach Indien, vertrug aber das Klima nicht und kehrte 1872 nach Europa zurück. Er verheiratete sich 1873 mit Emma Heermann, wurde 1875 an die Vereinsbuchhandlung in Calw als kaufmännischer Geschäftsführer berufen, welche Stelle er bis 1925 innehatte.

Friedrich Gundert war sehr musikalisch. Er leitete den Kirchenchor in Calw von 1880 bis 1915 als Dirigent und veranstaltete mit diesem Chor, einem Orchester und Solisten aus Stuttgart und Calwer Musikfreunden regelmäßige Kirchenkonzerte. Es wurden Oratorien von Händel und von Mendelssohn, und vor allem die Passionen und Kantaten von Joh. Seb. Bach aufgeführt. Er war ein großer Bachverehrer und Mitglied der Bachgesellschaft Leipzig, als solches besaß er die große 46bändige Bachausgabe von 1851.

Gundert Hermann

Pfarrer in Mount Clemens (Michigan). Ältester Sohn von Dr. Hermann Gundert und seiner Frau Julie, geb. Dubois.

Geboren 18. April 1839, gestorben etwa 80jährig. Insgesamt sind 1612 Briefe vorhanden, die Dr. Hermann Gundert an diesen Sohn gerichtet hat. Der erste Brief wurde am 19. Mai 1862 geschrieben, bis zum Jahr 1882 schrieb der Vater alle 14 Tage oder einmal im Monat – seit 1883 jede Woche. Der Briefwechsel endete 1893 mit dem Tod des Vaters.

Gundert Hermann

(Vetter von H. H., später auch sein Schwager), Sohn von Missionar Samuel Gundert und seiner Frau Elisabeth, geb. Isenberg. Geboren 21. Februar 1876 in Mangalur (Ostindien). Gestorben 20. April 1956 in Korntal. Von 1890 bis 1894 besuchte er die Seminare von Schöntal und Urach, wurde dann Einjährig-Freiwilliger in Tübingen (Oktober 1894 bis 30. September 1895). 1894 begann er als sogenannter Stadtstudent in Tübingen Theologie zu studieren, ab Herbst 1897 als Stiftler. Im Sommer 1899 legte er das erste, im Sommer 1904 das zweite theologische Examen ab. In der Zwischenzeit war er Vikar in Renningen, Winterbach, Markgröningen und andern Orten. Dann, nach dem zweiten Examen, Pfarrverweser in Ilsfeld und von 1905 bis 1907 in Rohr. Am 17. April 1906 verheiratete er sich mit H. H.'s Schwester Adele Hesse. Von 1907 bis 1919 war er Pfarrer in Hopfau über Horb; von 1919 bis 1930 in Höfen/Enz; von 1930 bis 1933 in Unterreichenbach und von 1933 bis 1938 in Eckenweiler. Am 1. März 1938 wurde er pensioniert. Im September 1938 übersiedelte er mit seiner Familie nach Korntal, wo Adele Gunderts Schwester Marulla Hesse lebte.

Gundert Wilhelm

Professor Dr. phil., Japanologe. Ältester Sohn von David Gundert aus dessen erster Ehe mit Marie Hoch. Geboren 12. April 1880.

1888–1894 Eberhard-Ludwig-Gymnasium Stuttgart, 1894 »Landexamen«, dann die Seminare Schöntal und Urach. 1898 Abitur und Eintritt in das evangelisch-theologische Seminar Tübingen (»Stift«). Er studierte Philosophie und Theologie in Tübingen und Halle/S., trat während der Studienzeit der »Deutschen Christlichen Studenten Vereinigung« (D. C. S. V.) und dem Studentenbund für Mission bei. 1902 bestand er das erste theologische Dienstexamen in Tübingen, war bis 1904 Vikar in Nabern, bestand 1904 das zweite theologische Dienstexamen und wurde ordiniert. Im Februar 1906 reiste er als Missionar nach Japan und trat in Tokio in Verbindung mit dem japanischen Schriftsteller und Evangelisten Kanzô Uchimura und seinem Kreis. Im Dezember 1906 verheiratete er sich mit Helene Bossert, Tochter des Pfarrers und Kirchenhistorikers Dr. D. Gustav Bossert, bei dem er in Nabern vikariiert hatte. 1909 war er deutscher Sprachlehrer an der I. Hochschule in Tokio.

1909/1910 Missionsarbeit in Tokio und auf dem Lande, 1910–1916 Missionsarbeit im Bezirk Miigata, enge Berührung mit dem japanischen Volksleben und dem japanischen Buddhismus. Doch hatte er schon begonnen, die hergebrachten Begriffe von Mission fragwürdig zu finden. 1915–1920: Lehrer des Deutschen an der V. Hochschule zu Kumamoto (Kyûshû). Daneben gingen japanische und chinesische Sprachstudien, Anfangsgründe des Sanskrit, Studium des Buddhismus und Schintoismus. 1920 reiste er nach Deutschland, studierte in Hamburg am japanologischen Seminar und wurde 1925 zum Dr. phil. promoviert. Die Dissertation »Der Schintoismus im Nô-Drama« erschien in Tokio. Bis 1936 blieb W. G. in Japan. Seit 1927 war er Deutscher Leiter an dem neugegründeten Japanisch-Deutschen Kulturinstitut, Tokio. Seine Studien umfaßten japanische Literaturgeschichte und Religionsgeschichte. Er war Vorsitzender zahlreicher wissenschaftlicher Gesellschaften. Von 1936 bis 1945: Ordentlicher Professor für Sprache und Kultur Japans an der Universität Hamburg. Nach der Entlassung aus dem aktiven Dienst (1945) konnte er sich ganz seiner literarischen Arbeit widmen. Einige Veröffentlichungen seien hier genannt: Im Handbuch der Literaturwissenschaft: Die japanische Literatur (1930). »Japanische Religionsgeschichte« (Japan.-Deutsches Kulturinstitut Tokio und David Gundert-Verlag Stuttgart 1935). Redaktion des Ostasiatischen Teiles der »Lyrik des Ostens«, München, Carl Hanser. »Übersetzung und Erklärung der chinesischen Kôan oder Beispielsammlung Bi-yän-lu«, München, Carl Hanser 1960. (1. Band.)

Über Wilhelm Gundert hat H. H. oft geschrieben: im »Rundbrief aus Sils Maria« (G. S. VII, S. 907 f.). »Brief an Wilhelm Gundert«, Neue Zürcher Ztg. vom 3. 10. 1960. Universitas 16, 1961, S. 197–199.

Häcker Wilhelm

Dr. phil., geboren 9. Mai 1877 in Ebersbach/Fils, gestorben 18. Oktober 1859 in Blaubeuren. Seminare Maulbronn 1891–1895, Studium der Alt-

philologie in Tübingen. Von 1906 bis 1912 Präzeptor in Aalen, von 1912 bis 1923 Professor in Maulbronn. Seit 1923 Professor am Seminar Blaubeuren, bis es 1941 (oder 1942) von den Nationalsozialisten geschlossen wurde. Von 1941/42 bis zur Pensionierung 1948 als Oberstudienrat am Progymnasium in Blaubeuren tätig.
Das Wiedersehn mit diesem Freund und das Zusammensein beschreibt H. H. in der »Nürnberger Reise«, (G. S. IV, S. 150 ff.).

Haering Theodor, Professor Dr.
Geboren 1848, gestorben 10. 3. 1928. Er war befreundet mit Johannes und Marie Hesse und mit Dr. Hermann Gundert, den er sehr verehrte. Er war im Vorstand des Calwer Verlagsvereins und kam daher öfter von Tübingen nach Calw. Vom Calwer Verlagsverein herausgegeben, erschien von ihm: »Das christliche Leben auf Grund des christlichen Glaubens. Christliche Sittenlehre, 1902.« »Der christliche Glaube (Dogmatik)«, 1906, u. v. a. Im Wintersemester 1895/96 las er in Tübingen: Evangelische Glaubenslehre II, 5stündig. Erklärung des Römerbriefs, 4stündig. Dogmatische Übungen, öffentlich, einstündig.
In der »Schwäbischen Heimatgabe für Theodor Haering«, herausgegeben von Hans Voelter, Heilbronn, Salzer 1918, widmete H. H. dem Freund der Eltern seinen Aufsatz »Wilhelm Meisters Lehrjahre«, geschrieben 1912.

Hartmann Otto
Geboren 1877 in Stuttgart, gestorben 1952 in Ludwigsburg. 1891–1895: Seminare Maulbronn und Blaubeuren, dann Jus-Studium in Tübingen, Berlin, Leipzig. Ab 1904 Rechtsanwalt in Eßlingen a./N. 1919 bis 1933 Oberbürgermeister in Göppingen; von den Nationalsozialisten des Amtes enthoben. 1943–1946: Direktor der Landesdienststelle Württemberg des Deutschen Gemeindetages in Stuttgart bis zu dessen Auflösung. 1944 in Stuttgart ausgebombt, Übersiedlung auf die schwäbische Alb. Seit 1950 in Ludwigsburg. Mitarbeit am Schillermuseum in Marbach a./N.

Hermelink Heinrich
1877 in Ostindien geboren, habilitierte sich 1906 in Leipzig für Kirchengeschichte, versah daneben ein Pfarramt. Später Professor in Kiel, Bonn und Marburg. Im »Handbuch der Kirchengeschichte für Studierende« behandelte er die Zeit des Spätmittelalters, der Reformation und Gegenreformation. Sein letztes Werk war »Das Christentum in der Menschheitsgeschichte von der französischen Revolution bis zur

Gegenwart«, dessen 3. Band 1955 erschien. Er starb in München, am 15. Februar 1958. In einem Brief von Ende Dezember 1949 an Heinrich Hermelink äußert sich H. H. überaus positiv zu dessen Werk »Württembergische Kirchengeschichte«. (»Briefe«, G. S. VII, S. 748/49). Der Brief ist irrtümlich unter den Briefen von 1950 eingereiht.

Hesse Adele
Geboren 15. August 1875, gestorben 24. September 1949.
Verheiratet mit Hermann Gundert (»Vetter«), 17. 4. 1900. Nach Absolvierung der Schule lernte Adele Hesse in Stuttgart in einer Malschule Malen und Zeichnen. Bis zur Übersiedlung des verwitweten Vaters nach Korntal (1905) lebte sie in Calw. Nach ihrer Verheiratung lebte sie als Pfarrfrau in Hopfau, Höfen/Enz, Unterreichenbach, Eckenweiler. Seit 1938 in Korntal (s. Hermann Gundert).
Gemeinsam mit dem Bruder H. H. schrieb sie »Zum Gedächtnis unseres Vaters«, der »Lebensabriß« ist von ihr. Von H. H. ist das 1916 geschriebene Gedenkblatt: »Zum Gedächtnis«. Tübingen, 1930, Rainer Wunderlich.
Adele Gundert: Marie Hesse. Ein Lebensbild in Briefen und Tagebüchern. Stuttgart, 1934, D. Gundert-Verlag.
H. H. hat der Schwester Adele neben Gedichten die »Stunden im Garten« gewidmet – er hat sie für die Schwester geschrieben (1935), die damals ihren 60. Geburtstag feierte. Von 1939 bis 1946 hatten die Geschwister einander nicht mehr gesehen – damals schrieb H. H. den »Brief an Adele« (»Betrachtungen«, G. S. VII, S. 435 ff.). Nach Adele Gunderts Tod schrieb H. H. das »Gedenkblatt für Adele« (»Gedenkblätter«, G. S. IV, S. 787–795). »Die Schwester« oder »Die Schwestern« kommen ein paar Mal in Erzählungen von H. H. vor. »Schwester Adele« in der Erzählung »Der Bettler« in »Späte Prosa« (G. S. IV, S. 844).

Hesse Johannes, genannt Hans
Jüngster Sohn von Johannes und Marie Hesse. Geboren 13. Juli 1882, in Basel, getauft von Großvater Hermann Gundert am 6. August. Gestorben in Baden (Aargau) am 27. November 1935.
Hans Hesse wurde in der Schule in Calw von seinem Lehrer unsäglich gequält, oft geschlagen. Er machte eine kaufmännische Lehre in Calw durch und trat 1899 in Basel in ein Geschäft ein, dann arbeitete er vorübergehend als Gehilfe im Basler Missionshaus.
Zwischen 1907 und 1911 arbeitete er in Deutschland und war mehrere Monate in Hopfau bei seiner Schwester und dem Schwager Gundert,

lernte Maschinenschreiben und Stenographieren, übte sich im Französischen und Englischen. Dann kam er nach Basel, nahm dort Abendkurse und Tageskurse und wurde schließlich in der Firma Brown-Boveri in Baden (Aargau) in der Abteilung Technische Korrespondenz angestellt, wo er bis zu seinem Tode blieb.
1915 verheiratete er sich mit Frieda Gerber und wurde Vater von Zwillingssöhnen, Paul und Ueli, geboren 8. 11. 1919.
H. H. erzählt von ihm in »Schön ist die Jugend«, (G. S. I, S. 719ff.). Nach seinem Tode schrieb H. H. das Gedicht: »Nach einem Begräbnis« (G. S. V, S. 756f.) und die »Erinnerung an Hans«, (G. S. IV, S. 690ff.).

Hesse Marulla
Schwester von H. H. Geboren 27. November 1880 in Calw. Gestorben 17. März 1953 in Korntal. Marulla Hesse erhielt ihre Ausbildung als Lehrerin im Katharinenstift in Stuttgart, von 1895 bis 1899, sie war Stipendiatin und machte ein glänzendes Examen. Danach war sie ein Jahr lang Hauslehrerin in einer adeligen Familie. Von 1902 bis 1905 in Calw, zuerst zur Pflege der Mutter, die 1902 starb, dann als Sekretärin und Pflegerin ihres Vaters. 1905 übersiedelten der Vater, Adele und Marulla Hesse nach Korntal. Marulla Hesse blieb die Helferin des Vaters bis zu seinem Tode im Jahr 1916. Dann blieb sie bis 1918 als Privatlehrerin in Korntal, betreute von 1918–1919 Kriegsblinde in der Stuttgarter Blindenanstalt. Eine Weile war sie beim Bruder Hans Hesse in Baden (Aargau), dann von 1922 bis 1927 wieder Hauslehrerin in einer Familie in München. Seit 1927 unterrichtete sie Englisch und Französisch in Korntal. Im Herbst 1951 erkrankte sie und wurde im Wilhelmsspital Stuttgart operiert. Im August 1952 durfte sie nach Korntal zurückkehren. Sie starb am 17. März 1953.
H. H. schrieb nach ihrem Tode den »Nachruf für Marulla« (»Beschwörungen«, G. S. VII, S. 927ff.). Schon in der frühen Jugend hatte H. H. beiden Schwestern Briefe geschrieben und Briefe von ihnen empfangen. Nach dem Tod der Mutter wurde der Briefwechsel mit den Schwestern intensiver und dauerte das ganze Leben lang. 1887, in Calw, hatte H. H. eine Erzählung »Für Marulla« geschrieben: »Die beiden Brüder«. Sie ist abgedruckt in »Späte Prosa«: »Weihnacht mit zwei Kindergeschichten« (G. S. IV., 933).

Isenberg Karl, Dr. phil.
Sohn des Missionars Charles Isenberg (gest. 1870) und der Marie Isenberg, geb. Gundert, Stiefbruder von H. H. Geboren am 25. Mai 1869

in Haidarabad, Indus, (jetzt Pakistan). Gestorben am 29. März 1937 in Tübingen.

Der Vater stammte aus dem Rheinland und war britischer Staatsangehöriger; Karl Isenberg war britischer Staatsbürger bis zu seinem Eintritt ins Seminar Maulbronn, 1883, wurde dann Württemberger. 1887 bestand er den Konkurs (Matura), dann wurde er Einjährig-Freiwilliger. Er studierte von 1888–1892/93 Alt- und Neuphilologie und Mathematik in Tübingen; ein Semester in Bonn. Er bestand das Examen für höheren Schuldienst. Promoviert hat er erst viel später – 1919 – über einen englischen Philosophen. Er verheiratete sich im Jahr 1900 mit Elisabeth Berg, Tochter von Prälat Berg in Heilbronn. Zunächst wurde er Hilfslehrer in Ulm, dann Reallehrer in Heilbronn, dann in Stuttgart am Karlsgymnasium. Später Gymnasialprofessor in Ellwangen 1914–1924; dann 1924–1931 in Ludwigsburg. Im Jahr 1931 ließ er sich pensionieren. Er starb am 29. März 1937 in Tübingen.

Isenberg Theodor

Sohn von Missionar Charles Isenberg (gest. 1870) und von Marie Isenberg, geb. Gundert. Stiefbruder von H. H. Geboren 9. September 1866 in Haidarabad, Indus, jetzt Pakistan. Gestorben 2. März 1941 in Haiterbach, Württemberg. Er besuchte das Gymnasium und fing 1882 eine Apothekerlehre an. Von 1887–1889 studierte er in Stuttgart und Sondershausen Musik. Er bekam Engagements an deutsche Bühnen und nach Groningen (Holland), als Tenor. Im Februar 1890 wurde er Apothekergehilfe und entschloß sich, nach Beendigung der Lehre noch Pharmazie zu studieren. 1895 bestand er die Examina und wurde Apotheker, zuletzt in Haiterbach, wo er auch gestorben ist. Seit 1896 war er verheiratet mit Martha Cohen aus Hannover.

Kapff Ernst, Dr.

Geboren am 17. April 1863 in St. Gallen, gestorben 26. Dezember 1944 in Göppingen. (Nach Angaben des Gymnasiums Cannstatt in Verbindung mit dem Stadtarchiv Cannstatt.)

1891 als Hilfslehrer/Gymnasialvikar am Cannstatter Gymnasium. 1900 Rektor der städt. Schule in Witzenhausen. 1902–1906 Direktor der deutschen nationalen Schule in Wertheim a/M. 1906 Hilfslehrer in Ellwangen. 1907 Oberpräzeptor am Gymnasium Ulm. 1913 bis 1930 Professor am Realgymnasium in Göppingen. 1930 Pensionierung.

Lang Wilhelm
Professor Dr. Geboren 1. September 1876 in Diepoldsburg (Unterlenningen), gestorben in Finkenkrug, 26. Juli 1938.
1891–1895: Seminare Maulbronn und Blaubeuren. Studium an der Universität Tübingen, wo er in Botanik promovierte. 1904 kam er als Assistent, später als Leiter der Württembergischen Landesanstalt für Pflanzenschutz an das Botanische Institut der Landwirtschaftlichen Hochschule in Hohenheim. 1928 wurde er dort Professor.

Rümelin Theodor
Dr. Ing. Geboren 20. Mai 1877 in Besigheim a./N., gestorben 9. November 1920. 1891–1895 Seminare in Maulbronn und Blaubeuren, 1895/96 Studium der Theologie im Stift in Tübingen. 1896/97 Kriegsschule Hannover, Offiziersprüfung, Rückkehr nach Stuttgart, wo er zwei Jahre Dienst als aktiver Offizier tat. Dann trat er aus dem Aktivdienst aus und studierte von 1898 bis 1902 Bauingenieurwesen an der Technischen Hochschule in Stuttgart. Später wurde er Oberbauleiter eines Projektes, das den Isar-Ausbau betraf. Er übersiedelte nach München, wo er 1920 starb.

Schall Franz
Geboren 1877 in Faurndau, gestorben 1943 in Altenburg (Sachsen). 1891–1895 Seminare in Maulbronn und Blaubeuren. Seit 1912 Oberlehrer (Altphilologe) am Herzoglichen Realgymnasium in Altenburg. In einer Auseinandersetzung um H. H. in »Deutsches Volkstum«, Hamburg 1930, trat er für H. H. ein. Seit 1930 in regem Briefwechsel mit H. H., dessen Motto zum Glasperlenspiel er ins Lateinische übersetze.
H. H. widmete ihm das »Gedenkblatt für Franz Schall« in »Gedenkblätter« (G. S. IV, 765 f.), wo auch zwei Gedichte und ein Brief Franz Schalls abgedruckt sind.

Schrempf Christoph, 1860–1944
Evangelischer Theologe und freigläubiger Philosoph. »In der Jugend dem Pietismus zugehörig.« »Die wissenschaftliche Bibelkritik von C. Weizsäcker wurde für Schrempf eine ›Schule zum Unglauben‹.«
Er war Vikar, Repetent am Tübinger Stift, dann, 1886 Pfarrer in Leuzendorf. Glaubenszweifel bei Mt. 6,33, worüber er predigen sollte. Er versprach sich selbst, künftig bei Taufen nicht mehr das Apostolicum (II, 2) zu gebrauchen, »da er Teile davon nicht für wahr hielt und wesentliche Gedanken des christlichen Glaubens und an die Nachfolge Christi darin vermißte«.

Die Gemeinde (als er ihr davon Mitteilung machte) verlangte seine Absetzung. Das Disziplinarverfahren gegen ihn wurde eingeleitet.

»Am 3. Juli 1892 wurde Schrempf ›wegen Verfehlung gegen die übernommenen Dienstgeschäfte‹ frist- und pensionslos entlassen.«

Der literarische Kampf, den Schrempf mit der Veröffentlichung der ›Akten zu meiner Entlassung aus dem Württembergischen Kirchendienst‹ eröffnete (1892), und seine Zeitschrift ›Die Wahrheit‹, 1893–1897, blieben ohne nennenswerte Wirkung auf die Landeskirche und ihre Pfarrerschaft.

Schrempf unterrichtete zunächst an einer Handelsschule und habilitierte sich 1909 an der Technischen Hochschule in Stuttgart. 1909 trat er aus der Landeskirche aus. 1911 forderte er eine »Reform des evangelischen Pfarrerstandes«.

(Diese Angaben aus dem Artikel von H. Hohlwein in »Die Religion in Geschichte und Gegenwart«.)

Nur einige Stichworte zu seinen zahlreichen Schriften: Sie sind in den Jahren 1930 bis 1940 als »Gesammelte Werke«, herausgegeben von Otto Engel bei Frommann, Stuttgart erschienen, 13 Bände und 3 Ergänzungsbände. Band IV enthält: »Menschenlos (Hiob, Ödipus, Jesus, Homo sum)« von 1900 und »Martin Luther. Aus dem Christlichen ins Menschliche übersetzt« 1901. Band VII ist betitelt »Diesseits und Jenseits«, Band IX: »Auseinandersetzungen«. Er enthält die Arbeiten: »Sokrates« 1927; »Nietzsche« 1922; »Paulus« 1926/27.

Seit 1909 begann im Verlag Eugen Diederichs, Jena, die deutsche Kierkegaard-Ausgabe zu erscheinen. K.'s Gesammelte Werke »unverkürzt hrsg. und übersetzt von H. Gottsched und Chr. Schrempf«. Für die zweite Auflage war Schrempf alleiniger Herausgeber und Übersetzer. Die Vor- und Nachworte u. a. aus verschiedenen Jahren sind unter dem Titel »Akten zur Geschichte meines Verhältnisses mit Kierkegaard von 1884 bis 1935« in Band XII erschienen. Auch eine Kierkegaard-Biographie hat Schrempf 1927/28 geschrieben.

H. H. hat zwei Rezensionen über die Gesammelten Werke geschrieben, im »Bücherwurm« 15 von 1930 und im »Bücherwurm« 17 von 1932. Ferner »Über Christoph Schrempf«, Neue Rundschau (Berlin) 41, 1930, S. 552 f.; »Im Banne des Unbedingten. Christoph Schrempf zugeeignet.« Stuttgart Frommann 1930, S. 5–13; »Über Christoph Schrempf. Zu seinem 75. Geburtstag«, Neue Rundschau (Berlin) 46, 1935, S. 540 f. »Nachruf auf Christoph Schrempf« erschien in »Gedenkblätter« (G. S. IV, S. 768 ff.).

Völter Hans

Geboren 2. August 1877 in Neckargröningen. 1888 bis 1891 Lateinschule in Göppingen bei Rektor Bauer, 1891–1895 Seminare Maulbronn und Blaubeuren. Nach dem Einjährig-Freiwilligenjahr Studium der evangelischen Theologie in Tübingen, 1896 bis 1900. Er gehörte zu den Gästen von Professor Haering, dessen Hörer er war. 1903 bis 1904 Fortsetzung der Studien in Berlin, Freundschaft mit Theodor Heuss. 1908 bis 1923 Pfarrer in Bietigheim/Enz, 1923 bis 1939 Pfarrer in Heilbronn. 1939 bis 1947 Dekan in Brackenheim, dann Pensionierung. Veröffentlichungen über Schleiermacher, F. Wichern, Friedrich Naumann. »Über die Auswirkung der Revolution von 1918 auf die württembergische Landeskirche.« In den Blättern für Württembergische Kirchengeschichte Jahrgang 1959/60: Die evangelisch-soziale Bewegung und der Bietigheimer Tag.

Des Freundes Hans Völter gedenkt H. H. im »Rundbrief aus Sils Maria«, geschrieben 1954 (G. S. VII, S. 916–920).

Wüterich Gottlob, D.

Geboren in Metzingen, 16. 2. 1866, gestorben in Stuttgart-Sillenbuch 14. 4. 1943. Seit 1891 Repetent in Maulbronn. 1896 Pfarrer in Stetten am Heuchelberg. Jugendpfarrer in Stuttgart, zugleich vierter Pfarrer an der Hospitalkirche Stuttgart bis 1904. Vierter Pfarrer Leonhardskirche Stuttgart 1913, erster Jugendpfarrer und zweiter Pfarrer an der Gedächtniskirche Stuttgart 1918, Leiter der Landesjugendstelle; Kirchenrat 1929. D. theol. hon. causa Tübingen 1929. Pensioniert 1934.

Chronik

1877 Am 2. Juli, Montag, abends halb 7 Uhr, Hermann Hesse geboren.
3. August: Taufe. Sein Großvater, Dr. Hermann Gundert, tauft ihn.

1878 Johannes Hesse oft unwohl, leidet an Heimweh und an den engen Verhältnissen in Schwaben.
Adele Hesse (geboren 1875) hat Scharlach, H. H. Ende Mai einen Ruhranfall.
14. Juli: Paul Hesse geboren (einen Monat zu früh).
Im Dezember – vor Weihnachten – stirbt Paul Hesse.

1879 11. Februar: H. H. bricht den rechten Arm.
6. August: Morgens 5 Uhr früh Gertrud Hesse geboren.

1880 27. Februar: Marie Hesse bettlägerig wegen Nierensteinen, H. H. kommt für 14 Tage ins Haus der alten Frau Häring.
31. März: Tod von Gertrud Hesse.
2. April: Begräbnis.
12. April: Wilhelm Gundert, ältester Sohn von Marie Hesses Bruder David, geboren.
8. Mai: Nachricht aus Indien, daß Samuel Gundert (Bruder von Marie Hesse) in Mangalur gestorben ist.
Im Sommer: Hermann und Adele Hesse haben zweimal Masern.
27. November, abends 10 Uhr: Marulla Hesse geboren.
28. Dezember: Marulla Hesses Taufe.

1881 Am Neujahrstag kommt vom Basler Missionshaus die Berufung von Johannes Hesse als Herausgeber des Missionsmagazins.
6. April: Johannes Hesse zieht mit seiner Familie nach Basel. Die Kinder kommen für einige Tage in die Obhut von Pfarrer Pfisterer und seiner Frau. Am 11. April können alle in die eigene Wohnung ziehn.
H. H. geht in die Kinderschule.

1882 Im Frühling hatten Johannes und Marie Hesse viel Not durch H. H.'s Ungehorsam und Heftigkeit. Schlimmer Einfluß der

Kleinkinderschule. Er wird nun in die Kinderschulklasse im Knabenhaus von Pfarrer Pfisterer aufgenommen, von dort an ging es viel besser.
13. Juli: Johannes Hesse geboren. (Das 9. Kind.)
Johannes und Marie Hesse sind auf ihr Gesuch aus der russischen Staatsbürgerschaft entlassen, in die deutsche aber nicht aufgenommen, da sie im Ausland leben. Karl Isenberg wird in Calw eingebürgert, Theodor Isenberg wird Engländer, wie sein verstorbener Vater.

1883 Am 10. Juli fährt die Familie Hesse auf den Rechtenberg, Ratsherr Sarasins Gut, und bleibt dort bis 31. August.
Marie Hesse reist mit Karl Isenberg nach Maulbronn, um ihn ins Seminar einzuliefern. Adele und Hermann Hesse sind in dieser Zeit in Basel in den Kinderhäusern.

1884 Vom 21. Januar bis zum 5. Juni war Hermann Hesse ganz im Knabenhaus und brachte bloß die Sonntage zuhause zu.
An ihrem 80. Geburtstag starb Tante Uranie Dubois, die Schwester von Marie Hesses Mutter.
Vom 16.–19. September ist Theodor Isenberg, der in Schopfheim eine Apothekerlehre macht, plötzlich verschwunden. Er war heimlich nach München gefahren, um sich dem Musikdirektor vorzustellen. Von diesem ermutigt, kehrt er in die Lehre zurück und verspricht, Examen zu machen, wenn er sich nachher der Musik widmen dürfe.

1885 Am 22. Januar stürzt Marie Hesse die Treppe hinunter, bleibt unverletzt.
Die Sommerferien bringt die Familie in Calw zu.
Am 7. August reist Marie mit den Kindern zurück nach Basel.
Die Großmutter Julie Gundert erkrankt.
24. August: Marie Hesse kommt zur Mutter nach Calw.
18. September: Tod Julie Gunderts.
20. September: Begräbnis.
Im Herbst: Theodor Isenberg tritt ins Konservatorium in Stuttgart ein; er wohnt bei der Pfarrerswitwe Frau Kolb.

1886 Im Februar bittet Dr. Hermann Gundert das Comité in Basel, ihm Johannes Hesse als Gehilfen und Nachfolger zuzuteilen.
10. März: Das Comité bewilligt dieses Gesuch.

3. Juli: Johannes Hesse reist mit den Kindern nach Calw ab; H. H. reist mit dem Großvater und Onkel Friedrich Gundert.
6. Juli: Ankunft von Marie Hesse in Calw, 11 Uhr abends.
Im Winter hatten die Eltern schwere Zeit mit H. H.

1887 3. Februar: Tod von Marie Gundert, geb. Hoch, David Gunderts Frau.
Marie Hesse hat Nierenschmerzen, Johannes Hesse ist bedrückt.
H. H. zur Frühlingsvakanz bei Onkel David Gundert.
In den Sommerferien ist Theodor Isenberg in Calw.
15. September: Theodor Isenberg bittet, daß man ihn seine eigenen Wege gehen lasse. Er reist dann nach Sondershausen in ein Engagement als Tenor.
Karl Isenberg wird Einjährig-Freiwilliger.
10. November: David Gunderts Verlobung mit Johanna Beate Feldweg.

1888 3. Januar: David Gunderts Hochzeit mit Johanna Beate Feldweg.
7. Februar: Kehlkopfschnitt am Kronprinzen Friedrich.
9. März: Tod Kaiser Wilhelms I.
12. Mai: H. H. und Marulla Hesse mit Tante Elisabeth Isenberg in Thalmühle.
15. Juni: Tod Kaiser Friedrichs. Thronbesteigung Wilhelms II.
In den Sommerferien: H. H. mit seinem Freund Barth zehn oder 14 Tage in Schömberg.
Im September: Kaiser Wilhelm in Stuttgart, H. H. und Adele Hesse sehen ihn.
Herbst: Johannes Hesse treibt Latein und Griechisch mit H. H.
Gegen Ende des Jahres ist H. H. oft unwohl, muß mit Schmerzen im Knie wochenlang liegen, kommt dadurch in der Schule sehr zurück.

1889 Nach Mitte Januar reist Marie Hesse mit H. H. und Adele Hesse nach Stuttgart zum Orthopäden Dr. Roth. Am 20. Januar kehren die Kinder nach Calw zurück.
30. Januar: Tod des Kronprinzen Rudolf von Österreich.
2. Februar abends: H. H. läßt die Petrollampe in Johannes' Hesse Studierzimmer fallen, das Petroleum entzündet sich. Der Brand wird gelöscht.
22. Februar: H. H.'s erste Geigenstunde.

7. April: Konfirmation von Adele Hesse.

24. Mai: Agnes Hunnius, Adele und Hermann Hesse fahren im Kahn spazieren, der Kahn schlägt um, alle drei liegen in der Nagold, doch nahe am Ufer.

25. Mai: Dr. Hermann Gunderts letzte Predigt in der Kirche. (I. Thessalon. 2)

19. Juli: H. H. in Latein Erster, in Griechisch Siebenter.

29. Juli: Johannes und Marie Hesse mieten die Wohnung in der Ledergasse bei Aktuar Staudenmeyer, in welcher Hermann Gundert und Familie 1862 bis 1867 gewohnt hatten.

31. Juli: Abschiedsfeier im Lyzeum, Vetter Hermann Gundert und H. H.

Adele Hesse mit Hermann und Hans Hesse nach Tübingen, wo sie den König sehen.

1. August: Marie Hesse reist nach Bern, wo Johannes Hesse im Spital liegt.

3. August: Die Kinder reisen in die Ferien.

13. August: Johannes und Marie Hesse kehren heim.

19. August: H. H. in Stuttgart bei Onkel David Gundert, wo er bis 2. September bleibt.

24. August: H. H. besucht Onkel Adolph Gundert, den Bruder seines Großvaters in Stuttgart.

2. September: Sedansfest. H. H. wird von David Gundert nach Calw heimgebracht.

16. September: Einzug der Familie Hesse in die Ledergasse.

Mitte September geht Theodor Isenberg als Tenor in die deutsche Oper nach Groningen.

29. September: Johannes Claassen von Münster kommt nach Calw.

2. Oktober: Adele Hesse geht nach Tübingen, in die Pension von Fräulein von Reutern.

Zwischen 29. September und 17. Oktober kommt Johannes Claassen abends oft zu Hesses.

17. Oktober: Johannes Claassen reist nach Münster zurück.

11. November: H. H.'s Feigendiebstahl entdeckt.

1. Dezember: H. H. wird wegen Fußschmerzen elektrisiert.

4. Dezember: H. H. hat zwei Gedichte geschrieben.

Seit 14. Dezember H. H. im Bett mit Gliederschmerzen, wird elektrisiert.

1890 Am 1. Februar bringt Marie Hesse H. H. nach Göppingen zu Rektor Bauer.

20. Februar: Theodor Isenberg kommt aus Groningen heim. Mitte März tritt er als Gehilfe in die »Alte Apotheke« ein.

18. März: Bismarcks Entlassung.

29. März: H. H. kommt zur Ostervakanz nach Calw.

4. April (Karfreitag): Matthäuspassion. Theodor Isenberg singt den Evangelisten, Karl Isenberg den Christus.

16. April: H. H. kehrt nach Göppingen zurück. Schulspaziergang.

8. Mai: H. H. besucht den Onkel Theodor Wurm.

13. Mai: H. H. hört mit seiner Klasse das Harfenkonzert von Sjöden.

12. Juni: H. H. fällt vom Reck herunter, aufs Handgelenk.

27. Juni: H. H. besucht Onkel Theodor Wurm.

29. Juni: H. H. besucht Frau Pfarrer Riderer in Roßwälden.

31. Juli: H. H. kommt zur Vakanz nach Calw.

12. September: H. H. macht einen Spaziergang mit George Sturrock; sie zünden ein dürres Grasbüschel im Wald an – der Forstwächter erwischt sie und führt sie nach Hirsau.

15. September: H. H. darf trotz des schwebenden Verfahrens wegen Waldbrand nach Göppingen abreisen. Abreise von Calw um 2 Uhr 15, Ankunft in Göppingen um 9 Uhr Abend; in Stuttgart 2 Stunden Aufenthalt.

16. September: Schulbeginn in Göppingen.

19. September: Abreise von George Sturrock aus Calw.

5. Oktober: H. H. zum Nachtessen bei Onkel Th. Wurm.

26. Oktober: Knabenvisite bei Oberhelfer Hermann.

9. November: Bei Onkel Theodor und Tante Luise Wurm.

16. November: Bei Onkel Theodor und Tante Luise Wurm.

14. und 15. November: H. H. mit Rippenrheumatismus bettlägerig.

Vor 25. November: H. H. wird ins württembergische Bürgerrecht aufgenommen.

25. November: H. H. hat ein kleines Drama geschrieben: »Ein Weihnachtsabend«.

Zwischen 30. November und 15. Dezember: Ein Mann war nachts im Mühlbach ertrunken, H. H. sah ihn am Morgen am Rahen der Spittelmühle hängen.

15. Dezember: H. H. schreibt eine Geschichte »Aus deutscher Vorzeit«.

Zur Weihnacht schenkt H. H. seiner Schwester Adele ein Büchlein mit seinen Versen.

1891 7. Januar: Rückkehr aus der Weihnachtsvakanz nach Göppingen.

22.–25. Januar: H. H. leidet an Fußschmerzen und Schmerzen beim Atmen.

1. Februar: Der Jahrestag von H. H.'s Ankunft in Göppingen.

4. Februar: 77. Geburtstag des Großvaters Gundert.

Konfirmanden-Unterricht bei Oberhelfer Hermann.

6. Februar: H. H. bekommt ein Paket vom Großvater.

14. Februar: Ein Brand in der Nachbarschaft.

15. Februar (Sonntag): H. H. liegt mit Kopfweh und Übelkeit im Bett.

12.–24. Februar: H. H. fühlt sich ständig krank, bekämpft es aber durch Negieren.

28. Februar: Nachts großer Brand in Calw. Die Schill und Wagnersche Fabrik brennt ab. Lamparters und Johannes Claassen werden obdachlos. Johannes Hesse bringt Herrn Claassen zu sich nach Hause, wo er drei Tage im Gastzimmer verbringt.

2. März: H. H. hat Atembeschwerden. Diese wiederholen sich immer wieder in der Woche vom 8.–15. März.

7. März: Visite beim Herrn Oberhelfer.

15. März: Beim Fensterschließen zertrümmert H. H. unachtsam eine Scheibe.

20. März: Vor 12 Uhr Mittag kommen H. H. und Vetter Hermann Gundert in Calw an.

7. April: Frau Staatsrat Hesse besucht ihren Vetter Johannes Hesse in Calw.

11. April: Ankunft von Theodor und Karl Isenberg in Calw.

Vor 12. April: Ankunft von Tante Neue.

12. April: Ankunft von Tante Emma Plebst, geb. Gundert, Schwester des Großvaters; Konfirmation von H. H.

13. April: Familienausflug nach Thalmühle.

14. April: H. H. kehrt nach Göppingen zurück.

26. April (Sonntag): H. H. bei Onkel Theodor und Tante Luise Wurm.

1. Mai: Missionsfest in Calw (?); die Sturmglocke läutet, ein großer Waldbrand in der Nähe.

3. Mai: Einladung bei Hermann Kieser, der vielleicht Primus im Landexamen wird.

10. Mai: Am Nachmittag bei Onkel und Tante Wurm.
26. Mai: Tod von Frau Pfarrer Marie Pfisterer in Basel.
29. und 30. Mai (Pfingsten): Bei Tante Johanna Gundert in Stuttgart. Am Montag nachmittag bis zum Abend bei Onkel Adolph Gundert.
1. Juni: Maifest in Göppingen. Gabenverlosung in den Schulen.
7. Juni: Missionsfest in Göppingen?
13. Juli: Marie Hesse fährt nach Stuttgart.
14. Juli: Das Landexamen beginnt.
15. Juli: Fortsetzung des Landexamens; am Nachmittag mündliches Examen.
20. Juli: Ankunft in Calw, Beginn der Sommervakanz.
31. Juli: Tod der Marie Graze, Hannele Rosts Pflegerin.
18. August: H. H. mit Karl Isenberg vor 6 Uhr früh zu Fuß nach Wildberg, gegen 1 Uhr Mittag zurück.
19. August: Die Heilsarmee in Calw – viele Leute kommen dazu.
In der Sommervakanz (August) ist Jack Sturrock, George Sturrocks Bruder, vier Wochen bei Hesses.
Vor 31. August: H. H. macht einen Fußmarsch nach Weilderstadt.
14. September: H. H. verabschiedet sich von den Calwern.
15. September: Marie Hesse bringt H. H. ins Seminar nach Maulbronn.
16. September: Dem Kameralamt Maulbronn werden 15 Mark Sportel für die Aufnahme H. H.'s in das evangelische Seminar bezahlt.
27. September: H. H. ist bei Herrn Mährlen eingeladen. In Weißenstein stirbt Adele Hesse, die dritte Frau des Großvaters Hesse, in ihrem 71. Jahr.
2. Oktober: Rezitator Zaar deklamiert in Maulbronn.
6. Oktober: Tod König Carls von Württemberg, 6 Uhr 50 früh.
9. Oktober: Kaiser Wilhelm kommt zur Bestattung nach Stuttgart.
Vor 11. Oktober: H. H. deklamiert auf Stube »Hellas« ein eigenes Gedicht: Auf des Königs Tod.
18. Oktober: Am Vormittag hält Pfarrer Merz einen Vortrag über Afrika im Collegsaal. Am Nachmittag ist H. H. bei Pfarrer Detlinger (?) aus Stammheim, im Dorf Schützingen.
21. Oktober: Karl Isenberg besucht H. H.
24. Oktober: Abschied von Repetent Traub.
Tod von Hannele Rost, die im Haus des Verlagsvereins wohnte.

26. Oktober: H. H. besuchte den Pfarrer von Zaisersweiher, der Missionar in Afrika gewesen war. Am Vormittag 11–12 Totenfeier des Seminars für König Carl. Am Nachmittag ein schönes Kirchenkonzert.

27. Oktober: H. H. läßt sich hypnotisieren.

18. November: Die Promotion macht einen Ausflug.

12. Dezember: H. H.'s Faustkampf mit O. Knapp.

23. Dezember, 10 Uhr 44: Ankunft H. H.'s in Calw, von Pforzheim her.

1892 7. Januar: H. H. kehrt nach Maulbronn zurück.

8. Januar: Wiederbeginn des Unterrichtes.

17. Januar: H. H. besucht Mährlens.

18. Januar: Die Promotion (mit Ausnahme von H. H.) macht eine größere Schlittenfahrt nach Bretten.

Christoph Schrempf, Pfarrer in Leuzendorf, erklärt, er könne nicht auf das Apostolicum taufen, weil er nicht daran glaube.

In der Nacht vom 19./20. Januar brennt in nächster Nachbarschaft des Seminars das Pfründhaus nieder, die Knaben, die Repetenten, alle helfen löschen.

21. Januar: Die Heilsarmee hält ihre erste Versammlung in Calw.

22. Januar: Unter den Trümmern brennt es noch immer. Der König spendet 1000.– Mark.

7. Februar: Vortrag von Pfarrer Voelter über die Judenmission.

14. Februar: H. H. schreibt an die Eltern: »Ich bin froh, vergnügt, zufrieden!« Von halb 3 bis 6 Einladung bei Herrn Holzbog. Von 6 bis halb 8 Vortrag Professor Paulus.

15. Februar: Die Seminaristen bauen eine Schneehütte.

21. Februar: H. H. deklamiert Goethes »Sänger« in der Nachmittagslektion.

23. Februar: H. H. wirkt im Orchester und in zwei Chören beim Schülerkonzert im Oratorium mit. Am Nachmittag Ausflug nach Bretten.

7. März: Telegramm an Johannes Hesse, H. H. fehle seit 2 Uhr.

8. März: Telegramm an Johannes Hesse, H. H. sei wohlbehalten zurück. Friedrich Gundert reist nach Maulbronn, sieht H. H.'s Rückkehr in Begleitung des Gendarmen.

12. März: H. H. hat Kopfweh. Am Morgen schriftliche Semesterprüfung im Kollegsaal, 1. Teil Latein, Hebräisch.

Am Nachmittag sitzt H. H. von halb 1 bis halb 9 Uhr im Karzer.

13. März: Besuch bei Mährlens.

19. März: Ausflug der Promotion, mit H. H., der Kopfweh hat. Abschied von Wilhelm Lang.
23. März: Vom Arzt heimgeschickt kommt H. H. nach Calw.
29./30. März: Gewitter, plötzlicher Wetterumschlag in Calw, H. H. sehr angegriffen.
1. April: In Calw ist die mitteldeutsche Zeit eingeführt, alle Uhren um 23 Minuten vorgerückt worden.
6.–8. April: H. H. auf »Solitude«, in Stuttgart, in Korntal.
9. April: Unfall Karl Isenbergs, dem ein Hund ins Fahrrad lief; ein Knie verstaucht und gequetscht.
10. April (Palmsonntag): Johannes Hesse predigt anstelle des erkrankten Dekans. Abends Schütz-Händel-Bach-Konzert unter Leitung von Friedrich Gundert.
11. April: H. H. brennt auf dem »hohen Felsen« ein Feuerwerk ab und verbrennt sich Gesicht, Augen, Ohren. Verband über das ganze Gesicht.
16. oder 17. April: Der Verband von H. H.'s Gesicht wird abgenommen.
23. April: H. H. kehrt nach Maulbronn zurück.
1. Mai: Schneefall. Sozialdemokratische Versammlung (in Calw?).
2. Mai: Brief des Mitschülers Otto Hartmann an seinen Vater, betreffend H. H.
7. Mai: Marie Hesse reist nach Maulbronn, um H. H. abzuholen. Abends Ankunft in Bad Boll.
9. Mai: Abreise Theo Isenbergs; Marie Hesse und H. H. begleiten ihn bis Göppingen.
10. Mai: Marie Hesse spricht eingehend mit Christoph Blumhardt. Am Nachmittag reist sie nach Hause.
Vor dem 23. Mai war Theo Isenberg vier Tage in Bad Boll.
10. Juni: H. H. geht zu Fuß nach Göppingen und zurück; er besucht Rektor Bauer, Onkel Wurm, Frau Schaible.
13. Juni: Theodor Isenberg tritt eine Stelle in Waiblingen an.
20. Juni: H. H. macht einen Selbstmordversuch; Chr. Blumhardt schreibt es sofort an die Eltern.
21. Juni: Marie Hesse reist nach Göppingen, wo sie Pfarrer Blumhardt trifft.
22. Juni: David Gundert und Theodor Isenberg kommen nach Bad Boll. Theodor Isenberg reist mit Marie Hesse und H. H. nach Stetten. H. H. wird dort von Inspektor Pfarrer Schall aufgenommen. Am Abend kehrt Marie Hesse nach Calw zurück.

24./26. Juni: Aufnahmevertrag für H. H. in Stetten.
27. Juni: H. H. soll in der Schule der Oberklasse hospitieren, um später an Stelle des Lehrers das Durchgenommene zu repetieren.
2. Juli: H. H. trinkt Kaffee bei Inspektor Schall. Nachmittag mit den 3 Lehrern in den Wald.
Im Sommer schreibt Hermann Hesse: »Kleine Lieder für Fräulein E. Kolb«, insgesamt 23.
17. Juli: H. H. besucht Frau und Fräulein Kolb in Cannstatt, zusammen mit Theodor Isenberg.
5. August: Johannes Hesse holt H. H. in Stetten ab und bringt ihn nach Calw.
6. August: Adrian Gover kommt als Pensionär zu Hesses.
15. August: H. H. bekommt zur Wiederherstellung seiner Gesundheit Urlaub bis Ende 1892 von der Kult-Ministerialabteilung in Stuttgart. Rektor Dr. Friderich will H. H. nicht ins Gymnasium Reutlingen aufnehmen.
21. August: H. H. wird die Rückkehr nach Stetten angekündigt.
22. August: H. H. reist in Begleitung von Missionar Seeger zurück nach Stetten.
1. September: Theodor und Karl Isenberg besuchen den Bruder in Stetten. Theodor Isenberg bringt ihm »Dunst« von Turgenjeff.
4. September: Inspektor Pfarrer Schall konfisziert das Buch von Turgenjeff.
22. September: H. H. fragt die Eltern brieflich an, ob vielleicht Pfarrer Pfisterer ihn im Missionshaus in Basel aufnähme.
5. Oktober: 6 Uhr 40 früh kommt H. H. in Stuttgart an und reist über Pforzheim–Karlsruhe nach Basel, wo er um 6 Uhr 48 abends ankommt.
3.–10. Oktober: Marie Hesse liegt krank an gastrischem Fieber.
19. Oktober: Erster Schnee in Calw. Adele Hesse reist nach Stuttgart, um dort Zeichen- und Malunterricht zu nehmen.
31. Oktober: Johannes Hesse reist nach Cannstatt, um eine Pension für H. H. zu finden und wegen Aufnahme ins Gymnasium alles mit Rektor Franz Kapff zu besprechen.
3. November: H. H. abends bei Frau Cockburne eingeladen.
4. November: H. H. reist um 8 Uhr 25 von Basel ab, über Pforzheim nach Calw. Bestattung der Königin Olga.
7. November: Das Pensionsgeld für H. H. (die erste Rate) wird an Präzeptor Geiger in Cannstatt bezahlt.

4. Dezember: H. H. besucht Inspektor Feldweg.
11. Dezember: H. H. besucht Pfarrer Oehler.
21. Dezember: H. H. geht zu Fuß nach Stuttgart.
23. Dezember: Letzter Schultag vor Weihnachten.
24. Dezember: Ankunft in Calw. Vorher im Gaisburger See eingebrochen, dessen Eis nicht fest war.

1893 5. Januar: H. H. wird kostenfrei aus dem Seminarverband entlassen.
6. Januar: H. H. kehrt nach Cannstatt zurück.
9. Januar: Theodor Isenberg reist nach Hamburg.
20. Januar: H. H. kauft einen Revolver.
21. Januar: Marie Hesse kommt nach Cannstatt zu H. H. Sie besucht Rektor Kapff und Professor Osiander.
22. Januar: Rückkehr Marie Hesses nach Calw.
26. Januar: David Gundert kommt von Stuttgart nach Cannstatt, um nach H. H. zu sehen.
27. Januar: Kaisers Geburtstag – schulfrei.
6. und 7. Februar: H. H. nicht in der Schule, wegen starken Kopfschmerzen.
11. Februar: Professor Nast teilt H. H. mit, daß er zum Einjährigen-Examen nicht zugelassen sei.
17. Februar: Hans Hesse stürzt beim Turnen und zerbeißt sich die Zunge.
22. Februar: David Gundert läßt H. H. ärztlich untersuchen; ein Herzfehler wird konstatiert.
1. März: Adele reist nach Cannstatt, zu H. H.
7. März: H. H. klagt brieflich über Schwindelanfälle.
Vom 24. bis 27. März wird H. H. täglich in Calw erwartet. Er kommt am 27. abends, mit dem letzten Zug.
30. März: Karl Isenberg singt den Christus in der Matthäuspassion, Adele und Marulla Hesse singen im Chor. Friedrich Gundert leitet wie immer die Aufführung in Calw.
2. April: H. H. macht mit Herrn G. einen Ausflug nach Wildbad.
10. April: Johannes Hesse reist nach Cannstatt, um mit den dortigen Lehrern über H. H. zu sprechen.
12. April: H. H. kehrt nach Cannstatt zurück.
25. April: 4 Uhr 30 morgens stirbt Dr. Hermann Gundert, 79 Jahre alt.
27. April, Mittag 1 Uhr: Begräbnis von Dr. Hermann Gundert.

5. Mai: Johannes Hesse wird als Nachfolger von Hermann Gundert zum Vorstand des Calwer Verlagsvereins gewählt.

11. Mai: Ankunft von Martha Cohen, Braut von Theodor Isenberg, in Calw; sie wird fortan bei Hesses leben.

28./29. Mai: H. H. in Calw.

17. Juni: H. H. kommt nach Calw, reist aber früher als er ursprünglich wollte, am 18. Juni, wieder nach Cannstatt.

19. Juni: Die Familie Hesse übersiedelt aus der Ledergasse wieder ins Haus des Calwer Verlagsvereins.

20. Juni: H. H. bittet den Vater brieflich, ihm 15 Mark zu leihen – die Schuld müsse bis 24. Juni bezahlt sein.

22. Juni: David Gundert kommt aus Stuttgart nach Cannstatt und bringt H. H. das Geld.

5. Juli: Adele Hesse tritt die Reise nach Rußland an; zunächst nach Göttingen, dann Lübeck – Reval – Weißenstein.

8. Juli: H. H. besteht das Einjährig-Freiwilligen-Examen.

18. Juli: H. H. erfährt die Resultate des bestandenen Examens. Er hat seit drei Wochen Kopfweh.

29. Juli: H. H. erhält den Berechtigungsschein für den einjährig-freiwilligen Dienst.

1. August: David Gundert fährt von Bremen ab, nach Mount Clemens (Mich.), zu seinem erkrankten Bruder Hermann Gundert.

Seit 23. oder 24. Juli ist H. H. in Calw in den Ferien.

25.–27. August: Theodor Rümelin zu Besuch bei H. H. in Calw.

14. September: H. H. reist nach Stuttgart, wohnt bei Onkel David, sieht die Kaisermanöver.

19. September: Die Schule in Cannstatt beginnt wieder.

23. September: H. H. bekommt von jetzt ab ein Taschengeld von 50 Pfennig wöchentlich.

23. September: Ankunft von Pastor Benjamin Karl Hermann Hesse, jüngerem Halbbruder von Johannes Hesse, in Calw.

24./25. September: H. H. kommt nach Calw, um den Onkel kennenzulernen.

2. Oktober: Ankunft von Theodor Isenberg in Calw. Abends: Verlobung mit Martha Cohen.

3. Oktober: Abreise von Pastor Hesse.

8./9. Oktober: H. H. bittet die Eltern, ihn aus der Schule zu nehmen, wegen unaufhörlicher Kopfschmerzen.

15. Oktober: Marie Hesse kommt nach Cannstatt und ordnet H. H.'s Abreise an. Sie fährt mit H. H. nach Stuttgart, zu

David Gundert. H. H. übernachtet bei Onkel Adolph Gundert.
18. Oktober: Um 4 Uhr Nachmittag kommt H. H. heim nach Calw.
25. Oktober: Der Lehrvertrag mit Buchhändler S. Mayer in Eßlingen wird für H. H. abgeschlossen. H. H. reist nach Eßlingen.
26. Oktober: H. H. tritt die Lehrlingstelle an.
27. und 28. Oktober: H. H. arbeitet als Lehrling in der Buchhandlung.
30. Oktober (Montag): H. H. erscheint nicht zur Arbeit, ist auch nicht bei der Kostfrau zu finden.
2. November: H. H. ist in Stuttgart. Johannes Hesse reist mit H. H. nach Winnenden, um ihn bei Dr. Zeller in Winnenthal untersuchen zu lassen.
3. November: Abends kehren Johannes und Hermann Hesse nach Calw heim.

1894 Von November 1893 bis Mai 1894 arbeitete H. H. bei seinen Eltern im Garten, half gelegentlich seinem Vater bei Bureauarbeiten und las in der Bibliothek seines Großvaters und seines Vaters.
19. März: Theodor Rümelin besucht H. H. in Calw.
5. Juni: H. H. entschließt sich, als Praktikant in H. Perrots mechanische Werkstätte einzutreten.
9. September: Um 5 Uhr nachmittags trifft H. H. von Calw kommend Theodor Rümelin, der von Korntal kommt, in Weilderstadt.

1895 Vor Ostern erwartete H. H. vergeblich den Besuch von Theodor Rümelin, den er eingeladen hatte.
Seit Mitte Juni lernt H. H. eifrig Englisch bei seiner Schwester Adele.
1. Juli: Großes Sturmwetter mit Hagel (»Zyklon«); bei Hesses allein sind 30 Scheiben zertrümmert.
Juli: H. H. plant, in einigen Jahren nach Brasilien auszuwandern.
5./6. Juli: H. H. erkältet, Fieber, bettlägerig.
14. Juli: Heimkehr Karl Isenbergs vor seiner Rußlandreise.
31. Juli: Ausflug nach Zavelstein und Teinach.
10./11. August: H. H. fährt nach Korntal, um Theodor Rümelin zu besuchen.

Nach 19. August: Wilhelm Lang besucht H. H. in Calw.
4. Oktober: Die Heckenhauer'sche Buchhandlung in Tübingen bietet H. H. auf sein Inserat im Stuttgarter »Merkur« No 232 hin eine Lehrstelle an.
7. Oktober: H. H. sendet der Buchhandlung einen kurzen »Lebenslauf« und wird engagiert.

Namenregister

Verzeichnis der Werke von Hermann Hesse

die im vorliegenden Band teils in den Texten, teils in den Anmerkungen genannt werden. Die Ziffern beziehen sich auf die Nummern der Texte.

Die im »Nachwort« angeführten Werke sind hier nicht verzeichnet.

Inhalt

Zeittafel

1877 geboren am 2. Juli in Calw/Württemberg als Sohn des baltischen Missionars und späteren Leiters des »Calwer Verlagsvereins« Johannes Hesse (1847–1916) und dessen Frau Marie verw. Isenberg, geb. Gundert (1842–1902), der ältesten Tochter des namhaften Indologen und Missionars Hermann Gundert.

1881–1886 wohnt Hesse mit seinen Eltern in Basel, wo der Vater bei der »Basler Mission« unterrichtet und 1883 die Schweizer Staatsangehörigkeit erwirbt (zuvor: russische Staatsangehörigkeit).

1886–1889 Rückkehr der Familie nach Calw (Juli), wo Hesse das Reallyzeum besucht.

1890–1891 Lateinschule in Göppingen zur Vorbereitung auf das Württembergische Landesexamen (Juli 1891), der Voraussetzung für eine kostenlose Ausbildung zum ev. Theologen im »Tübinger Stift«. Als staatlicher Schüler muß Hesse auf sein Schweizer Bürgerrecht verzichten. Deshalb erwirbt ihm der Vater im November 1890 die württembergische Staatsangehörigkeit (als einzigem Mitglied der Familie).

1891–1892 Seminarist im ev. Klosterseminar Maulbronn (ab Sept. 1891), aus dem er nach 7 Monaten flieht, weil er »entweder Dichter oder gar nichts werden wollte«.

1892 bei Christoph Blumhardt in Bad Boll (April bis Mai); Selbstmordversuch (Juni), Aufenthalt in der Nervenheilanstalt Stetten (Juni–August). Aufnahme in das Gymnasium von Cannstatt (Nov. 1892), wo er

1893 im Juli das Einjährig-Freiwilligen-Examen (Obersekundareife) absolviert. »Werde Sozialdemokrat und laufe ins Wirtshaus. Lese fast nur Heine, den ich sehr nachahmte.« Im Oktober Beginn einer Buchhändlerlehre in Esslingen, die er aber schon nach drei Tagen aufgibt.

1894–1895 15 Monate als Praktikant in der Calwer Turmuhrenfabrik Perrot. Plan, nach Brasilien auszuwandern.

1895–1898 Buchhändlerlehre in Tübingen (Buchhandlung Heckenhauer). 1896 erste Gedichtpublikation in »Das deutsche Dichterheim«, Wien. Die erste Buchpublikation *Romantische Lieder* erscheint im Oktober 1898.

1899 Beginn der Niederschrift eines Romans *Schweinigel* (Manuskript noch nicht aufgefunden). Der Prosaband *Eine Stunde hinter Mitternacht* erscheint im Juni bei Diederichs, Jena.
Im September Übersiedlung nach Basel, wo Hesse bis Januar 1901 als Sortimentsgehilfe in der Reich'schen Buchhandlung beschäftigt ist.

1900 beginnt er für die »Allgemeine Schweizer Zeitung« Artikel und Rezensionen zu schreiben, die ihm mehr noch als seine Bücher »einen gewissen lokalen Ruf machten, der mich im gesellschaftlichen Leben sehr unterstützte«.

1901 Von März bis Mai erste Italienreise.
Ab August 1901 (bis Frühjahr 1903) Buchhändler im Basler Antiquariat Wattenwyl.
Die *Hinterlassenen Schriften und Gedichte von Hermann Lauscher* erscheinen im Herbst bei R. Reich.

1902 *Gedichte* erscheinen bei Grote, Berlin, seiner Mutter gewidmet, die kurz vor Erscheinen des Bändchens stirbt.

1903 Nach Aufgabe der Buchhändler- und Antiquariatsstellung zweite Italienreise, gemeinsam mit Maria Bernoulli, mit der er sich im Mai verlobt. Kurz davor Abschluß der Niederschrift des *Camenzind*-Manuskripts, das Hesse auf Einladung des S. Fischer Verlags nach Berlin sendet. Ab Oktober (bis Juni 1904) u. a. Niederschrift von *Unterm Rad* in Calw.

1904 *Peter Camenzind* erscheint bei S. Fischer, Berlin. Eheschließung mit Maria Bernoulli und Umzug nach Gaienhofen am Bodensee (Juli) in ein leerstehendes Bauernhaus. Freier Schriftsteller und Mitarbeiter an zahlreichen Zeitungen und Zeitschriften (u. a. »Die Propyläen«, d. i. »Münchner Zeitung«; »Die Rheinlande«; »Simplicissimus«; »Der Schwabenspiegel«, d. i. »Württemberger Zeitung«). Die biographischen Studien *Boccaccio* und *Franz von Assisi* erscheinen bei Schuster & Loeffler, Berlin und Leipzig.

1905 im Dezember Geburt des Sohnes Bruno.

1906 *Unterm Rad* (1903–1904 entstanden) erscheint bei S. Fischer, Berlin. Gründung der liberalen, gegen das persönliche Regiment Wilhelms II. gerichteten Zeitschrift »März« (Verlag Albert Langen, München), als deren Mitherausgeber Hesse bis 1912 zeichnet.

1907 *Diesseits* (Erzählungen) erscheint bei S. Fischer, Berlin. In Gaienhofen baut und bezieht Hesse ein eigenes Haus »Am Erlenloh«.

1908 *Nachbarn* (Erzählungen) erscheint bei S. Fischer, Berlin.

1909 im März Geburt des zweiten Sohnes Heiner.

1910 *Gertrud* (Roman) erscheint bei Albert Langen, München.

1911 im Juli Geburt des dritten Sohnes Martin. *Unterwegs* (Gedichte) erscheint bei Georg Müller, München; Sept. bis Dez. Indienreise mit dem befreundeten Maler Hans Sturzenegger.

1912 *Umwege* (Erzählungen) erscheint bei S. Fischer, Berlin. Hesse verläßt Deutschland für immer und übersiedelt mit seiner Familie nach Bern in das Haus des verstorbenen befreundeten Malers Albert Welti.

1913 *Aus Indien.* Aufzeichnungen einer indischen Reise, erscheint bei S. Fischer, Berlin.

1914 *Roßhalde* (Roman), erscheint im März bei S. Fischer, Berlin.
Bei Kriegsbeginn meldet sich Hesse freiwillig, wird aber als dienstuntauglich zurückgestellt und 1915 der Deutschen Gesandtschaft in Bern zugeteilt, wo er von nun an im Dienst der »Deutschen Gefangenenfürsorge« bis 1919 Hunderttausende von Kriegsgefangenen und Internierten in Frankreich, England, Rußland und Italien mit Lektüre versorgt, Gefangenenzeitschriften (z. B. die »Deutsche Interniertenzeitung«) herausgibt, redigiert und 1917 einen eigenen Verlag für Kriegsgefangene (»Verlag der Bücherzentrale für deutsche Kriegsgefangene«) aufbaut, in welchem bis 1919 22 von H. H. edierte Bände erscheinen

Zahlreiche politische Aufsätze, Mahnrufe, offene Briefe etc. in deutschen, schweizerischen und österreichischen Zeitungen und Zeitschriften.

1915 *Knulp.* Drei Geschichten aus dem Leben Knulps (Teilvorabdruck bereits 1908), erscheint bei S. Fischer, Berlin.

Am Weg (Erzählungen) erscheint bei Reuß & Itta, Konstanz.

Musik des Einsamen. Neue Gedichte, erscheint bei Eugen Salzer, Heilbronn.

Schön ist die Jugend (Erzählungen) erscheint bei S. Fischer, Berlin.

1916 Tod des Vaters, beginnende Schizophrenie seiner Frau und Erkrankung des jüngsten Sohnes führen zu einem Nervenzusammenbruch Hesses. Erste psychotherapeutische Behandlung durch den C. G. Jung-Schüler J. B. Lang bei einer Kur in Sonnmatt bei Luzern. Gründung der »Deutschen Interniertenzeitung« und des »Sonntagsboten für die deutschen Kriegsgefangenen«.

1917 wird Hesse nahegelegt, seine zeitkritische Publizistik zu unterlassen. Erste pseudonyme Zeitungs- und Zeitschriftenpublikationen unter dem Decknamen Emil Sinclair. Niederschrift des *Demian* (Sept. bis Okt.).

1919 Die politische Flugschrift *Zarathustras Wiederkehr.* Ein Wort an die deutsche Jugend von einem Deutschen, erscheint anonym im Verlag Stämpfli, Bern.

Auflösung des Berner Haushalts (April). Trennung von seiner in einer Heilanstalt internierten Frau. Unterbringung der Kinder bei Freunden. Im Mai Übersiedlung nach Montagnola/Tessin in die Casa Camuzzi, die er bis 1931 bewohnt.

Kleiner Garten. Erlebnisse und Dichtungen, erscheint bei E. P. Tal & Co., Wien und Leipzig.

Demian. Die Geschichte einer Jugend, erscheint bei S. Fischer, Berlin, unter dem Pseudonym Emil Sinclair. Die Sammlung *Märchen* erscheint bei S. Fischer, Berlin. Gründung und Herausgabe der Zeitschrift »Vivos voco«, Für neues Deutschtum (Leipzig und Bern).

1920 *Gedichte des Malers,* Zehn Gedichte mit farbigen Zeichnungen, und die Dostojewski-Essays u. d. T. *Blick ins Chaos* erscheinen im Verlag Seldwyla, Bern.

Klingsors letzter Sommer (Erzählungen) erscheint bei S. Fischer, Berlin; danach, ebenfalls bei S. Fischer, *Wanderung.* Aufzeichnungen mit farbigen Bildern vom Verfasser.

Zarathustras Wiederkehr, Neuauflage bei S. Fischer, diesmal unter Angabe des Autors.

1921 *Ausgewählte Gedichte* erscheinen bei S. Fischer, Berlin. Krise mit fast anderthalbjähriger Unproduktivität zwischen der Niederschrift des ersten und des zweiten Teils von *Siddhartha.* Psychoanalyse bei C. G. Jung in Küsnacht bei Zürich.

Elf Aquarelle aus dem Tessin erscheint bei O. C. Recht, München.

1922 *Siddhartha.* Eine indische Dichtung, erscheint bei S. Fischer, Berlin.

1923 *Sinclairs Notizbuch* erscheint bei Rascher, Zürich. Erster Kuraufenthalt in Baden bei Zürich, das er fortan (bis 1952) alljährlich im Spätherbst aufsucht. Die Ehe mit Maria Bernoulli wird geschieden (Juni).

1924 Hesse wird wieder Schweizer Staatsbürger. Bibliotheks- und Vorbereitungsarbeiten an seinen Herausgeberprojekten in Basel. Heirat mit Ruth Wenger, Tochter der Schriftstellerin Lisa Wenger.

Ende März Rückkehr nach Montagnola.

Psychologia Balnearia oder Glossen eines Badener Kurgastes, erscheint als Privatdruck; ein Jahr später als erster Band in der Ausstattung der »Gesammelten Werke in Einzelausgaben« u. d. T.:

1925 *Kurgast* bei S. Fischer, Berlin. Lesereise u. a. nach Ulm, München, Augsburg, Nürnberg (im November).

1926 *Bilderbuch* (Schilderungen) erscheint bei S. Fischer, Berlin. Hesse wird als auswärtiges Mitglied in die Sektion für Dichtkunst der Preußischen Akademie der Künste gewählt, aus der er 1931 austritt: »Ich habe das Gefühl, beim nächsten Krieg wird diese Akademie viel zur Schar jener 90 oder 100 Prominenten beitragen, welche das Volk wieder wie 1914 im Staatsauftrag über alle lebenswichtigen Fragen belügen werden.«

1927 *Die Nürnberger Reise* und *Der Steppenwolf* erscheinen bei S. Fischer, Berlin, gleichzeitig – zum 50. Geburtstag Hesses – die erste Hesse-Biographie (von Hugo Ball). Auf Wunsch seiner zweiten Frau, Ruth, Scheidung der 1924 geschlossenen Ehe.

1928 *Betrachtungen* und *Krisis.* Ein Stück Tagebuch, erscheinen bei S. Fischer, Berlin, letzteres in einmaliger, limitierter Auflage.

1929 *Trost der Nacht.* Neue Gedichte, erscheint bei S. Fischer, Berlin; *Eine Bibliothek der Weltliteratur* als Nr. 7003 in Reclams Universalbibliothek bei Reclam, Leipzig.

1930 *Narziß und Goldmund* (Erzählung) erscheint bei S. Fischer, Berlin.

1931 Umzug innerhalb Montagnolas in ein neues, ihm auf Lebzeiten zur Verfügung gestelltes Haus, das H. C. Bodmer für ihn gebaut hat. Eheschließung mit der Kunsthistorikerin Ninon Dolbin, geb. Ausländer, aus Czernowitz.
Weg nach innen. Vier Erzählungen (»Siddhartha«, »Kinderseele«, »Klein und Wagner«, »Klingsors letzter Sommer«), erscheint als preiswerte und auflagenstarke Sonderausgabe bei S. Fischer, Berlin.

1932 *Die Morgenlandfahrt* erscheint bei S. Fischer, Berlin.

1932–1943 Entstehung des *Glasperlenspiels.*

1933 *Kleine Welt* (Erzählungen aus »Nachbarn«, »Umwege« und »Aus Indien«, leicht bearbeitet) erscheint bei S. Fischer, Berlin.

1934 Hesse wird Mitglied des Schweizerischen Schriftstellervereins (zwecks besserer Abschirmung von der NS-Kulturpolitik und effektiverer Interventionsmöglichkeiten für die emigrierten Kollegen).

Vom Baum des Lebens (Ausgewählte Gedichte) erscheint im Insel Verlag, Leipzig.

1935 *Fabulierbuch* (Erzählungen) erscheint bei S. Fischer, Berlin.

Politisch erzwungene Teilung des S. Fischer Verlags in einen reichsdeutschen (von Peter Suhrkamp geleiteten) Teil und den Emigrationsverlag von Gottfried Bermann Fischer, dem die NS-Behörden nicht erlauben, die Verlagsrechte am Werk Hermann Hesses mit ins Ausland zu nehmen.

1936 läßt Hesse dennoch seine Hexameterdichtung *Stunden im Garten* in Bermann Fischers Exil-Verlag in Wien erscheinen.

Im September erste persönliche Begegnung mit Peter Suhrkamp.

1937 *Gedenkblätter* und *Neue Gedichte* erscheinen bei S. Fischer, Berlin.

Der lahme Knabe, ausgestattet von Alfred Kubin, erscheint als Privatdruck in Zürich.

1939–1945 gelten Hesses Werke in Deutschland für unerwünscht. »Unterm Rad«, »Der Steppenwolf«, »Betrachtungen«, »Narziß und Goldmund« und »Eine Bibliothek der Weltliteratur« dürfen nicht mehr nachgedruckt werden.

Die von S. Fischer begonnenen »Gesammelten Werke in Einzelausgaben« müssen deshalb in der Schweiz, im Verlag Fretz & Wasmuth, fortgesetzt werden.

1942 Dem S. Fischer Verlag, Berlin, wird die Druckerlaubnis für *Das Glasperlenspiel* verweigert.

Die Gedichte, erste Gesamtausgabe von Hesses Lyrik, erscheinen bei Fretz & Wasmuth, Zürich.

1943 *Das Glasperlenspiel.* Versuch einer Lebensbeschreibung des Magister Ludi Josef Knecht samt Knechts hinterlassenen Schriften. Herausgegeben von Hermann Hesse, erscheint bei Fretz & Wasmuth, Zürich.

1944 Die Gestapo verhaftet Peter Suhrkamp, Hesses Verleger.

1945 *Berthold,* ein Romanfragment, und *Traumfährte* (Neue Erzählungen und Märchen) erscheinen bei Fretz & Wasmuth, Zürich.

1946 *Krieg und Frieden* (Betrachtungen zu Krieg

und Politik seit dem Jahr 1914) erscheint bei Fretz & Wasmuth, Zürich. Danach können Hesses Werke auch in Deutschland wieder gedruckt werden, zunächst im »Suhrkamp Verlag vorm. S. Fischer« (ab 1951 dann im Suhrkamp Verlag, Frankfurt am Main). Goethe-Preis der Stadt Frankfurt am Main. Nobel-Preis.

1950 Hesse ermutigt und ermöglicht Peter Suhrkamp, einen eigenen Verlag zu gründen, der im Juli eröffnet wird.

1951 *Späte Prosa* und *Briefe* erscheinen bei Suhrkamp, Frankfurt am Main.

1952 *Gesammelte Dichtungen* in sechs Bänden als Festgabe zu Hesses 75. Geburtstag erscheinen bei Suhrkamp, Frankfurt am Main.

1954 *Piktors Verwandlungen.* Ein Märchen, faksimiliert, erscheint bei Suhrkamp, Frankfurt am Main.

Der *Briefwechsel: Hermann Hesse – Romain Rolland* erscheint bei Fretz & Wasmuth, Zürich.

1955 *Beschwörungen,* Späte Prosa/Neue Folge, erscheint bei Suhrkamp, Frankfurt am Main. Friedenspreis des Deutschen Buchhandels.

1956 Stiftung eines Hermann-Hesse-Preises durch die Förderungsgemeinschaft der deutschen Kunst Baden-Württemberg e. V.

1957 *Gesammelte Schriften* in sieben Bänden, erscheinen bei Suhrkamp.

1961 *Stufen,* alte und neue Gedichte in Auswahl, erscheint bei Suhrkamp.

1962 *Gedenkblätter* (um fünfzehn Texte erweitert gegenüber der 1937 erschienenen Ausgabe) erscheint bei Suhrkamp.

9. August: Tod Hermann Hesses in Montagnola.

1962 »Hermann Hesse. Eine Bibliographie« von Helmut Waibler, erscheint im Francke Verlag, Bern und München.

1963 *Die späten Gedichte* erscheinen als Band 803 der Insel-Bücherei im Insel Verlag, Wiesbaden.

1964 Das Hermann-Hesse-Archiv in Marbach wird gegründet.

1965 *Prosa aus dem Nachlaß* (herausgegeben von

Ninon Hesse) erscheint bei Suhrkamp.
Neue Deutsche Bücher, Literaturberichte für »Bonniers Litterära Magasin« 1935 bis 1936 (herausgegeben von Berhard Zeller), in der Turmhahn-Bücherei des Schiller-Nationalmuseums, Marbach.

1966 *Kindheit und Jugend vor Neuzehnhundert,* Hermann Hesse in Briefen und Lebenszeugnissen 1877 bis 1895 (herausgegeben von Ninon Hesse), erscheint im Suhrkamp Verlag.
Tod von Ninon Hesse.

1968 *Hermann Hesse – Thomas Mann,* Briefwechsel (herausgegeben von Anni Carlsson), erscheint bei Suhrkamp und S. Fischer.

1969 *Hermann Hesse – Peter Suhrkamp,* Briefwechsel (herausgegeben von Siegfried Unseld), erscheint bei Suhrkamp.

1970 *Hermann Hesse Werkausgabe* in zwölf Bänden, mit einer Auswahl von Hesses Bücherberichten u. d. T. *Eine Literaturgeschichte in Rezensionen und Aufsätzen* (herausgegeben von Volker Michels), erscheint bei Suhrkamp.

1971 *Hermann Hesse – Helene Voigt-Diederichs.* Zwei Autorenportraits in Briefen (herausgegeben von Berhard Zeller), erscheint bei Diederichs, Köln.

1972 Materialien zu Hermann Hesses *Der Steppenwolf* bei Suhrkamp.

1973 *Gesammelte Briefe,* Band 1, 1895–1921 (herausgegeben von Volker/Ursula Michels und Heiner Hesse), bei Suhrkamp.
Die Kunst des Müßiggangs, kurze Prosa aus dem Nachlaß und Materialien zu Hermann Hesses *Das Glasperlenspiel* (beide herausgegeben von Volker Michels) bei Suhrkamp.
Hermann Hesse. Eine Werkgeschichte. (Herausgegeben von Siegfried Unseld) bei Suhrkamp.

1974 Materialien zu Hermann Hesses *Siddhartha* (herausgegeben von Volker Michels) bei Suhrkamp.

1977 *Kleine Freuden.* Kurze Prosa aus dem Nachlaß. (Herausgegeben von Volker Michels), *Politik des Gewissens.* Die Politischen Schriften 1914–1962, 2 Bände (herausgegeben von Volker Michels), *Hermann Hesse – R. J. Humm,* Briefwechsel (herausgegeben von Volker und Ursula Michels), erscheinen bei Suhrkamp, ebenso *Die Welt der Bücher.* Betrachtungen und Aufsätze zur Literatur.

Hermann Hesse. Bodensee. Betrachtungen, Erzählungen, Gedichte (herausgegeben von Volker Michels), bei Thorbecke, Sigmaringen.

Hermann Hesse als Maler, ausgewählt von Bruno Hesse und Sandor Kuthy, bei Suhrkamp.

1978 *Kindheit und Jugend vor Neunzehnhundert,* Band 2 (herausgegeben von Gerhard Kirchhoff), bei Suhrkamp.

Hermann Hesse – Heinrich Wiegand, Briefwechsel (herausgegeben von Klaus Pezold), erscheint im Aufbau Verlag, Berlin, DDR.

1979 *Gesammelte Briefe,* Band 2, 1922–1935, erscheint bei Suhrkamp.

Hermann Hesse. Sein Leben in Bildern und Texten. Von Volker Michels, erscheint bei Suhrkamp.

Theodore Ziolkowski, *Der Schriftsteller Hermann Hesse.*

1982 *Gesammelte Briefe,* Band 3, 1936–1948.

Ralph Freedman, *Hermann Hesse, Autor der Krisis.* Eine Biographie.

1983 *Italien*

Hermann Hesse
in den suhrkamp taschenbüchern

Lektüre für Minuten. Gedanken aus seinen Büchern und Briefen. Ausgewählt von Volker Michels. Band 7, 226 S.

Unterm Rad. Erzählung. Band 52, 166 S.

Materialien zu Hermann Hesse, »Der Steppenwolf«. Herausgegeben von Volker Michels. Band 53, 418 S.

Das Glasperlenspiel. Band 79, 614 S.

Materialien zu Hermann Hesse, »Das Glasperlenspiel«, Teil I: Texte von Hermann Hesse. Herausgegeben von Volker Michels. Band 80, 386 S.

Die Kunst des Müßiggangs. Kurzprosa aus dem Nachlaß. Herausgegeben von Volker Michels. Band 100, 374 S.

Materialien zu Hermann Hesse, »Das Glasperlenspiel«. Teil II: Texte über das Glasperlenspiel. Herausgegeben von Volker Michels. Band 108, 376 S.

Klein und Wagner. Erzählung. Band 116, 96 S.

Materialien zu Hermann Hesses »Siddhartha«. Erster Band. Herausgegeben von Volker Michels. Band 129, 350 S.

Peter Camenzind. Erzählung. Band 161, 150 S.

Der Steppenwolf. Band 175, 238 S.

Siddhartha. Eine indische Dichtung. Band 182, 122 S.

Demian. Die Geschichte von Emil Sinclairs Jugend. Band 206, 164 S.

Ausgewählte Briefe. Band 211, 580 S.

Die Nürnberger Reise. Band 227, 82 S.

Lektüre für Minuten. Gedanken aus seinen Büchern und Briefen. Neue Folge. Ausgewählt von Volker Michels. Band 240, 208 S.

Eine Literaturgeschichte in Rezensionen und Aufsätzen. Herausgegeben von Volker Michels. Band 252, 586 S.

Narziß und Goldmund. Erzählung. Band 274, 320 S.

Materialien zu Hermann Hesses »Siddhartha«. Zweiter Band. Herausgegeben von Volker Michels. Band 282, 388 S.

Die Märchen. Band 291, 272 S.

Roßhalde. Roman. Band 312, 180 S.

Über Hermann Hesse. Erster Band 1904–1962. Herausgegeben von Volker Michels. Band 331, 474 S.

Über Hermann Hesse. Zweiter Band 1963–1977. Herausgegeben von Volker Michels. Band 332, 524 S.

Aus Kinderzeiten. Gesammelte Erzählungen Band 1. 1900 bis 1905. Band 347, 398 S.

Kleine Freuden. Verstreute und kurze Prosa aus dem Nachlaß. Herausgegeben und mit einem Nachwort von Volker Michels. Band 360, 392 S.

Die Verlobung. Gesammelte Erzählungen Band 2. 1906 bis 1908. Band 368, 382 S.

Briefe an Freunde. Rundbriefe 1946–1962. Zusammengestellt von Volker Michels. Band 380, 262 S.

Die Gedichte. Neu eingerichtet und um Gedichte aus dem Nachlaß erweitert von Volker Michels. 2 Bde. Band 381, insges. 832 S.

Vom Wesen und Herkunft des Glasperlenspiels. Die vier Fassungen der Einleitung zum Glasperlenspiel. Herausgegeben und mit einem Essay versehen von Volker Michels. Band 382, 134 S.

Kurgast. Aufzeichnungen von einer Badener Kur. Band 383, 110 S.

Der Europäer. Gesammelte Erzählungen Band 3. 1909 bis 1918. Band 384, 370 S.

Innen und Außen. Gesammelte Erzählungen Band 4. 1919 bis 1955. Band 413, 424 S.

Die Welt der Bücher. Betrachtungen und Aufsätze zur Literatur. Band 415, 384 S.

Hermann Hesses weltweite Wirkung. Herausgegeben von Martin Pfeifer. 2 Bde. Bd. 386 u. 506, 355 S., 285 S.

Aus Indien. Band 562, 364 S.

Politik des Gewissens. Vorwort von Robert Jungk. Herausgegeben von Volker Michels. 2 Bde. Band 656, insges. 986 S.

Italien. Schilderungen, Tagebücher, Gedichte, Aufsätze, Buchbesprechungen und Erzählungen. Herausgegeben und mit einem Nachwort von Volker Michels. Mit Abbildungen. Band 689, 536 S.

Die Morgenlandfahrt. Eine Erzählung. Band 750, 104 S.

Gertrud. Roman. Band 890, 204 S.

Legenden. Zusammengestellt von Volker Michels. Band 909, 188 S.

Gedenkblätter. Band 963, 304 S.

Alphabetisches Gesamtverzeichnis der suhrkamp taschenbücher